人物介绍

◀ **林格尔胡特叔叔**

康拉德爸爸的弟弟。
他还没有结婚，每个星期四，
他都会去学校接侄子。
他们一起吃午饭，聊天，喝咖啡。
傍晚，他会把康拉德送回父母身边。

康拉德 ▶

小学生。
数学很好，
正在为老师布置的关于南太平洋
的作文苦恼不已。

◀ 尼格罗·卡巴罗

一匹黑马。

4 月底以前在沙拉沙尼马戏团表演轮滑，自封为“全世界哺乳动物界最棒的轮滑能手”，是玩诗人纸牌的行家。

ERICH KÄSTNER

埃里希·凯斯特纳“成长火花”书系

5月35日

DER 35. MAI

[德] 埃里希·凯斯特纳 著
李娟 印想想 译

北京联合出版公司
Beijing United Publishing Co.,Ltd.

图书在版编目（CIP）数据

5 月 35 日 / （德）埃里希·凯斯特纳著 ； 李娟，印想想译. -- 北京 ： 北京联合出版公司，2025. 3. -- （埃里希·凯斯特纳“成长火花”书系）. -- ISBN 978-7-5596-8218-5

Ⅰ. I516.84

中国国家版本馆 CIP 数据核字第 20258LY717 号

5月35日

作　　者：[德] 埃里希·凯斯特纳
译　　者：李　娟　印想想
出 品 人：赵红仕
责任编辑：刘　恒
封面设计：吴黛君

北京联合出版公司出版
（北京市西城区德外大街83号楼9层 100088）
北京新华先锋出版科技有限公司发行
三河市中晟雅豪印务有限公司印刷　新华书店经销
字数63千字　620毫米 × 889毫米　1/16　8印张
2025年3月第1版　2025年3月第1次印刷
ISBN 978-7-5596-8218-5
定价：245.00元（全5册）

▼目 录

第一章
今天是5月35日

今天是 5 月 35 日。因此，无论今天发生什么，林格尔胡特叔叔都不会感到惊讶。要是在一周前发生这些事，他一定会认为是自己身上或是这个地球上松了几颗螺丝！但今天是 5 月 35 日，人类必须对任何可能发生的事做好最大程度的准备。

今天还是星期四。林格尔胡特叔叔把侄子康拉德从学校接回来了。此时，两人正沿着格拉西斯大街往回走。康拉德看起来很沮丧，但叔叔完全没有注意到，而是满心期待着午饭。

在我继续讲故事之前，必须先解说一下他们的家

庭。林格尔胡特叔叔是康拉德爸爸的弟弟。他还没有结婚，自己一个人住，每个星期四，他都会去学校接侄子。然后，他们一起吃午饭，聊天，喝咖啡。傍晚，他会把侄子送回男孩的父母身边。

这样的星期四很特别。林格尔胡特叔叔没有太太或者女仆帮忙做饭，因此，叔侄俩在星期四这天总是吃些莫名其妙的东西，有时是鲜奶油煮火腿，有时是椒盐卷饼加蔓越莓，有时是樱桃蛋糕配英式芥末。比起德国芥末，他们更喜欢英式芥末，因为英式芥末特别辣，吃起来扎舌头，仿佛芥末也长了牙齿似的。

如果他们觉得无聊了，就会趴在窗户上看着外面大笑，以至于邻居们都觉得：真不幸啊，药剂师和他的侄子疯了。

好吧，我们接着讲今天的事。

康拉德和叔叔沿着格拉西斯大街往家走。叔叔终于问道："你怎么了？"话音刚落，他感觉到有人拉了拉自己的夹克。他们转过身，只见一匹高大的黑马站在面前。

黑马礼貌地问道："请问你们身上有方糖吗？"

康拉德和叔叔摇摇头。

“那么，请原谅我的打扰。”黑马说着，摘下草帽以示歉意，然后准备离开。

叔叔把手伸进口袋掏了掏，问道：“我能请你抽根烟吗？”

“谢谢，不用了，”黑马难过地说，“我不抽烟。”它又鞠了一躬，朝阿尔伯特广场小跑过去。它在一家熟食店前面停下，馋得将舌头耷拉在外面。

“我们应该请它一起吃饭，它一定饿了。”叔叔从侧面看着他的侄子，“康拉德，你到底怎么了？你根本没有在听我说话！”

“唉，我今天要写一篇关于南太平洋的作文。”

“南太平洋？”叔叔喊道，“那可不好办啊！”

“真是要命！”康拉德说，“所有数学好的人都要写一篇关于南太平洋的作文，说什么我们缺乏想象力！其他人只要写写怎么建造四层楼就行了，这和描写南太平洋比起来，简直就是小儿科！就因为我们数学好！”

“你虽然缺乏想象力，亲爱的，”叔叔安慰道，“但你有我这个叔叔啊，也不赖吧？我们编一篇关于南太

平洋的作文吧。”他一只脚踩在车道上，另一只脚踩在人行道上，一瘸一拐地走在康拉德身旁。康拉德到底还是个孩子，他被逗乐了。

“瘸腿”叔叔和一个路人打了招呼，不过等那个人刚走开，叔叔就说：“呸！他是一名法警。”康拉德又“咯咯”笑起来，就像被人挠痒痒似的。

叔侄俩到家了，正坐在餐桌旁。他们今天吃培根碎馅儿饼和覆盆子汁配鲜肉沙拉。“从前的斯巴达人把血当汤喝，眼睛都不眨一下。”叔叔说，“味道怎么样，小朋友？”

“好吃到爆。”康拉德回答。

“嗯……你必须加以磨炼。”叔叔说，“当兵那会儿，我们常吃鲱鱼面；学生时代，我们吃的米饭里会放糖精。谁知道等你长大后能吃什么呢？所以，孩子，你得学会什么都吃，让你的胃适应所有的食物。”说着，他又往康拉德碗里的鲜肉沙拉上加了一勺覆盆子汁。

饭后，两人趴在窗台上，足足看了一刻钟，直到觉得百无聊赖。外面实在没什么好看的。于是，他们

开始练体操。叔叔把侄子抱到大书柜上，康拉德在上面做了个倒立。

“等一下，”叔叔说，“你先倒立一会儿。”他走进卧室，抱来一床羽绒被，铺到书柜下的地面上，然后一声令下，“跳！”

康拉德从书柜上跳下来，正好落在地上的羽绒被上。

“太棒了！”叔叔喊道。他助跑了一下，双手撑着桌面一跃而过。正在这时，楼下传来一阵沉闷的“砰砰”声，接着是一串“叮当”声。叔叔担心地说：“那是米尔伯格斯。”

他们等了几分钟，但没有人敲门，也没有人按门铃。

“米尔伯格斯家可能没人。”康拉德说。

紧接着，门铃就响了！

康拉德跑过去开门。这一开，他吓得脸色发白。他回到屋里，低声说：“那匹大黑马在门外。”

“请进来吧！”叔叔命令道。

于是康拉德让动物进了屋。

黑马摘下草帽，问道：“我是不是打扰到你们了？”

“没有的事！”叔叔喊道，“你请坐。”

“我喜欢站着。”黑马说，“请你别见怪，我们马都是习惯站着的。”

“好的，你请便。”叔叔说，“恕我直言，是什么风把您吹来了？”

黑马那严肃的大眼睛流露出几分难为情，它看着叔侄俩，说：“我从第一眼就喜欢上了你们。”

“我们也是。”康拉德鞠了一躬，回答道，“顺便问一下，你还想吃方糖吗？”没等黑马回答，他就跑进了厨房，把一整罐方糖都拿了出来。他一颗一颗地把糖放在自己的掌心上，黑马一颗一颗地吃掉，吃了差不多半磅[1]。

然后，它心满意足地舒了一口气，说道：“天哪，现在是时候了。非常感谢，先生们，请允许我自我介绍一下。我叫尼格罗·卡巴罗。4月底以前，我在沙拉沙尼马戏团表演轮滑。后来，我被解雇了，从此就失去了任何收入。”

“确实确实，”叔叔说，“马和人类一样会失业。”

[1] 1德国磅（Pfund）约等于500克。

“都怪那些该死的汽车！”尼格罗·卡巴罗继续说，“机器彻底摧毁了我们这些马的生路。想想吧，我这样一匹受过中等教育的马，甚至都愿意去拉出租马车！可就连马车行业协会的秘书长也不肯收留我。它绝对是一匹有权有势的马！而且，那匹蠢马自己也开着车！”

“当然，这世道无奇不有。”叔叔摇着脑袋解释道。

“你是个好人。”黑马感动地说着，用左前蹄拍了一下叔叔的肩膀，差点把他的骨头都拍碎。

“哎哟！”叔叔疼得叫起来。

康拉德指着黑马，用威胁的语气说道：“你要是把我叔叔弄伤了，你就等着瞧吧！”

黑马咧嘴笑起来，露出洁白的牙齿。它连连道歉，表示自己不是有意的。

“没关系，”叔叔摸了摸骨头，说道，“不过下次你可得小心点，尊敬的尼格罗·卡巴罗先生，我可不是马啊！”

“我会注意的，”黑马说，“我以全世界哺乳动物界最棒的轮滑能手的名义发誓！”

接着，他们仨一起走近窗口往外看。然而，当黑

"您知道，我们马很少有机会从三楼往下看。现在我可是见识到了。"

马俯瞰大街时，它顿时感到一阵眩晕，脸色变得煞白。它赶紧闭上眼睛。康拉德忍不住笑话它。它只好缓缓地睁开眼睛。

“你可别掉下去了。”林格尔胡特说，“要是一匹马从我的房子里掉下去，那可真是够我受的了。”

尼格罗·卡巴罗说：“您知道，我们马很少有机会从三楼往下看。现在我可是见识到了。不过要是能让我站到你们中间就更好了，我将不胜感激。”

于是，黑马就站到了康拉德和叔叔之间。它把脑袋伸出窗外，竟吃起了邻居家阳台上两盆紫红色的花，还有一株秋海棠，被它连根带茎地啃掉了。也许它还算善良，没把花盆一起啃掉。

突然，街上传来一阵喧闹声。一个又矮又胖的男人站在下面，他挥舞着胳膊、蹬着胖腿，正在扯着嗓子尖叫。“太过分了！”他愤怒地大喊，“立刻把马从窗口弄走！难道你们不知道这栋房子的规矩吗？不知道马禁止进入公寓吗？啊！”

“那个矮胖子是谁？”康拉德问。

“哦，那是我的房东，”叔叔回答，“他叫克莱门斯·华夫布鲁赫。”

他们仨继续看着窗外。

“简直不像话！”矮胖的华夫布鲁赫先生嚷嚷道，“莱曼家的花被那匹混账马吃掉了，这属于犯罪。我很乐意换上新花，费用得你们赔！明白了吗？”

黑马抖了抖身子。吼吼！它可不是好欺负的！它抓起一个空花盆，从窗外垂直地扔了下去。花盆急匆匆地向下飞去，“砰”的一声，不偏不倚地砸在了正在嚷嚷的房东的硬皮帽顶上。克莱门斯·华夫布鲁赫先生一下子跪到了地上，吓得一句话都说不出来，茫然地抬头看了看。他扯下那顶破旧的帽子，心有余悸地说：“不可救药。”然后，他跌跌撞撞地走进了房子。

“要不是那家伙走了，”黑马说，“我非把整个阳台都扔到他帽子上不可。”

“那我可赔不起，”叔叔说，“我们还是回屋里吧。”

尼格罗·卡巴罗开心地叫了一声，和叔侄俩一起回到屋里。他们开始玩诗人纸牌。黑马玩这个可是行家，所以一直赢。它能背出所有著名诗人的名字和他们的作品。林格尔胡特叔叔却输惨了。作为一名药剂

黑马玩这个可是行家……

它能背出所有著名诗人的名字和他们的作品。

师，他知道那些诗人得过什么病、怎么治的，最后死于什么病。至于他们写过什么小说和戏剧，还真是让他汗流浃背。你敢相信吗，他甚至把《钟之歌》的作者席勒说成了歌德！

突然，康拉德跳起来，把纸牌扔在桌子上，跑到书柜前，拉开柜门，从最上面一排拿出一本厚厚的书，坐在地毯上津津有味地翻阅起来。

“我们不想打扰你，”叔叔说，“但希望你能解释一下，为什么把我们扔下不管了？而且，我错失了一张牌，关于莱辛的喜剧作品。我只知道莱辛的妻子叫柯西尼，她生了一个孩子后就去世了，那孩子几天后也死了，还有莱辛自己，他也没活多久。”

“你说的这个不是纸牌名。”黑马嘲笑道，然后把嘴贴在林格尔胡特的耳朵上，低声说道，“你想说的应该是‘明娜·冯·巴尔赫姆’。”

林格尔胡特恼怒地拍拍桌子。“不对！那位夫人叫埃娃·柯尼希，不是明娜·冯·巴尔赫姆。”

“千真万确！”黑马大声说，“我说的就是莱辛的喜剧作品的名称，不是他妻子的名字。”

“啊哈！”林格尔胡特喊道，“你怎么不早说！康

拉德，把刚才那张‘明娜·冯·巴尔赫姆’的牌找出来！”

康拉德坐在地毯上，顾自安静地翻着书。

“你能用你那精准的蹄子把我侄子从衣服里踹出来吗？”林格尔胡特问他那位四条腿的客人。

黑马小跑到康拉德身边，用牙齿咬住康拉德的衣领，把他高高地拎起来。然而，康拉德完全没有注意到自己已经离开地毯，仍在聚精会神地翻着书。他皱了皱眉头。“我还是没有找到，叔叔。”他终于开口说道。

“什么？”林格尔胡特问道，“那张‘明娜·冯·巴尔赫姆’牌？”

“南太平洋。”康拉德说。

“南太平洋？”黑马惊讶地问道。由于说话时必须张嘴，于是伴随着一声巨响，康拉德掉到了地板上。

“幸好米尔伯格斯已经下楼了。”林格尔胡特开心地搓了搓手，“但是我们该拿这个南太平洋怎么办呢？”他转向黑马，“我侄子明天要写一篇关于南太平洋的作文。”

“就因为我数学好。”康拉德不悦地解释道。

黑马想了一会儿，问叔叔下午有没有时间。

“当然有，”林格尔胡特说，“我星期四在药房值夜班。”

“太好了！”尼格罗·卡巴罗喊道，“我们快走吧！”

“去药房？”康拉德和林格尔胡特异口同声地问道。

“哎呀，当然是南太平洋。”然后，黑马又问，“我可以打个电话吗？”

林格尔胡特点点头。

于是，黑马小跑到电话前，拿起听筒，拨了一个号码，说道：“喂？请问是马戏团马匹旅行社吗？我找巨马。哦，您就是巨马？您还好吗？鬃毛都变灰白了？是啊，我们都不再是最年轻的了。我想问问，去南太平洋走哪条路最近？我想今晚就赶回来。很难？别逗了！我在哪儿？我在约翰－麦尔街13号，在一个好朋友家，他叫林格尔胡特。什么？那真是太好了！非常感谢，亲爱的。”

黑马对着听筒嘶鸣了三声，以示告别，然后挂上

电话，转身问道：“林格尔胡特先生，你家走廊里有一个雕花的大柜子吗？据说是一个 15 世纪的衣柜。”

“即便我家有这么个老古董柜子，和南太平洋以及你的巨马朋友有什么关系呢？”林格尔胡特说道。

“我们要走进那个衣柜，然后一直往前走，两个小时后，我们就能到南太平洋了。”黑马解释道。

“别开玩笑了！”林格尔胡特说。

不过，康拉德冲刺般地跑到了走廊里，打开老旧的大衣柜，把柜门弄得嘎吱作响。他钻进去，不见了。

“康拉德！”叔叔大叫起来，“康拉德，你这个浑小子！”然而，侄子没有任何回应。“我要疯了！为什么这小子不吱声？”

“他肯定已经上路了。”黑马说。

林格尔胡特无法再干等着。他跑到衣柜前，朝里面看了看，喊道：“还真是！这个柜子没有后板！”

跟在他后面的黑马埋怨道：“您怎么就不信我说的呢？快进去吧。”

“你先走，我跟着。”林格尔胡特说，“毕竟这是在我家。”

于是，黑马抬起前腿走进衣柜。林格尔胡特在后面使劲儿推，直到黑马消失在衣柜里。然后，他长长地舒了口气，一边钻进衣柜，一边惨兮兮地说道：“这下可有的受了。”

第二章

免费入内！儿童半票！

林格尔胡特叔叔在衣柜里撞到了一个硬邦邦的东西。那是一根旧手杖。他带上了手杖，毕竟南太平洋那么远，说不定能派上用场呢。接着，他像一个训练有素的长跑运动员一样冲进黑暗中，一路向前跑去。起初，小路阴森森的，两旁是摇摇欲坠的高墙。突然，高墙消失不见了，林格尔胡特叔叔发现自己在一片森林里。

但这片森林里没有树，只有花！比如巨大的蓝铃花，有杉树那么高。风一吹，花蕊拍打着花瓣，就像铃铛在响。蓝铃花旁边还有鸢尾花、洋甘菊和猫爪花，

以及五颜六色的玫瑰。这里的花全都像百年老树一样高大。盛开的花朵在阳光下熠熠生辉。微风拂过，蓝铃花唱着令人陶醉的歌。

林格尔胡特叔叔在硕大的花朵之间跑来跑去，不停地呼唤：“康拉德！你在哪儿？”他就这样跑了将近十分钟，才抓住“逃犯”。“轮滑马”尼格罗·卡巴罗站在一朵巨大的紫罗兰前，嘴里嚼着紫罗兰的大叶子。那叶子就像飘浮在空中的绿色地毯。康拉德坐在马背上，仰望着花朵的顶端，嘴里含着大拇指，虽然他已经长大成人了。

“我要疯了！”叔叔喊道，用手帕擦了擦额头，“我真的要疯了！”他重复道，“第一，你们跑得太快了；第二，你们把我拖进了这片森林里——我这辈子都没见过这样的森林！”

“我们真的到南太平洋了吗？”康拉德问道。

“说话的时候，把手指从嘴里拿出来！”叔叔严厉地说。

康拉德吃了一惊，呆呆地照做了。他看着大拇指，那表情就像从来没有见过自己的大拇指似的，然后他回过神来，顿时感到羞愧极了。

“我这辈子都没见过这样的森林！”

叔叔屈膝跳起来，摇摇晃晃地爬上马背。他紧紧抱住侄子，用手杖轻拍了一下马背。黑马飞奔而去，它心情大好，边跑边唱起来：

谁在深夜里驰骋，
迎着风的呼啸？
是父亲带着他的孩子。

康拉德说："我们只是叔侄。"

林格尔胡特也说："为什么是晚上呢？你真是瞎说。你还是赶紧跑吧！"

"好嘞！"黑马喊道，带着叔侄俩一路狂奔着穿过花的森林，速度快到模糊了叔侄俩的听觉和视力。康德拉攥紧飘动的马鬃，叔叔攥紧康德拉。午饭吃下去的鲜肉沙拉和覆盆子汁此刻全都被颠了出来，落在彼此的头发上。玫瑰花闪闪发光，蓝铃花轻轻歌唱。叔叔自言自语道："但愿我们快点到地方。"

蓦地，大黑马一个急刹车。

"怎么了？"康拉德问道，刚才马儿跑得太快，他紧紧地闭上了眼睛，现在又小心翼翼地睁开。

他们停在一道高高的木板栅栏前。栅栏上挂着一个牌子，上面写着：

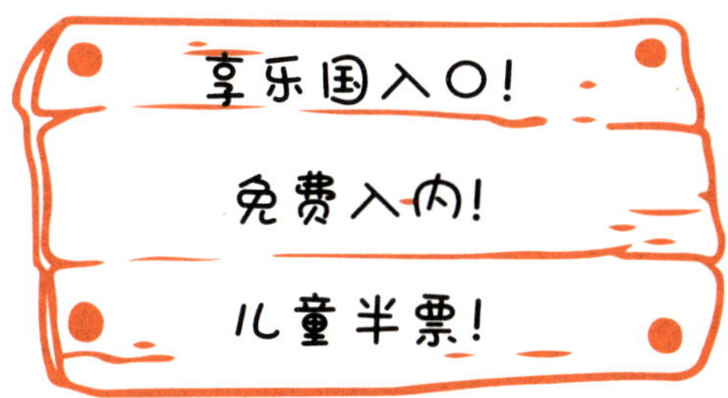

林格尔胡特叔叔小心翼翼地从马背上滑下来，瞅了瞅标志和栅栏，喊道：“这不对劲儿！”

“怎么了？”黑马问道。

“栅栏没有入口。”叔叔说道。

确实，康德拉和黑马也发现栅栏上没有门。康拉德站在大黑马的背上，紧紧地抓住栅栏，想要爬上去，但叔叔抓住了他的脚。

“你这只不自量力的小羊，我的孩子。”他低声说，“你真以为你需要爬进这个叫作享乐国的地方吗？众所周知，那里住着世界上最懒的人。他们肯定不是爬进去的！”

但是，这个男孩没有放弃。他抓住栅栏，慢慢地向上提起身体。“马上就能看到里边了。”他兴奋地低语道。突然，一只巨大的手从里边出现，给了他一巴掌，打得他松开栅栏，从马背上栽到了草地上。他吃痛地捂着脸。

“你满意了吧。”叔叔说，“你不能因为自己会爬高，就想着到处去爬。”说着，他示意大家安静，然后背靠着大树，喊道：“要是那些家伙以为我们要爬进去，那就要狠狠打脸了！我们宁可待在外边。”他假装困倦地打了个哈欠，闷闷地说道，“我们还是好好睡上一觉吧。”

话音刚落，原先什么都没有的栅栏上忽然开出了一扇门。一个声音喊道：“请靠近一点。”

他们走进门，首先映入眼帘的是一张巨大的床，上面躺着一个大胖子，他咆哮道：“我是看门人。你们有何贵干？”

“我们要去南太平洋。”叔叔回答道。

“一直往前走。”看门人说完，背过身对着来访者，继续打了个呼噜。

“但愿打呼噜不会累着您。”叔叔说。

不过大胖子已经睡着了，也可能是懒得回答。

康拉德环顾四周。很显然，这是一个果园。“快看啊，叔叔！”男孩喊道，“樱桃、苹果、梨，还有李子，全都长在同一棵树上！”

“这里果然舒适安乐。”叔叔说。

黑马却对享乐国不以为意。“他们还是得动手摘水果。”它说道，“这没什么。”

康拉德仔细观察了一下那棵“四果树”，然后向叔叔和黑马招招手。他们这次的新发现可以说非常实用——每棵树的树干上都有一台带把手的、标注位置的自动售货机。

上面还有使用说明：

左把手拉一次：1个去皮并切片的苹果

左把手拉两次：1份混合果酱

右把手拉一次：1块奶油李子蛋糕

“这可太神奇了。”叔叔说着，拉了两下右把手。

铃声响起来，从树上滑出来一盘樱桃果酱。于是，他们仨都开始在树上忙活起来，并美美地品尝。黑马最能吃，它已经干掉了两棵树上的果子，可还没吃够。

林格尔胡特叔叔吃饱了，催促大家上路。

黑马说："你们先走吧，我随后就跟上。"

就这样，康拉德和他的叔叔直奔享乐国内部。一路上，时不时有母鸡"咯咯"叫着跑过马路。它们身后都拖着光秃秃的小煎锅。看到有人来，它们就停下来，立马向煎锅里下火腿荷包蛋或芦笋蛋卷。康拉德朝它们摆摆手，因为他已经吃饱了。母鸡们只好拖着小煎锅，消失在灌木丛中。

"这里好像根本就没有人。"男孩说。

"当然有。"林格尔胡特说，"不然，那些'自动

售货树’就没有存在的意义了。”

叔叔说得没错。他们转过一道弯后，看到了房子。

那些房子都安着轮子，而且套着马。如此一来，住户躺在床上也能四处走动了。卧室的窗户上安装了喇叭，如果两家人要聊天，那么只要让马把两个房子拉到一起，对着喇叭聊天就可以了。他们根本不需要出门，也不需要见面！

康拉德指了指两栋房子，然后叔侄俩一起蹑手蹑脚地靠近。其中一个喇叭里传出睡意蒙眬的声音。

“亲爱的总统，”一个喇叭说，“今天天气怎么样？”

“不知道，”另一个喇叭回答，“我已经十天没下床了。”

“好吧，”一个喇叭喃喃地说，“你既然是我们的总统，好歹看看窗外啊！”

“你为什么不自己看看外面呢，亲爱的汉纳曼？”

“从前天开始，我就一直面朝墙壁躺着，我懒得翻身。”

“我也是，亲爱的汉纳曼！”

“好吧，总统先生，那我们就别管什么天气了。”

“我也是这么想的，汉纳曼。再见。睡个好觉！”

“您也是，总统先生。再见！”

两个喇叭里同时传出了打哈欠的声音，然后，两栋房子又分开了。

“我们去拜访一下这位总统先生。”林格尔胡特建议道。

叔侄俩跟着缓缓移动的总统别墅。房子在一个到处都是自动贩卖树的公园停下。他们好奇地透过房间的窗户往里看。

“真是个胖家伙！”叔叔低声说。

“我的天哪！”康拉德喊道，“那是胖子塞德尔巴斯特！”

“你怎么会认识享乐国的总统？”

“那个胖子是我们学校的，他被留级了十一次，因为他太懒了！”男孩说，“他三年级时就结婚了，然后搬离了城市。据说他想做个农民。我们都不知道他已经成为享乐国的总统了。”康拉德敲了敲窗户，喊道，“塞德尔巴斯特！”

总统胖得像个被拴住的气球，他恼怒地在床上翻了个身，气呼呼地吼道：“什么事？”

“你不认识我了吗？”男孩问道。

塞德尔巴斯特睁开那双几乎被胖脸掩埋的小眼睛，费劲儿地笑了笑，问道:“康拉德，你在这里做什么？”

林格尔胡特摘下帽子介绍说，他是康拉德的叔叔，他们只是路过这里，要去南太平洋。

“我带你们去边境。”塞德尔巴斯特总统说，“不过我想先吃点东西。请稍等，先生们！”他把手伸进床头柜，拿出一盒药片，“先来一点美味的开胃菜。”他叹了口气，把一颗白色的药丸放进嘴里，按下一个按钮。随后，房间对面的墙上出现了一个彩色光影，上面显示着油煎沙丁鱼、俄罗斯炒蛋和牛嘴沙拉。

“现在来一只香脆的烤鹅吧！”总统说着，吃下一颗粉红色的药丸，又按了一下按钮。白色的墙上出现了一只令人垂涎欲滴的烤鹅，配着烤苹果和黄瓜沙拉。“最后来个水果冰激凌。”他吃下一颗黄色药丸，第三次按下按钮。墙上出现了一个装着半个桃子的精美冰激凌。

康拉德看得口水都要流出来了。

“你为什么要吃药？”叔叔问道。作为一名药剂师，他对此当然特别感兴趣。

“吃东西太费劲儿了。”总统解释道，“吃了这些

药丸，看着图片，就能感觉到和食物一样的味道了。”

就在两位客人感到不可思议的时候，塞德尔巴斯特从床上滚了下来。他只穿了泳裤，其他衣物都是画在皮肤上的：领子、领带、外套、裤子、衬衫、长袜和鞋子。

“不错吧？”他说，“这是我的发明。阴丹士林[1]！衣服穿了又脱，脱了又穿，简直就是浪费时间和精力。”他说着，蹒跚地走向房间的门。不过，又过了好长时间，他才从屋子里像球一样滚出来。他热情地和老同学打招呼，还和林格尔胡特叔叔握了手。他说：“在你们匆匆赶往南太平洋之前，必须看看我们的试验站。”

他们慢慢走过一片蓝灰色的草地，但突然下起了雨。

“我真应该把手杖留在家里，”林格尔胡特说，“带雨伞更管用。”

“别担心！”塞德尔巴斯特总统说，“我们国家能为您提供一切便利！”

[1] 一种有机染料，耐洗、耐晒，能染棉、丝、毛等纤维和纺织品。

事实证明他没吹牛。第一滴雨刚落下，草地上就冒出了几十把雨伞。如果你愿意，可以站在伞下躲雨，也可以把伞拔起来撑着走。三人各挑了一把伞，继续往前走。

“雨停时，这些雨伞会枯萎。”塞德尔巴斯特说，以便让大家安心。这可真叫参观者大为吃惊。

雨很快就停了，雨伞就像凋谢的花朵一样落下。总统把他那把枯萎的雨伞扔进了街道边的沟渠里，客人们也纷纷效仿。“我建立这个试验站，”塞德尔巴斯特说，“是为了让性子活泼、想象力丰富的居民能够充分发挥所长，又不至于太辛苦。”

“能展开说说吗？”

“对于普通的享乐国居民而言，一天 24 小时只够用来吃饭和睡觉。”塞德尔巴斯特说，“你要知道，体重低于 250 磅的居民会被驱逐出境。但即便是那些达到国家标准体重的人当中，也有一些是非常活跃的，如果他们在无聊中消磨时光，体重就会下降。这样一来，被驱逐出境的人数就会增加，人口密度就会下降。所以，我必须找到办法。很高兴，我找到了，那就是试验站！好好看着吧！”

他们来到了一片特别的草坪，四周都是床，许多胖先生躺在床上，一个个互相眨巴着眼睛。

“你在这里想什么，现实中就会发生什么！”塞德尔巴斯特满怀希望地说道，“诚如你们所见，这是一个极好的消遣方式。当你对想象出来的东西感到腻了，只要大喊‘后退，快走，快走！’，魔法就会消失。”

“我可不信。塞德尔巴斯特，你肯定在糊弄我们。”

“哇哦！”叔叔喊道，“你看到那头长着两个脑袋的小牛了吗？”

千真万确！一张床前站着一头双头斑点小牛，四只眼睛正瞪着把它想象出来的胖子。而那个胖子看着这只奇形怪状的动物，枕着枕头咯咯笑起来。最后，他挥了挥手，大声喊道：“后退，快走，快走！”小牛果然不见了。

三人继续往前走，来到了一位胖女士面前。她也躺在床上，额头上满是勤于思考留下的皱纹。突然，一个带着植物标本采集箱的老头儿出现在她面前。

“后退，快走，快走！”胖女士一声令下，老头儿就消失了。胖女士又开始苦思冥想，额头上出现了更多的皱纹。不一会儿，她的面前又出现了一个带着植物标本采集箱的老头儿，模样和刚才的老头儿很像，只是牙齿更少，还留着长长的白色卷发。

“后退，快走，快走！”胖女士命令道。

老头儿消失了。接着第三个老头儿出现了，模样和之前两个很像，只是鼻子更大些，还顶着个光头。“后退，快走，快走！”胖女士愤怒地喊道，疲惫地

闭上了眼睛。

“你在做什么，布鲁克娜太太？”塞德尔巴斯特问道。

“哦，总统先生，”胖女士回答道，“我在想我祖父的模样，可怎么也想不起来。我忘了他长什么样了。”

“别生气！”塞德尔巴斯特警告说，“从上周开始，你的体重就只有255磅了。要是你被逐出享乐国，我会感到无比遗憾。”

“我已经试了八天了。”布鲁克娜太太流着泪说道，“可出现的老头儿总让我失望。晚安，塞德尔巴斯特！”话刚说完，她就睡着了。她的大脑承受了太多压力。

“快看！”康拉德喊道，“那边！快看！一只狮子！”

一只巨大的金毛狮子站在一张床前，它张大嘴，龇着牙齿。

“肯定是胖子博格迈尔干的。”塞德尔巴斯特抱怨道，“他就爱想象野生动物，简直都要疯魔了。可千万别出岔子！”

金毛狮子悄无声息地靠近床边。它弓着背，发出可怕的嘶嘶声。胖子博格迈尔吓得脸色苍白。“退后！”

他喊道，“退后，你这个浑蛋！”但狮子靠得更近了，几乎碰到床了。“我让你走开！”博格迈尔喊道。

“他吓傻了，都忘了口令是‘后退，快走，快走！’了。”塞德尔巴斯特说，“如果他不快点想起来，他就会被吃掉。”

“那我赶快跑过去，对着狮子的耳朵喊一下好了。”康拉德说着就要跑向博格迈尔。

但是，林格尔胡特叔叔一把抓住他：“你是想留在这里吗？要是我告诉你的父母，你被一只想象中的狮子吃掉了，他们不得把我的脖子拧断！”

塞德尔巴斯特也喊住康拉德。“没用的，”他解释道，“博格迈尔必须亲自喊口令。”

与此同时，狮子已经跳到床上了，前爪踩在博格迈尔先生的肚子上，兴奋地看着胖子。它可是很久没吃过这么丰盛的早餐了。它张开嘴……

“后退，快走，快走！”博格迈尔终于喊了出来。狮子不见了。

“你脑子坏掉了吗？”塞德尔巴斯特质问还在瑟瑟发抖的人，“要不是太累了，我都要被你烦死了。”

“我再也不敢这么做了。”博格迈尔低声道。

“两周内，你禁止进入试验站。”总统严厉地说着，继续带着来访者往前走。

突然，林格尔胡特叔叔变得越来越小。

“我快疯了！”他大喊起来，“什么情况？”

康拉德在一旁拍手大笑，塞德尔巴斯特也笑起来：“你真是个捣蛋鬼。”

叔叔还在变小，他变得和康拉德一样高了，然后变得和手杖一样高，最后，他竟变成了铅笔大小。

康拉德弯下腰，把袖珍叔叔放在手上：“我刚才在想象你变成家里的照片上一样的大小。”

“别闹了。”袖珍叔叔说道，“马上喊：‘后退，快走，快走！’”他举起手，好像要扇侄子一巴掌。可

他的手还没有康拉德的手大呢，毕竟他整个人都站在康拉德的手上。“我命令你！”他气急败坏地喊道。

塞德尔巴斯特已经笑出了眼泪。

男孩对叔叔说：“你这个丑八怪侏儒！”他把叔叔放进胸前的口袋中。林格尔胡特向外探出脑袋，挥舞着手臂，不停地喊着，直到声音都嘶哑了。正闹得不可开交，黑马跑了过来。康拉德把它介绍给了总统。

“很高兴认识你。”两位都客气地寒暄。

黑马对享乐国的草坪大加赞赏，称这里简直就是失业马戏团演员的理想家园，然后它问道：“我们的药剂师去哪儿了？”

康拉德默默地指了指胸前的口袋，大黑马大吃一惊，草帽都差点从头上掉下来。男孩和大黑马分享了一路见闻：叔叔是如何变得这么小的，他们看到狮子了，还有布鲁克娜太太的祖父的事。

“哈！”黑马说，“我也想试试那个秘方！现在我想要我的四只轮滑鞋！”话音刚落，“咣”的一声，它的蹄子上就出现了轮滑鞋，带子都系好了，十分牢固，正是它想象中的样子。

黑马高兴坏了，立即做了两个巧妙的向后转动作，

然后是一个大大的“8”字，最后，它右前蹄独立，脚尖快速旋转起来。不管是对内行人还是外行人而言，观看这场表演都是一种享受。塞德尔巴斯特说，要不是他实在太懒了，一定会鼓掌的。黑马弯腰致意，感谢大家对自己精彩表演的认可。

“亲爱的好侄子，”林格尔胡特叔叔说道，“让我从你口袋里出来吧。”

“亲爱的好叔叔，”康拉德回答道，“我可不想。”

“真不让？”

“不让！”

“好吧，等着瞧！”叔叔说，“你很快就会受到报应！你马上就会变成一个水脑袋、绿头发的怪人。你的十根手指都会变成法兰克福香肠。”

事情果然像叔叔说的那样发生了。康拉德的脑袋变成了一个可怖的水脑袋，长着有毒的绿头发。还有他手上，挂着十根法兰克福香肠。

黑马笑着说：“你现在和射击场上的人像靶子一模一样！”

塞德尔巴斯特给男孩举了一面镜子，让他看看自己变成了什么样。康拉德哭起来。林格尔胡特叔叔看

着十根法兰克福香肠，笑得前仰后合，以至于把口袋都弄出了个大口子。

塞德尔巴斯特说，大家应该想象一些美好的事情，或祝愿对方一切顺利。“可惜，人类就是这样。”此刻的他就像一位智者，“现在请解除你们的魔法吧！”

叔叔喊道：“后退，快走，快走！”侄子恢复了以前的样子。

康拉德也把叔叔从口袋里拿出来，放在草地上，喊道：“后退，快走，快走！”一眨眼的工夫，林格尔胡特叔叔就变得和以前一样高了。

“你们应该拍个照。”塞德尔巴斯特说，“你们看起来可真惨。”

“走吧！”黑马不耐烦地踢着轮滑鞋。

大家一起离开了这片特别的草坪。塞德尔巴斯特把他们带到了边境。

“你的享乐国还有很多空位吗？”告别时，林格尔胡特叔叔问道。

“你问这个做什么？”总统问道。

“我们那里有很多人无事可做，也没有东西吃。”叔叔回答道。

“饶了我吧，千万别送来。”塞德尔巴斯特叫苦道，“那些家伙想工作，可我们这里不需要干活的人！”

“真是遗憾。”黑马说着，和塞德尔巴斯特握手告别。

林格尔胡特叔叔和康拉德坐在穿着轮滑鞋的马上，越过了边境。塞德尔巴斯特为了省事，只是动了动小拇指，喊道：“一直往前走！”

第三章

中世纪城堡

不久，大家来到了一座宏伟的中世纪城堡前。城堡外有一条至少十米宽的护城河，河里蓄满了水。堡垒本身由无数的塔楼、城垛、城墙和凸窗组成，堡的大门上，用铁链拴着一座吊桥。

“我小时候也有一个这样的玩具。”叔叔说，“只不过我的城堡没这么大，但窗户上贴满了红色的玻璃纸。我们现在怎么过去呢？”

“我们得按铃。”康拉德说。

黑马嘿嘿笑起来，声称没有哪座城堡是有门铃的。果然如此。但经过一番寻找，他们在护城河边发现了

一个小牌子，上面写着：

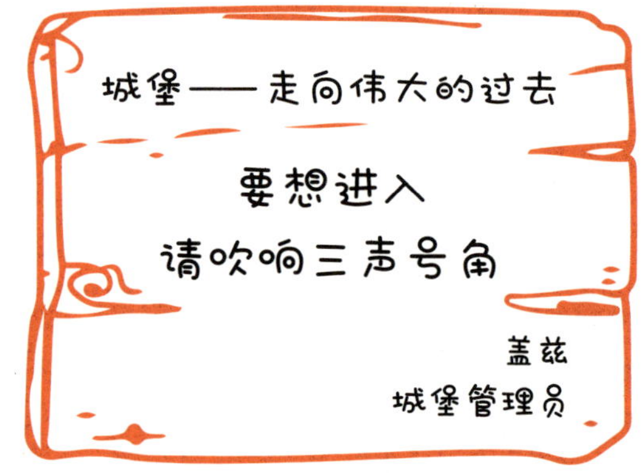

“可恶，我们怎么吹响三声号角呢？”叔叔愤怒地说，“人们总喜欢在边境上制造这么多麻烦！”

“要我对着梳子吹三下试试吗？”康拉德急切地从口袋里掏出梳子。

“别胡闹！”林格尔胡特大声喝止，把两只手放在嘴边，做出喇叭状，深吸一口气，然后——嘀嘀嘀嗒！嘀嘀嘀嗒！嘀嘀嘀嗒！对于一个药剂师来说，他的号角吹得一点也不赖。

只见吊桥“咣当”一声落下，横在护城河上，黑马和两名骑士飞快地穿过城堡大门，进入了院子。

院子里站着一位身着金甲的老骑士，他拄着一把生锈的剑，捋着白胡子，问道："陌生人啊，你们从哪里来？"

林格尔胡特用手杖向他致敬，并告诉他，他们从享乐国来。

"你们要去哪里？"骑士问道。

"南太平洋。"康拉德解释道。

"你们可以通过。"金甲老头儿说道，"但请先告诉我你们的名字。"

于是，林格尔胡特叔叔介绍了自己和他的同伴。

"至于我，"守门人说，"我就是历史书上记载的查理大帝。"

"真是荣幸之至。"叔叔说，"不过，现在先不说别的，尊敬的查理大帝，告诉我们该走哪条路。"

查理捋了捋胡须，咕哝道："一直往前走。幸运之神与你同在。左边第二个场地上，今天正在举办奥林匹克运动会。"

"这正是我们期待已久的。"黑马迅速摘下草帽，一溜烟滑走了。

查理怒气冲冲地回到了自己的宝座，他的盔甲叮

“陌生人啊，你们从哪里来？”

当作响。

康拉德让叔叔把黑马带去运动场。他们大老远就听到了热烈的欢呼声。他们走进运动场，只见坐在看台上的是热血沸腾的骑士，戴着大假发，还有穿着绣花吊带裙的女士，大家都举着观剧镜[1]。

“真不错！”林格尔胡特说，“吁——马儿停下！”尼格罗·卡巴罗停下来。叔侄俩翻身下马，来到一张石桌前，从负责卖票的巴巴罗萨大帝[2]那里买了三张票。位置很好，在第一看台的第一排，而且太阳晒不到。巴巴罗萨又给了他们一份比赛日程表。

康拉德悄悄推了一下叔叔，让他注意看巴巴罗萨浓密的胡子，原来他的胡子都铺满石桌了。

“这胡子长得可真茂盛啊。”林格尔胡特说，“看，这就是铅球比赛的场地！”他看了看日程表，念道：

---

[1] 又叫“戏剧双筒镜”或“伽利略双筒镜”，是一种小型、低倍率的光学放大装置，通常在观赏戏剧的时候使用。

[2] 即弗里德里希一世（约 1123—1190），“巴巴罗萨”的意思是“红胡子”，因此他的绰号就是“红胡子”。他被认为是中世纪德国最成功的统治者之一，在他执政期间，神圣罗马帝国的国力达到顶峰，成为整个欧洲最强的国家。

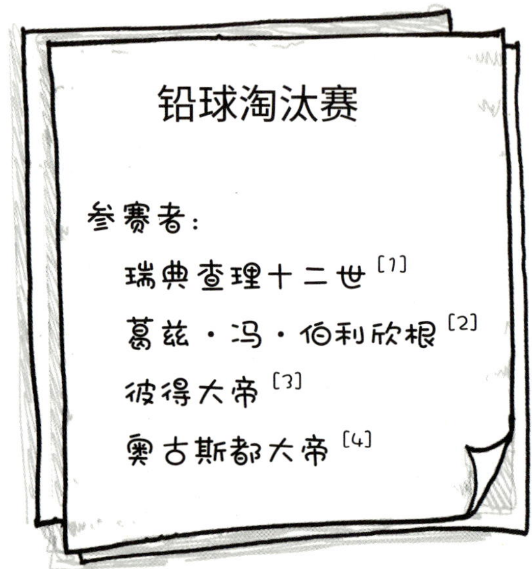

首先出场的是葛兹·冯·伯利欣根。他是用左手投掷的，因为他的右手是铁做的。接着是奥古斯都大帝，他投出了 18.17 米的成绩。康拉德说，这是一项新的世界纪录！瑞典的查理十二世主动退出了铅球比

[1] 查理十二世（1682—1718），瑞典军事统帅，有学者将其称为“18世纪初的小拿破仑”。

[2] 葛兹·冯·伯利欣根（1480—1562），16 世纪德国一位有着传奇色彩的骑士。

[3] 彼得大帝（1672—1725），即彼得一世，俄国沙皇，著名统帅。

[4] 奥古斯都大帝（前 63—14），古罗马的开国皇帝。

“看，这就是铅球比赛的场地！”

赛，因为他想保存体力参加标枪比赛。

突然，林格尔胡特叔叔后背被狠狠地撞了一下，差点栽倒在彼得大帝跟前。他生气地转过身，看见一个扛着摄像机的年轻人站在后面。

“抱歉抱歉。”年轻人说，“我是环球公司的，想拍几个镜头。我弄疼你了吗？”

奥古斯都大帝听到了，把年轻人拉到一边，对他耳语了几句。然后，他抓起铅球，使劲儿扔进沙坑，与此同时，年轻人转动摄像机曲柄将它拍了下来。过了一会儿，奥古斯都大帝站在摄像机前，就像英雄一般，笑容满面。他问年轻人，需不需要讲几句话应应景。

“您请便。”年轻人回答，“但我拍的是无声影像，没有声音。”

林格尔胡特和康拉德笑着离开了，黑马咧着嘴跟在后面。他们走上看台，却怎么也找不到座位。后来，他们才发现，其中两个座位被别人占了。

“给我看看你的票。”叔叔说。

那两人抬起头来。原来是恺撒大帝和拿破仑一世。拿破仑不甚友好地打量着药剂师，小麦色的脸皱出一

道道威严的褶子。但他发现这似乎没什么用，于是往旁边挪了挪。恺撒大帝也让出了座位。

“如果我的卫兵在这里，我可不会动摇，更不会让步。”拿破仑不失威严地说道。

林格尔胡特叔叔坐在拿破仑旁边，说道：“如果你再说这种不着边际的话，我就把你的三角帽摘下来，扔给我的爱马当零食，明白了吗？”

“拿破仑先生，你应该给自己买顶新帽子。”尼格罗·卡巴罗说道。

恺撒大帝用长袍把自己裹得严严实实的，对这位法国皇帝说：“我不想火上浇油，但如果我是你，我可

不会让他们如此肆无忌惮。”

“没有军队，什么都做不了，伙计。”拿破仑沮丧地回答道，“你看，西奥多·科尔纳几乎无力反击。”

看台前正在举行网球比赛。“体操之父”雅恩坐在高脚椅上，担任男子双打的裁判。阿贾克斯一世和阿贾克斯二世对阵西奥多·科尔纳和哈登伯格王子。球在空中来回飞动。那对兄弟配合得天衣无缝，而那对德国组合却表现得不尽如人意。

“把这样一个又小又轻的球打来打去，真是愚蠢到家了！”恺撒大帝说，“要是把那个球换成一颗炮弹就好了！”突然，他尖叫起来。原来是处于弱势的西奥多·科尔纳把球打飞了，狠狠地打中了恺撒大帝的脸。当然，他不是故意的。眼下，那位罗马独裁者坐在看台上，捂着鼻子，痛得眼泪在眼眶里打转。

“要是把那个球换成一颗炮弹就好了！”林格尔胡特戏谑地说道。康拉德笑得从椅子上摔了下来。

“你们这些所谓的英雄啊……”叔叔说着看了看拿破仑和恺撒大帝，离开了看台。康拉德和轮滑马跟在他后面。

就在他们即将走出体育场时，听到煤渣跑道上传

来震耳欲聋的喧闹声。亚历山大大帝和阿喀琉斯正在进行 100 米短跑决赛。最终，亚历山大大帝以 10.1 秒的成绩赢得了比赛，尽管他在起跑时表现不佳。

“这又是一项新的世界纪录。”康拉德惊叫道。

尼格罗·卡巴罗不服气地说，尽管自己是一匹老马，但跑 100 米只需要 5 秒。

“你有四条腿。”康拉德说。

“别胡扯了，这和几条腿没什么关系。”林格尔胡特大声说，“就像电，根本没有腿，但跑得比马快多了。再说，如果人们跑步是为了保持健康，我倒没什么意见；但如果拼命跑只是为了比别人少花 0.1 秒，那纯属胡闹。因为这样不但不能让人们保持健康，反而会让他们生病。”

叔侄俩和黑马沿街道走着，经过许多城堡式的小别墅，与住在里面的国王、骑士和将军打招呼。这些人穿着衬衫，看着窗外，抽着烟斗；也有一些站在修剪整齐的屋前花园里，拿着金色的喷壶给花草浇水。

忽然，不知从哪个花园里传来争吵声，却看不到人影。于是，他们循着声音走近，透过栅栏往里看。

草地上有两位全副武装的先生，正一本正经地指挥玩具锡兵打仗。

“你以为你能得逞吗，亲爱的汉尼拔[1]！”其中一人喊道，“没那么容易！别硬撑了，那片玫瑰花丛已经被我的士兵彻底占领了。”

“亲爱的瓦伦斯坦先生，”另一个人气鼓鼓地说道，“我可不这么认为！我干脆用我的骑兵绕过你的左翼，从背后打得你片甲不留！”

“那就试试吧！”瓦伦斯坦公爵冷笑一声，说道，“此时进攻对你的骑兵没有任何好处。我会把站在雷塞达河床边的预备队拉到左边，从侧翼向你们开火！”

他们举着彩色锡兵来回推搡。争夺玫瑰花丛的战斗正在如火如荼地进行。汉尼拔率领他的骑兵团进入敌军后方，对敌军发动了猛烈的攻击。瓦伦斯坦则用可爱的豌豆炮轰击了骑兵团，打倒了一大片骑兵。

汉尼拔大怒，从旁边的箱子里拿出新的预备队，增援岌岌可危的先头部队。

[1] 汉尼拔·巴卡（前 247—前 182），北非古国迦太基统帅、行政官、军事家。

草地上有两位全副武装的先生，
正一本正经地指挥玩具锡兵打仗。

而瓦伦斯坦一颗接一颗地扔着豌豆。汉尼拔的士兵们都死了，就连令人畏惧的骑象人也倒在了草丛中。争夺玫瑰花丛的战斗差不多已经分出了胜负。

“嘿，那人！”康拉德隔着栅栏喊道，“你为什么不把战线移到后方？稍后再进攻！然后突破敌人的中路，因为那里格外薄弱！”

汉尼拔和瓦伦斯坦暂时停止了战斗，看着栅栏外的客人。

迦太基将军摇了摇头，沉声道：“我不会撤退，我不会让步，哪怕失去所有的士兵！”

“哎呀，我说！”康拉德回应道，“您的军队太可惜啦！”

瓦伦斯坦插话了。“你这个傻孩子，”他说道，“多少士兵倒下不重要，重要的是有后备力量。”

“哦，乖乖！”林格尔胡特对两位将军说道，“这种打法的话，你和你的同伴也只能和锡兵打仗！”

“去你的！”汉尼拔愤怒地喊道，“没有野心就没有发言权！你是干什么的？”

“药剂师。”叔叔说道。

“这就对了。”汉尼拔不屑地笑道，“不过是一个

医护人员而已！”他转向瓦伦斯坦，“公爵，战斗继续！”

说完，他们继续激烈地争夺玫瑰花丛。

“看招！”汉尼拔厉声说道。

“投降吧！”瓦伦斯坦喊道。他包围了敌军，并用豌豆把敌人一个一个打倒在地。

“在我的最后一个士兵倒在草地上之前，我绝不投降！”汉尼拔发誓道。但他忍不住打了个喷嚏。他忧心忡忡地抬起头，说道：“好吧，结束战斗吧。草地太湿了。我可不想感冒。我们什么时候再战？”

“等你感冒好了就战，亲爱的朋友。”瓦伦斯坦说道，“感冒可不是闹着玩的。”

两位将军从草丛中站起来，低声哼哼着，伸了伸僵硬的双腿，向别墅走去，也不管中弹躺在玫瑰花丛下的玩具锡兵。“在埃格尔被刺杀的前一年，”瓦伦斯坦说道，“我得了一场可怕的感冒。我宁愿输掉三场战斗，也不愿再像当年那样打喷嚏！”他们消失在房子里。

“记得吃一片阿司匹林！”叔叔喊道，“再喝一杯酸橙花茶吧！那样你明天就可以再次参战了！”但汉

尼拔已经听不见了。

“好了，我们快走吧。”黑马说道，“这些英雄，我真是受够了。”

叔叔和康拉德爬上马背，向边境走去。

“真可惜啊。”林格尔胡特说，“你想啊，尼格罗·卡巴罗，我侄子在家里也和锡兵玩！”

“为什么？”黑马问道，“你以后想当将军吗？”

“不想。”男孩回答。

“那是想当随时都有可能死在玫瑰花丛下的锡兵？”

“我才不想当那样的士兵。”康拉德极力辩解道，“我将来想去开车。”

“那你为什么和锡兵一起玩？”黑马问道。

康拉德不说话。

林格尔胡特叔叔说道：“为什么？因为他爸爸送了他一些锡兵呗。”

他们说着话就到了边境。一座吊桥嘎嘎作响。他们冲过吊桥，把“伟大的过去”抛在了后面。

第四章
颠倒世界

离开古堡国，他们看见了一片由玩具组成的森林。经历了汉尼拔和瓦伦斯坦的战争之后，这实在是个适合休息的好地方。

一群木马在阳光照耀的草地上吃草。可爱的帆船在蓝色的小溪里徜徉。树上挂满了气球。溪边的灌木丛是用糖果做的。两只鹦鹉坐在树枝上，正在翻阅一本图画书，突然，它们大笑起来，图画书也从树上掉了下来。

康拉德正要下马去捡书，被林格尔胡特叔叔按住了。叔叔拍拍他，说道：“别动！我们得去南太平洋。”

于是，他们马不停蹄地狂奔。黑马说它的轮滑都跑得冒烟了，当然，它肯定夸大其词了。

一路上，儿童火车嘎吱作响，沿着轨道行驶着，有时还能看到扳道口，然后火车头轰隆隆地呼啸而过，驶进了森林。气球在森林上空盘旋。五只苏格兰猎犬蹲在锡纸屋外，一声不吭，嘴里都叼着巧克力雪茄。

“放我下去！”康拉德喊道，“我要去摸摸狗！”

林格尔胡特说道：“握住这根手杖！”

男孩照做了。叔叔立刻用双手捂住男孩的眼睛，这样他就什么都看不见了。

“继续前进！卡巴罗！”叔叔喊道。

他们狂奔着穿过了玩具森林。

“好啦，”叔叔终于说道，“现在你可以继续看了。”

黑马仍在小跑。康拉德看了一圈，发现玩具森林已经过了。气球在远处闪闪发光，五颜六色的大纸鸢在从空中飞过。“好可惜啊。”他嘟囔道。

黑马停下来，站在原地，说道：“都下去吧！”

叔侄俩爬下马背，环顾四周，发现他们停在了一座巨大的建筑前，建筑的墙上画满了童话人物。许多孩子从窗户望出来，正在向他们招手。

“肯定是个度假屋。”叔叔说道。

“不对！”康拉德说道，“这不是度假屋！”他大声朗读着大门上方的文字：

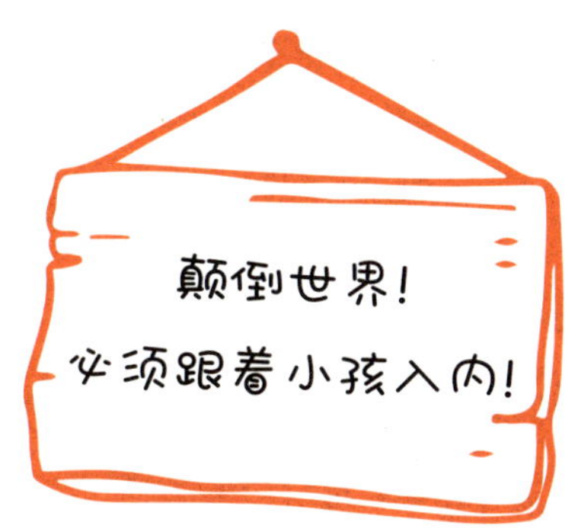

“哈哈！”康拉德开心地说道，“再次证明，你们和我在一起好处多多啊！”他挺起胸膛，得意扬扬地走在叔叔和黑马前面，第一个走进建筑。他们来到了一个类似办公室的地方。栅栏后面站着一个亲切友好的男孩，他握了握康拉德的手，然后问他带谁来了。

“一匹轮滑很厉害的马，”康拉德说，“还有我叔叔。他是一名药剂师，叫林格尔胡特。”

“他讨人厌吗？”那个男孩问道。

“那倒没有。”康拉德说，“马马虎虎。”

“好吧，我们会让他变乖的。”那个男孩说道，“在

这件事上，我们是专业的。”说着，他按下了一个按钮。

“什么？”康拉德惊讶地问道。

就在这时，一大群孩子冲过来，把叔叔推进了一扇门，门上写着“成人专用”。

“这是什么情况？”康拉德着急地问道，“我们要去南太平洋！”

“别急，别急。”那个男孩登记好来访者的信息，然后把康拉德和黑马送进了另一扇门。“去学校问问情况！”他大声喊道，“你可以在学校里找到你叔叔。只是他需要先换衣服。”

“你搞明白了吗？”康拉德问黑马。此时，他们站在街上。“林格尔胡特叔叔需要换衣服吗？”

“等着吧，耐心点。”黑马回答道。

街上热闹非凡。男孩们腋下夹着公文包，头上戴着帽子；女孩们穿着时髦的衣服，悠闲地散步或购物。但是，他们看来看去，都只看到了小孩！

“不好意思！”康拉德拉住一个正要上车的男孩，问道，“我想问一下，你们这里没有大人吗？”

“有啊。”那个男孩回答，“但是大人们还没放学呢。”他说完赶紧上了车，从车里朝康拉德点了点头，喊道，“我赶着去证券交易所。”

“真叫人难以置信。”康拉德说。

“确实莫名其妙。”黑马附和道。

“大人们在学校里干什么？小孩子去证券交易所干什么？”康拉德问道。

黑马耸耸肩，继续向前滑行，男孩差点没跟上，幸好学校就在附近。他们看到学校门口的牌子上写着：

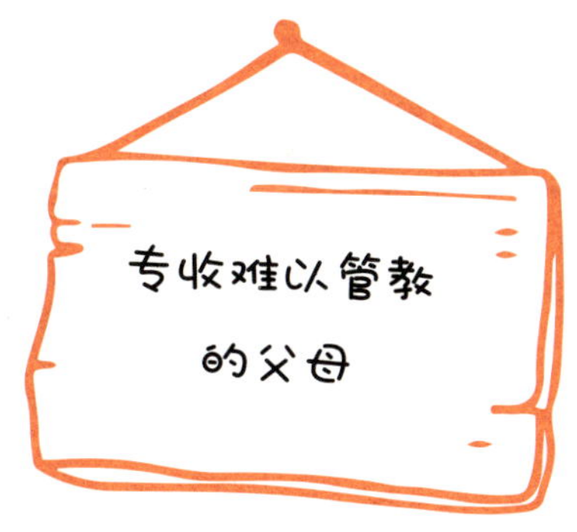

“快走吧，看看到底怎么回事。”黑马说。

他们进入学校，在大门边的小屋子里，一个小女孩坐在桌子后面，问他们找谁。

五只苏格兰猎犬蹲在锡纸屋外，一声不吭，

嘴里都叼着巧克力雪茄。

“一个叫林格尔胡特的人。”黑马抢着回答。

小女孩翻阅着一本八开大的册子，最后说道：“林格尔胡特？他在初级班。”

“他在那里干什么？”康拉德问道。

“接受教育。”小女孩回答。

“荒唐啊！”康拉德喊道，“我要我叔叔马上回来！”

“他在28号教室。”小女孩冷冰冰地说道，然后“砰”的一声关上了窗户。

黑马和男孩飞快地爬上楼梯，穿过空荡荡的走廊，寻找着28号教室。

突然，一个小孩的声音传来：“康拉德，康拉德！”男孩转过身，看见一个红头发女孩走过来。女孩扎着两条歪歪的辫子，好像是用花茎编的。

“芭贝特！”康拉德喊道。

两人同时跑向对方，互相握手。

“你是怎么来到这个颠倒世界的？”芭贝特惊讶地问道。

“我们只是路过这里。”康拉德说，“我们要去南太平洋，因为我得写一篇关于南太平洋的作文。我们

在找我叔叔。他刚进来就被拖走了。他在初级班。你知道他在那里做什么吗？”

“哦，天哪！”女孩喊道，“这一定是个误会。你叔叔是个好人，是吧？”

“那还用说！”男孩回答。

“接待处的人一定以为你带他来是为了让他接受教育！”芭贝特气鼓鼓地说道，“走，我们把他弄出去！这不难。我是教育部长。”她握住康拉德的手。

“等一下。”黑马说，“你说的‘颠倒世界’到底是什么意思？虽然我脑袋没摔坏，但真的搞不懂你们这里的状况。”

芭贝特停下来，解释道：“是这样的——大家都知道，世上既有好父母，也有非常坏的父母，就像既有好孩子，也有过分淘气的孩子一样。”

“没错。”康拉德点点头。

“如果那些坏父母不知悔改，如果他们总是过度惩罚甚至折磨他们的孩子——这种事情确实存在——他们就会被送到这里来接受教育。这种教育通常很有效。”

黑马用蹄子挠了挠头，问起这样的父母是怎么接

受教育的。芭贝特深吸一口气，说道："以牙还牙，也就是他们怎么对待孩子，我们就怎么对待他们。这种做法虽不光明正大，却很有必要。例如，我们这里有位克莱门斯·华夫布鲁赫先生。"

"那是林格尔胡特叔叔的房东！"康拉德惊呼，"可他刚刚还在家呢！那匹马把一个花盆扔到了他的头上，还没到一小时呢！"黑马抿紧上嘴唇，憋着气默默地笑起来。

"我们所有人，同时在这里，也在家里！"芭贝特说道，"这个华夫布鲁赫有一个儿子，叫亚瑟·华夫布鲁赫。每天晚上，他爸爸都会把他锁在阳台上几个小时，尤其是下雨天。你知道为什么吗？就因为他数学不好。可他分明已经非常努力了！可怜的亚瑟站在阳台上，害怕得眼泪直流。他被冻僵了，脸色越来越苍白，身体越来越虚弱。由于恐惧过头，他什么数学题都不会了。"

"我也讨厌那老头！"黑马咆哮道，"我应该多往他的帽子上扔几盆花。"

"现在，我们把这个做爸爸的也放在阳台上，"芭贝特继续说道，"让他尝尝冷风的滋味。我们会让大

风一直刮着，直到他意识到自己是如何折磨儿子的。安静一下！”

大家都屏住了呼吸。

“你们什么也没听到吗？”芭贝特低声问道。

“有人在又哭又骂，但是离得很远。”康拉德说道。

“那就是老华夫布鲁赫。”芭贝特低声说道，“我觉得，大概三天后，他就会变乖。到时候，他会发誓，保证再也不会伤害小亚瑟。那样的话，他就算被治好了。”

“啊哈，原来是这样。”黑马说，“那么，你为什么会在这里呢？”

芭贝特有些难为情，过了一会儿，她才说道：“是因为我妈妈。她对我漠不关心。从很久以前开始，我就没有早餐吃了，因为她要睡懒觉；中午，我也没有东西吃，因为她总是不着家；晚上，当我睡觉的时候，她都还没回家。总没饭吃，我的身体也就不太好。于是，校医给她写了一封信，她却把信扔进了烤箱。”

“现在呢？”

“现在，她被送到这里上学。我不能照顾她。有时候，我不得不进入她所在的教室，也要假装没注意

到她。如果她说她饿了，我就得装作没听见，顾自走开，去走廊里唱歌。”芭贝特说着，眼里泛起了泪花，“看到她这样，我也很难受。”她的声音很轻，“她已经瘦了十磅了。有时，我会在她的床头柜上放一块面包，尽管这是被禁止的。”她抽泣着，擦了擦鼻子。

“别哭了。”康拉德说，“你挨饿的时候，她肯定也没有哭！”

芭贝特抽了抽鼻子。“没错，但我还是为她感到难过。希望这里的教育对她有用。”她勉强露出笑容，“总的来说，我们在这里取得了一次又一次成功。”

“我真替你感到高兴。”黑马说，“但现在，我们快去把林格尔胡特叔叔弄出来吧。他已经很好了，再接受教育，恐怕要好过头了。”

“好到叫人难以忍受。”康拉德说道。

他们很快就找到了28号教室。眼前的景象可真是奇特啊。教室的长凳上坐满了大人。他们穿着童装，有些人看起来就像要爆炸似的，尤其是胖胖的人。教室前方的讲台后，坐着一个表情严肃、脸色苍白的男孩。那就是老师。当芭贝特带着康拉德和黑马走进教室时，男孩喊道：“起立！”

大人们都站起来，只有一个非常胖的人还坐在长椅上。那个当老师的男孩和芭贝特及其同伴握了手，说道：“下午好，部长小姐。”

“雅各布，刚才有没有新来的？”

“有一个。”那位老师说，“不过，我不觉得他坏，只是好像有点傻。他总是笑。过来一下，林格尔胡特！”

林格尔胡特叔叔从最后排的座位上走出来。黑马一看见他，就哈哈大笑起来，因为他穿着短裤、水手服和短袜，头上戴着一顶水手帽，拖着两根长长的飘带，帽子上还写着：鱼雷艇驱逐舰尼德施莱辛。

“这是什么鬼样子！”康拉德喊道，一只手紧紧抓住芭贝特。

“你讨厌我，对吗？”叔叔委屈巴巴地问道。

芭贝特向老师解释了这场误会，然后让一个学生——博伦辛格法官——去办公室拿林格尔胡特的西装和手杖。接着，老师继续讲课。芭贝特、康拉德、叔叔和黑马就站在门口听着。

“屠夫绍尔托普夫先生！”雅各布喊道，“站起来！你老是打你孩子的后脑勺，是不是？”

教室的长凳上坐满了大人。

他们穿着童装，有些人看起来就像要爆炸似的。

“没错。”屠夫说道，“那是我自己的孩子，我想打哪儿就打哪儿，至于为什么打他们，这并不重要。明白吗？”

“你的一个儿子已经病了。我们的校医说，威利将一辈子都忍受挨打后遗症，就因为他弄丢了1马克！”

“让你们的校医来这里，看我不给他一烟斗！”屠夫叫嚣道，“我是在训练我的孩子，让他们变得更坚强！”

“好的，”雅各布说道，“那么，我们也必须让你变得更坚强。虽然我们不喜欢这样做，但也只能采用这种惨无人道的殴打，直到你意识到自己做了什么。”他按了门铃。四个高大强壮的男孩走进教室，抓起屠夫，把他拖到门口。“揍他后脑勺！”雅各布吩咐道，四人一齐点头。

“这么做不会让他变理智的。”叔叔说道。

“不幸的是，只能这么做。”芭贝特说，“我了解这些家伙。幸运的是，这样的人不是太多。”

屠夫绍尔托普夫就这样被带走了。他穿着紧巴巴的衣服，看起来凄凄惨惨的，而且表情十分震惊。

“奥蒂莉·于贝尔宾太太！”雅各布又喊道。

一位瘦弱的女士站起来。她穿着一条短裙，不停地用手指梳理头发。

“你强迫你的女儿宝拉撒谎，让孩子必须按照你的命令去欺骗她的父亲和祖父母，这样就没有人知道你把钱花哪儿了。而且，你也没有和宝拉一起出去散步，而是让她独自在糖果店坐上几个小时，你自己却跑去桥牌俱乐部赌钱。”

“这不关你的事！我想怎么做就怎么做。”奥蒂莉太太傲慢地说道。

“你撒谎是你自己的事，”雅各布说道，“但你让小宝拉撒谎，这与我们就有很大的关系了。我们不会再容忍你这么干了。每次宝拉对她爸爸撒谎，她都会因为内疚而彻夜难眠，甚至还难过到抽搐。”

“你太夸张了，孩子。”奥蒂莉太太说道。

“我一点都没有夸张。”雅各布生气地喊道，“那孩子都被你搞得手足无措了。谁知道还会发生什么事！我跟你说话的时候，别老弄你那愚蠢的发型！你还要在这里待一个星期。如果到那时，你还是不知道对女儿做了什么，我们就会采取其他对策！”

“我拭目以待。”奥蒂莉太太说道。

“如果你再逼宝拉撒谎，我们就会把实情告诉你的丈夫！”雅各布大声说道。

“不要！”她慌了，吓得跌坐在座位上。

“明天再多给她上上课。”雅各布说，“下一位，霍博姆先生！”

就在这时，博伦辛格法官回来了，他拿来了林格尔胡特叔叔的西装和手杖。叔叔迅速穿好衣服，拿着手杖在空中画了一圈，然后大喊：“去南太平洋吧！”

“我差点都忘了。”康拉德猛地回过神来，和芭贝特握手告别，“这里对我启发很大。祝你一切顺利，我是说你妈妈的事。”

“再见啦，部长小姐。”黑马说。

叔叔已经在走廊那头了。

“一直往前走！”芭贝特喊道。

“你也是！一直往前走！”康拉德诙谐地说道，然后转身去追同伴。

第五章
小心，高压！

一行人在颠倒世界的出口处，看到一个地铁站。他们走下楼梯，正好看到列车停靠在站台，于是赶紧上了车。

“好神奇的地下铁路。”康拉德说，“没有售票员，也没有列车长。不知道这趟列车开到哪里去。”

“我们会知道的。”叔叔回答道。

就在这时，列车启动了。短短一秒钟后，列车就像一道闪电似的钻进了水泥隧道。林格尔胡特从长凳上摔了下来，说道：“也许我活不到那一天了。亲爱的侄子，如果我出了什么事，你在为我痛苦的同时，别

忘了继承我的药房。”

“亲爱的叔叔，如果你比我活得长，”男孩说道，“别忘了继承我的课本和文具盒。”

“谢谢！”叔叔回答道。两人颇有默契地握了握手。

“咱们都别紧张。”黑马看着窗外说道。

地铁像火箭一样在隧道里穿行，铁轨发出轰鸣声，车身抖个不停，似乎列车自己也很害怕。林格尔胡特叔叔坐回长凳，绝望地说：“如果我在这儿出了什么事，那今晚药房就没有人值班了……”随后，他又从长凳上摔了下去，因为火车猛然停了下来，像是撞上了冰山。

“现在出去！”叔叔喊道，赶忙从地上爬起来，扒开车厢门，跌跌撞撞地跑上了站台。

黑马和康拉德也跟着林格尔胡特跑出来。他们爬上楼梯，等看清自己身在何处时，一下子愣住了！他们站在一座座拔地而起的摩天大楼之间！

“我的天哪！”过了许久，黑马终于开口道。

康拉德开始数离自己最近的大楼有多少层。他数到 46 层后，不得不放弃了，因为再往上的部分，全

都笼罩在云层中。其中一朵云上投影着几个字：

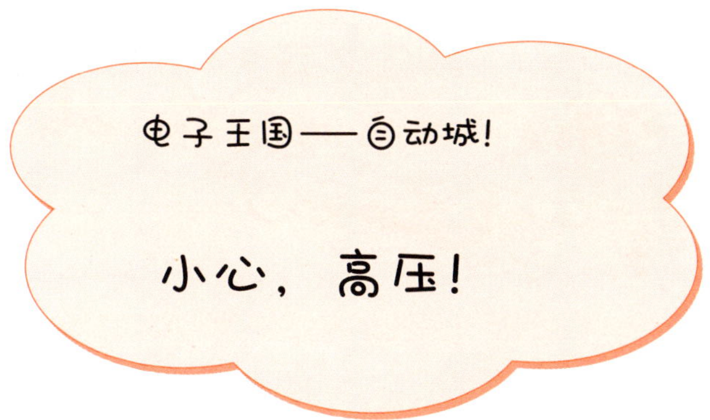

黑马当场就想掉头回家，还说别去那个该死的南太平洋了。叔侄俩可不这么想。他们穿过眼前那个车水马龙的大广场。可怜的尼格罗·卡巴罗只好小跑着跟在他们身后。

“这里似乎没有人在工作。”林格尔胡特说，“所有的人都在开车兜风。你发现了吗？”

康拉德好奇地跑到一辆汽车旁，不解地晃着脑袋回来说道：“根本想不到，那些汽车都是自己在开，没有司机，也没有方向盘。这简直太神奇了！”

这时，一辆车停在他们身旁，后面坐着一位和蔼可亲的老太太。她正在钩织一块圆角桌布。“我猜你

们是从外面来的，是吧？”

“是的。”叔叔回答，“请问为什么这些车会自动行驶呢？”

老太太笑起来。“我们的汽车是全程遥控的，通过电磁场与无线电中心的完美配合来控制。很简单，是吧？”

“简单到离谱。”叔叔说道。

“简单到离谱！”黑马也附和道。

康拉德却有些不开心，大声说道：“可是，我好想成为一名司机啊。”

老太太放下手中的桌布，问道：“你为什么想当司机呢？”

“嗯，为了赚钱！”康拉德回答。

“你为什么要赚钱呢？”老太太又问道。

“您问得真奇怪。”康拉德说道，“不管是谁，不工作，就赚不到钱；不赚钱，就得饿肚子！”

“这些观念都过时了，亲爱的孩子。”老太太说，“在自动城，工作是为了享乐，或者为了保持身材，或者为了送别人一份礼物，或者为了学习一些东西。因为我们生活所需的一切都是由机器制造的，居民可以免费获得。”

林格尔胡特叔叔想了想，说道：“可是，食物在加工之前必须先种植，不是吗？而且牛也不会像杂草那样自己长出来！”

“我们的农民在城外做这些事。”老太太回答道，“但即使是农民，也没有不得不做的工作。因为农业也是完全机械化的，大部分活，机器都干完了。”

“农民把他们的牛和粮食免费送给你们吗？”黑马问道。

“农民可以得到他们生活所需的一切。”老太太说道，“所有人都可以得到所需的一切。毕竟，众所周知，土壤和机器生产出来的东西比我们实际需要的多

得多。你们不会连这都不知道吧？”

林格尔胡特叔叔有点羞愧。“我们当然知道。”他说，“但在我们那儿，大多数人都在遭受磨难。”

“这简直匪夷所思！”老太太厉声惊呼，但随后又微笑着说道，“好了，我现在要去人造花园了。那里的树木和鲜花散发着新鲜氧气。那对健康可是大有裨益。”她按下按钮，俯身在扩音器上喊道：“去人造花园！我想在碳酸池边的餐厅喝咖啡！”神秘的汽车乖乖地开走了。老太太舒适地靠在椅背上，继续织桌布。

叔侄俩和黑马就像雕像一样站在原地，惊到目瞪口呆。叔叔说：“这可真不简单。但愿未来全世界都能变得如此美妙！希望你能活着看到未来，我的孩子。”

“就像在享乐国一样。”黑马说。

“有一点不一样。”林格尔胡特说。

“哪一点？”大黑马问道。

“这里的人们会工作，他们并不懒惰。不过，他们工作是为了快乐。我们也要工作，当然不一定要和他们一样。好吧，我们继续走吧！”

他们拐进一条熙熙攘攘的街道，想看看自动城的

商店橱窗。但是，他们刚踏上人行道就不约而同地摔倒了，并顺着人行道滑了下去。

“救命！”康拉德喊道，“人行道还是活的！”

原来，人行道上有一条传送带，这样就不用走路了。人站在上面走街串巷，一个脚趾都不用弯曲。如果想去商店，就走下传送带，重新踏上旁边的路就可以了。

“那位做钩针编织的老太太应该提前告诉我们这些。”黑马咕哝道。它坐在主干道上，因为穿着滑轮，它站不起来。林格尔胡特和康拉德赶紧帮忙，这才把它拉了起来。

眼下，他们对这条活生生的人行道产生了浓厚的兴趣。叔叔想去看一家糕点店的橱窗，于是从传送带上走下来。可是，他没有经验，下来的时候没站稳，脑袋撞到了一面墙上。接着，他们听到一阵阵奇怪的声音，就像铃声和音乐。声音从哪儿来的呢？

康拉德敲了敲墙壁，那声音更响了。他在墙上抓挠了一番，惊呼道：“你们相信吗？这些摩天大楼是铝制的！”

“孩子们，这真是个实用的城市！”叔叔说道，

“我们应该把市长送来这里学习学习！”

最令他们印象深刻的是，面前的一位先生突然从人行道上走到马路上，从外套口袋里拿出一个电话听筒，拨了一个号码，说道：“格特鲁德，听着，我今天中午会晚到一个小时。我想先去实验室。再见，亲爱的！”然后他把手提电话放回口袋，走上了传送带，开始看一本书，继续他的旅程。

康拉德和黑马惊得说不出话来。几个朝相反方向走过的人说道：“那个骑马的，肯定是乡下来的。”

林格尔胡特耸了耸肩，尽量表现得像个当地人。结果，他又摔了一跤。但当康拉德想要扶他起来时，他却说：“算了，我就这么坐着走吧。”

他们从一条街道进入另一条街道。一阵风吹过，铝制的摩天大楼开始轻声歌唱。过了十五分钟，传送带的旅程结束了，摩天大楼也不见了。他们不得不再次步行，艰难地前进。不久，他们站在了一座巨大的工厂前，名字叫“自动城牲畜加工厂”。康拉德率先冲进了大门。

大群大群的牛等着被加工。它们哞哞叫着，踢踏着，挤在一个巨大的吸力漏斗前，那漏斗的直径足有

二十米！牛群相互推搡，成百上千的公牛、奶牛、小牛，全都被神秘地吸了进去，消失在那个金属光泽的漏斗中。

“人类为什么要杀害这些可怜的动物？”黑马问道。

“是的，真可惜。”叔叔回答，“但如果你吃过炸肉排，就会对这事宽容一些了！”

康拉德沿着机器大厅一直往里走，耳畔是发动机和活塞的声音。林格尔胡特和黑马努力跟上这个男孩。终于，他们到达了厂房的后面。

那里停着一列电动货运列车，车间的墙上开了许多窗口，从加工厂出来的成品从窗口有条不紊地掉入货车中。第一个窗口掉出了皮箱，第二个窗口掉出了桶装黄油，第三个窗口掉出了小牛皮鞋，第四个窗口掉出了牛舌沙拉罐头，第五个窗户掉出了大块的瑞士奶酪，第六个窗口掉出了桶装冷冻肉；还有牛角梳、香肠、鞣制皮革、灌装牛奶、小提琴弦、成盒的鲜奶油等等，纷纷从其他窗口掉下来。

当车厢装满货物时，铃声就响了。接着，列车缓缓前进，空车厢驶到窗口下准备装载。

“这儿连个人影都没有！全是牛！”叔叔大声说道，“都是全自动的！”

就在他说话的时候，一名男子悠闲地走过工厂院子。他打了个招呼，说道：“今天我值班。每个月一次，一年总共才工作 12 天。也没什么事，就是看看机器。”

“请问一下，先生，”黑马问道，“那您在其余的 353 天里都干什么呢？”

“您完全不用担心。”那人愉快地回答，“我有个菜园。另外，我喜欢踢足球，还在学画画。有时我也读读历史书，很有意思，看看以前的人，他们的生活是多么烦琐啊！”

“说得很对。”叔叔说道，“但是，你们的城市要消耗巨大的电力，你们从哪里获得这些电力呢？”

“从尼亚加拉瀑布。”那人说道，“这几个星期一直在下雨，我们很担心。电压和电流增长得太厉害，我们担心中央控制室的保险丝会烧坏。哦，4 点钟的报纸来了！”

“哪儿呢，先生？”康拉德问。

监督员望向天空，叔侄俩和黑马也跟着望向天空。

果然，天空中出现了蓝底白字的新闻，上面写着：

自动城没有危险！接着是一份安全委员会的评估。此外，还有与火星的经济谈判记录、各个科学研究所的最新研究成果、明天的广播和家庭影院节目。最后被投射到天空中的，居然是一部小说的连载！

康拉德正要读小说，突然传来一阵巨响。工厂墙壁的窗户里，畜牧产品以越来越快的速度倾泻而下。那些行李箱、肉沙拉、黄油、靴子、瑞士奶酪和鲜奶油就像下雨似的掉下来，把车厢装得满满当当。窗口甚至飞出了砖块、窗框和机器零件！

“哎呀！”监督员大喊，“工厂把自己给绞碎了！”他转身就跑。

灾难的起因是尼亚加拉瀑布，由于洪水泛滥，城市的电力公司增强了百倍驱动力。因此，畜牧加工厂的牛群很快就被加工完了，机器没什么可加工的了，于是开始反向运转，像吸尘器一样把黄油桶、奶酪、行李箱、靴子、冷冻肉、香肠以及其他货物从车厢中吸进去，最后从漏斗里吐出的就是原来的牲畜。公牛、小牛和奶牛疯狂地奔跑，吼叫着冲向街道。

叔叔和康拉德骑在马上，卷进了疯狂的牛群中。大街上，自动人行道疯了似的飞驰。自动驾驶汽车像

公牛、小牛和奶牛疯狂地奔跑，吼叫着冲向街道。

闪电一样呼啸而过，相互碰撞，或冲进房屋、冲上楼梯。电灯熔化了。人造花园里的花不停地枯萎又盛开。天空中还出现了后天的报纸！

黑马受不了了，停在了车道上，膝盖打着战。

“对不住了，卡巴罗！”叔叔大喊一声，用手杖打了一下黑马，吓得黑马忘记了所有的恐惧，疯了似的冲出灾难大军。几分钟后，他们逃出了城市。得救了！

“这该死的自动化技术！”黑马说道。

他们回头望去，只见电梯从楼顶飞下来，摇晃的铝制摩天大楼发出巨大的噪声，就像打仗似的。

林格尔胡特拍了拍黑马的脖子，擦了擦额头，说道：“这个人间天堂完蛋了。”

康拉德抓住叔叔的手臂，喊道：“别担心！等我长大了，我们会建造出新的人间天堂！”

他们继续骑着马，一直往前走，朝着南太平洋出发。

第六章

见到欧芹

叔侄俩骑马穿过白色的沙丘山脉。黑马的轮滑进了沙子，发出刺耳的嘎吱声。叔叔紧紧捂住耳朵。“我快疯了！”康拉德大喊着想戴叔叔的帽子。自然，叔叔什么都没听见。

终于，沙丘不见了，大海出现了。海军蓝的海水无边无际。三个伙伴面向印度洋，尽管烈日炎炎，他们却盯着天上的月亮。

黑马嘟囔道，它早就说过还不如掉头回去了。不过，叔侄俩可不这么认为。于是，黑马只好踩着嘎吱作响的轮滑，跟着叔侄俩走在沙滩上。林格尔胡特叔

叔说，也许能遇到一艘小渔船呢。

虽然他们没有遇到小渔船，却发现了更奇怪的东西：一条两米宽的钢带延伸到海洋深处，似乎也和海洋一样漫无边际。它就像一条通向大海的狭窄小巷，或者是夜晚倒映在水中的一束月光。

在这条钢带上，离海滩不远的地方，站着一个孤零零的女人。她手里拿着刷子，正在刷洗着钢带。

“请问您在做什么？”叔叔问道。

“我在洗刷赤道。”女人回答。

“什么？这是赤道？”康拉德惊呼，指着那条钢带，满脸的不可置信。

“您为什么要洗这个东西呢？”黑马问道。

“我们经历了三天的季风天气，海浪有房子那么高呢。”女人说道，“今天早上，赤道生锈了。我得把铁锈擦掉。如果铁锈太重，赤道转不动的话，可能会爆炸，然后地球就会爆炸！”

“您最好给赤道涂一层红色的防锈材料。”黑马说，“这样它就不会生锈了。”

“那不行，它无论如何都得生点锈，”女人回答，“否则我会失去我的工作。”

“那真是太抱歉了。”黑马说道，“我没有想冒犯您。”

“哦，没关系。”女人谦逊地说道，继续她的洗刷工作。

林格尔胡特叔叔拉了拉帽子，以引起她的注意。“在您完全沉浸于您的工作之前，请允许我再问一个问题：我们怎么样才能最快到达南太平洋？”

“上赤道，然后一直往前走！”女人喊道。

“就按您说的。”叔叔犹豫着又把帽子戴上。

“走吧，你这匹老骏马！”康拉德兴奋地大喊。

黑马不由得起了一身鸡皮疙瘩。“要走那条钢带路吗？”它害怕地问道，“如果我们在钢带上遇到暴风雨、巨浪和龙卷风之类的，我们就完蛋了。你们骑在我身上，这个风险得由你们承担。自从我失业后，我就没有保险了。”

“快走吧，你这大黑骏马！”叔叔喊道。

于是，黑马撒开蹄子，掷地有声地跳上了赤道，从正在洗刷赤道的女人身旁一跃而过，晃晃荡荡地向南太平洋跑去。赤道摇晃起来，好像要把他们都摇晕似的。身后的大陆很快就没影了。他们只能看到海军

蓝的大海和向前方无限延伸的钢带。有时波浪会拍打赤道，把赤道弄得湿漉漉的。黑马的蹄子打滑得厉害，随时都会掉下赤道似的。这种时候，他们就齐声大喊："完蛋了！"

当他们遇到了一块牌子时，他们的心更是垂直下坠，直接掉进了裤管里，包括那匹没有穿裤子的马。因为，那块牌子上写着：请不要逗弄鲨鱼！

周围出现了成群的鲨鱼，足有潜艇那么大，把危险的大嘴伸出水面，像打哈欠似的张得老大。事实上，它们饿坏了。

"这可正合它们的心意。"叔叔喃喃地说道。

"药剂师先生，"黑马说道，"这些小家伙爱上您的肚子了。它们知道什么好吃。"

"别这么没礼貌。"康拉德大声说道，"我叔叔没有肚子！记住这一点！"

林格尔胡特叔叔很感动。"真是个好孩子。如果你……"他指的是那匹马，"如果你想成为一匹受过高中教育的马，我可以全心全意……"

就在这时，一条鲨鱼猛地从水里跃起，贪婪地朝林格尔胡特扑去。康拉德飞起一脚，朝鲨鱼的下巴踢

周围出现了成群的鲨鱼，足有潜艇那么大……

了过去，就像点球一样精准。可怜的鲨鱼带着受伤的下巴，灰溜溜地回到了海里，溅起巨大的海浪。其他鲨鱼见状，全都离开赤道游走了。三位旅行者终于得到了安宁。

“要不是你本来就是我侄子，我现在立刻就认你做我侄子了。”叔叔的声音还在颤抖。

黑马嘲笑地咳嗽了一声，说道：“您的慷慨迟早会毁了您。”

“你尽管笑吧！”叔叔大喊道，“我侄子天资聪颖，他能明白我的意思！”

“说实话，”康拉德说，“我更希望得到 1 马克。我正在攒钱买一列玩具火车。”

“这么贪财的小子，”林格尔胡特咕哝道，“反正我死后，你会继承我的一切。”

“到那个时候，他就不玩玩具火车了。”黑马笑着说道。

叔叔还能说什么呢？他从口袋里拿出钱包，给了男孩 1 马克。

“希望再来一条鲨鱼想吃你。”康拉德说，“那样我还能再赚 1 马克。”不过，鲨鱼再也没有出现了。

"你这孩子品格可不高尚。"林格尔胡特说道，"但这也是没办法的。我们整个家族都是这副德行。"

南太平洋越来越近了。赤道两侧出现了许多长着椰子树的小岛，岛上有珊瑚礁。在他们的前方，出现了被热带雨林覆盖着的海岸。黑马像火车一样疾驰而去。它早就烦透了这条摇摇晃晃的赤道和漫无边际的大海。

终于，他们重新踏上了陆地。在两棵巨大的桉树之间，悬挂着用藤蔓编织的花环。其中一个花环上挂着一块牌子，写着：

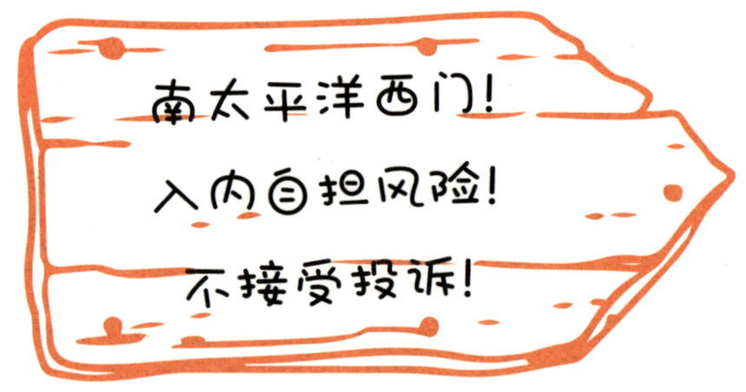

叔侄俩惴惴不安地骑马走过花环，来到一片开满兰花的美丽草地，草地四周长满了棕榈树。一只猩

猩朝他们跑来，和他们握手，然后转身向棕榈树挥手。就在此时，一阵疯狂的喧闹声响起。栖息在树上的猩猩族群尖叫起来。鹦鹉们用脚趾夹着乐谱，叽叽喳喳地唱个不停。一头大象把长鼻子绕在一棵棕榈树上，摇晃着树干，摇得树上的果子哗啦作响。猩猩挥舞着长长的手臂，就像乐队指挥一般，指挥着这场“演出”。

突然，喧闹声戛然而止。猩猩转向三位客人，露出牙齿。

“非常感谢您，猩猩先生。”叔叔说道。

“真是太动人了。”康拉德跳下马，跑向猩猩，拍了拍它毛茸茸的肩膀，大声说道，“如果我把你们的演出告诉奥伯兰德，他会惊呆的！一定会！”

“这只猩猩哪里知道奥伯兰德是谁呢？”叔叔说道。

“奥伯兰德是我们班的第一名。”康拉德解释道。

不过，猩猩对康拉德的班级第一名并不感兴趣。它飞快地爬上了一棵棕榈树。它跑了！其他猩猩也都跟了上去。

大象向三位客人郑重地鞠了三次躬，然后慢悠悠

地走进了雨林，远远地可以听到树木被大象踩裂的声音。

“切记远离伤害！”林格尔胡特说完，和康德拉一起骑着马继续前进。一群色彩绚丽的小蜂鸟在他们前面飞舞着，仿佛在为远道而来的客人引路。

“好好观察四周，我的孩子。”黑马建议道，“这样你的作文才能出彩。”叔叔甚至建议康拉德做笔记，不过，康拉德一言不发，沉浸在了周围的景色中。

这里有华丽的天堂鸟、奇怪的小貘、雪白的松鼠，有五颜六色、拳头大小的蝴蝶，有犀牛甲虫、飞犬和金孔雀，还有卷起来的蛇，就像花园里的水管似的躺在路上。

最引人注目的是一群袋鼠，它们坐在阴凉的香蕉树下，公袋鼠们在玩纸牌，母袋鼠们则在织袜子，毛线球就装在它们肚子上的口袋里，还有食物和小袋鼠的奶瓶。袋鼠宝宝们有的坐在草地上剥香蕉，有的在一条紧绷的绳子上跳过来跳过去。突然，袋鼠妈妈们急忙抓住自己的孩子，塞进育儿袋，然后跳跃着离开了。公袋鼠们甚至连纸牌都不要了。

“咦？”叔叔喊道，“你们能告诉我为什么……”

但他马上闭嘴了，因为面前蹲着三只森林之王老虎。它们吹着胡须，弓起背，准备进攻。叔叔赶紧把手杖抵在脸颊上，假装是一把装了子弹的步枪，眯起左眼瞄准。

老虎们吓了一跳。最大的那只从口袋里抽出一块白布，高高举起。

“你们投降吗？”康拉德大声问道。

三只老虎点了点头。

“那就快滚吧！”叔叔严厉地喊道，“不然我就用我的手杖把你们干掉！”

“后退，快走，快走！”黑马嘶鸣着说道。

于是，捕食者逃跑了。与此同时，尼格罗·卡巴罗感到一阵颠簸。他趔趄了一下，惊讶地盯着自己的蹄子。轮滑鞋不见了！“我的天！”它喊道，“我的坐骑去哪儿了？”

叔叔也是一脸茫然。

康拉德说道：“你们忘了我们在享乐国的经历了吗？”

“对啊！”黑马喊道，“好吧，我倒无所谓。马要轮滑鞋做什么？太不自然了。”从现在开始，它又开

始狂奔，而不是滑动。

不久，他们就遇到了小欧芹。事情是这样的。

他们听到有人在哭泣，听声音像个孩子。但无论他们怎么找，都找不到人。最后，叔侄俩下了马，小心翼翼地走进了丛林。林格尔胡特并没有走多远，他被一根气根绊倒了，嗷嗷叫道：“哎哟！”他跌坐在地上，揉着自己的脚。然而，情况并没有好转，反而更糟了，因为他正好坐在了一个蚁丘上，那里的波利尼西亚蚂蚁就和我们的金龟子一样大，它们分泌出的液体简直就是浓盐酸，让叔叔的脚更疼了。

与此同时，康拉德爬过倒下的树干，穿过缠绕的藤蔓，循着哭声，来到了一棵橡胶树下。哭泣声是从橡胶树的树冠上传来的。男孩抬头一看，高高的树枝上坐着一个小女孩，正在嚼着菠萝，喃喃地说着什么。

“你怎么了？”康拉德喊道。

“它走了吗？”小女孩问。

“谁走了？”男孩打听道。

“鲸鱼！”小女孩冲地面喊道。

“你在胡说什么呢！”

高高的树枝上坐着一个小女孩，
正在嚼着菠萝……

小女孩从橡胶树上爬下来，就像黄鼠狼一样敏捷。她站在康拉德面前，愤怒地喊道:“你怎么和我说话的，浑小子？我可是公主欧芹！”

康拉德不知道说什么好，因为这个叫欧芹的女孩身上居然布满了黑白格子！

“天哪！你身上可以下国际象棋！”

她把一块菠萝递给男孩，说道:“我爸爸是南太平洋著名的黑人酋长，我妈妈是荷兰人。她在嫁给我爸爸之前，是当地椰子农场的一名验收工。所以，我一生出来就是黑白相间的。看起来很可怕吗？”

“怎么说呢？”男孩回答道，“我很喜欢你的样子！对了，我叫康拉德。”

小欧芹行了个礼。康拉德握住了她的手，然后问她为什么要躲避鲸鱼，鲸鱼不是生活在水里吗？

“这你就不懂了！”她解释道，“鲸鱼是哺乳动物，它们只是偶尔生活在水里。”

突然，从林里传来一声巨响。

“是它！”欧芹惊恐地抓住男孩的手臂就往前跑。

两人朝着大路一路狂奔。林格尔胡特叔叔还坐在蚁丘上，嘴里絮絮叨叨地咒骂着。

“快点！”康拉德冲叔叔喊道，“鲸鱼来了！这个小女孩叫欧芹！”

叔叔简直不敢相信自己的眼睛。他目瞪口呆地盯着这个格子女孩。

“快点啊！”康拉德催促道。

“听你的，听你的！”叔叔说着拍掉身上的蚂蚁，跟着跑了起来。

黑马站在路边，为了打发时间，它正在做深蹲，忽然看到一行人跌跌撞撞、气喘吁吁地跑来，惊讶地问道:“你们在森林里发生什么事了？这个小女孩是谁？”

“她正被一头鲸鱼追赶，”康拉德解释道，“鲸鱼马上就到了。”

“开玩笑吧！”黑马说道，“鱼的归属是水，而方格孩子的归属是集市。”

“鲸鱼可不是鱼！”康拉德解释道，然后他抚摩着欧芹的背，因为她又哭了，“鲸鱼为什么要追你？”他问道。

“因为……”她抽泣着说道，“我对它吐舌头，它生气了。救命啊！它来了！”

她正被一头鲸鱼追赶……

棕榈树被折断了，发出嘎吱嘎吱的声音。一头灰色的怪物从丛林里冲出来，看起来就像一艘凹凸不平的飞船，张开它那没有牙齿的大嘴。

林格尔胡特叔叔把手杖抵在脸颊上，吼道：“举起手来，否则我就开枪！”

鲸鱼可没有上当，它继续移动，越来越近了。康拉德挡在欧芹和叔叔面前保护他们，举起拳头威胁鲸鱼。

“完了，我们要被送进坟墓了！”黑马喃喃地说道。

就在这千钧一发之际，几声枪响响起。鲸鱼顿了一下，响亮地打了个喷嚏，掉头躲回了丛林里。

林格尔胡特擦了擦额头，不满地看着侄子，喊道：“都是为了那篇不值钱的作文！我得给你的老师写封信，骂他一顿。”

黑马也松了一口气，问道：“到底是谁开的枪？药剂师，您的手杖说不定真的是装了子弹的枪呢，对吧？”

“是我开的枪！”一个响亮的声音传来。所有人都转过身去，只见面前站着一个古铜色的男人，穿着

一个古铜色的男人，穿着棕榈叶做的围裙，
身上有五彩斑斓的文身。

棕榈叶做的围裙，身上有五彩斑斓的文身。“我是拉贝纳斯酋长，外号‘快枪手’。你好啊，小欧芹！”他伸出手，先和女孩握了握手，然后和其他人握手。

“我很好奇，”叔叔说道，“您究竟是用什么开的枪，罗贝纳斯先生？”

“拉贝纳斯，不是罗贝纳斯。”酋长纠正道。

“好的好的。”叔叔说道，“您就是让我叫您兔子胡椒都行。话说，拉贝纳斯先生，您究竟是用什么开的枪？听上去声音很奇怪。”

“用热乎乎的烤苹果。”拉贝纳斯酋长说道，“我只是想把鲸鱼吓跑。很高兴能够帮上你们的小忙。”

“用热乎乎的烤苹果？”康拉德问道，“那您的枪呢？”

“我没有枪。”“快枪手”回答道，“我习惯把烤苹果插在我的小刀上。”

“原来是这样！”林格尔胡特说道，“无论您用什么开枪，我们都由衷地感谢您！”

拉贝纳斯摆摆手。“不值一提。”他优雅地点了点头，转身走进丛林，消失不见了。

欧芹把旅行者们带到了一个友好的部落。该部落生活在一个迷人的淡水湖边，住在高高的木桩房子里。部落里的土著人都文了身，系着围裙，脖子上挂着一磅重的珊瑚项链。黑马说它对这些事不感兴趣，它跑到一片起伏的甘蔗田里饱餐了一顿。它在那里还遇到了一匹小白马！它们简直相见恨晚。

土著人向叔侄俩展示了令人难以置信的游泳和潜水技巧，还送给叔叔一条用棕榈叶做的围裙作为礼物。他们可不管叔叔愿不愿意，非要让他赶紧系上。叔叔穿上这件奇特的“衣服”，那模样可不怎么美观。土著妇女们笑得前仰后合，嘻嘻哈哈地跑开了。

接着，部落里的年轻人向客人们展示了用矛捕捉鳟鱼、用套索捕捉鸟类。然后，他们又在独木舟上进行了一场八人的划船比赛。康拉德看得入了迷，几乎忘了呼吸。最后，土著人奉上了一顿丰盛的筵席。菜单如下：

菜单

酒酿鱼翅

烤蛇舌配甘蔗沙拉

葡萄柚果冻

鸸鹋排骨

蜗牛泥

奶油椰子配鲸鱼油

部落酋长为无法好好款待尊贵的客人而道歉。“本来我们是想给你们烤人肉的，而不是蛇舌。”他说，“但是昨天，我们刚吃掉了最后一个囚犯。要是临时去附近的部落抓几个人，恐怕其他饭菜就冷掉了。”

“不用费心，”叔叔说道，“反正人肉我们也吃不下。”

菜上来了。

“看吧，再次证明，我们每个星期四锻炼胃是有好处的！”叔叔对康拉德说道，毫不在意地吞下了所有的东西。只是在吃蜗牛泥时，他差点吐了。

康拉德正在和欧芹说话。他很伤心，因为女孩说她要走了。她必须去巴厘岛找洗钻女工莱曼，因为她爸爸的王冠掉了一颗珍珠，需要换成钻石。康拉德希望她再待一会儿，但欧芹摇了摇头。她站起身，和男孩握手告别，然后朝叔叔和老酋长点点头，蹦蹦跳跳地离开了。

“别哭了，我的孩子。”林格尔胡特说道，“还是吃点东西吧！”

但康拉德早就没有胃口了。他咽下眼泪，说现在得回去了，没有欧芹，整个南太平洋都没什么乐趣。

而且，再不走的话，他的作文要写不完了。

叔叔没意见。于是，他们向酋长告别，感谢他的热情款待，然后跑到甘蔗田去找尼格罗·卡巴罗。

然而，站在白马身旁的黑马却对叔侄俩说道：“先生们，不好意思，我要留在这里。这里的甘蔗味道好极了！而且，我想娶这位白马小姐。她多可爱啊！我想有个自己的家。我想忘掉轮滑和马戏团，以及一切和欧洲有关的事。另外，我发誓再也不说话了！作为一匹马，本来就不该说话。回归自然！”

“废话少说！”叔叔大喊道，“你是在开玩笑吧！”

黑马一声不吭。

“你不能让我们走着回家。”叔叔说道，“你说话，你这个四条腿的笨蛋！”

“他刚发誓再也不说话了。”康拉德说道，“而且，如果他真想娶白马小姐，我们就别捣乱了。我们别妨碍他寻找幸福！”

黑马点头表示赞同。但林格尔胡特还是很愤怒。“疯了！”他喊道，“你这大马结什么婚？我也是单身啊。”

“亲爱的叔叔，你有我这个侄子啊，”康拉德反驳道，“所以你不需要自己的孩子。”

“那你可得当心了。”叔叔对黑马说道，“你和你的白马太太会生出黑白格子小马！就像欧芹一样！你真的不想跟我们走吗？”

黑马摇摇头。

“那么，祝你好运。”林格尔胡特妥协了，又补充道，“别再说你是一匹马！你是一头牛，明白了吗？”

尼格罗·卡巴罗点点头。

“向左转，齐步走！”叔叔喊着口令指挥道，拉着小康拉德的手走了。

“谢谢你为我们做的一切！”男孩喊道。

黑马和它的新娘仰起头，一齐发出嘶鸣。

“你踏步踏错了。”林格尔胡特对侄子说道。但这不是他的本意。他只是想掩饰对轮滑马的不舍。

他们开始穿越丛林。可丛林似乎没有尽头似的。远处不断传来野兽的咆哮声，狒狒们往路上一个劲儿地扔椰子。这一路真是危险重重！康拉德感到很遗憾：要是这里有电车该多好啊！为了壮胆，他们唱起了《徒步旅行是磨坊主的乐趣》。唱完歌，叔叔却说徒步旅行一点也不好玩。

“你也不是磨坊主，”康拉德回应道，“你是药剂师。”

“说得太对了。”叔叔说着，看了看手表，吓了一跳，“天啊！再过十分钟就7点了。如果我们不尽快找到我的衣柜，你就要赶不上晚饭了！”

“不知道什么时候才能写完我的作文。”男孩说道。

“我们再唱一首歌吧！”叔叔提议。

于是他们开始唱《听，外面什么声音？哈喽，哈喽》。唱完，叔叔又看了看手表。“如果奇迹还不出现，我们就安心地待在这里吧，把自己献给邻近的某个部落，成为他们的周日大餐。”

“为什么奇迹没有出现呢？”有人在他们身后问道。

他们转过身，看见被称为“快枪手”的拉贝纳斯站在那里，脸上带着微笑。

“您真是太好了，谢谢您上次帮我们脱困。”叔叔说道，“您能把我的旧衣柜召唤出来吗，亲爱的拉贝波斯先生？”

“是拉贝纳斯。”酋长纠正道，然后低声念道，“四乘六等于三乘八，零乘一百还是零。只有不稀罕奇迹的人，才能创造奇迹。”念完，他拍拍手，衣柜立刻出现了！就在丛林中，就在棕榈树和仙人掌之间！

“太谢谢您了！”康拉德大声道。

但“快枪手”拉贝纳斯一眨眼就不见了。

“真是个奇怪的人！”叔叔说道，“但非常可爱。这点我得承认。”他把男孩从衣柜的后面推进去，然后自己爬进去。当他们从衣柜的前面走出来时，竟然真的出现在了林格尔胡特家的走廊里！没错，外面就是约翰·梅耶街！

康拉德打开灯，因为天已经暗下来了，而且他想再看看衣柜旁边的真正的丛林，却只看到了墙壁和

他拍拍手，衣柜立刻出现了！
就在丛林中，就在棕榈树和仙人掌之间！

墙纸。

叔叔把围裙解下来，把它和手杖一起挂在旧衣柜里。“好了，你这个捣蛋鬼，现在赶紧回家吧！代我问候你的父母，告诉他们，我吃完晚饭去你家串门。让你爸爸提前冰几瓶啤酒。”

男孩抓起书包，感觉这一天的经历真是太棒了！他亲了一下叔叔的脸，跑了出去。

“啧啧，”叔叔低声咕哝，“这小子竟然亲我！这可不适合男人。”他走到窗边往外看。康拉德正好从大门冲出来，抬头看看叔叔。两人挥手告别。

林格尔胡特开始整理房间。羽绒被还在书柜前放着呢，中午吃完的空盘子也还在桌上。他收拾完屋子，走到走廊上，又打开衣柜，好奇地往里看。唉！他晃了晃脑袋。柜子的后面不再是空的了，而是一整块板子！围裙也不见了。

“好吧，现在，出远门回来的药剂师林格尔胡特要抽根大雪茄了。”叔叔自言自语，哼着小曲走进了客厅。

第七章

康拉德的作文

当林格尔胡特来找康拉德的父母时，这对夫妻已经叫男孩上床睡觉了。

“你们今天又搞了些什么？”康拉德的妈妈问道。

“他没有告诉你们吗？”叔叔反问道。

“一个字也没说。”康拉德的爸爸说道，“这小子好像把你们的星期四当成了世上最大的秘密。”

“确实如此。”林格尔胡特说道，“对了，我能喝杯啤酒吗？”

康拉德的妈妈给他倒了一杯，见他一饮而尽，继续问道：“你们今天到底做什么了？”

“这个嘛……”叔叔说道，“今天可真是令人兴奋啊。我们在街上遇到了一匹马，它问我们有没有糖。我们说没有。谁会想到随身带着糖呢？然后，它就到我家去了。后来，我们一起去了胖子塞德尔巴斯特那里，他以前和康拉德是一个班的。你们认识他吗？不认识？现在他是享乐国的总统呢！那里的母鸡非常特别，能下带火腿的煎蛋。然后，我和拿破仑、恺撒大帝吵了一架，因为他们占了我们的座位！那座位可是付过钱的！再后来，我们遇到了红头发的芭贝特。她在‘颠倒世界’担任教育部长，她妈妈在那儿接受教育呢。顺便提一下，我的房东克莱门斯·华夫布鲁赫也在那儿。哦，他去那儿可以说是非常有必要的。然后，我们去了自动城。那里的汽车是自动行驶的。我们还骑着马走过赤道，去了南太平洋。幸亏我带了手杖，它可是帮了大忙。康拉德和一个黑白格子的女孩交了朋友，那个可爱的女孩叫欧芹。哎呀，我到现在都感到不可思议，我们居然能准时回家！”

康拉德的父母坐在沙发上，面面相觑，十分震惊。

爸爸表情严肃地说道：“来，给我看看你的舌头！”

妈妈问道：“你是不是又喝上头了？”

“再给我一杯啤酒。”林格尔胡特说道，“得快点，不然我就直接把这个杯子啃了！”

“绝对不行。”他的哥哥急忙制止，“你一滴酒也不许碰了！”

“亲爱的朱利斯，”康拉德的妈妈严肃地对丈夫说道，“为什么你一直不告诉我，你们家族有精神病人？”

“你后脑勺疼吗？”康拉德的爸爸问药剂师，“是不是那孩子太淘气了？你得对他严厉一些。”

林格尔胡特给自己又倒满了一杯啤酒，一口气喝了下去，说道：“看样子，今天和你们聊不下去了。就你们这个年纪，不该这么古板。”

“我们就是对你太纵容了。”康拉德的爸爸说道，“现在你还反过来指责我们古板！是你太幼稚！你搞清楚！”

“有吗？好吧好吧，干杯！祝你们好运！我去看看那孩子，看看他睡得怎么样。”

“祝你早日康复！”康拉德的爸爸说道。

“如果你们再说我有精神病，我就去我的药房拿点喷嚏粉，打个大喷嚏，把你们都炸飞！再见，老顽固们！”林格尔胡特双手交叉在胸前，就像土耳其贵

族似的鞠了一躬，然后离开了康拉德的父母。

他轻手轻脚地走进康拉德的房间，打开灯，小心翼翼地走到床边。男孩睡得很香，突然，他动了动，露出了微笑，说道："我宁愿要1马克。"

林格尔胡特俯身靠近熟睡的孩子，低声道："下星期四，你就能得到一列玩具火车，调皮鬼。"他环顾了一下房间，发现书桌上放着一个本子。他轻轻走过去，看到本子的封皮上写着"作文本"几个字。

他翻开本子，找到了他想看的内容。他先看了一眼标题，然后开始读整篇作文：

我在南太平洋的经历

对我来说，星期四总是妙趣横生。每个星期四，我都会和叔叔一起度过。我叔叔是一位药剂师。他的姓是林格尔胡特，和我一样，因为他是我叔叔嘛。今天又是星期四。我告诉叔叔，我要写一篇关于南太平洋的作文，因为老师觉得，我数学太好，但想象力不足。叔叔说："那我们就赶紧去一趟南太平洋，然后写一篇拿得出手的作文给你老师瞧瞧。"不好意思，这不是我说的，是我叔叔说的。

于是，我们开启了一次迅疾的旅

行。我们钻进走廊的衣柜里，先到了享乐国。之后，我们去了古堡城，见到了不少历史上赫赫有名的国王和将军。我们在颠倒世界看到了许多不合格的父母在接受教育，并且卓有成效。接着，我们到了自动城，那是个全自动的世界，但因为电流量太大，机器失控了，导致整个城市陷入了混乱，电梯都飞到天上去了！幸好我们骑着马，马不停蹄地逃了出去。

那匹马是我和叔叔在格拉西斯大街上遇到的，它爱吃方糖，会轮滑。哦，扯远了。

再后来，我们骑着黑马，沿着赤

道，来到了南太平洋。赤道的两侧密布着珊瑚岛，那些珊瑚可以用来制作成名贵的项链。叔叔差点被鲨鱼吃掉，因为他挺着一个大肚腩！不过事实上，他的肚子也没什么好吃的。我给了鲨鱼一个飞毛腿，救了叔叔。为了感谢我的救命之恩，叔叔给了我1马克。我正在攒钱买玩具火车。我已经有4马克80芬尼了，但还不够买玩具火车。

我们到了一个岛上，看到了许多猩猩和大象。其中一只猩猩就像指挥家一样，指挥着动物们演奏，欢迎我们的到来。岛上最惊险的一幕要数遇

到三只老虎了。幸亏叔叔脑子转得快，他举起手杖，假装是枪，吓得老虎举白旗投降。我们还看到了许多袋鼠，袋鼠妈妈们在织袜子，毛线球就放在它们肚子上的口袋里。

要说在南太平洋遇到的最美好的事情，莫过于认识了欧芹。她是个女孩，全身的皮肤呈现出黑白相间的格子，因为她的爸爸是黑人部落酋长，而她的妈妈是荷兰人。当时，她正在丛林里哭泣，哭得很凶，因为有一头鲸鱼在追击她。我本以为鲸鱼只生活在水里，欧芹却告诉我，其实鲸鱼是哺乳动物。她说，她只是朝鲸鱼吐了一下舌头，就把鲸鱼惹怒了。是

拉贝纳斯用烤苹果当子弹，吓退了鲸鱼，救了我们。他也是一位部落酋长。后来，欧芹要走了，因为她爸爸的王冠掉了一颗珍珠，她得去找一颗钻石补上。

我们在一个部落里吃了饭。那些菜名，我们可是听都没听过。最后，很遗憾的是，黑马不愿意和我们回来。它打算留下，它要娶一匹白马做太太。叔叔说："不走就不走吧！随你的便！"事实上，要是找不到那个旧衣柜，恐怕就连我们俩也得留在那儿，被人蒸煮了当食物。幸好拉贝纳斯又来帮我们了。不知他是怎么变出那个衣柜的，总之，我们又通过衣柜，回到了叔叔

家里。并且，我准时赶回了自己家吃晚饭，爸爸妈妈一点都没有觉察到。这一点很重要。

吃完晚饭，我就开始写作文。真希望大家都能像我一样，亲自去南太平洋看一看。

要是没有叔叔，这一切都是不可能实现的。

这就是我在南太平洋的经历，当然远远不止这些事，只是我一提笔，就忘了一大半。要是谁不信，可以去问我叔叔。我叔叔和我一样姓林格尔胡特，是个药剂师。

林格尔胡特小心翼翼地把本子放回书桌，走回床边，朝着熟睡的男孩点点头，轻手轻脚地走向门口。到了门口，他又转过身来，关掉灯，轻轻地说道：“晚安，好儿子！”

事实上，康拉德只是他的侄子。

ERICH KÄSTNER

埃里希·凯斯特纳“成长火花”书系

飞翔的教室

DAS FLIEGENDE KLASSENZIMMER

[德] 埃里希·凯斯特纳 著
李娟 印想想 译

北京联合出版公司
Beijing United Publishing Co.,Ltd.

图书在版编目（CIP）数据

飞翔的教室 /（德）埃里希·凯斯特纳著 ; 李娟，印想想译. -- 北京 : 北京联合出版公司，2025. 3.（埃里希·凯斯特纳“成长火花”书系）. -- ISBN 978-7-5596-8218-5

Ⅰ. I516.84

中国国家版本馆 CIP 数据核字第 2025XH7964 号

飞翔的教室

作　　者：［德］埃里希·凯斯特纳
译　　者：李　娟　印想想
出 品 人：赵红仕
责任编辑：刘　恒
封面设计：吴黛君

北京联合出版公司出版
（北京市西城区德外大街83号楼9层 100088）
北京新华先锋出版科技有限公司发行
三河市中晟雅豪印务有限公司印刷　新华书店经销
字数94千字　620毫米×889毫米　1/16　11印张
2025年3月第1版　2025年3月第1次印刷
ISBN 978-7-5596-8218-5
定价：245.00元（全5册）

▼目 录

目 录

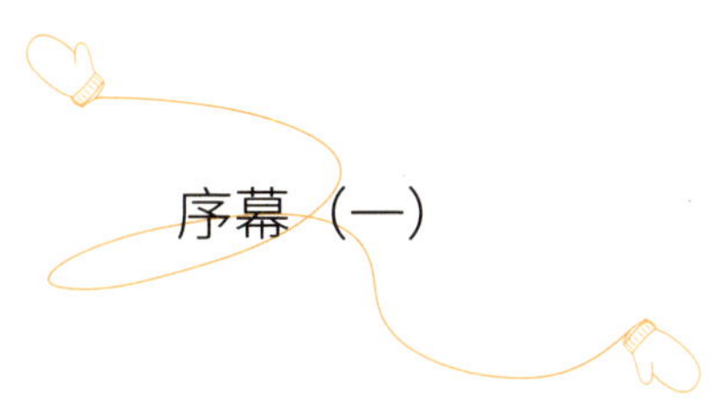

序幕（一）

现在，我将写下一个真正的圣诞节故事。实际上，我好几年前就打算动笔了，最后确定去年开始写。你懂的，总是有些事情妨碍着我，导致我把计划一拖再拖。

前不久，我妈妈说：“你要是再不写，今年过圣诞，你就别想要什么礼物！”

我这才下定了决心启程。

我飞快地收拾行李，把网球拍、泳裤、绿色铅笔和成堆的稿纸一股脑儿地塞进箱子。当我和妈妈满头大汗、气喘吁吁地赶到车站广场时，我却困惑起来。“该去哪里呢？”我问道。毕竟，光是在盛夏酷暑中静心坐着就已经很难，更别提写什么“天寒地冻，大雪

纷飞，艾森迈尔博士朝窗外看了一眼，他的两只耳垂就冻僵了”。现在是8月份，人躺在浴缸里都感觉自己像一锅炖肉，甚至随时可能中暑，这样的情况下是无论如何也写不出那种冬日场景的。

不过女士们总是很有办法。我妈妈就有个好主意。她走到售票处窗口，向售票员和善地点头致意，开口问道：“您好，请问您知道哪个地方八月份有雪吗？”窗口的男士可能本想说“北极”，但他认出了我妈妈，就收住了那句有点冒犯的话，转而用一种礼貌的口吻说：“楚格峰[1]上现在有雪，尊敬的凯斯特纳夫人。”所以我不得不立刻买了一张去往上巴伐利亚的车票。我妈妈补充道：“在你写完圣诞故事之前别想回家，知道吗？”说着说着，火车驶离了车站。“别忘了把要洗的衣服寄回家！”我妈妈边追着车边喊。为了给她找点事做，我大声回答道：“你也别忘了给花浇水！”然后，我们挥舞手帕告别，直到看不见彼此。

从那之后已经过了两个星期，我一直住在楚格峰山麓下一个大而深的绿色湖泊旁边。如果不游泳、不做操、不打网球也不划船的话，我就在一片宽广的草地中间摆上一张桌子，坐在摇摇晃晃的小木凳上写我

---

[1] 海拔2963米，属于阿尔卑斯山脉，是德国的最高山峰，位于德国南部上巴伐利亚地区。

的圣诞节故事。盛开的、五彩斑斓的花朵环绕着我，轻轻摇曳着的草儿向风鞠躬行礼。蝴蝶悠闲地在空中飞舞，其中一只大孔雀蝶还会时不时地拜访我，我给它取名叫戈特弗里德。我们的关系很是亲密，它几乎每天都会理所当然地落在我的稿纸上。“嘿，戈特弗里德，近来可好？”我亲切地问候它。它轻轻地开合了一下翅膀以作回答，接着悠然自在地飞走了。

对面是一片阴暗的杉树林，林子旁放着一堆柴。一只黑白相间的猫趴在柴堆上面，直勾勾地盯着我。我强烈怀疑它是只通灵的猫，随时都能口吐人言，只是它并不想搭理我罢了。每当我点燃香烟，它都会弓起背来。到了下午它就溜走了，大概是受不了炎热吧。

我也觉得热得不行，可我还是得待在这儿。高温炙烤得让人发疯，我还得强忍着不适写作，比如写一场雪球大战的场景，这实在是太不容易了！

写了一会儿后，我向后躺倒在草地上，抬头望向楚格峰山顶。我看到在那山间峡谷中，冰冷而经年不化的雪闪耀着晶莹的光芒。我感觉我又有了写作的动力！当然，也有好几天，云雾会从湖面的一角升腾而起，越过天空向楚格峰飘动，然后层层堆叠，将其遮挡得严严实实，让人再难窥见山峰一丝一毫。

这样一来，我就无法继续描写打雪仗和其他冬季

专属活动的场景了。不过没关系，在这种日子里，我写写室内场景不就行了嘛！作为一个作家，这点小聪明我还是有的。

每天傍晚，爱德华都会准时过来接我。它是一头漂亮的棕色小牛，长着一对小小的犄角。它的脖子上挂着铃铛，我总能根据铃声判断它在哪儿。起初铃声从远处传来，那是小牛在高处的草地吃草；然后铃声越来越近，最后它出现在我的面前。爱德华从高耸的深绿色杉树林中走出来，嘴里含着几朵嫩黄的小雏菊，似乎是特意采来送我的。它小跑着穿过草地，直奔我的桌前。

“嘿，爱德华，你今天收工了吗？”我问它。它朝我点点头，脖子上的牛铃也跟着叮当作响。不过，因为这里长着美丽的毛茛[1]和银莲花，它还得再多吃一会儿草。我也要多写几行文字。这时，一只鹰在空中盘旋，接着直上云霄。最后，我收起我的绿色铅笔，拍拍爱德华温暖光滑的身躯。它用它的小角轻轻地推推我，要我站起来。然后我们一起漫步在鲜花盛开的草地上，溜达着回家。

到了旅馆的门口，我们就互相道别。爱德华不住

[1] 野生植物，开杯状、有光泽的小黄花。

每天傍晚，爱德华都会准时过来接我。

在旅馆里，而是住在拐角处的一个农夫家里。前几天我跟农夫聊起来，他说，爱德华以后一定会长成一头强壮的公牛。

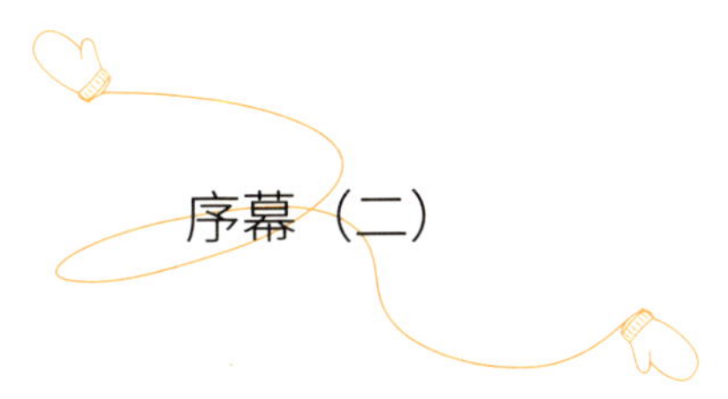

序幕（二）

前一天晚上吃过晚饭后，我懒洋洋地坐在旅馆休息室里。阿尔卑斯山的落日余晖已经褪去，楚格峰和连绵不绝的群山都隐没在夜幕中。在湖的对岸，满月带着盈盈笑意，注视着黑暗的森林。

我本想立即开始写作，突然，我发现我常用的那支绿色铅笔不见了。显而易见，它一定是在我回旅馆的路上从口袋里掉出来了，说不定被爱德华当成一片草叶吃掉了。总之，我当时什么也写不了，只能枯坐在休息室里。虽然我住在一家相当豪华的旅馆里，但这偌大的地方竟然连一支可供我借用的绿色铅笔都没有！哦，这旅馆可真差劲！

最后，我只好拿起一本儿童读物来看，这本书还

是作者寄给我的呢！不过我很快就看不下去了，而且很是恼火——那个作者在向每一个小读者灌输一种理念：孩子一直是幸福的、快乐的，简直快乐得不知如何是好！这纯粹是愚弄！那个不诚实的作者阁下似乎觉得童年都是用最美味的蛋糕面糊烘烤出来的。

一个成年人，怎么可以把自己的童年忘得干干净净，以至于长大后根本回忆不起孩童时代有多少悲伤和不幸的时刻呢？（我也想借此机会恳请你们，亲爱的读者们，永远不要忘记自己的童年！你们能答应我吗？你们能够向我保证吗？）

无论是为一个坏掉的洋娃娃而哭泣，还是为失去了一个朋友而哭泣，这都没有关系。在生活中，为了什么而悲伤并不重要，重要的是悲伤到什么程度。说句实话，孩子的眼泪并不比大人的少，甚至往往分量更重。诸位读者，请不要误解我的意思！我并不想徒增不必要的伤感。我想说的是，即使心灵上非常痛苦，我们也要保持诚实的品格，并始终如一。

在下一章我即将讲给你们的圣诞故事中，有一个男孩名叫约纳唐·特洛茨，大家都管他叫约尼。这个四年级的小男孩并不是这本书的主人公，但他的身世概况与故事情节十分契合。他出生于纽约，爸爸是德国人，妈妈是美国人，他们整日争吵不休。最后，约

尼的妈妈离家出走了。当约尼四岁时，爸爸把他送上了一艘从纽约开往德国的轮船。爸爸给小男孩买了一张船票，还在他的褐色小钱夹里放了一张 10 美元的纸币，并在他的脖子上挂了一块硬纸板，上面写着约尼的名字。父子二人去见船长。爸爸说："劳烦您费心，请带我儿子去德国好吗？到汉堡[1]的时候，他的爷爷奶奶会来接他的。"

"没问题，先生。"船长爽快地答应了。然后约尼的爸爸就转身走了。

孤苦伶仃的孩子就这样漂洋过海。乘客们对他很是关爱，给他巧克力吃，读着纸板牌子上的名字，都说："嚯！你也太走运了，小小年纪就能航海了！"

在海上航行了一个多星期后，轮船抵达了汉堡，船长在舷梯等待约尼的爷爷和奶奶。乘客们陆续下了船，临走前都要拍拍男孩的脸蛋。"哦，小约尼，"一位拉丁语教授真诚地说道，"祝你一切顺利！"岸上的水手们也喊道："约尼，别紧张！耐心等着吧！"随后一些工人上了船，重新粉刷那艘船，让它在启程返回美国时显得光彩夺目。

船长牵着小男孩的手站在码头边，时不时地看看

[1] 汉堡（Hamburg）是德国的三大州级市（柏林、汉堡、不来梅）之一，德国第二大城市，也是德国最重要的海港和最大的外贸中心。

手表。他们就这么等啊等，约尼的爷爷奶奶却一直没有来。实际上，他们根本来不了，因为他们已经去世很多年了！约尼的爸爸只是单纯地想抛弃这个孩子，于是毫不犹豫地把他送到了德国。当时，约尼还不明白这意味着什么。但随着他渐渐长大，有很多个晚上，他都躺在床上哭得彻夜难眠。他这辈子都无法真正从四岁时遭受的心灵创伤中走出来，尽管我可以向你保证，他确实是一个勇敢坚强的男孩。

好在，上天还是对这个可怜的孩子有所眷顾的。船长有一个已婚的妹妹，于是他就把约尼送到她家寄养。每次船长回德国时，都会去看望约尼。在约尼 10 岁那年，船长把他送到克希贝克城的约翰·西吉斯蒙特九年一贯制学校（顺带一提，这所寄宿学校就是我们的圣诞故事发生的地方）。

每逢假期，约纳唐·特洛茨都会去看望船长的妹妹，那家人也确实待他很好。但他通常都待在学校。他读了好多好多书，还偷偷地写故事。

也许有一天，他会成为一名作家，尽管现在谁也说不准。他把一半的时间消磨在宽敞的校园里，跟那些大山雀聊天。它们飞到他的手上，当他说话时，它们就瞪起小眼睛，用问询的眼神看着他。有时候，他会给山雀们展示一个褐色的小钱夹，里面躺着一张 10

美元的纸币。

我之所以讲约尼的身世，只是因为昨晚我着实被那个童书作家气着了。那个不诚实的先生真是满口胡言！人生的艰辛其实早在人们踏入社会之前就开始了，既不是从谋生挣钱开始，也不是到谋生挣钱结束。我强调这些众所周知的事，倒不是因为你们已经懂得了人生的艰辛，然后让你们自鸣得意。我也并不是要吓唬你们，让你们提前为此胆战心惊。不，不是这样的！请你们怎么开心怎么来，快乐到笑得肚子疼都行！

我想说，不要糊弄自己，也不要被人家糊弄，要学会如何正视不幸。做错事的时候不要害怕，受挫的时候不要自认倒霉。要保持冷静，坚强地应对生活的考验！就像拳击手说的那样，你们必须经受命运的打击，要学会忍受，并领会这种痛苦。否则，一旦你们被生活迎头痛击，马上就会受不了的。各位，要知道生活是个超大码的拳击手套！要是没有任何防备地挨上一拳，那可就好一阵子都爬不起来了。

所以说，各位，来经受生活的磨炼吧！如果你们能做到这一点，那就已经赢了一半了。因为尽管你挨了命运的一记耳光，你还是能保持头脑冷静，还学会了两种非常重要的品质：勇敢和机智。记住：没有机智的勇敢是胡闹，而没有勇敢的机智是荒唐。

很多时候，我们会发现这样的情况：笨人变得勇敢，聪明人变得懦弱。这是不对的。只有当勇敢的人变得机智，机智的人变得勇敢时，我们才能真正认识到，原来一直被当成是错误的事情，恰恰体现了人类的进步。

顺便一提，当我写下这些近乎哲学论证的语句时，我正身处广袤无垠而色彩缤纷的草地中央，坐在我的小木凳上，坐在摇摇晃晃的桌子前。今天上午，我又在杂货店给自己买了一支绿色铅笔。此时已经是傍晚了。在楚格峰山顶上，刚下的雪正熠熠生辉。那只黑白相间的猫蹲在柴堆上盯着我。我就说它肯定是着魔了！我的朋友爱德华脖子上的牛铃叮当叮当地响了起来，铃声从山上远远传来。很快，它就会来用它的小角轻轻推我，然后接我回家。孔雀蝶戈特弗里德今天没有来看我，希望它平安无事。

明天，我终于要开始写我的圣诞故事了。这个故事里，有胆大的也有胆小的，有机灵鬼也有笨蛋。总之，这所寄宿学校里有着形形色色的孩子。

我突然想起来：你们都知道寄宿学校是一个什么样的地方吗？简而言之，就是一种食宿全包的学校。男孩们在大食堂的长桌旁吃饭，而且他们要自己抬桌子；睡的是集体宿舍，每天早上，宿管就会拉动钟绳，

把钟摇得咣咣响。还有几个领头的男生是舍长。他们像老鹰一样盯着其他学生，以确保每个人都准时从床上弹起来。不少男孩到现在都没学会怎么整理床铺，当其他学生周六和周日外出时，他们就待在宿舍里写字。（倒不是说他们写的东西能教他们如何铺床。）

寄宿生们的父母要么住在偏僻的城镇，要么住在乡下，那里没有中学。孩子们只能在假期回家。有些孩子哪怕假期结束了，也还赖在家里。还有一些孩子，只要他们的父母同意，他们可以整个假期都待在学校。

还有一些学生是走读生。他们的家和学校在同一座城市里，所以他们不住宿舍，而是住在家里。

哦，是爱德华，我那漂亮的小牛朋友从深绿色的冷杉树林里走出来了。现在它正摇摇晃晃地穿过草地朝我的木凳走来。它是来接我回旅馆的，我应该就此停笔了。它站在我身边，深情地望着我。所以，请原谅我今日就此搁笔吧！明天早上我会早点起床，写完圣诞故事的最后一章。我妈妈昨天来信，问我写得怎么样了。

第一章 精彩的戏剧排练

两百张凳子被挪动着。两百个学生吵吵闹闹地站起来，你挤我、我挤你地向门口拥去。克希贝克城寄宿学校的午餐时间结束了。

“这算怎么回事儿！”四年级的马蒂亚斯·泽尔布曼对坐在他旁边的一个同学说道，“我还没吃饱呢！我急需几芬尼[1]去面包房买一袋蛋糕边角料，你有钱吗？”

金发碧眼的乌利·冯·西默恩从口袋里掏出钱包，给了他那饥肠辘辘的朋友几枚硬币，低声说：“给你，马茨[2]，但千万不要被逮住了！那个长得很俊的西奥

[1] 芬尼、马克都是德国货币单位，1 马克等于 100 芬尼。

[2] 马蒂亚斯的昵称。

多正在花园里值班呢。要是让他发现你偷溜出校门，你可就完蛋啦。”

“你这胆小鬼，少拿那些愚蠢的高年级学生来吓唬我！”马蒂亚斯牛气烘烘地说着，把钱塞进口袋里。

“你可别忘了来体育馆，我们还要排练呢！”

“我记着呢！”马茨点点头，然后一溜烟地跑到北大街的面包房去了。那里的烘焙师舍夫先生卖的袋装碎蛋糕物美价廉。

外面下着雪。圣诞节就要到了。节日气氛也日益浓厚起来了。很多学生跑到学校周围的花园里团雪球、打雪仗。要是看到有人若有所思地走在小路上，他们就会拼命摇动树干，让沉甸甸的雪从枝丫上噼里啪啦地掉下来。花园里充满了欢乐的笑声。一些高年级的学生翻起高高的大衣衣领，非常威风地大步登上奥林巴斯山。（一座偏僻而神秘的小山，叫这个名字已经有几十年了。除了高年级的学生，任何人都不能踏足。有传言说，这座小山上矗立着古老的日耳曼祭祀石，每年复活节前，那里都会举行阴森恐怖的仪式。可真吓人！）

其他待在室内的学生，都在宿舍里看书、写信、午睡或做作业。钢琴室里传来响亮的音乐。

还有一些学生正在运动场上滑冰。一个星期前，勤杂工已经把运动场改造成了溜冰场。突然，有人打架了，起因是冰球队想在溜冰场训练，但滑冰的人偏不允许。几个低年级的男孩正拿着雪铲和扫帚清理冰面。他们的手指已经冻僵，一个个气得小脸都歪了。

教学楼前聚集了一大群兴奋的孩子，他们都在抬头看着。加布勒正站在三楼狭窄的窗台上。他稳住身子，像只苍蝇似的紧紧贴着墙壁，一步一步地挪动着，从一个教室走到另一个教室。

望着他的男孩们都屏住了呼吸。

终于，加布勒到达了终点，他纵身一跃，跳进了一扇大敞着的窗户里！

“帅呆了！”看热闹的孩子们热烈地鼓掌喝彩。

“出什么事了？”一位高年级学生路过问道。

“哦，没什么，”塞巴斯蒂安·弗兰克说，“我们只是让那只会尖叫的猫头鹰往窗外瞅瞅，因为哈里不相信它是个斜眼儿！”

其他孩子哄笑起来。

“你是在耍我吗？”高年级学生问道。

“不，不，我哪儿敢呀，”塞巴斯蒂安故作谦逊地回答道，“我怎么会有胆量跟您这样的大人物开玩笑呢？”

高年级学生只好继续向前快步走去。

这时乌利跑了过来，说："塞巴斯蒂安，你该去排练了！"

"得令，陛下！"塞巴斯蒂安假装严肃地说，然后慢悠悠小跑起来。

已经有三个男孩站在了体育馆外面。他们分别是：约尼·特洛茨，圣诞戏剧的编剧，这部戏剧有一个好听的名字，叫《飞翔的教室》；马丁·塔勒，班上的学习尖子，也是布景设计师；马蒂亚斯·泽尔布曼，对，就是那个总是嚷嚷着饿的孩子，尤其会在饭后喊饿。他的梦想可是成为一名拳击手呢。他和塞巴斯蒂安几乎同时抵达，一边大嚼着蛋糕，一边递给小乌利几块。

"给你！"他含混不清地说道，"你也吃点儿，这样你才能长高长壮。"

"如果你不是那么笨的话，"塞巴斯蒂安对马茨说，"那我可就要问了，一个真正的聪明人怎么可能吃这么多呢？"

马蒂亚斯并不计较，只是耸了耸肩，嘴里依旧嚼个不停。

塞巴斯蒂安踮起脚，朝窗子里瞅了瞅，摇摇头说：

“那几位先生又跳上探戈了。”

“我们进去吧！”马丁下令道。

五个男孩走进了体育馆。高年级的学生两两成对地在练习舞蹈。那个叫蒂尔巴赫的高个子被舞伴优雅地搂着，像女孩一样翩翩起舞。他头上歪戴着一顶女式帽子，八成是问学校的厨娘借的。

英俊的西奥多坐在钢琴前，胡乱地敲着琴键。

“一群花花公子！”马蒂亚斯轻蔑地说道，乌利躲在他身后。

“请你们不要跳了，”马丁走到钢琴前，客气地说道，“我们得继续排练约尼·特洛茨的戏剧了。”

英俊的西奥多停下来，颇为傲慢地说：“那你们得等等，起码等到我们用不着体育馆的时候！”然后他继续弹奏起来，高年级的学生接着跳舞。

马丁·塔勒，这名四年级的尖子生顿时涨红了脸。“我说请你们停下来！”他大声说，“是舍监伯克博士批准我们每天下午 2 点到 3 点在体育馆排练的。”

英俊的西奥多坐在钢琴凳上，转过身来：“你就是这么跟学长说话的吗？”

乌利想溜走，他不喜欢这种剑拔弩张的场面。但是马蒂亚斯紧紧地抓住他的袖子，愤怒地盯着高年级学生，压低了嗓音说道：“嘿，要我去揍那个傻大个儿

高年级的学生两两成对地在练习舞蹈。

一顿吗？”

“冷静点，”约尼说，“马丁会搞定的。”

高年级学生把马丁围了起来，好像要吃掉他。那个英俊的西奥多又开始弹探戈舞曲了。于是马丁把围观的人统统推开，走到钢琴边上，砰的一声关上了琴盖！高年级的学生惊呆了。马蒂亚斯和约尼急忙去为马丁助威，但好像没有他们，马丁的气场也足够强大。“你们必须和我一样遵守规则！”他愤怒地对高年级学生说道，“不就是比我们大了两岁，有什么可瞧不起人的！不服气的话，可以去找伯克博士告我的状，但你们现在必须马上离开体育馆！”

琴盖直接磕在了西奥多的手指上，他那张非常上镜的帅脸气得扭成一团。“你就等着瞧吧，小子！”他威胁道。但最后他还是离开了体育馆。

塞巴斯蒂安打开门，非常有礼貌地鞠了一躬，其他高年级学生也相继离开了。“那些跳舞的家伙，”等高年级学生走远后，他轻蔑地说，“在课上和涂脂抹粉的姑娘们一起转圈圈，好像地球都绕着他们转。他们应该读一读阿图尔·叔本华[1]的书，看看人家是怎么描写女人的。”

---

[1] 阿图尔·叔本华（1788—1860），德国哲学家。

“我觉得姑娘们挺可爱的。”约尼·特洛茨说。

“我有个姨妈还会拳击呢。”马蒂亚斯说。

“开始吧！”马丁喊道，“约纳唐，可以开始排练了。”

“好的，”约尼说，“那么我们今天要再排练一遍最后一幕。这一幕尤其费功夫。马茨，你的词可还没背熟呢。”

“要是我家老头知道我在这儿演戏，马上就会把我拎回家的。”马蒂亚斯说道，“我加入不过是想帮忙。再说除了我，还有谁能演圣彼得[1]呢？”然后，他从裤兜里掏出一大把白色假胡子挂在耳朵上，直接遮住了半张脸。

约尼编写的这部戏剧将在学校圣诞节庆祝活动上演出，剧名已经在前文提过，叫作《飞翔的教室》。戏剧一共有五幕，从某种程度上来说，这大概是一部带有预言性质的作品。也许未来的学校真的会像剧里演的那样呢！

在第一幕中，塞巴斯蒂安将粘上假胡子扮演一名老师，带领全班同学坐飞机去实地上地理课。“这是一堂实地教学课。”第一幕中有一行诗如是写道。这不是

[1] 彼得是耶稣的十二个门徒之一。

约尼写的，而是聪慧的塞巴斯蒂安另加上去的。他希望自己到时候一把这句词念出来，就能把老师们逗笑。我们的尖子生马丁很擅长画画，这次的背景板就是他负责的。画在白色硬纸板上的飞机被固定在体育馆的双杠上。飞机有三个螺旋桨和三个引擎，还有一扇可以打开的舱门供人们进入飞机（或者更确切地说，进入双杠）。

乌利·西默恩扮演一个参与飞行的学生的妹妹。他让他的表妹乌苏拉寄来了一条连衣裙。他们还从理发师克吕格尔那里借来了一顶带有长辫子的金色假发。上周六，他们趁着出校门的工夫去理发店给乌利试戴假发。这一戴上可不得了——活脱脱就是一个小姑娘嘛！假发的租金是 5 马克，不过，理发师克吕格尔说，如果他们几个以后全来找他理发，租金就可以减半。五个男孩子都答应了。

好了，言归正传。在第一幕中，全班同学乘着飞机启程了。第二幕中，飞机降落在维苏威火山[1]的火山口。马丁在一张大纸板上画了火山喷发的景象，看起来真实得惊人。为了防止维苏威火山倒塌，他们把

---

[1] 位于意大利南部那不勒斯湾东海岸，火山锥高 1280 米，是世界著名的火山之一，被誉为“欧洲最危险的火山”。

纸板撑在双杠中的一根横杠前。扮演老师的塞巴斯蒂安开始讲授他那押韵的火山知识，并就赫库兰尼姆和庞贝这类埋在熔岩之下的罗马古城向他的学生提问。最后，他借着马丁画的火山口喷出的火焰点了一支雪茄，于是飞机又继续向前飞行。

在第三幕中，飞机在吉萨金字塔群附近着陆，大家走到下一幅纸板画前，聆听塞巴斯蒂安讲述这些雄伟的古老陵墓的故事。然后，扮演拉美西斯二世的约尼从金字塔中走出来。他浑身被画成像木乃伊一样的白色。由于纸板金字塔太小，他不得不弯着腰。拉美西斯二世首先称颂尼罗河丰沛的储水量，接着对水的恩典进行赞美。他的占星师曾预言，世界将会毁灭。随后，他向场上的人们打听世界末日的结果。当他得知地球依然存在时，他火冒三丈，并威胁说要立即开除那个占星师。乌利，这个扮演小姑娘的男孩，嘲笑起了这位古埃及的法老，告诉他占星师早就死了。听到这个消息，拉美西斯二世打了一个神秘的手势，乌利中了咒语，跟着他进入了金字塔。金字塔的大门缓缓关闭，众人被拦在门外。大家一开始伤心不已，但旅程还要继续，便不得已地出发了。

在第四幕中，飞翔的教室降落在北极。他们看到地轴从雪中凸出来，亲眼证实地球从极点来看是呈扁

平状的。他们还给《克希贝克每日新闻》报社发了一张传真照片。他们倾听了一只北极熊（由裹着毛皮大衣的马蒂亚斯扮演）演唱一首饱含诗意的歌曲，歌曲诉说着独活在冰雪世界的孤寂。临别时，他们握了握北极熊粗壮的爪子，然后继续飞行。

在第五幕，也是最后一幕，由于老师的疏忽，导致飞机上的升降舵失灵，大家最终到达了天堂。在那里，他们遇到了圣彼得，他坐在一棵点缀着蜡烛的冷杉树前阅读《克希贝克每日新闻》。圣彼得说，他们的校长格伦克恩博士是他的老朋友，还问他近况如何。他们在这里看不到什么东西，因为天堂本就是不可见的，也不允许拍照。

老师问圣彼得，能不能把那个被拉美西斯二世绑架到金字塔里的小女孩带回来。圣彼得点点头，念了一句咒语。果不其然，乌利立刻从一片云彩中爬了出来！大家欢欣鼓舞，唱着圣诞颂歌《平安夜，圣善夜》。圣诞节庆祝会的正式演出上，所有的观众，老师和学生也要齐唱这首歌，表演一定会在非常热烈的氛围中结束。

今天他们就在排练最后一幕。由马蒂亚斯扮演的圣彼得坐在一棵彩绘圣诞树前的椅子上，除了仍在金字塔内的乌利以外，其他人都虔诚地围在他身边。马

蒂亚斯捋了捋他脸上的白胡子，尽可能地用低沉的声音唱道：

像你们这样十来岁的孩子，
是不允许参观天堂的。
你们乘着飞机穿过云端，
想要透过望远镜一窥天国。
但你们要听我一言，
你们终究无法看清天堂的模样。
因为将你们的视线遮蔽的，
是层层叠叠的高墙。
除了我，你们什么也别想看见。

马丁：

这可真是憾事一件！

塞巴斯蒂安：

我们不要懊恼，
应继续探索天国。

马蒂亚斯：

除了已死之人，谁都无法看到天堂。

约尼：

我们恳求您，只要拍一张照片就好。

马蒂亚斯：

此地严禁照相。
去探索我应允你们探索之地，
那些不应踏足的……

马蒂亚斯说到最后一个词的时候卡住了。这句台词对他来说太难了，导致接下来的词也让他给忘了。他默默地望向诗歌的作者约尼，脸上带着歉意。约尼走过去，悄声提醒他。

“哦，对，没错，”马蒂亚斯说，“但是你得理解，我饿得要命，导致我的记忆力严重衰退。”不过他还是打起精神，清了清嗓子，继续朗诵起来：

去探索我应允你们探索之地，

那些不应踏足的就别再痴心妄想。

我了解你们，若我将一切隐藏，

你们就会因受阻而恼怒。

要心里清楚，

你们仍然知之甚少。

约尼：

圣彼得说得太过夸张。

等我升入大学，

学识自然见长。

马丁：

圣彼得，愚昧会使人自满。

塞巴斯蒂安：

世人称您无所不知，

或许您已知晓，

我们丢失了一个孩子。

她被拉美西斯带走，
关进了金字塔的深处。

马蒂亚斯：

真是可怜的孩子！
现在让我施展咒语，
即刻把那女孩带回。
不过，此咒是否灵验，
我无从保证。
过去的就随它去吧，
愿她不再流浪。
路上的足迹显现，
带领迷途的孩子归来。
随我来吧，来吧——

但就在这时，体育馆的门被猛地撞开了。马蒂亚斯要朗诵的后半截诗歌还卡在喉咙里。其他人惊讶地转过身来，正在候场的乌利也好奇地从纸板云里探出头来。

门口站着一个男孩。他满脸都是血，一只手也在流血，身上褂子都被撕破了。他愤怒地把帽子扔到地

板上，喊道："你们知道刚才发生什么了吗？"

"我们上哪儿知道呢，弗里多林？"马蒂亚斯友善地问道。

"如果一个走读生放学后又回到学校，像你一样被打得很惨的样子，"塞巴斯蒂安说，"那么——"

但弗里多林打断了他的话。"少插科打诨了！"他喊道，"实科中学[1]的男生在放学路上袭击了克罗伊茨卡姆和我。他们还抓走了克罗伊茨卡姆。更要命的是，他们拿走了他要带回家给爸爸（克罗伊茨卡姆的爸爸是寄宿学校的语文老师）批改的听写作业本！"

"天啊！你是说他们把作业本抢去了？"马蒂亚斯问道，"那可真是谢天谢地！"

马丁看着他的朋友约尼："今天的戏就排到这儿？"约尼点了点头。

"那我们走吧！"尖子生马丁喊道，"翻过篱笆到那个小果园去！速度要快，然后到'不抽烟的人'那里集合！"

他们飞奔出了体育馆。乌利跑在马丁身侧。"要是那个长得很傻的西奥多逮住我们，我们就完蛋了！"

[1] 实科中学是德国一所侧重于教授自然科学和现代语言的六年制中学。德国小学阶段一般为四年，中学的入学年龄一般为 10 或 11 岁。

他气喘吁吁地说道。

“那你就待在这里呗。”马蒂亚斯说。

“你们是疯了吗？”小个子乌利生气地问道。

六个男孩已经到了果园边上，他们爬上篱笆，纵身一跃就翻了过去。

马蒂亚斯的脸上仍然戴着白花花的大胡子。

第二章 不抽烟的人

“不抽烟的人”——孩子们是这样称呼那个男人的，因为确实不知道他姓甚名谁。虽然他被称作“不抽烟的人”，但他也不是真的一根烟都不碰。事实上，他抽得还不少呢。他们都是偷偷地去看他，还挺喜欢他，差不多像喜欢舍监约翰·伯克博士一样喜欢他。这意义可非同一般呢。

之所以叫他“不抽烟的人”，是因为他的小园子里有一节废弃的旧火车车厢，他一年四季都住在里面。那是节禁烟的二等车厢。一年前，当他搬进这片住宅区时，他花了 180 马克从德国国家铁路公司买下了它。对车厢稍加改装后，他就住进去了。他还保留了车厢窗户上写着“禁止吸烟”的白色小告示牌。

每逢夏季和秋季，园子里的鲜花纷纷盛开，争奇斗艳。每当他栽完花、浇完水、除过草以后，便趴在绿茵茵的草地上读书。当然，在冬天，他大部分时间都待在车厢里。他有一个圆圆的小铁炉，青黑色的烟囱高高耸立在车厢顶上，时不时就浓烟滚滚，把他那奇特的房子烤得暖烘烘的。

孩子们拜托约尼在过圣诞节的时候把礼物给他送过去（今年约尼在学校过圣诞节，因为船长正好到纽约去了）。他们已经凑钱买了一些礼物：保暖的长袜、烟草、香烟和一件黑色套衫。但愿套衫能合身。为了保险起见，他们跟店家说好了，随时可以调换。

马丁没有多少钱，因为他家里穷，所以他在学校享受学费减半的待遇。于是，他就给“不抽烟的人”画了一幅画。这幅画叫作《隐士》。画中有一个男子，坐在鲜花盛开的果园里；篱笆边有三个男孩在招手，男子看着他们，表情和蔼，又带有几分悲伤。在他的手上和肩膀上，栖息着温顺可爱的知更鸟和大山雀，色泽耀眼的蝴蝶在他的头顶翩翩起舞。

这是一幅非常动人的画。马丁为此颇费心血，画了至少四个小时。

男孩们打算在平安夜给这位大朋友一个惊喜。他们知道他是孤身一人，还挺同情他。

每当他栽完花、浇完水、除过草以后，

便趴在绿茵茵的草地上读书。

每到晚上，“不抽烟的人”总是穿上最好的西装进城去。他告诉男孩们，他是去城里教人家弹钢琴。孩子们不吭声，他们其实是不信的。鲁迪·克罗伊茨卡姆是走读生，常在城里走动，他说，“不抽烟的人”在克希贝克郊外的“最后一根骨头”饭店里弹钢琴。他总是弹到深夜，以此挣得 1 马克 50 芬尼的薪酬和一顿热乎乎的晚餐。这件事尚未得到证实，但完全有可能是真的。不过这对男孩们来说并不重要。他们可以肯定的是，“不抽烟的人”为人正直，脑子也很灵光，只不过在生活上差点运气罢了。看起来，在烟雾缭绕的小饭店里用钢琴弹奏一些流行歌曲应该不是他的初衷。

男孩们经常偷偷去请教他，尤其是在他们不愿意问舍监伯克博士的时候。伯克博士的昵称是“尤斯图斯”，在德语里的意思是“公正的人”。他总是公正的，这就是为什么男孩们如此尊敬他。但有些时候，在很难分辨公正与否的情况下，他们就需要向外寻求一些建议。他们不敢去找尤斯图斯，就翻过篱笆去问“不抽烟的人”。

园子里白雪皑皑，马丁、约尼、塞巴斯蒂安和受伤的弗里多林穿过果园的大门。马丁敲了敲车厢门，然后他们一起走了进去。

马蒂亚斯和乌利站在大门口。“看来可以痛痛快快打一场了。”马蒂亚斯得意扬扬地说。

“最重要的是，我们一定得把那些听写作业本拿回来。”乌利说。

“别扯那些没用的啦，”马蒂亚斯接着说，“我有一种不祥的预感，我这次的听写好像一团糟。哎，你说，‘省’[1]这个词是用 tz 拼吗？”

“不对，”乌利说，“只用 z。”

“噢，”马蒂亚斯说，“这么说来我搞错了。那‘口粮’[2]呢？中间是 f 吗？”

“不，是 v。”

“最后一个字母呢？”

“是 t。”

“天啊，”马蒂亚斯哀鸣道，“两个词里就出了三处错误，简直破纪录了！我赞成让那些实科中学的学生把克罗伊茨卡姆放回来，但听写本就让他们留着吧。”

两个人沉默了一会儿。乌利感到很冷，两只脚交替跺着地。最后他说：“尽管如此，马茨，我还是觉得我要是能变成你就好了。虽然我的听写没错多少，算术扣分也不多，但如果能像你一样勇敢，我就算考那

[1]“省”的德语拼写为 Provinz。

[2]“口粮”的德语拼写为 Proviant。

么差的分数也值了。”

“这你可就想错了，”马蒂亚斯说道，“我脑子笨是不可更改的事实。我家老头如果乐意，还可以请人给我辅导。可我就是学不明白。说句实在话，我根本不在乎拼写什么‘省’‘马车’‘口粮’之类的。因为我以后会成为世界级的拳击冠军，然后我就再也不用为听写发愁了。你只是胆子小而已，只要你愿意改变，一定也会变得勇敢的！”

“你不懂，”乌利揉搓着冻僵的手指，沮丧地说，“为了改掉胆小的毛病，我能试的方法都试过了。你肯定觉得难以置信。每次我决定遇事不再逃避，不再容忍不公正的事时，我的确都下定了决心！可最后我还是很不争气地溜走了。唉，就这样沦落到被人瞧不起的地步，可真难过。”

“那好吧，我给你个建议，你只要做些能引起别人尊敬的事不就好了嘛。”马蒂亚斯说，“做出些令人吃惊的事，让他们意识到：哇，乌利是个多么了不起的人啊，我们之前真是小看他了。你觉得怎样？”

乌利点了点头，又把头垂下了，并用鞋尖一下下地踢着篱笆。“我冷得受不了了。”他最后说道。

“这也难怪，”马蒂亚斯严厉地说，“你吃得太少了。这正是一件丢人事！我不能袖手旁观。另外，我能看

出来，你是不是想家了？”

“谢谢，还不太想，”乌利平静地说，“只是晚上，或是在宿舍里，听到步兵营房里吹起晚号点名时，我才会想家。”说着，他又开始觉得难为情了。

“我又饿了！”马蒂亚斯喊道，连他自己都生自己的气，“今天早上听写的时候我也肚子饿。我恨不得直接问那个讨厌的克罗伊茨卡姆教授要块三明治吃。然而，我只能为那些单词到底是用 tz 拼写还是用 v 拼写而绞尽脑汁！”

乌利笑着说：“马茨，你还是把你那大白胡子摘下来吧！”

“天哪，我居然还戴着它吗？”马蒂亚斯问，“确实是我会做的事。”他把假胡子塞进衣兜里，弯下腰，做了几个雪球，使出全身力气往车厢上的烟囱掷去，打中了两个。

车厢内，另外四个男孩正心神不宁地坐在长毛绒都已经磨没了的座椅上。他们的朋友——“不抽烟的人”，年纪还不算大，三十五岁左右吧。他穿着一套破旧的运动服，靠在一扇拉门上，抽着小小的英国烟斗，微笑着倾听弗里多林啰唆的遇袭汇报。终于，弗里多林讲完了。

塞巴斯蒂安说：“我认为，当下最好的办法是派弗

里多林直接去克罗伊茨卡姆家一探究竟，看看鲁迪有没有回家，有没有带回那些听写本。”

弗里多林跳了起来，用目光向“不抽烟的人”征询意见。“不抽烟的人”点了点头。

马丁喊道：“假如鲁迪没回家，你可得在女佣开门的时候知会她一声，别让教授知道了。”

“然后，”塞巴斯蒂安说，“你就到艾格兰特家门口，我们就在那儿等你。如果实科中学的那帮人还没把鲁迪和本子交出来，我们就采取反击行动，爬到他家屋顶上去。谁让他是幕后主使，我们必须抓住他——也许我们可以把他扣为人质，然后跟实科中学的其他学生谈判，用他交换鲁迪。”

“好吧，”弗里多林说，“大家都知道艾格兰特住在哪里吧？福斯特勒街十七号。那么，回头见！你们可一定要过去接应我呀。”

“我们肯定去！”其他几个孩子喊道。

弗里多林跟“不抽烟的人”握了握手——弗里多林自己的手被敌人抓伤，现在还用手帕绑着呢。他走后，其他几个男孩也站起身来。

“请告诉我，”“不抽烟的人”用他那清晰、令人安心的声音说，“这个艾格兰特和他们学校的其他学生怎么会想到去绑架你们老师的儿子，又怎么会想到对你

们的作业下手的呢？”

孩子们起初一声不吭。然后马丁开口了：“这个问题，还是让我们的大文豪来回答吧。讲吧，约尼！”

“这件事说来话长，”约尼说，“都是老皇历了。实科中学的学生跟我们吵过架，据说十年前也这么闹过。这是两所学校之间的争执，而不是学生之间的。学生也只是在做约定俗成的事情而已。上个月我们获准出校的时候，夺得了一面旗子。那是一面海盗旗，上面画着骷髅头和交叉的骨棒。我们拒绝把它交出来，然后他们就打电话跟尤斯图斯老师告状，害我们挨了尤斯图斯老师好一顿骂！他威胁我们说，如果那面旗帜没有回到实科中学的学生手中，我们就整整两个星期都不能跟他们打招呼。”

“挺有意思的，”“不抽烟的人”说，同时若有所思地微笑着说，“这种威胁会奏效吗？”

“那还用说？”约尼说，“第二天，旗子就出现在实科中学了，就那么躺在他们校园里，跟从天上掉下来的似的。”

塞巴斯蒂安打断约尼的话：“不过旗子好像有点撕破了。”

“破得厉害呢！”约尼纠正道。

“所以他们想要报复我们，就对那些听写本下手了。”塞巴斯蒂安像往常一样清晰明了地结束了汇报。

"好吧，你们就去奔赴那场由来已久的战斗吧！""不抽烟的人"说，"也许我应该亲临福斯特勒街的战场，给伤员包扎。我这就换衣服。说起来，我还挺喜欢你们那位尤斯图斯老师的。"

"是的，约翰·伯克博士是个很了不起的人呢！"马丁高兴地叫道。

"不抽烟的人"听了一愣："你刚才说你们的尤斯图斯老师真名叫什么？"

"约翰·伯克，"约尼说，"您认识他吗？"

"我不太确定，""不抽烟的人"说，"我以前倒是认识一个人，名字跟他很像……好了，快出发吧，你们这群野小子！保护好自己，也别打坏了别人。我给壁炉加块煤饼，然后换身衣服，马上就赶过去。"

"再见啦！"三个男孩大声喊着跑到了花园里。

刚到外面，塞巴斯蒂安就说："我敢打赌，他认识伯克博士。"

"这与我们无关，"马丁说道，"如果他想去见伯克博士，那他也是知道地址的。"

他们碰到了马蒂亚斯和乌利。"你们可算来了！"马蒂亚斯几乎咆哮起来，"乌利快要冻坏了。"

"跑一跑就会暖和起来的，"马丁说，"跑吧！"于是，他们向城里跑去了。

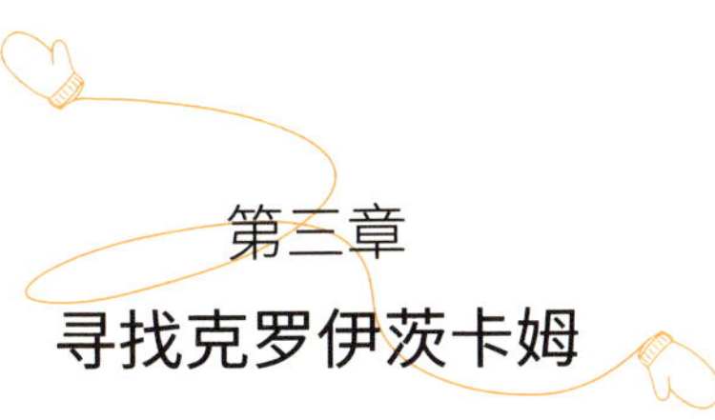

第三章
寻找克罗伊茨卡姆

雪还在下着。孩子们在奔跑时呼出缕缕热气，好像在抽着雪茄一样。在巴巴罗萨广场的伊甸电影院外站着几个三年级的走读生，他们想看电影，正等着影院开门。

“你们先跑吧！”马丁对他的朋友们喊道，“我待会儿会追上来的。”然后他走到那几个三年级的学生面前，“帮帮我们吧，”他说，“别去看什么电影了！实科中学的学生抓走了克罗伊茨卡姆，我们必须把他解救出来。”

“要我们马上跟你去吗？”三年级的施密茨问道。他长得矮矮胖胖的，大家都叫他“小酒桶”。

“不急，”马丁说，“早着呢。十五分钟后，请你们

到福斯特勒街旁的伏维尔克街上去。记得再多带几个人来，把帽子塞进衣服口袋里，否则实科中学那群人会察觉到我们的计划的。”

“没问题，马丁。”“小酒桶”说。

“那么，我就指望你们了。”

“放心吧！”三年级的孩子喊道。

马丁继续气喘吁吁地往前跑。他追上了其他人，为了不引人注意，他领着他们绕了很长一段路走到了福斯特勒街。他们在伏维尔克街的拐角处停下了脚步。

过了一会儿，弗里多林急匆匆地跑来了。

“情况怎么样？”他们异口同声地问道。

“鲁迪还没回家，”他上气不接下气地说，“好在他家的女佣没有看上去那么笨。她说了，如果教授问起来，她就告诉他鲁迪被我请到家里吃饭了。”

“这下事态可越来越严重了，”马蒂亚斯高兴地说，“我已经迫不及待要到十七号去，把那个艾格兰特打得嗷嗷叫！”

“你还得待在这儿！”马丁命令他，“光靠打人是解决不了问题的。就算你把艾格兰特的头卸下来，我们还是不知道上哪儿找克罗伊茨卡姆和听写本。耐心等着吧，我们很快就会用上你的。”

“听起来这像是我的主场，”塞巴斯蒂安说道，他

的直觉是对的，“我会作为代表去和他们谈判。也许我们可以通过谈判来解决这件事。”

“哦，那确实，你看起来就适合干这个，是不是？”马蒂亚斯讽刺地笑了起来。

“我至少会弄清楚鲁迪在什么地方，”塞巴斯蒂安说，“能做到这一点就不错了。”然后他动身了，马丁送了他一小段路。

马蒂亚斯倚在一根路灯柱上，从口袋里掏出一个小本子，口中念念有词，好像在算什么账似的。

乌利再次感到寒冷了。“你在数什么呢，马茨？”他问道。

“在数我欠的债，”马蒂亚斯沮丧地承认，“我要把我家老头吃穷了。”接着，他把本子合起来，又放回口袋里，说，“弗里多林，借我几个硬币吧，就当做点善事，我最迟后天还你。我家老头来信了，说已经把我回家的路费和额外的 20 马克寄出了。如果我现在不吃东西的话，一会儿就没力气揍人了。”

“你这根本就是敲诈。”弗里多林一边说着，一边掏出 10 芬尼给他。

马蒂亚斯像离弦的箭一样径直冲进了就近的一家面包店。回来的时候，他一边心满意足地大嚼着面包，一边递给其他人一个纸袋，里面有美味酥脆的面包卷。

但他的朋友们都不吃。弗里多林屏气凝神地望着街角，约尼凝视着一家杂货店的橱窗，仿佛那里陈列着印加人[1]的宝藏似的。约尼向来都这样，不管看什么东西，他都会这般好奇地细细打量，好像他从未见过一样。这可能就是他话很少的原因，毕竟他一直专注于看和听。

这时，马丁拐过弯来，只是朝他们点了点头，就消失在伏维尔克街拐角处的一栋房子里。乌利为马蒂亚斯的好胃口而高兴，说道："马丁是好样的，是不是？还记得他是怎么把那些高年级学生轰出体育馆的吗？他可真能干。"

"毫无疑问，马丁是全欧洲最奇怪的优等生，"马蒂亚斯一边嚼着，一边含混不清地说，"他学习努力到令人讨厌，但他又不是那种一门心思求上进的书呆子。自从上学以来，他一直是班里的第一名，但每次打架又总少不了他。他享受学费减半的待遇，还有助学金，但他又从来不要任何人的东西。那些高年级的学生和老师也好，东方的那些国王也罢，只要马丁有理，他就谁也不惯着。"

"我想他是把伯克博士当成榜样了，"乌利说，好

[1] 南美洲古代印第安人。

像他在讲什么重大机密一样，“他和伯克博士一样热爱公平和正义。我希望你也能像这两个人一样。”

塞巴斯蒂安站在福斯特勒街十七号三楼的艾格兰特家门口，按响了门铃。一个女人打开门，颇为不悦地看着他。

“我和您儿子是同班同学，”塞巴斯蒂安说，“我能和他说几句话吗？”

“我们家今天是成火车站铁道口了吗？”艾格兰特太太抱怨道，“来来回回多少趟了！你们这些孩子在搞什么？一个来拿地下室的钥匙说要放雪橇，另一个急需一根晾衣绳，其他人在屋里走来走去，把我的地毯都踩脏了！”

塞巴斯蒂安把靴子在门前垫上擦干净，问道：“您儿子现在一个人在房间里，对吗，艾格兰特太太？”

她不情愿地点了点头，让塞巴斯蒂安进去了。“他的房间就在那儿。”她指着走廊尽头的一扇门。

“哦，要是我没忘记的话，”塞巴斯蒂安说，“您已经把地下室的钥匙拿回来了吧？”

“你该不会是也想放雪橇吧？”她没好气地咕哝着。

他摇了摇头。“那倒不一定，艾格兰特太太。”他说，门都没敲就走进了敌方首领的房间。

实科中学的艾格兰特非常惊讶，他从椅子上蹦了

起来："这是怎么回事？"他问道，"你是西吉斯蒙特学校的人！"

"从某种意义上来讲，我算是个骑马的信使，"塞巴斯蒂安说，"我的意思是，我是作为代表来和你谈判的，请你明确这一点。"

艾格兰特皱起了眉头："那你至少得在胳膊上系一条白手帕。否则，要是我的人抓住了你，你可就完蛋了。"

塞巴斯蒂安拿出一块手帕，微笑着说："这手帕不怎么白了。"说着，他用左手和牙齿把它绑在右臂上。

"所以，你到底想要干什么呢？"艾格兰特问道。

"我们希望你把我们学校的学生克罗伊茨卡姆和我们的听写本交出来。"

"你拿什么交换呢？"

"什么也没拿，"塞巴斯蒂安冷静地说，"我们的人在来的路上了，如果你不乖乖把他交出来，我们可就来硬的了。"

艾格兰特笑了："首先，你得弄清楚他人在哪儿，然后得带他出去。这两件事会花你们很多时间的，对吗，我亲爱的朋友？"

"我可没想着跟你友好相处，"塞巴斯蒂安严厉地说，"我不是你亲爱的朋友，懂吗？另外，我可以明确

告诉你，你们不可能从克罗伊茨卡姆身上捞到半点好处，你大概要把他关上几天吧？这只会给你惹一身麻烦。让我们来谈谈正事吧。你要什么交换条件？”

“就一个条件，”艾格兰特说，“你必须马上给我们写一封信，为撕毁我们的旗子一事赔礼道歉，并在信里请求我们交还你们的同学和本子。”

“要是我们不写呢？”

“要是不写，我们就把听写本全部烧光，克罗伊茨卡姆也别想出去了。现在我就可以跟你说定，要是你们不写信的话，他就会被关到老的！另外，他还要挨打，我每隔十分钟就打他一个耳光。”

塞巴斯蒂安说：“我们绝不会接受这种条件的。我最后一次警告你，交出克罗伊茨卡姆和本子。”

“我们也不答应。”艾格兰特斩钉截铁地回答。

“反正，我的任务完成了，”塞巴斯蒂安说，“十分钟后，我们就来要人。”

艾格兰特从桌子上拿起一块黑布，打开房间的窗户，把黑布挂出窗外，冲着院子大声喊道：“喂！”然后，他关上窗户，嘲弄地笑着说：“那就请吧！尽管来抢人吧！”

他们冷冷地朝对方鞠了一躬以示作别，随后塞巴斯蒂安急匆匆地离开了房间。

当他回到他的朋友们身边时，“小酒桶”率领的三年级学生刚刚抵达。大约二十个男孩站在伏维尔克街上，双脚都快冻麻了，正紧张地等着他们的谈判代表归来。

“他们想让我们就撕毁他们的旗子一事写一封道歉信，”塞巴斯蒂安说，“另外，他们还要求我们以书面形式请求他们放人和还本子。”

“真是笑话！”马蒂亚斯说，“走吧，大伙儿！揍他们去！”

“马丁到哪儿去了？”乌利惴惴不安地问。

“克罗伊茨卡姆到底被关在什么地方呢？”约尼问。

“我推测，他们是把他绑了起来，然后锁在了艾格兰特家的地下室里。”塞巴斯蒂安说，“艾格兰特太太说漏嘴了，她提到他们向她要了地下室的钥匙和一根晾衣绳。”

“那还等什么，开干吧！”“小酒桶”喊道，其他人也都按捺不住了。

这时，马丁跑了过来：“走吧！他们都已经在院子里集合了。”

塞巴斯蒂安把情况报告给了这位尖子生。

“你刚才到哪儿去了？”乌利问。

马丁指着伏维尔克街拐角处的那栋房子：“从那儿

能看到艾格兰特家的院子。他从窗口伸出一块黑布扬了扬，大喊了一声‘喂’，那伙人从附近的房子聚到一起来了。”他环顾四周，数了数人数。“我们人够多了。”他放心地说。

“你大概已经知道克罗伊茨卡姆藏在哪里了吧？”塞巴斯蒂安有点嫉妒地问道。

“是的，就在艾格兰特家的地下室里。几个实科中学的学生在看着他。我们必须立即出击，否则他们的增援会越来越多。我们得冲进院子，直接占领地下室。一半人在约尼的带领下从街上进入那栋房子。另一半人由我带队，跑到拐弯处进去，翻过院墙，攻击他们的侧翼。不过还得过几分钟才行。”

“等一等！”有人在后面说道。他们惊愕地转过身去，原来是“不抽烟的人”正笑眯眯地站在那里。

“您好！”他们微笑着向他打招呼。

“你们的计划肯定是行不通的。”“不抽烟的人”解释说，“我仔细地观察过了，艾格兰特已经召集了三十个男孩。你们要是打起来，就会把警察局的应急行动队招来。”

“这么一来，警察会通知我们的学校，”乌利又哆哆嗦嗦地说，“那可就不光彩了。毕竟圣诞节快到了！”

马蒂亚斯严厉地盯着小个子乌利。

“哎呀，我说的是真话，”乌利有些尴尬地说，“这绝不是因为我胆小怕事，马茨。”

“那么，您说怎么办呢？”马丁问。

“看到那个工地了吗？”“不抽烟的人”说，“你们约实科中学的男孩们在那里见面，然后展开决斗。打群架肯定是没用的。不如你们和他们各选一个代表，让这两个人互相打就够了。如果你们的代表赢了，他们就得无条件地移交他们抓的人。”

“要是他们的人赢了呢？”塞巴斯蒂安挖苦道。

“我的老天！”马蒂亚斯说，“你突然脑子抽风了吗？让我再吃一块面包卷就行。”说着，他把手伸进纸袋，然后掏出面包开始咀嚼，一边嚼一边说，“实科中学的学生肯定会选瓦维卡出战。我一只左手都能打翻他。”

“好啊！”马丁喊道，“我们就这么试试吧！塞巴斯蒂安，辛苦你再跑一趟，叫他们到建筑工地去，我们随后就到。”

“为了保险起见，你们多做一些雪球，”塞巴斯蒂安叫道，“要是我们输了，就跟他们打雪仗！”说着，他拐个弯儿跑走了。

第四章
营救同伴

建筑工地上，两所学校的学生各站一边。他们愤怒地对视着。在工地的中央，两队的头目举行了常规会见。谈判代表塞巴斯蒂安陪着艾格兰特。“我们的对手同意决斗的建议，”他对马丁说，“所以决斗即刻开始，他们决定派海因里希·瓦维卡为代表。”

“马蒂亚斯·泽尔布曼将代表我们上场。”马丁说。同时他提议，若他们中的任何一人逃离决斗场，或者没有能力再参加比赛时，就可以分出胜负。

艾格兰特看向瓦维卡——一个魁梧健壮的男孩。瓦维卡板着脸点了点头。艾格兰特说：“我们接受决斗的规则。”

“如果我们的代表赢了，”塞巴斯蒂安说，“你们就

得无条件地把抓走的人和听写本还给我们。如果瓦维卡赢了，你们就可以不交。”

“那么，我想你们就会写那封道歉信了吧？”艾格兰特讽刺道。

“那就得重新谈判了，”马丁说，“最坏的情况无非就是写那封信。但现在一对一决斗才是首要的。”

“现在，请双方首领回到自己的阵营去！”塞巴斯蒂安喊道。

敌对双方的人群之间，留出了一片空地。

左边，瓦维卡从实科中学的队伍中走了出来。右边，马蒂亚斯也走上前来。

“打呀！狠狠地打！”实科中学的学生们高呼口号。

“放马过来吧！”九年一贯制学校的男孩们也大声嚷着。

两位角斗士面对面站着，谨慎地看着彼此。所有人都安静下来，等待着战斗开始，然而两名选手似乎都不想率先出击。

忽然，瓦维卡像闪电一样迅速地俯下身子，把对手的脚用力一拽，拖离地面。马蒂亚斯向后仰去，整个人倒在了雪地里。瓦维卡飞扑到他身上，狠狠地揍马蒂亚斯。

实科中学的男孩们大声地加油助威，把九年一贯

制学校的孩子们吓坏了。乌利又冷又激动，身子止不住地颤抖着说：“马茨！马茨，千万要当心啊！马茨，千万要当心！”

突然，马蒂亚斯抓住瓦维卡的右臂，动作缓慢却又恶狠狠地把他翻转过去。瓦维卡像个马车夫一样咒骂个不停，不过再怎么骂都没用，他还是滚到了一边。然后马蒂亚斯抓住瓦维卡的头，把对手的脸深深地按进雪地里。瓦维卡不停地蹬着双腿，喘不过气来。

令人惊讶的是，马蒂亚斯放开了他，后退了三步，等待下一轮进攻。马蒂亚斯的左眼肿了。瓦维卡气喘吁吁地站了起来，吐出一大口雪，愤怒地向马蒂亚斯扑过去。马蒂亚斯弓起身子，让对手扑了个空，又栽进了雪地里！九年一贯制学校的男孩们哄笑起来，使劲鼓掌。马蒂亚斯转过身子向他的朋友们喊道：“现在我才要动真格呢！瞧好了！”

瓦维卡站了起来，攥紧拳头等待着。马蒂亚斯逼近他，抡起臂膀打了过去，后者也随之反击，马蒂亚斯又接着再打。两个人就这么你来我往地扭打了一阵子，看起来势均力敌，难分胜负。然后马蒂亚斯弯下身子，瓦维卡马上放下拳头保护自己，但马茨攻其不备，结结实实地给了瓦维卡的下巴一拳。

瓦维卡摇摇晃晃，晕头转向地倒在地上，完全站

不起来了。

“打呀！马蒂亚斯！”塞巴斯蒂安喊道，“给他最后一击！”

“不，”马蒂亚斯大声喊道，“就先让他喘口气吧！”

瓦维卡吃力地撑起身子，往衣领子里塞了一把雪，使自己清醒过来。他再次举起拳头，向马蒂亚斯冲去。马蒂亚斯闪到了一边，瓦维卡从他身边擦过。

“打呀！打呀！”实科中学的其他学生大声喊道。瓦维卡站定身子，像斗牛场里的公牛一样转过身来，咆哮道：“来吧，你这个小鬼！”

“等着瞧。”马蒂亚斯说。他靠拢过去，把一只拳头抵在瓦维卡的鼻子下面威胁着。瓦维卡狂怒地打了过去，但这样一来他的脸又失守了，还没等他反应过来，耳朵就猝不及防挨了一击，一屁股坐到地上。他又爬了起来，猛地朝马蒂亚斯扑去，脸上又挨了两记响亮的耳光。其实已经没必要打耳光了，因为他已经失去战斗力了。马蒂亚斯抓住已经没有反击之力的瓦维卡的肩膀，把他转了个身，猛踹了他一脚。经此一击，海因里希·瓦维卡就像一个发条玩具，跌跌撞撞地出了决斗场地，栽进了实科中学那一群呆若木鸡的男孩中间。如果不是他们拦住他，还不知道他会栽到哪儿去呢！

马蒂亚斯得到了朋友们热烈的喝彩，大家抢着和他握手。乌利脸上满是笑容。“虽然我还是很害怕，但我坚持住了，因为想给你加油！”他又说，“你的眼睛还疼得厉害吗？”

“一点也不疼，”决斗的胜利者激动地说道，他喜欢被朋友关注，“顺便问一下，最后一块面包还给我留着吗？”乌利把袋子递给他，马蒂亚斯又开始大嚼面包了。

“现在我们去找克罗伊茨卡姆吧！”“小酒桶”说。

但事态又有了变化。艾格兰特走了过来，故意表现出一副很难为情的样子说：“非常抱歉，但我们的人都不想把抓来的那个人放走。”

“这可不行！”马丁抗议道，“我们在决斗前就已经谈得明明白白！你不能出尔反尔！”

“我百口莫辩，”沮丧的艾格兰特回答，“但他们不听我的，我也无能为力。”

“这简直难以置信！”马丁发怒了，他大吼起来，“那群家伙不嫌丢脸吗？”

“见鬼，”马蒂亚斯说，嘴里还在嚼着，“早知道这样，我就把瓦维卡砸成肉丁了。乌利，‘肉丁’这个词怎么拼的？”

“带两个 s。”乌利回答说。

“好，那我就用四个 s，把他做成一盘子肉丁。”马蒂亚斯说。

艾格兰特说：“我真的很抱歉，我完全认同你的话，但我必须支持我这边的人，你能理解吧？”

“当然了，”塞巴斯蒂安说，“你只是倒霉而已。你也没办法，这很正常。”

“不抽烟的人”慢慢地走过工地，朝马蒂亚斯赞许地点了点头，并询问事情的进展。塞巴斯蒂安告诉了他经过。“我的天，”“不抽烟的人”说，“现在的孩子里竟还有这样的无赖吗？马丁，我对此深感遗憾，毕竟是我建议你们决斗的。这是解决争端的好办法，但只适用于正派的人之间。”

“您说得对极了，先生，”艾格兰特说，“我现在唯一能做的就是把自己当成人质交给九年一贯制学校。马丁·塔勒，现在我是你的俘虏了！”

“说得好，孩子，”“不抽烟的人”说，“但这显然没有任何意义，要是这么做，今天还会有多少孩子要被关起来呢？”

“没问题，”马丁脸色严肃而苍白，郑重地对艾格兰特说，“艾格兰特，你是好样的，现在回到你的人那边去，告诉他们，我们将在两分钟后发动进攻。这将是我们双方的最后一战了，因为我们不会再和背信弃

义的人战斗，且鄙视他们。”

艾格兰特默默地鞠了一躬，然后跑掉了。

马丁急忙把孩子们召集起来，低声说道：“现在你们听好！两分钟后，你们要展开一场全面的雪仗。塞巴斯蒂安领头，我和马蒂亚斯、约尼去巡逻一圈。注意，在我们回来之前不要赢！你们的任务是拖住对手！你们甚至可以撤退一些，让他们去追你们。”

“这太难理解了。”“小酒桶”说，他弯下腰做起了雪球。

“这是一个绝妙的计划，”塞巴斯蒂安赞赏地说，“尽管交给我吧，马丁，我会完成任务的。”

乌利非常想和马蒂亚斯待在一起，于是他去找马丁：“我能和你们一起去吗？”

“不行。”马丁说。

“乌利，”塞巴斯蒂安喊道，“你必须留在这里，帮助我们撤退！因为你最擅长开溜了！”

乌利的眼里涌出了泪水。

马蒂亚斯挥了挥手臂，好像要揍扁塞巴斯蒂安似的，然后他说：“另择时间再说吧。”

第一批雪球已经飞了过来。塞巴斯蒂安下达了命令。建筑工地的雪球大战开始了。

“加油，小伙子。”“不抽烟的人”鼓励乌利，随后

他向其他人点头致意，“祝你们好运，孩子们！有马丁在，你们不需要我了。”

“好嘞！”他们大声回应道。然后，“不抽烟的人”冒着呼啸而过的雪球，怀揣着雀跃轻松的心情回他的家——那节车厢去了。

塞巴斯蒂安一会儿跑到这一队，一会儿又跑到另一队。九年一贯制学校的学生因为对方学校的学生违背诺言而大发雷霆，士气高涨，恨不得把他们全都打翻。“小酒桶”尤其按捺不住：“你为什么不下令——”“冲锋”两个字还没说出口，对方扔出的雪球就正好砸进他的嘴里。他吓坏了，其他三年级学生也笑出声来。

“我知道，虽然你不明白为什么马丁不准我们取胜，但你还是得服从命令。”塞巴斯蒂安说。然后他环顾四周，寻找乌利。乌利的两只手冻僵了，把手塞进口袋里取暖。当他对上塞巴斯蒂安的目光时，他又迅速抽出手来，重新投入战斗。

与此同时，马丁、约尼和马蒂亚斯正沿着伏维尔克街奔跑着。他们走进街角的那栋房子里，穿过院子，翻过围墙，走到艾格兰特家那栋楼的大门口。

“那就是地下室的门。”马丁低声说。

马蒂亚斯小心翼翼地打开小门，三人轻手轻脚地

走下又湿又滑的台阶。四周一片漆黑，地下室里散发着烂土豆的气味。

他们摸索着走过狭窄又低矮的走廊，拐了几个弯。忽然，约尼拽了拽马丁的袖子。他们停了下来，看到一条侧道，隐隐透出灯光。他们慢慢地走近，听到了一个陌生男孩的声音。

“库特，”那声音说，“又过了十分钟了。”

“是啊，我们又得开干了，”另一个奇怪的声音说，“我的手都打疼了。”

接着，他们听到了响亮的耳光声，先后响了六回。然后，周围又变得像坟墓一样死寂了。

“我真是奇怪了，你们竟然没有一点羞耻心。”第三个声音突然说。

“是克罗伊茨卡姆的声音。”约尼低声说。

他们慢慢地爬着，直到能清楚地看到里面的状况。两个实科中学的男孩站在一扇半开着的木门后面，鲁迪·克罗伊茨卡姆坐在一张摇摇晃晃的破椅子上，被一条晾衣绳结结实实地捆着，四肢动弹不得，脸颊也红肿得厉害。一张桌子上点着三根蜡烛，远处的角落里，有一棵圣诞树靠在墙上，夹在柴火和煤块中间。那是艾格兰特的爸爸在两天前买回来的。

“等我的朋友们来救我，我一定会让你们好看！”

克罗伊茨卡姆愤怒地说。

“是吗？到那时你恐怕都已经发霉了。”实科中学的一个男孩说。

“不出一个小时，他们就能找到我。”克罗伊茨卡姆自信地反驳道。

“那你还得挨好一顿耳光，”另一个男孩说，“每十分钟打六下，一个小时总共是三十六下。”

“这就是数学应用题！”第一个男孩叫道，笑声将地下室的拱顶震得嗡嗡响，“你那帮朋友会早点出现吗？”

“但愿如此。”克罗伊茨卡姆说。

“那么，为了保险起见，我们得再打你六下，作为预付。看你的了，库特！”

那个叫库特的男孩走到克罗伊茨卡姆的椅子前，举起左手打了下去。然后他举起右手，又打了一下，说道：“这才两下。”他又举起了左手——但那时马蒂亚斯已经在他身边，第三记耳光打在了库特自己的脸上。

库特撞上了艾格兰特家的圣诞树，夹在繁密的针叶里，用手捂住左脸号叫着。马丁和另一个男孩扭打起来，给他来了个过肩摔，搞得他晕头转向的。约尼则给被打肿了脸的克罗伊茨卡姆松绑。

“快！”马丁喊道，“我们必须在两分钟内回到

工地！”

鲁迪·克罗伊茨卡姆伸展了一下身体。他感觉浑身的关节都酸痛不已。他的脸颊肿得厉害，好像在嘴里塞了个团子。“我从1点半就被绑到椅子上了，”他说着踢了一下椅子，“现在都4点了。他们每十分钟要打我六个耳光！”

“这的确很难受。”马蒂亚斯表示同情，并拿起那根晾衣绳。

他们让那两个实科中学的男孩背靠背地站着，把他们牢牢地捆起来。

“这样吧，”马丁说，“现在把耳光如数奉还给这两个粗野的家伙吧！两个半小时就是一百五十分钟，你们打了多少个耳光，库特？”

“九十个，”库特含泪回答，“给我们平分一下，每人挨四十五个吧。”

“现在已经没那么多时间了，”马蒂亚斯说，“我就给每个人一个耳光，就算是帮鲁迪收回那九十个了。”

这时，另一个实科中学的男孩也哭了起来。

“听写本在哪里，鲁迪？”马丁问道。

克罗伊茨卡姆指着地下室的一个角落。

“没有啊。”马丁说。

“你再仔细看看！”克罗伊茨卡姆回答。

角落里有一堆灰烬。只有一小张烧焦的纸和一角蓝色的封皮还依稀可见。

“天哪！”马蒂亚斯惊叫起来，“这就是我们的听写本吗？”

克罗伊茨卡姆点了点头：“他们是当着我的面烧的。”

“你爸爸可要高兴了。”马丁掏出手帕，把灰烬扫进去，小心地包好，把烧剩下的本子装在口袋里。

“这下子可要热闹了。”约尼说。

马蒂亚斯高兴地搓着双手：“我要捐赠一个坛子，把我们的听写本安葬在‘不抽烟的人’的花园里，然后心怀感激地表示哀悼。”

马丁想了想，然后说：“鲁迪，你直接回家去吧！如果你爸爸问起听写本的事，你就说还在学校里，我明天会在第一堂课时交给他，可以吗？其他的什么也别说。我们现在要赶到工地去把实科中学的人揍一顿，然后就回校。我打赌那个长得很俊的西奥多早已恭候我们多时了。我们走了！”

除了马蒂亚斯，他们离开了地下室。他们爬楼梯时，听到清脆的“啪啪”两声，然后传来了两个男孩号哭的声音。

马蒂亚斯在院子里追上了其他三个人。“就这两下子也够给他们一个教训了。”他说，“他们再也不敢抓

我们学校的学生了。”

到了门口，克鲁伊茨卡姆向他们道别。

“非常感谢，”他说，并和他们握手，“祝你们一切顺利！”

“你也一样！”他们回答道，然后飞快地拐了个弯。

克罗伊茨卡姆小心翼翼地摸了摸自己的脸颊，摇了摇头，小跑着回家了。

快要到工地时，马丁拦住了同伴。“约尼，”他说，“现在你快跑到我们的人那里，告诉塞巴斯蒂安，他们现在可以赢了，明白了吗？马上发动进攻，一旦发生混战，我和马蒂亚斯就会从后面上去揍那群无赖。快去吧！”

约尼逃命似的跑开了。

马茨和马丁透过工地围栏上的一道裂缝往外张望。塞巴斯蒂安和其他人被敌方逼到了一个角落里，雪球像冰雹一样砸下来。实科中学的学生们高喊着：“打呀！狠狠地打呀！”好像他们已经胜券在握了。

“你能看见乌利吗？”马蒂亚斯问。

“看不见，”马丁说，“注意了，马茨！翻过栅栏！”他们一下子就翻了过去，时机刚刚好。

塞巴斯蒂安干得真漂亮，九年一贯制学校的学生们出人意料地向前冲去，实科中学的学生则节节败退。

马蒂亚斯和马丁穿过工地，从后方攻击那些闪躲撤退的实科中学学生。好几个人倒在雪地里，满脸惊恐。

“打呀！”四面八方都响起喊打声。马茨出现在哪里，哪里的敌人就四散奔逃，有的是独自逃跑，有的成群结队逃散。

只有艾格兰特一动不动地站着。他流着血，表情阴沉而坚定，看起来就像一位孤独而不幸的国王。“小酒桶”朝他跑过去。但马丁挡在了两人之间，喊道：“我们放他自由通行。他是他们当中唯一一个正派、勇敢的人。”

艾格兰特沮丧地转过身，孤零零地离开了战场。

弗里多林走到朋友们身边，问道：“克罗伊茨卡姆出来了吗？”

马丁点了点头。

“那你们的听写本怎么样了？”“小酒桶”好奇地问道。

“在我的手帕里。”马丁说着，把本子的遗骸恭敬地展示给大家看。所有人都惊呆了。

“谁能想到呢？”塞巴斯蒂安说。

“乌利在哪儿呢？”马蒂亚斯问。“小酒桶”用拇指指了指后面。马蒂亚斯赶快跑到远处的角落。乌利正坐在一块木板上，呆呆地望着雪。

“怎么啦，小个子？”马蒂亚斯问。

“没什么，”乌利平静地说，“我又逃走了。偏偏是那个瓦维卡向我跑来。我本来是要绊倒他的，但当我看到他的脸时，我又退缩了。”

“是他长得太可怕了，”马蒂亚斯说，“要是他向我冲过来，我也会浑身不自在的。”

“你是在安慰我吧，马茨？”乌利说，“但我不会再这样了，很快你们就能认识到这一点。”

“好啦，走吧，”马蒂亚斯说，“大家都陆续离开了。”

这对性格截然不同的好朋友跟着大部队一路跑回学校，做好了被西奥多抓住的准备。

战败的实科中学学生聚集在福斯特勒街十七号的院子里，等着艾格兰特回来。艾格兰特板着脸走进去，说：“把那个人放了吧！”

“我们可不同意！”瓦维卡叫道。

“那就随你们的便吧，”艾格兰特说，“你们另选一个头领吧。”他没再理睬任何人，径直回了屋。

其余的男孩气急败坏地大叫着冲到地下室，打算拿那个俘虏泄愤。结果地下室根本没有什么俘虏，只有他们的两个同伴！

所有人都丧着一张脸，羞愧不已。

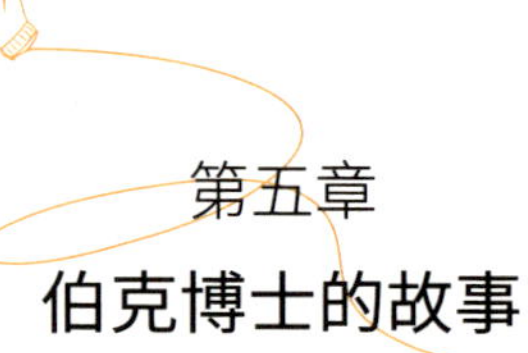

第五章
伯克博士的故事

刚过5点，夜幕就降临了。雪已经停了，但阴沉的硫黄色云层还悬在天空中。整个城市被冬天的夜色笼罩着，距离平安夜——一年中最好的夜晚仅剩几天。人们抬头望向密密麻麻的窗户时还没有想到，再过几天，圣诞树上火红的烛光就会倾泻在黑暗的街道上，而人们则在家中与家人在圣诞树下欢聚一堂。

灯火通明的商店里装饰着常青树的树枝和各种漂亮的玻璃饰品。大人们从一家商店跑到另一家，置办大包小包的东西，看起来喜气洋洋。

空气中弥漫着姜饼的甜香，好像街道都是用这种饼干铺成的。

五个男孩气喘吁吁地跑上山坡。“圣诞节我会得到

一个拳击吊球，”马蒂亚斯说，“伯克博士肯定会允许我把它装进体育馆的。哇，那可太棒了！”

“你那只眼睛好像肿得更厉害了。”乌利说。

“不要紧，这是成为拳击手的必经之路。”

他们离学校越来越近了。学校高耸在城市的一角，已经近在眼前。大楼里的灯亮着，整个学校就像在夜间航行的一艘大型游轮。在左边最高处的塔楼上，有两扇窗户透出亮光——那就是舍监约翰·伯克博士住的地方。

“我们还有算术作业吗？”约尼·特洛茨问。

“有，”马丁说，“百分率应用题，但是很容易。晚饭后我就去做。”

“那明天早上我就抄你的了，”塞巴斯蒂安说，“我才不要把时间浪费在这上头。我正在读一本遗传学著作，那才叫有意思呢。”

孩子们上气不接下气地继续爬着坡，踩得脚下的雪嘎吱作响。

有个人在校门口徘徊着，正是那个长得很俊的西奥多。“你们回来啦，亲爱的孩子们？”他不怀好意地说，“偷偷去电影院了吧？希望你们看了一部好电影，那么就算是受罚也值了。”

“那部电影可棒呢，”塞巴斯蒂安骗他说，“男主角

长得跟你很像，只不过没你好看。”

马蒂亚斯笑了，但马丁说：“别胡扯了，塞巴斯蒂安！”

“你也有份儿！”英俊的西奥多说，装得好像他才发现马丁似的，“我真是想不明白，怎么你这样的人还能领奖学金。”

“您可千万要想明白，”约尼说，“您还年轻着呢。”

英俊的西奥多气极了，好像呼吸都带着火星和硫黄：“那就过来吧。伯克博士等你们都等得不耐烦了。”

他们登上了塔楼的螺旋形楼梯。西奥多像警察一样跟在他们后面，好像担心他们会再溜掉。

一分钟后，他们到了舍监伯克博士的办公室里。

“这就是那些溜出校门的学生，伯克博士。”英俊的西奥多殷勤地说。

伯克博士坐在桌前看着这五名四年级学生，脸上没有流露出过多情绪。

这五个男孩的样子说明了一切——马蒂亚斯的一只眼睛肿了；塞巴斯蒂安的裤子一直破到膝盖上面；乌利的脸蛋和双手冻得发紫；马丁的头发乱蓬蓬的，耷拉到脸上；约尼的嘴唇在流血，因为有一个击中他的雪球里包了一块石头。五双靴子上的雪融化了，淌

到地上形成了五个小水坑。

伯克博士站了起来，走到被控告的五个男孩面前，问道：“乌利，住校规定里关于出校门的那条是怎么说的？”

“住校生除了规定时间以外禁止离校。”乌利战战兢兢地回答。

“有例外的情况吗，马蒂亚斯？”伯克博士又问道。

“有的，先生，”马茨说，“如果得到一位教师批准的话，就可以离校。”

“是哪位老师放你们出校门的呢？”伯克博士问。

“没有人放我们出去。”约尼回答。

“那么，你们得到谁的批准了？”

“我们是未经批准擅自溜走的。”马蒂亚斯解释说。

“不是那样的，是我让其他人跟我走的，我一个人负全责。”马丁说。

“我明白，亲爱的马丁，你总是喜欢揽下一切，”伯克博士严肃地说，“但你不应该滥用这种权利。”

“他没有！”塞巴斯蒂安叫道，“那时候我们非进城不可，因为情况十分危急！”

“我是你们的主管老师，你为什么不来征求我的许可呢？”

“因为有违校规，跟您说了您也不会答应，”马丁

说，“但我们又必须进城去，实在是十万火急。”

“你的意思是说，这样你们就可以公然违反我的明确禁令吗？”伯克博士问。

“是的！”五个人齐声回答。

“真是抱歉。”乌利羞怯地补充说。

“这太离谱了，伯克博士！”英俊的西奥多摇着头说。

“我没让你说话。”伯克博士说。

英俊的西奥多顿时面红耳赤。

“你们为什么要进城去？”伯克博士继续问。

“还不是因为实科中学的那些人嘛，”马丁说，“他们袭击了我们学校的一个走读生，还抢走了走读生要带给克罗伊茨卡姆教授批改的听写本。另一个走读生把情况告诉了我们。所以我们必须进城去救人。”

“他被救出来了吗？”伯克博士问。

“救出来了！”其中四个人叫道。乌利则保持沉默，他觉得这样回答不够严肃。

伯克博士看着约尼裂开的嘴唇和马蒂亚斯红肿的眼睛，然后他问：“有人受伤了吗？”

“没有，”马蒂亚斯说，“嗯，没人受伤。”

“只是那些听写本……”塞巴斯蒂安说。

马丁瞪了他一眼，他就不作声了。

伯克博士站了起来，走到被控告的五个男孩面前。

"听写本怎么了？"伯克博士问。

"在一个地下室里，他们当着俘虏的面烧光了，"马丁说，"我们找到时，只剩下灰烬了。"

"马丁把纸灰包在手帕里了，"马蒂亚斯笑嘻嘻地解释说，"我还要捐一个坛子盛放这些灰呢。"

伯克博士的脸轻轻抽动了一下，略微一笑，然后立马又换上那副严肃的表情。"那么，现在怎么办呢？"他问。

"我明天第一件事就是列个单子，"马丁说，"让我们班上的每个同学把从开学以来每次的听写分数报给我，我会如实记录，一上课我就把完整的名单交给克罗伊茨卡姆教授。剩下没有批改过的听写，我们会再写一次。"

"见鬼！"马蒂亚斯低声说，轻轻摇了摇头。

"不知道克罗伊茨卡姆教授会不会同意，"伯克博士说，"你们不太可能记住所有的分数吧？尽管如此，我还是要说，我赞同你们的举措。做得很好，孩子们。"

五个孩子容光焕发，宛如五轮小小的圆月。西奥多想笑，却又笑不出来。

"不过，"伯克博士说，"你们擅自离校依然是有违校规的。你们看起来都累了，都坐到沙发上去吧，我

想想该怎么办。”

孩子们坐在沙发上，信赖地看着这位公平公正的老师。西奥多还站在一边，但他恨不得赶紧离开。

伯克博士在房间里踱来踱去，最后他说：“我们还是要公事公办。塞巴斯蒂安，一般我们会怎么惩罚这种行为？”

“两个星期不许出校门。”塞巴斯蒂安回答。

“但还是要考虑实际情况，”伯克博士继续说，“你们是讲义气的朋友，为了救人，不惜一切代价到城里去。你们触犯的校规仅仅是忘记告假。”

伯克博士走到窗前，往外看去。接着他转过脸来说：“你们为什么不来问问我呢？你们就这么不信任我吗？”他又转过身来，“如果是这样的话，那我就应该受罚了。因为我本来就应该为你们犯的错误负责任！”

“哦，不，亲爱的尤斯图斯先生！”马蒂亚斯惊叫道，然后他迅速改了口，有点难为情地说，“哦，不，亲爱的伯克博士！我们所有人都对您……”但他讲不出来，他不好意思承认他们是多么敬爱他。

马丁说：“我们走之前确实考虑过是否应该先征询您的意见。但我觉得问您不太好。这绝不是因为不信任您，伯克博士！我自己也想不明白，为什么不去问

问您呢？”

自作聪明的塞巴斯蒂安又有表现机会了。他解释道:“这是完全可以理解的。当时只有两种可能，要么您会拒绝我们的请求，然后我们就不得不违反校规；要么您同意了，但如果我们中的任何人出了什么事，您都会担责任，其他老师和学生家长会来找您的碴的！”

“是的，差不多就是这样。”马丁说。

“你们这些孩子真是自作聪明！”舍监说，“你们之所以没有来问我，就是因为怕我被找麻烦吗？那么好吧，就如你们所愿按规定受罚吧。圣诞节假期后的第一个可以外出的下午，我将禁止你们出校。这样就符合住校规定了，你说对吗？”伯克博士问西奥多。

“那是自然，先生。”英俊的西奥多连忙表态。

“那天下午，请你们五个人来我这里做客。我们一起喝杯咖啡，好好聊聊天。这不在住校规定里，但我认为不会有任何异议。你说对吗？”他又一次看向西奥多。

“绝对没问题，先生。”英俊的西奥多奉承道。他觉得自己都快要碎了。

“你们接受这个惩罚吗？”伯克博士问道。

男孩们高兴地点了点头，用胳膊肘互相捅捅对方。

“太好了，”马蒂亚斯说，“有蛋糕吃吗？”

“但愿有吧。”伯克博士说，“在你们回去之前，我想给你们讲一个小故事。因为我觉得你们仍然不信任我，或者没有达到我所期望的信任程度。”

西奥多转过身子，准备蹑手蹑脚走出办公室。

“别走，你就留在这儿吧！”伯克博士说。然后他在办公桌前坐下，转动椅子，以便看清窗外的冬夜景色。

“算来得有二十个年头了，”他说，“当时，就在这座楼里，也有一些和你们一样的男孩子，也有非常严厉的高年级学生。也有一位舍监，正好住在我们现在所处的这个房间里。二十年前他们也睡在和你们一样的铁床上，坐在你们的教室和食堂里。今天要讲的是一个四年级男孩的故事。他是个勤奋的好孩子，他会像马丁·塔勒一样为不公正的事而恼火；他还可以在必要时像马蒂亚斯·泽尔布曼一样，被逼急了就打架；他也会像乌利·冯·西默恩一样，晚上坐在宿舍的窗台上想家；他喜欢读非常高深的书，就像塞巴斯蒂安·弗兰克一样；而他也会像约纳唐·特洛茨一样，有时躲在公园里。”

孩子们并排坐在沙发上，聚精会神地听着。

伯克博士接着说:“那个男孩的妈妈生了重病。人家把她从家乡的小村庄带到克希贝克城的医院，否则她肯定会死的。你们都知道那个医院在哪里，就在对面，在城市的尽头那座大红砖建筑里，后面就是隔离病房。

“那个男孩非常难过，每天惴惴不安。有一天他跑出校门，一直跑到医院。他坐在病床边，握着妈妈烧得滚烫的手，告诉她，他第二天再来，因为那天下午他可以自由出校。说完，他又跑了很远的路回学校。

“一名高年级学生正在学校门口等他。那个高年级学生的心智还不够成熟，不足以让他明智而公正地行使学校赋予的职权。他问男孩到哪儿去了，男孩死也不肯说是去看生病的妈妈了。所以，高年级的学生为了惩罚他，禁止他第二天下午外出。

“但是到了第二天，那个男孩还是跑出了校门，因为妈妈还在等着他。他在妈妈的床边坐了一个小时，她的病情比前一天更重了。妈妈让他第二天再来，他答应了，然后又跑回学校。

“那个高年级学生已经报告了舍监老师，说这个男孩明明被禁止外出，却还是偷溜出去了。那男孩不得不上楼来找舍监。就在二十年前，他恰好站在你们五

个人正坐着的地方。那位舍监非常严厉，男孩一点也不相信他，因此那男孩终究一声没吭，最后舍监罚他整整四个星期都不允许出校。

“然而，第二天，他又出发了。这一次，他回来时被人送到了校长那里。校长罚他关两个小时禁闭。次日，校长想和男孩谈谈，便告诉舍监打开禁闭室的房门。可令人惊讶的是，禁闭室里的分明是另一个男孩！他为了让自己的朋友能再去看看妈妈，便把自己作为替身关了进去。”

“是呀，这就是友情啊。”伯克博士说，“他们是特别好的朋友，形影不离，还一起上了大学，住得也很近。即使是其中一个人成家了，他们也没有分开。男孩的好朋友的妻子生了一个孩子，后来孩子死了，妻子也离世了。就在葬礼后的第二天，他就销声匿迹了。而故事里的男孩，再也收不到好朋友的消息了。”伯克博士用手捂着头，神色看上去非常悲伤。

“当时，”他最后接着说，“当校长意识到这个骗局时，的确大动肝火。代为关禁闭的男孩把朋友总是溜走的缘由告诉了校长，总算让这件事有了一个好的结局。这个妈妈住院的男孩决定，总有一天，他要在这所学校，在这个他小时候因找不到可信赖的人而饱尝痛苦的地方，成为一名舍监老师。不为别的，就是

为了让孩子们在遇到困难时能有个贴心体己的人可以依靠。”

伯克博士站了起来，脸上的表情和蔼而严肃。他凝视了那五个男孩很久：“你们大概已经知道那个男孩叫什么了吧？”

“是的，”马丁平静地说，“他的名字叫约翰·伯克。”

伯克博士点了点头：“好了，你们现在可以走了，你们这些小鬼头！”

五个孩子站了起来，毕恭毕敬地鞠了一躬，离开了房间。英俊的西奥多垂着头从他们身边走过。

在楼梯上，马蒂亚斯说：“如果有必要的话，我就是为楼上那个人上绞刑架也死而无憾！”

乌利看起来好像痛哭了一场：“我也是。”

在他们回各自的宿舍之前，约尼停下了脚步。“你们都知道吧？”他问，“那个替他被关禁闭，又在妻儿葬礼的第二天失踪的朋友是谁？”

“不知道，”马蒂亚斯说，“我们怎么会知道呢？”

“你错了，”约尼说，“我们都认识他。他住的地方离这儿不远，而且他今天听到伯克的名字还愣了一下呢。”

“你说得没错，”马丁说，“你说得一点儿也没错，约尼！我们都认识那个朋友！”

“好了，别卖关子了！”马蒂亚斯不耐烦地说。

约尼说：“就是那个‘不抽烟的人’。”

第六章
幽灵游行队

晚饭后，大家去了宿舍自习。马丁做完了第二天的数学作业，正在编写名单。他要把烧毁的听写本里的成绩都登记上去。可是马蒂亚斯已经不记得自己的分数了。

“你把我的所有成绩都记成四分[1]吧，”他说，“我想我总会有办法搪塞过去的。”然后，他问勤杂工借了锤子和钉子，乒乒乓乓地把常青树的树枝钉在墙上，噪声响到隔壁宿舍的人都受不了，派人来问是不是有人疯了，这才让他停了手。

[1] 德国学校的评分标准是一分最高，接下来从高到低分别是二分、三分、四分、五分。

九号宿舍的舍长，那个英俊的西奥多，已经和之前判若两人了。马丁想去其他宿舍收集班上同学的听写分数，这个高年级的学生说:“没问题，马丁，但不要去得太久。”

马蒂亚斯惊讶地盯着马丁。宿舍里的其他人都不知道舍监老师的办公室里发生了什么，个个目瞪口呆。另一个高年级学生也吓了一跳。“你这是怎么了，西奥多？”他问道，“你是疯了吗？”

马丁没有理会他们，快步离开了宿舍，找遍所有的同学，抄录他们的听写分数。他最后找的人是约尼·特洛茨。约尼宿舍的舍长人还挺好，他问马丁：“嘿，马丁，又来打架了？”

“不，”马丁说，“这次不是来打架的。我想找约尼商量一下圣诞节惊喜，仅此而已。”然后，他和约尼窃窃私语，达成一致意见：第二天吃过午饭，他们就把伯克博士带到那个小园子里去。

“但愿我们没有搞错，”马丁说，“如果我们搞错了就糗大了。要是伯克博士和‘不抽烟的人’说他俩根本不认识，那可怎么办？”

“这不可能。”约尼斩钉截铁地说，“我在这种事上从来不出错，你完全可以相信我！”他想了一会儿，又补充道，“‘不抽烟的人’来到这个城市，搬进火车

车厢，住得离我们学校这么近，不可能只是巧合！所以，即便他想独自生活，并离开了自己的朋友，抹消了过去的痕迹，但当他和我们说话的时候，他肯定是回想起了自己的小时候。我理解他，马丁，因为我也有过类似的经历。”

“也许你是对的，”马丁说，“他们肯定会喜出望外的。”

约尼激动地点了点头。“虽然我们的推测初步正确，但还是不要喜形于色比较好。”他说。

“那当然。”马丁小声道，然后回到九号宿舍，从桌子里取出了一幅画。这幅画是为他父母画的，还没有完成，他还得接着画。他想把它放在家里的圣诞树下。明天，最迟后天，他妈妈寄来的路费一定会到的。

这幅画可真奇特。画面上有绿色的湖泊和积雪覆盖的高山。湖边矗立着棕榈树和橙子树。湖面上漂荡着镀金的游艇和扬着铁锈红帆的船只。湖滨小路上，六匹深灰色的马拉着一辆蓝色的马车。马车上坐着马丁的父母，他们穿着漂亮的节日盛装。马丁坐在车夫的位置上，但画上的他比现在的年纪要大很多，留着一抹时髦的金色小胡子。身着色彩鲜艳的南方节日盛装的人们站在马车旁，向他们挥手致意。马丁的父母亲切地回礼，马丁也放下了鞭子，一一回应人们的

问候。

这幅画的名字叫作《十年以后》。这个孩子可能是想借画表达这样一种设想：十年后，他会赚很多很多钱，然后带着他的父母去遥远而美丽的异国游玩了。

马蒂亚斯看了看画，眯起眼睛说：“哇，我打赌你将来会成为像提香[1]或伦勃朗[2]那样伟大的画家。我以后就这么说：‘没错，这个马丁·塔勒正是我的同班同学，还是个成绩顶呱呱的尖子生。他还是个捣蛋鬼，我们以前吃东西总是风卷残云的！’”在说完“风卷残云”后，他觉得自己又饿了，于是赶紧在桌前坐了下来，因为桌斗里总是有东西可以吃。他还在桌盖下用图钉钉了好多拳击世界冠军的照片。

就连英俊的西奥多也想看看马丁的画，并赞叹他的才华。

这是一个美好的夜晚。男孩们凑在一起，聊着他们在寄给家里的信中都要了什么圣诞礼物。然后，高年级的学生弗里切讲起了早上在课堂上发生的一件事情。宿舍里的每个人都聚精会神地听着。

“每年，校长格伦克恩博士都会讲同一个笑话。他

[1] 提香·韦切利奥（约1489—1576），意大利文艺复兴盛期画家。

[2] 伦勃朗·哈尔曼松·凡·莱因（1606—1669），荷兰画家。

每次在高年级讲到月亮，都要拐到那个笑话上去，一年讲一回，据说都已经讲了二十多年了。这堂课刚开始，他就说：‘我们来谈谈月亮——请你们看着我！’”

“这算是什么笑话？”宿舍里一个叫彼得曼的低年级男孩问。其他人笑着比了个手势，他就又安静下来。

英俊的西奥多说：“在我们班上，没有一个人笑得出来。”

就在这时，彼得曼哈哈大笑起来。他听懂这个笑话了。

“这下明白了？”马蒂亚斯问。

弗里切说：“我们事先精心安排过。我们知道今天他准备讲这个笑话，所以一早就商议好了。当校长说出他的名言时，班上最后那排人笑了，他当然很高兴。他准备继续往下说的时候，倒数第二排的人笑了。格伦克恩更高兴了。

“但就在他准备继续讲的时候，倒数第三排的人又笑了起来。他的脸色开始不大自然了。等到倒数第四排笑了，他的脸就绿了。然后，最前排的人也笑了起来，他简直有些不知所措了，说：‘先生们，难道你们不喜欢这个笑话吗？’莫尔贝克站起来说：‘这个笑话本身是不差的，校长先生。但我爸爸告诉我，当他读高年级时，这个笑话就已经老得掉渣了。您要不要考

虑换个新绝活呢？’格伦克恩顿了顿说：‘也许你说得对。’说完，他没等下课就跑出了教室。看他当时的样子，就好像要去投胎似的。”

弗里切笑了，其他几个学生也笑了。但大多数人似乎不太认同这群高年级学生的做法。“我不太了解情况，”其中一个学生说，“但我觉得你们不应该让老年人那么生气。”

“那又怎样？”弗里切说，“追求上进是作为教师的责任和义务。不然的话，干脆让学生们躺在床上，听听唱片机的录音学习得了。不行不行，我们要的是名副其实的教师，而不是长着两条腿的空心罐头！我们需要有所长进，教师更应该不断进步呀。”

正在这时，门开了，校长格伦克恩博士走进了九号宿舍。所有的男孩都从椅子上跳了起来。

“都坐着吧，继续做各自的事，”校长说，“作业都做完了吗？”

“做完了，先生！”英俊的西奥多说，“所有作业都做完了！”

“不错。”老先生说着，疲惫地点了点头，走进了隔壁宿舍。

“他是不是刚才就在门口偷听？”一个低年级学生好奇地问道。弗里切无情地说：“那也没办法。即便他

在年轻的时候想当官，他也不应该进教师这行啊。”

马蒂亚斯转向他旁边一个红头发的一年级学生，说：“你知道格伦克恩的名字是什么吗？”那个小男孩说不知道，于是马蒂亚斯告诉他：“叫巴尔杜因，全名叫巴尔杜因·格伦克恩！他写自己的名字时，总是写个B，后面加上一个点。他可能觉得自己的名字不好写呢！”

“别老说那个老家伙了！”英俊的西奥多说，“要不是有他作为参照物，我们都不知道伯克博士有多好。”

另一个高年级学生的眼睛都要蹦出来了：“西奥多，”他说，“你终究还是变了。”

做完晚间祷告，大家便跑下宽阔的楼梯，跑进衣帽间，脱下白天的外衣，换上长长的睡袍，再奔上楼，先进洗漱间收拾好自己，最后回到宿舍。

高年级学生是可以晚睡的。他们当中担任宿舍监管员的学生得待在楼上，监督每个孩子洗好脸、刷完牙，再匆匆爬上床睡觉。

睡个觉也怪麻烦的。大家要在床上坐起身来，用大被子把自己裹起来，然后像被闪电击中一样倒到床褥上，搞得铁架床吱呀作响。

二号宿舍发生了一件意外的事。不知是谁存心搞怪，在马蒂亚斯的被褥下面放了一个装满水的脸盆。

马蒂亚斯经历了一天的冒险之后，感觉累得要散架，当他重重地倒在床上时，这个恶作剧让他浑身湿透了。他嘴里骂骂咧咧，牙齿咬得咯咯响。他从床上跳起来，把脸盆从被子下面掏出来。“这是谁干的？”他愤怒地喊道，“多么卑鄙！犯人最好自首，不然被我抓到，我就暴揍他一顿，然后把他扔出去喂鸟！”

其他人都笑了起来。乌利穿着睡衣，拿着枕头担忧地走了过来。

“真不要脸！”马蒂亚斯喊道。

“上床吧，”有人喊道，“不然会冻着你的屁股的。”

“安静点！”有人说，“伯克博士来了！”

乌利和马蒂亚斯跳到床上。当伯克博士进来的时候，宽敞的宿舍一点动静也没有。孩子们并排睡着，就像天使一样。伯克博士沿着床尾巡视了一圈。

“好家伙，”他大声说，“真够安静的。这帮小子现在能这么消停，之前肯定闹过了。马丁，你说说吧！”

马丁睁开双眼，说：“没怎么闹，先生，只不过开了个玩笑。”

“没有别的了？”

“真没有了。”

“那么，晚安，淘气包们！”伯克博士走到门口。

“晚安，先生！”孩子们大声回应道。然后他们真

的安安静静地躺在床上。马蒂亚斯像狮子一样打了个哈欠，把乌利的枕头垫在自己和湿床单之间，很快就睡着了。不久后，其他人也睡着了。

只有乌利还醒着。一来他没有了枕头，二来，他仍在思考怎样让自己变得勇敢。然后，他听到对面兵营里的号手吹起了晚间点名号，以此催促还在家中的士兵赶紧回营。乌利想着自己的父母和姐妹，三天后他就能和他们团聚了。想到这儿，他脸上挂着幸福的微笑睡着了。

一小时后，熟睡的男孩们猛地惊醒了。从一号宿舍传来了地狱般的噪声。突然，二号宿舍好像被魔鬼的手推开了。喧闹声越来越大，有几个年纪很小的男孩把头埋在被子里，或用手紧紧捂住耳朵。

忽然间，穿着白衣的妖女和幽灵走进了黝黑的宿舍，有的拿着火光跃动的蜡烛，有的敲着平底锅盖，还有一些像饥肠辘辘的牛一样吼叫着。最后摇摇晃晃走来的是一个庞然大物，挨个儿把男孩们的被子拽下来，从一个大纸袋里掏出一种神秘的粉末撒到他们的床上。几个最小的男孩害怕得哭了起来。

“不要哭！”乌利告诉他旁边的小男孩，“这些是高年级学生假扮的。在圣诞节前几天，他们总是要搞这样的游行队伍。你们当心点，别让他们往你们的床

上撒痒痒粉。”

“我怕，”小男孩哭着低声说，“最后那个大怪物是什么？”

“是三个高年级学生假扮的。他们把好几张床单缝在一起，然后一起躲在底下。”

“我还是很怕。”小男孩说。

“习惯了就好了，”乌利安慰他说，“我上一年级的时候，也被吓哭了。”

“真的吗？”

“真的。”乌利说。

幽灵游行队穿过宿舍的后门，消失了。慢慢地，四周又静下来。只有前排床上的男孩们一边挠痒，一边对着枕头喃喃地咒骂说痒痒粉起作用了。过了一会儿，他们也安静了下来。

马蒂亚斯压根儿就没有醒过。一旦他闭上眼睛，就算在他身边开炮，他也能睡得安安稳稳。

最后，大家又都睡着了。只有一个人还醒着，就是约尼·特洛茨。他下了床，蹑手蹑脚地走到一扇大窗户前。他坐在宽阔的窗台上，把双脚缩在睡衣底下，俯瞰着下面的城市。许多窗户里仍然透着灯光。又下雪了，天空中飘满了白色的雪花，飞雪在电影院、酒吧和舞厅所在的市中心上空盘旋着。

忽然间，穿着白衣的妖女和幽灵走进了黝黑的宿舍。

约尼低头看着城市。他想：每个屋顶下都有人在生活，一座城市得有多少个屋顶啊！我们的国家又有多少座城市，我们的地球上又有多少个国家啊！整个宇宙中有多少颗星球啊！幸福一次次地洒向人间，而不幸也……我将来也许会去乡下，住在一栋有大花园的小房子里。我会生五个孩子，但我决不会因为弃养就把他们丢到海上去。我决不会像我爸爸一样，心肠那么坏。我的妻子也会比我的妈妈更善良。我的妈妈现在在哪里呢？她还在人世吗？也许马丁也会住在我家。他画画，我就写书。

约尼想，如果生活不能变得更好，肯定会被人笑话的。

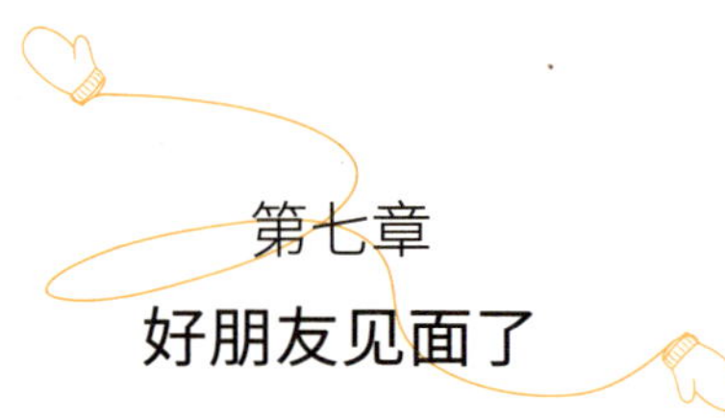

第七章 好朋友见面了

第二天早上上课前，马丁走出教室，来到走廊上。他拿着那份听写分数记录单，打算在语文老师克罗伊茨卡姆教授进教室之前就交给他，并告知他听写本的悲剧。鲁迪·克罗伊茨卡姆刚刚说，他爸爸目前还不知道这回事呢。

走廊里空荡荡的，但教室的嘈杂声传了过来，混着压低了的嗡嗡声和叽叽咕咕的声音，听起来就像一群被关起来的苍蝇发出的响声。

这时，老师们从楼上走了下来。他们心情很好，大声笑着，然后分别走进了各自的教室。嗡嗡声和叽叽咕咕的声音渐渐平息下来了。克罗伊茨卡姆教授是最后一个下楼的。他像往常那般直挺挺地走着，好

像吞了一根拐杖。伯克博士走在他身边，说着一些有趣的话，教授专心听着的样子看起来比平时更严肃了。

这位克罗伊茨卡姆教授有点古怪，孩子们有些怕他。他很少笑，或者是他根本不想笑。他的儿子鲁迪对同学们说过，他爸爸在家里也不怎么笑。本来时间长了，大家也就习惯了。可是，虽然他很少笑，但他说的一些话总是很搞笑，让孩子们不知是该笑还是不该笑。

举个例子。几个星期前，他在课堂上发小测验成绩时，曾这样问过马蒂亚斯："你上次考试得了几分？"

"四分。"马蒂亚斯说。

"是吗？"教授说，"嗯，这次就好多了。"

马蒂亚斯喜笑颜开。

然后教授说："这次是个顶呱呱的四分！"

又有一天，教室里的书柜一直开着。克罗伊茨卡姆教授大声喊道："把柜门关上，弗里多林！有妖风！"

就是这样，每当你忍不住想笑的时候，你又不太敢放开了笑，因为克罗伊茨卡姆教授会从讲台上板着脸低头看你，那表情很是奇怪，像是肚子疼。谁都捉摸不透他，从他的表情也看不出任何心理活动。

不过，在他的课上确实能学到很多知识。这一点

还是很好的。

现在，马丁准备向他说明听写本被烧毁一事。伯克博士去了低年级那边，克罗伊茨卡姆教授独自一人大步向马丁走来。“有什么事吗？”他问道。

“嗯，是的，先生。”马丁不好意思地说道，“昨天下午，实科中学的学生们把我们的听写本烧毁了。”

教授停下了脚步。“是你们请他们烧的吗？”他板着脸问道。

马丁真不知道自己该不该笑。最后他摇了摇头，把事情的来龙去脉简明扼要地给教授讲了一遍，同时把那份名单递给了他。

教授打开教室门，把马丁推到自己前面，两人走了进去。然而，教室里发生了一件令人发指的事。

在格奥尔格·昆佐多夫的唆使下，几个走读生把乌利装进废纸篓里，吊在挂地图用的杆子上。马蒂亚斯想要去救乌利，却被四个男孩紧紧按在凳子上动弹不得。乌利被高高地悬在天花板下面，脸涨得通红，从篓里探出头来张望。看到这一幕，马丁差点当场昏过去。

克罗伊茨卡姆教授却好像根本没看到这场闹剧。他稳重地在讲台前坐下，解开马丁的手帕包袱，看到了里面的纸灰。“这是什么？”他问道。

“这就是我们的听写本。”马丁尴尬地回答。

“噢，”教授说，“几乎完全看不出来。昨天下午是谁负责保管这些本子？”

教授的儿子鲁迪·克罗伊茨卡姆站了起来。

“你当时就不能保护好本子吗？”

“不能，”鲁迪说，“袭击我和弗里多林的学生足足有二十个呢。在他们当着我的面烧毁本子之前，我被他们用晾衣绳绑起来，锁在了地下室里。”

“你在那个地下室里待了多久？”他爸爸问。

“一直到下午 4 点左右。”

“你的父母还蒙在鼓里吗？”

“是的。”鲁迪说。

“那可真称得上是好父母了。”教授恼火地说。

有几个学生忍不住笑了。谁能想到教授竟然骂起自己来了呢！

“难道他们吃饭的时候没发现你不在吗？”教授问。

“发现了，”鲁迪说，“但有人告诉他们，我被一个同学请去做客了。”

“替我向你爸爸传达真挚的问候，”教授严厉地说，“让他以后照顾好你！”

全班同学都在笑。但乌利没笑，教授也没笑。

克罗伊茨卡姆教授却好像根本没看到这场闹剧。

“我一定向我爸爸转告。”鲁迪·克罗伊茨卡姆回答。大家又哄笑起来。

“都是你们搞的鬼。”教授说，“顺带一提，马丁的名单我是用不着的。我把你们每一次的成绩都誊写在我的笔记本上了。不过，我会比较一下这两份成绩单，希望没有人要小聪明虚报分数。反正很快就会查出来的。另外，我通知你们，要是下次再胡闹，我就罚你们听写，保证让你们写得晕头转向。”

大家好像收到了什么指令，齐齐抬头向乌利看去。这下可有好戏看了！

“房顶上的废纸篓是怎么回事？”教授问，“不准再这么胡闹了！”

几个学生跳起来，要把废纸篓放下。

“不用放下！”教授严肃地说，“就让它那么吊着吧！我们还有不少时间。”他真的没有看到乌利还在篓子里吗？“在讲新课之前，”他说，“我们来回顾一下昨天听写的内容。塞巴斯蒂安，‘眩晕症’这个词怎么拼？”

塞巴斯蒂安把他那本讲遗传学的书推到凳子下面，拼出了单词。他答对了。

教授点了点头，又说道："'留声机'[1]又是怎么拼的呢？乌利！"全班同学都吓呆了。

教授用手指使劲敲着桌子："快点，西默恩！'留声机'怎么拼？"

于是，废纸篓里传来一个颤抖的声音："G……r……a……m……m……"

再往下，乌利就没声儿了。教授像被魔法定住了一样，抬头看着天花板，然后站了起来："教室什么时候变成游乐场了？你给我说清楚，你待在你那无聊透顶的秋千里干什么？你们都疯了吗？赶紧给我下来！"

"我下不来。"乌利说。

"这到底是谁干的？"教授问，"都不说是吧？马蒂亚斯！"

马蒂亚斯站了起来。

"你为什么不阻止？"

"他们人太多了。"乌利在半空中解释道。

"发生这类恶劣行径，胡闹的人当然有责任，那些不出面阻止的人同样有责任！"教授对着全班同学说，"每个人，都在下一节课前把这句话抄五遍！"

"抄五十遍？"塞巴斯蒂安阴阳怪气地问道。

[1]"留声机"的德语拼写为 Grammophone。

“不，就抄五遍，”教授回答说，“如果连抄五十遍，抄到最后肯定就忘了。只有塞巴斯蒂安·弗兰克抄五十遍！马丁，这句话是怎么说的，复述一遍！”

马丁说：“发生这类恶劣行径，胡闹的人当然有责任，那些不出面阻止的人同样有责任！”

“但愿你做的和说的一样好。”教授把身子往后一靠说，“这还只是悲剧的第一幕。现在，你们把乌利放下来吧！”

马蒂亚斯跑在最前面，其他几个男孩也紧随其后。乌利终于双脚落地了。

“那么现在，”教授说，“悲剧的第二幕来了。”

之后，他进行了一场非常可怕的听写测试，涵盖了各种外来词语，大写和小写，以及困难的标点符号，难度大得让人绝望。外边大雪飘飞，全体学生却整整半个小时都在汗流浃背。（多年后，大家还会谈起那场听写测试。据说当时的最高分只有三分。）

“真见鬼了！”马蒂亚斯对他身旁的人低声说，“干脆让实科中学的那帮人再袭击鲁迪一次好了！”

这一回，克罗伊茨卡姆教授要亲自把听写本带回家了。“还是小心为妙。”说着，他就像刚进教室时一样，板着脸离开了。

课间休息时，乌利走上讲台，喊道：“都安静！”

但其他人依然在吵闹着。“都安静！”他又喊了一次，那声音尖厉到听来像是在受刑。教室总算安静了。乌利脸色苍白。“我跟你们明说了，”他低声说，“我受不了了，再这么下去，我迟早会病倒的。你们不是都认为我是个好欺负的胆小鬼吗？那你们就等着瞧吧！今天下午 3 点，所有人都到操场上去。3 点！记住了！”然后他走下讲台，坐回自己的桌子前。

“你这话是什么意思呀，乌利？”马蒂亚斯问。马丁和约尼也走了过来，都想弄明白他究竟想做什么。

乌利几乎是带有敌意地摇摇头说：“等你们到了操场，自然就明白了。”

午饭前，食堂的值班长分发了信件。马蒂亚斯和其他许多人都收到了汇款，这是他们盼望已久的车费。

马丁收到了他妈妈寄来的一封信。他把信封揣在口袋里。虽然他已经在寄宿学校待了很长一段时间，但他依然不好意思在嘈杂声中和众人的注视下读信。他更愿意在排完戏之后到院子里去，或者走进一间空荡荡的钢琴室，一个人安安静静地打开信件。他感觉信封不是很厚。他想，妈妈可能是给他寄了一张 10 马克的纸币。车费是 8 马克，所以他还能用剩下的 2 马克给妈妈买几件小礼物。虽然他给他们画的画非常漂

亮，但他认为光送一张画给父母还是少了点。

午饭结束后，马蒂亚斯把他的债主们统统叫到身边，把他在饿肚子时向人家借的饭钱一一还清。然后他赶紧跑到面包店，去找舍夫先生。他现在是个大富翁了，今天他要为剧组所有的演员买糕点。当然，他也得给自己买一些，毕竟他也是演员之一嘛。

食堂里的人几乎走光了，只有马丁和约尼还站在门口。在后面，食堂狭窄的另一边，伯克博士坐在一张小桌子旁，点着一支雪茄烟。两个孩子走到他跟前，他和蔼地点了点头，又用好奇的眼神打量着他们。“你们怎么这么一本正经，”他说，“不会又干什么坏事了吧？”

“我们想请您和我们一起出去散散步，”马丁说，“我们想给您看点东西。”

“哦？”他说，“非去不可吗？”

他们俩都用力地点了点头。于是伯克博士站起来，跟着他们离开了食堂。

他们把他一路带到校门口，他也没表示反对，只是问道：“哦？我们还要出校门吗？”他们又点了点头。“那我就拭目以待了。”伯克博士说。两个孩子领着他走上街道，沿着学校周围的铁栅栏走着，他向他们打听戏剧的排练进展。

“我们现在已经演得很好了，”约尼·特洛茨说，“明晚就是正式演出，就连马蒂亚斯也不会卡壳的。明天下午我们就穿上戏服彩排。”伯克博士问他是否可以去观摩彩排。他们说，他当然可以去看，只是他们觉得可能不太方便。于是伯克博士说，他会抑制住自己的好奇心，直到正式公演。

“你们到底要把我带到哪儿去呢？”伯克博士问道。

他们没有回答，只是微笑了一下，心里非常激动。

突然，约尼问道：“您昨晚说的那位朋友，是做什么职业的？”

“是医生，”伯克博士说，“正因为他是医生，所以当他无法救活妻子和孩子时才会格外难过。他是一个很好的医生，但有时候，就算是再有学问的人也无法违抗命运。”

约尼又问：“那他会弹钢琴吗？”

伯克博士惊讶地看着孩子们。“会呀，”他说，“他弹得可好了。你为什么会问这个呢？”

“我只是随便说说而已。”约尼说。

马丁打开了花园的大门。

“我们要进去吗？”伯克博士问。

男孩们点了点头，领着他从一块块覆盖着积雪的花圃旁走了过去。

伯克博士说:“二十年前，这里还是一片森林。当时我们打算在这里做点什么时，就得爬过这道栅栏。”

“现在我们不也得这么爬吗？”马丁说，逗得大家都笑了。

然后，两个孩子停了下来。

“天哪，怎么会有人住在火车车厢里头！”伯克博士惊讶地叫道。

“是呀，”约尼说，“住在车厢里的那个人是我们的一个朋友，我们几乎和喜欢你一样喜欢他。所以我们想介绍你和他认识。”

马丁在车厢前停下脚步，敲了三下门。门开了，“不抽烟的人”走了出来。他和马丁握了握手，朝大门扫了一眼，约尼和伯克博士就站在那里。

突然，伯克博士深深地吸了一口气，推开木栅栏，大步向“不抽烟的人”走去。“罗伯特！”他失声喊道。

“约翰！”“不抽烟的人”也叫道，向他的朋友伸出手。

男孩们没费什么力气就溜走了，因为那两个人像两尊石像一样杵在雪地里，目不转睛地盯着彼此。

“我的老朋友！”伯克博士说，“我终于又见到你了！”

马丁和约尼匆匆跑出花园，跑到离学校最近的一

排栅栏边时，他们才停下来缓了口气。虽然两人一言不发，但爬过栅栏之前，他们互相郑重地握了握手，好像在默默地交换一个诺言，一个无法用言语表达的诺言。

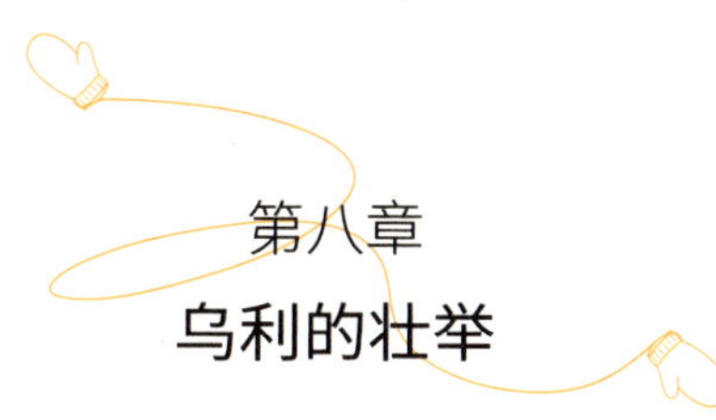

第八章

乌利的壮举

《飞翔的教室》的倒数第二次彩排由一场糕点盛宴开启。慷慨解囊的马蒂亚斯看着大家把蛋糕吃得一干二净。乌利姗姗来迟，胳膊下夹着一把伞。

“你为什么随身带着雨伞？”塞巴斯蒂安问。见乌利没有回答，他也就不再追问了。他感觉乌利打从今天早上起就不太对劲，就好像是一座发条拧过了最后崩坏的钟。

乌利把伞放在了一个角落里。无论马蒂亚斯多么热情地招呼他来一起吃蛋糕，他都不肯吃一口，只是说排练的时间要到了。接着，大家排练了约尼写的圣诞戏剧，从第一幕一直演到第五幕，没有出现任何问题，大家都非常满意。

“现在你们知道了吧！”马蒂亚斯骄傲地说，“我吃得越多，台词就记得越牢。”

他们又详细讨论了戏服和道具的事宜。乌利要戴的那顶带着辫子的金色假发还在理发师克吕格尔那里，弗里多林会去取，明天早上带到学校。这样一来就万事俱备了。圣诞树也已经立起来了，上面挂满了小灯泡，勤杂工还在树枝上贴了很多棉絮，模拟雪的样子。

“希望明天晚上的演出顺利，”约尼说，“最重要的是，大家不要怯场，就当成我们还在体育馆排练一样。”

“你放心好了，”马丁说，“不过我们还是得练练怎么快速换布景。明天晚上演出的时候，不管是金字塔还是北极，任何一个背景板倒了，都不用我们开口，观众就会哄堂大笑的。那样的话，我们的剧可就彻底演砸了。”

约尼认为他说得有道理，于是他们又把那些画好的纸板从角落里拿出来，迅速安装在双杠上，检验移动这些纸板时观众能否看到男孩们在后方推动的动作。

“动作一定要麻利，”马丁大声说，“整个布景要在一分钟内准备妥当！”他们把双杠和背景板都推回角落里，然后再搬出来，像老练的布景工人一样忙碌着。没人注意到乌利偷溜出了体育馆，乌利也不想让他们

阻止他的计划。

五十多个男孩好奇地站在积雪的操场上，等着乌利来。他们都是低年级的学生，大一点的学生根本不知道有这回事。这些低年级的孩子们确信，一些非比寻常且应立即禁止的大事要发生了。他们把手放在外套口袋里，交头接耳。“也许他不会来了。”有人说。

但乌利如约而至了。他一言不发地从围观的孩子身边走过，走到操场边上的铁爬杆前。“他带着伞干什么？”有学生问，其他人都冲他“嘘”了一声。

爬杆旁边立着一架高高的梯子，这是一种很常见的体操梯子，几乎每所学校都有。乌利走到梯子旁边，抓住冰冷的栏杆往上爬。爬到最高一根栏杆上，他停了下来，转过身俯视着那群学生。他微微摇晃着，好像有点头晕。然后他振作起来，铆足了劲儿喊道：“你们看好了！现在我要撑起伞，做一个跳伞表演！你们都往后退，小心我落在谁的头上！”

有几个孩子认为乌利完全疯了。但大多数人还是默默地退了几步，准备观看这惊险刺激的场面。

乌利的四个朋友还在体育馆忙碌着，他们把所有的布景和双杠都推到了角落里。塞巴斯蒂安骂起克罗

伊茨卡姆教授来，因为教授罚他把那句“要对恶劣行径负责”的话抄上五十遍。

“真讨厌，偏偏是在圣诞节前一天！”他委屈地说，“那个人简直没有心肝。”

“你也没有。”约尼说。

这时，马蒂亚斯环顾四周，问道：“奇怪，乌利不见了，他去哪儿了？”

约尼看了看钟。“现在刚过 3 点，”他说，“乌利不是打算在 3 点钟做什么吗？”

“对，他说过。”马丁叫道，“就在外面的操场上，我们快去看看。”

他们离开了体育馆，匆匆向操场跑去。一拐弯，他们就呆立住了。操场上挤满了学生，他们都抬头看着高高的梯子顶端。乌利在上面摇摇欲坠，把撑开的伞高举过头顶。

“我的天啊！”马丁小声说，“他要从梯子上跳下来了！”他快步跑过操场，其他三个人也跟在他后面。尽管地面已经盖上了一层新雪，操场还是滑得要命，约尼摔了一跤。

“乌利！”马蒂亚斯喊道，“千万别干傻事啊！”

就在这时，乌利跳了下来。伞立刻翻卷朝上，乌利“啪叽”一下掉在了积了雪的冰面上。他摔得很重，

就在这时，乌利跳了下来。

一动不动地躺着。

人群尖叫着四散开来。乌利的四个朋友赶紧到他身旁查看情况。乌利脸色苍白地躺在雪地里，失去了知觉。马蒂亚斯跪在他身边，不停地抚摸着他的身子。

约尼跑去请学校的护士。马丁急忙跑到栅栏前并翻过去，要去通知“不抽烟的人”——他也是一名医生，一定会来帮忙的。何况伯克博士也正和他在一起。

马蒂亚斯摇了摇头。“可怜的小乌利呀，”他对他失去知觉的朋友说，“谁说你胆小如鼠的！”然后，这位未来的拳击世界冠军流下了大颗大颗孩子气的眼泪。泪珠大部分掉进了雪地里，还有几滴落在乌利苍白的脸上。

马蒂亚斯、马丁、约尼和塞巴斯蒂安默默地站在学校医务室前厅的窗前，他们被关在门外了。他们不知道乌利到底怎么样了。“不抽烟的人”、伯克博士、学校护士以及格伦克恩校长都在医务室里。学校的医学顾问老哈特维希医生也来了。

马丁终于开口说：“不会有什么事的，马蒂亚斯。”

“肯定不会的。”约尼说。

“我摸过他的脉搏，很正常。”塞巴斯蒂安告诉

大家，这话他都已经说了三回了，“不过他的右腿摔断了。”

然后大家又沉默了，呆呆望着窗外白茫茫的地面，什么也看不见。外面的天气让孩子们的心绪变得更加沉郁。他们只觉得时间真是漫长啊！

门忽然被轻轻地打开了。伯克博士快步朝他们走来。“伤情不是特别严重，”他说，“腿部骨折并不太难办，胸腔有轻微挫伤，没有造成脑震荡。打起精神来吧，孩子们！”

乌利的四个朋友总算是松了一口气。马蒂亚斯把脸紧紧贴在窗户上，肩膀颤抖着。伯克博士想拥抱马蒂亚斯以示安慰，但他觉得，也许这个孩子想自己待一会儿。

“乌利一个月后就会康复了，”伯克说，“现在我要打电话给他的父母，告诉他们这孩子只能留校过圣诞节了。”他说完正要走，又停下来问了一句：“你们得告诉我，乌利为什么会冒出拿着伞从梯子上跳下去的蠢念头？”

“因为很多人欺负他，”马蒂亚斯抽泣着说，“他们说他胆小如鼠，总对他说些很过分的话。”他边说边掏出手帕，擤着鼻子，“我也是个蠢货。我昨天告诉他，他应该做些惊天动地的大事来证明自己。”

"嗯，他确实做到了，"伯克博士说，"现在你们都振作起来吧！记住，虽然他今天摔断了一条腿，但比他一辈子都被人瞧不起要好得多。我现在对乌利跳伞这件事改观了。"

说着，他急匆匆赶去给乌利的父母打电话。

四个男孩没有离开，一直等着"不抽烟的人"从医务室出来。他向他们保证，一个月后，乌利就会恢复如初。马蒂亚斯是最后一个离开的，他问能不能进去看看乌利，但"不抽烟的人"说，明天才开放探视。于是，马蒂亚斯也回宿舍了。

马丁下楼时，听见妈妈的信在口袋里沙沙作响。

他走进钢琴室里，坐在窗台上，打开了信封。首先映入眼帘的是许多邮票。他把邮票拿出来，心急如焚地数着。总共有二十枚，每枚价值 25 芬尼。也就是说，这些邮票只值 5 马克！

他的心几乎紧张到停止跳动了。他把信纸拿在手里，翻了翻，再次把手伸进信封，又谨慎地看了看地面，以防自己漏掉什么东西。然而，什么都没有，只有这堆价值 5 马克的邮票。

马丁膝盖发软，双腿都在颤抖。他看了看信纸，读了起来：

我亲爱的好孩子：

这是一封多么令人悲伤的信。我也不知道该从何写起！因为，我亲爱的马丁，我竟然连8马克的车费都没办法寄给你！家里一贫如洗，你爸爸还失业了。一想到你只能在学校过圣诞节，我就心痛不已。我已经想尽了办法，我去求艾玛阿姨，但无济于事。你爸爸去找他以前的一个老同事，那人也是身无分文，连1芬尼都没有借到。

妈妈实在是没有办法了，亲爱的孩子，这一次你只能住在宿舍里了。我们要到复活节时才能再见面了。我实在控制不住我的思绪，但想再多也没有用。所以我们要咬紧牙关，变得坚强起来，好吗？我只能凑到5马克，这还是我从裁缝罗克斯特罗先生那里借来的，新年前就得还给人家。

亲爱的马丁，你就用这些钱随便到哪家

咖啡馆里，给自己买一壶热巧克力，再加几块蛋糕吧。不要老是待在教室和宿舍里，明白了吗？你要多出门，说不定哪儿还能有滑雪活动呢。你能答应妈妈吗？

明天你将收到一个包裹，里面是你本应在家里的圣诞树下收到的礼物。也许我们今年根本就不会弄圣诞树了。你不在家，圣诞节还有什么意思呢？

我们给你寄的东西不多，因为家里实在没钱。这真是令人难过，但我也无能为力。我亲爱的好孩子，我们都要坚强，不要哭鼻子。我向你保证我会做到的，你也能向我保证吗？

你爸爸要我代为传达他的问候。他说你要好好听话，不过你本就是个乖巧的孩子。我是用邮票代替钱寄给你了，你就拿着邮票去邮局兑换成钱吧。

深深地爱你，吻你。

爱你的妈妈

马丁呆呆地望着那封信，字迹在他眼前变得模糊不清。他能看出来妈妈写信时哭过，因为好几处的墨水都被晕染开了。

他紧紧抓住窗户上的闩，抬头看着阴沉沉、灰蒙蒙的天空，喃喃低语道:“妈妈！我亲爱的好妈妈！”

他忍不住哭了起来，尽管他本不应该哭的。

第九章

马丁的回信

乌利跳伞的壮举成了焦点话题。大家达成了一致：小个子西默恩是条好汉，谁也没想到他会做出那么大胆的事情来。

塞巴斯蒂安是唯一一个持反对意见的人。“这件事跟勇敢与否无关。”他说，“当乌利从梯子上跳下来时，他并没有比以前勇敢，只不过是那种绝望的心情促使他跳了下去。”

“那就是由绝望产生的勇气了。”一个高年级学生说，“这是有区别的。有那么多胆小鬼，他们即便在最疯狂的梦里也不会从梯子上往下跳，不管他们有多么绝望。”

塞巴斯蒂安会意地点了点头。“这么说也对，”他表

示赞同，“但他们和乌利之间的区别并不是勇敢与否。”

“那又是在什么方面呢？”

“真正的区别在于，乌利比他们更要面子。乌利是一个单纯又乖巧的孩子，他比任何人都在意自己缺乏胆量这件事。”塞巴斯蒂安思考了一下，接着说，“我想说的事情，本来和你们无关。不过，你们有没有想过，我是不是个勇敢的人呢？你们从来没想过吧？我现在要告诉你们，其实我胆子特别小。但我很机灵，能够很好地掩饰这一点。我并不太为自己缺乏胆量而不安，并不为此感到羞耻。我们每个人都有缺点，就看自己是否在意了。”

当然，并不是每个人都能听懂他在说什么。尤其是低年级的学生，更是有些摸不着头脑。

“我倒是希望人人都爱面子。”一个高年级学生说。

“我也是。”塞巴斯蒂安平静地回答。他今天尤其健谈，可能和乌利的事故有关吧。平时他总是出言讽刺或者插科打诨，怪烦的。他没有最要好的朋友，大家也都一直认为他不需要朋友。但现在，大家感觉到了他饱受孤独之苦。他绝不是一个幸福的人。

“顺便说一句，”他突然用冷淡的语气说，“你们最好别拿我胆小这一点开玩笑。如果谁敢明知故犯，我会狠狠地揍他一顿。这点胆量我还是有的。”

他就是这样的人。刚才大家还对他心生怜悯，现在他又翻脸不认人了。

“安静点！”舍长喊道。他已经睡了一会儿，刚刚醒了。

塞巴斯蒂安回到自己的座位上，把那句“要对恶劣行径负责”的话抄了五十遍。过了一会儿，他走进了约尼所在的宿舍。“明天谁来扮演乌利的角色呢？”他问道。

这让约尼怔住了。他还没有想到这一点。

“乌利的戏份不多，”塞巴斯蒂安说，“我们只需要找一个能在明天早上背熟台词的人就行。重点是，这个不幸的替补演员必须长得像一个金发小姑娘。”

他们忽然想到了上三年级的小斯托克。在问斯托克是否愿意替演之前，他们得去九号宿舍和马丁商量。

九号宿舍气氛沉重，就像一个举行哀悼仪式的房间。马蒂亚斯去见了伯克博士，问他是否可以留在学校过圣诞节，不然可怜的乌利就孤零零一个人了。但伯克博士说不行，他是个好孩子，必须回到盼着他回家的父母身边去。博士还说，反正约尼也留在学校，而且乌利的父母在电话中说，他们将在平安夜来克希贝克城住几天。马蒂亚斯顿时垂头丧气起来，为自己必须回家过节而气呼呼的。

而在几张桌子开外的地方，马丁正因为不得不留校过节而暗自神伤。他自言自语了一个小时。“没事的，乌利和约尼也会留在学校。但那不一样啊，约尼回船长妹妹家有什么意思呢？他倒是有个爸爸，却是个坏蛋，而且又在美国，那么他住在学校里也很正常。至于乌利，他的父母会来学校看望他。毕竟他摔断了一条腿，当然就不能离校了。”

马丁又想：“可我什么毛病都没有！我没有摔断腿，却也不能走。我非常爱我的父母，他们也爱我，但我们仍然无法在平安夜团聚，这到底是为什么呢？因为没有钱！为什么我家没有钱呢？难道我的爸爸就比其他同学的爸爸差吗？不，绝对不是。是我没有其他人读书用功吗？也不是。我们是坏人吗？也不是。那问题出在哪儿了呢？出在不公正上。这世上有太多人遭受着不公正的待遇。虽然有好人想要改变这一切，但后天就是平安夜了，他们根本来不及改变什么了。”

马丁甚至考虑过步行回家。步行要花三天时间，现在又是隆冬时节。他最快也得在圣诞节的第二天才能到。这5马克够买吃的和过夜用的东西吗？而且等到假期结束返校时，他的父母依然拿不出车票钱。

这样行不通。不管他如何绞尽脑汁，今年圣诞节他都得待在学校了。

约尼和塞巴斯蒂安走进宿舍，问他是否同意三年级的斯托克做乌利的替补。可马丁甚至都没有反应。约尼抓住他的肩膀摇了摇，让他从沮丧中回过神来。塞巴斯蒂安又问了一遍。

“当然可以。”马丁心不在焉地说

另外两人惊讶地打量着他。“你怎么啦？”塞巴斯蒂安问，“是因为乌利受伤的事吗？不用担心，他好多了。”

“嗯，我想也是。”马丁说。

约尼俯下身来，低声问道：“你不舒服吗？是生病了吗？还是因为别的什么事？”

“都不是。”马丁说。看来他不想说话。他打开桌盖，拿出了几张信纸。

约尼和塞巴斯蒂安走了。“马丁这是怎么了？”约尼在走廊里担忧地问。

“不知道，”塞巴斯蒂安说，“也许他头痛吧。”

然后，他们和三年级学生斯托克交代了情况。一听说要演戏，这孩子热情高涨。可是当他听说必须穿女孩的衣服，还要顶着带小辫子的金色假发时，他就瞬间泄了气。但这两个四年级学生不准他背弃他们。约尼把《飞翔的教室》的剧本递给他，塞巴斯蒂安命令道：“明天中午前你必须把台词记牢！”那个小男孩

只好坐下来读剧本了。

马蒂亚斯按捺不住了，他找了个借口溜走了。他的舍长——英俊的西奥多，还铭记着昨晚伯克博士讲的故事，所以对他网开一面。现在，马蒂亚斯躲在医务室附近走廊里的一根柱子后面，伺机而动。

算他走运！没过几分钟，护士从乌利的病房里走出来，下楼去厨房拿东西了。马蒂亚斯小心翼翼地环顾四周。下一秒，他就站在了乌利的床边。乌利睡着了，房间里充斥着药水味。马蒂亚斯的心剧烈跳动着，忧心忡忡地望着朋友苍白的脸。

忽然，乌利睁开了眼睛，露出一丝疲倦的微笑。马蒂亚斯点点头，瞬间哽咽了。

“不怎么疼，”乌利说，“真的不怎么疼。没事的，我父母明天就要来了。”

马蒂亚斯又点了点头，然后说：“我想留在学校陪你，但伯克博士不准。”

“非常感谢你，”乌利低声说，“但你还是回家去吧。等你回来的时候，我就好起来了。”

“我相信你，”马蒂亚斯说，“不过，真的不疼吗？”

“真的！”乌利说，“其他人怎么说的？”

“他们都要吓死了，”马蒂亚斯告诉他，“大家都对

你刮目相看。”

“瞧，你是对的，”乌利低声说，“胆小的毛病是可以治好的。”

“可是我说的不是那个意思，”马蒂亚斯说，“不然情况可能会更糟的。我不是胆小鬼，但你就算给我100万马克，我也不敢从梯子上跳下去。”

乌利的脸上洋溢着喜悦和骄傲：“你真不敢吗？”

“绝对不敢！”马蒂亚斯说，“我宁愿被别人叫各种难听的绰号，我也不跳。”

乌利心满意足了。他把疼痛和被迫卧床几个星期的事都抛到九霄云外了。“床头柜上有巧克力，”他低声说，“是校长亲自送来的。你吃吧。”

“不，谢谢你，”马蒂亚斯说，“我不饿。”

乌利几乎要笑出声来。“你真不饿？”他说，“不过，马蒂亚斯，我现在命令你吃，不然我会生气的。‘不抽烟的人’说过我不能情绪激动。”

马蒂亚斯赶紧拿起了巧克力。乌利继续板着脸，直到马蒂亚斯把几块巧克力塞进嘴里，他才又绽开笑脸来。就在这时，门开了，护士走进了病房。“你赶紧出去！”她大声说道，“真是稀罕，一个大小伙子还抢病号的巧克力吃！”

马蒂亚斯的脸涨得通红。“是他命令我吃的。”他

阅读呢。我遭遇的不幸是有意义的。世界上一定还会有像我这样的怪人。我本就不应该当医生的，而应该当个园丁，但恐怕为时已晚。就在这里，在这个熙熙攘攘的小饭店里，我感到异常宁静和放松，就好像坐在森林里的某个地方一样。”

“听我说，罗伯特，”伯克博士说，“我们学校的医生，就是那个老哈特维希，年纪已经很大了。他多年来一直表现得很好，实践经验也非常丰富。如果由他来引荐你接手他的工作，让你成为我们学校的新校医，那该有多好。你在那个岗位上挣的钱和弹钢琴一样多，而且你可以照旧住在车厢里。你觉得怎么样？要我去问问老哈特维希吗？”

“我没意见，只要你高兴，你就去问他好了。”“不抽烟的人”说，“但是，我的好朋友，你可不要以为我回归本职就会快乐。你也别想用‘人不能没有雄心壮志’这种空话来对我说教。毕竟像我这样生活惯了的人成不了大气候。当然，我并不是说每个人都应该来这种城郊小饭店弹钢琴，但我希望有更多的人能认真想想，什么才是最重要的。金钱、地位和荣誉，都仅仅是幼稚的玩具。真正心智成熟的人并不需要这些。我说得对吗，老朋友？”他停顿了一下，接着说，“不过，如果我能照应你的那些学生，让他们个个身体强

健，那倒也不错。如果有谁生病了，我翻过栅栏就能赶到。另外，我还可以养养花，看看书。好了，老伙计，去问问你们学校的那位老医生吧，要是他不同意，我就还在这儿按琴键。反正不管怎样，在马丁、约尼、马蒂亚斯、乌利和塞巴斯蒂安毕业之前，我是不会离开我的小花园的。”

“我也不离开我塔楼上的房间，”伯克博士说，“他们都是优秀的小伙子！”

两人干了一杯，异口同声地说：“也敬小乌利，希望他能早日康复。”然后，他们谈起两所学校的学生打架的事。

伯克博士对着他的朋友笑了笑：“那些小家伙很喜欢我们俩。”

“不抽烟的人”愉快地点点头说：“他们慧眼识人。”休息时间结束了，他回到走音的钢琴边上，客人们要继续跳舞了。

午夜过后，两人穿过城市，一起往家走去。年轻时的许多往事涌现出来。那已经是很久以前的事了，但一切都是在这里发生的，就发生在他们今晚走的这条街道上。二十年前和他们一起上学的其他男孩都怎么样了呢？他们只知道其中几个人的近况，但其他人呢？在他们头顶闪烁着的星星，还是他们年轻时所仰

望的那些吗？

在北大街的拐角处，邮递员正打开邮箱收信。

“当时我们往这个邮箱跑了多少趟啊？”伯克博士感慨。

“每周至少跑两趟，”“不抽烟的人”若有所思地说，“每当我的信写得不怎么勤时，我妈妈就会以为我出了什么事。”

就在邮递员打开的这个邮箱里，躺着一封寄给赫尔姆斯多夫城的塔勒夫妇的信。

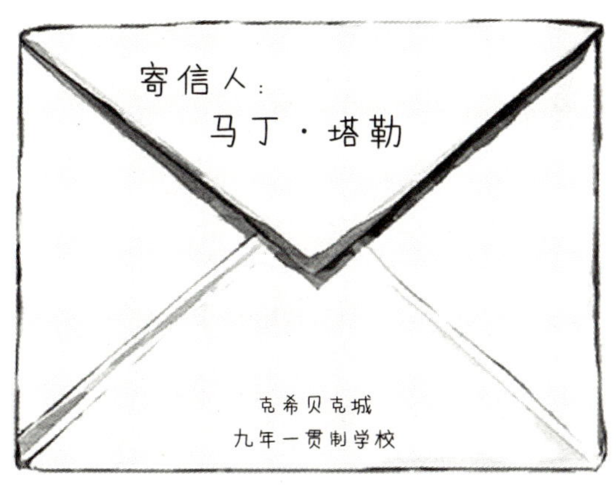

“邮箱还是那个邮箱，”伯克博士说，“不过邮递员不是原来那位了。”

上面提到的那封信，内容是这样的：

亲爱的好妈妈：

看到你的信时，我一开始的确很震惊。但事已至此，也没有什么办法。我根本没有哭，连一滴眼泪都没掉。我答应你，也答应爸爸，在面包师舍夫先生那里给自己买了蛋糕和热巧克力。马蒂亚斯说，那家店物美价廉。如果能让你们高兴，我也会去滑雪的。我肯定去，尽管相信我好了。非常非常感谢你寄钱来。我会在平安夜到邮局去，把邮票兑换成钱。

这还是我们第一个不能见面的圣诞节，我当然很难过。不过你们是了解我的，如果我决定不屈服，那就没有什么能让我屈服。毕竟我是一个男子汉嘛！我非常期待明天的包裹。我会在桌子上放一些常青树枝，再点些蜡烛。约尼和我一样，也要在这儿过圣诞节。他为什么留校，你们是知道缘由的。还有乌

利，他的右腿骨折了。这太令人难过了，不是吗？约尼说，如果我们打起精神来，这里也没那么糟糕，所以我就给自己打气吧！

亲爱的妈妈，今年我拿不出什么礼物送给你和爸爸了。明年我可以给低年级的孩子做课后辅导，这样我就能赚到好多钱。想想就让人高兴。

我还给你们画了一幅画，名字叫《十年以后》，你们会喜欢的。在画上，我驾着蓝色的马车载着你们飞越了阿尔卑斯山。我把这幅画折了两次，放在信封里，否则就装不进去了。我画了两个星期，还没有来得及修饰。现在我得停笔了，亲爱的妈妈，因为开晚饭的铃声已经响了，吃完饭我还得到邮箱那里去呢。

尽管我不能回家过圣诞节，也请你们继续爱我。不要难过！我也不难过。相信我

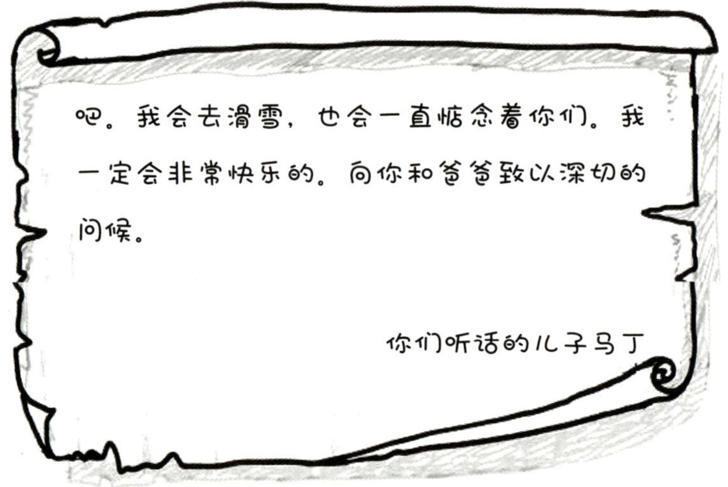
吧。我会去滑雪，也会一直惦念着你们。我一定会非常快乐的。向你和爸爸致以深切的问候。

你们听话的儿子马丁

打开邮箱的邮递员并不知道他的大袋子里塞进了多少叹息。伯克博士和“不抽烟的人”也不知道。

第十章
《飞翔的教室》首演

第二天就是假期前上课的最后一天。12 月 23 日，没有一个学生会对电的性质、不定式的用法、利息计算，或者卡诺莎的海因里希皇帝[1]感兴趣。世界上也没有一个老师能强制要求学生认真上课。克希贝克城九年一贯制学校也是一样。大多数住校生已经开始打包行李了。他们正盼着在体育馆举行的圣诞节庆祝活动，盼着第二天搭乘火车回家，盼着即将在家里收到的礼物，更盼着看到父母和兄弟姐妹收到礼物时的反应。

---

[1] 指亨利四世。1077 年，他为了保住皇位，在寒冬翻越阿尔卑斯山，前往意大利北部的卡诺莎城堡，并在城堡外的雪地里站了三天三夜，最终得到了教皇的赦免。

人人兴高采烈，欢欣雀跃。他们必须努力克制自己，以免在上课时爬上椅子手舞足蹈。老师们所能做的就是稳住学生们的心神，让他们朗读一些童话故事。有时老师们自己也心血来潮地讲上一段。

四年级的最后一节课是伯克博士的地理课。他带来了一本书，书中全是精彩的故事。他请孩子们依次大声朗读一些有趣的篇目，都是很有意思的短篇小说，有的是关于动物的，有的是关于人类的。

轮到马丁了。他读得结结巴巴的，还跳过了两行，且毫无察觉。他大声念着，那样子好像他昨天才学会朗读似的。几个同学笑了。约尼关切地看着他的朋友。

“没关系，”伯克博士说，“我想你的心应该已经飞到赫尔姆斯多夫城的自家圣诞树下了。再耐心等等，你很快就会回家和父母团聚了！”

马丁垂下头，命令自己：“不许哭！不许哭！不许哭！”昨天晚上他睡不着觉，就一遍又一遍地把这句话说给自己听，至少念叨了一百遍吧。

伯克博士把书传给了下一个学生，同时他一直暗自观察着这位优等生，心存疑虑。

马丁呆呆地盯着桌子，不敢抬起头来。

中午，邮递员带来了马丁妈妈在信中提到过的包裹。是带有圣诞礼物的包裹！马丁连看都没看，就把

它夹在胳膊底下，直接带回衣帽间。正当他打开自己的柜子，准备把包裹放进去的时候，马蒂亚斯拖着一个大箱子从他身边走过，准备收拾行李。

“咦，你怎么今天还在收包裹？”马蒂亚斯问道。

“我家里寄来的。”马丁说。

“你明天不就回家了吗，为什么还要给你寄包裹？”

“我妈妈给我寄来了干净的衣服，这样我 1 月份返校的时候就不用带太多行李了。”

“这倒是个好法子。”马蒂亚斯说，“好啦，我要收拾箱子了。其实我巴不得待在学校，但伯克博士不准。他觉得我应该和我亲爱的家人待在一起。不管怎么说，回家过圣诞节都挺好的，是不是？”

“当然，”马丁说，“确实挺好的。”

马蒂亚斯还在喋喋不休：“你也要搭中午的火车吗？”

“不，我迟点走。”

“是下午 5 点 12 分的车吗？”

“对，就是下午 5 点 12 分。”

“哎呀，你也坐中午那趟车呗，好不好？”马蒂亚斯央求道，“至少有五十个同学跟我们同一个方向，我们要占据一整节车厢，那该多热闹！你也跟我们一起走吧！”

马丁再也受不了了。他“砰”的一声关上了柜门，

喊道："不！"然后跑出了宿舍。

马蒂亚斯摇了摇头，喃喃地说："这家伙疯了。"

下午，大多数学生都到城里去，匆匆买些东西，或者只是站在玩具店门口的橱窗稍微驻足。早晨下了一场雪，现在天气异常寒冷。那些在街角卖圣诞树的人正想方设法卖掉最后一批冷杉和松树，并愿意接受还价。

马丁去了邮局，请求柜台的工作人员把他的邮票兑换成钱。工作人员虽然像狮子一样咕噜了几声，但最后还是把两枚2马克硬币和一枚1马克硬币递给了马丁。马丁礼貌地向他道谢，把钱放进口袋，又到街上逛了一会儿。

在威廉姆广场，他遇到了艾格兰特——实科中学男孩们的前任领袖。他们就像战争时交过手的将军一样跟对方打了招呼，虽势不两立，但还是保持了基本的礼仪。

在皇帝大街，马丁遇到了塞巴斯蒂安。塞巴斯蒂安看起来很狼狈。他指着他拿着的几小包东西。"没办法，毕竟是节日风俗。你也来买东西吗？"

"不是。"马丁说。

"我总是拖到最后才买，"塞巴斯蒂安说，"每次我都不想干这事。这种习俗简直老掉牙了，你不觉得吗？

但我不得不买。不过，送点礼物给别人，其实也挺有意思的，对吧？”

“没错，”马丁说，“我觉得这还是个挺好的风俗呢。”然后他咬了咬下唇。再多说一句话，他就要哭出来了。不许哭！他这么想着。他朝塞巴斯蒂安点点头，迅速向前走去，几乎都要跑起来了。他想逃离这里，逃离这种节日气氛！在北大街的拐角处，他停下脚步，打量了一下舍夫先生家面包店的橱窗。

明天下午，他要来这里喝热巧克力、吃蛋糕。真是可怕！但这是他妈妈想让他做的，他也答应妈妈要这么做。他想：天哪，我到底该怎么一滴眼泪都不流地熬过这半个月呢？

然后，他小跑着回到了学校。硬币在他的口袋里叮当作响。

今天是《飞翔的教室》的最后一次彩排，孩子们需要全程穿着演出服。大家一直担心小斯托克会演不好，但他演得好极了！斯托克戴着理发师克吕格尔制作的假发，扎着小辫子，身上穿着乌利提供的小裙子，任谁都会觉得这活脱脱就是一个可爱的小姑娘。

塞巴斯蒂安说：“那些高年级学生会没命地爱上你的！”

只有马蒂亚斯认为乌利演得更好，这是可以理解的。毕竟，他对他的朋友心存愧疚。

他们排练了两遍。马蒂亚斯觉得很吃力。第四幕和第五幕的幕间时长很短，他要在一分钟内从一只北极熊变成圣彼得。不过还算顺利。

“没问题了，”约尼说，“预祝我们演出成功！”塞巴斯蒂安告诉他们，演员们在演出前总会这么说。

约尼走到马丁身边。“你到底怎么啦？”他问道，“你虽然把台词背得很熟，却没什么感情，好像心不在焉。”

“不影响演出，”马丁说，“我昨晚没睡好而已。”

他们换下演出服，把服装、假发和胡子放在有弹跳板的柜子里，然后回到学校大楼里，上楼进了医务室。他们已经得到允许，可以探望乌利。

在问过乌利的病情后，他们告诉他，今晚的演出一定会成功的。马蒂亚斯说，斯托克到目前为止表现还不错，但他觉得比不上乌利。其他人也都点了点头。

“我很高兴，”乌利说，“明天除了约尼，你们都要回家了。祝你们都能收到喜欢的礼物！”然后他示意马蒂亚斯走到床边，偷偷地塞给他一块巧克力。“校长又来了，”他低声说，“你的胃口怎么样？”

“好极了。”马蒂亚斯说。

“瞧你，”乌利说，“总是那么能吃！”

“在家里我就不能多吃了，”马蒂亚斯说着，把巧克力放进了口袋，“我妈妈一看我吃东西就说我的食量大到能报警！”

“你不用多想。”塞巴斯蒂安说，他今天比往常更耐心一些，“一个人需要什么，就得有什么。”他转向乌利，充满怜悯地摇了摇头，“幸亏我们学校没有带尖塔的教堂，不然你就从那上头往下跳了。”

大家围在乌利的床边，说了一箩筐的话，但不知道应该怎么说才恰当。大家都觉得，躺在床上的这个孩子已经不是他们多年来认识的小乌利了。

“真可惜，你今晚不能和我们一起演戏了，”约尼说，“明天我会给你详细讲讲表演时的趣事的。”

马丁正站在窗边。他真的很想告诉大家，他也会留在这里，但他始终下不了决心开口。尽管朋友们都在身边，他还是感到孤独极了。

圣诞节的庆祝活动超出了所有人的预料。开幕时，两个高年级学生弹起钢琴，演奏了人们耳熟能详的圣诞颂歌变奏曲。然后，校长格伦克恩博士做了一个简短的讲话，跟他以往的圣诞节讲话没什么区别，不过最后有几句话颇为新颖，触动了孩子们的心。他说：

“尽管我穿着的是黑色的外套，也没有长长的白胡子，但我有时觉得自己就像圣诞老人。我跟他年纪差不多，每年都来这里露个面。我常被人取笑，但我和他一样，都是爱孩子的人。请永远记住这一点！”

他说完又坐下来，用手帕擦着眼镜。那些高年级的孩子们低下头，他们曾多次讥笑过这位老人，现在，他们为自己此前的行为感到羞愧。高大的圣诞树上，数不清的小灯泡闪烁着耀眼的光芒，在场的每个人都沉浸在浓厚的节日氛围里。

接下来就是《飞翔的教室》的首场演出了。像所有人预料的那样，演出非常成功。在说到“这节课是实地教学”这句台词时，不出塞巴斯蒂安所料，老师们都笑了。当然，马丁并没有演出应有的水准。三年级的斯托克给人印象极深，除了三、四年级的学生能认出他，其他人真的认为他是一个迷人的小姑娘。他们困惑极了：这里是男校，这个小姑娘是怎么跑进来的？

虽然在最后一幕中，斯托克过早地从云里出来了，但紧接着响起了圣诞颂歌《平安夜，圣善夜》，所有人高声合唱，弥补了这个缺陷。

观众们纷纷鼓掌欢呼。校长拖着燕尾服的衣摆，上台向演员们走去，同他们每个人握手。当他来到约

像所有人预料的那样，演出非常成功。

尼身边时，他热情地说道："孩子，你是一个真正的作家！我太高兴了！"约尼朝他鞠了一躬。马丁画的布景也赢得了大家的称赞。

"你又是谁呢，小姑娘？"校长问。所有的观众都在等待着揭晓答案，尤其是那些高年级的大孩子。

"小姑娘"摘下金色的假发，两百多名男孩顿时发出爆笑，笑声震得体育馆的墙都晃动起来。

"是斯托克！"大家喊道。所有人都兴奋极了。

突然，塞巴斯蒂安对他的朋友们说："嘿，你们看到了吗？和老师们坐在一起的人是谁？就在伯克博士旁边。是'不抽烟的人'！"

塞巴斯蒂安看得很准。"不抽烟的人"穿着蓝色西装，就坐在老师们中间！只有马丁和约尼知道是怎么回事。这时，约尼跑出了体育馆。

伯克博士站了起来，走到了大厅的中央。全体都安静下来。"在我旁边的椅子上，坐着一个你们大多数人都不认识的人，"他说，"他是我最亲密的朋友。二十年前，我们俩就并排坐在这个体育馆里。当然不是和老师坐在一起，而是在你们今天坐的凳子上。好多年前，我和我的朋友失去了联系。但是就在昨天，我终于又找到了他！是你们当中的两个学生让我们再次相遇的。我这辈子都没有收到过这么棒的圣诞礼物！

我的朋友叫罗伯特·乌特霍夫特，是一名医生。我希望他能留下来，所以我和善良的老哈特维希医生谈话了。”

“不抽烟的人”直挺挺地坐着。

伯克博士接着说：“我问过哈特维希医生，恳请他说上几句引荐的话，让我的朋友乌特霍夫特医生在我们学校做校医。现在，在这所我和他当年相识的学校，我们又能一起工作了。他是你们的医生，我是你们的老师。我们俩都是学校的一部分，就好比这座建筑的基石，好比长在白雪覆盖的土地上的老树一样。我们属于这里，也属于你们，如果你们像我们爱你们一样爱我们，或者，只拿出一半的爱也好，我们就会很高兴的。我们不再奢求更多了。我说得对吗，罗伯特？”

“不抽烟的人”站起来，走到伯克博士面前，想要说几句得体的话。但他只是握了握他朋友的手，感动之情无以言表。

然后约尼拿着几个小包裹跑了进来，在“不抽烟的人”面前站定，深深地鞠了一躬，说道：“亲爱的不抽烟的先生，或者您还有什么其他称呼呢？真是没想到，我们会在今晚的圣诞庆祝会上见到您。马丁和乌利，还有马蒂亚斯和塞巴斯蒂安让我明天晚上，也就是在平安夜时把这些礼物送到您的火车车厢去。但现

在您正式成为我们的一员了，所以我今天就把礼物送给您。”说着，约尼把长袜、香烟、毛衫塞到乌特霍夫特手里。“如果毛衫不合适，”他补充说，“那也不用担心，因为店家允许调换，发票还在毛衫衣兜里呢。”

“不抽烟的人”把礼物夹在腋下。“谢谢你，约尼，也非常感谢你的四个朋友，他们也是我的朋友。至于其他人，很快也会和我熟悉起来。我并不担心。”他环顾四周，继续说，“我和约翰·伯克博士曾经一起在这所学校学习过，在教室之外，我们也学到了很多知识。我们对自己的年少岁月记忆犹新，这才是最重要的。我可能有些激动了，希望你们能够理解。我甚至希望你们和我一样激动。但这只是一时的。你们会发现，不管遇到骨折还是肺炎，我都相当冷静。不过我并不是要求你们都去摔断腿，绝对不是这个意思！”“不抽烟的人”挽着伯克博士的手臂。“所以不要忘记最重要的事情，”他说，“此时此刻我请求各位，永远不要忘记自己的少年时代！当你们还是孩子的时候，这话可能听起来很多余。但请相信我们！我们虽然年岁大了，但我们也经历过青春年华。这是我们的经验之谈！”

伯克博士和乌特霍夫特医生看着彼此。孩子们也暗自发誓，永远不要忘记此情此景。

伯克博士巡视宿舍时，已经很晚了。地板吱吱作响，墙上的灯光随着他的脚步闪动着。他在二号宿舍的马丁床边停了下来。这孩子怎么了？发生了什么事呢？

马丁·塔勒睡得很不安稳，在床上翻来覆去，一遍又一遍地低语着同一句话。

伯克博士弯下腰认真听着男孩在睡梦中的呓语。

听起来像是“不许哭！”。伯克博士屏住呼吸，继续听着。

“不许哭！不许哭！”那孩子一次又一次地说着。不断地重复着。

他一定做了一个非常奇怪的梦，而且是个不许哭的梦。

伯克博士缓缓地、轻轻地离开了宿舍。

第十一章

回家过圣诞了

12 月 24 日上午，约翰·西吉斯蒙特九年一贯制学校沸腾起来了。男孩们像发了疯一样在楼梯上跑来跑去。这个人粗心大意把牙刷落在了洗漱间里，那个人在到处找行李箱的钥匙，另一个忘记带溜冰鞋，还有一个在找外援，因为他的箱子装得太满，盖子都合不上，至少需要三个男孩坐在上面才能勉强关上。

高年级学生表现得不紧不慢。但他们在没人注意的时候，也会像那些低年级学生一样在走廊里跑来跑去。

到了上午 10 点，学校已经空了一半。虽然有些走得迟一点的学生还在吵闹，但明眼人都能看出人员开始外流了。

中午，第二批人从敞开的校门离开了。孩子们歪戴着帽子，拖着沉重的箱子穿过雪地。马蒂亚斯迟了几分钟，跌跌撞撞地赶了过来——他因为去看望乌利而耽搁了。约尼站在大门口，和他们握手道别。

“记得照顾好小乌利！”马蒂亚斯说，“我会经常给他写信的。祝你玩得愉快。”

“你也一样，”约尼说，“我会好好照顾他的。你还是快点吧，塞巴斯蒂安都已经走在你前面了。”

“我也太难了，”马蒂亚斯呻吟道，“我得去一趟舍夫先生的面包店，否则我会饿死的，我可不能让我父母伤心。对了，作家，马丁·塔勒在哪儿呢？我想跟他道别，但我到处都找不到他。代我告诉他，祝他圣诞快乐。也让他回头给我写一张卡片，好让我知道他在回学校的路上坐哪趟火车。”

“好了好了，我会告诉他的，”约尼说，“现在快别说了，抓紧赶路吧！”

马蒂亚斯把箱子扛到左肩上，喊道：“嗨呀，圣诞节，我来啦！”说着，他就像一个训练有素的铁路搬运工一样走远了。

火车站里挤满了学生。有些人向北走，有些人朝东走。他们等候的两趟列车相隔不久，都经过克希贝克城。高年级学生和舞蹈课上的女伴们走在站台上，

优雅地交谈着，互赠鲜花和姜饼。英俊的西奥多从他的探戈舞伴马尔维娜·施奈德小姐那里得到了一个货真价实的烟盒。他骄傲地把它展示给其他同学看，他们嫉妒得脸都变色了。

塞巴斯蒂安站在附近，身旁围着一群低年级学生。他不停地讲着笑话，取笑那群高年级学生，引得大家哄堂大笑。

最后，马蒂亚斯来了。他坐在箱子上，吃了八块蛋糕。第一趟火车来了。向北走的男孩们像突击敌人的堡垒一样一拥而上。然后，他们从车窗望出去，扯着嗓子对等待另一趟车的孩子们说话。一个低年级的小男孩从车里伸出一块牌子，上面写着“回家！”。另一个低年级学生哭着跑出了火车——这个小笨蛋竟然把箱子落在了站台上。好在他及时找到了箱子，回到了车上。火车开动的时候，大家都挥动着帽子。舞蹈课的女孩们挥舞着她们的小手帕。有些人大喊：“圣诞快乐！”其他人则喊道：“新年快乐！”塞巴斯蒂安喊着：“复活节快乐！”然后，火车在一片欢乐的呼喊声中驶离了车站。

车站被愉快的空气笼罩，除了站长以外，大家都热情高涨。直到第二列火车顺利驶出车站，眼前见不到任何一个学生时，他才能松一口气。从他的立场来

火车开动的时候，大家都挥动着帽子。

看，这是情有可原的。

学校里空荡荡的。已经无人在意下午才走的那十几个学生了。

伯克博士穿上冬衣，走进白雪皑皑的寂静校园。花园里的小路被雪覆盖住了；所有的吵闹声和笑声都消失了。伯克博士停下脚步，静听着风把雪从树枝上吹下来的飒飒声。这真是安静过头啦！

当他拐向一条小路时，他发现了一些脚印。是一双男孩的鞋子留下的。谁会在这个时候独自在校园里走动呢？

他跟着那些脚印，向保龄球馆的方向走去。他踮着脚穿过雪地，沿着仓库狭窄的一侧，小心翼翼地张望着。一个男孩正坐在保龄球馆的木栏杆上。他的头倚在一根木柱上，抬头望着雪云在天空划过。

“下午好！”伯克博士喊道。

那男孩吃了一惊，惊慌地转过身来。是马丁·塔勒。他从栏杆上跳了下来。伯克博士走到他面前：“你在这儿干什么？”

“我想一个人待会儿。”男孩说。

“那就恕我打搅了，”伯克博士说，“正巧遇见了你。为什么你昨天早上读书读得这么糟呢？”

“对不起，我分神了。”马丁羞愧地说。

“你认为这是个很好的借口吗？你昨天晚上的戏也没有发挥好。还有，为什么你昨天和今天几乎没怎么吃饭呢？”

“我在想一些事情，伯克博士。”马丁羞愧地说。

“原来如此。那你到底在想些什么呢？是跟圣诞节有关的吗？”

“是的，先生。”

“可你似乎并不高兴，难道你不期待过圣诞节吗？”

“确实不太高兴，先生。”

“那么，你打算什么时候回家呢？是要坐今天下午的车吗？”

这时，这名四年级尖子生的脸上滚下了两颗豆大的泪珠。接着又滚下来两颗。但他咬紧牙关，想把眼泪硬生生地憋回去。最后，他说：“我不会回家了，伯克博士。”

“怎么，”伯克博士说，“你要留校吗？”

马丁点了点头，用手背擦去了眼泪。

“是你父母不让你回家吗？”

“不，博士，他们想让我回家。”

“那是你不想回家吗？”

“我也想回去，伯克博士。”

“我的老天！”伯克博士喊道，“这到底是什么意

思呢？你的父母想让你回去，你也想回去，但你依然要留校。问题到底出在哪里了呢？”

“我不太想说，博士，”马丁说，“我现在可以走了吗？”他转过身去，准备溜掉。

但伯克博士叫住了他。“请等一等，我的孩子。”他说。然后他弯下腰走向马丁，很轻很轻地问他，好像连树木也不被允许偷听，“是因为没有路费吗？”

这么一问，马丁硬撑的坚强一下子就溃散了。他点点头，然后把头埋在栏杆上，伤心地哭了起来，哭得浑身发抖。

伯克博士吓坏了，站在那里等了一会儿。他知道不能立刻安慰一个正伤心的人。然后他拿出手帕，把男孩拉到自己身边，给他擦了擦脸。“好了，好了，”他说，“不哭了。”他自己也有点难过了，用力地咳嗽了几下平复心情。然后，他问：“票价是多少钱？”

“8 马克。”

伯克博士掏出钱包，拿出一张纸币。“给你，这是 20 马克，”他说，“你来回的车票都够了。”

马丁惊愕地盯着纸币，然后摇了摇头：“不，先生，我不能收。”

伯克博士把纸币塞进马丁夹克衫的口袋里说：“好孩子，听话，就照我说的做。”

“我自己还有 5 马克呢。”马丁喃喃地说。

“难道你不想给你的父母送些圣诞礼物吗？”

“我当然想送！但是……”

“那你还犹豫什么呢？”伯克博士说。

马丁思索了一下，说道：“非常非常感谢您，伯克博士。但我不知道我的父母什么时候才能还清这些钱。因为我爸爸现在没有工作。我希望能在复活节找到一个低年级男孩，让我给他做课外辅导。您能等到那时吗？”

“不要再说了！”伯克博士严厉地说，“我在圣诞前给你车费，不是让你时刻想着要还给我的。”

马丁不知所措地看着伯克博士，不知道如何感谢他才好。最后，他迟疑地握住老师的手，稍稍用力握了一下。

“现在快去收拾你的箱子吧！”伯克博士说，“代我向你的父母问好。尤其是你妈妈。我是认识她的。”

男孩点了点头，说：“也请您代我向您的妈妈问好。”

“这就不太可能了，”伯克博士说，“我妈妈六年前就去世了。”

马丁很想给伯克博士一个拥抱，但他没有抱上去。他只是恭恭敬敬地后退了一步，长久地、深切地凝望

着他的老师。

“好啦好啦，”伯克博士说，“你们已经把‘不抽烟的人’送给我当礼物了。今晚我要和他一起在他的车厢里庆祝圣诞节，我还得去看看乌利和他的父母，还要照看约尼·特洛茨。所以你看，我哪有时间寂寞呢？”然后他拍了拍马丁的肩膀，和蔼地说，“祝你旅途顺利，马丁。”

“真心谢谢您。”男孩低声说。然后他转身跑了，直奔校园里的储物间。

至于伯克博士，他还在静谧的雪中校园漫步。到了栅栏前，他小心翼翼地环顾四周，然后一翻身爬了过去，和他小时候一样熟练而灵巧。“这个绝活儿一旦学会了，一辈子都忘不了喽。”他对一只冻得打哆嗦的麻雀说，鸟儿好奇地看着他。

接着，他去拜访车厢里的老友。“不抽烟的人”搞到了一棵小圣诞树。他们俩一起用银纸和裹着金箔的核桃装饰着它。

当马丁在屋里收拾箱子时，约尼走进了宿舍。“哦，你在这儿呀！”他说，“马蒂亚斯想跟你道别来着。你记得写信给他，告诉他你坐哪趟车回学校。”

“我会的。”马丁高兴地说。

“嘿，你看起来又恢复正常了，”约尼高兴地说，

“我还以为你遇到了什么事呢！之前你怎么啦？”

“别问了。”马丁说，他不能对没有家的约尼倾诉自己的烦恼，“我只能告诉你，伯克博士是世界上最好的人。”

“这也算是新鲜事吗？”约尼问。

当马丁收拾行李时，那幅叫作《隐士》的画掉了出来。那是他为“不抽烟的人”画的。“哎呀，”他说，“这幅画现在已经没有什么意义了。因为他现在不是一个隐士了，而是我们学校的医生。但也许他看了还是会高兴的吧？”

“我相信他会喜欢的，”约尼说，“这对他来说也是个宝贵的纪念品，能让他回忆起往昔的寂寞岁月。我今晚就去送给他吧。”

他们一起去看望乌利。病房已经有访客了。乌利高兴地躺在床上，父母就坐在他身边。

“你竟然干出这种好事。”冯·西默恩先生说。

“我想他今后肯定不敢了。”马丁说。

乌利的妈妈也惊魂未定。“怎么会发生这种事！”她说。

“有些糟糕的经历是不可避免的，”约尼说，“如果乌利没有摔断腿，他可能会得更严重的病。”

乌利的父母茫然地看着约尼。

“约尼是我们这里的大作家。”乌利解释说。

“哦，”乌利的爸爸说，“难怪他会有这样的感触。”

两个男孩很快就离开了，在花园门口分别。约尼知道马丁有什么事想问他，却又开不了口。

“世事历来如此，”约尼说，“人不能自行选择父母。我也想象过他们突然出现在这里并把我带走的情形，而那时我才会意识到自己一个人的时候是多么快活。船长过几天会来汉堡看我，还要带我去柏林玩两天。这不也挺好的吗？”

他向马丁点了点头，说：“你别担心。我知道自己算不上幸福，也不会假装过得很幸福。但话说回来，我很知足。”

他们握了握手。“你那个包裹里有什么东西？”约尼问。因为马丁还没把他的圣诞包裹装回箱子里。

“是衣服。”马丁说，和前一天给马蒂亚斯的回答一样。他不想告诉约尼他要把自己的圣诞礼物带回家。他不想让人知道他的礼物不是在家中的圣诞树下找到的，而是从克希贝克城拿回去的。

他在城里给爸爸买了一盒二十五支装的哈瓦那烟草的雪茄，又在一家卖羊毛制品的商店里给妈妈买了一双暖和的针织拖鞋。妈妈的旧驼毛拖鞋很久以前就该扔掉了，但她总是说：“缝缝补补还能再穿十年。”

他带着所有行李，向车站走去。

在售票处的窗口，他说：“请给我一张三等座车票，到赫尔姆斯道夫的。”

售票员给了他一张票，同时找给他零钱。马丁小心地把它们都收进口袋里，然后对售票员说：“非常感谢您，先生。”说着，他灿烂地笑了起来。

“你为什么这么高兴呢？”售票员问。

“因为圣诞节要到了呀！”男孩回答说。

第十二章
圣诞节快乐

圣诞节前夜，快到晚上 8 点钟了。天气预报显示欧洲中部各地都有大雪。现在，天气预报应验了，因为整个欧洲中部确实大雪纷飞。

赫尔姆斯多夫城也在下雪。赫尔曼·塔勒先生正站在客厅的窗前。房间里很黑，因为点灯要花钱，而他们家必须节俭度日。他说："我已经很多年没见过这样的大雪了。"塔勒太太正坐在沙发上，只是点了点头。塔勒先生本来也没期望得到任何回答，他说话只是为了不让家里太过冷清。

"纽曼夫妇已经开始送礼物了。哦，米尔德家点起蜡烛来了！他家有一棵好大的圣诞树。行吧，他现在又阔气了。"

塔勒先生看了看大街。一扇又一扇的窗户相继亮起来，雪花像蝴蝶一样在空气中旋转飞舞。

塔勒太太在破旧的沙发上挪动着身子，沙发吱呀作响。“不知道马丁现在在做什么呢。”她说，“他会在那座巨大的、空荡荡的校舍里做什么呢？”

塔勒先生暗自叹息着。他说：“是你多虑了。首先，那个约纳唐·特洛茨也留在学校。他似乎还挺喜欢约纳唐的。还有一个有钱人家的小少爷摔断了腿，也得留校，就是那个姓西默恩的。他们俩肯定都坐在他的床边，玩得正开心呢。”

“这话你自己也不信吧，”塔勒太太说，“你和我都清楚，我们的儿子现在肯定不开心。他很有可能躲在某个角落偷偷哭呢。”

“他不会的，”塔勒先生回答说，“他答应过不哭的，那孩子向来遵守诺言。”塔勒先生其实也并不像他说的那样笃定。但他还能说什么呢？

“答应过的！答应过的！”塔勒太太说，“我也答应他不哭的，可是，在我给他写信的时候，我就忍不住哭了。”

塔勒先生转身背对着窗户。邻居家圣诞树上的灯光使他心烦意乱。他看着自家黑洞洞的房间说：“来吧，我们也把灯点上吧。”

塔勒太太站起来，点上了灯。她的眼里满是泪水，眼圈都哭红了。

圆桌上立着一棵非常小的冷杉树。这还是利德尔太太送给他们的。利德尔太太的丈夫去世了，每年的这个时候，她都会在市场上卖圣诞树。“这是送给你们家马丁的。”她说。

现在塔勒夫妇有了一棵圣诞树，可是他们的儿子不在家！塔勒先生走进厨房，四处翻找了很长时间，最后带着一个小盒子回来了。“这是去年的蜡烛，”他说，“我们当时只点了一半。”他把十二支圣诞蜡烛插在小冷杉的树枝上。小树很漂亮，却让马丁的父母更加伤心。他们肩并肩地坐在沙发上，塔勒太太第五次读起了马丁的信。读到某些地方，她就停顿下来，用手揩着眼泪。她读完信后，塔勒先生掏出手帕使劲擤鼻子。

“这就是命运，”塔勒先生说，“我们家的马丁还这么小，就已经知道没钱是多么艰辛。我希望他不要因为父母如此无能和贫穷而怀恨在心。”

“别胡说八道！”塔勒太太说，“你怎么能这么想呢？马丁虽然还是个孩子，但他很清楚，能力和财富是两回事。”

她从缝纫桌上拿出一幅六匹马拉着蓝色马车的画，

把它小心翼翼地放在小圣诞树下。

“我对艺术一窍不通，”塔勒先生说，“但我真的很喜欢那幅画。也许有一天，我们家马丁会成为一个大画家！然后我们就真的可以和他一起去意大利旅行了。或许这画的是西班牙？”

“我只希望他健康快乐。”塔勒太太说。

“你瞧瞧他画在自己鼻子底下的小胡子吧！”

塔勒夫妇忧郁地微笑起来。

塔勒太太说：“他没有把我们画进华丽的汽车里，而是画到一辆由六匹马拉着的蓝色马车里。我觉得这样更好，更富有诗意。”

“你再瞧瞧那些橙子吧！”塔勒先生说，“哪有那么大的橙子呀。我看每个至少有 4 磅[1]重！”

“你看他扬鞭的样子多帅啊。”塔勒太太说。

然后他们又沉默了，呆愣愣地看着那幅叫《十年以后》的画，想起了那个小画家。

塔勒先生咳嗽了一声说：“十年以后！到那时，一切皆有可能。”他说着从口袋里掏出一些火柴，点燃了十二支蜡烛，吹灭了灯。塔勒家的客厅里散发出圣诞节的光芒。

[1] 1 德国磅（Pfund）约等于 500 克。

“你善良、忠诚，”塔勒先生对塔勒太太说，“今年圣诞节我们不能互送礼物了，但我们依然可以给彼此美好的祝福。”他吻了吻妻子的脸颊，“圣诞快乐！”他说。

“圣诞快乐！”塔勒太太说完就哭了起来，她再也忍不住了。

没有人知道他们在这张旧沙发上坐了多久。烛火跃动着，蜡烛变得越来越短。隔壁的邻居已经开始唱起平安夜的颂歌。雪花依旧在窗外的空中飞舞着。

突然，门铃响了！

谁都没有动。他们正沉浸在苦闷忧思之中，不希望受到打扰。

可是门铃又响了，声音又响又急促。

塔勒太太站起来，缓缓地走进走廊。到底是谁，平安夜也不让人消停！

她打开房门，顿时愣住了。然后她叫了起来：“马丁！”她的尖叫声在外面的楼道里回响着。

是马丁吗？什么意思？塔勒先生大吃一惊。他也走到走廊里，简直不敢相信自己的眼睛！

他的妻子跪在门口，双臂紧紧地搂着马丁。

塔勒先生也涌出了泪水。他偷偷地擦去那两滴眼泪，捡起马丁放在地板上的箱子，问道：“我的孩子，

你快说清楚，你是怎么回到这儿来的？”

过了很长时间，他们才回到了客厅。马丁和他的妈妈笑了又哭，哭了又笑，他的爸爸结结巴巴地说：“好了好了，总是这样子。”起码说了十遍。然后他急忙回到前厅，因为他们太兴奋了，连门都忘记关了。

马丁说：“来回的路费我都有了。”

最后，三个人平静下来，马丁告诉他的父母他是如何回的家。“我真的克制住了，”他说，“我没有哭。我是说，虽然我确实哭了，但那是后来的事了。我们的舍监伯克博士注意到我不开心，他给了我 20 马克。他说这钱就送给我了，还让我代他向你们问好。”

“真是太感谢他了！”马丁的父母异口同声地说。

“我甚至能给你们买一些礼物。”马丁骄傲地说。然后，他把那盒哈瓦那烟草的雪茄给了爸爸，把针织拖鞋递给了妈妈。他们都高兴极了。

“你喜欢我们给你的礼物吗？”他的妈妈问他。

“我还没有拆开看呢。”马丁坦率地说道。于是，他打开了他收到的包裹。里面全是好东西：一件妈妈亲手给他做的新睡衣、两双羊毛袜子、一袋涂有巧克力糖霜的姜饼、一本关于南太平洋的图书、一个画本，最棒的是还有一盒上好的高级彩色铅笔。

马丁高兴得手舞足蹈，分别吻了他的父母。

这的确是一个极美好的平安夜。小圣诞树上的蜡烛很快就烧没了，但随后他们又点起了灯。妈妈煮着咖啡，爸爸抽起一支圣诞雪茄烟。他们一起吃了姜饼，感觉比世界上所有活着和已经去世的亿万富翁加在一起还要幸福。马丁的妈妈还试穿了她的新拖鞋，她说她这辈子从来没有穿过这么漂亮舒适的拖鞋。

后来，马丁从口袋里掏出一张他在车站买来的普通明信片，开始用他新收到的彩色铅笔画画。他的父母微笑着看着对方，又看着儿子。他在画一名年轻的男子，男子的身后有一对巨大的天使翅膀。这个奇特的人正从云端轻轻飞跃下来。在他下方的地面上站着一个小男孩，眼里冒出大颗的泪珠。那个长着翅膀的男人手里拿着一个厚厚的皮夹，递给了男孩。

马丁把背向后一靠，专业地眯起眼睛端详着自己的作品，思索一番后，又在明信片上添上了几笔：许多雪花，一列火车，火车头上长出了一棵装饰得很漂亮的圣诞树。站长站在火车旁边，举起手臂，发出开车信号。在画的下面，马丁用大写字母写上：一位名叫伯克博士的圣诞天使。

他的父母在明信片的背面写了几行字。

塔勒太太写下："亲爱的伯克博士，我们的儿子将您画成天使，真是恰如其分。我不懂绘画，只能写

几句话向您表示感谢。感谢您送给我们珍贵的圣诞礼物。您是一个好人，我相信您的每一位学生都会成长为好人！永远感激您的玛格丽特·塔勒，祝您一切平安顺遂。”

马丁的爸爸抱怨道:“你都没有给我留些写字的地方！”所以他只能署个名了。最后，马丁写下了地址。他们穿上外套，一起向车站走去，把卡片投放到夜间邮箱里，这样伯克博士就能在圣诞节一早收到了。接着他们散步回家。马丁走在他们中间，挽着父母的手臂。

这是一次美妙的散步之旅。天空闪烁着亮光，像一家大到漫无边际的珠宝店。雪停了，所有建筑物的窗户里都透出圣诞树的莹莹光彩。

马丁停下脚步，仰望着天空。他说，我们现在看到的星光距今已经有好几千年的历史了。这些星光需要那么长的时间，才能到达我们的眼前。也许早在耶稣降临之前，这些星星中的大多数就已经消失了，但它们的光芒仍在传播着。所以对我们来说，它们依然闪耀，尽管它们可能已经变冷、变硬很久了。”

“原来是这样！”他的父母都很惊讶。他们又继续向前走着，脚下的雪发出咯吱咯吱的声响。马丁紧紧挽住父母的手臂，现在他就是天底下最幸福的孩子。

他们穿上外套，一起向车站走去……

到了家门口，爸爸准备开门时，马丁又抬头看了看天空。就在这时，一颗流星照亮了黑沉沉的夜幕，悄无声息地划过天际，一直降落到地平线上。

可以许愿了！马丁的目光追随着流星的轨迹，内心祈愿着：我希望我的父母、伯克博士、“不抽烟的人”、约尼、马茨、乌利和塞巴斯蒂安，都能平安幸福，希望我自己也能获得幸福。

虽然这个愿望相当长，但他还是衷心希望它能够实现。毕竟流星坠落时，他可没有把愿望宣之于口。众所周知，向流星许愿时，不可以说出愿望。

结束语

好了，我的圣诞故事讲完了。你们还记得吗？我动笔时正坐在一片草地上，坐在一张小木凳上，坐在一张摇摇晃晃的小桌子面前。每当觉得太热的时候，我就抬头仰望那连绵不绝的群山和覆盖着白雪的楚格峰。时间飞快流逝，想不到我们的故事就这样讲完了。

当我写下这篇结束语时，我已经回到柏林了。我在这里有一间带花园的小公寓。我妈妈和我住在一起，她希望我能快点回家吃饭。今天吃的是火腿通心粉，我最喜欢的食物之一。

我正坐在一家咖啡馆门前。已经是秋天了。风吹过，柏油路上便落满了黄褐色的树叶。

那只色彩鲜艳的蝴蝶戈特弗里德现在怎么样了？

它飞到哪里去了呢？蝴蝶的寿命不长，戈特弗里德大概已经死了。它是一只友好而忠实的蝴蝶，也非常喜欢我。愿它安息！我还想知道，那头每天傍晚到大草地上来接我，然后把我带回湖滨旅馆的漂亮的棕色小牛犊爱德华，它现在又怎么样了。它是长成一头大公牛了，还是被做成小牛排了呢？我实在是太喜欢爱德华了。如果它现在来到我面前，用信任忠厚的眼神深情望着我，用他的小角轻推着我的话，我会高兴到放声歌唱的。我想让它留在身边。兴许它能住在我的阳台上。我可以用大叶藻草垫喂它，每天傍晚都和它一起散步。

可我坐在这里时，并没有看到小牛，我想顶多就是几只羊或一头犀牛会经过这里。

有轨电车叮当叮当地响着，公交车呼啸着驶过，小汽车不停鸣笛，所有人都显得匆匆忙忙。总之，我又回到大都市了。

楚格峰脚下的野花闻起来无比芬芳。而在这里，我只能闻到汽车轮胎和汽油刺鼻的味道。尽管如此，无论是常青树还是工厂的烟囱，无论是永恒积雪的山峦还是钢筋水泥筑成的丛林，无论是粮田还是地铁站，无论是晚夏的蜘蛛丝还是电话线，无论是拥挤的电影院还是碧绿的高山湖泊，无论是城市还是乡村，我都

同样喜欢。

在我结束这个故事之前，我必须给你们讲讲一次奇妙的偶遇。在来来往往的行人中，有一名商船队的船长。那是一位上了年纪的绅士，他穿着一件漂亮的蓝色制服，制服上面镶着金色的花边和星星。一个戴着九年一贯制学校学生帽的男孩走在他身边。绝对不会错的，这就是约纳唐·特洛茨和他的养父船长。

“约尼！”我朝那男孩喊道。

男孩转过身来，船长也停住了脚步。我走到他们两个人面前，向船长鞠了一躬。“你就是克希贝克城的约翰·西吉斯蒙特九年一贯制学校的约尼·特洛茨吧？”我对那个男孩说。

“对呀。”男孩回答。

“太好了！”我回答，然后转向那位穿着海员制服的先生，“您一定是像爸爸一样照顾约尼的那位船长吧？”我问道。

他彬彬有礼地点点头，我们握了握手。

我对约尼说：“我写了一本关于你们的书，主要写了两年前你们在圣诞节前后的奇妙经历。现在你应该已经读六年级了吧，约尼？按你的年纪，我本应改口用‘您’来称呼你，但我想你应该不会介意。你还记得那时候的事吗？实科中学的学生们在艾格兰特家的

地下室里烧毁了你们的听写本。”

“哦，我当然记得，”约尼说，“您把这件事也写进去了？”

我点了点头：“还有乌利的跳伞受伤事件呢。”

“您连这件事都知道吗？”他惊讶地问道。

“我当然知道，”我说，“我知道的事情还多着呢。大家都还好吗？马蒂亚斯还是那么能吃吗？”

“他可不是吃，”约尼说，“那简直是狼吞虎咽！他现在每周都要去体育学校上两次拳击课。”

“真棒！塞巴斯蒂安怎么样？”

“目前他正投入地钻研化学。他还读过一些关于电子理论、气体动力学理论、量子力学之类的非常深奥的书。”

“马丁在做什么呢？”

“马丁仍然是班里的学习尖子，也仍然为所有不公正的行为打抱不平。业余时间他就画画。您是知道的，他的画很漂亮。艺术学院的一位教授曾写信给他，希望他长大后成为一名画家。另外，马丁的爸爸也找到新工作了。”

“真令人高兴，”我说，“乌利怎么样？”

“乌利是个怪人，”约尼说，“他仍然是班上个子最小的，但他和以前完全不一样了。马蒂亚斯对他言听

计从。其他人也开始重视他了。乌利虽然长得矮，但他身上有一种不容抗拒的力量。尽管乌利并非有意为之，但当他盯着人看的时候，那人就会被他镇住。”

“他两年前就克服了自己的胆小，”船长若有所思地说，“一旦你这样做了，就没什么大不了的了。”

“看来这就是秘诀所在了。”我说，然后我又转向约尼，“你还在写作吗？”

船长笑了：“是呀，他在写童话故事、戏剧和诗歌呢。也许他能寄一些给您，请您指点一二，不知您愿意吗？”

“当然可以，”我说，“不过我只能指点作品，而无法评估才能。约尼，我只能看看你是否具备写作能力，但无法确定你是否会成为一名职业作家。这个谁也说不准，我们要到以后才会知道。”

“那就等着瞧吧。”约尼平静地说。

他是个能干的孩子，我这样想。然后我说：“当你回到克希贝克的时候，请代我向大家问好，尤其是伯克博士和‘不抽烟的人’！”

“他们俩您也认识吗？”约纳唐·特洛茨困惑地问道，“那他们问我是谁向他们问好时，我该怎么说呢？”

“你就说是他们在柏林的朋友，”我说，“他们会知道的。也替我问候孩子们。”

“我一定会把您的问候带到的。等您的书出版后，可以寄给我们一本吗？”

“我会寄给伯克博士的，”我说，“如果他认为妥当的话，他就会把书给你们看的，否则就只能给马丁·塔勒了。”

于是我们握手道别了。船长和他的养子继续往前走去。约尼再一次转过身来，朝我挥了挥手。现在我必须赶公交车回家，否则通心粉就凉透了。

要是我把偶遇约尼·特洛茨和船长的经历讲给妈妈听，她该有多么惊讶啊！

ERICH KÄSTNER

埃里希·凯斯特纳“成长火花”书系

埃米尔的故事

EMIL UND DIE DETEKTIVE
EMIL UND DIE DREI ZWILLINGE

［德］埃里希·凯斯特纳　著
李娟 印想想　译

北京联合出版公司
Beijing United Publishing Co.,Ltd.

图书在版编目（CIP）数据

埃米尔的故事 / （德）埃里希·凯斯特纳著 ; 李娟，印想想译. -- 北京 : 北京联合出版公司，2025. 3.（埃里希·凯斯特纳“成长火花”书系）. -- ISBN 978-7-5596-8218-5

Ⅰ. I516.84

中国国家版本馆 CIP 数据核字第 2025KU5531 号

埃米尔的故事

作　　者：[德] 埃里希·凯斯特纳
译　　者：李　娟　印想想
出 品 人：赵红仕
责任编辑：刘　恒
封面设计：吴黛君

北京联合出版公司出版
（北京市西城区德外大街83号楼9层 100088）
北京新华先锋出版科技有限公司发行
三河市中晟雅豪印务有限公司印刷　新华书店经销
字数165千字　620毫米 × 889毫米　1/16　14印张
2025年3月第1版　2025年3月第1次印刷
ISBN 978-7-5596-8218-5
定价：245.00元（全5册）

目 录

第一个故事 埃米尔和侦探们

目 录

第二个故事　埃米尔和三人双胞胎

第一个故事

埃米尔和侦探们

故事还没有开始

没错，我可以平静地告诉你们：埃米尔的事情出乎我的意料。

我原本想写的书和这本完全不同。在那本书里，老虎因为恐惧而牙齿打战，椰枣树因为恐惧而嘎吱作响；还有一个有着黑白格子皮肤、横渡太平洋去旧金山饮用水公司拿牙刷的食人族小女孩，她叫欧芹。当然，这只是她的名字，没有带姓。

总之，我本打算写一部真正的关于南太平洋的小说，因为一位留着大胡子的先生曾经告诉我，你们最喜欢读这类书了。我甚至都写完了前三章。

我正写到：拉贝纳斯酋长被称为“快枪手”，他刚刚拔出小刀，把热乎乎的烤苹果作为子弹，冷酷而又快速地数到397……

突然间，我想不起来鲸鱼有几条腿了！我在地板上躺了很久，用最好的状态想啊想，却无济于事。于是我翻开字典，先翻了W卷，为保险起见，又翻了F卷，就是找不到答案。如果我想继续写作，就必须确切地知道答案。是的，必须确切地知道！因为如

果那头跛脚的鲸鱼此时走出了原始森林，“快枪手”拉贝纳斯酋长就不可能遇到它。如果酋长没有用烤苹果打鲸鱼，那么有着黑白格子皮肤的食人族小女孩欧芹这辈子都不会遇到钻石洗衣女莱曼太太。如果欧芹没有遇到莱曼太太，她就永远也不会得到那张宝贵的兑换券——要想从旧金山的饮用水公司免费得到一把全新的牙刷，就需要出示这张券。就是这么回事，然后……

可以说，我的南太平洋小说就毁在这条鲸鱼的腿上了。我曾经那么期待它！我希望你们能理解这一点。我很抱歉。当我把这件事告诉菲德尔博根小姐时，她差点哭了。但她没时间，因为她得张罗晚餐，只好晚一些再哭。然后，她就把这事给忘了。女人就是这样。

我想给那本书取名为“原始森林中的欧芹”。很酷，对吧？现在，那本书的前三章被我用来垫桌角了，免得桌子摇晃。不过对于一本以南太平洋为背景的小说而言，也许这是最适合它的归宿吧。

几天后，领班尼滕菲尔（我们有时会谈论我的作品）问我是否在那儿待过。

“那儿是指哪儿？”我问他。

“嗯……南太平洋啦，澳大利亚、苏门答腊岛和婆罗洲啦，等等。”

“没有，”我说，“你怎么想起要问这个？”

“因为人们只能写出自己已经知道和见过的东西。”他回答道。

“您竟然会有这样的想法，尊敬的尼滕菲尔先生！”

“这是显而易见的。”他说，“经常来这个酒馆的诺伊格鲍尔一家曾经有个女仆，这位女仆完全不知道如何烤家禽。去年圣诞

节，诺伊格鲍尔太太出去买东西，让女仆留在家里烤鹅。当她回来时，看到了一份相当炸裂的惊喜！女仆把从市场上买来的鹅直接放进了锅里，没有拔毛，没有切开，也没有处理内脏。偷偷告诉你吧，那真是臭气熏天。”

“那又怎样？”我回应道，“您不会是想说，烤鹅和写书是一回事吧？请不要见怪，亲爱的尼滕菲尔先生，但我真的忍不住想笑了。”

他一直等我笑完。当然，我也没笑多久。看到我平静下来，他说：“你的南太平洋、食人族、珊瑚礁和所有的魔法，就是你的鹅。而小说，就是你用来煎南太平洋、欧芹和老虎的锅。如果不知道如何煎炸这些东西，那么你得到的将是一股奇妙的恶臭，就像诺伊格鲍尔家的女仆一样。”

“但是大多数作家都是这样做的！”我喊道。

“那么，祝你胃口大开！”他回应道。

我思考了一会儿，继续和他聊着：“尼滕菲尔先生，您认识席勒吗？”

“席勒？你是说在瓦尔德施兴啤酒厂当仓库管理员的席勒吗？”

“不是！”我说，“是生活在一百多年前的诗人弗里德里希·冯·席勒，他写了很多戏剧。”

“我明白了！席勒！有很多纪念碑的那个！”

“没错！他写过一部发生在瑞士的戏剧，叫作《威廉·退尔》。过去，小学生都要看那部戏剧，还要写观后感。”

“我们也写过，”尼滕菲尔说，“我知道那个退尔。那是一部伟大的戏剧，千真万确。这得归功于席勒。毋庸置疑。只不过我

写的作文太差劲了。我甚至记得其中一篇，叫‘为什么退尔瞄准苹果射箭时不会颤抖’，我只得了5分。无论如何，我完全不擅长写作……”

“好了，现在让我再讲几句。”我说，“您看，尽管席勒一辈子都没去过瑞士，但他的戏剧《威廉·退尔》中的细节与现实完全一致。”

“他以前读过烹饪书。”尼滕菲尔说。

“烹饪书？”

“当然！烹饪书里什么都有。瑞士的山有多高？雪什么时候融化？卢塞恩湖上打雷时是什么景象？农民是怎样发动革命反对盖斯勒州长的？”

“您说得对。”我回答说，“席勒确实是这么做的。”

“你看！”尼滕菲尔先生用餐巾拍打着一只苍蝇，对我解释道，“你看，如果你能多读一些书，当然也能写出关于澳大利亚袋鼠的故事。”

“可我没兴趣。如果我有钱，我倒是想去那里好好看看。马上出发！但是要我读书，就……”

“那我给你一些好的建议吧。”他说，“你最好写你知道的事情，也就是地铁、旅馆之类的。你还可以写孩子们的故事，毕竟他们每天在你跟前跑来跑去。而且，我们曾经也是孩子。”

“但是有个留着大胡子、对孩子们了如指掌的人曾明明白白地告诉我，孩子们不喜欢这些。”

“胡说八道。”尼滕菲尔先生咕哝道，“你相信我，我也有孩子，两个男孩和一个女孩。我会在休息日和他们说一些酒馆里发生的事：有人赖账啦，或者像上次那样，一个醉醺醺的客人想把

一根棍子粘在卖香烟的男孩身上，却打到了碰巧路过的一位漂亮女士……我的孩子们听得很认真，我还会故意压低声音，模仿雷声。”

“好吧，如果您这么说的话，尼滕菲尔先生……”我迟疑地说道。

“当然，你可以相信我说的话，凯斯特纳先生。”他一边大声说着一边走开了，去为一位正用餐刀敲着酒杯的客人结账。

所以，我纯粹是为了满足领班尼滕菲尔先生的要求才写了一个我们——你们和我——早就熟悉的故事。

回到家，我懒洋洋地靠着窗台，眺望普拉格大街，心想——也许我正在寻找的故事就从楼下经过，我应该朝它招招手，说：“哦，拜托，跳上来吧！我正想把您写下来呢。”可是，故事没有来。我有些冷了，生气地关上窗户，绕着桌子跑了 53 圈，但是无济于事。最后，我又像以前一样，在地板上躺了很久，用沉思打发时间。

当你在客厅里平躺下来，伸展四肢，世界会呈现出完全不同的面貌！你能看到椅子腿、拖鞋、地毯上的花纹、烟灰、尘埃、桌腿，甚至能在沙发下找到三天前在壁橱里没找到的左手手套。

我躺在房间里，从下而上，而不是从上而下，好奇地观察着这片区域。我惊奇地发现，椅子腿就像小腿，而且是非常紧致的深色小腿，仿佛来自部落里的黑人的腿，又像是穿着棕色长袜的小学生的腿。

我数着椅子腿和桌腿的数量，想看看有多少黑人或小学生站在我的地毯上，蓦地，我的脑海中蹦出了埃米尔的故事！难道是

因为我刚才在想穿棕色长袜的小学生？或者是因为埃米尔的姓氏是蒂施拜因[1]？

无论如何，埃米尔的故事突然浮现在了我眼前。我一动不动地躺着。思绪和记忆就像一只小狗，突然来到身边；但如果你动作太匆忙，或想对它说些什么，或想抚摸它——它就会马上消失！你等到身上都落满了灰尘，也未必能再次等到它。

所以，我一动不动地躺着，对自己的思绪报以友善的微笑。我鼓励它走过来。它也平静下来，似乎开始信任我，走近一步，再走近一步……然后，我一把抓住了它的脖子，牢牢地攥在手里。

我暂时只能做到抓住它的脖子。要知道，抓住狗脖子上的皮毛和抓住一个故事，这两者大有不同。如果你抓住了狗脖子，那就意味着抓住了狗的全部：爪子、鼻子、尾巴以及其他和狗有关的一切。捕捉记忆却是另一回事。你得循序渐进。你首先抓住的可能是它的脑袋，接着是左前腿、右前腿，然后是臀部和后腿。就在你以为故事已经结束时——快看！还有一只耳朵呢！如果足够幸运的话，你就能抓住整个故事。

我曾经在电影中看到过某个场景，让我对刚才的描述有了更深刻的印象：一个男人站在房间里，全身上下只穿了衬衫。突然，门开了，裤子飞了进来。他穿上裤子后，左靴子又飞了进来，接着是手杖、领带、衣领、马甲，然后是一只袜子、另一只靴子、帽子、外套、另一只袜子和眼镜。太奇妙了！最后，这个男人穿戴整齐了。一切都非常合身。当我躺在房间里数着桌腿、想着埃

[1] 蒂施拜因，德语写作 Tisvhbein，和“桌腿”的德语 Tischbeine 相似，因此，作者在看到桌腿时联想到了埃米尔。

米尔的故事时，情况也是这样的。我相信你有时也会有同样的感觉。我躺着，捕捉着从四面八方涌入脑海的思绪——这就是我构思故事的方式。

最后，我把所有的东西井井有条地组合起来，故事就完成了！现在我要做的就是坐起来，把故事按顺序写下来。我当然这么做了，不然你们也不会拿着这本关于埃米尔的书了。

一个故事、一部小说、一则童话——这些东西就像生命体，甚至就是生命体。它们有头、有脚、有血液、有衣服，就像真正的人一样。如果它们脸上缺了鼻子，或是穿了两只不同的鞋，只要是仔细观察的人都会注意到。

在我讲述埃米尔的故事之前，我希望向你们展示构成整个故事的各个元素、想法和它们向我发起的小轰炸。也许你们足够聪明，已经熟练地把故事的各个部分拼凑在一起了吧？

这就像是别人给你积木，让你建造一个火车站或一座教堂，连一块积木都不能剩下，而你却没有建筑图纸！这几乎就是一场考试——呃！但是不打分。感谢上帝！

先来看十幅画

1. 埃米尔本人

这就是埃米尔。他穿着深蓝色的周日西装。他很不喜欢穿这套衣服，只有在万不得已时才穿。蓝色西装很容易脏，脏了的话，妈妈就会用膝盖把男孩夹住，弄湿刷子，又洗又刷，还总说："孩子，孩子！你知道我没有多余的钱给你买衣服了。"埃米尔这才意识到，妈妈整日劳作，也只够让他们吃饱饭，让他上学。

2. 埃米尔的妈妈——理发师蒂施拜因太太

埃米尔 5 岁时，他的爸爸——水管工蒂施拜因先生去世了。从那以后，埃米尔的妈妈便开始帮人理发和烫发。她不仅要给店员姑娘们和附近的太太们洗头，还得做饭、整理房间和洗衣服。她非常爱埃米尔，只要能赚钱，她就很高兴。有时，她会唱一些有趣的歌。她偶尔生病时，埃米尔会为她和自己煎鸡蛋。他很擅长做这些。他还会煎牛排，配上软面包卷和洋葱，成为一顿美味佳肴。

3. 一节相当重要的车厢

这节车厢所在的列车正开往柏林。在最初的几章中，这里可能会发生一些奇怪的事。车厢真是个奇妙的地方啊，完全陌生的人们坐在一起，在短短几小时内，他们就熟络起来了，就像认识了很多年。有时候，这非常好，也合乎情理，但有时也不尽然，毕竟谁知道他们是什么样的人呢？

4. 戴硬礼帽的先生

谁都不认识他。有人会说，在证明某个人是坏人之前，应该认为他是好人。但我真诚地请求你们更谨慎些，正所谓小心驶得万年船。人们常说：“人之初，性本善。”好吧，也许这是对的，但你不能轻易认定一个人是好人，不然他可能会突然变坏。

5. 小马帽——埃米尔的表姐

骑着小自行车的女孩是埃米尔的表姐，她来自柏林。有人说，那不叫“Kusine”，而是叫“Base”。我不知道你们家是怎么叫的，但在我家，表亲叫“Kusine”，而不是“Base”。蒂施拜因家里也是。当然，如果你们不喜欢这个外来词，也可以划掉，然后在上面或下面写上“Base”，所以我们不必为此争吵。顺便说一下，小马帽是个迷人的女孩。她的妈妈和蒂施拜因太太是姐妹。“小马帽”是她的小名，她还有一个完全不同的大名。

6. 诺伦多夫广场的酒店

诺伦多夫广场位于柏林。如果我没有记错的话，故事中的许多人物都会在诺伦多夫广场的酒店见面。这个酒店也可以在维滕贝格广场，甚至在费尔贝林广场。总之，我确切地知道它在哪里！但是，酒店老板听说我正在写一本和这个酒店相关的书，就来找我，希望我不要说明这个酒店的真实名称。他说，如果大家知道他的酒店里有“那种”住客，就不会来光顾他的生意了。说完，他就走了。我也意识到，说出酒店的真实名称不太好。

7. 带喇叭的男孩

他叫古斯塔夫。他的体操成绩是A。还有呢？他有一颗相对善良的心和一个喇叭。附近的孩子都认识他，像爱戴总统那样拥护他。当他按着喇叭跑过院子时，男孩们会停下手头的活，争先恐后地跑下楼，询问他发生了什么事。他通常会组建两支足球队，带着大家一起去操场。喇叭偶尔也有别的用途，比如在埃米尔的事上。

8. 小小的银行分行

各大银行在各个城市都设置了分行。如果你有钱，可以购买股票；如果你有账户，可以取钱；如果支票没有用于结算，也可以兑现。有时，学徒和女仆也会去那里，将 10 马克换成 100 个 10 芬尼的硬币，这样他们就有零钱了。大家也可以在那里把美元、瑞士法郎或者里拉兑换成德国马克。即便在晚上，也有人去银行，尽管工作人员已经下班了，但还有自动取款机提供二十四小时自助服务。

9. 埃米尔的外婆

她是我认识的所有外婆中最快乐的一位。然而，她的一生中充满了磨难。对有些人来说，找乐子一点也不难；但对另一些人来说却是一件十分困难的事。以前，埃米尔的外婆和埃米尔的爸爸妈妈住在一起，埃米尔的爸爸蒂施拜因去世后，她才搬到柏林和她的另一个女儿一起住——埃米尔的妈妈挣的钱太少了，无法维持三个人的生活。现在，老太太住在柏林。她在每封写给埃米尔母子的信的结尾都写道："我很好，希望你们也是。"

10. 报社的排版间

报纸上会刊登所有不同寻常的事。如果说一头小牛有四条腿，当然没有人会感兴趣；但如果它有五条或六条腿——真的有这种事！——就会成为人们早餐时最爱读的新闻。如果说米勒先生是个正直的人，没有人会在意；但是，如果米勒先生往牛奶里掺水，并把混合饮料当成甜奶油出售，那他就会上报纸了——只要他想，他就能做到。你有没有在晚上路过报社大楼？大楼仍然亮着灯，铃声、打字声、机器声不绝于耳，仿佛连墙壁都在摇晃。

故事终于要开始了

第一章
埃米尔帮顾客洗头

“埃米尔，把那壶热水拿来！”蒂施拜因太太说着，拿起另一个水壶和盛洋甘菊肥皂水的蓝色小罐子，从厨房走出来，进了小屋。

埃米尔提着水壶跟在妈妈身后。

小屋里坐着一位太太，她低着头，脑袋正对着脸盆上方，拆散的头发像三磅重的羊毛，直挂下来。蒂施拜因太太把洋甘菊肥皂水倒在那位太太的金色头发上，轻轻揉搓，让头发起泡。

“水是不是太热了？”蒂施拜因太太问道。

“不热，正好。”那位太太回答道。

“呀，是面包师家的维尔茨太太啊。您好！”埃米尔说着，把热水壶塞进脸盆下面。

“你运气不错啊，埃米尔，听说你要去柏林。”维尔茨太太说道。她的话语仿佛都带着鲜奶油的味道。

“起初他还不想去呢。”妈妈一边说，一边给顾客洗头，“可是，为什么要把假期白白浪费在这里呢？他没去过柏林。我姐姐玛莎一直邀请我们过去。她丈夫在邮局的办公室工作，收入还不错。我是去不成了，假期前要做的事太多了。嗯，不过埃米尔已经长大了，路上会注意的。而且，他的外婆会去弗里德里希大街

站接他，约好在花摊前碰面。”

“他一定会喜欢柏林的。那里适合孩子们游玩。一年半前，我们跟着保龄球俱乐部一起去过。那可真是热闹非凡！那里的街道，晚上和白天一样明亮。还有那么多车！”维尔茨太太说道，她的头发随着脸盆里的水波漂荡着。

“有很多外国车吗？”埃米尔问道。

“我怎么知道？”维尔茨太太说着，不小心把肥皂泡沫吸进了鼻子，她打了个喷嚏。

“好了，快去准备吧。”妈妈催促道，“你的西装放在卧室里，快去穿上。等我给维尔茨太太洗完头发，我们就可以吃饭了。”

“穿哪一件衬衫呢？”埃米尔问道。

“都放在床上了。你先好好洗洗你的脚，然后穿上长袜，给你的鞋子换上新鞋带。快去，快去！”

“哦！”埃米尔低声说了一句，缓缓走开了。

维尔茨太太洗完头发，满意地离开了。妈妈走进卧室，看到埃米尔愁眉不展地踱来踱去。

“能不能告诉我，这种花里胡哨的西装是谁发明的？”

“抱歉，我不知道。你问这个做什么？”

“要是能给我地址，我一定去毙了那家伙！”

“哦，没想到你会这么烦恼！很多孩子可是因为没有好看的西装穿而难过呢！所以，看吧，每个人都有自己的烦恼……对了，我刚才想说，今晚你记得问玛莎姨妈要一个衣架，把西装刷好后挂起来。别忘了啊！明天你就又可以穿你的毛衣和‘强盗外套’了。还有什么？手提箱收拾好了，给姨妈的花也包好了。我一会儿再把要带给外婆的钱拿给你，现在来吃饭吧。走吧，小伙子！”

蒂施拜因太太搂住埃米尔的肩膀，两人一起走进了厨房。

今天吃的是火腿通心粉配磨碎的帕尔马干酪。埃米尔津津有味地吃起来，不时停下来看看妈妈，似乎担心妈妈因为自己要离开的事而胃口不佳。

“到了柏林，记得给我寄一张明信片。我都给你准备好了，放在手提箱的最上面。”

“好的。”埃米尔说着，偷偷将掉落在膝盖上的一根通心粉甩到地上。幸好妈妈没有看到。

“代我向大家问好。谨慎点，柏林和诺伊施塔特可不一样。星期天你可以去德皇弗里德里希博物馆。要注意言行举止，别让人说我们不懂规矩。”

“您就放心吧。”埃米尔说道。

吃完饭，两人走进客厅。妈妈从柜子里拿出一个铁盒。她数了一遍手上的钱，摇摇头，又数了一遍，然后问道：“昨天下午谁来过，嗯？”

“托马斯小姐。”埃米尔说道，“还有洪堡太太。”

“可是钱对不上啊。”妈妈想了又想，还找出了记账单，算了算，最后说，“少了 8 马克。”

“今天早上，煤气工来过。”

“没错，这就对上了。”妈妈顾自吁了口气，大概是为了吹散内心的担忧，然后从铁盒里拿出三张纸币，“这是 140 马克，一张 100 马克，两张 20 马克。你给外婆 120 马克，告诉她别因为我上次没寄钱而生气。那时我钱不够。这次你亲自给她，多给点。记得亲亲她。明白了吗？剩下的 20 马克你自己留着。回来的票大约需要 10 马克，不过我不太清楚具体的票价。剩下的钱，你

出去玩的时候可以用来买吃的、喝的。口袋里有点钱总是好的，以备不时之需嘛。不会错的。这个信封是之前玛莎姨妈寄信来留下的，我把钱放在里面。”她把三张纸币放进信封里，对折信封，递给埃米尔。

埃米尔想了一会儿，把信封塞进右边的内侧口袋里，小心地藏起来，又拍了拍深蓝色外套，然后自信地说道：“好啦，它爬不出来了。”

“等你上了车，别告诉任何人你身上有这么多钱！”

“哎呀，妈妈！”埃米尔觉得自己被冒犯了。在妈妈眼里，自己居然会干出这种蠢事！

蒂施拜因太太又放了些钱在自己的钱包里，然后把小铁盒放回柜子。她快速地读了一遍姐姐从柏林寄来的信，信上写着埃米尔要乘坐的火车发车时间和到达时间……

一定有读者觉得，不过是140马克，不需要像弗里瑟·蒂施拜因和她的儿子这样一遍遍确认。如果一个人每月能赚2千马克、2万马克，甚至10万马克，他当然不需要精打细算。但你要知道，大多数人的收入远远到不了这个数字。不管你怎么想，对于每周赚35马克的人而言，好不容易攒下的140马克确实是一大笔钱。对无数人来说，100马克几乎等同于100万马克。而他们做梦都无法想象，100万马克在现实中究竟是多少钱。

埃米尔的爸爸去世了，妈妈从早忙到晚，靠着给顾客洗头发和做造型赚钱，勉强维持生活，支付煤气费、煤炭费、房租，还要买衣服、书本，以及交学费。

妈妈也会生病。埃米尔会请来医生开药，然后给卧床休养的妈妈做热敷，还会做饭给妈妈吃。妈妈睡着后，他还会把地板擦

干净，这样妈妈就不会总想着起床打扫屋子了。你能理解埃米尔的良苦用心吗？如果我告诉你，埃米尔是个模范男孩，你应该不会提出反对意见吧？

埃米尔很爱妈妈。看着妈妈那么努力地生活，他也不想偷懒，否则就太愧对妈妈了。为了让他也拥有其他学生都拥有的东西，妈妈每天这么辛苦地工作，他怎么能不写作业，或是抄诺曼斯·理查德的作业，甚至欺骗她让她伤心呢？

埃米尔确实是个好孩子。他可不是那种光说不做的人，他不会因为懦弱、吝啬或者年纪小就什么都不做。他可是模范男孩，也决心要做模范男孩！他甚至做出了一个艰难的决定：再也不去看电影，也不会再吃糖果了！

每次复活节放假回家时，他都会拿着成绩单，兴高采烈地告诉妈妈："妈妈，这是成绩单，我又考了第一名！"他喜欢在学校及其他任何地方听到人们的赞扬，因为这能让妈妈高兴。他很自豪，因为他能以这样的方式回报不知疲倦地为自己操劳的妈妈……

"哎呀！"妈妈突然喊道，"我们得去火车站了。已经 1 点 15 分了，火车 2 点之前就会开。"

"走吧，亲爱的妈妈！"埃米尔说道，"让我自己提箱子吧！"

第二章
保持沉默的耶施克警长

妈妈说："我们直接坐马车去火车站。"

有人知道马车长什么样吗？

这种马车很酷，可以像有轨电车那样在轨道上行驶。它的车厢也和电车车厢相似，只是在车前套着一匹老马。在埃米尔和他的朋友看来，乘坐这样的马车很丢人。他们想坐那种上下都有电线、前面有五盏灯、后面有三盏灯的电车。

可是，诺伊施塔特的地方政府认为，市政府到火车站只有四千米，马车可以完美地解决市民交通问题。所以到目前为止，还没有使用电力驱动的车，司机左手拿的是缰绳，右手拿的是鞭子，而不是操作曲柄和摇杆。哎呀！要是有人住在市政厅街十二号，他可以在马车车厢里敲敲窗，表示要下车。售票员先生就会说："明白。"这时他就能回家了。准确的停靠站位于三十号和四十六号，但对于诺伊施塔特电车公司来说不重要。市政府的人有的是时间，老马有的是时间，售票员有的是时间，居民们也有的是时间。可万一有急事，就只能走着去。

蒂施拜因太太和她的儿子在火车站的广场下了车。埃米尔拎着手提箱走下站台时，一个粗犷的声音从身后传来："嘿，你们是要去瑞士吗？"说话的是耶施克警长。

蒂施拜因太太回答道："不是，我儿子要去柏林探亲，大概待一个星期。"

看到耶施克警长，埃米尔顿时眼前一黑，因为他很心虚。前阵子，他和十几个孩子上完体育课后，给广场上的大公爵纪念铜像"戴"了一顶旧毡帽。埃米尔画画很棒，大家就把他抬起来，让他用蜡笔给大公爵画了一个红鼻子和一撮黑黑的八字胡。他正画着呢，耶施克警长突然出现在广场的那头！孩子们闪电般地跑开了。但他恐怕已经被警长认出来了。

不过，耶施克压根儿没提这件事，只是祝埃米尔一路顺风，顺便询问了一下蒂施拜因太太店里的营业状况。尽管如此，埃米尔的心还是不安地跳动着。他提着手提箱，穿过广场，走进火车站，一路上膝盖发软。他时刻都在担心警长突然在他身后喊道："埃米尔·蒂施拜因，你被捕了！举起手来！"但什么都没有发生。也许警长准备等他回来再算账？

妈妈在售票处买了一张车票（当然是木制的）和一张站台票。他们走到1号站台，等候开往柏林的火车。只剩几分钟了。

"不要弄丢东西，孩子，也不要坐到那束花上。找人帮忙把你的箱子搬上行李架，但是要有礼貌，先询问一下对方的意见！"

"我自己就能把箱子放上去，我又不是纸糊的！"

"好吧。别下错了车站。你下午6点17分到达柏林，在弗里德里希大街站下车，不要提前在动物园站或其他站下车！"

"别担心，女士。"

"最重要的是，在别人面前可不能像在妈妈面前这样随便。吃东西时，不要把包装纸扔在地上。别把钱弄丢了！"

埃米尔紧张地摸摸上衣，又把手伸进上衣右边的内侧口袋，

然后松了口气，说：“一切妥当。”他挽着妈妈的手臂，“妈妈，您工作别太累了！千万别生病！要是您生病了，没人在身边照顾，我就得赶回来。您也记得给我写信。您知道，我得在那里待一个星期呢。”他紧紧地抱住妈妈。妈妈吻了吻他的鼻子。

接着，伴随着汽笛刺耳的声响，开往柏林的火车停了下来。埃米尔和妈妈又拥抱了一会儿，然后提着手提箱走进了车厢。

妈妈把花和三明治递给他，问他是否还有空座。他点点头。

“记住，在弗里德里希大街站下车！”

他点点头。

“外婆在花摊旁等你。”

他点点头。

“要有礼貌！”

他点点头。

“和小马帽好好相处，虽然你们大概都不认识对方了。”

他又点点头。

“记得给我写信！”

如果火车没有遵照铁路时刻表准时出发，这样的对话可能会持续几个小时。

列车长背着红色皮包，喊道：“都上车！上车，上车！”

车门砰的一声关上了，火车猛地启动，然后缓缓开走了。

妈妈不停地挥动着手帕，然后慢慢转过身子，向家走去。她拿着手帕，又哭了一阵子，但没过多久，屠夫家的奥古斯丁太太就来店里了，她要彻底洗洗头。

第三章
柏林之旅开始了

埃米尔摘下学生帽，问道:“女士们，先生们，下午好。还有空座吗？”

当然，还有一个空座。

一位胖胖的女士因为左鞋太硌脚，索性脱掉了鞋子。她对邻座一个喘着粗气的男人说道:“这样有礼貌的孩子，现在可是很少见了。回想起我年轻的时候，上帝啊，那时候人们的精神面貌可真不一样。”她的左脚脚趾夹着袜子，有节奏地转动着。埃米尔饶有兴致地看着。而那个男人则气喘吁吁，几乎连点头的力气都没有。

埃米尔很早就知道，总有一些人喜欢说:“上帝啊，过去可比现在好多了。”听到有人说“以前的空气更清新”，或者“牛的脑袋更大”，他完全不以为然，因为那通常不是真的。人们总是对现状挑挑拣拣，不然还能靠什么打发时间呢？

埃米尔坐下来，在上衣的右边口袋里摸索着，直到听见信封发出的“沙沙”声才停下来。目前看来，这些旅伴们都不像强盗或杀人犯，是值得信赖的。坐在那个喘粗气的男人旁边的是一个正在织围巾的女人。而在埃米尔旁边，一位戴硬礼帽的先生挨着窗户坐着，正在看报纸。突然，他把报纸放在一边，从口袋里掏

出一块巧克力，递给男孩，说道："小伙子，吃不吃？"

"那我不客气了。"埃米尔接过巧克力，摘下帽子，鞠了一躬，说道，"我叫埃米尔·蒂施拜因。"旅伴们都笑起来。

那位先生一本正经地摘下硬礼帽，说道："很高兴认识你，我叫格伦戴斯。"

没穿左脚鞋子的女士问道："诺伊施塔特有个商人叫库尔茨哈斯，他还活着吗？"

"当然还活着。"埃米尔说，"您认识他吗？他已经买下了他的店铺所在的那块土地。"

"那么请你代为转达来自大格吕瑙的雅各布太太的问候。"

"可我现在要去柏林。"

"不用着急，等你回去以后代我向他问好就行。"雅各布太太说道。她又转动起脚趾来，笑得帽子都滑到了脸上。

"你是说，你是说，你要去柏林？"格伦戴斯先生问道。

"是的，我外婆会在弗里德里希大街站的花摊等我。"埃米尔回答道，又摸了摸他的外套。感谢上帝，信封还在沙沙作响。

"你了解柏林吗？"

"不了解。"

"那你恐怕会惊掉下巴！柏林现在有上百层高的建筑，屋顶被绑在天空中，以免被吹跑……如果有人急着要跨区行动，邮局就会把他迅速装进一个盒子里，放进一个管道，把那个人送到目的地所在的邮局……如果你缺钱，就去银行抵押大脑，你能得到1000马克。但请注意，你没了大脑，只能再活两天。当然，如果你能连本带利还清1200马克，银行就会把大脑还给你。现在已经有一套非常强大的现代化医疗设备……"

“你的脑子大概也被抵押给银行了吧。”喘粗气的男人大声说道，“你就不能少说几句废话？”

雅各布太太吓了一跳，停下了转动的脚趾。织围巾的女士也停了下来。埃米尔尴尬地笑了笑。两位先生争吵了好一会儿。埃米尔心想：其实可以和我说些废话！

尽管刚吃过午饭，埃米尔还是打开了香肠三明治的包装袋。当他嚼着第三块三明治时，火车在一个大站停了下来。他没有看到车站标志，也不知道列车长在窗外喊什么。几乎所有的乘客都下车了：喘粗气的男人、织围巾的女士，还有雅各布太太——她差点没来得及下车，因为她的鞋怎么也穿不回去。

“记得向库尔茨哈斯先生问好。”雅各布太太说。

埃米尔点点头。

车厢里只剩下他和那位戴硬礼帽的先生了。埃米尔有些紧张。一个送别人巧克力还夸夸其谈的男人似乎有些不靠谱。他想再摸一摸信封，转换一下心情，但他不敢。

当火车再次启动时，埃米尔去了厕所，从口袋里掏出信封，数了数钱。数目还是对的。接下来怎么办呢？他终于想到了一个办法。他从衣领中拿下一枚别针，先穿过三张纸币，然后穿过信封，最后穿过西装的衬里。也就是说，他把钱牢牢钉住了。这下不会发生什么意外了。他回到车厢里。格伦戴斯先生已经在角落里安然入睡

了。埃米尔暗暗松了口气，透过车窗向外望去。

树木、风车、田野、工厂、成群的奶牛，还有挥手致意的农民，一切都那么像商店里的留声机唱片，这些景色旋转着，从窗外一闪而过。可是，总不能一连几个小时都盯着窗外吧。格伦戴斯先生睡得很沉，还打起了呼噜。埃米尔很想起来走动一下，但那样会吵醒格伦戴斯先生。于是，他靠在对面的角落里，观察起沉浸在睡梦中的格伦戴斯先生。

这个人为什么总是戴着帽子呢？他的脸长长的，瘦削而黝黑，留着八字胡，嘴巴周围布满了皱纹，耳朵又大又长。

哎呀！埃米尔一下子惊醒了。他居然差点睡着！现在可绝对不能这么做！要是有人进到车厢里就好了！可是火车停了几次，一直没有人上车。现在才 4 点，还有两个多小时才能到柏林。他捏了捏大腿。在上布雷姆瑟先生的历史课时，他经常用这招让自己保持清醒。

也不知道小马帽怎么样了。埃米尔完全想不起她的样子了。他只记得，小马帽上次跟着外婆和玛莎姨妈来诺伊施塔特时，说要和他一起打拳。埃米尔当然拒绝了，因为小马帽就像一张纸片，轻飘飘的，和他不是一个量级，如果他出一记上勾拳，恐怕都能把小马帽打进墙里去。这对小马帽太不公平了。后来在玛莎姨妈的劝解下，小马帽才放弃和埃米尔比拳。

哎呀！埃米尔差点从长椅上摔下来。又睡着了吗？他又捏了捏大腿，腿上肯定已经青一块紫一块了。但无济于事。于是他试着数纽扣。他从上到下数了一遍，一共二十三颗；他又从下到上数了一遍，这次是二十四颗！他靠着椅背，想不通这是怎么回事。

想着想着，埃米尔就睡着了。

第四章
一个许多东西在跑的梦

埃米尔感觉火车在转圈，就像坐在一个玩具火车里，被小孩子翻来覆去地摆弄。他看着窗外，越看越奇怪。圈子越绕越小，车头和车尾越来越近，怎么还不停下来！它像一只小狗，不停地追着自己的尾巴。在这个由火车组成的疯狂旋转的圈子里，有树木、玻璃磨坊和一栋两百层的大房子。

埃米尔想看看时间，于是在口袋里掏手表。他艰难地拉出了妈妈房间里的老爷钟！钟面上写着：每小时 185 公里，禁止随地吐痰，以免危及生命。他再次向窗外望去。车头离车尾更近了。他害怕极了。要是撞上去，整列火车都毁了。不能坐以待毙！埃米尔打开车厢门，沿着走廊跑起来。也许司机睡着了？他一边跑一边向外望去，猛然发现所有的车厢都没有人。真的，火车上空无一人！

突然，埃米尔看到了一个人。那人戴着一顶硬邦邦的巧克力帽，他从帽檐上掰下一大块巧克力吃掉了。埃米尔敲敲窗户，指了指车头。但那人只是笑了笑，又掰下一块巧克力，并摸着自己的肚子，大概是觉得巧克力的味道太好了。

终于，埃米尔来到了驾驶室所在的车厢。他使劲儿做了个引体向上，爬到了司机身边。司机坐在马车夫的座位上，挥舞着鞭子，握着缰绳，仿佛马匹被拴在火车上。事实也是如此！九匹马

拉着火车奔跑。它们的蹄子上穿着银色的轮滑鞋，还唱着歌："我必须，必须去那个小镇！"埃米尔摇了摇车夫，喊道："停车！会出事故的！"他这才看到，马车夫不是别人，正是耶施克警长！

警长盯着埃米尔大喊："都是哪些小孩把卡尔大公爵弄脏的？"

"是我！"埃米尔回答。

"还有谁？"

"我不能说！"

"那就继续转圈！"耶施克警长抽打着他的马。

几匹马斗志昂扬，以更快的速度飞向最后一节车厢。雅各布太太拼命挥动着鞋子。她吓坏了，因为马在咬她的脚趾了！

"我给你 20 马克，先生！"埃米尔喊道。

"别说笑了！"耶施克警长用鞭子疯狂地抽打着马。

埃米尔不能再等了。他跳下火车，在山坡上翻滚了二十个跟头，好在毫发无伤。火车停下了，九匹马转过脑袋望着埃米尔。

耶施克警长跳起来，用鞭子抽打着马，吼道："驾！快去追他！"九匹马跳离铁轨，冲向埃米尔。车厢像皮球一样弹跳着。

埃米尔拔腿就跑，穿过一片草地，跑过许多树林，越过一条小溪，奔向摩天大楼。火车在他身后轰鸣。树木被火车碾过，纷纷倒下，被压碎了。只有一棵大橡树幸免于难。胖胖的雅各布太太坐在最高的树枝上，在风中摇晃着，她光着脚，悲伤地哭泣着。

埃米尔飞快地穿过一扇黑色的门，跑进一栋两百层高的建筑里，又从另一个口跑出去。火车追着他来了。他好想找个角落睡上一觉，他太累了。可他不能睡！火车轰鸣着穿过了建筑。

这时，埃米尔看见了一架铁梯，沿着建筑向上伸展，一直到顶部。他赶紧爬上铁梯。幸好他是个身手敏捷的优秀体操运动员。

他一边爬一边数着楼层。到了第50层，他转身一看，树木变得很小很小，玻璃磨坊几乎看不到了。哎呀！太可怕了！火车朝着建筑飞驰而来。埃米尔越爬越高。火车驶上铁梯，嘎嘎作响，显然是把铁梯当成铁轨了。

第100层……第120层……第140层……第160层……第180层……第200层！埃米尔站在楼顶上，不知道该怎么办。马儿的嘶叫声越来越近了。他跑到楼顶的另一端，从西装口袋里拿出手帕展开。马已经跑到楼顶边缘。埃米尔高高举起手帕，从楼顶跳了出去。他听到了火车驶过烟囱的声音，然后暂时失去了知觉。接着，扑通一声，他摔到了一片草地上。他闭着眼睛，疲惫地躺着，感觉在做一个美丽的梦。但他不放心，于是睁眼看向那幢大楼。马撑着伞站在楼顶上，耶施克警长也有一把伞，是用来驱赶马的。九匹马后腿一曲，跳下了楼顶。

火车向着草地飞落下来，离埃米尔越来越近了。埃米尔再次跳起来，穿过草地，跑向玻璃磨坊。透明的玻璃磨坊里，妈妈正在给奥古斯丁太太洗头。谢天谢地！他从后门跑进了磨坊。“妈妈！”他大喊，“怎么办啊？”

“怎么了，我的孩子？”

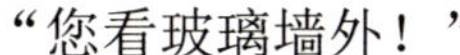

“您看玻璃墙外！”

蒂施拜因太太向外望去，只见马和火车落在草地上，正向磨坊冲来。“那是耶施克警长。”她惊讶地摇着头。

“他像疯子一样追了我一路！”

“为什么？”

“几天前，我在广场上的卡尔大公爵的脸颊上画了一个红鼻子和一撮小胡子。”

“哦，那你本来想把胡子画哪儿呢？”奥古斯丁太太问道。

“我本来没想画，奥古斯丁太太。耶施克警长想知道当时除了我，还有谁在场。我不能告诉他，毕竟这有关我的声誉。”

“埃米尔说得对。”妈妈说，“但我们现在该怎么办呢？”

“发动引擎，蒂施拜因太太。”奥古斯丁太太说。

于是，埃米尔的妈妈按下桌子上的一个把手。接着，四个磨刀开始转动，玻璃磨坊在阳光下折射出刺眼的光芒，令人无法直视。九匹马拉着火车跑来，它们看到磨坊，都害怕起来，高高地腾空前腿停了下来。隔着玻璃墙都能听到耶施克警长的咒骂声。

“没事了，继续给我洗头吧。”奥古斯丁太太说。

蒂施拜因太太接着工作。埃米尔吹着口哨，坐在一把玻璃椅子上，笑着说：“太好啦！早知道您在这里，我一开始就不会爬上那幢该死的建筑了。”

“希望你的衣服没有被撕破。”妈妈说道，然后又问，“钱都保管好了吗？”

埃米尔一个激灵，从玻璃椅子上摔了下来。

然后，他醒了。

第五章
埃米尔下错站

埃米尔醒来时，火车又开动了。他在睡梦中摔下座位，现在还躺在地上。他心有余悸，却想不通是怎么回事。他的心像蒸汽锤似的怦怦直跳，一时间忘了自己在哪里。终于，他想起来了。对，他要去柏林，结果睡着了，就像那位戴硬礼帽的先生一样。

埃米尔猛地坐起来，自言自语道："呀，他走了！"他颤抖着膝盖，慢慢站起来，顺手把衣服拍干净。现在进入下一个问题：钱还在吗？一想到这，他就害怕得要命。他靠着车厢门，一动不动地站了很久。那个叫格伦戴斯的男人原本靠在角落里吃东西、睡觉，还打起了呼噜，可现在，他不见了……当然，也许什么都没有发生。傻子才会总是把事情想得太坏。总不能因为自己要去柏林弗里德里希大街，就觉得别人也要去那里吧？钱肯定还在原处，原因是：第一，钱是放在口袋里的；第二，钱是装进信封里的；第三，钱是用别针固定在衣服的衬里上的。于是，他慢慢地把手伸进右边的内袋……

口袋是空的！钱不翼而飞了！

埃米尔用左手掏着口袋，用右手从外面摸着外套。但他绝望地发现——口袋是空的，钱不见了。

"哎呀！"埃米尔抽出手，顺带拿出了挂在内衬上的别针。只剩下这枚别针了，而且还刺破了他的手指。他用手帕包住手指，

忍不住哭起来，当然，不是因为那一点可笑的血。

他哭是因为钱，是因为他的妈妈。妈妈辛苦工作了几个月，才攒下 140 马克，并把他送到柏林。可他刚上火车就睡着了，在疯狂的梦境中被一个混蛋偷走了钱。现在该怎么办呢？总不能对外婆说：“我来了，但钱您是拿不到了，还是快点给我路费，让我回诺伊施塔特吧，不然我就只能走回去了。”

不行！他不能去柏林，也不能回诺伊施塔特。这一切都是那个给他巧克力、装睡的家伙造成的！

埃米尔忍住眼泪，四处张望。

如果他拉下紧急绳索，火车会立即停下来。列车员会来问他：“怎么了？”他会说：“我的钱被偷了。”他们会回答：“下次你最好小心点。请进去说吧！你叫什么名字？你住在哪里？”可是，拉一次紧急绳索要 100 马克。如果是在特快列车上，所有的车厢都是连通的，他可以穿过车厢，找到值班室。但是在这种慢车上，他不得不等到下一个车站才能报案。而那个戴着硬礼帽的男人恐怕早就逃之夭夭了！那家伙是在哪一站下的车？现在几点了？什么时候才能到柏林？车窗外掠过高大的楼房、五颜六色的花园别墅，接着是高耸的砖红色烟囱。说不定这就是柏林。到了下一站，他一定要把这件事告诉列车员，那样的话，列车员就会尽快向警方报案！

还有一件事！这样一来，埃米尔就得和警察打交道。耶施克警长肯定不会再保持沉默了，而是会严肃地说：“我不知道。我不喜欢来自诺伊施塔特的蒂施拜因……他之前用蜡笔在受人尊敬的大公爵的纪念铜像上乱涂乱画。现在他又说被人偷了 140 马克。也许他根本没有丢钱？弄脏纪念铜像的人不可信。我有经验。也许他把钱埋在了森林里，或用其他方式私吞了，想带去美国。别

追捕什么小偷了，蒂施拜因就是小偷。局长，快逮捕他吧。”

想想就好可怕！他不能寄希望于警察。他从行李网里取出手提箱，戴上帽子，把别针放回外套，准备下车。他还没想好该怎么办，但有一件事是肯定的：这个车厢，他一分钟都不想待了。

与此同时，火车放慢了速度。埃米尔看到外面有许多光溜溜的铁轨。火车经过站台。几个搬运工跟着车跑。火车停了！埃米尔向窗外望去，只见铁轨上方有一个牌子，上面写着：动物园站。车门打开了。

埃米尔把头探出窗外，寻找列车长。这时，在远处，在一堆人中间，他看到了一顶硬边的黑帽子。莫非他就是那个小偷？也许他偷了钱后，根本没有走，只是换到另一个车厢了？

一刻钟后，埃米尔站在站台上，他放下手提箱，又上了车，因为他把花忘在行李网里了。他拿了花，很快又下了车，提着箱子，飞速地朝出口跑去。硬礼帽呢？他绊了一下，继续跑。人群越来越密集，几乎密不透风。

那顶硬礼帽在哪里？天哪，另一边也有一个戴硬礼帽的人！

埃米尔没有力气了，他想把箱子放下，但又担心箱子也被偷。终于，他挤到了戴硬礼帽的人旁边。

可能就是这个人！是他吗？

不是。那就是另一边的人。不对，那人太矮了，不是他。

埃米尔在人群里钻来钻去。那里，没错！就是那个人。感谢上帝！那是格伦戴斯。他刚刚穿过检票口，步履匆匆。

“等着瞧吧，你这个混蛋！”埃米尔咆哮道，“我会抓住你的！”他交了票，用另一只手拎起箱子，把花束夹在右臂下，跟在格伦戴斯后面跑下了楼梯。

第六章
177路电车

埃米尔真想冲到那个人面前大喊："把钱还给我！"可那个人肯定不会乖乖把钱给他，向他道歉说："见到你很高兴，孩子。钱给你。我再也不会这么做了。"事情不会这么简单。眼下最重要的事是跟紧这个人。

埃米尔躲在一位身材高大的女士后面，时不时探出脑袋，左右张望，看看那个人是否还在。这时，那个人已经走到车站口，他停下来，看了看身后挤来挤去的人群，好像在找什么人。

埃米尔紧贴着那位高个子女士，离小偷越来越近了。现在该怎么办？他很快就得从小偷身边经过，秘密就会暴露。这位女士会帮助自己吗？她肯定不会相信自己的。小偷会说："不好意思，太太，您怎么会这么想呢？我有必要偷一个小孩子的钱吗？"大家会看着男孩喊道："这个男孩就是骗子！他诽谤一个无辜的人！现在的小伙子脸皮可太厚了！"埃米尔紧张得不知所措。幸运的是，小偷转过头，走到了车站外面。男孩飞快地跑到门后，放下手提箱，透过栅栏往外看。真倒霉，手臂真疼啊！

小偷慢慢地穿过街道，又回头看了一眼，然后冷静地继续走着。一辆 177 路电车停在他面前。那人想了想，上了车，在靠窗的座位坐下。埃米尔重新拿起行李，穿过大厅，从另一扇门走出

去，跑到了街上。在电车启动的刹那，他把手提箱扔了上去，自己也跟着上了车。他把手提箱推到角落里，站在旁边喘气。

还好赶上了！现在该怎么办呢？如果小偷在中途跳车逃跑，钱就永远找不回来了。埃米尔又没办法带着手提箱跳车，那样太危险了。看看那些车就知道了！汽车飞驰而过，到处都是喇叭声、机械声；拐角处的红色指示灯时而向左时而向右；人行道上也全都是人。好不热闹！有轨电车、马车，还有双层公共汽车，车水马龙。每个角落都有卖报纸的人，奇妙的橱窗里陈列着鲜花、水果、书籍、金表、衣服和丝绸内衣。路边是高耸的大楼。

这就是柏林。

埃米尔真想好好看看啊，可他不能这么做。坐在前面的那个人偷了他的钱，随时都会下车，那样的话，一切就都完蛋了，毕竟要在这么多汽车和行人中找一个人，简直比登天还难。

埃米尔把脑袋探出车窗。如果那家伙已经下车了该怎么办呢？难道自己一个人继续坐在车里，却不知道要去哪里？而外婆呢，她还在弗里德里希大街站的花摊前等着，不知道她的外孙此时正乘着 177 路电车横穿柏林。她等不到自己，该多伤心啊。

太好了！电车到站了。

埃米尔目不转睛地盯着车门。但没有人下车，反而上来许多乘客。一位先生恼怒地斥责道:“没看到这么多人上车吗？”因为埃米尔把脑袋伸出去，挡住了过道。售票员拉了一根绳子。铃声响起，电车继续行驶。

埃米尔继续站在角落里，被人推搡着，有人还踩到了他的脚。埃米尔害怕地想:“我没有钱！如果售票员走过来，我就得买票，否则就会被赶下去。那我可就真的不知道该怎么办了。”他看着

旁边的乘客。要不他牵住其中一个人的衣服，问一问他："请问能借我点钱买车票吗？"但是这个办法行不通。有一个人在看报纸，还有两个人在讨论一起抢劫案。

"要确定柜子里到底有什么，这件事可不简单。"一个人说，"因为保险箱的用户没有义务向银行提供相关信息。"

"有人会说自己在里面放了价值 10 万马克的钻石，实际上不过是一堆一文不值的纸币。"另一个人说。

说完，两人都笑起来。

埃米尔却十分伤心，心想："这不正是我的处境吗？如果我说格伦戴斯先生偷了我的 140 马克，恐怕没人会相信的。他们会觉得我是一个无耻的孩子，还会说：'实际上，你只被偷了 35 马克。这孩子的人品真是太差劲了！'"

售票员走了过来，他站在门边，大声喊道："谁还没买票？"他撕下一张纸，用钳子在上面打了一排孔。

车上的人都把钱递过去，也都拿到了车票。

"你呢？"售票员问埃米尔。

"我把钱弄丢了，售票员先生。"埃米尔这样回答，因为如果他说钱被偷了，肯定不会有人相信的。

"弄丢了？我知道了。你要去哪里？"

"这……我还不知道。"埃米尔结结巴巴地说。

"那好吧，你在下一站下车，先想想你要去哪里。"

"不行，不行。我得留在这里，售票员先生。求求你了。"

"叫你下去，你就得下去。明白吗？"

"给这个孩子一张票。"看报纸的先生说着付了钱。

于是，售票员给了埃米尔一张票，并对那位先生说："您不知

道，现在有多少男孩乘车不带钱，他们会让你相信钱弄丢了，过后又嘲笑我们上当。”

“这个孩子不会嘲笑我们。”那位先生回答。

等售票员走了，埃米尔说：“非常感谢您，先生！”

“不客气，没什么好感谢的。”那位先生又看起了报纸。

电车又停了。埃米尔探出身子，想看看那个戴硬礼帽的人是否下车。但那个人还是没有下车。“我可以问一下您的地址吗？”他问那位看报纸的先生。

“为什么？”

“等我一拿到钱就还给你。我可能会在柏林待一个星期，我可以去找您。我叫蒂施拜因。”

“不用了。”先生说，“车票是送给你的。要不要再给你点钱？”

“不用了。”埃米尔坚定地说，“我可不是这样的男孩！”

“好吧。”那位先生说完，又看起了报纸。

电车开动了。电车停下了。电车继续前行。

埃米尔看到了那条美丽宽阔的街道的名字——恺撒大道。他乘着电车，却不知道要去哪里。电车里有个小偷。也许还有其他小偷。没人关心他，只有一个陌生人给了他一张票，然后一直在看报纸。

这座城市太大了，而埃米尔太小了。没有人关心他为什么没钱，为什么不知道在哪里下车。几百万人住在柏林，但没有一个人对埃米尔·蒂施拜因感兴趣。每个人都有自己的烦恼和快乐。当有人说“真的很抱歉”时，意思通常是：“伙计，别烦我！”

事情会变成什么样呢？埃米尔艰难地咽了口唾沫。他感到深深的孤独。

第七章
舒曼街家里的混乱

埃米尔乘坐着177路电车，沿着恺撒大道前进，不知道在哪一站下车。与此同时，他的外婆和表姐小马帽却在弗里德里希大街站翘首以盼。她们按照约定，站在花摊前，不时看看时钟。行人来来往往，拿着手提箱、盒子、皮包或花束，可是没有埃米尔。

“他可能已经长得很高了，是吧？”小马帽推着她的小自行车来回走动。她太喜欢这辆自行车了，一直恳求外婆让她骑着这辆自行车来接埃米尔。最后，外婆妥协了。此刻，小马帽心情舒畅，她期待埃米尔看到这辆自行车时朝她投来羡慕的目光。“他一定会觉得这辆自行车很棒！”她非常肯定地想。

外婆有些焦躁不安。“这是怎么回事？已经6点20分了。火车应该到了。”她们又等了几分钟，然后外婆叫小马帽去打听情况。

小马帽骑着她的自行车离开了。“请问从诺伊施塔特来的火车到了吗？”她问铁路检票员。

检票员正站在路障旁，拿着一把检票钳，确保每个进站的人都带了票。“诺伊施塔特？”他想了想，“哦，对，下午6点17分到站！既然如此，火车肯定进站了。”

“啊，这真是太奇怪了。我们一直在那边的花摊旁等我表弟

埃米尔。”小马帽快速回到花摊，“火车已经到了，外婆。”

“那是怎么回事呢？”老太太想，“如果埃米尔根本没来，他妈妈肯定会打电话告诉我。他是不是下错站了？可我们已经在信上写清楚了啊！”

“他肯定是下错站了。”小马帽郑重其事地说，“有时，男孩就是很愚蠢。我敢打赌！肯定是我说的这样。”

眼下，她们什么都做不了，于是又等了五分钟，接着又是五分钟。

“没用的。”小马帽说，“我们可以在这里站到天黑。还有其他花摊吗？”

“你可以找找看，但别离开太久。”

小马帽骑上自行车，观察了一下火车站周围。没有第二个花摊。然后，她迅速向两个铁路工作者询问了几个问题，得意洋洋地回来了。“没有其他花摊了。真的很奇怪。我还想说什么？对了，下一趟从诺伊施塔特出发的火车将于晚上 8 点 33 分到达这里。现在刚过 6 点半，我们可以先回家。等到了 8 点，我再骑自行车来接他。如果他还不来，那我就写封信去骂他。”

“注意言辞，小马帽！”

“他将会收到一封令人头疼的信——这么说可以吧。”

外婆看起来十分担忧。她摇了摇头，喃喃道：“我不喜欢这样。我不喜欢这样。”每当她情绪激动时，总是会把话说上两遍。

她们慢慢走回家。路过魏登达姆桥时，小马帽问道：“外婆，要不您坐我的车上？”

“闭上你的嘴！”

“为什么？您总不会比我的朋友阿图尔重吧？他经常坐在我

的车后座。”

“如果你下次再载人，我就让你爸爸收走你的自行车，永远都不许你再骑。”

“您可别告诉他。”小马帽嘀咕道。

她们回到家，也就是舒曼街十五号，小马帽的爸爸妈妈海姆博尔德夫妇也急得团团转。大家都想知道埃米尔在哪里，但谁都不知道。

小马帽建议派人去告诉埃米尔的妈妈。

“上帝啊！”小马帽的妈妈反对道，“她会被吓死的。我们8点左右再去火车站看看，也许他会乘坐下一趟火车。”

“但愿如此。”外婆低声道，“但我控制不住自己，我不喜欢这样，我不喜欢这样！”

“我也不喜欢这样。”小马帽忐忑不安地摇晃着她的小脑袋。

第八章
带喇叭的男孩

戴硬礼帽的男人在特劳特瑙大街下了车。埃米尔赶紧拎起手提箱，抱上花束，对埋头读报的先生说道：“再次感谢您的帮助，先生！”随后，他迅速下了车。

小偷绕过前方的车辆，走到了街道的另一侧。他犹豫了一会儿，走上台阶，来到了咖啡馆的露台。

埃米尔就像是一位抓跳蚤的侦探。街角处有一个报亭，他快速确定了方向，以迅雷之势蹿到报亭后面，躲在报亭和柱子之间。这真是一个绝佳的藏身之所！他放下行李，摘下帽子，观察着那个小偷。

那人坐在露台上，靠着栏杆，抽着烟，一副自得其乐的样子。小偷这么快乐，被偷的人却愁眉不展，这可真叫人恼火！埃米尔不知道该怎么办了。为什么是他躲在报亭后？好像自己才是那个小偷！那个坐在咖啡馆里喝着淡啤酒、抽着烟的家伙在想什么呢？如果那家伙现在站起来，他们就能继续较量了。但如果那家伙一直这样坐着，埃米尔就只能继续躲在报亭后，直到胡子花白。如果这时候走过来一个警察，说“老兄，你的样子实在太可疑了，乖乖跟我到警局走一趟吧！”，那无疑是雪上加霜！

突然，埃米尔身后传来喇叭声。他被吓了一跳，闪到了一边，只见一个男孩冲着他笑。

“嘿，别害怕。”男孩说道。

“刚刚是谁在我背后按喇叭？”埃米尔问道。

“当然是我啦！你不是柏林人吧？这里的孩子都知道我有一个喇叭，这是我的特色。”

“我来自诺伊施塔特，刚出火车站。”

“哟，从诺伊施塔特来的？难怪你穿着这么傻里傻气的西装。”

“收回你的话！不然我就打得你爬不起来！”

“嘿，老兄，你生气啦？”那个男孩笑嘻嘻地说，“这天气可不适合打架，不过要是你想打，那就来试试吧！”

“还是晚点再说吧，”埃米尔说，“我现在可没工夫。”他朝咖啡馆那边望去，确认格伦戴斯还坐在那儿。

“我还以为你有的是时间呢！拎着箱子、抱着花束，躲在报亭后跟自己玩捉迷藏。”

“不是的，”埃米尔说，“我在监视一个小偷。”

“什么？小偷？”那个男孩说，“他偷了谁的东西？”

“我的！”埃米尔说道，“他在火车上，趁着我睡着，偷了140马克呢！我本来要把这笔钱带给外婆的。那人在动物园站下了车。我当然得紧紧地跟着他。后来，他上了电车，现在就坐在那边的咖啡馆里，戴着他那顶硬邦邦的帽子，心情愉悦得很。”

“嘿，老兄，这可太棒了！”那个男孩喊道，“简直像是电影里的情节！那你现在打算怎么办呢？”

“不知道，只能一直跟着呗。”

“报警呀！警察会把那家伙抓起来的。”

“我不想这样做。我在诺伊施塔特惹了点事，说不定警察现在正盯着我呢！而且，要是我……”

“明白，老兄！”

“而且我外婆正在弗里德里希大街站等我呢。”

带喇叭的男孩想了一会儿，说：“嗯，抓小偷这事太酷了。超棒！我以名誉担保！老兄，要是你不介意的话，我来帮你。”

“那可太感激你了！”

“别说傻话了，我叫古斯塔夫。”

“我叫埃米尔。”

他们握了握手，很快就成了朋友。

“那现在就出发吧，”古斯塔夫说，“要是我们光在这儿傻站着，那坏蛋可就要溜掉了。你还有钱吗？”

“一个子儿都没了。”

古斯塔夫轻轻按了按喇叭，想激发一下灵感。但没什么用。

“要不然，你去叫几个朋友来？”埃米尔问道。

“老兄，这主意太棒了！”古斯塔夫兴奋地喊道，“我这就去！我只要按着喇叭穿过院子，马上就能聚集一大帮人。”

“就这么办！”埃米尔建议道，“但你得快点回来啊。要是那边的家伙跑了，我肯定得去追他呀，等你回来就找不到我了。”

“明白，老兄！我会尽快回来！放心吧。那个坏蛋正在咖啡馆里吃玻璃瓶装的鸡蛋什么的，应该还会待上一阵子。那么，一会儿见吧，埃米尔！我已经期待得不行了！这绝对是件超酷的事情！”说完，他飞奔而去。

埃米尔如释重负。太好了！倒霉归倒霉，但能有几个小伙伴帮忙，也算是安慰。他紧紧盯着那个小偷，只担心一件事：那个坏蛋会从座位上站起来跑掉。那样的话，古斯塔夫就白忙活了。不过，小偷先生还挺给面子，一直坐在那儿。要是他察觉到阴谋就像

口袋一样一点点收拢，他大概恨不得爬上一架飞机逃之夭夭……

十分钟后，埃米尔又听到了喇叭声。他转过身，看见男孩们沿着大街列队走来，最前面的是古斯塔夫。

“停下！嘿，你觉得怎么样？”古斯塔夫满脸笑容地问道。

“我太感动了。”埃米尔高兴地用手肘撞了一下古斯塔夫。

“各位！这位是来自诺伊施塔特的埃米尔。另一件事我已经跟你们讲过了。坐在那边的家伙，就是靠右边角落、头上戴着黑色圆顶硬礼帽的那个人，偷了他的钱。绝不能让那家伙跑了，明白吗？”

“古斯塔夫，我们准能抓住他！”一个戴眼镜的男孩说。

“这位是特奥多尔·哈伯兰特。”古斯塔夫向埃米尔介绍道，“也叫教授。”

于是，埃米尔和戴眼镜的孩子握了手。接着，古斯塔夫把孩子们一个接一个地介绍给埃米尔。

“嘿，现在怎么说？”古斯塔夫满脸笑容地问道。

“我们得加把劲儿了。”教授说，“首先得有钱！”

大家都把身上的钱拿了出来。硬币纷纷落进埃米尔的帽子里，甚至还有一枚1马克的硬币。这枚硬币来自一个瘦小的男孩，他叫“星期二”。大家让他去数钱，他高兴得蹦起来。

“一共是5马克70芬尼。”星期二向紧张等待着的听众们报告道，“最好是把钱分给三个人，万一我们分开行动也没关系。”

“很好。”教授说。他和埃米尔各分到了2马克，古斯塔夫分到了1马克70芬尼。

“太感谢你们了！”埃米尔说，“等抓住那个小偷，我就把钱还给你们。我们现在该做什么呢？我想先把我的箱子和花寄存在某个地方。一旦跑起来，这些东西太碍事了。”

“老兄，把东西给我吧。”古斯塔夫说，“我把它们拿到咖啡馆的餐台寄存，顺便好好看看那个小偷。”

“那你得小心点，”教授提醒道，“可别让那个坏蛋察觉到自己被跟踪了，那样我们的行动就会变得更困难。”

“你当我傻呀？”古斯塔夫嘟囔着出发了。等他回来，他对大家说：“那个人长着一张很上镜的脸呢。埃米尔，你的行李已经寄存好了，等我们方便的时候去取就行。”

“我们得开个作战会议，但不能在这儿开。”埃米尔提议道，“这儿太引人注目了。”

“去尼科尔斯堡广场吧，”教授建议道，“留两个人在这儿守着。再安排五六个人当通信员，一旦情况有变，马上传递消息。”

“让我来安排吧，老兄！”古斯塔夫开始安排情报传递的事，“我和前哨一起留在这儿，”他对埃米尔说，“放心，我们不会让他跑掉的。你们动作快点。现在已经7点多了。赶紧出发吧！”

第九章
侦探集合

大家坐在草坪边的两张白色长椅上，挨着低矮的铁栅栏，每个人的表情都很严肃。那个被称作教授的男孩显然一直在盼着这一天。他就像他那当法官的父亲一样，伸手扶了扶眼镜，然后开始阐述他的计划。“考虑到实际情况，我们可能会分开行动。”他说道，“所以，我们需要一部电话总机。谁家里有电话？”

有十二个男孩举了手。

“这些有电话的人里面，谁的父母最通情达理？”

“大概是我吧！”小个子星期二喊道。

“你的电话号码是多少？”

“巴伐利亚 0579。”

“这儿有纸笔。克伦比格尔，你准备二十张纸条，每张纸条都写上星期二家的电话号码。要写清楚点！每个人都拿一张纸条，这样通过电话总机，就能知道侦探们在哪里以及发生了什么事。谁想了解情况，只需给小星期二打个电话就行。”

“可我不在家呀！”小星期二说。

“不，你在家。”教授回答道，“我们这边商量完，你就回家守着电话。”

“啊！可我更想在现场看着罪犯被抓住。抓这种坏蛋的时候，

小个子往往能派上大用场呢！”

“你回家去守着电话。这可是个责任重大的岗位。”

“既然你们这么想的话，那好吧。”

克伦比格尔分发了电话纸条。每个男孩都小心翼翼地把纸条放进口袋里，甚至有几个格外认真的孩子马上就把号码背下来了。

“我们还得设立一个机动小队。”埃米尔说道。

“那是当然。没有分到任务的人就留在广场上。大家轮流回家一趟，告诉大人你们今天可能会很晚回家，或者干脆说在朋友家过夜。这样我们就有替补人员了。要是追捕行动持续到明天，也有增援力量。对了，特劳戈特和迪恩斯塔格和我们一起去，你们当联络员，如果我们需要人手，就来广场这儿报信。这样我们就有了侦探、机动队、电话总机接线员和联络员，这些都很重要。”

“我们还需要吃的东西。”埃米尔提醒道，“谁能回家拿些三明治之类的食物？”

“谁住得最近？”教授问道，“快！米滕茨韦、格罗尔德、弗里德里希、布鲁诺、策勒特，去拿些吃的来！”

五个男孩拔腿就跑。

“你们这群笨蛋，就知道讨论吃的、电话和在外过夜的事，却不讨论怎么抓住那家伙！一群傻子！”特劳戈特抱怨道。

“你们有录指纹的工具吗？要是他足够狡猾，说不定还戴了橡胶手套呢，那样就没法证明钱是他偷的了。”佩措尔德不愧是看过二十二部犯罪电影的人。

“你傻了吧！”特劳戈特有些生气地说，“我们只要瞅准机会，把他偷的钱再偷回来就行了！”

“那不行！”教授说，“要是我们也去偷钱，那就和他一样，

彻底变成小偷了！”

“那可不一样！”特劳戈特喊道，“我是把本就属于我的东西拿回来，这可不是偷东西！”

“我们还不知道怎么对付那个坏蛋呢，但不管怎样，有一点是确定的，那就是必须让他自愿把钱交出来。偷是不可取的。”教授说。

“我不明白。”星期二说，“本来就是我的东西，怎么能算偷呢？既然是我的东西，就算在别人口袋里，那也还是我的呀！”

教授说教起来：“从道德层面来讲，你或许是有道理的；但在法庭上，你还是会被判有罪。很多大人都想不通这一点。”

“你们可得机灵点！你们会潜行吗？”佩措尔德问道，“要不然，他一转身就会看见你们，那就全完了。”

“对，得偷偷行动，”星期二说道，“所以我才觉得自己也许能派上用场，我是潜行的好手。要是让我当警犬，我肯定非常厉害，我还会学狗叫呢。”

“在柏林这样的地方，怎么潜行才不会被发现呢？”埃米尔激动地问道。

“得有把手枪！”佩措尔德建议道。他总是不停地提建议。

“那个小偷肯定有枪。”特劳戈特肯定地说，如果有人不相信，他可以信心十足地和对方打赌。

“确实有风险，”埃米尔说，“谁要是害怕，最好去睡觉。”

“你说我是胆小鬼吗？”特劳戈特问道，像个拳击手似的走到中间。

“安静！”教授喊道，“明天再吵！都成什么样子了？一个个简直就像……就像小孩子一样！”

“我们本来就是小孩子呀。”星期二说。这话把所有人逗笑了。

“其实我应该给我外婆写个字条。她还不知道我在哪儿呢！她说不定已经跑去报警了。我们去追那家伙之前，有人能帮我带封信吗？她住在舒曼大街十五号。”

“我去。”一个叫布莱尔的男孩自告奋勇，“你快点写！我得坐地铁去。谁给我点车钱呀？”教授给了他 20 芬尼，够一趟往返。

埃米尔借了纸笔，写道：

亲爱的外婆：

您一定很担心我在哪儿。我已经到柏林了。但很遗憾，我还不能去您那儿，因为我得先办一件重要的事。您别问是什么事，也别担心，等一切办妥了，我就过去找您。捎信的男孩是我的朋友，他知道我在哪儿，但他也不能告诉您。这是秘密。代我向姨妈、姨父和小马帽问好。

妈妈也让我代她向大家问好。我还带了花呢，等我办完事就给您送过去。

您的外孙埃米尔

埃米尔又在背面写上地址，把信纸对折，对布莱尔说：“你可千万别跟我的家人说我在哪儿，也别说钱丢了的事。”

“放心吧，埃米尔！把信给我吧！”布莱尔说完就跑了。

与此同时，五个男孩回来了。他们带来了几个三明治，格罗尔德还拿了一整根粗香肠，他说是他妈妈给他的。他们也都和家人说明了会晚些回家的情况。埃米尔给每人分发了一个三明治作为储备粮，那根香肠则交给埃米尔保管。

接着又有五个男孩跑回家，和父母沟通晚回家的事。其中两个没回来，可能是父母没有同意。

教授定了一个暗号，这样一来，如果有人来或打电话来，大家就能知道是不是自己人。暗号是“埃米尔”。嗯，很好记。

星期二和闷闷不乐的联络员特劳戈特祝侦查员们好运，然后出发了。教授在他们身后大喊，让星期二到家后给自己爸爸打个电话。“就说我有急事要办。他不会反对的。而且他也能放心。”

“天哪，”埃米尔说，“柏林的父母可真好啊！”

“也不是所有的父母都这么好说话。”克伦比格尔挠了挠耳朵。

“大多数还是很不错的。”教授反驳道，“其实这是最明智的。这样，我们就不用说谎了。我答应过我爸爸，不做任何不体面或者危险的事。只要我遵守这个承诺，就可以做我想做的任何事。我老爸可是个了不起的人。”

“真是太棒了！”埃米尔重复道，“真是太棒了！不过，今天的事说不定会有危险呢。”

“嗯，确实。”教授耸了耸肩，“不过他说过，我可以设想一下，如果他在旁边，我会不会还这样做。我想了想，如果我爸爸在身边，我还是会选择帮助你。好了，我们出发吧！”他站在男孩们前面喊道，“希望大家各司其职。我留 1 马克 50 芬尼给你们。来，格罗尔德，数一数！还有要回家和父母说明情况的，现在赶紧去！但至少得留五个人在这儿。格罗尔德，你负责清点人员。是时候证明你们是真正的男子汉了！如果需要增援，星期二会派特劳戈特去找你们。都清楚了吗？暗号：埃米尔！”

“暗号：埃米尔！”男孩们大声喊道，震得尼科尔斯堡广场都晃了晃，引得路人纷纷朝这边投来目光。

第十章 追踪

“出发！”教授见状，一声令下，和埃米尔、米滕茨韦兄弟以及克伦比格尔一起，朝着恺撒大街飞奔而去，仿佛要打破百米世界纪录似的。离报亭还有最后十米的时候，古斯塔夫示意大家停下，于是，他们放慢了脚步，小心翼翼地靠近。

“来得及吗？”埃米尔气喘吁吁地问道。

“说什么傻话，老兄！”古斯塔夫低声说，“我做事向来都是有把握的。”

那个小偷站在街对面的乔斯蒂咖啡馆前，东张西望，就像身处瑞士的街头一样悠闲自在。然后，他买了一份晚报，津津有味地读了起来。

“要是他现在朝这边来，一定会发现我们，那可就糟了。”克伦比格尔说。

大家躲在报亭后面，从墙边探出脑袋，紧张得直发抖。但那个小偷压根儿就没注意到他们，依旧极其有耐心地翻看着报纸。

“他肯定正偷偷地从报纸边缘往外看，观察有没有人监视他。”米滕茨韦哥哥猜测道。

“注意！”埃米尔喊道。

戴硬礼帽的男人折好报纸，打量着过往的行人，然后朝一辆

待客的出租车挥了挥手。车停下来，男人上了车。

男孩们坐上另一辆车，古斯塔夫对司机说："看到那辆刚拐向普拉格广场的车了吗？没错，跟在它后面，别被发现了。"

车启动了，穿过恺撒大街，与前面那辆车保持着一定的距离。

"这是怎么回事呀？"司机问道。

"哎，老兄，有人干了坏事，我们可不能放过他。"古斯塔夫解释说，"不过这事可别往外说，明白吗？"

"谨遵先生们的要求。"司机说，"你们带钱了吗？"

"你把我们当成什么人了？"教授责备地问道。

"好的，好的。"司机道。

"他的车牌号是 IA3733。"埃米尔说道。

"这很重要。"教授把这个车牌号记了下来。

"别跟那家伙靠得太近！"克伦比格尔警告道。

"知道了。"司机小声嘟囔。

就这样，他们沿着莫茨大街走着，经过维多利亚-路易丝广场后，继续沿着莫茨大街行驶。一些行人停下来，看着这辆车和这群奇怪的孩子，忍不住笑起来。

"快趴下！"古斯塔夫低声说。

男孩们立刻扑倒，横七竖八地躺在一起，就像一堆蔬菜似的。

"怎么了？"教授问道。

"前面是红灯，我们得停车，前面那辆车也会停下来。"

果然，两辆车都停下来了，排队等绿灯再次亮起，道路重新变得畅通。司机一回头，见男孩们躺在地板上，忍俊不禁。随着车继续前行，孩子们又小心翼翼地爬了起来。

"但愿车程别太长。"教授看了看计价器，"已经花了 80 芬

尼了。”

所幸很快就到了目的地。前面的车在诺伦多夫广场的克雷德酒店前停了下来。后面的车也及时刹车，在安全区域外等着，看看接下来会发生什么事。

那个戴着硬礼帽的男人下了车，付了钱，走进了酒店。

“古斯塔夫，跟上！”教授紧张地喊道，“要是这酒店有两个出口，那他就跑了。”

古斯塔夫瞬间就跑得无影无踪了。其他男孩也下了车。埃米尔付了车钱——总共花了 1 马克。

教授带着大家迅速穿过一扇门，经过一个电影院，电影院后面有一个大院子。他派克伦比格尔前去截住古斯塔夫。

“要是那家伙就在酒店里，我们可就走运了。”埃米尔判断道，“这个院子可是个绝佳的据点。”

“具备现代化的一切便利。”教授附和道，“对面就是地铁站，不仅有藏身之地，还能打电话。”

“希望古斯塔夫能机灵点。”埃米尔说。

“放心吧，他靠得住。”米滕茨韦哥哥说。

“要是他能快点回来就好了。”教授坐在一把空椅子上，看起来就像莱比锡战役中的拿破仑。

过了一会儿，古斯塔夫回来了。“差点就抓住他了。”他搓了搓手，“他确实进了酒店。我看到电梯服务员把他送上楼了。我已经把这地方所有的角落都检查了一遍，酒店没有第二个出口。除非他从屋顶跑掉，否则插翅难逃。”

“克伦比格尔在站岗吗？”教授问道。

“当然，老兄！”

米滕茨韦哥哥拿了一枚 10 芬尼的硬币，跑到一家咖啡馆，给星期二打了个电话，让星期二详细地记录所有情况。

“喂，是星期二吗？”

“是的，我在听呢。”电话那头的星期二大声说道。

“暗号：埃米尔！我是米滕茨韦哥哥。那个戴硬礼帽的男人住在诺伦多夫广场的克雷德酒店。我们的据点是电影院的院子。”

星期二记录完，重复了一遍，然后问道：“你们需要增援吗，米滕茨韦哥哥？”

“不需要！”

“到现在为止还顺利吗？”

“嗯，还算顺利。那家伙叫了一辆车，我们也叫了一辆，一直跟着他来到这里。他开了一个房间，现在就在楼上。他可能正在查看床底下有没有人玩纸牌呢。”

“房间号是多少？”

“还不知道呢，不过我们会弄清楚的。”

“哎，真希望能和你们一起啊！开学后第一篇自由命题作文，我就可以写这件事了。”

“有其他人打过电话吗？”

“没有，一个都没有。真讨厌。”

“那再见啦，星期二。”

“祝你们成功。我还想说……暗号：埃米尔！”

“暗号：埃米尔！”米滕茨韦哥哥回答道，然后回到了院子里，坚守在自己的岗位上。

已经晚上 8 点了。教授去查看岗哨情况。

“我们今天肯定抓不到他了。”古斯塔夫懊恼地说。

“不过他要是马上去睡觉，倒也是好事。”埃米尔说，“要是他坐着车到处逛，去吃饭、去跳舞、去剧院，或者把这些事都干一遍，那我们就只能借钱跟踪了。”

教授回来了，他立即派米滕茨韦兄弟作为联络员去看守诺伦多夫广场，然后说道：“我们得想想办法，怎样才能更好地监视那家伙。大家都好好动动脑筋。”

他们坐在那儿，绞尽脑汁地思考着。这时，院子里传来一阵自行车铃声，一辆小自行车骑了进来。车上坐着一个小女孩，车后座上站着布莱尔同学。两人齐声喊道：“万岁！”

埃米尔跳起来，扶着两人从车上下来，兴奋地和小女孩握手，然后对其他人说：“这是我的表姐小马帽。”

教授礼貌地把自己的座位让给小马帽。

小马帽坐下来，说道：“哎呀，埃米尔，你这个小捣蛋鬼。刚到柏林就开始演电影啦！我们正要再去一趟弗里德里希大街站，等下一班从诺伊施塔特来的火车，你朋友布莱尔就带着信来了。

顺便说一句，他这人很不错。祝贺你！”

布莱尔脸都红了，挺了挺胸。

“嗯……”小马帽接着说，“爸爸妈妈和外婆都在家里，急得像热锅上的蚂蚁。我们什么都没说。我得马上回家，不然他们肯定会跟着我们过来了。一天内丢了两个孩子，他们肯定受不了。”

“这是回来的 10 芬尼车钱。”布莱尔骄傲地说，“是我们省下来的。”

教授把钱收起来。

“他们生气了吗？”埃米尔问道。

“一点都没有。”小马帽说，“外婆在房间里踱来踱去，不停地说：‘我的外孙埃米尔去总统府溜达啦！’好在爸爸妈妈很快冷静下来了。希望你们明天能抓住那家伙。教授是哪个呀？”

“在这儿呢。”埃米尔说，“这就是教授。”

“很高兴认识您，教授先生。”小马帽说，“我终于认识一个真正的侦探了。”

教授尴尬地笑了笑，结结巴巴地说了几句叫人听不懂的话。

“好了，这是我的零花钱，25 芬尼。”小马帽说，“你们拿去用吧。”

埃米尔接过钱。

小马帽坐在椅子上，就像一位美丽的王后。“我要走啦。明天早上我还会再来的。你们在哪儿睡觉？天哪，我真想留在这儿给你们煮咖啡。可我能怎么办呢？好女孩就得乖乖回家。好啦！再见，先生们！晚安，埃米尔！”她拍了拍埃米尔的肩膀，跳上自行车，欢快地按了按铃，骑车离开了。

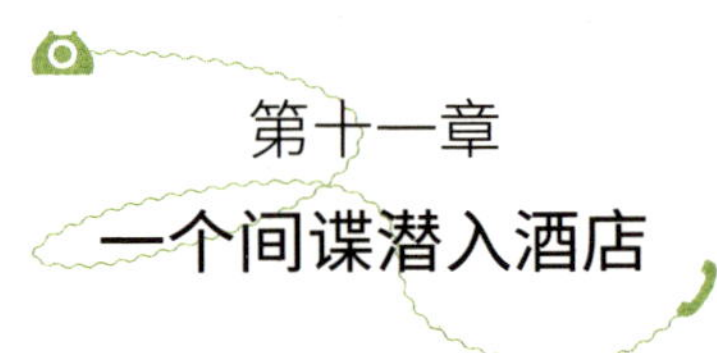

第十一章
一个间谍潜入酒店

时间过得真慢啊！

埃米尔去查看三名前哨的情况，他本想换下其中一人，但克伦比格尔和米滕茨韦兄弟都说他们要继续坚守岗位。于是，埃米尔小心翼翼地靠近克雷德酒店，打探情况，然后激动地回到院子里。“我能感觉到，或许会发生点什么。”他说，“我们总不能一整晚都不去看看酒店的情况吧！虽然克伦比格尔在大街的拐角处守着，但只要他一转头，格伦戴斯就可能跑掉。”

“你说得轻巧，老兄。”古斯塔夫反驳道，“我们总不能直接跑去酒店说：‘听着，我们要坐在楼梯上。’而且，你自己更不能去，要是被那个坏蛋认出来，那我们之前的努力可就白费了。”

“我不是这个意思。”埃米尔回答道，“而是……”

“而是什么？”教授问道。

“酒店里有个负责开电梯的服务员。我们可以派人去找他，把事情的来龙去脉说清楚……嗯，他对酒店了如指掌，肯定能给我们出个好主意。”

“好。”教授说，“非常好，简直太好了！”他有个奇怪的习惯——总是喜欢给别人打分，难怪被称为“教授”。

“这个埃米尔！再想出几个这样的好点子，我们就封你为名

誉博士。你太聪明了，就像个柏林人！”古斯塔夫说道。

“别以为只有你们柏林人才聪明！”埃米尔的反应有点过激，他觉得自己所代表的诺伊施塔特人被轻视了，“我们迟早还得打一架！”

“为什么？”教授问道。

“他把我的西装说得一文不值。”

“拳击比赛明天举行。”教授决定道，“要么就算了。”

“你的西装也没那么奇怪，我已经习惯了，老兄。”古斯塔夫笑眯眯地解释道，“不过我们还是可以打一架的。我得提醒你，我可是我们一伙人中最厉害的。你可得小心点！”

“我在学校里几乎拿了所有重量级比赛的冠军。”埃米尔宣称。

“天哪，你们这些肌肉小子！”教授说，“其实我本来想自己去酒店。但我不能让你们俩单独相处，哪怕一分钟都不行。我怕自己刚离开，你们马上就会打起来。”

“那我去吧！”古斯塔夫提议道。

“行！”教授说，“你去吧！和那个电梯服务员谈谈。小心点！也许能想到什么好主意，搞清楚那个家伙住在哪个房间。一个小时后回来汇报情况。”

古斯塔夫走了。教授和埃米尔走到院门口，随意地聊着学校里的事。然后，他们看着路过的车辆，教授给埃米尔介绍了国内外各种汽车的品牌。他们还吃了三明治。天已经黑了。到处都是闪烁的霓虹灯广告。高架铁路上，火车轰隆隆地驶过。地铁驶过时也传来轰鸣。有轨电车、公共汽车、小汽车和自行车共同奏响了一首奇妙的交响曲。咖啡馆里正在播放舞曲。电影院开始放映最后一场电影，人们像潮水一样涌了进去。

“火车站旁边的那棵大树，”埃米尔说，“从这儿看过去，感觉真奇怪，是吧？它看起来像是迷路了。”男孩被眼前的景象迷住了，情绪也有些激动。他几乎忘了自己为什么来这儿，也忘了弄丢 140 马克的事。“柏林确实很棒！就像坐在电影院里一样。但我不确定自己是否愿意一直住在这儿。诺伊施塔特有上市场、下市场和火车站广场，还有河边公园。公园里还有游乐场。虽然娱乐场所并不多，不过，教授，我觉得够了。这里一直都像狂欢节般热闹，有成百上千的街道和广场，我恐怕会经常迷路。你想啊，如果没有你们，我一个人在这儿，我肯定会害怕的！”

“人总会习惯的。”教授说，“如果我去诺伊施塔特，可能也无法习惯只有三个广场和一个公园。”

“人总会习惯的。”埃米尔说，“不过柏林确实很美。毫无疑问，教授。美极了！”

“你妈妈很严厉吗？”这个柏林男孩问道。

“我妈妈？”埃米尔说道，“一点都不。她允许我做任何事，不会干涉我的选择，但我不会随心所欲。你能明白吗？”

“不明白。”教授坦率地说，“我不明白。”

“这样啊，那我来问你，你们家很有钱吗？”

“我不知道。我们家很少谈论钱。”

“我觉得，如果你们家很少谈钱，那应该就是很有钱。”

教授想了一会儿说：“这倒也有可能。”

“我们家就没什么钱，所以，我和我妈妈经常谈钱。她不停地挣钱，但还是处处缺钱。不过，班级郊游的时候，她给我的零花钱和其他孩子从父母那里得到的一样多，有时甚至更多。”

“她怎么做到的呢？”

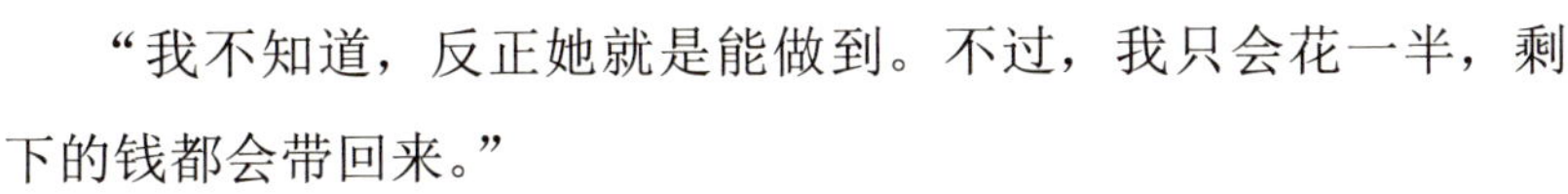

“我不知道，反正她就是能做到。不过，我只会花一半，剩下的钱都会带回来。”

“她让你这样做的吗？”

“才不是呢！是我自己愿意这样做的。”

“啊哈！”教授说，“你们家是这样的情况啊。”

“是的，就是这样。如果我和一楼的普罗茨施去公园玩，妈妈会允许我玩到晚上 9 点，但我 7 点就回家了，因为我不想让她一个人孤单地坐在厨房里吃晚饭。她倒是希望我多和其他同学待在一起。我也试过，但感觉没什么乐趣。不管怎么说，她其实也很高兴我能早点回家。”

“嗯，我们家不是这样。如果我很早回家，我敢打赌，家里没有一个人，他们要不就是去剧院了，要不就是被邀请去参加什么活动了。不过，我们关系很亲密，只是相处的时间不多。”

“我想，我已经找到了和妈妈最好的相处方式。你可别以为我是个只听妈妈的话，没有主见的男孩！谁要是不信，我就把他糊到墙上！其实这也不难理解。”

“我已经理解了。”

两个男孩在门廊下站了一会儿，都没有说话。

夜幕降临，星星闪烁，月亮从高架铁路上方探出一只眼睛偷偷张望。

教授清了清嗓子，没有看对方，问道：“你和你妈妈感情很好吧？”

“超级好。”埃米尔回答。

第十二章

电梯服务员来了

大约 10 点钟，机动队的一部分孩子来到电影院的院子里，他们带了一大堆三明治，看那架势像是要喂饱上百个饥饿的人，他们来的另一个目的是询问有没有进一步指令。教授非常生气，说他们应该在尼科尔斯堡广场等待电话总机接线员的指示。

“别这么不耐烦嘛！”佩措尔德说，“我们只是好奇这边的情况。”

“是啊，我们担心你们出事，因为特劳戈特压根儿就没有出现。”格罗尔德带着歉意补充道。

“尼科尔斯堡广场还有多少人？”埃米尔问道。

“四个，或者三个。”弗里德里希报告说。

“也可能只有两个了。”格罗尔德说。

“别再问了！”教授愤怒地说，“再问下去，他们就要说那儿一个人都没有了！”

“别这么大声。”佩措尔德说，“你没资格对我发号施令。”

“我提议马上把佩措尔德赶走，禁止他参与这次追捕行动。”教授气得跺脚。

“很抱歉，你们是因为我才吵起来的。”埃米尔说，“就像议会投票那样来决定吧。不过，我认为只需要警告一下佩措尔德，

毕竟大家办事时不能随心所欲啊。”

“你们别瞎折腾了，一群混蛋！反正我要走了，你们知道就行！”佩措尔德又说了些难听的话，气冲冲地走了。

“是他挑唆我们的，不然我们不会跑到这儿来。”格罗尔德说，“策勒特还留在营地待命。”

“别再提佩措尔德了。”教授命令道，努力让自己镇定下来，“就让这件事过去吧。”

“那我们现在怎么办？”弗里德里希问道。

“最好等古斯塔夫从酒店回来再说。”埃米尔提议道。

“好的。”教授说，“那不是酒店的电梯服务员吗？”

“对，就是他。”埃米尔确认道。

酒店的门廊下站着一个男孩，他穿着一身绿色制服，斜戴着一顶绿色的船形帽，正在朝这边挥手，然后慢慢地走了过来。

“他这身制服可真帅啊！”格罗尔德羡慕地说。

“你是帮我们的间谍古斯塔夫带消息来的吗？”教授喊道。

男孩走到跟前，点了点头说：“是的。”

“那太好了，快说说，有什么情况？”埃米尔急切地问道。

突然，一声喇叭响起！绿衣男孩又蹦又跳，哈哈大笑。“埃米尔，老兄！”他喊道，“你可真傻！”

原来，他根本就不是电梯服务员，而是古斯塔夫本人！

“你这个绿衣小子！”埃米尔开玩笑地骂道。

其他人也都笑了起来，直到其中一栋房子的窗户猛地打开，有人喊道：“安静！”

“太棒了！”教授说，“不过，先生们，小声点。过来，古斯塔夫，坐下来说说情况。”

“哎呀，简直太好玩了，太好笑了。你们听着！我偷偷溜进酒店，看到那个男孩在闲逛，我就向他使眼色。他走过来了，然后，我把整件事从头到尾讲了一遍。我告诉他，小偷就住在酒店里，我们得小心盯着，准备明天把钱要回来。‘真有意思！’那个男孩说，‘我还有一套制服，你可以穿上，扮成另一个电梯服务员。’‘可门卫会怎么说呢？’我说。‘他会同意的，因为他是我爸爸。’他说。至于他是怎么说服他爸爸的，我就不知道了。反正我拿到了这身制服，还能在一间空着的员工房里过夜，甚至还能再带个人进去。嘿，你们说怎么样？”

“那个小偷住在哪个房间？”教授问道。

“你就不能先夸夸我吗？”古斯塔夫嘟囔道，“我当然没闲着。根据电梯服务员的猜测，小偷住在 61 号房间。我上到三楼，像间谍那样，神不知鬼不觉地躲在楼梯扶手后面。大概过了半小时，61 号房间的门打开了。你们猜谁出来了？就是那个小偷！他去……嗯，你们懂的。我下午就仔细地观察了他！绝对不会认错。他从……嗯，你们懂的……回来的时候，我故意走到他跟前，站直了身子问他：‘先生，您有什么需求吗？’‘没有，’他说，‘哦，不对！等等！告诉门卫，让他明天早上 8 点整叫醒我。61 号房间。别忘了！’‘放心吧，先生！ 61 号房间，明早 8 点，您房间的电话会响！’酒店是用电话叫醒客人的。听到这里，他平静地点了点头，回到了房间。”

“太好了！”教授非常满意。

“明天早上 8 点，我们就在酒店前等着他，将他一举拿下。”

“他已经是囊中之物了。”格罗尔德喊道。

“不说了！”古斯塔夫说，“我得走了，去帮 12 号房间的客

人寄信。我能拿到50芬尼的小费呢！这活儿真赚钱。那个电梯服务员说，他有时一天能拿到10马克的小费。明天早上，我7点左右起床，确保准时叫醒那个坏蛋，然后来这儿和你们会合。”

“亲爱的古斯塔夫，我真的很感激你。”埃米尔郑重其事地说，“不会再有什么意外了。明天就能抓住他。大家都可以安心去睡觉了。是吧，教授？”

“是的。都去睡觉吧。明天早上8点整，所有人回到这儿来。如果还有人能凑点钱，可以带上。我现在要给星期二打个电话。说不定明天还挺忙呢。”

“我和古斯塔夫去酒店睡觉。”埃米尔说。

“走吧，老兄！你会喜欢那儿的，真是个很棒的小窝！”

“我先去打个电话，”教授说，“然后就回家。我得叫策勒特也回家去，免得他在尼科尔斯堡广场坐到天亮。都清楚了吗？”

“清楚了，局长先生。”古斯塔夫笑着说。

“明天早上8点在院子里见。”格罗尔德说。

“记得带点钱来。”弗里德里希提醒道。

大家像严肃的小大人一样相互握手道别。古斯塔夫和埃米尔往酒店走去。教授穿过诺伦多夫广场，准备在哈恩咖啡馆给小星期二打电话。

一个小时后，大家都睡着了——大多数人睡在自己家的床上，有两个人睡在酒店四楼的一间员工房里。还有一个人在电话旁边，那就是小星期二，他寸步不离地守着自己的岗位。他蜷缩着身体，还梦到了四百万个电话呢！半夜，他的父母从剧院回来，看到了睡在扶手椅里的儿子。妈妈把他抱到床上。他的身体抽动了一下，在睡梦中还嘟囔着：“暗号：埃米尔！”

第十三章 格伦戴斯陷入包围

61 号房间的窗户正对着诺伦多夫广场。第二天早上，格伦戴斯先生边梳头边往楼下看，发现至少有十二个男孩在对面的公园里踢足球，还有一群孩子站在克莱斯特大街上及地铁站入口处。

“大概是放假了吧。”他不高兴地嘀咕着，系上了领带。

与此同时，教授正在电影院的院子里召开作战会议。他很生气，就像一只愤怒的啄木鸟。“你们居然把整个柏林的人都动员起来了！我们还需要观众吗？我们是在拍电影吗？要是那家伙从我们眼皮子底下跑了可怎么办？真是瞎起哄！”

大家围成一圈站着，有点不好意思。格罗尔德说：“教授，别生气啦，不管怎样，我们都会抓住那个小偷的。”

“都出去！传令下去，别太引人注意，尤其不要总是看着那个酒店。明白了吗？出发！”

其他男孩都走了，侦探们还留在院子里。

“我向门卫借了 10 马克。”埃米尔报告说，“要是那个人跑了，我们就有足够的钱去追他了。”他又说，“我们得改变计划。我们不用悄悄地包围格伦戴斯，而是要直接追捕他，让他知道四面八方的孩子都在追他。”

“对！”教授说，“我们改变战术，把他逼到绝境，直到他投降。”

“太棒了！”格罗尔德喊道。

“他肯定宁愿把钱交出来，也不愿意被一百个孩子追上几个小时，把整个城市的人都吸引过来，然后被警察抓走。”埃米尔判断道。

大家都心领神会地点了点头。

这时，门廊处的门铃响了！小马帽兴高采烈地骑车进了院子。

“早上好，你们这群小懒虫。”她从自行车上跳下来，向大家打招呼，然后从车把上取下一个小篮子。“我给你们带了咖啡，还有一些黄油面包！我还带了一个干净的杯子呢。哎呀，就是把手掉了！人倒霉的时候就是这样！”

其实男孩们都已经在家吃过早饭了，埃米尔是在克雷德酒店吃的。但大家都不想破坏小马帽的好心情。于是，他们用那个没有把手的杯子喝着牛奶咖啡，吃着面包，就好像他们已经一个月没吃过东西似的。

“嗯，味道太棒了！”克伦比格尔喊道。

“这面包可真香脆呀。”教授边嚼边嘟囔道。

“真的吗？”小马帽说道，“家里有个女人就是不一样！”

“我们是在院子里啦。”格罗尔德纠正道。

“舒曼大街那边的情况怎么样？”埃米尔问道。

“挺好的，谢谢关心。外婆还特意让我转达她的问候呢。你得快点回去，不然每天都得罚你吃鱼。”

“见鬼。”埃米尔嘟囔着，做了个鬼脸。

“为什么说‘见鬼’呀？”米滕茨韦弟弟问道，“鱼可好吃了。”所有人都惊讶地看着他，因为他平时几乎不说话。他的脸一下子红了，躲到他哥哥身后去了。

“埃米尔不喜欢吃鱼，一口都不能吃。”小马帽解释道。

大家你一言我一语地聊着，心情格外舒畅。男孩们表现得很勤快。教授帮小马帽扶着自行车，克伦比格尔去冲洗热水瓶和杯子，米滕茨韦哥哥把面包的包装纸仔细地叠好，埃米尔把篮子重新绑到车把上，格罗尔德检查了自行车轮胎的气是否充足。小马帽则在院子里蹦蹦跳跳，唱着歌，讲了许多新鲜事。

“停！”她突然单脚站住，喊道，“我还有个问题！诺伦多夫广场外那么多孩子在干什么呀？简直像个度假营！”

“那些人听说了我们抓小偷的行动，都很好奇，想参与进来。”教授解释道。

这时，古斯塔夫从酒店跑进院子，按着喇叭，大喊道：“快！他来了！”所有人都蠢蠢欲动。

“注意！听好了！”教授喊道，“我们要把他围起来。让他的前面、后面、左边、右边全都是孩子！明白吗？路上我还会下达其他指令的。出发！”

孩子们奔跑着，跌跌撞撞地穿过门廊。小马帽被甩到了后面。她有点生气，跳上自行车，跟在男孩们后面，就像外婆那样嘀咕道：“我不喜欢这样！我不喜欢这样！”

那个戴硬礼帽的男人走出酒店大门，慢慢走下台阶，然后向右转，沿着克莱斯特大街走着。教授、埃米尔和古斯塔夫穿梭在不同的孩子队伍之间，传递着最新指令。三分钟后，格伦戴斯先生就被包围了。他惊讶地环顾四周。男孩们有说有笑，互相推搡，还和他保持着相同节奏的步伐。有的人直勾勾地盯着那个男人，直到有些尴尬，才转头看向正前方。

嗖！一个球紧挨着男人的脑袋飞了过去。男人吓了一跳，加

快了脚步。男孩们也跑得更快了。男人想赶紧拐进小巷，可就在这时，一大群孩子从那边冲过来了。

“他的脸长得就好像一直想打喷嚏似的。”古斯塔夫喊道。

“你跑到我前面一点。”埃米尔建议道，“先别让他认出我。”

古斯塔夫耸了耸宽阔的肩膀，像个拳击手似的，跑在埃米尔前面。小马帽骑车跟在队伍旁边，开心地按着铃。

戴硬礼帽的男人明显紧张起来了，大步流星地走着。但这都是徒劳，他逃不出包围圈。突然，他像被钉住了似的站住，转身往回走。孩子们也都转身，沿着相反的方向前进。

这时，一个男孩横冲到男人面前。是克伦比格尔！男人被绊倒了，生气地大喊：“你干什么？你这个小浑蛋！我要叫警察！”

“好啊，你叫吧！”克伦比格尔喊道，“我们等着呢！”

格伦戴斯先生并不是真的想叫警察。眼前的事越来越诡异了。他有些害怕。很多人从窗户里往外看。女店员们带着顾客跑到店门口看热闹。要是这时来个警察，还不知道会怎么样呢！

这时，他看到了一家商业银行的分行。他冲破孩子们的包围圈，急忙朝银行大门跑去，然后消失了。

教授冲到银行门口，喊道：“古斯塔夫和我进去追！埃米尔留在这儿待命。要是古斯塔夫按喇叭了，你就带着十个男孩冲进来！你趁这会儿选好人。事情变得棘手了！”

埃米尔激动得耳朵嗡嗡直响。关键时刻即将来临！他叫来克伦比格尔、格罗尔德、米滕茨韦兄弟和其他几个男孩，然后让其他孩子都散开。但孩子们并没走多远——他们可不想错过好戏。

小马帽把自行车托付给一个男孩看管，然后走向埃米尔。“我来了！”她说，“要动真格的了。哦，天哪！我太紧张了。”

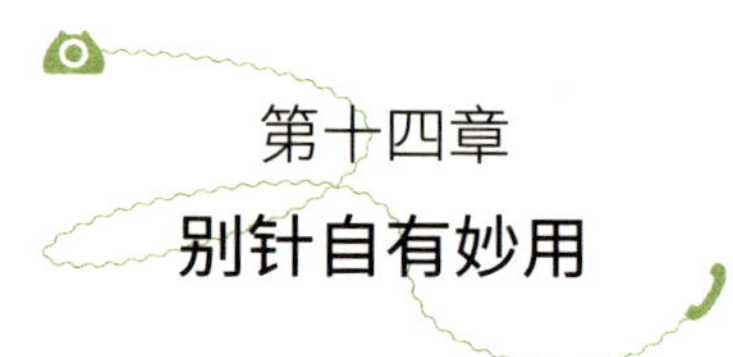

第十四章 别针自有妙用

古斯塔夫和教授走进银行时，那个戴硬礼帽的男人正站在“存取款业务”柜台前，不耐烦地排着队。出纳员正在打电话。教授走到男人旁边，像只猎犬一样紧紧盯着他。古斯塔夫则站在男人身后，手插在裤兜里，随时准备按喇叭。

出纳员打完电话，走到柜台前，问教授有什么事。教授说：“劳驾，这位先生比我先来。”于是，出纳员问格伦戴斯先生有什么需求。格伦戴斯先生问：“能帮我把一张 100 马克的纸币换成两张 50 马克的吗？另外，再换 40 马克的硬币。”他把手伸进口袋，把一张 100 马克的纸币和两张 20 马克的纸币放在桌上。出纳员拿过这三张纸币，走向保险柜。

“等一下！”教授大声喊道，“这钱是偷来的！”

这名出纳员吓了一跳，问道：“什……什么？”其他正在工作的银行职员也都停下了手中的活儿，像被蛇咬了一口似的，猛地抬起头来。

教授解释说：“这钱根本就不是这位先生的，是他从我朋友那儿偷来的。他想把钱换掉，这样就没法证明钱是他偷的了。”

格伦戴斯先生说：“我这辈子都没遇到过这么卑鄙的事！”他甚至打了教授一耳光，然后转向出纳员，“请原谅！我忍无可忍了！”

“这也改变不了事实！”教授说着，朝格伦戴斯的肚子上猛击一拳，打得那个男人不得不紧紧抓住桌子才能站稳。

就在这时，古斯塔夫狠狠地按了三次喇叭。银行职员们吓得跳起来，好奇地朝出纳柜台跑去。银行行长怒气冲冲地从他的屋子冲出来。接着，十个男孩跑进银行大厅，带头的正是埃米尔。他们围住那个戴硬礼帽的男人。

行长喊道：“这帮小鬼到底怎么回事？”

“这些小无赖说我偷了他们其中一个人的钱，就是我刚刚交给你们出纳员想兑换的那几张纸币。”格伦戴斯先生气得直发抖，讲述着事情的经过。

埃米尔喊道：“就是这样！”他跳到柜台前说，“他偷了我的钱，一张 100 马克和两张 20 马克。昨天下午，在从诺伊施塔特开往柏林的火车上！当时我睡着了。”

出纳员严厉地问道：“你能证明这件事吗？”

格伦戴斯先生笑起来，礼貌地说道：“我已经在柏林待了一个星期，昨天一整天，我都在市区。”

“这个该死的骗子！”埃米尔喊道，气得几乎要哭了。

“那你能证明这个人就是火车上和你坐在一起的那个人吗？”行长问道。

“他当然证明不了。”格伦戴斯先生满不在乎地说。

“只要你说当时只有你和他在火车上，你就一个证人都没有。”一名银行职员说道。

埃米尔的同伴们都露出了担忧的神情。

“有！”埃米尔喊道，“我有证人！来自大格吕瑙的雅各布太太。她和我们坐在同一节车厢，后来下车了。她还让我代她向诺

伊施塔特的库尔茨哈斯先生问好呢！”

“看来你得拿出不在场证明了。”银行行长对格伦戴斯先生说，“你能吗？”

“当然。”格伦戴斯先生说，“我住在对面的克雷德酒店……”

“可你是昨天晚上才住进去的！”古斯塔夫喊道，“我偷偷混进去当了电梯服务员，我可都知道，老兄！”

银行职员全都微笑起来，对这些男孩们产生了兴趣。“我们最好先把钱扣下，先生……”行长从本子上撕下一张纸，准备记下名字和地址。

“他叫格伦戴斯！”埃米尔喊道。

戴硬礼帽的男人大笑起来，说：“您瞧，肯定弄错了。我叫米勒。”

“哦，他可真卑鄙，居然撒谎！他在火车上还跟我说他叫格伦戴斯呢！”埃米尔愤怒地喊道。

“您有身份证件吗？”出纳员问道。

“很遗憾，我没带在身上。”那个男人说，“不过，您可以等我一会儿吗？我这就去酒店取。”

“这家伙一直在撒谎！那是我的钱。我必须拿回来。”埃米尔喊道。

“就算是真的，孩子，”出纳员解释说，“事情也没那么简单。你怎么能证明那是你的钱呢？上面有你的名字吗？或者你记住纸币的编号了吗？”

“当然没有。”埃米尔说，“谁会想到自己的钱会被偷呢？但那就是我的钱！是我妈妈给我的，让我带给住在舒曼街十五号的外婆的。”

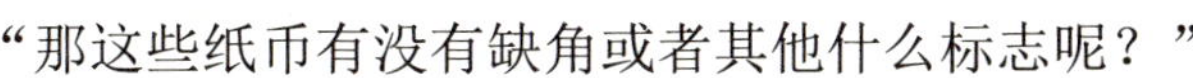
“那这些纸币有没有缺角或者其他什么标志呢？”

“没有吧，我不知道。”

“各位，我以人格担保：这钱真是我的。我可不会去偷小孩子的钱！”那个男人声称。

“等等！”埃米尔突然跳了起来，似乎变得无比轻盈，喊道，“等等！我在火车上用别针把钱别在了内衬上，所以这三张纸币上肯定能看到别针的针眼！”

出纳员把钞票对着光仔细地检查起来。大家都屏住了呼吸。戴硬礼帽的男人往后退了一步。银行行长则紧张地在桌子上敲着手指。

“这孩子说得对！”出纳员激动地喊道，“确实有针眼！”

“这就是那枚别针。”埃米尔说着，得意地把别针放在桌上，“我自己还被扎到了。”

戴硬礼帽的男人见状迅速转身，把两边的男孩推翻在地，然后穿过大厅，拉开门跑了。

“追上他！”银行行长喊道。

所有人都朝门口跑去。大家跑到街上，看到至少有二十个男孩把小偷紧紧抱住了。他们抓住他的腿，拽着他的胳膊，拉着他的外套。小偷拼命挣扎，男孩们则死死揪住他不放。这时，小马帽骑着自行车，带着巡逻的警察赶过来了，她的车把上挂着警帽。银行行长严肃地要求警察把这个不知道是叫格伦戴斯还是叫米勒的男人抓起来。

出纳员请了假，拿上纸币和别针也跟着去了。哇，这可真是一支奇特的队伍！警察、银行职员，后面跟着将近一百个孩子，他们押送着小偷，浩浩荡荡地朝警察局走去。

小马帽骑着自行车跟在队伍旁边，向幸运的表弟点点头，喊道："埃米尔，好样的！我这就骑车回家，把整件事讲给家里人听。"

埃米尔点点头，说："我午饭前就回家！代我向大家问好！"

小马帽又喊道："知道你们看起来像什么吗？就像一次大型学校郊游！"然后，她使劲儿按着铃铛，拐过了街角。

第十五章

参观警察总局

队伍朝着最近的警局行进。那名巡逻警察向一名警长报告了事情的来龙去脉，埃米尔又补充了一些情况。警长全都记录了下来。

“你叫什么名字？”警长问小偷。

“赫伯特·基斯林。”那家伙回答。

埃米尔、古斯塔夫和教授都大笑起来，把140马克交给警长的那个出纳员也跟着笑起来。

古斯塔夫喊道：“好家伙，真是个大骗子！他先是叫格伦戴斯，后来又叫米勒，现在又叫基斯林！我真好奇他到底叫什么！”

“安静！”警长大声喊道，“我们会查清楚的。”

这个叫“格伦戴斯·米勒·基斯林”的男人说了自己目前的住址——克雷德酒店，还有他的生日和家乡，他说自己没带身份证件。

“你昨天之前在哪里？”警长问。

“在大格吕瑙。”小偷回答。

“他肯定又在撒谎！”教授大声说道。

警长再次喊道：“安静！”他接着说，“我们会查清楚的。”

“基斯林，”警长问道，“昨天下午，你在从诺伊施塔特开往

柏林的火车上，偷了来自诺伊施塔特的学生埃米尔·蒂施拜因的140马克，是吗？”

“是的。”小偷沮丧地回答，“我也不知道怎么回事，事情发生得太突然了。那孩子在角落里睡觉，一个信封掉出来了。我本来只是想看看里面有什么，正好我身上也没钱……”

“说谎！”埃米尔大声说道，“我把钱用别针紧紧地别在口袋里，根本不可能掉出来！”

“他肯定也不是急用钱，不然偷去的钱也不会一直没动。”教授说，“他还付了车费，买了鸡蛋和啤酒呢。他身上肯定有钱。”

警长又吼道：“安静！”他表示会把听到的一切都记录下来。

“警长先生，能不能放我走啊？”小偷问，“我已经承认偷东西了，您也知道我住在哪里，我在柏林还有生意要做。”

警长严肃地说：“开什么玩笑！”他打电话给总局，说这边抓到了一个小偷，让他们派一辆车过来。

“我什么时候能拿回我的钱？”埃米尔担心地问。

“我们一会儿直接去总局。”警长回答，“等我们把这件事厘清头绪，你就可以拿回这些钱了。”

“老兄，你得坐地铁去。”古斯塔夫小声对埃米尔说。

“蒂施拜因，你有钱吗？”警长问埃米尔。

“有！大家昨天凑了一些，酒店的门卫还借给我10马克。”

“这些小鬼，还真是不折不扣的小侦探呢！”警长嘟囔道，不过他的嘟囔声听起来很是和蔼可亲。“那么，蒂施拜因，你坐地铁过去，然后找刑事警长卢尔耶报到。总之，你能拿回你的钱。”

“我能先去把这10马克还给门卫吗？”埃米尔问。

“当然可以。”警长说。

几分钟后，警车来了，“格伦戴斯·米勒·基斯林”不情愿地上了车。警长把笔录、140 马克以及别针都交给了另一个警察。然后，那辆绿色的警车开走了。

埃米尔和警长握手，向他表示感谢。教授告诉等在警局外的孩子们，这次追捕行动结束了！于是，孩子们三三两两地回家了。临别之际，埃米尔让他们下午给星期二打个电话汇报事情的进展。他多希望在回诺伊施塔特之前还能再见到大家啊！他由衷地感谢大家的帮助，并表示一定会把钱还给大家。

“要是你不把钱还给我们，老兄，你就等着挨揍吧！”古斯塔夫大声说道，“哦，我们还得打一架呢，为了你那搞笑的衣服。”

“哎呀，老兄！”埃米尔握着古斯塔夫和教授的手说，“我真是太开心了！我们还是别打架了，我不忍心看着你被我打趴下。”

“就算你不开心，你也打不倒我！”古斯塔夫大声说。

三人乘坐地铁去了警察总局，他们穿过无数走廊，经过无数房间，终于找到了刑事警长卢尔耶。他正在吃早餐。

“啊哈！”卢尔耶边嚼东西边说，“埃米尔·菲施拜因，年轻的业余侦探。已经有人把你的信息报告给我了。刑事处长正在等你，他想和你聊聊。跟我来吧！”

埃米尔强调：“蒂施拜因。”

“差不多。”卢尔耶说着，又咬了一口面包。

他们穿过几条走廊，先向左，再向右，然后又向左，接着，卢尔耶敲了敲门。一个声音喊道：“请进！”

卢尔耶把门打开一条缝，边嚼东西边说：“小侦探来了，处长先生，埃米尔·菲施拜因，您知道的。”

埃米尔再次强调：“蒂施拜因。”

“这个名字也不错。”卢尔耶说着，推了埃米尔一把。

埃米尔跌跌撞撞地进了房间。这个刑事处长看起来和蔼可亲。埃米尔坐在一把舒适的椅子上，把小偷的事情从头到尾讲了一遍。

最后，处长郑重地说：“明白了，现在你可以拿回你的钱了。”

埃米尔如释重负，然后小心翼翼地把钱收好。

“可别再被偷了！”处长又说。

“绝对不会了！我这就把钱带给外婆！”埃米尔回答。

“对了，差点忘了，你得给我你在柏林的住址。你会在这儿再待几天吗？”

“是的，我住在舒曼街十五号，海姆博尔德家，就是我姨妈和姨父的家。”

“小伙子们，干得好！”处长说。

“是啊，这些伙计干得太棒了！”埃米尔兴奋地说，“古斯塔夫和他的喇叭，还有教授、星期二……总之所有人！和他们一起工作真是一种乐趣，尤其是教授，他可真是个了不起的人！”

“嗯，你也很勇敢啊！”

“处长先生，我还想问一下，那个格伦戴斯……就是那小偷，到底叫什么名字？他会怎么样？”

“我们已经把他送到检验科了，等他拍完照、录完指纹，我们会把他的照片和指纹与档案库里的资料进行比对。”

“那是做什么？”

“那个小偷在偷你的钱之前，可能还犯过其他盗窃案，对吧？”

“对，我还真没想到这一点！”

这时电话响了，处长接了电话，说道：“好的，确实是件有趣的事……到我房间来吧……”他挂断电话，对埃米尔说，“马上

会有几位报社记者来采访你。”

“不会吧！我还会上报纸？”埃米尔吃惊地问道。

“很有可能，如果一个学生抓住了小偷，那他会出名也并不奇怪。”

这时，有人敲门，四位先生走进房间，处长和他们握了握手，简要地讲述了埃米尔的经历，四位先生认真地做着笔记。

最后，其中一位记者说：“太棒了！来自小城的小伙子当上了柏林的侦探。”

另一位建议说：“也许可以把他招进外勤部门？”说完，他自己笑了起来。

第三位问：“你为什么不马上找警察报案呢？”

埃米尔心里一颤，想起耶施克警长和那个梦，不由得紧张起来。他坦白道：“在诺伊施塔特时，我给卡尔大公爵的雕像画了个红鼻子和一撇小胡子……你把我抓起来吧，处长先生！”

五位先生听完非但没有表现出惊恐，反而都笑起来。

“埃米尔，”处长大声说道，“我们可不会把这么一位优秀的侦探关进监狱！”

“真的不会吗？哇，那我可太高兴了。”埃米尔说完，走向其中一位记者，问道，“您不记得我了吗？”

“不记得了。”那位先生说。

“昨天在 177 路电车上，我没钱买车票，还是您帮我付的钱呢。”

“哦！现在我想起来了！你还问我地址，想把钱还给我。”

埃米尔从裤兜里掏出 10 芬尼，说道：“您先拿着这些钱吧？”

“别逗了。我记得你还做了个自我介绍。”那位先生说。

“是的，我叫埃米尔·蒂施拜因。”

“我叫凯斯特纳。”说完，那位先生和埃米尔握了手。

“太棒了！原来你们是老熟人啊！”处长大声说道。

凯斯特纳先生对埃米尔说：“埃米尔，你愿不愿意跟我们去一趟报社？我们可以先找个地方吃点奶油蛋糕。”

“我可以请您吃蛋糕吗？”埃米尔问。

“不用，我付账。”凯斯特纳先生说。

其他记者问了各种各样的问题，埃米尔一一回答。

其中一位记者问道：“那个小偷是个新手吗？”

“我不这么认为，”处长回答，“说不定我们还能收获一个大大的惊喜呢！先生们，请在一个小时后给我打个电话。”

大家相互道别。凯斯特纳先生把埃米尔、古斯塔夫和教授一起塞进汽车，前往一家糕点店。路上，古斯塔夫按响喇叭，把凯斯特纳先生吓了一跳。大家都开心地笑起来。在糕点店里，小伙子们吃着奶油樱桃蛋糕，眉飞色舞地讲着在尼科尔斯堡广场召开的作战会议、汽车追踪、在酒店过夜的事、古斯塔夫当电梯服务员的事，还有银行里的那场风波。

凯斯特纳先生说：“你们可真了不起。”

孩子们都为自己感到骄傲，又多吃了一块蛋糕。之后，古斯

塔夫和教授坐公共汽车走了。埃米尔和凯斯特纳先生去了报社。报社大楼真雄伟啊，几乎和警察总局一样大。走廊里人来人往，喧闹嘈杂，就好像正在进行一场障碍赛跑似的。

两人走进一个屋子，里面坐着一位美丽的金发姑娘。凯斯特纳先生在屋子里走来走去，口述着埃米尔的事，姑娘则用打字机打成文字。有时，凯斯特纳先生会停下来问埃米尔："是这样吗？"看到埃米尔点头后，他接着口述。

讲完故事，凯斯特纳先生给刑事处长打了个电话。"您说什么？哇，太棒了……现在还不能告诉他？……这可太令人兴奋了……太感谢您了！……这绝对会是一篇精彩绝伦的报道……"他挂了电话，看着埃米尔，"快跟我来！我们得给你拍张照片！"

"为什么？"埃米尔惊讶地问。

但他还是乖乖地跟着凯斯特纳先生上了三层楼，来到一个有很多窗户的明亮大厅。他梳了梳头发，拍了照。凯斯特纳先生又带他去了排版间。那里传来噼里啪啦的声音，就好像有一千台打字机在响！他把那位美丽的金发姑娘打好的稿子递给一名工人，告诉对方他准备先送这个小伙子去找外婆，马上就回来。

他们乘电梯到一楼，来到报社门口。凯斯特纳先生招手叫了一辆车，把埃米尔扶上车，并付了钱，尽管埃米尔不想让他掏钱。

"把我的小朋友送到舒曼街十五号。"

他们热情地握手告别。凯斯特纳先生又说："你回到家以后，代我向你妈妈问好。她一定是一位非常和蔼的女士。"

"那当然。"

"还有一件事，"凯斯特纳先生又大声说，"今天下午记得看报纸！你会大吃一惊的，小伙子！"

第十六章
处长的问候

汽车行驶在菩提树街上。埃米尔敲了三下车窗。车停了下来。

“司机先生，我们是不是快到了？”埃米尔问。

“是的。”司机回答。

“抱歉，先生，给您添麻烦了。”男孩说，“我要先去一趟恺撒大街的乔斯蒂咖啡馆，我的手提箱和花都在那儿呢。您可不可以行个方便？”

“什么叫‘行个方便’？那样的话，车钱可能就不够了，你有钱吗？”

“我有，先生。总之，我必须去拿我的行李。”

“好吧。”司机向左拐，穿过勃兰登堡门，沿着绿树成荫的蒂尔加滕公园，往诺伦多夫广场驶去。

眼下一切顺利，埃米尔看什么都觉得顺眼多了。不过他还是小心地摸了摸胸前的口袋，还好，钱还在。他们沿着莫茨大街开到尽头，向右拐，在乔斯蒂咖啡馆前停下。埃米尔下了车，走到柜台前，取走了自己的手提箱和花。他向柜台小姐道谢后上了车。“好了，先生，现在去我外婆家吧！”

于是，司机往回开，驶过施普雷河，穿过一条条有着灰色房屋的老街。埃米尔本想好好欣赏这一带的风景，但手提箱好像中

了邪似的，怎么都放不稳。而且风有些大，把白色的花纸吹得沙沙作响，埃米尔只能小心地护着花束。

车停在了舒曼街十五号的门前。

“啊，到了。”埃米尔下了车，问道，“我是不是还要给您钱？”

“不用了，我还得找你 30 芬尼呢。”

“您不用找了，留着买几根雪茄吧！”

“我不抽烟，小伙子。”司机说完就开车走了。

埃米尔上到三楼，按了海姆博尔德家的门铃。门后传来一阵喧闹声，门开了，外婆站在门里。

她一把拉住埃米尔，亲了一下他的左脸，又轻轻地拍了拍他的右脸，然后拽着他的头发，把他拉进了屋里，嚷嚷道:“哦，你这个小捣蛋鬼，哦，你这个小捣蛋鬼！”

玛莎姨妈亲切地和埃米尔握手，说:“可算听到你的好消息了。”

小马帽穿着妈妈的围裙，伸着手臂，说:“当心！我正在洗碗呢，我的手湿透了。女人真是可怜呀！”

大家一起进入客厅。埃米尔坐在沙发上。外婆和姨妈看着他，就好像他是一幅名画。

小马帽问道:“你拿回钱了吗？”

“当然！”埃米尔从口袋里掏出那三张纸币，给了外婆 120 马克，“外婆，这些钱给您。妈妈让我代她向您问好。这段时间店里生意不太好，所以这几个月她才没给您寄钱，您别生气。不过这次给您的钱比平时多。”

“谢谢你，我的好孩子。”外婆把那张 20 马克的纸币还给埃米尔，“这是给你的！奖励给最能干的小侦探！”

“不，我不能收。妈妈已经给了我20马克，还在我的口袋里呢。”

“快收下吧，这种事我可不会等着别人说第二遍！”小马帽插话道。

“哦，不，我不想收。”

“你要是不收，我就会生气，我一生气，风湿病就要犯了。”外婆说道。

“快，把钱收下！”姨妈说着，把那张纸币塞进了埃米尔的口袋。

“好吧，如果非收不可的话……谢谢外婆。”埃米尔低声说道。

“应该是我谢谢你才对，我要谢谢你。”外婆抚摸着埃米尔的头发。

埃米尔又把花递给外婆。小马帽拿来一个花瓶。但是，等大家把包装打开时，都露出一副哭笑不得的样子。

“天哪，就像已经蔫儿了的蔬菜！”小马帽说。

“毕竟，从昨天下午开始，就没人给这些花浇过水了。”埃米尔难过地说，“我和妈妈在斯坦尼茨家买的时候，它们还很新鲜呢。”

“我相信你。”外婆把枯萎的花插进了花瓶。

姨妈安慰道：“说不定过一会儿它们就恢复了。现在我们去吃午饭吧。你姨父要到晚上才回来。小马帽，开饭！”

“好的。”小马帽又问埃米尔，“埃米尔，你吃什么？”

“我不知道。”

“你最喜欢吃什么？”

“火腿通心粉。”

“瞧，你还是知道该吃什么的！”

其实埃米尔前一天才吃过火腿通心粉。不过，这是他喜欢的食物，天天吃都不会腻。而且，自从上次和妈妈一起吃午饭到今天，仿佛已经过了一个星期。于是，他大口大口地吃了起来。

吃完饭，外婆躺在沙发上休息。玛莎姨妈用烤箱烤着苹果派，这可是她的拿手菜。

埃米尔和小马帽一起骑车到街上转悠。埃米尔早就想试试小马帽那辆生锈的小自行车了。他在舒曼街上优哉游哉地骑着自行车，小马帽在后面紧紧抓住车座，她说如果自己不帮忙抓住车座，埃米尔就会因为控制不好方向而摔倒。后来换小马帽骑车，她甚至能骑着车转圈、画“8”字！

这时，一个警察走过来，手里拿着文件夹，问道：“孩子们，海姆博尔德家是住在舒曼街十五号吗？”

“是的，就是我家。”小马帽说，“稍等，警察先生。”说着，她把自行车锁进地下室。

“是谁闯祸了吗？”埃米尔问道，他还是忍不住想起那个可怕的耶施克警长。

“恰恰相反。你就是埃米尔·蒂施拜因吗？”

“是的。”

“那你可真该好好庆祝一番了！”

“是谁过生日吗？”小马帽走过来问道。

警察已经走上了楼梯。玛莎姨妈把他领进客厅。外婆也醒了，她坐起来，好奇地看着眼前的一切。埃米尔和小马帽站在桌子旁边，紧张地等待着警察即将宣布的事情。

“是这样的。”警察打开文件夹，“埃米尔·蒂施拜因抓住的

小偷，就是从汉诺威逃窜过来的银行盗窃犯。这个盗窃犯偷了很多钱，汉诺威警方已经追查了一个月。警局的检验科已经比对过信息，他自己也招供了。目前，遗失的大部分现金已经在他的西装衬里中找到，全是 1000 马克的大面值。”

“你可真厉害呀！”小马帽对埃米尔说。

警察接着说：“半个月前，银行设立了一笔奖金，谁抓住这个家伙，谁就能得到这笔奖金。”他转向埃米尔，“你抓住了这个人，所以，这笔奖金就归你了。刑事处长让我代他向你问好。他还说，你能以这种方式得到奖励，他很高兴。”

埃米尔朝警察鞠了一躬。警察从文件夹里拿出一捆纸币数了起来。玛莎姨妈一直盯着，直到警察数完。她小声地说：“1000 马克！”

“哇，太棒了！”小马帽惊呼。

外婆签了一张收据。姨妈给警察倒了一大杯樱桃酒，警察一饮而尽，接着就离开海姆博尔德家，继续执行任务去了。

埃米尔坐在外婆身边，不知道该说什么。外婆搂着他，晃着脑袋说：“真是难以置信，真是难以置信。”

小马帽爬上椅子，就像房间里有一支乐队似的，她打着节拍，唱道：“我们要请小伙伴们来喝咖啡！”

“没错。”埃米尔说，“不过最重要的是，你们觉得……妈妈是不是也可以来柏林？”

第十七章
蒂施拜因太太激动不已

第二天早上，面包师家的维尔茨太太按响了理发师蒂施拜因太太的门铃。“早上好啊，蒂施拜因太太。”她说道。

“早上好，维尔茨太太。我儿子去柏林几天了，都没给我写过一封信。每次门铃响起，我都以为是邮递员。您要做头发吗？”

“不用了。我今天来是传话的。”

“什么话？您说。”蒂施拜因太太说道。

“埃米尔向你问好，还有……”

“天哪！您怎么知道埃米尔的事？他怎么了？他在哪儿？您还知道些什么？”蒂施拜因太太激动起来，她很担心，不得不用手捂住嘴，否则她简直要尖叫了。

“他很好，亲爱的，他非常好。他抓住了一个小偷。警察局还奖励了他 1000 马克呢。他让你中午坐火车去柏林。”

“您从哪里知道这些的？”

“你妹妹，海姆博尔德太太，刚刚从柏林打电话到我店里。埃米尔也和我说了几句话。你确实应该去！你们现在有这么多钱。”

“1000 马克？”蒂施拜因太太心里有些乱，低声说道，“他抓住了一个小偷？他怎么会想出这么个主意呢？他真会干傻事！”

“可是这很值得呀！1000 马克可不是小数目呢！你会去吗？”

“当然去了！没见到我儿子，我一刻都不得安宁。”

“那就祝你旅途愉快，玩得开心！”

这天下午，当蒂施拜因太太坐在开往柏林的火车上时，遇到了一个更大的惊喜。坐在她对面的一位先生正在看报纸。蒂施拜因太太忐忑不安地东张西望，时不时数数车窗外的电线杆。火车开得真慢啊，她恨不得跑到火车后面去推一把。

突然，她的目光落在了对面那位先生手里的报纸上。“天哪！”她喊道，然后夺过报纸，着实把那位先生吓了一跳。

“看这儿！看这儿！”她结结巴巴地说，“这……这是我儿子！”她指着头版上的一张照片。

“您是埃米尔·蒂施拜因的母亲？”那位先生高兴地说，“他可真是个了不起的小伙子。向您致敬，蒂施拜因太太！”

“是的，他是我的儿子，他的确很了不起。不过，您太客气了。”蒂施拜因太太说着，迫不及待地读着那篇报道。

报道用很大的字体写着：

小男孩当侦探！

上百个柏林孩子共同追捕罪犯

这真是一篇详细而精彩的报道，讲述了埃米尔从诺伊施塔特火车站到柏林警察总局的全部经历。蒂施拜因太太面色严肃，把报纸翻得哗哗作响。她恨不得一口气读完报道。可是报道太长了，几乎占满了整个版面，中间还印着埃米尔的照片。

终于，她放下报纸，看着那位先生说：“这孩子只要一离开我

的视线，就会惹出麻烦。我可是千叮咛万嘱咐，让他看好那 140 马克！他怎么这么粗心大意呢？”

“说不定旅途太无聊，他犯困了，或是小偷对他施了催眠术。还真有可能发生这种事呢！”那位先生说，“您不觉得，这些小家伙能全身而退，很值得赞扬吗？真是太棒了！太了不起了！”

“是很了不起。”蒂施拜因太太说，“我儿子很聪明，也很勤奋，他在班上总是得第一名。不过您想，万一他遇到危险可怎么办？虽然事情过去了，但我只要一想起来，还是后怕呢。以后再也不能让他一个人出门了。我会担心的。”

那位先生问：“他就长成照片上这样吗？”

蒂施拜因太太又看了看照片，说道：“是的，一模一样。您喜欢他吗？”

“太喜欢了！”那位先生大声说道，“真是个有出息的小伙子，以后肯定会有一番作为的。”

“他应该坐得端正一点。”蒂施拜因太太说道，“他应该把扣子解开的。您看，他的外套上全是褶子。我和他说过很多次了！”

“我觉得，对于孩子来说，只要不是犯了大错，怎么样都行！”那位先生笑着说。

“确实，埃米尔其实没错。”蒂施拜因太太感动地擦了擦鼻子。

然后，那位先生下车了，把报纸留给了蒂施拜因太太。一路上，蒂施拜因太太反复读着报道，整整读了十一次！

火车进站时，埃米尔早就在站台上等着了，还特意穿了那套花里胡哨的西装。他见到妈妈，一下子扑到妈妈怀里，喊道：“嘿，妈妈，我这次做得怎么样？”

“你这孩子，可别得意忘形！”

“哎呀，妈妈！”埃米尔挽住了妈妈的胳膊，“您能来，我可太高兴了。”

“穿着西装追捕罪犯，可没见你变得更帅气啊。”妈妈语气柔和地说道。

“如果您同意，我可以买一套新西装。”

“谁给你买？”

“一家百货公司想给我、教授和古斯塔夫每人送一套新西装，还会登在报纸上，说我们这些侦探只在他们那儿买新西装。就是打广告，您懂吧？”

“我懂，我懂。”

“不过我们可能会拒绝。虽然拿不到那几套无聊的西装，但每人还是能得到一个足球的。”埃米尔得意洋洋地说，“因为我们觉得这种打广告的行为很奇怪。大人可以随意地做他们认为对的事情，但我们还是孩子，不想参与那些事情。”

“好样的！”妈妈说。

“1000 马克暂时交给海姆博尔德姨父保管了。是不是很棒？我要先给您买一个电吹风，再买一件皮毛衬里的冬大衣。至于我自己呢？我得再想想，也许买个足球，或是一台相机。”

“我觉得应该把这笔钱存到银行里，以后你肯定用得着。”

“得给您买电吹风和暖和的大衣。剩下的钱可以存起来。”

“到时候再说吧。”妈妈说着，捏了捏他的胳膊，“我在火车上读到了一篇关于你的报道。我很担心你，埃米尔！你没出什么事吧？”

“没有。一切顺利！我晚点再告诉您事情的前因后果。您先去和我的朋友们打个招呼吧。”

“他们在哪儿呢？”

“在舒曼街，玛莎姨妈家里。她昨天烤了苹果派，我们今天就把大家都请来了。他们现在正在家里玩闹呢。”

海姆博尔德家可真是热闹非凡。古斯塔夫、教授、克伦比格尔、米滕茨韦兄弟、格罗尔德、弗里德里希、特劳戈特、星期二以及其他人——所有人都在，椅子都快不够坐了。小马帽拿着一个大水壶，在人群中穿梭，给大家倒热巧克力。玛莎姨妈做的苹果派可真是美味极了！外婆坐在沙发上，乐呵呵地笑着，看起来年轻了十岁。看到埃米尔和他妈妈来了，大家纷纷上前打招呼。每个小伙子都和蒂施拜因太太握了手，她也向所有人表示感谢，感谢他们对埃米尔的帮助。

埃米尔说：“那些西装或者足球，我们都不要了。我们不想给谁打广告。大家同意吗？”

"同意！"古斯塔夫喊道，还按了一下喇叭，连花盆都吓了一跳。

这时，外婆用勺子敲了敲她的金属茶杯，站起来说："都听着，小伙子们，我要讲几句话。"孩子们安静下来。

外婆接着说："偷偷跟在一个小偷后面，然后带着上百个孩子去抓——嗯，这没什么了不起的。我这么说，你们会不会不开心？请记住，你们当中有一个人，他本来也想去跟踪小偷，也想扮成电梯服务员在酒店里当间谍，但他最终留在了家里，因为他有他的任务，没错，他有他的任务。"

大家不约而同地看向星期二。星期二脸红得像覆盆子，不好意思地低下了头。

"没错，就是星期二，没错！"外婆说，"他在电话旁坐了两天。他知道自己的责任，并且他尽到了责任，尽管他并不喜欢。这很棒，明白吗？这很棒！你们都要以他为榜样！我们都站起来，高呼：'星期二，万岁！'"

小伙子们跳起来。小马帽把双手放在嘴边，像吹喇叭一样。所有人都喊道："万岁！万岁！万岁！"

等大家重新坐下，星期二深吸了一口气，说道："谢谢大家。不过这太夸张了。你们也会这么做的。当然了！一个真正的小伙子就应该做他该做的事。就是这么简单！"

小马帽举起大水壶，喊道："谁还想喝点，各位？我们来为埃米尔干杯！"

第十八章
吸取教训

傍晚时分，小伙子们互相告别。埃米尔郑重地向他们保证，第二天下午会和小马帽一起去教授家里玩。

吃过晚饭，海姆博尔德姨父把 1000 马克交给蒂施拜因太太，并建议她把钱存到银行里。

“我本来也是这么打算的。”蒂施拜因太太说道。

“不行！”埃米尔大声说道，“那样我会非常难过的。妈妈应该给自己买一个电吹风，再买一件冬大衣。这笔钱是我的，我想怎么用就怎么用，不是吗？”

“你不能随心所欲。”姨父劝说道，“你还是个孩子。这笔钱该怎么用，得由你妈妈决定。”

“哎呀，海姆博尔德，你这个老顽固。”小马帽对她的爸爸说，“你没看到埃米尔很高兴能给他妈妈买东西吗？你们这些大人啊，有时候太死板了。”

“电吹风和大衣当然得买。”外婆对埃米尔说，“剩下的钱再存到银行里，是吧，我的孩子？”

“是的。”埃米尔回答道，“妈妈，您看可以吗？”

“如果你非要这样的话，那就听你的吧，你这个‘小富翁’！”

“我们明天一早就去买东西。小马帽，你也一起去！”埃米

尔满意地喊道。

“你以为我闲着没事干吗？”表姐说，“你记得给自己也买点东西。姨妈有电吹风，你就给自己买辆自行车，知道吗？免得一直骑我的自行车，骑坏了我可饶不了你。”

“埃米尔，”蒂施拜因太太担心地问，“你把小马帽的自行车骑坏了吗？”

“没有，妈妈，我只是把她的车座调高了些。她为了扮酷，总是弓着身体，让自己看起来像个赛车手。”

“你还像个猴子呢！”小马帽大声说道。

海姆博尔德姨父下楼“遛狗”去了。其实他们家根本没有狗，但是每当海姆博尔德姨父晚上出去喝酒，小马帽总是这么说。外婆、蒂施拜因太太和玛莎姨妈姐妹俩、小马帽和埃米尔坐在客厅里，聊着过去几天那些令人兴奋的事情。

“嗯，或许这件事也有好的一面。”玛莎姨妈说。

“那当然了。”埃米尔说，“我已经从中吸取了一个教训：不能轻易相信任何人！”他妈妈却说：“我得到的教训是：不能让孩子单独出门旅行。”

“胡说！”外婆咕哝道，“全错了，全错了！”

“您的意思是，这件事不能给我们任何启示吗？”玛莎姨妈问外婆。

“当然能学到一些事。”外婆坚定地说道。

“能学到什么呢？”其他人异口同声地问。

“通过邮政汇票寄钱才安全。”外婆说着，像个八音盒似的咯咯笑起来。

第二个故事

埃米尔和三人双胞胎

写给读者的话

在埃米尔抓捕格伦戴斯先生的两年后，我在恺撒大街与特劳特瑙大街的拐角处，又经历了一次极为奇特的事件。

其实我本打算乘坐 177 路电车去施特格利茨。倒不是我要去那里办什么特别的事情，单纯因为我喜欢去那些不熟悉且没人认识我的城区散步。在那里，我会想象自己身处某个遥远的异乡；而当我真切地感到孤独时，我就会马上回家，在自己的公寓里惬意地喝杯咖啡。没错，我就是这样的人。

但那天，我没能完成施特格利茨之旅。当时，有轨电车在我面前停下，我正要上车，一个模样古怪的男人下了车。他戴着一顶黑色的硬礼帽，环顾四周，看上去十分心虚。他飞快地跑过前面那辆车，穿过马路，朝乔斯蒂咖啡馆走去。我若有所思地盯着那个男人的背影。

“您要上车吗？”售票员问我。

“马上。”我说道。

“那您可得快点！”售票员严肃地说。

但我没有听售票员的话，而是像被钉住了似的站在那里，惊愕地盯着后面的拖斗车。从那辆拖斗车上爬下来一个男孩。他提着一个手提箱，拿着一束用薄纸包着的花，正四处张望。然后，他提着箱子来到拐角处的报亭，放下行李，四处张望。

售票员还在等我。“别考验我的耐心。不上车的话我就走了！”他拉了拉铃绳，177 路电车往施特格利茨的方向开走了。

那个戴硬礼帽的男人在咖啡馆的露台上找了个位子坐下，正和一个服务员交谈着。那个男孩则小心翼翼地从报亭后面探出脑袋，眼睛一刻也没离开过那个男人。

我像个木头人似的站在原地。顺便问一句：有人知道木头人长什么样吗？我可不知道。

这可真是稀奇！两年前，格伦戴斯先生和埃米尔·蒂施拜因就是在这个一模一样的拐角处下了电车。而现在，这整件事又重演了？肯定是哪里出错了。

我揉了揉眼睛，又朝乔斯蒂咖啡馆望去。那个戴硬礼帽的男人还坐在那儿！报亭后面的那个男孩则疲惫地坐在箱子上，满脸沮丧。

我想，最好的办法就是过去问问那个男孩到底是怎么回事。要是他告诉我有人偷了他的 140 马克，我会立刻爬到最近的树上躲起来。我朝男孩走去，说道：“你好，出什么事了？”

他似乎没听到我的话，不停地朝咖啡馆那边张望。

“是不是有人偷了你的 140 马克？”我问道。

这时，他抬起头看着我，点了点头，说道：“没错。就是那边露台上那个坏蛋，就是他干的。”

我正打算按照之前预想好的那样，爬到最近的树上去躲起来，突然，不远处传来一阵喇叭声。我们都吓了一跳，急忙转身去看。

原来不是汽车，而是一个男孩，他拿着喇叭，朝我们大笑。

“你在这儿干什么呢？”我问道。

他又按了一下喇叭，说道：“我叫古斯塔夫。”

我惊得哑然失语。这可真是件怪事！我应该不是在做梦吧？

这时，一个陌生男人从街对面跑过来，挥舞着手臂，在我面前猛地停住，大声说道：“请你行行好，别捣乱！你把我们的外景拍摄都搞砸了！”

“什么外景拍摄？”我好奇地问道。

带喇叭的古斯塔夫对我说：“老兄，我们正在拍电影呢！”

“没错。”提着箱子的那个男孩说，“是关于埃米尔的电影。我演的就是埃米尔。”

我若有所思地漫步到尼科尔斯堡广场，在其中一张长椅上坐下。我坐了很久很久，愣愣地望着前方。虽然我之前就知道《埃米尔和侦探们》要被拍成电影，但后来又把这件事忘了，直到两年后……如果是你，一定也会惊得眼珠子都掉出来吧？

突然，一个又高又瘦的男人在我身旁坐下。他比我年长，戴着夹鼻眼镜，面带微笑地看着我。他笑了一会儿，说道：“挺荒诞的，是吧？人们以为自己经历的是真实发生的事，可实际上，这只是仿造出来的。”他还说，艺术是对现实的虚构。当然，他并没有恶意。我们畅聊了一番。最后，他说：“过一会儿，侦探们就要在这张安静的长椅上召开作战会议了。”

“您怎么知道？您也是工作人员吗？”

他笑了。“不是。事实上，我在这儿等我的儿子。他要来审看拍摄的镜头。他当年可是真正的侦探之一呢。”

我来了精神，更仔细地打量起这位邻座。“我可以猜一猜您

是谁吗？”

“可以。”他愉快地说。

“您是哈伯兰特法官，教授的父亲！”

“猜对了！”他大声说道，“您是怎么知道的呢？您读过《埃米尔和侦探们》吗？”

我摇了摇头，说道：“事实上，那是我写的。”

法官先生更高兴了。于是，我们又热火朝天地聊起来，就好像从出生开始就认识似的。正聊着，一名学生站在我们面前，摘下了他的学生帽。

“你来了？我的孩子。”哈伯兰特法官说。

我一眼就认出了教授。他长高了些，虽然没长多少，但总归是长了。我向他伸出手。

“这不是凯斯特纳先生吗？”他说。

“没错，正是在下。”我大声说道，“你觉得他们拍的那些电影镜头怎么样？”

教授扶了扶眼镜，说道：“他们都很努力，这点不可否认。但像这种电影，当然应该由孩子们来写脚本和拍摄。大人拍不了。”

接着，教授坐在我们俩中间，给我讲起了他朋友们的近况：带喇叭的古斯塔夫已经有一辆带喇叭的摩托车了；小星期二和他的父母搬去达勒姆了，但他还是经常进城来看老朋友，否则他可受不了；还有布鲁诺、米滕茨韦、特劳戈特和策勒特。我听到了好多新鲜事。至于那个讨厌的佩措尔德，他还是和两年前一样狡猾，和大家冲突不断。

“对了，我现在有了一个属于自己的房子，您觉得怎么样？”教授坐得笔直，看上去骄傲极了。

“我的年龄差不多是你的三倍了，”我说，“可我还没有属于自己的房子呢。你是怎么做到的？”

“他是继承来的。”法官解释道，“从一位过世的姑奶奶那儿。”

“房子在波罗的海岸边。”教授开心地讲着，“明年夏天，我要邀请埃米尔和其他侦探们去那儿玩。”他停顿了一下，接着说，“不过需要先得到我父母的同意。”

法官从侧面看着他的儿子。他们透过眼镜相互打量的样子十分有趣。“以我对您敬爱的父母的了解，”法官说，“他们可不敢反对。房子是你的。我只是你的监护人而已。”

“那就这么说定了！”教授说，“等我以后结婚生子，我对待他们会像你对待我一样。”

“前提是你能生出像他们的父亲一样优秀的模范孩子。”哈伯兰特法官说道。

男孩紧紧地靠着法官，说道：“谢谢您的认可，爸爸。”

谈话就此结束。我们三人站起身，朝恺撒大街走去。在乔斯蒂咖啡馆的露台上，那位扮演格伦戴斯的演员正站着。他已经摘下了那顶硬礼帽，正用手帕擦着额头。他面前站着导演、摄影师以及在报亭处对我大声呵斥的那个人。

“我受不了了。”扮演格伦戴斯的演员怒吼道，“太让人恶心了！剧本上写着我要吃两个鸡蛋！就两个！可我已经吃了八个了，你们还是不满意拍摄效果！”

“没办法。”导演说，“还得再拍一次，亲爱的。”

演员戴上那顶硬礼帽，痛苦地望着天空，向服务员招招手，悲伤地说道：“服务员，请再给我两个鸡蛋，放进杯子里！”

服务员晃了晃脑袋，嘀咕道：“这电影可真够费钱的！”

再来看十幅画

埃米尔本人

他又出现啦！距离我们上次见到他，已经过去了两年多。他长高了些，而且还添置了一套崭新的蓝色周日西装。当然是长裤，但这孩子要是长得太快的话，明年说不定就能把长裤当短裤穿了。除此之外，他倒没什么大的变化。他依然是当年那个模范男孩，依然深爱着他的妈妈。有时他会不耐烦地说："真希望我能快点挣很多很多钱，那样的话，你就不用再工作了。"而妈妈则会笑着说："好啊，那我就去捉苍蝇。"

耶施克高级警长

标题没错。诺伊施塔特的耶施克警长已经晋升为高级警长了。关于那座被涂鸦的雕像的事，早就被人忘得一干二净了。这位高级警长休假时，偶尔还会到蒂施拜因家去喝咖啡。每次去之前，他都会在面包师维尔茨那儿买一大盒蛋糕。而维尔茨太太，她可是蒂施拜因太太理发店的常客，前不久，她对面包师说：“嘿，奥斯卡，你就没发现什么吗？”见丈夫摇头，她又说，“你可真是榆木脑袋！”

教授获得的遗产

这就是教授从他的姑奶奶那里继承来的房子。它位于波罗的海沿岸的科尔斯布特尔，在特拉弗明德和津诺维茨之间的某个地方。他的姑奶奶在世时是个热情的园艺爱好者。这个老房子的一楼有个大花园，景色美不胜收。附近就是海滨浴场。人们可以直接穿着泳衣走过去，只需走上三分钟，穿过一片绿意盎然的赤杨林，就到了沙滩。下方是辽阔的波罗的海。一座供沿海蒸汽轮船停靠的木栈桥几乎一直延伸到海平线上。

带喇叭的古斯塔夫

你们听过这样一个故事吗？有人捡到了一颗纽扣，为了这颗纽扣，让人给自己做了一套衣服。古斯塔夫的情况有点类似。起初他只有一个喇叭，他就一直缠着他爸爸，直到他爸爸给他买了一辆摩托车。当然，不是那种很重的摩托车，而是那种无需驾照的轻便摩托车。但对邻居来说，古斯塔夫弄出的动静实在太大了。当他穿上训练服，哐当哐当地骑车拐过街角时，人们甚至会想：摩托车冠军来了！眼下，他把作业抛到九霄云外了。“哎呀，老兄，”他说，“就这样，我在学校里成绩还能倒数第二呢。我知足了。”

小马帽小姐

当一个男孩年满 14 岁时，他依然还是个地地道道的男孩，甚至可能还是个调皮捣蛋的小子。但当一个女孩到了这个年纪，就变成一位年轻的女士了。要是你嘲笑这样一位年轻女士，或者说“别装模作样了，小丫头片子！”，那可就要倒大霉了。你可能会见识到她的雷霆之怒。小马帽出落得更加好看了。她本来就很机灵，只是以前有点像假小子，而如今，她算是个半大姑娘了。外婆常对她说：“孩子，慢慢来，别急着长，反正你迟早会长成老太婆的。”

火车渡轮

你们见过火车渡轮吗？在萨斯尼茨？或者在瓦尔内明德？或者在斯特拉尔松？那些渡轮可奇怪了！它们靠在码头上，张开大口，突然，一列火车开了进去。然后，渡轮载着肚子里的火车，横渡波罗的海，一直开到丹麦、吕根岛或者瑞典。靠岸后，火车从渡轮上开下来，继续在陆地上行驶。这可真是件有意思的事，是吧？坐火车很不错，坐渡轮也很不错，坐火车渡轮肯定更棒！

拜伦父子三人

就是这“三个拜伦”，在我们的故事里扮演着不小的角色呢。他们是杂技演员，在杂耍剧场演出，有时也会在马戏团或者卡巴莱歌舞厅表演。其中一个拜伦是父亲；另外两个拜伦是儿子，分别叫麦基和杰基。他们是双胞胎，但杰基比麦基高。老拜伦对此很不高兴。但杰基能怎么办呢？他在长身体呀！其他小男孩长高了都会很高兴，而杰基·拜伦却为此心烦。

一位老熟人

你们现在看到的是一个小跑堂，也就是一个酒店小员工。以后他会成为服务员或者领班，或者前台主管。但目前他还只是个小跑堂，在酒店帮忙铺桌布、端盘子。跑堂可是个累人的活，不过有时也能得到几个小时的空闲。这种时候，他会迅速跑去家庭浴室，一直游到沙洲上，或者坐在橡胶做的巨大的牙膏管子上，这其实是一个牙膏的广告。说不定，他还能碰到从柏林来的老熟人，回忆起逝去的时光。

施毛赫船长先生

从这位先生顶风前行一千米的样子就能看出，他是个老水手。他是船长，拥有一艘商船，在波罗的海四处航行。他的船有时运木材，有时运煤炭，有时运瑞典的铁矿石。他有时会喝很多朗姆酒，嗯，这也能理解，毕竟海风会让人感到口渴。施毛赫船长在科尔斯布特尔有一所小房子，港口里停着一艘属于他的结实的帆船。差点忘了说，那个小跑堂是他的侄子。这世上的亲戚可比人们以为的要多得多呢！

有棕榈树的小岛

离波罗的海海岸不远的海上，有一座非常非常小的岛。从前，有个渔夫把一棵盆栽棕榈树带到小岛上，并种在了沙地上。如今，那棵非洲棕榈树就长在北方的沙地和海滨的燕麦丛中，树干已经相当粗了。要是岛上有狗的话，看到这景象估计会叫个不停。但这座岛无人居住。首先，它全是沙子；其次，它太小了，根本没法住人，要是睡觉的时候从床上滚下来，会直接掉进波罗的海！

新的故事要开始了

第一章
耶施克警长有心事

耶施克警长下午休息。他带着一大盒蛋糕来到蒂施拜因家。蒂施拜因太太煮了咖啡。三个人坐在舒适的房间里，围着圆桌，胃口大开。蛋糕盘渐渐空了，埃米尔吃得肚皮都要撑破了。

这时，耶施克警长说，市长打算拆除旧的有轨马车线路，修建一条有轨电车线路，现在唯一的问题就是资金匮乏。

埃米尔问道："为什么不修一条地铁呢？要知道，诺伊施塔特的美有一半来自有轨马车，这可是城市特色。"

蒂施拜因太太说："放心吧，如果解决不了资金问题，诺伊施塔特的有轨马车线路能保留到世界末日。"

听了这话，埃米尔似乎得到了些许安慰，从盘子里拿起最后一块苹果蛋糕，放心地吃了起来。耶施克警长在得到了抽烟许可后，也拿出了一支大黑雪茄，悠闲地点燃了香烟。

蒂施拜因太太站起来，把茶杯和盘子收进厨房，然后说她要去一趟杂货店，买一些松香皂，洪堡太太一小时后来店里洗头。

埃米尔站了起来，使劲把嘴里的蛋糕咽下去。

"不要着急，孩子。"妈妈说，"我自己去买就好。"

埃米尔不解地看着她。

耶施克警长看了一眼蒂施拜因太太，一不小心呛到了，猛烈

地咳嗽起来。平复后，他对埃米尔说：“埃米尔，我想和你谈谈，这是一次男人之间的谈话。”

蒂施拜因太太往外走，顺手关上了前厅的门。

“好的。”埃米尔说，“我洗耳恭听。不过，为什么妈妈突然提出自己去杂货店？在我们家，一直是由我负责采购的。”

耶施克警长把雪茄放在烟灰缸上，轻轻弹了弹手指，似乎要掸掉外套上的烟灰（其实根本没有烟灰）。他说：“或许你妈妈想让我们俩安静地聊聊天。”说完，他有些尴尬地看向天花板。

埃米尔也往上看，但什么也没看到。

耶施克警长又把雪茄拿起来，突然问道：“你讨厌我吗？”

埃米尔差点从椅子上摔下来。“问得真奇怪，耶施克先生。您怎么会这么想呢？”他想了想说，“不过，我以前确实很怕您。”

耶施克警长笑了，问道：“是因为那座雕像吧？”

埃米尔点了点头。

“我们上学时也干过这种蠢事。”

“您也干过？亲自干过？”

“千真万确，亲自干过！”

“既然如此，我觉得您亲切多了。”

耶施克先生也高兴起来，说道：“其实，有一件重要的事，我想征求你的意见。上周日，我已经和你妈妈谈过这件事了，但她说得听听你的想法。要是你不同意，她也不会同意。”

“哦……”埃米尔想了想，“但我完全不懂您的意思。”

耶施克警长看了看已经灭掉的雪茄，又拿出点烟的工具，重新点燃。然后，他说：“老实说，和像你这么大的孩子谈这种事真不容易。对了，你还记得你的爸爸吗？”

“印象不深。毕竟他去世时，我刚满 5 岁。”

耶施克警长点了点头，突然快速地说：“我想娶你妈妈！”说完，他开始咳嗽。过了好一会儿，他才缓过来。他接着说：“我可以调到内勤部门工作。我努努力，还能当上督察。我肯定能通过考试的。虽然我没上过几年学，但我也不笨。我还能供你上大学。”

埃米尔垂着头，把掉在彩色桌布上的蛋糕屑抹掉。他站起来，走到窗边，望着窗外的街道。然后，他转过身，轻声说：“我得先想一想，耶施克先生。”

“那当然。”耶施克警长回答道。

埃米尔又看向窗外，心想：“我本来想自己挣钱，挣很多钱，让妈妈不用这么辛苦地工作。我还想一辈子和她生活在一起，就我们俩，相依为命，没有人能加入我们的家庭。可现在来了个警长，还想让妈妈嫁给他！”

就在这时，埃米尔的妈妈出现在街道的拐角处。她神情紧张地直视前方，快速穿过街道。埃米尔拉上窗帘。“我必须给出我的答案了。”他想，“我不能只想着自己，那样太自私了。妈妈一直都为我考虑。而现在，她喜欢这个人，我不能扫兴。”他深吸一口气，转过身，大声说：“我同意你们在一起，耶施克先生。”

耶施克警长站起来，走到他面前，和他握了握手。这时，门从外面打开了。蒂施拜因太太匆匆走进房间，注视着埃米尔。埃米尔想：“我得表现出高兴的样子！”于是，他挽着耶施克警长的胳膊，笑着对妈妈说：“耶施克警长想和您结婚，刚刚在征求我的意见呢！妈妈，您怎么想？”

洪堡太太来洗头的时候，准新郎耶施克警长早已满心欢喜地离开了。到了晚上，他又回来了，还带了一束鲜花、半磅上等的

熟食和一瓶甜酒。“我们得庆祝一番。”他说。席间，埃米尔发表了一篇庄重的致辞，把耶施克警长逗得哈哈大笑。蒂施拜因太太欣慰地坐在沙发上，抚摸着埃米尔的手。

“亲爱的孩子。”耶施克警长说，“谢谢你的祝福。我太开心了。现在，我只有一个请求：不要叫我‘爸爸’。我觉得挺别扭的。当然，我肯定会像爸爸一样对待你，请放心。”

埃米尔很高兴，大声说：“遵命，耶施克警长。那我该怎么称呼您呢？如果我每次都说‘您好，耶施克先生’，会有些奇怪吧？”

耶施克警长站起来，说道：“我们可以成为彼此的朋友呀！我用‘你’来称呼你，你也用‘你’来称呼我。”

就这样，他们成为了朋友。

“如果你想叫我的名字，”耶施克警长说，“请记住，我叫海因里希。”

“遵命，海因里希！”埃米尔说。这时，他听到了妈妈的笑声，这让他更开心了。

海因里希·耶施克走后，蒂施拜因母子像往常一样互道晚安，各自回房。可两人都辗转反侧，难以入眠。

埃米尔心想：“妈妈什么都没察觉到，她以为我一点都不难过。现在，她可以安心地嫁给耶施克警长，然后像我希望的那样过上幸福的生活了。话说回来，耶施克警长确实是个好人。”

埃米尔的妈妈则在想：“真好啊，这孩子什么都没察觉到！我永远都不能让他知道，其实我只想和他相依为命！但我不能只想着自己。我得想着我的孩子，还有他的未来。谁知道我还能活多久，挣多少钱呢？话说回来，耶施克警长确实是个好人。”

第二章

往来信件

第二天中午，埃米尔放学回家时，蒂施拜因太太递给他一封信，说：“你的信，从柏林寄来的。”

“是小马帽寄来的吗？”

“不是，这不是她的笔迹。”

“里面写了什么？”

“哦，孩子！”蒂施拜因太太说，“我可不会擅自拆你的信！”

埃米尔笑了。“妈妈，我们之间什么时候有过秘密呀？”说着，他迅速把书包拿到隔壁房间，心想：“我们之间的确有秘密了，就在昨天！不，是从耶施克先生出现的那一天开始！”

放好书包后，埃米尔在沙发上坐下，拆开信读了起来：

亲爱的埃米尔：

我们很久没有联系了吧？希望你一切都好。我最近也过得还不错。几个星期前，我的一位姑奶奶去世了。接下来我要告诉你一件事，也是我写信给你的真正原因——那位姑奶奶把她的房子作为遗产送给了我。房

子位于波罗的海的海滨，在一个叫科尔斯布特尔的地方——一个海滨浴场。也许也许[1]你知道这个地方。顺带一提，这座房子还有一个美丽的大花园呢！

你知道我想说什么了吧？毕竟，漫长的假期马上要到了！

自从我成为这座房子的房主，我就想到了一个好主意：真心邀请你和其他侦探们来我的房子里度假！我的父母已经同意了，而且他们看到你们时，一定会非常惊喜！你应该知道，我的父母非常开明。所以，虽然他们和我们住在一起，但他们不会阻止我们玩乐。而且，这个房子有上下两层，条件相当不错，一定很好玩。

古斯塔夫已经答应了我的邀请。他父母也同意了。还有一件事！你先坐好，免得因为太过惊讶而摔一跤——你那个外号叫“小马帽”的表姐和你那受人尊敬的外婆都愿意来！当然，她们让我问问你是否来，她们期待和你见面。如果小星期二的妈妈不用去疗养地的话，他或许也能来。这得看医生的意见，你也知道，他妈妈的心脏不太好。

到时候一定会热闹非凡！你最好拍着胸膛说你也会来，你可是我们的领头人啊！既然既然你表姐和外婆都来，你妈妈一定不会反对的。你觉得怎么样？你可以先来柏林，我们会去接你，免得你又下错了站。然后我们一起去波罗的海。哦，差点忘了说，你不用带钱。我家的女佣也会去，她做的饭菜可好吃了。这样很省钱。我妈妈说，就

[1] 此处是笔误，小朋友写的信中总会有各种各样的笔误，下文也是一样。

算所有人都来，也只是多几双碗筷，她完全不介意。

另外，我爸爸会负担你的车票费。我姑奶奶的遗产除了房子，还有不少钱。不过那些钱都给了我爸爸。你尽快写信告诉我们你的决定，我爸爸会马上给你寄钱。我真是太期待和你见面了！对了，请原谅我谈钱。我记得你和我说过，不缺钱的人是不会谈钱的，但就这件事而言，如果我不和我爸爸谈钱，你可能就去不了了。要是你不去，整个假期都会无聊透顶！

亲爱的埃米尔，我迫不及待想要收到你的回信。我们全家向你问好！

你忠实的朋友

特奥多尔·哈伯兰特（外号“教授”）

补充：

几个月前，就在我继承房子后不久，《埃米尔和侦探们》的电影在柏林开拍了。我去了拍摄现场。由真实事件改编成的电影，太奇妙了！毕竟电影情节和事实很接近，但又不完全一样。我爸爸也这么说。听说不久后这部电影就会公映。我好想快些看到它。你也一样吧？再次致以许多多问候！记得立刻给我回信！

埃米尔读完信，把信递给妈妈，然后走进了隔壁的房间。他把书包里的东西倒出来，翻开几何练习本，假装开始写作业。事实上，他只是呆呆地望着前方，开始沉浸地想着心事。

埃米尔想："去波罗的海度假确实很不错，可我宁愿待在家里。但是，如果我待在这里，会不会妨碍到耶施克警长呢？哪怕只有一点点……毕竟从昨天起，他就是妈妈的未婚夫了，而且妈妈喜欢他。我作为儿子，得体谅他们！"

蒂施拜因太太，也就是那位理发师，看到教授的来信后非常高兴。她知道，对埃米尔来说，这一定会是一个美妙的假期！虽说埃米尔不在家时，她会非常想念他，但她也不想因为想念而把埃米尔绑在家里。想到这里，她也走进了隔壁的房间。

埃米尔说："妈妈，我想我应该接受教授的邀请。"

"那当然啦！"妈妈回答道，"这封信写得可真吸引人，是吧？但你得保证游泳时不会游得太远，不然遇到大浪或漩涡可就危险了！"

埃米尔郑重地答应了。

妈妈说："至于信里提到教授的爸爸要给你出车票费这件事，我可不同意。我会从银行取钱给你，这趟旅程花不了多少钱。"她轻轻抚摸着正趴在几何练习本上的埃米尔，"又在做作业？出去走走，呼吸新鲜空气吧，一会儿就开饭！"

"好的。"埃米尔说，"要帮你买些什么吗？或者，有什么需要我帮忙的吗？"

妈妈把他往门口推了推，说："出去吧！饭菜做好了我就叫你。"

埃米尔来到院子里，坐在通往洗衣房的楼梯上，若有所思地拔着台阶缝隙里的草。突然，他跳起来，飞奔出家门，沿着街道狂奔，拐进斯波伦巷，又穿过韦贝尔巷，到了集市广场上。他停下来四处张望。

广场对面，水果摊和蔬菜摊支着帐篷，一个挨着一个，陶工们在卖土制烤炉，花匠和肉贩的摊位也依次排开。耶施克警长的双手威

严地背在身后，在形形色色的摊位之间踱来踱去，履行着监管职责。

埃米尔穿过广场上高低不平的石板路，走到耶施克警长面前。

“嗨！”耶施克警长招呼道，“你是在找我吗？”

“是的，耶施克先生，我是说——是的，海因里希。”埃米尔说，“我想问你一件事。我有个柏林的朋友继承了一座波罗的海的房子，他邀请我暑假去玩，我外婆和表姐也收到了邀请。”

耶施克警长拍了拍埃米尔的肩膀：“听起来棒极了！”

“你也这样觉得吗？”

耶施克警长亲切地看着未来的继子，说道：“我来出车票钱。”

埃米尔用力地摇了摇头，说道：“我自己有存款。”

“真遗憾。”

“对了，海因里希，我是为了别的事来找你的。”

“哦，什么事？”

“是关于我妈妈的。要不是你昨天……我是说，一般情况下，我肯定不会把她丢下的。你得向我郑重保证，每天至少有一个小时陪在她身边，我才会答应我朋友的邀请。我不希望留她一个人，孤零零地待在家里。”埃米尔停顿了一下。不得不说，有时生活可真不容易啊。“你得向我保证，你会好好照顾她，不然我就不去了。”

“我答应你。我可以发誓，孩子。”

“这样我就放心了。”埃米尔说，“你保证每天都会来，对吧？虽然我会写很多信来，但写信和人在身边总归是不一样的。她身边得有一个她喜欢的人。我可不愿让她难过！”

“我每天都会去的。”耶施克警长保证道，“而且，我至少会陪她待上一个小时。要是时间充裕，我就多待一会儿。”

“太感谢了！”埃米尔说完，转身沿着来时的路飞奔回家。

到了院子里，他又在楼梯上坐下，拔着缝隙里的草，就好像他从来没有离开过一样。

五分钟后，蒂施拜因太太从厨房的窗户往外看。“嘿，小伙子！”她大声喊道，“吃午饭啦！”

埃米尔笑着抬起头。“我就来，妈妈！”

蒂施拜因太太把脑袋缩了回去。埃米尔慢慢站起身，走进屋里。下午，埃米尔坐在桌前，给特奥多尔·哈伯兰特写信，他住在柏林的威尔默斯多夫[1]。

亲爱的教授：

感谢你的来信，我简直欣喜若狂。你居然有了一套属于自己的房子，还是一套位于波罗的海的房子，真是太棒了！祝贺你！我还没去过那儿呢。不过，我们的地理课最近讲了梅克伦堡的多湖平原和波罗的海沿岸地区，所以我能想象出那里的景色：沙滩、大轮船、教堂、海港、沙滩椅等等。我想那里一定风景如画。

不过最让我高兴的是你的邀请！我接受你的邀请，并由衷地感谢你和你的父母。我很期待能再次见到你、古斯塔夫和小星期二。而且，你还邀请了小马帽和我外婆，这就更好了！

如果你的房子不够大，我们这些男孩子可以在花园里搭个帐篷，像沙漠中的贝都因人[2]那样生活。我们可

[1] 柏林西部比较重要的区域，有很多住宅、商业设施和文化场所。

[2] 阿拉伯半岛、北非沙漠地区从事游牧的阿拉伯人。

以把床单当作斗篷，每个人轮流站岗，每隔一小时就换一次岗。我们还有时间来商量具体的安排。

我今天也给我的外婆和表姐小马帽写信了。谢谢你们愿意到火车站接我。不过这一次，我绝对不会再让人把钱偷走了，只要能保住我的钱，就算让我把钱藏在鞋里我都不介意。

请替我转告你的爸爸，感谢他愿意替我承担车票费，不过我打算从自己的存折上取钱。你知道，当时我得到了1000马克，现在还有700马克呢。至于为什么少了300马克，那是因为我按照之前商议好的，给妈妈买了一个电吹风和一件暖和的冬大衣。大衣到现在还崭新如初。我妈妈总是很小心地呵护她的物品。

对了，我妈妈让我问问你，我是否需要带一些被褥或是毛巾？我要不要穿那种全身泳装？眼下我只有一条红色泳裤，但有些比较讲究的浴场有着装要求。

对了，我买的是三等车厢，你们呢？二等车厢要贵很多，而且并不会比三等车厢更快。对吧？

等我们到了目的地，你得好好给我们讲讲《埃米尔和侦探们》的电影拍摄情况。希望能快些在电影院看到这部电影，说不定我们还能一起看呢。

我和我妈妈诚挚地问候你，请代我们向你那和蔼可亲的父母问好。再次感谢！我已经迫不及待要见到你了。

暗号：埃米尔！

你永远忠实的朋友埃米尔·蒂施拜因

第三章
埃米尔踏上旅程

糟糕的日子总是来得飞快，就像天边黑压压的乌云，被暴风雨驱赶着逼近。而那些美好的日子总是不紧不慢的，就像是进入了一座迷宫，找不到出口，不知如何通向我们。

终于，暑假在某个早晨来临了！孩子们像往常一样早早醒来，正要一跃而起，可随即又想到，今天不用上学！于是，他们懒洋洋地翻了个身，面向墙壁，闭上了眼睛。

假期！这听起来就像是两份加了鲜奶油的冰激凌，更何况还是个长长的假期呢！

埃米尔眯着眼睛望向窗外。阳光明媚、天空湛蓝，窗前那棵胡桃树的叶子被微风轻轻吹动，仿佛胡桃树正踮着脚朝卧室里窥探呢。埃米尔心里美滋滋的。突然，他就像被什么刺了一下，从床上跳起来。旅行！行李还没收拾好呢！

埃米尔连拖鞋都顾不上穿，从卧室冲出来，大声喊道："妈妈！几点了？"

埃米尔终于站在了站台上。妈妈紧紧地握着他的手。耶施克警长特意请了一小时的假，他提着手提箱和一包食物，站在稍远的地方，不想打扰母子俩告别。

“每隔一天就给我写封信。”蒂施拜因太太嘱咐道，“你答应过我会注意安全，可我还是很担心。那么多男孩子聚在一起，什么事都可能发生！”

“放心吧！”埃米尔说，“你还不了解我吗？我答应的事就一定会做到。我还担心你呢。我不在的这段时间，你有什么打算？”

“我要工作，有空的话就去散步。星期天要是耶施克有时间，我们就一起去郊游，去奶制品厂或者去乌鸫谷。要是他没时间，我就在家缝补衣物，有几条床单已经不成样子了。或者，我给你写封长信，怎么样？”

“好的，记得常给我写信。”埃米尔握了握妈妈的手，“要是有急事，就给我发电报，我会马上回来的。”

“能有什么急事？”蒂施拜因太太问道。

“谁也说不准。反正，只要你需要我，我就会回来。要是没赶上火车，我甚至会走回来。妈妈，你别忘了，我已经不是小孩了。我不希望你再对我隐瞒任何担忧或是其他事情。”

蒂施拜因太太惊讶地问道：“我对你隐瞒什么了？”

两人都沉默了，望着光溜溜的铁轨。

“我不是特指什么事。”埃米尔说，“等我们今晚到了波罗的海，我会马上给你寄一张明信片，不过你可能要到后天才能收到。不知道波罗的海的邮递员会不会消极怠工。”

开往柏林的火车轰隆隆地进站了，嘎吱作响地停在站台边。耶施克警长冲进一节三等车厢，占了个靠窗的座位，小心翼翼地把埃米尔的手提箱放在行李架上，然后等着埃米尔爬进车厢。

“太感谢你了！”埃米尔说，“你对我真好。”

耶施克警长摆了摆手。“这没什么的，孩子。”他又从口袋里

掏出钱包，拿出两枚 5 马克的硬币塞到埃米尔手里，“给你点零花钱，总会用得着的。祝你玩得开心！接下来几个星期的天气都很不错呢，至少报纸上是这么说的。还有，我在集市上答应你的事，我肯定会做到的。”

埃米尔小心地放好那两枚 5 马克的硬币，然后和耶施克警长握了握手，说道：“太谢谢你了，海因里希。”

“不客气，孩子。”耶施克警长把行李箱再往里面推了推，解释道，“不往里放一些，火车转弯的时候，它可能会砸到你。好了，现在我得下去了。”他回到站台上，站在蒂施拜因太太身后。

站长举起信号牌。火车猛地一震，缓缓开动了。

“别再破坏雕像啦！”耶施克警长又笑着大喊。

这次旅行，埃米尔没有做梦，也没有遇到盗窃事件。他带了地理课本，认真地温习起了吕贝克湾、梅克伦堡湖区、波美拉尼亚、吕根岛以及波罗的海沿岸的知识。他就像备考一样认真，毕竟认真是他一直以来的习惯。

埃米尔把课本上的知识读了两遍，然后合上课本，望向窗外，欣赏着火车疾驰而过时窗外的美丽风景。他看着成熟的田野，刚刚读过的内容在脑海里不停地闪过，像是十几只水车轮一样转个不停。埃米尔感觉自己的思绪像被扔进了万花筒。

为了让自己平静下来，埃米尔吃完了所有的食物。包装纸飘出窗外，噼里啪啦地飞走了，最后落在一片南瓜地里。铁路道口的栏杆放下来了，栏杆后停着一辆马车，车夫旁坐着一个男孩，男孩朝埃米尔挥着手。埃米尔也向那个男孩挥了挥手。

有人下车，也有人上车。有时，列车员会走进车厢，在车票背面用粗铅笔重重地画上几笔。

旅途生活还是很丰富的。和两年前相比，火车的速度快多了。世事总是如此，小到一次散步，大到一次火车旅行，第二次走同一段路时，总会觉得比第一次短得多。

在弗里德里希大街站，埃米尔的外婆和表姐挤过人群。

“别跑那么快！”外婆说，“我这个老太婆可跟不上你。”她的黑色兜帽都被挤得歪到了一边。

“火车一分钟前就到站了。”小马帽不耐烦地说，“我们应该早些来的。”

教授看见了她们，走过来，摘下帽子说：“女士们，你们好！”他接过小马帽手里的行李箱，给她们开路。

“你好，大地主先生。”外婆回应道。

教授笑着把度假的客人带到他父母跟前。哈伯兰特法官向两人表示欢迎，并把他的妻子介绍给她们。教授的妈妈长得很漂亮，身材娇小，不比她儿子高多少。

小马帽行了好几个屈膝礼，转达了她父母的问候。外婆说，她还从来没见过大海，可期待了。

然后，大家安静地等着埃米尔。没过多久，埃米尔乘坐的火车就轰隆隆地驶进了火车站，缓缓地停了下来。乘客们纷纷下车。

“那孩子肯定又在动物园站下车了。”小马帽嘟囔道。

不过，就在这时，她口中的“那孩子”从车厢里下来了。埃米尔提着手提箱，四处张望，发现同伴后，他笑着跑向同伴。他放下手提箱，先亲了亲外婆，然后和教授的父母握了握手，又对小马帽说：“呀，你长高了好多！”最后，他和教授打了招呼。两个男孩都很拘谨。男孩们久别重逢时总是这样，过十分钟就好了。

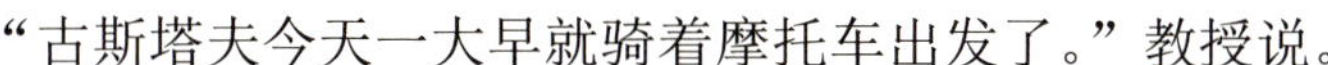

“古斯塔夫今天一大早就骑着摩托车出发了。”教授说。

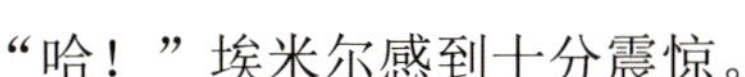

“哈！”埃米尔感到十分震惊。

“他让我代他向你问好，问好多次好。”

“非常感谢。”

“小星期二昨天晚上就出发了，和他爸爸妈妈一起。”

“去瑙海姆吗？”

“不是，医生允许他妈妈一起去海边。”

“太好了。”埃米尔说。

随后出现了一阵尴尬的沉默。哈伯兰特法官用拐杖在地上敲了三下，打破了僵局。“大家听好了！我们现在要去施泰坦纳火车站。我们打两辆出租车，一辆坐大人，另一辆坐小孩。”

“那我呢？”小马帽问道。

大家都笑了。小马帽有点生气，说：“我已经不是小孩了，可也还不是大人。我到底该算什么呢？”

“一个傻丫头。”外婆说，“作为惩罚，你和大人坐一辆车，这样你就会知道，自己其实还是个孩子。”

一行人在火车站候车大厅里吃了午饭，而后，他们上了开往波罗的海的火车。虽是假期出行高峰，但好在他们来得早，全都坐在了同一节车厢里。火车被塞得满满当当的，到处都是孩子、水桶、小旗子、球、铲子、橙子皮、折叠躺椅、装着樱桃的袋子、气球、欢声笑语和呼喊声。火车冒着蒸汽，欢快地穿过勃兰登堡的松林。这是一列热闹非凡的火车，喧闹声从敞开的车窗传出去，回荡在寂静的大自然中。

松树在夏日的微风中轻轻摇曳，仿佛相互低语道：“暑假开始了。”

第四章
海边别墅

科尔斯布特尔的海滨浴场算不上大型海滨浴场。十年前，这里甚至都没有火车站呢。那时，人们要是坐火车从吕贝克来这里，途中得换乘马车。运气好的话能碰上一辆老式马车，由一匹沉重的梅克伦堡马拖着，晃晃悠悠地把度假的客人拉到科尔斯布特尔去。马车沿着崎岖不平、满是沙子的林间小道走着。道路两旁是广阔的荒原。杜松灌木丛像绿色的小矮人一样，站在百年老橡树和山毛榉树之间。时不时会有一群鹿穿过这片寂静之地。而那些位于林间草地上的煤堆，散发出刺鼻的蓝色烟雾，升腾到夏日的空气中。那情景就像格林童话里描述的一样。

如今可不一样了。人们坐火车能直达科尔斯布特尔，然后神气活现地走出火车站，把行李交给行李搬运工，三分钟就能到酒店，十分钟就能到海边。不过我觉得，往日那样反而更美好。

科尔斯布特尔足有一半的人都在火车站迎接度假的列车。广场上停满了手推车、轻便马车、三轮车、平板车和运货马车。

哈伯兰特家的老女佣克洛蒂尔德·塞伦宾德靠在栅栏上，一看到法官先生就双手挥舞着打招呼。她比从火车上涌出来的人群高出一个头都不止。“我在这儿！”她喊道，“法官先生！”

“别喊那么大声，克洛蒂尔德。”法官先生说着，和她握了握

手，“一切都还顺利吧？”

“那当然。您好，太太。幸亏我提前过来了。这么大的房子，要做的活可不少呢。你好啊，西奥[1]！你脸色有点苍白，亲爱的。哪儿不舒服吗？这位肯定就是你的朋友埃米尔了？你好啊，埃米尔。我可听过不少你的事呢。床都已经铺好了。今晚有牛排配什锦蔬菜，这儿的肉比柏林的便宜。哦，这位是小马帽吧，埃米尔的表姐，一眼就能看出来，长得太像了！你把自行车带来了吗？没有呀？”

埃米尔的外婆捂住了耳朵。“您先停一下！”她请求道，“您先停一下，小姐。您说得我耳朵都起褶子了。我是埃米尔的外婆。你好啊，亲爱的。”

“哎呀，长得真像！”女佣说道，然后行了个屈膝礼，“我是克洛蒂尔德·塞伦宾德。”

“这是个新职业[2]吗？”外婆问道。

“不是的，我就叫这个名字。”

“真不幸啊！”外婆大声说道，“你快去看看医生吧，说不定医生能给你换个名字呢。”

“您是认真的吗？”克洛蒂尔德问道。

“当然不是。”外婆回答道，“当然不是。我很少认真。世界上没多少事是值得认真的。”

行李箱和手提包都被装上了一辆平板车，一个雇工在前面拉着，埃米尔和教授在后面推着。他们沿着布吕歇尔大街往前走。

[1] 特奥多尔·哈伯兰特的昵称。

[2] 这位女佣的姓氏Seelenbinder这个词，前半部分是“心灵”的意思，后半部分是“装订”的意思，所以被外婆理解成了“心灵装订者”，她还以为这是个新职业。

突然，传来一阵响亮的喇叭声。一辆摩托车从一条岔路全速冲了出来，然后猛地刹住。雇工赶忙拉住平板车，嘴里骂骂咧咧的，震得周围的窗户玻璃都嗡嗡作响。幸好他说的是低地德语[1]。

“嘿，别这么不爽！”摩托车手喊道，“又不是什么大不了的事。”

埃米尔和教授惊讶地从行李箱后探出脑袋，兴奋地大叫起来：“古斯塔夫！”他们绕过平板车去迎接老朋友。

古斯塔夫吓得把摩托车往路上一扔，把护目镜往上推了推，说：“差点就闯大祸了，各位！我差点把最好的两个朋友给压扁了！原本我们是打算去火车站接你们的……”

“人是没法和命运作对的。”路边排水沟里传来一个声音。

古斯塔夫惊恐地看向他的摩托车。“小星期二去哪儿了？”他大喊道，“他刚才还坐在后面呢！”

大家往路边排水沟一看，小星期二正蹲在那儿呢。他没有大碍，只是从车后座飞出去了，高高地越过草地，掉进了沟里。他对朋友们笑了笑，说：“假期开始得可真不赖！”然后他跳起来，喊道，“暗号：埃米尔！”

“暗号：埃米尔！”四个孩子齐声喊道，然后继续和和气气地赶路。

大人们远远地跟在后面，压根儿就没注意到刚才发生的事。

“西奥的房子就在那儿！”克洛蒂尔德骄傲地指着前方说道。

那是一座迷人的老式房子，坐落在花坛和树木之间，周围遍地是鲜花，山墙上写着“海边别墅”几个字。

[1] 一种德语方言。

克洛蒂尔德接着说："你们看左下方，那是一个很大的玻璃露台，带有推拉窗。露台上还有一个露天阳台，可以在那儿晒太阳。紧挨着阳台的那个房间，我已经为法官先生和太太收拾好了。太太，您觉得还满意吗？"

"你做的事，我都很满意。"教授的妈妈亲切地说。

女佣的脸一下子红了。"旁边的房间是给埃米尔的外婆和小马帽住的。男孩们的房间安排在一楼，就是露台旁边那个。隔壁房间还有一张沙发，要是有客人来的话，可以住隔壁。我们还有一张折叠行军床。饭就在露台上吃。当然，天气好的话，我们也可以在花园里吃饭，只是在户外的话，饭菜容易凉掉，得盖点东西。"她环顾了一下四周，"男孩们去哪儿了？他们应该比我们先到啊。"

"他们已经上床睡觉了。"埃米尔的外婆说，"你要是再这么说下去，小伙子们恐怕都睡醒起床了。"

女佣疑惑地看着这位小个子老太太。"您的话总是让人不太好理解。"

"这得靠经验。我爸爸说，我外婆骨子里就是个调皮鬼。"小马帽说完，打开花园门，朝房子跑去。大人们慢悠悠地跟在她后面，并交代雇工把行李送到相应的房间去。

花园的大部分区域都在房子后面。四个男孩子转来转去地找车库，以便停放古斯塔夫的摩托车。

教授坐在长椅上，晃着两条腿说："显然有两种可能。要么把车停到温室里，跟西红柿待在一块儿；要么停到工具棚里。"

"温室里太热了。"星期二说。

埃米尔想了想，说道："工具棚里肯定到处都是刀和其他锋利

的东西，容易划破摩托车的橡胶轮胎。”

古斯塔夫跑到工具棚外，朝里瞅了瞅，耸耸肩，说道：“连放一辆手推车的地方都没有，更别说放我这辆大家伙了。”

教授笑道：“这也算大家伙？”

古斯塔夫感觉自己受到了冒犯。“在不需要驾照的车里，我这辆算重的了。刚才要不是我来了个急刹车，你们现在已经是骨头渣子了。”

“我们可以把温室的暖气关掉。”星期二提议道。

教授摇了摇头。“那样的话，西红柿就没法成熟了。”

“西红柿是青的还是红的，不重要吧？”古斯塔夫说道，“又不是什么大不了的事。”

这时，小马帽优哉游哉地走过来了。

埃米尔朝她挥了挥手，问道：“你知道车库在哪儿吗？能放古斯塔夫的摩托车的。”

小马帽停下来，朝四周看了看，然后指着花园尽头说：“那边那栋建筑是什么？”

教授说：“是个封闭式亭子。”

他们朝亭子走去，古斯塔夫推着摩托车跟在后面。亭子是一座玻璃小屋，里面有一张白色的桌子和一把绿色的浇水壶。

“太棒了！”教授大声说道，“天生的车库呀！”

小马帽说：“多亏了我啊！”她拧动插在门上的钥匙，打开了亭子的门。

古斯塔夫把摩托车推进去，关上门，拔下钥匙放进了口袋。其他几个男孩都朝房子走去了，大家都饿了。

晚饭后，大家在露台上坐了一会儿，望着繁花似锦的花园。

“饭菜怎么样？”克洛蒂尔德好奇地问道。

当然，大家无不称赞。埃米尔的外婆宣称这是她自银婚[1]宴席以来吃过的最美味的牛排，这可把克洛蒂尔德高兴坏了。

小马帽在帮克洛蒂尔德收拾餐具，埃米尔则写了一张明信片给他的妈妈。古斯塔夫也决定给家里寄张问候明信片。他们把明信片交给了小星期二，让他回阳光公寓的时候顺道去邮局一趟。眼下，小星期二的父母就住在阳光公寓。

“可别只是丢在那儿，”埃米尔叮嘱道，“最好把明信片直接投进邮筒里！”

很快，星期二就要和大家告别了。“明天可别起床晚了！”他说完就一溜烟跑了。

法官先生走上露台，看了看天空。“太阳已经落山了，”他说，“在睡觉之前，我们还得和大海道晚安。”

除了克洛蒂尔德留下来洗碗外，其他人都穿过昏暗的赤杨林，爬上沙丘，远远地望着大海。

哈伯兰特法官说：“还没真正见过大海的人，站出来！”

埃米尔、小马帽和外婆都站了出来。

“你们走前面，我们跟在你们后面。”法官先生说。

于是，外婆挽着外孙、外孙女的胳膊，三人一起走在前面。不一会儿，他们就站在了沙丘的最高点。右边是海滨酒店。海滩向两边延伸开去，沙滩上有各种各样的沙滩篮、彩旗和沙堡。

海滩的尽头就是大海！无论朝哪儿看，大海都无边无际。它就那样静静地躺着，就像流动的水银。在海平面的尽头，一艘船

[1] 结婚二十五周年。

正驶进暮色之中，船上有几盏灯在闪烁。早已落山的太阳在天边留下玫瑰色的余晖。一弯新月挂在天上，看上去还很苍白，好像病了很久似的。远处的灯塔发出道道光线，划过色彩柔和的天穹。轮船发出阵阵汽笛声。

外婆和两个孩子都被眼前的景象深深地震撼了。他们静静地站着，仿佛连呼吸都停止了。

这时，他们身后传来嘎吱嘎吱的脚步声。哈伯兰特法官和古斯塔夫小心翼翼地走了过来。

外婆轻轻地说:“我终于知道，我这把老骨头为什么而存在了。”

第五章
波罗的海的重聚

第二天清晨，克洛蒂尔德正准备敲响男孩们的房门，就听到里面传来咯咯的笑声。“你们醒了？”她边问边把耳朵贴在门上。

“我们何止是‘醒了’！”教授笑着喊道。

“谁啊？”古斯塔夫严肃地问道，“怎么不先自我介绍呢？”

女佣大声回答：“是我！克洛蒂尔德！”

“啊哈，”埃米尔说，“是塞尔宾德小姐呀。”

“是塞伦宾德。”克洛蒂尔德生气地纠正道。

“不，不，”古斯塔夫说，“我们更喜欢塞尔宾德这个叫法。要是你不喜欢，我们就叫你领带[1]！怎么样，领带小姐？”

“这称呼不错。”教授评价道，他仍保留着给别人评价的习惯，“克洛蒂尔德，从现在起，你就叫领带啦！”

“你们爱怎么叫就怎么叫吧。”女佣闷闷不乐地说，“哦，对了，该吃早饭了！其他人都在花园里等着了。我先走了。”

“再见，领带！”三人喊道。随后，他们排成一列，大摇大摆地穿过露台的门，走进屋后的花园。草坪中间摆着一张铺好桌布的大圆桌，教授的父母、小马帽和外婆都已入座。法官先生在

[1] 领带的德语是 Krawatte，与“克洛蒂尔德”发音相似。

看报纸，其他人则惊讶地看着男孩们走来。

教授和古斯塔夫穿着泳装，埃米尔穿着红色泳裤，但这不是最扎眼的。教授戴着他父亲的巴拿马草帽，手中挥舞着一根粗手杖。埃米尔披着小马帽的夏季披风，戴着缀有红色漆制樱桃的黄草帽，撑着彩色条纹的阳伞，在草坪上趾高气扬地走着。古斯塔夫最怪异，他戴着埃米尔外婆的兜帽，帽子的黑色丝带在他下巴处紧紧地打上结，勒得他都快张不开嘴了。他还戴着摩托车护目镜，一只手优雅地挥舞着小马帽的小手提包，另一只手拖着行李箱。三个男孩面不改色，默默地在柳条椅上坐下。

教授用咖啡勺敲了敲杯子，然后三人突然齐声喊道："晚上好，各位大人！"

"这些可怜的小家伙，肯定是中暑了。"法官先生说，"这才暑假第二天，真可惜！"说完，他又拿起报纸。

"得请个医生来看看。"小马帽说，"要是把我的手提包弄脏了，可有你们好看的！"

克洛蒂尔德从别墅出来，端来新煮的咖啡。

"瞧，"教授说，"又是领带小姐，出现的总是她！"

女佣给大家倒好咖啡，把咖啡壶放在桌上，委屈地问道："我是不是得任由你们叫我领带？"

"为什么叫你领带？"哈伯兰特太太问。

古斯塔夫边吃东西边解释道："我们给她起的名字。别人要是被叫作领带，说不定还很高兴呢。我的体育老师叫菲利普·奥克斯[1]，他去做客的时候，一报上名字，就会被大家嘲笑。要是他

[1] 原意是"公牛、傻瓜"。

能叫领带，可得高兴坏了。”

小马帽看向外婆，问道：“这些男孩怎么了？生什么大病了吗？”

“没有。”外婆说，“他们正处于调皮捣蛋期，是正常现象。”

法官先生点头道：“我深有体会，我以前也这样。”

吃完早饭，星期二来叫大家一起去游泳。法官先生和他的妻子留在家里，其他人都朝海滩走去了，包括外婆。男孩们决定光脚走路，据说这样有利于健康。

他们走到沙丘顶部停下来。与昨晚不同，此时的波罗的海泛着蓝绿色的光泽，风一吹，闪耀出金色的光芒，晃得人睁不开眼。于是，外婆戴上了克洛蒂尔德借给她的太阳镜。海滩上到处都是沙滩篮、沙堡、小旗子、彩带和游客。

海浪时不时从海面涌过，小马帽说：“就像有个隐形的售货员在无边无际的货架上展开闪闪发光的丝绸。”她踏上了前往沙滩的路。埃米尔和外婆笑着跟上。走了一会儿，埃米尔回头一看，朋友们仍在原地，一动没动。

“你们怎么不走了？”埃米尔喊道。

他们慢慢动起来，但没走几步又停住了。古斯塔夫单脚跳着，骂骂咧咧。

外婆笑道：“这些柏林来的孩子不习惯光脚走路，石子路太硌脚了。”

古斯塔夫皱着眉头，嘟囔道：“这也叫有利于健康？”

教授说：“我真得说谢谢！我的脚底又不是牛皮。”

“我再也不光脚走路了！”星期二发誓道。

古斯塔夫打算走草地，可那是海滨燕麦，燕麦割得他小腿疼，他“哎哟！哎哟”地大叫起来，又回到石子路上。

埃米尔跑回去，解释道:“海滨燕麦含有丰富的二氧化硅。”

古斯塔夫说:“没想到二氧化硅这么锋利，感觉像走在刀刃上。”

埃米尔又讲了些植物细胞的结构、海滨植物的特性相关的知识。教授说:“说得好，但就算你是了不起的植物学家，我也得回别墅拿鞋。”他说完就跑回去了，古斯塔夫和星期二紧随其后。

埃米尔走到外婆身边，两人在长椅上坐下，望着大海。一艘白色的小型蒸汽船停靠在桥边。男孩发现小马帽已经走远了。

外婆把太阳镜推到布满皱纹的额头，说道:“总算能和你单独待会儿了。孩子，你怎么样？你妈妈怎么样？”

“我们都很好。”

老太太微微歪了一下头，说道:“你现在不怎么爱说话，多说点，小伙子。”

埃米尔望着大海，说道:“外婆，我之前在给你的信里都写了呀。妈妈有很多事要做，不过，要是不工作，她就会觉得生活没乐趣。至于我嘛，我还是班里成绩最好的。”

“这样啊，听起来真让人高兴。”老太太亲切地摇了摇埃米尔的肩膀，“你是不是在糊弄我，小滑头？肯定有问题，肯定有！我对你比对我的手提包还熟悉呢！”

“没什么问题，外婆。一切都好，相信我！”

大家终于齐聚在家庭浴场区了。外婆在沙滩上坐下，脱掉鞋子和袜子，让脚晒晒太阳，顺便照看大家的浴巾。男孩们手拉手，把小马帽围在中间，大喊着冲进海浪。一位胖女士坐在离岸边不远的水中发呆，不小心呛了水，骂骂咧咧起来。

外婆开心地看着在海里欢呼雀跃的孩子们。现在，她只能看到他们的脑袋，而且时隐时现的。

古斯塔夫游得最快，第一个爬上供游泳者休息的大太阳板。小马帽和埃米尔游得一样快，互相帮忙着“上岸”。星期二和教授晚了好一会儿才到。

“你们怎么游得比我和西奥还快？”星期二坐在木板上问。

教授笑道：“别在意，我们是脑力劳动者嘛。”

古斯塔夫说：“确实和脑袋有点关系，你们把头抬得太高了，你们得学自由泳！”说完，他从木板上滚下去，“扑通”一声掉进了大海，开始示范自由泳。

小马帽问：“你这课怎么收费？”

古斯塔夫深吸一口气，潜入水中，过了好一会儿，他浮出水面，喘着粗气说：“不要钱！”

接着，大家往回游。古斯塔夫在前面示范自由泳动作，其他人在后面模仿。教授撞上了一位仰泳的先生。

“你小心点！”那位先生喊道，“眼睛长哪儿了？”

“眼睛在水下呢。”教授回答，然后像螺旋桨似的，跟在朋友们后面。

他们游到非游泳区。这里有一个巨大的橡胶制成的牙膏管。这就是个牙膏广告。大家试着往上爬，可刚爬上去，管子就转起来了，所有人又都扑通扑通地掉进了水里，连连惊叫。

沙滩上有健身器材。一个男人正在玩单杠。只见他一个大翻转，倒悬在空中，然后向前翻腾，完成了一个漂亮的大回环。突然，他把腿从双臂之间穿过，坐到了单杠上。然后，他又做了一个向后翻的动作，张开双臂，膝盖也离开了单杠。他在空中悬停

了一会儿，跳进沙子里，以一个优雅的屈膝结束了整套动作。

“天哪！”古斯塔夫说，“这些动作我可做不了！”

体操运动员走后，两个小男孩来到单杠下。他们跳起来握住单杠，在空中悬了片刻，然后借助身体的摆动，做了刚才男人示范过的高难度动作。他们以同样优雅的屈膝动作在沙地上结束整套动作时，整个家庭浴场区都响起了掌声。

“难以置信啊。”古斯塔夫宣称，“我还从没见过这么精彩的表演，更何况还是两个小不点！”

站在他们旁边的一个男孩说：“这是‘三个拜伦’，一个杂技演员家庭，父亲带着一对双胞胎。晚上他们在海滨酒店表演。”

“那我们得去看看。”小马帽说。

“节目晚上 8 点开始。”陌生男孩介绍说，“别的节目也都是世界级的，我强烈推荐你们把整场都看了。”

“有位子吗？”星期二问。

“我可以给你们预订一张桌子。”陌生男孩说。

“你也是杂技演员？”埃米尔问道。

对方摇摇头说：“不是，虽然我的体操也还不错。不过，我是海滨酒店的小跑堂。”

古斯塔夫笑道：“小跑堂都活不久。”

“为什么？”星期二问。

“嘿嘿，你见过老的小跑堂吗？”

小马帽皱皱鼻子，说道：“别开这种无聊的玩笑！”

陌生男孩说：“自从上次见古斯塔夫以来，他除了长高，没别的变化。”

大家都惊讶地相互看来看去。

“你怎么会认识我？”古斯塔夫问道。

“我认识你们所有人。”正在游泳的小跑堂说，“古斯塔夫还穿过我的衣服呢。”

古斯塔夫张大嘴，说道：“胡说八道！我从没穿过别人的衣服！”

“穿了，穿了。”小跑堂说。

大家都感到十分茫然。

小马帽问：“你叫什么？”

“汉斯·施毛赫。”

“没听说过。”古斯塔夫说，“我不认识什么施毛赫。”

“你还认识我爸爸。”汉斯·施毛赫断言，“埃米尔也认识。”

古斯塔夫大步走到小跑堂跟前，说道：“你快说清楚，小家

伙！不然我把你按进水里，让你当不了跑堂。”

汉斯·施毛赫笑起来，说道：“我以前在柏林诺伦多夫广场的克雷德酒店当电梯服务员。暗号：埃米尔！”

这话就像重磅炸弹一样。大家像狂欢的印第安人一样，围着小施毛赫又跳又舞，海水溅起好几米高。然后，他们和男孩握手，握得他骨头咔咔响。

“哎呀，真是太令人激动了。”埃米尔说，“你爸爸，那个门卫，他对我可好了，还借给我10马克呢。哦，还有，我和古斯塔夫在你们酒店一个房间里过了一夜。”

“可不是嘛！”小跑堂说，“那真是个刺激的故事，我这辈子都忘不了，就算以后当了酒店老板也忘不了。对了，等我休息的时候，我们可以一起去驾船出海。我叔叔住在科尔斯布特尔，他有一艘大型商船。”

“驾驶商船吗？”星期二问。

“当然不行。”小跑堂说，“我叔叔还有一艘漂亮的帆船，他是个很棒的老家伙。”

大家兴奋不已，上岸后，迫不及待地把小施毛赫介绍给了外婆。外婆看着大家把身上的水擦干，也沉浸在孩子们的快乐中。

古斯塔夫开心地看着小跑堂，边用力擦身体边说：“我就有一件事不明白。”

“什么事？”汉斯·施毛赫抬头看着高大的古斯塔夫。

古斯塔夫摇着头，说：“以前我是怎么穿下你的衣服的呢？”

第六章

特别的物理课

接下来是一连串快乐的日子。太阳炽热地照耀着大地，就像透过一面凹凸镜凝视着波罗的海。教授和他的夏日宾客们被晒得皮肤发红，像螃蟹似的，然后渐渐变得黝黑。小马帽的皮肤一直红彤彤的，但却像洋葱一样，一层一层地蜕皮。外婆不停地给她涂抹凡士林、坚果油、羊毛脂和晒伤膏，但都无济于事。

清晨，每当外婆叫醒小马帽，并且说“起床啦，伯爵太太！太阳都出来啦”，小马帽都好想大哭一场。“怎么还不下雨啊？”她绝望地问道。

但是，男孩们全都因为这样的好天气而兴奋不已。大多数时候，他们不是在水里，就是在海滩的某个角落，或者会去桥右边的港口欣赏施毛赫船长的帆船——它叫“库尼贡德四世”号。他们翘首期盼着小跑堂休息的日子，这样大家就能一起出海航行了。有时，古斯塔夫会骑上摩托车，先载一个朋友去森林，并把朋友放在森林小屋旁，然后返回科尔斯布特尔接下一个人。他就这样来来回回跑好几趟，直到所有人都到齐。有一次，外婆甚至让古斯塔夫载她去了森林小屋。下车时，她说：“真是太酷了。我选错职业了，我本该成为一名赛车手的，而不是当外婆。”

大家有时会给家里写信，有时会收到信件。有时，法官先生

会给大家拍照，大家就会把底片夹在下一封信里寄回家。有时，大家会去森林里采花，然后大把大把地带回来。

埃米尔几乎认识所有的植物，能说出它们的特点和名字。他把自己所知道的一切都讲给大家听。于是法官先生便去大学书店买了一本植物学教材和一本植物鉴别指南。但恰恰从那天起，除了埃米尔，没有人再对花草和灌木感兴趣了。

“我一看到书就头痛。”摩托车高手古斯塔夫说道。

一天，外婆收到了一封来自诺伊施塔特的信。信很长，她读了两遍，然后把信收进手提包里，自言自语道：“啊哈！”但她暂时什么都没对埃米尔说。

中午，大家在露台上享受美食。法官先生说：“如果在座的各位不觉得太麻烦的话，我提议今晚去海滨酒店看表演。”

男孩们恨不得扔下甜点就走，尽管那是领带做的特色葡萄酒果冻！不过，他们好歹还是吃完了甜点，然后一路小跑着奔向海滨酒店。当他们站在酒店门口商量着该由谁进去和小跑堂说话时，小马帽出现了。

“咦，你怎么来的？”古斯塔夫问道。

“走着来的。”小马帽说，“我想预订一张今晚的桌子。你们没意见吧？”

没人提出反对意见。

小马帽走进了酒店。

酒店经理朝她走过来。“我能为您做些什么，小姐？”

“我找小跑堂。”

“施毛赫在餐厅呢。”酒店经理说完，转身走进了写字间。

小马帽找到了餐厅，也找到了小跑堂。他正端着一摞盘子，

小心地走在木地板上，平衡着盘子，说道：“稍等一下，小马帽。我马上就来为你服务。”

于是小马帽等了一会儿。

小跑堂收拾好盘子，匆匆忙忙地跑来问道：“有什么能为你效劳的吗？”

“我想预订一张今晚的桌子。”

“几位用餐呢？”

“稍等，我得算一下。法官先生、他太太、外婆、我、克洛蒂尔德和三个男孩子，一共……”

“八位。”小跑堂说，“没问题。我尽量给你们安排在靠前的位置。也许我叔叔，就是船长，他也会来。你们可得认识认识他。”

“那就预订一张九人桌吧。”

小跑堂鞠了一躬，然后说道：“演出 8 点就开始。”

“没问题。”小马帽回答道，“我们会准时到达！”

晚饭后，海边别墅的所有住户都尽可能精心地打扮了一番，然后庄重地朝海滨酒店走去。预订的桌子在第一排，就在舞台正前方。法官先生为大人们点了葡萄酒，孩子们则喝橘子汁。

虽然已经 8 点了，但演出还没开始。乐队一首接一首地演奏着著名的乐曲，大厅里渐渐坐满了欢快的度假客人，没有一张桌子是空的。

酒店外聚集了不少当地居民，他们好奇地透过窗户往里看，想免费观看演出。这时，一个服务员和小跑堂走过去，拉上了窗帘。不过小跑堂拉得不太仔细，窗帘还留着很宽的缝隙呢。

“他真好。”埃米尔说，“这样外面的人还能稍微看到一点。”

“汉斯 · 施毛赫真是个热心肠的人。”教授说。

法官先生拍了拍古斯塔夫的肩膀，问道："你什么时候变得这么勤奋了，看杂技表演还带着书？"

古斯塔夫脸红了，解释道："是英语词典。"

"你要在这儿背单词吗？"

古斯塔夫摇了摇头说："假期背单词？我才不会呢！"

小马帽笑道："他肯定是想和那对双胞胎杂技演员聊天。"

"我确实想。"古斯塔夫说，"那两个姓拜伦的男孩是英国人。嗯……如果我听不懂他们的话，就可以直接查词典。"

"我很期待这场对话呢。"外婆说。她穿了一件黑色的塔夫绸连衣裙，看上去很是华贵。

这时，又有一位客人出现了，是一个身形高大、体态壮实的男人，他戴着一顶蓝色的水手帽，穿着一套蓝色西装，站在木地板上四处张望。小跑堂急匆匆地跑过去，和男人交谈了几句，然后把他领到了哈伯兰特家的桌子旁。

"请允许我向各位介绍一下我的叔叔——施毛赫船长。"汉斯说完就离开了。

孩子们都起身了，法官先生也起身了。他向小跑堂的叔叔打了个招呼，并请他在桌边坐下。船长和所有人都握了手，说道："别拘束，不然我可就走啦。"

于是大家都坐下了。这位新客人向服务员要了一杯朗姆酒调制的格罗格酒。"这么多年轻人，真不错啊。给我讲讲学校里的事吧，小伙子们？我的学生时代已经过去四十年了。那可真是一段疯狂的岁月啊。"他说。

男孩们想了想，但实在想不出能让一位老船长感兴趣的事。老船长满怀期待地从一个人看向另一个人，最后拍了拍膝盖说：

“不是吧？我们那时候可都是些调皮捣蛋的家伙，每天都要搞出点恶作剧来。”

“啊，原来您想听这个呀？”古斯塔夫喊道。

“难道你们以为我想听你们背诵诗歌吗？”

古斯塔夫说：“放暑假前的一星期，我干了件大事，差点被我爸妈赶出家门！但好在后来平息下来了。”

大家都饶有兴趣地听着。

“事情是这样的。”古斯塔夫开始讲述，“物理课之前的课间休息时间比较长，当时，我们班的班长梅纳特跑去找校长打小报告，出卖了我的一个哥们儿。虽然被穿小鞋的不是我，但我在班里可是正义的化身，不管谁摊上这种事，我都会挺身而出维护正义。但是，梅纳特是个胆小鬼，整个课间休息时间，他都躲得不见人影。直到我们都坐在实验教室里了，他才和考尔教授一起匆匆赶来。学校的勤杂工也跟着来了，考尔教授做实验的时候，他经常会从旁帮忙。

“那节课，教授要给我们演示电火花相关的实验。组装好仪器后，教授拉上了遮光窗帘，以便让我们在黑暗中更好地看到电火花。我的邻座科尔特小声对我说：‘这可是个绝佳的机会。你趁黑暗偷偷摸到第一排，在梅纳特背后搞点小动作，在考尔教授把灯打开之前回到自己的座位上。’

“这个提议太对我的胃口了！要是能在人群中将梅纳特这个叛徒狠狠地教训一顿，引起轩然大波，但又没人知道是谁干的，那才是伸张正义……这种超自然的事情当然是再好不过了。”

古斯塔夫环顾了一下四周，大家都在聚精会神地听着。他接着说：“当时，教室里漆黑一片，就像在煤窑里一样。就在大家都

盯着实验时，我偷偷摸到了第一排，然后狠狠地打了一巴掌。我当时用了全身的力气，差点把手打断。那家伙肯定被打到了。他这么多年一直坐第一排。”

施毛赫船长拍了拍膝盖。“太棒了！然后你就回到座位上了，而且神不知鬼不觉。”

古斯塔夫郁闷地摇了摇头。“我没回到座位上，而是吓得呆在了原地。”

“吓？”克洛蒂尔德问道，“为什么会被吓到呢？”

“因为我发现梅纳特没有头发。”

“没有头发？”埃米尔问道。

“对，我打的是个秃头，也就是说，那个人根本不是梅纳特，而是小老头……我是说考尔教授。”

就连给船长送格罗格酒的服务员都在听故事。

“是的。”古斯塔夫说，“考尔教授摸黑坐到了梅纳特旁边，因为他也想看实验。这也能理解，物理实验对一个物理教授来说当然是很有意思的。可我怎么能料到他会坐到梅纳特的位子上呀。”

施毛赫船长哈哈大笑起来，笑声都盖过乐队演奏的进行曲了，还吓到了克洛蒂尔德。

法官先生探身向前问道：“那后来呢？”

古斯塔夫挠了挠耳朵后面。“也不是什么大不了的事。”他说，“不过和我之前遇到过的事比起来，确实很棘手。就是……突然，有人把灯打开了。小老头……考尔教授正坐在梅纳特的位子上，捂着他的秃头。他觉得脑袋疼不奇怪，毕竟我使了全力。全班同学都像被雷劈了一样坐着不动。老勤杂工站在黑板前，也是目瞪口呆。电火花还在不停地闪烁着，但是没有一个人在看。

“‘谁干的？’小老头……嗯，考尔教授过了好一会儿才问道。

“‘是我，教授。请您原谅我，我打错人了。’我说。

“‘这话我信。’他说完就跑出了教室，还一直捂着脑袋，好像生怕脑袋会掉下来似的。”

“太精彩了！”小马帽说，“你可真是个捣蛋鬼！”

古斯塔夫想了想，说：“当时，我什么都不在乎了。趁大家还在发愣，我抓住梅纳特，把他揍得鼻青脸肿。他请了三天假。嗯……然后，我就被老勤杂工带到了校长那里。小老头……考尔教授正坐在沙发上，脖子上冷敷着一块毛巾。

“‘我刚得知，你趁着黑暗袭击了我们学校一位德高望重的老教师。’校长说，‘我们肯定会开除你，但在此之前，我想请你告诉我们，你做出这种阴险举动的动机是什么。’可我当时脑子一片空白！从来没人说过我阴险！然后，我的情绪彻底爆发了。我说，要说阴险，优等生梅纳特才是阴险的家伙。那记耳光本来就该是梅纳特挨的，谁叫他打小报告呢！如果他们就是喜欢这种品行恶劣的人，那我也没办法……我说了很多诸如此类的话。”

施毛赫船长慈爱地看着怒气冲冲的古斯塔夫，问道：“再后来呢？”

古斯塔夫说：“然后发生了一件事，因为那件事，我这辈子都不会忘记考尔教授的。”

“他做了什么？”埃米尔问道。

“他笑了。”古斯塔夫说，“他笑得那么厉害，连冷敷毛巾都掉了！”

施毛赫船长拍拍膝盖，转身对一直站在桌边听故事的服务员说道：“再来一杯格罗格酒！”

第七章
杂技表演

伴随着乐队热烈激昂的吹奏声，舞台上出现了一位穿着讲究，甚至有些夸张的先生。他先是代表酒店向到场的观众致以问候，并承诺会给大家带来一个精彩绝伦的夜晚。随后，他讲了几个笑话，可是除了他自己，没有一个人笑。这让他有些懊恼，于是赶紧宣布了第一个节目——费迪南德·巴斯图布纳的表演。

这位表演者头发灰白，体形胖胖的。他头戴一顶彩色的学生帽，手拿一把低音琉特琴。他拨弄着琴弦，放声高歌了几曲，这些歌都是关于海德堡、心仪的姑娘、漂亮的酒馆女招待的，还有酒桶和啤酒杯。他的嗓音听起来已不再那么清亮。表演结束时，他挥了挥帽子，然后幕布就落下了。

克洛蒂尔德有个问题。“刚才唱歌的那个老头，怎么还是个大学生呢？既然他是大学生，为什么要在这儿唱歌？”她问道。

大家面面相觑。最后，外婆说道：“他可能是个半工半读的大学生吧。”

“哦！”克洛蒂尔德说，“这倒是有可能的。”

大家都笑起来，而她甚至都不知道为什么。

古斯塔夫说：“我才不要上大学呢。我要当赛车手或者特技飞行员。”他转向埃米尔，“你要上大学吗？”

埃米尔闭上眼睛思索起来。他想起了耶施克警长以及那次谈话。“不，”他回答道，“我不要上大学。我想尽快赚钱，然后独立生活。”外婆从侧面看了他一眼，但没有说话。

接下来的节目是一位杂技演员跳舞。她以自己为轴心，飞快地旋转着，甚至让人觉得她的眼睛长在背上，而后脑勺长在脸上。

船长用他的大手奋力鼓掌，声音大得就好像在拍打充气的纸袋。接下来乐队奏响了舞曲。客人们纷纷开始跳舞。船长和克洛蒂尔德一起，法官先生和他的妻子一起。外婆随着音乐轻轻晃动着脑袋，心情很不错。

突然，一位年轻的先生邀请小马帽：“尊贵的小姐，我能请您跳支舞吗？”

埃米尔看了看那位先生，笑道：“这位尊贵的小姐还不会跳舞呢。”

小马帽站起来，说道：“小子，你知道什么！”然后，她和那位先生跳起了舞。

“看看我们这位尊贵的小姐！”教授喊道，“她可是连舞蹈课都没上过呢！”

外婆解释说：“年轻女孩天生就会跳舞。”

下一支舞曲是华尔兹。“这是我们年轻人跳的舞。”船长对小马帽说道。然后，他和小姑娘跳起了华尔兹，他们跳得那么好，别人都不敢上去和他们一起跳。他有时甚至把小马帽高高地举过头顶旋转。跳得实在太棒了！无论是客人还是服务员，全都鼓起掌来。船长和小马帽以屈膝礼退场。

那位穿着讲究的先生又出现在舞台上了。他说，他很荣幸能向大家介绍一位表演艺术家，这位艺术家在各个著名的卡巴莱表

演场所都获得过雷鸣般的掌声。

“真好奇啊。”施毛赫船长说道，“要是一个人这么成功，怎么会跑到我们科尔斯布特尔来呢？”

大家迫不及待地等待着。随着幕布缓缓升起，那位著名的艺术家现身时，埃米尔大声说道：“哎呀，是他！”

这位大艺术家不是别人，正是刚才的报幕员。他给自己装备了一顶大礼帽、一根手杖和一个单片眼镜。

“正是在下。我将给大家带来一场严肃的表演。”艺术家说，“这是一首名为‘生活就是这样’的歌。西奥博尔德，开始吧！[1]”

外婆说道：“很难想象这家伙在大卡巴莱表演场所登过台。”

这位艺术家接着又表演了两首欢快的歌，但同样不怎么精彩。然后，他宣布休息十分钟。

男孩们走出酒店，来到沙丘上，望着大海。大海平静得像铅灰色的绸缎，月光洒在黑暗的海面上，就像一条狭窄的银色小路。海浪有规律地拍打着海岸。沙滩椅的轮廓在夜色中格外突兀，就像夜晚田野里的稻草人。

天空繁星点点，但沙丘上似乎有一点点阴森。

教授小声说道：“我觉得冷。”

于是，他们回到了酒店，在小马帽和大人们旁边坐了下来。

休息过后，之前那位女杂技演员再次登台表演，然后一位魔术师展示了精彩的纸牌魔术。最后，终于迎来了当晚的重头戏——“三个拜伦”登场了！

拜伦先生和他的双胞胎男孩表演的节目精彩绝伦，令人瞠目

---

[1]“西奥博尔德”指的是钢琴师，而“开始吧”就是让钢琴师开始演奏的意思。

结舌。观众们坐得笔直，几乎都不敢呼吸。最精彩的部分来了！拜伦先生躺在一张矮凳上，双臂高高举起，哥哥杰基·拜伦倒立在父亲的右手掌心上，而弟弟麦基·拜伦则倒立在父亲的左手掌心上。起初，兄弟俩抓着拜伦先生的手臂，然后，他们松开了，并把双手紧紧地贴在裤缝上！他们就这样倒立着，就像两个小小的、颠倒的士兵。之后，他们跳回地面，面带微笑，就好像什么都没发生过一样。

拜伦先生仍旧躺在矮凳上，把膝盖收到胸前，然后把脚高高地向上伸出。麦基趴到父亲的脚掌上。拜伦先生开始做蹬自行车的动作，而麦基则在父亲的脚掌上快速旋转起来，就像一个疯狂的纺锤。突然，他飞到了空中，自转一圈，又落回到了拜伦先生的脚掌上！接着，他又被高高抛起，在空中转了九十度，然后落下来——不，他没有落下来，而是站在了拜伦先生的脚掌上！

克洛蒂尔德声音颤抖地说："我不敢看了。"

但埃米尔、古斯塔夫和教授却看得入了迷。

"真可惜，小星期二没在这儿。"古斯塔夫说。

接下来轮到杰基·拜伦上场了。他躺到矮凳上，举起双臂，抓住父亲的手。接着，这位高大强壮的运动员竟然在杰基的手臂上做了个倒立！

"太奇怪了，杰基居然这样都没有骨折。"埃米尔小声说道。

古斯塔夫点了点头。"这可违背了物理学定律。"

当三个拜伦的表演结束时，全场响起了震耳欲聋的掌声。酒店外透过窗帘缝隙往里看的居民们掌声不断，惊得蝙蝠四处乱飞。他们一共谢幕了十二次之多！

古斯塔夫拿起英语词典，下定决心似的站起来。“走！”他跑开了。教授和埃米尔紧跟其后。他们到了舞台候场区的走廊里等着那对双胞胎。

“哈喽，男孩们！”教授喊道。

双胞胎转过身来。

“请等一下。”古斯塔夫请求道。

弟弟麦基加快脚步，消失在了一间屋子里，但哥哥杰基停了下来。

“你们太棒了。”埃米尔说道，“真的非常棒。我向你们表示祝贺，拜伦。”

杰基走过来。他大汗淋漓，看起来非常疲惫。

古斯塔夫在词典里翻找着，然后用英语磕磕绊绊地说道：“哈喽，亲爱的。我们看了你们的表演了。天啊！我会一辈子都记得的。你能听懂吗？”

杰基久久地看着这三个男孩，然后轻声说：“别闹了！我一个英语单词都听不懂。再见，先生们！”

三个朋友露出了惊讶的表情。

古斯塔夫合上词典，说道:“我晕！我以为你是英国人呢。”

“才不是。”杰基回答道，“我们用的是艺名。外国名字更吸引人。你们猜猜，我的真名叫什么？”

他们皱起眉头思考着。

“你还是直接说吧。”教授建议道，“不然我们可能得把整个通讯录都翻一遍。”

杰基把一根手指放在嘴边，说道:“你们可千万别传出去。我叫……算了，还是不说了。”

埃米尔说:“我叫桌腿[1]。你的名字肯定不会比这更难听。”

“好吧……”杰基说，“我叫保罗·帕丘尔克[2]，来自柏林的泰尔托。”

“小保罗·帕丘尔克。”古斯塔夫自言自语，然后转为惊讶，说道，“你来自泰尔托！我叫古斯塔夫。看到你们的表演，我们都很激动。天哪！你们真是太厉害了。”

杰基听到这番赞扬很高兴。“谢谢。”他说，“你们明天还去游泳吗？”

大家点点头。

“那明天见！”杰基说完，跑进了弟弟之前消失的那间屋子。

三个朋友站在走廊里，相互看了看，忍不住笑起来。

古斯塔夫漫不经心地把词典塞进兜里，挽起埃米尔和教授的胳膊，说道:“你们看，学外语就是这么回事！”

---

[1] 前面已经说过，“蒂施拜因”和“桌腿”的德语写法很像。

[2] 这个词也有“粗鲁者”的意思。

第八章 双胞胎中的第三人

第二天下起了倾盆大雨。大家只好待在家里，写信、写明信片、下棋、玩跳棋，时不时往窗外看看。他们就像躲在晴雨表箱子里的树蛙，迫切地期待着雨停。

好在小星期二来了。他撑着他父亲的伞站在花园里，活像一朵大蘑菇。男孩们赶紧让他进屋，然后兴奋地讲起了三个拜伦以及他们的绝技，还告诉他小马帽被称作“尊贵的小姐”的事。

小马帽正在厨房里跟着女佣学做饭。男孩们心生一计，快速跑过走廊，猛地推开厨房门，喊道：“尊贵的小姐，您的舞伴在外面呢！”小马帽果真往窗外看去。男孩们见状都笑起来，然后跑回了走廊。

教授说：“你们有没有写过关于假期的作文？”

“当然有。”古斯塔夫说，“每年都一样，什么‘最美的假期’‘最刺激的假期’‘最有趣的假期’！慢慢地，大家都懒得去经历什么新鲜事了！”

“这鬼天气！其实我们今天就可以把作文写了。”教授提议道，“这样就不用老惦记着了。”

埃米尔表示赞同，但古斯塔夫和星期二反对。

教授想折中一下，说道：“我们可以先做做前期准备。”他从

桌上拿起一本他父亲的书，边翻看边说，“也许能找到合适的内容，可以引用到作文里。”

“我们的德语老师讨厌引用。”古斯塔夫说，“他觉得我们应该自己想，而不是从书上抄。他觉得这和抄同桌的作业一样可恶。”他笑起来，“话说回来，我倒是宁愿抄同桌的作业呢。”

埃米尔问教授在读什么。

“我不告诉你，你们来猜。听好啦！”教授坐到桌子上读起来，“在我们这儿，唱歌是教育的第一步，其他一切都与唱歌有关，并通过唱歌来实现。在这儿，最简单的享受和最简单的教导，都因唱歌而变得生动且深入人心。甚至连我们所传承的信仰和道德准则，也是通过唱歌。”他抬起头问道，“这是谁说的？”

“大概是某个合唱团的指挥吧。”古斯塔夫说。

教授笑了。“错啦！小子，你可出糗啦！这是歌德说的！”

星期二说：“歌德说的……教授，你应该说‘冯·歌德’。”

“这不重要。”古斯塔夫嘟囔道。

教授继续读道：“经过深思熟虑，我们选择音乐作为教育元素，因为从音乐出发，其他教育之路将变得四通八达。”

“冯·歌德当过校长吗？”星期二惊讶地问，“我还以为他是部长呢！”

“什么都和唱歌扯上关系！”古斯塔夫激动地喊道，“想象一下，我们得一边唱歌，一边计算利息或解方程式！我可不觉得这有多美妙。”

“歌德说的应该是小学低年级的情况。”埃米尔说，“刚开始，所有学科之间的联系确实比后来要紧密得多。”

“你们在读什么呢？”这时，法官先生走过来了，“啊哈！

《威廉·迈斯特的漫游年代》。”

“我坚决反对唱歌教学。”古斯塔夫宣称，“我唱歌只能得 4 分，因为我没有音乐细胞。想想吧，我得在所有课上都唱歌……拉丁语，数学，历史，等等等等！简直不敢想象。”

星期二喊道：“就算不用唱歌，你的拉丁语和数学也没好到哪里去吧！”

“好吧，确实。”古斯塔夫说。

法官先生笑道：“歌德在这本书中所描述的教育状况是一位伟大且年长的诗人的理想产物。等你们长大了就能理解了。”

“倒也没那么难懂。”教授说，“听好啦！出身良好、身体健康的孩子生来就拥有很多东西，大自然赋予了每个人所需的一切。我们要做的就是去发展这些东西，而且往往它们自己就能发展得很好。”他合上书，看着朋友们，“就是这样！”

“怎样？”古斯塔夫问。

教授用食指敲了敲书说：“歌德的意思是……”

“是冯·歌德。”星期二纠正道。

“冯·歌德的意思是，我们生来就拥有生活所需的一切，只不过还处于隐藏状态。他认为这些东西可以自行发展，不需要总有人在我们身边指手画脚、监督管理、审查限制。”他看了看他父亲，解释道，“你知道的，我不是说你，老先生。不过，确实有很多父母和老师的做法是错的。”

“教育孩子真是太难了，既不能管得太多，也不能管得太少。”法官先生说，“而且，每个孩子的状况不一样。有的孩子轻轻松松就能发挥出天赋能力，而有的孩子得使用钳子才行。”他坐下来，“等你们以后自己当了爸爸就明白了。”

“我现在就已经很期待了。”埃米尔说。

“嘿嘿。”法官先生大声说道，“有时候你会愁出白头发来！”他看了看他儿子，“你知道的，我不是说你，孩子。”

“这个‘自行发展’的说法，我倒是能理解。”古斯塔夫说，“就算没有各种要求、不用接受留校惩罚，也不需要各种考评，我照样也能成为一名优秀的赛车手——不，是成为更优秀的赛车手，因为我有更多的时间来训练了。”

“各位先生！”法官先生微笑着说，“你们想不想过几天完全不受打扰、自行发展的日子？我刚才路过旅行社，看到后天有一个去哥本哈根的多日游。我很想去丹麦，所以就提议我们夫妻、埃米尔的外婆和小马帽、克洛蒂尔德，后天乘船过去玩。”

“那我们呢？”教授问。

“你们这些小伙子就留在这里。午饭可以在旅馆吃，我会给你们留钱的，要是你们不觉得这是干涉你们的自行发展的话。”

“我们才没有这么斤斤计较。”古斯塔夫说，“钱我们要了。”

“其他所有的事情，你们得自己操心了。”法官先生说，“这样你们就有足够的机会随心所欲地发展自己了。到时候你们也能看看，什么都自己负责到底是件乐事还是个负担。同意吗？”

男孩们兴奋不已。教授走到法官先生跟前，骄傲地问：“还有比我父亲更好的父亲吗？”

“没有！”男孩们齐声喊道。

小星期二就像在教室里一样举起手请求道：“法官先生，您能不能把我的父母也带上？”

下午，雨还在下。大家喝咖啡的时候，施毛赫船长来了。克洛蒂尔德给他煮了一杯浓浓的格罗格酒。船长坐在扶手椅上，把

他的烟斗填满，朝着窗帘喷出蓝色的烟雾，说："这儿可真舒服啊！自从昨晚和你们共度狂欢，我回到自己家都觉得无聊了。"

"您年轻的时候就应该结婚的。"外婆说道。

"那不成。"船长说，"男人成天在海上，妻子默默独守空房——这实在不合适。今晚我又要去瑞典南部运木材了，要去好几天呢。几十年如一日。我一直都是一个人！要是汉斯能永远留在科尔斯布特尔就好了。可是，他学徒期结束后，就要去英国和法国了。一个服务员得去国外闯荡闯荡，不能因为一个老大叔就留在这儿。唉，人就这样一点一点变老，直到有一天再也不会变老。"他看起来十分伤感，所以又喝了一杯格罗格酒。很快，他就要上船了。他穿上油布雨衣，大步走进雨中。

晚饭后，男孩们又坐在走廊上。星期二还没有回去，他得到父母的允许，可以待到9点。雨点敲打着屋顶，大家觉得有些无聊。突然，一张脸贴在走廊的窗户上，还轻轻敲了敲玻璃。四个人都跳起来。教授跑向门口，猛地拉开门，问道："谁？"

一个乔装打扮的身影匆匆走了进来。

是汉斯·施毛赫，那个小跑堂！

"不好意思，打扰了。我需要你们的建议。"汉斯脱下湿漉漉的雨衣，说道，"你们设想一下：8点左右，拜伦先生在我这儿订了茶，让我送到他的房间。我把茶送上去了，正要走，他说他要问我点儿事，而且不能让任何人知道。我点了点头。我还能怎么做呢，对吧？然后他说：'你是个出色的杂技演员。我在浴场上见过你表演杂技。你很有天赋。如果我来训练你，你能成为一名很棒的艺术家。最重要的是，你又小又轻，条件真是太优越了！我举一下你试试！'他用一只胳膊把我举起来，在空中转得我眼前

发黑。然后，他把我放下来。‘您的茶要凉了，拜伦先生。’我说着就想走出房间。但他挡住了门，问我有没有兴趣成为一名艺术家，和他一起登台表演。‘可您已经有一对双胞胎了呀。’我说，‘您为什么还需要第三个人呢？’‘我不是需要第三个人，’他解释说，‘而是需要第二个人。’你们知道他接着说了什么吗？”

男孩们兴致勃勃地听着。

小跑堂继续讲他的故事：“他接下来的话很奇怪，而且很诡异！他说：‘杰基对我来说太重了！’”

“太重了？”星期二诧异道。

“嗯……杰基在长身体，他长得越多就越重，有些练习就没法进行，很多高难度的动作也无法完成。要是杰基继续这样长下去，拜伦先生就完全没法和他一起做任何事了。”

男孩们站在那儿，一声不吭。

小跑堂接着说：“出于这个原因，拜伦先生希望我能代替杰基，继续和他以及麦基合作。他劝我和他们一起在夜间偷偷溜走，避开杰基。拜伦先生说，像我这样的替代品可不好找。”

埃米尔挠了挠头说道：“天哪！他不能因为孩子在长身体，就把孩子随便扔掉！那是他的儿子！这太疯狂了！杰基怎么办？”

“可怜的保罗！”古斯塔夫小声说。

教授来回踱步。“这可太有意思了！我们绝不能容忍这种事。随便雇一个人，就想替换掉双胞胎中的一个！这绝对不行。”

“幸好大人们要去丹麦了，至少他们不会妨碍我们了。”古斯塔夫说。

埃米尔猛地拍了桌子一下，说道：“定要叫那个肌肉男大吃一惊！又轮到我们大显身手了！”他转向小跑堂，“你觉得他打算什么时候开溜？”

“拜伦先生说听我的。”小汉斯说，“这是个千载难逢的机会。”

教授说：“等大人走了，我们就马上召开一个作战会议。在那之前——汉斯，听好了——你要找借口拖住拜伦。明白吗？”

小跑堂点了点头。

星期二说：“这次我可不要再守着电话了！提前说好了！”

“这次根本不用打电话。”古斯塔夫说，“这次只需要行动。”

小汉斯穿上仍在滴水的雨衣，边走向门口边说道：“那我等你们的消息。暗号：埃米尔！”然后，他消失在雨中。

“暗号：埃米尔！”其他人齐声喊道。风声呼啸，仿佛在回应他们。

第九章

侦探们的行动

三天后的早晨，大人们带着小马帽前往瓦尔内明德，准备从那里乘船前往丹麦。女人们，尤其是激动万分的克洛蒂尔德，恨不得给男孩们一千条家务方面的建议。但法官先生把女人们赶进了车厢，然后给了教授 20 马克，说道:“午饭你们就在旅馆吃。其他需要的东西，可以去瓦尔肯蒂恩商店买。另外，食品储藏室里还有备用物资。晚上要把房子锁好！要是你们不知道该怎么办了，就给我们发电报。我们住在安格莱特尔酒店。”

“没必要发电报。”教授说。

“那更好。”他父亲回应道，“祝你们发展顺利！”

几分钟后，站台上只剩下埃米尔、古斯塔夫和教授。再也没有什么能妨碍他们“自行发展”了！

男孩们回到别墅。天气阴沉沉的，风凉飕飕的，根本没法去游泳。教授从写字台上拿了铅笔和纸，扶了扶眼镜，说道:“首先，我们需要制订工作计划。每天由一个人值班。今天我来，明天是埃米尔，后天是古斯塔夫。值班的人要负责叫醒其他人，然后完成必要的采购，还有煮咖啡、准备晚餐、保管好家门钥匙，总之，要做所有必要的事情。”

“牙得各刷各的吧？”古斯塔夫憨憨地笑起来，然后又严肃

地说他不会煮咖啡。

“你能学会的。”埃米尔说。

接着，男孩们去了食品储藏室，仔细清点了库存，准确地记录下有多少储备物资。

“他们肯定想不到，我们独立生活居然这么轻松。”教授说。今天是他值班。他拿上购物袋，前往瓦尔肯蒂恩商店购物。埃米尔和古斯塔夫也跟着一起去了。他们逛了很久，店主给他们推荐了五花八门的东西。教授尴尬地看了看朋友们，难为情地说道：“不好意思，瓦尔肯蒂恩先生。我们家的储藏室里好像什么都有了。”然后，三个男孩拿着空荡荡的购物袋回了家。

“这就是经验啊。”教授说道，“有些经验是必须要有的。”

“没错！”古斯塔夫拿了一个苹果咬了一口。

教授拿过库存清单，修改了关于苹果的记录。“完美的秩序是最最重要的。”他说。

古斯塔夫一面嚼着苹果，一面嘟囔道：“又不是什么大不了的事。”

中午，男孩们原本想去旅馆吃饭。但埃米尔说：“其实我们可以省下这笔钱，是吧？我来做饭！”

“你做什么呢？”古斯塔夫问。

“煎点儿东西。”埃米尔说着卷起衬衫的袖子，“鸡蛋有，黄油有，熏香肠也有。我要煎香肠荷包蛋！我们可以再吃点儿面包，这样就饱了。饭后还有罐头草莓。”

埃米尔系上克洛蒂尔德的围裙，把黄油、鸡蛋、香肠、刀和盐放到桌上，把平底锅放到煤气炉上。他往锅里放了黄油，然后把香肠片放进滋滋响的黄油里，又用锅的边沿敲开两个鸡蛋，巧

妙地把蛋液倒在香肠上，并撒了一小撮盐。朋友们看着他忙碌的样子，内心既紧张又带着暗暗的钦佩。

“蛋黄不能破，这可是最难的部分。”埃米尔自豪地说。

突然，小星期二从开着的厨房窗户往里看。他做了一个引体向上，爬到了窗台上，然后舒舒服服地坐下来。他看着埃米尔，忍不住赞赏道：“俨然就是专业厨师啊！”

“熟能生巧。”埃米尔回答，“我家没有女佣，要是我妈妈中午有事要忙，我就负责做饭。”

星期二说，他接下来几天可以住在这里。朋友们觉得棒极了。“可惜……”星期二又说，“我老爸和老妈无论如何都不去哥本哈根。他们说没兴趣！这算什么理由，是吧？”

“还真是顽固啊！”古斯塔夫说。

埃米尔把煤气的火焰调小了一点儿，说道：“我们得一个一个吃。现在锅里这份给古斯塔夫，因为他最饿。”

男孩们都笑了，只有古斯塔夫没有笑。他说：“你们这群小鞭炮！”这个骂人的词是他自己发明的。

古斯塔夫坐在餐桌旁，把面包掰碎放到鸡蛋上，然后大口大口吃起来。教授拿了一条毛巾给古斯塔夫围上，古斯塔夫看起来就像一个在看牙医的病人。

埃米尔又开始煎第二份香肠荷包蛋。

教授坐在厨房的长椅上，说道：“好了，现在说重点。在我和埃米尔吃饭以及洗碗的时候，古斯塔夫和星期二去海滨酒店和汉斯取得联系。最重要的是，我们得知道拜伦先生是否仍打算和他一起溜走。如果是的话，就让小跑堂和拜伦先生把所有事情都商量好，比如什么时候逃跑、是坐火车还是乘船。”

“我们为什么要设计让这家伙逃跑呢？搞不明白！我们完全可以直接去找他，然后说：‘听着，老兄，别搞小动作！乖乖待在这儿，不然有你好看的！’这不是简单多了吗？”古斯塔夫说。

“不行。”埃米尔解释道，“要是我们直接去找他，他可能会在这儿多待几天，但最后也还是会跑的。那杰基可就惨了！”

“没错。”教授说，“就按照我的提议去做吧。”

埃米尔又补充道：“让汉斯向拜伦先生建议，尽量把逃跑的时间定在深夜。那时杰基已经睡着了，他不会察觉到他爸爸逃跑了。等他第二天早上醒来时，他爸爸和麦基早就回来了。这样他就不用遭受失望的打击了。”

这时，古斯塔夫站起来，宣布道：“这是我吃过的最好吃的煎蛋！你们两个，记得给我留一盘草莓！”说完，他把小星期二从窗台上推到花园里，自己也跳了下去。石子路上传来奔跑的声音，然后传来的是花园门关上的声音。

埃米尔和教授已经吃完午饭。他们给古斯塔夫留了一盘草莓。此时，他们站在洗碗池边，埃米尔洗碗，教授负责把所有的工具都擦干，然后放回碗柜里。洗煎锅最难了，不过最后，他们把煎锅洗得锃亮，都能照出人影了。

埃米尔把抹布挂到钉子上，说道：“孩子和爸爸之间似乎总会出现麻烦事。这个爸爸想抛下自己的儿子跑路，而另一个孩子却要被迫接受一个新爸爸，尽管他根本就不想要。”

“谁是另一个孩子？”教授问。见埃米尔没有回答，他便朝埃米尔看过来，蓦地恍然大悟。

“我还没和任何人说过这件事呢。”埃米尔轻声说，“包括我妈妈。”

“我不会和别人说的。”教授说。

埃米尔把煎锅从一个钩子上挂到另一个钩子上，然后把水龙头拧紧，关上窗户。“我必须和谁说说这件事。它就像石头一样压着我，你知道吗？一直以来，我和我妈妈相依为命，我都快记不起我爸爸的样子了。我从来没想过事情会变成这样。我一直想的是——等我赚了钱，日子就会好过些：我们可以在假期去旅行，长途或短途都行；我们可以租一套更大的公寓，配上真正的家具和很多好书；钟点工每周会上门两次；衣服也可以送去外面洗。唉，我就是这么设想的，结果突然来了个男人，要和我妈妈结婚！那谁来租更大的公寓呢？他！谁会和我妈妈一起去旅行呢？他！谁来请钟点工呢？他！他赚钱，而我赚不赚钱都不重要了。他甚至还说我可以去上大学。哪儿都有他！突然之间，我都不能和我妈妈畅所欲言了。我有时候甚至会想，也许我妈妈都不关心我说什么了。晚上，我辗转反侧，听到我妈妈进来，我就深呼吸，假装睡着了，其实我好想大哭啊！”埃米尔艰难地咽了咽口水，然后振作起来，继续说，“唉，总会好起来的。如果我妈妈喜欢他，那嫁给他也是理所当然的。对我来说，生活也许不再那么美好了，但这没那么重要，是吧？”

“也许是的。”另一个人说，“但你妈妈真的喜欢他吗？”

“不然她为什么要嫁呢？她肯定是喜欢的。那个人确实不错。我们相处得还可以。”埃米尔看着他的朋友，“你怎么看？”

教授说：“我觉得你妈妈不只是你妈妈，她也是她自己。自从你爸爸去世后，她为了养育你，把自己都忘了。现在你长大了，所以，她开始为自己考虑了。这是她的权利，对吧？”

“我每天都要这样对自己说上一百遍，可我还是很难过，你

知道吗？我感到无比遗憾。”

“生活中总有很多遗憾。”教授说，“这一点，谁都改变不了。不过，就算这样，你觉得遗憾总比你妈妈觉得遗憾要好。”

“那是自然。”埃米尔说，“只是我觉得身体里好像有两个人：一个能理解这一切，并且点头认同；另一个则闭上眼睛，暗自哭泣。你有过这种感觉吗？”

“我读到过类似的描述。”教授说，“但我自己不是这样的。我一旦想通了，就不会再难过了。”

“那你可真让人羡慕！”埃米尔若有所思地说，“不管怎么说，收到你的邀请时，我别提多开心了，因为我真的很难掩饰自己的情绪，生怕我妈妈会察觉到什么。她可能会说她不嫁了，因为她一开始就和那人说过，除非我同意，她才会结婚。”

“你妈妈做事真正派！”教授赞赏地说。

“那可是我妈妈！”

后来，两个男孩穿上外套，去和另外两个朋友碰面。

“明晚就能搞定。”古斯塔夫报告说，“明天小跑堂休息，到了晚上，那家伙会带上双胞胎中的弟弟以及我们的小汉斯一起开溜。拜伦先生，那个小鞭炮，打算坐最后一趟船，因为那个时间点，杰基已经睡着了。他打算到瓦尔内明德坐火车去波兰。”

星期二说：“我有一个很简单的计划——我们在码头守着，等他来了，就把他弄回床上去睡觉。”

教授摇了摇头说：“这个计划变数太多。我们得在路上截住他，而且必须等到他没法为自己辩解的时候，也就是说，得先让他乘船走一段路再说。得让他害怕我们向港口警察报警。”

他们坐在长椅上商量了半个小时，敲定了行动计划——小跑

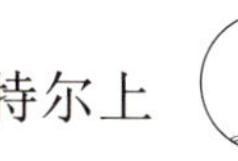

堂要让拜伦先生明白，他不能和他们父子一起在科尔斯布特尔上船，而是要在下一站上船，也就是海德克鲁格。

“小跑堂怎么去海德克鲁格呢？”古斯塔夫问。

“还用问吗！”埃米尔大声说道，“当然是和你以及你的摩托车一起去啦！”

“而我们这些侦探，”教授说，“既不在海德克鲁格上船，也不在科尔斯布特尔上船，而是要更早上船——在格拉尔！我们进到船舱里，到科尔斯布特尔的时候，可以观察到老拜伦是否真的上船了。等船到了海德克鲁格，小跑堂会上来。然后，快到瓦尔内明德的时候，我们就爬到甲板上说：‘尊敬的帕丘尔克先生，您的儿子保罗在哪儿？为什么与您同行的是一个小跑堂？如果您不想以遗弃儿子和拐骗孩子的罪名被我们交给警察，那就请您赶紧和我们一起回科尔斯布特尔。我们希望别让杰基知道这件事。’你们觉得他会反抗吗？”

“他必须回科尔斯布特尔。”星期二兴奋地喊道，“别无选择！”

“确实如此。”古斯塔夫承认道，“可侦探们怎么去格拉尔呢？”

大家无语地看着他。

“哦哦！”古斯塔夫说，“和我以及我的摩托车一起去！”

“没错。”埃米尔说，“你得在这条路线上来回跑，直到所有的侦探都到达格拉尔。然后你从格拉尔出发，经过科尔斯布特尔和海德克鲁格，一直到瓦尔内明德去探查港口警察的情况。明白了吗？”

“明白！”古斯塔夫回答，“但我的摩托车还不明白。”

第十章
海陆大冒险

第二天是星期二，轮到埃米尔值班。他早早打开家门准备去取牛奶和小面包，结果却像被钉在原地一样动弹不得。只见汉斯·施毛赫正坐在门外的草地上，笑着跟他道早安："我今天休息，得好好利用一下。"

"你怎么不按门铃呢？"

"那不行！干酒店这行的都知道，人在床上被门铃吵醒有多讨厌。再说了，随着天色渐渐明朗起来，这里的草地给人一种美好而安静的感觉。"

他们走进厨房煮起了咖啡。其间，埃米尔详细地讲述了侦探们前一晚制订的计划，最后还不忘总结要点。汉斯觉得这个计划简直无可挑剔。他们摆好早餐，叫醒了朋友们。小星期二睡的是小马帽的床，于是大家都叫他"尊贵的小姐"。

小跑堂把一条餐巾夹在胳膊底下，服务十分周到。

"真像个专业的服务员。"古斯塔夫赞赏地说，"服务员，再给我来一杯牛奶。"

"马上就来，先生。"汉斯迅速冲进厨房，用托盘端来一杯牛奶，稳稳当当地放到古斯塔夫面前，问道，"先生，您要在这儿多待些日子吗？看起来天气会很不错。我们酒店可是一流的，保

准您住得舒心惬意。”

“不好意思，我得马上回柏林去。”古斯塔夫说，“我昨天不小心把我太太和孩子锁在衣柜里了，还把钥匙带身上了。”

“真遗憾，不然的话，星期五您就能在我们酒店的电影院看《埃米尔和侦探们》这部电影了。”

“什么？”男孩们异口同声地喊道，全都跳了起来。

小跑堂从口袋里掏出一张报纸，广告页上有一则广告：

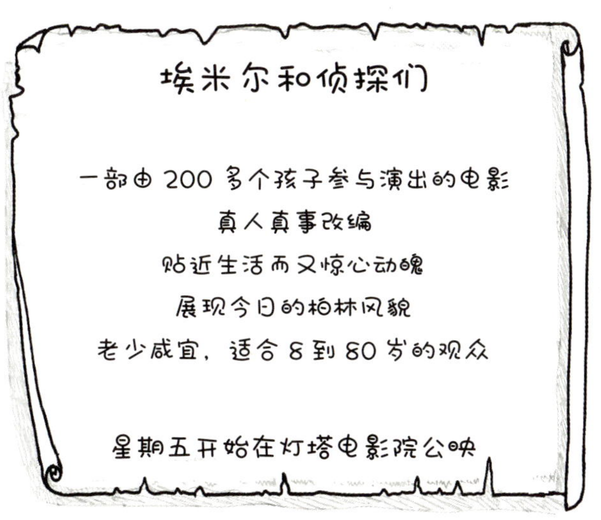

他们把这则广告翻来覆去看了好几遍。

教授说：“虽说只是电影，我们也没有参演，但我已经紧张得直冒汗了。”

“没人会知道我们坐在观众席上的，”埃米尔安慰道，“对吧，汉斯？你应该没有向谁提过吧？”

“一个字都没说！”小跑堂保证道，“你们在这里绝对隐姓埋名。”

“幸好！”古斯塔夫说，“我们可不想被人盯着看。”

突然，汉斯拍了一下额头说道：“瞧我这记性！我本来是想带你们去航行的！我这么早起来就是为了这个。我们来一次正儿八经的帆船之旅，带上野餐所需的一切。下午就能回来。”

“我得留在这儿。”埃米尔说，“我今天值班。”

“别傻了。”古斯塔夫说，“别墅又不会跑掉。跟我们一起去吧，小鞭炮！”

但埃米尔坚持自己的决定。

“我也去不了。”星期二说，“我得和我爸妈一起吃午饭，不然，他们肯定不许我晚上睡在这儿了。那我就没法参与追踪行动了。上次我守着电话，已经错过一次行动了，这次一定要参加。”

古斯塔夫说：“好吧，那就只有三位先生去帆船旅行咯。要是需要的话，我来发动引擎。不过我对帆船可一窍不通。”

“我会啊！”汉斯回应道，“你们只要照我说的做就行。”

说完，男孩们冲进厨房。教授准备了野餐的食物和工具，大家把所有的东西都装进一个旧的购物篮里：苹果、罐头、香肠、面包、黄油、刀、叉、盘子和餐巾。值班的埃米尔一一记录下来。

古斯塔夫拎起装满东西的购物篮，说道：“这些东西我来拿。对待食物可得谨慎。”

“又不是什么大不了的事。”埃米尔笑着说。

“食物不一样。”古斯塔夫严肃地说，“该谨慎就得谨慎。”说完，男孩们朝港口走去。

“准时回来！”当引擎发出嗒嗒声时，埃米尔喊道，“我们今天还有很多事要做呢！”

帆船缓缓驶出港口，汉斯站在桅杆旁，扬起了主帆。教授戴

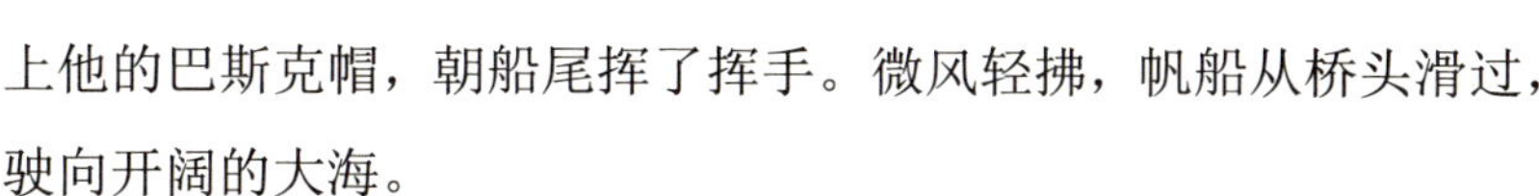

上他的巴斯克帽，朝船尾挥了挥手。微风轻拂，帆船从桥头滑过，驶向开阔的大海。

与此同时，我们的丹麦旅游者正坐在哥本哈根一家名为“弗拉斯卡蒂”的餐厅露台上吃早餐。市政厅塔楼传来美妙的钟声。

小马帽俯身在她事先准备的笔记本上写着旅途见闻，当然，她记的都是些关键词，例如：盖瑟，灯塔船；维维尔，很棒的晚餐；蒂沃利，一个巨大的游乐场；阿马林堡，克里斯蒂安堡；旧证券交易所，一排壮丽的山墙；外国军舰，甚至还有日本的；长长的队伍，在港口漫步；托瓦尔森博物馆。

“不知道小伙子们现在怎么样了？”克洛蒂尔德说道。

法官说：“他们肯定在为能摆脱我们而欢呼呢。”

克洛蒂尔德可不相信。

法官解释道：“这一点我很清楚，亲爱的，因为我自己曾经也是个调皮鬼。”

他们付了账，上了一辆长途汽车，和来自英国、法国、丹麦的游客一起，穿过西兰岛。道路向北延伸，沿途有许多整洁的房屋和花园，到处盛开着红色的爬藤蔷薇。一个叫克兰彭堡的地方格外美丽，小马帽赶紧把这个地名记在笔记本上。

有时，他们能在右边看到大海。但其实，那不是大海，而是一个海峡，名叫松德海峡。远洋轮船在松德海峡上航行，还伴有乐队演奏。蓦地，小马帽在松德海峡的另一侧发现了陆地。她感觉自己就像哥伦布一样，兴奋地拉了拉法官的袖子，问道：“那边是什么地方？”

“那是瑞典。”哈伯兰特法官说。

“哦哦！”小马帽拿出笔记本，写道：见过瑞典海岸；哈伯

兰特法官，一个超级好的人。

“库尼贡德四世”号帆船已经在水上航行了好几个小时。微风依旧轻轻地吹着。小跑堂向教授和古斯塔夫展示了如何操控船帆。三人位于帆船的上风舷，愉快地遨游在波罗的海上。野餐的食物已经吃完，一切都井井有条。阳光明朗。风儿轻抚着被晒成棕褐色的脸庞，仿佛对这些年轻人格外疼爱。

古斯塔夫躺在小船舱里的床上，梦到自己骑着摩托车在水面上飞驰。教授坐在操控舵柄的小跑堂旁边，望着大海。有时，他会看到色彩斑斓的水母或者鱼儿游过。

突然，汉斯指着前方喊道：“那是什么？”

是一座岛屿。

等他们靠近了，汉斯喊道：“一棵棕榈树！波罗的海上居然有棕榈树！这真让人难以置信。”

“是一棵扇叶棕榈树。不过，它看起来好像得了流感似的。”教授实事求是地说。

突然，帆船猛地一震！汉斯和教授从座位上摔了下来，古斯塔夫弹起来，脑袋撞到了舱顶。他咒骂了一声，从船舱里爬出来，问道：“船是不是要沉了？”

“不是。”汉斯说，“我们搁浅了。”

古斯塔夫打量着四周。“你们可真笨！就不能绕过去吗？”他爬出船，“要是在吕根岛还好，但偏偏是在波罗的海上，偏偏就撞上了这个周末才有人度假的小地方。这可真是件了不起的事！”

“我只是想看看那棵棕榈树而已。”汉斯沮丧地说。

“这下你可以好好看了！”古斯塔夫走向那棵奇特的植物。

教授看了看表：“别磨蹭了！我们必须回去了。”

于是，三人同时抵住船，想把它推回海里。可就算他们干到满脸通红，船就是纹丝不动！

古斯塔夫脱下鞋子和袜子，走进水里。“来！”他命令道，“大家一起，用力推！用力推！”结果，因为滑溜溜的水草和苔藓，他摔倒了，消失在水面，好一会儿才钻出来。他吐出一升海水，愤怒地喊道：“真倒霉啊！”他又脱下湿透了的运动服，怒气冲冲地挂到棕榈树上去晾干。

“你瞧，”教授说，“这棵盆栽植物总算有点用处了。”

他们又开始推动帆船，就像搬运钢琴的工人那样，忙活了半个小时。可帆船不是钢琴，它依旧一动不动地停在原地。

“这可真有意思。”古斯塔夫说，“要是我们没法让船重新浮起来，该怎么办呢？”

汉斯躺下来，闭上眼睛说：“那我们就把帆收起来，当个小岛居民吧。幸好我们带了罐头。”

古斯塔夫站起来去查看他的衣服。他拧着衣服上的水，说：“现在可真的没有任何东西能妨碍我们‘自行发展’了。这里没有电话、没有邮箱。这就是最纯粹的鲁滨逊式生活！”

教授用拳头捶了捶沙滩。“我们必须回去！”他喊道，“我们必须回去！不然拜伦先生可就要跑了！”

古斯塔夫看了看四周，除了大海和云朵，什么都没有。他贱兮兮地笑道：“教授，我们大可走回去！”

第十一章
拦截拜伦先生

黄昏降临，太阳躲到云朵后，将云朵和大海都染成了玫瑰色，一眼望去，漫无边际。

埃米尔和小星期二在科尔斯布特尔的桥上耐心地等了一个多小时。他们为朋友们准备好了干粮。小星期二提着干粮袋，精神振奋地期待着即将发生的事。大大小小的帆船纷纷驶入港口，但他们要等的那艘船却迟迟未到。

“他们来了！”小星期二指着一艘正在靠近的船。

可惜，那并不是他们要等的船。

埃米尔说：“怎么回事呢？希望他们别出什么事啊。”

“能出什么事呢？没有暴风雨，一切都正常。或许他们把船开得太远了，没想到回来的路这么长。”

埃米尔冲着一艘返航的船大喊道：“你们在外面有没有看到‘库尼贡德四世’号？”

掌舵的人喊道：“没有！我们一路上根本没碰到什么姑娘[1]！”船上的其他人都大笑起来。

埃米尔说：“我们再等半个小时，要是他们还没到，我们就走

[1] “库尼贡德”是一个常见的女孩名。

着去格拉尔，不坐古斯塔夫的摩托车了。”

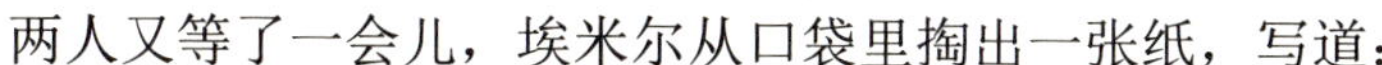

两人又等了一会儿，埃米尔从口袋里掏出一张纸，写道：

我们不等你们了。我们先去格拉尔了。

你们尽快赶路，务必准时赶到海德克鲁格和瓦尔内明德！

埃米尔跑向港口，用别针把纸条固定在“库尼贡德四世”号靠岸处的一根柱子上，这样船一靠岸，朋友们就能马上看到留言了。自从两年前经历了格伦戴斯先生那件事后，他就一直随身带着别针。

“这群野小子！”埃米尔说，“唉，现在说什么都没用了，我们只能靠自己的双腿了！”

他们跑跑走走，奔向格拉尔。他们途经树林。空气沉闷，迷雾蒙蒙。沼泽就在附近，蚊虫成群，差点把这两个匆匆赶路的小伙子吃了。蟾蜍在路上跳来跳去，远处传来布谷鸟的叫声。

大约一个小时后，他们来到了一片草地上，黑白相间的奶牛正在吃草。其中一头牛（可能是公牛）低头朝他们冲过来。他们拔腿就跑，终于跑到了栅栏边，翻身越过栅栏，惊魂不定地站在一条海滨小路上。那头牛严肃地看了他们一眼，然后转过身，慢悠悠地回到牛群中去了。

“吓死我了！”小星期二说，“我差点把干粮都弄丢了。”

与此同时，在海中的那座岛上，教授看了看表，说道：“这个时间，轮船要从格拉尔出发了。真是急死人了。”

坐在棕榈树旁的汉斯眼里含着泪水。“都怪我。”

“各位，”古斯塔夫说，“患难见真情嘛！而且，就算没有我们帮忙，埃米尔和小星期二也能搞定那个帕丘尔克先生。”

教授说：“没有我们，他们俩没法完成这次追踪行动。侦探太少了！而且，他们肯定还在科尔斯布特尔的港口等我们呢，说不定他们等不到我们，已经找港口警察报案了。”

古斯塔夫却不这么认为。“埃米尔为什么要报案呢？我们在这儿能出什么事？我们可以睡在船舱里，吃的也有。明天总会有渔船或轮船经过这个破岛的。”他说。

“这只是你的想法。”教授反驳道，“埃米尔怎么会知道我们被困在这座岛上呢？他又不能未卜先知！”

小跑堂伤心地说：“埃米尔肯定以为我们翻船了，以为我们正艰难地抓着龙骨快要淹死了。”他动情地擦了擦鼻子，“而且，我叔叔明天早上就要从瑞典回来了。”

“哎呀，我们铁定要吃巴掌了！”古斯塔夫若有所思地说，“要不然，我们这辈子就留在这座岛上吧？我们可以靠捕鱼勉强糊口。我们可以用船帆搭个帐篷。说不定这座破岛上还有打火石呢。我们去捞浮木，晾干后点燃，用来烤鱼。怎么样？”

“不愧是你想出来的。”教授揶揄道，“也许有一天，这棵棕榈树上会长出果实！我们可以把海鸥蛋放在果壳里煮熟，还可以把果汁倒进早餐咖啡里。”

“我们有咖啡吗？”古斯塔夫惊讶地问。

“没有！”教授喊道，“汉斯，饮用水还能撑多久？”

“如果我们省着点用，大概能撑一天。”小跑堂回答。

“那我们得再省着点，必须撑够两天！”教授严肃地说，“希望明天会下雨，这样我们就可以用空罐头盒接雨水。”

“教授，”古斯塔夫喊道，“你还是那个老谋深算的战略家。”

“食物由我来分配。”教授说。

古斯塔夫捂住耳朵，请求道：“拜托，别老说吃的，不然我马上就会饿。”

教授走到岸边，望着大海。

古斯塔夫捅了捅小跑堂，轻声问道：“你看他，像不像拿破仑在圣赫勒拿岛时的样子？”古斯塔夫小声说着，咯咯地笑起来。

轮船在科尔斯布特尔靠岸了。在船上的埃米尔和小星期二紧张地扒着窗户往外看。

“要是拜伦不上船可怎么办？”小星期二把鼻子贴在玻璃上。

“那我们就在工作人员解开缆绳之前冲出去，跳到岸上。”埃米尔说道，“但是你看，他来了！”

拜伦先生和双胞胎中的弟弟麦基上了船。他们带了好几个大行李箱，好不容易才把东西都安置好。拜伦先生走到栏杆边，麦基坐在长椅上。桥工解开缆绳，扔给一名水手。引擎轰隆隆地响起，船又开动了。两个男孩望着岸边，那些亮着灯的房子的窗户变得越来越小了。海水拍打着舷窗。

“有股机油味。”小星期二小声说，“我觉得有点儿不舒服。”

埃米尔打开窗户。寒冷的夜风吹进来，海水溅到了他们脸上。小星期二把脑袋伸出窗外，深吸了一口气，冲埃米尔笑了笑，说道：“要是我爸妈知道我在这儿会怎么样！”

有那么一瞬间，埃米尔想起了在诺伊施塔特的妈妈和在哥本哈根的外婆。他振作起来，拍了拍小星期二的膝盖，安慰道：“一切都会好起来的。到了海德克鲁格，小跑堂就会上船。到时候，我们就知道其他人也都各就各位了。剩下的都不是事！”

但是，埃米尔想错了。汉斯·施毛赫并没有在海德克鲁格上船！对此感到惊讶的不只有两个男孩，还有拜伦先生。他在麦基旁边坐下，挠了挠头。对岸是黑乎乎的荒原，随着船的前进缓缓掠过。埃米尔蓦地站起来，吓得小星期二从长椅上滑了下来。

“情况不妙。”埃米尔说，“其他人都没到。我们得自己解决这件事了。走！”

他们爬上楼梯，在甲板上四处寻找。烟囱突突地吐着烟，被几个行李箱包围着，旁边坐着一个男人和一个男孩。埃米尔走上前去。小星期二紧紧跟在他身后，还一直拎着干粮袋。

埃米尔说：“拜伦先生，我得和您谈谈！”

男人惊讶地抬起头：“什么事？”

“我受朋友们之托而来。”埃米尔说，“我们知道，您原本在

海德克鲁格等汉斯·施毛赫，打算和他一起逃跑。”

拜伦先生面露怒色，说道：“所以那家伙没来？是你们这群小毛孩劝他别来的？”

“晚上好，帕丘尔克先生。”小星期二说。

男人恼怒地笑了笑。

埃米尔解释说：“我们是为了杰基的事。您在深夜偷偷抛弃那个可怜的孩子，难道不觉得羞愧吗？”

“我没法再用他了！”

小星期二走上前，激动地问道：“为什么？因为他太重了？我们什么都知道了，先生。但这能成为理由吗？”

“这当然是理由！”男人说，“我没法再和他合作了，我的节目都受到了影响。我是个艺术家。你们明白吗？我能在伦敦的大剧场演出！要是我早两年就知道这小子会长得这么快就好了！”

埃米尔生气地说道：“我真不敢相信，一个人居然可以如此冷漠。杰基以后怎么办？”

“让他去乞讨吗？”小星期二问，“还是说让他跳进波罗的海？或者去福利院？我们可不允许！”

“我和我的朋友们一致决定，”埃米尔说，“您必须和我们一起回科尔斯布特尔。”

“哦，是吗？”拜伦先生翻了个白眼，“你们这些毛头小子还是好好读书吧！”

小星期二回应道：“我们在放假呢，帕丘尔克先生！”

“我们绝不容忍——”埃米尔说，“您因为杰基长得太快就把他推向不幸！我要您和我们一起回去。再过几分钟，我们就到瓦尔内明德了，我们的朋友在那儿等我们。如果您坚持逃跑，我们

就把您交给警察！”

提到警察，拜伦先生显然不高兴了。

“考虑得怎么样了？”过了一会儿，埃米尔问道，“您是要尽做父亲的责任，还是让我们把您抓起来？”

男人看上去突然如释重负似的，反问道：“做父亲的责任？”

他脸色阴沉地笑道：“所以，你们两个小傻子才一直叫我帕丘尔克？我根本不叫帕丘尔克！”

两个男孩惊呆了。

“那您叫什么？”

“安德斯。[1]”他回答。

“好吧，那到底叫什么呢？”埃米尔问道。

“安德斯。”男人解释说，“我叫安德斯，就像有人叫米勒或莱曼一样。我是安德斯先生！”

“哦，原来是这样！”埃米尔大声说道。

“您带身份证了吗？”小星期二问。

“我有护照。”安德斯先生说。

小星期二礼貌地问：“我能看一下您的护照吗？”见这位艺术家不情愿，他又补充道，“如果您想，也可以去警察局给警察看。”

男人从口袋里掏出护照。小星期二拿过来，像边境检查的海关官员一样仔细查看。

“名字没错，他确实叫安德斯。”他念道，“职业：艺术家；体形：高大健壮；面容：普通；头发颜色：黑色；特殊特征：右

[1] 在德语中，这个单词也有“别的、其他”的意思，当拜伦先生第一次回答“安德斯”时，两个男孩理解成了“叫别的（名字）”，因此才会继续问“到底叫什么”。

上臂有纹身。”他把护照还回去，“没问题，谢谢。”

埃米尔问道：“所以，您根本不是杰基的爸爸？”

“不是。”安德斯先生咕哝道，“杰基和麦基也不是双胞胎，甚至都不是亲兄弟。我也不是麦基的爸爸。麦基的真名叫……”

“约瑟夫·科特约翰。”麦基接话道，“‘拜伦’这个名字以及那些亲属关系都是出于商业考虑。杰基当然很可怜。但我们可以肯定的是，我们再也不能用他了。他就倒霉在长得太快了。”

灯塔的探照灯光在海浪和天空闪烁。酒店明亮的窗户友好地眨着眼睛。埃米尔像被当头打了一棒似的，但他还是振作起来了，说道：“我依然觉得就这么扔下那个可怜的孩子是不对的。我和我的朋友们有责任为杰基的未来考虑。所以，请您给我一些钱，我会转给他，至少够他用几个星期的。”

“我才不会干这种傻事！”安德斯先生激动地喊道，“给一个陌生孩子钱！”

埃米尔从口袋里掏出一张纸条。“我们会给您一张签有我们名字的收据。”

“要是我不给钱呢？”男人挑衅地问道。

“要是您拒绝，”埃米尔说，“我们就叫警察把您抓起来。”

“我又不是杰基的父亲！”安德斯先生喊道，“我去警察局干吗？”

“警察会跟您解释的。”小星期二温和地说，“他们在这种事情上可比我们清楚多了。”

埃米尔坐在一盏舱灯下边写边说：“我先写一张 100 马克的收据。”

“疯了吧？”男人问道，“100 马克！”

麦基插话道："太多了，我们没那么多钱。"

"你撒谎。"小星期二说。

"真没有。"麦基说，"我以我的名誉担保。"

"那好吧，50 马克。"埃米尔说着，写好收据并签了名，递给小星期二，"来，小老弟，你也签个名！"

等小星期二签完字，埃米尔把纸条递给那个男人。但安德斯先生压根没打算接这茬儿。轮船渐渐靠近码头。

埃米尔说："这样吧，先生，我现在去叫船长。"说着，他就要往驾驶台的楼梯上爬。

"给你！"拜伦先生气呼呼地从夹克里拽出钱包，递给埃米尔一张纸币。埃米尔接过钱，是 50 马克。"这是收据。"

"你们自己留着这破纸条吧！见鬼去吧！"男人拿起行李箱，骂骂咧咧地上了岸。

麦基跟在他后面，转过身来说道："代我向杰基问好！"他跌跌撞撞地跟在那个叫安德斯的大块头后面，消失在了夜色中。

埃米尔把收据塞进裤兜。没过多久，他和小星期二站在火车站里，研究着时刻表。

埃米尔耸了耸肩说："没火车了，小老弟，也没有轮船了。但我们得马上回科尔斯布特尔。希望他们已经回家了。"

小星期二说："那我们就走路回去？"

埃米尔点点头说："我觉得三个小时能走到。"

"那好吧，出发！"小星期二疲惫地说，"开始穿越黑夜荒野的行军！我觉得自己像个士兵。"

就在古斯塔夫、教授和小跑堂在搁浅的帆船里睡觉时，施毛赫船长在航行于波罗的海的商船上享用着热红酒，埃米尔和小

星期二则在昏暗的公路上艰难跋涉，而我们的丹麦旅行者们正坐在哥本哈根歌剧院对面的酒店里愉快地吃着晚餐。他们完成了穿越西兰岛的巴士之旅，一个个饥肠辘辘，此时边吃边聊，有说有笑。只有哈伯兰特太太比平时更加沉默寡言，也不像往常那样面带微笑。

“怎么了？”法官问道，“头疼吗？”

“我有点儿心悸。我总感觉别墅那边好像有事发生。”

法官搂住她的肩膀，安慰道：“哎呀，哎呀！亲爱的，你总是瞎操心。每次出门在外，你都会觉得砖头随时会砸到孩子头上。”他笑起来，“孩子们都想要独立发展，我们不该打扰他们。开心点！”

一个小时后，在昏暗的公路上，一辆运奶车超过了两个缓缓前行的男孩。

车夫勒住了缰绳，问道：“你们要去哪儿？”

“去科尔斯布特尔。”较大的男孩大声说道，“您能捎我们一段路吗？”

“坐到后面吧！”车夫粗声粗气地说，“别睡着了！不然会从车上掉下去的。”

埃米尔先帮助小星期二爬上了车，然后自己爬上去。运奶车继续前行。一分钟后，小星期二就睡着了。埃米尔紧紧地搂着朋友，望着昏暗的树林和星空，回顾着这一天的经历。是不是做错什么了？杰基现在怎么样了？古斯塔夫和教授又在哪儿？

小星期二沉浸在梦乡里，一只猫头鹰悄无声息地飞过树梢。马受了惊。车夫低声安抚它。然后，他转过身来想问点儿什么，但看到小星期二睡得正香，便没有吭声，转身去管他的马了。

埃米尔感觉非常孤单。

第十二章
船长归来

星期三一早，施毛赫船长在科尔斯布特尔靠岸。负责卸货的工人早已在码头等候。船长办理完常规手续后便上了岸。他觉得有些冷，于是朝海滨酒店走去，想喝杯热咖啡。

服务员刚离开，老板就匆匆赶来了。他向船长打完招呼，问道：“您知道您侄子去哪儿了吗？”

船长哈哈大笑起来：“他精神不错吧？把那小子叫过来，我和他说声‘早上好’。”

“可他不在这儿！他昨天休息，一直没回来。唉，从昨天晚上起，拜伦先生和他的一个儿子也消失了。真是麻烦不断啊！”

船长猛地站起来，大声喊道：“咖啡不要了！”然后，他以那双老水手的腿能承受的最快速度朝码头跑去。帆船不见了！他膝盖一软，无助地环顾四周。他看到了固定在系船柱上的纸条。

船长半蹲着扯下纸条，艰难地站起来，气喘吁吁地往镇上跑去。最后，他来到别墅前，猛地推开花园大门，按响了门铃。门是锁着的。他绕着房子跑了一圈，透过露台的玻璃往屋里看。

埃米尔·蒂施拜因坐在餐桌旁的一把椅子上，脑袋枕着胳膊，趴在桌上睡觉。小星期二则睡在靠墙的沙发上，他裹着一条驼毛毯，脑袋从靠垫里露出来。

走廊的门也是锁着的。船长用手指敲打着玻璃，起初声音很轻，但两个男孩都没醒，于是他敲得越来越重。终于，埃米尔抬起了头。他睡眼惺忪，但只在一瞬间，他的眼睛就有了神采。他惊讶地看了一下露台，似乎想起了很多事。他捋了捋乱蓬蓬的头发，一跃而起，打开了门。

“汉斯在哪儿？”船长大声问道。

埃米尔把他所知道的情况快速讲完，最后说道：“我们昨晚半夜才从瓦尔内明德回来。小星期二睡了一路。我把他从马车上抱下来，拖到沙发上。我打算等天亮了就去报警，并把那 50 马克交给杰基。要是帆船还找不到的话，我就要给哥本哈根的安格莱特尔酒店发电报了。”他耸了耸肩，“但我一闭眼就睡着了。非常抱歉，船长先生。现在怎么办？”

老船长走到门口，说道：“我会把所有能出动的摩托艇都发动起来！我们必须对海面进行搜索。把你的朋友叫醒，然后到码头来！”说完，他匆匆离开了。

埃米尔走到沙发旁把小星期二摇醒。两人快速刷了个牙，简单地洗漱了一下，解开小星期二前一天一直带着的干粮袋，一边嚼着干粮，一边跑出了房子。

埃米尔在门口停下，说道：“小老弟，你去码头吧，说不定能帮上船长的忙。我去叫醒杰基，然后带他一起过去。”说完，他朝着沙丘跑去。

半小时后，二十二艘渔船、五艘帆船和七艘摩托艇离开科尔斯布特尔港，在浮动码头外呈扇形散开。大家约定，相邻的船只不能脱离彼此的视线，以免遗漏任何可疑情况。

施毛赫船长站在“阿耳戈斯”号摩托艇上掌舵。摩托艇的主人是一位工厂主，他把自己的摩托艇借给船长使用。埃米尔、小星期二和杰基站在船凳上，专注地望着海浪。有时，摩托艇倾斜得厉害，海水会溅到男孩们脸上。

杰基说：“我还没好好谢谢你们。我确实被吓到了，到现在还惊魂未定。总之，真的非常感谢，也感谢你们把钱给我。”他和两个男孩握了握手，“现在我要去照顾老大叔了。他心里肯定比我难受多了。”他走到船长身旁，活力满满地朝他点了点头，安

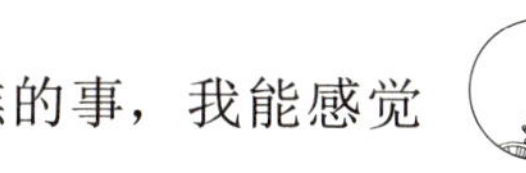

慰道："船长，别担心。肯定不会发生什么糟糕的事，我能感觉到。我可是有着超自然的感知力。"

船长目不斜视地望着前方。杰基环顾四周。左边远处，一艘深色的渔船破浪前行，最右边则是一艘雪白的帆船。

"船长，这附近有沙洲吗？或者小岛之类的？"

老水手松开了舵把，摩托艇像陀螺一样在海浪中打转，仅仅一秒钟，他又紧紧地握住了舵把，而且比之前握得更紧。"小子！"他激动地喊道，"这倒是个好主意！希望被你说中！"他没再说什么，但改变了航向。

被困在小岛上的三个"鲁滨逊"早早就起来了。他们冻得瑟瑟发抖，从船舱里爬出来，做起了伸展运动，直到太阳高照。

他们喝了些水，吃了些罐头。空罐头盒张大嘴巴躺在沙滩上，等着接雨水。然而，天非但没有下雨，反而比过去几天都要蓝。

"我从没想过，好天气也能让我这么讨厌。"古斯塔夫说，"还真是学无止境啊。"

教授也很生气。"要是我们没有罐头盒，肯定又会大雨倾盆。世事总喜欢唱反调。"

"不过凡事都有好的一面。"古斯塔夫反驳道，"想象一下，要是你前几天就把'最有趣的假期'的作文写好了，那不是更惨！你肯定会气得直接把作文本烧掉。"

"我们这辈子还有没有机会写作文都是未知数。"教授忧心忡忡地说道。

汉斯脱下白衬衫，挂在小旗杆上升起来。"这样别人更容易发现我们。"之后，三人又试着让"库尼贡德四世"号重新浮起

来。船摇摇晃晃的，但就是没挪动一寸。

“这破船过了一夜就长在这儿了。”小跑堂说。他们在沙滩上蹲下，他又说：“这次的倒霉事都怪我。饮用水能撑到明天早上。要是今天下午还没人发现我们，我就穿上放在船柜里的救生衣，试着游过去。说不定游到半路，我就能碰到渔船或轮船。”

“不行！”古斯塔夫喊道，“就算要游过去，那肯定也是我！”

“这事是我惹出来的。”小跑堂解释道，“我自己解决。”

“这不是重点。”古斯塔夫说，“谁游泳游得最好谁去。”

“那就是我呀！”小跑堂说。

“不，是我！”古斯塔夫反驳道。

“我去！”

“不行，我去！”

两人跳起来，眼看着就要打起来了，教授朝他们每人脸上扔了一把沙子。他们拼命把嘴里的沙子吐出来，把眼睛擦干净。

“你们是疯了吗？”教授平静地说，“还不如躺下来睡几个小时，这样你们就会忘了吃饭喝水，我们的物资就能撑得久些。”

“阿耳戈斯”号摩托艇坚定不移地破浪前行。孩子们有时没抓稳，于是从船凳这头滚到那头。小星期二的额头上已经肿了个包。施毛赫船长像座雕像一样掌着舵。孩子们顺着船长的目光望向那片汪洋大海。

“在那儿！”船长突然喊道，并指向远处，“一面白旗！”他兴奋地喊道，“是他们！”他朝杰基点了点头，“你刚才那个问题可太值钱了，小子！”

“什么问题，船长？”

“就是问这附近有没有小岛那个！”船长回答道。

孩子们都围到船长身边。杰基说：“我就知道不会发生什么糟糕的事。”

船长如释重负地笑道：“没错。你可是有超自然感知力的！”

埃米尔喊道：“我也看到白色了！还有桅杆！”

杰基也喊起来：“我也看到了！”

小星期二还是什么都没看到。埃米尔正想帮他寻找目标，却发现他哭了。泪水顺着他那被太阳晒得黝黑的脸颊流下来。

“你怎么了，小老弟？”

“我这是喜极而泣。”小星期二小声说，“你可别告诉古斯塔夫和教授，不然他们又要得意忘形了！”他又哭又笑。

“是三个人影！”船长喊道，“我的‘库尼贡德四世’号也在。哼，等着瞧吧，你们这些家伙！等我抓到你们！”

古斯塔夫和小跑堂在小岛上又蹦又跳。他们挥舞着手臂，大声呼喊着。教授一动不动地坐在原地，用手指在沙滩上画着图形。之后，他站起来，把空罐头盒一个个捡起来。小跑堂爬上帆船，把他的衬衫，也就是那面白旗，收回来，迅速穿上。

这时，摩托艇冲破浪花开过来了。船长熄灭引擎，然后把一根缆绳抛向空中。汉斯敏捷地接住，把绳子系在帆船的船尾上。现在，两艘船紧紧地靠在一起了。

“谢天谢地，伙计们！”古斯塔夫喊道。

施毛赫船长第一个从“阿耳戈斯”号上跳到“库尼贡德四世”号上，喊道：“谢天谢地，你们都安然无恙！”

第十三章

后续计划

浩浩荡荡的救援船队和遭遇海难者的归来，演变成了一场小型的民间庆典。栈桥、码头以及通往港口的街道上，密密麻麻地站着当地居民和外来的疗养者，他们挥舞着手臂。正值中午，大约有二十个厨房里都飘着饭菜香。

施毛赫船长让孩子们先去海滨酒店，他自己则和那些帮忙救援的渔民、船夫一起去了小酒馆。他请大家喝酒。他向这些受邀的客人们打过招呼、表示感谢后，径直前往海滨酒店，为自己和孩子们点了一顿丰盛的午餐。

大家坐进了酒店的小型社团活动室，就像脱粒机似的大口吃起来，同时详细地讲述着各自的经历。汉斯虽然是酒店服务员，但此时他也坐在桌旁，而服务员是施密特，也就是他的直属上司，正殷勤地为他服务。甜点是巧克力布丁配香草酱。

船长说："我有个建议——关于某些人遭遇的'鲁滨逊漂流记'，最好谁都别提。明天你们的大人就要从丹麦回来了，没必要让他们知道这个小插曲。如果瞒不住的话，我希望在场的各位都把责任推到我身上。我会处理好的。"

埃米尔和教授一下子站起来。

船长摆了摆手，示意他们别激动。"我知道你们想说什么。

你们有自尊心，想要自己承担责任。”他摇了摇头，继续说，“我为这事担心得都要胃痉挛了，就别让其他大人操心了！我们大人的神经可是很脆弱的！”

埃米尔和教授又坐下来。

“好了，现在施毛赫叔叔要去卖木材了。”船长亲切地说，然后转身喊道，“服务员，结账！”

吃完饭，孩子们都往港口跑去，只有汉斯留在了酒店。他穿上工作服，又变回了小跑堂的样子，就好像什么都没发生过一样。男孩们从“库尼贡德四世”号上取出购物篮，里面还有些食物。他们郑重地把篮子搬回别墅的食品储藏室。

古斯塔夫隆重地宣布道：“今天总算轮到我值班了！”他把库存清单放在桌子上，尽其所能地记着账（其实他不太在行）。

杰基回酒店取行李，男孩们则把克洛蒂尔德提过的那张行军床支在房间里，因为杰基不能继续住酒店了。

教授说：“其实我们本应该好好睡一觉的，但眼下得先缓缓，我们先想想能为杰基做点儿什么。”他在岛上时就感冒了，说话带着浓重的鼻音，尽管岛上有棕榈树（这意味着气温尚可），“安德斯先生吐出了 50 马克，这固然是好事，但这点钱可没法撑到这孩子长大成人。他没有父母，也没有兄弟姐妹。天知道他什么时候能再找到工作。你们有什么建议？”

小星期二举手说：“我们去花园吧。我们是四名侦探，花园有四个角。每名侦探坐在一个角上好好思考。五分钟后，我们在花园的桌子旁集合，每个人都汇报一下自己想到的主意。”

这个提议被采纳了。男孩们跑到花园里，各选了一个角落苦思冥想起来。

天气格外好，蟋蟀弹奏着曼陀林[1]，蝗虫在草间跳来跳去，赤杨林那边传来黄鹂的鸣叫。

五分钟后，大家按照约定聚在那张大大的圆形桌旁，像法官似的严肃入座。

“会议开始。”教授宣布道，“埃米尔先说。”

埃米尔站起来说：“尊敬的听众们！星期五，也就是后天，灯塔电影院将上映《埃米尔和侦探们》。我们原本不打算暴露身份，而是作为普通观众去观影。但现在我觉得，如果我们公开这个秘密，让电影院老板知道我们是谁，就能够帮到杰基。这虽然违背了我们的原则，但事急从权嘛。电影院老板可以在报纸上登个广告，或在公告栏的海报上贴个纸条，写上哪些场次侦探们将亲自到场。这样或许能吸引到更多的孩子来看电影。我们可以让他把第一场的收益送给杰基，作为我们为他带来更多收益的报酬。”他说完便坐下了。

其他人若有所思地点点头。

“有人反对吗？”教授说，“我觉得这个提议非常出色。为了帮助杰基，我们不得不暴露身份了。”他停顿了一下，“我宣布：埃米尔的提议获得了一致通过！我也有个主意。我们派一个人去《浴场报》的编辑部谈谈，写一篇文章，让编辑立马刊登出来。我们得在文章里生动地讲述杰基是如何被安德斯先生抛弃的，要呼吁这里以及周边浴场的孩子们为杰基筹集资金。至于筹到了多少钱，过几天在报纸上公示。”说完，他坐下了。

“太棒了！”古斯塔夫大声说道，“没人反对吧？没有！教授

[1] 一种弦乐器，起源于意大利，音色明亮、清脆。

的提议通过了！现在请小星期二发言。”

小星期二站起来说：“我想的是——让古斯塔夫带上我们中的另一个人，下午骑着摩托车穿梭在各个浴场，向海滩上的孩子们讲述发生了什么事，告诉大家杰基迫切需要帮助。或者可以在每个海滩上都立块牌子，把具体情况都写上，这样所有人都能读到并传播出去。”说完，他也坐下来。

“非常好！”其他人喊道。

古斯塔夫说：“幸好我没什么想法，不然我们都不知道该拿这些想法怎么办了。”

大家又讨论了一会儿，然后跑到露台上，用彩色铅笔绘制了八块牌子，分别给科尔斯布特尔、格拉尔、米里茨、海德克鲁格、瓦尔内明德、海利根达姆、阿伦斯霍普以及布伦斯豪普滕。

古斯塔夫把摩托车推出亭子，推到路上。小星期二带着八块牌子坐到行李架上，然后出发了。

杰基带着行李回到别墅后，男孩们把看家的任务交给他，然后匆匆跑去镇上了，把这位“监事”独自留在家里。当然，他们没有告诉杰基去镇上做什么。

埃米尔走进灯塔电影院的办公室时，电影院老板巴特尔曼先生说：“我很忙！改天再来！”五分钟后，见埃米尔没走，他抬起头来，问道，“你还在这儿？什么事？”

“我是埃米尔·蒂施拜因。”

巴特尔曼先生靠在椅子上，问道：“什么事？”

“我是埃米尔·蒂施拜因，后天要在您这儿放映的电影就是根据我的经历拍摄的。”

“很高兴认识你，”老板说，“真的很高兴。然后呢？”

埃米尔详细说明了侦探们的计划。巴特尔曼先生眯起眼睛，这表明他在思考。接着，他咂了咂舌头，就像马贩子看到新马那样。很显然，他嗅到了一笔好生意。“有一个条件！我可以把第一场放映的收入给你们，但你们得承诺，连续一个星期，每场放映结束后，你们都要上台露个面！”

“整整一个星期？每场放映之后？就算只上台露一次面，我们都会尴尬到不行！我们又不是小丑！”

“天下没有免费的午餐！”老板坚持道。

埃米尔想了想，说道：“好吧，我们也没别的选择了。但是，我们要得到第一天所有场次的全部收入，也就是前三场的收入。”

巴特尔曼先生眯起眼睛，点了点头说：“没想到你还是个精明的商人。成交！”他在打字机上打出合同，一式两份，双方签字后各拿一份。“完美！”巴特尔曼先生说，“星期五可别迟到。”

埃米尔走了。合同在他的口袋里沙沙作响。电影院老板立刻拿起电话，和《浴场报》的广告负责人取得了联系，打算发布一则新广告。接着，他又给广告公司打电话，预订了红色横幅，打算张贴在附近所有的浴场上。横幅上要醒目地写着：连续一星期，埃米尔和侦探们将亲自到场！

与此同时，教授坐在《浴场报》的编辑部里，按照和主编商量的内容撰写《致海滨浴场全体孩子的倡议书》。在署名处，他写道：埃米尔和侦探们的委托者特奥多尔·哈伯兰特，绰号教授。

他把稿子拿到隔壁屋子交给主编。主编通读了一遍，叫来跑腿工，说道：“你去一趟印刷厂。这篇文章要马上排版，而且要放在头版。我随后就过去。”跑腿工拿着稿子走了。

这时，电话铃响了。主编拿起听筒。“请问您是哪位？小星

期二？哦，对，他在我这儿。”他把听筒递给来访者。

“有什么新情况吗？”教授对着话筒说道，“嗯，嗯，非常好！倡议书明天就会登在报纸上。暗号：埃米尔！”说完，他挂了电话。

“什么事？”主编问道。

教授便把情况告诉了他。

“这可真是组织有序的关爱他人的典范啊！”这位先生赞赏道，“顺便说一句，你写的文章也非常出色。你以后想做什么？”

“我也不知道。”教授回答，“小时候，我想当建筑师，但现在不想了。现在，我最感兴趣的是元素的裂变、原子理论以及正负电子。我懂的还不多，我得去找我朋友们了。”他站起身来，并表示了感谢。

“不客气。”主编说着，把来访者送到门口。

就在同一时间，古斯塔夫和小星期二站在格拉尔的海滩上。摩托车和七块牌子靠在栈桥边。古斯塔夫正在用图钉把第八块牌子固定在一块黑板上，浴场管理处的通知就挂在这块黑板上。几个孩子好奇地站在一旁看着。古斯塔夫按了按喇叭，吸引了更多的孩子，连大人都停下来看看牌子上写了什么。

小星期二对古斯塔夫说：“我们怎么着都得说几句话吧？你把我背起来。”古斯塔夫蹲下身子。小星期二爬到朋友的肩膀上，并举手示意大家安静。“尊敬的各位！”小星期二喊道，“我们想请求大家的帮忙。当然，我们不是为了自己，而是为了一个处境艰难的男孩。具体情况已经写在这块牌子上了。更多详情，大家可以在明天的《浴场报》上看到。如果有谁不识字，可以让别人念给自己听。今天下午，我们要跑八个海滨浴场，希望大家能多多支持我们。我和我的朋友们——我们就是埃米尔和侦探们！或

许你们已经听说过我们了。背着我的这个男孩就是带喇叭的古斯塔夫。我说这些是希望大家能相信我们。”

古斯塔夫鞠了一躬，害得小星期二差点儿栽到沙滩上。

“那你肯定就是小星期二啦！”一个女孩喊道。

“没错。但这不是最重要的，最重要的是募捐能顺利进行！我们得赶紧走了。古斯塔夫，放我下来！”

古斯塔夫把小星期二放下来。两位侦探带着七块牌子坐到了摩托车上。

“星期五，灯塔电影院见！”小星期二喊道，“暗号：埃米尔！”

“暗号：埃米尔！”孩子们齐声喊道。

第十四章 一次严肃的谈话

星期四，去哥本哈根旅行的一行人抵达科尔斯布特尔。他们从丹麦的博恩霍尔姆岛回来。克洛蒂尔德脸色苍白，她晕船，一直说地面都在晃悠。法官从药箱里拿出缬草滴剂让她服下。

“我真是太丢人了！”克洛蒂尔德说着，大步走进厨房。她查看了孩子们的库存清单和食品储藏室，一切都井井有条。起初她都不敢相信。接着，她迈着略微虚浮的脚步去镇上采购午餐食材。

其他旅行者没有不舒服，他们讲起了哥本哈根、西兰岛和博恩霍尔姆岛的见闻。小马帽根据她记下的关键词解读了不少内容。大家都很高兴回到家。

埃米尔的外婆说：“酒店的床终究是酒店的床。我要先去躺一会儿，等吃饭的时候再起来。”她和小马帽一起上了楼。

法官问男孩们有没有发生什么严重或危险的事。男孩们想到了那座有棕榈树的小岛，想到了船长和他的建议，全都尴尬地摇了摇头。

“我就知道不会有什么事。”法官又讲起了星期二晚上妻子有多担忧，并得意地笑道，“女人就是容易大惊小怪。孩子，你妈妈当时提心吊胆的，总觉得你们陷入了极大的危险之中。这再次

说明，听从敏感女人的直觉是多么荒谬的一件事。那不过是忧郁的幻想罢了！”

侦探们面面相觑，明智地选择了沉默。小星期二见状，对自己受到的款待表示感谢，然后从隔壁房间拿了自己的睡衣和牙刷，搬出别墅，回到了他父母所在的阳光公寓。随后，教授向父亲讲述了抓捕拜伦先生失败的大致经过，以及他们为了帮助杰基而做的计划和尝试。

“杰基昨晚就是在我们家过夜的，他睡行军床。”教授说，“他这会儿去找小汉斯了。如果你们没意见的话，他暂时就住我们家了。”

哈伯兰特法官表示同意。“你们充分发挥了独立行动的能力，看来我们大人完全可以随时来一场说走就走的旅行！”

男孩们想起了他们的“鲁滨逊漂流记”，心里有些发堵。古斯塔夫心直口快，说道：“其实有时候，大人在也挺实用的。”孩子们都吓了一跳。埃米尔用力踩了他一脚，他则做了个鬼脸回应。

“你怎么了？”法官问道。

“肚子疼。”古斯塔夫无奈地解释道。

法官立刻起身去拿药。可怜的古斯塔夫，虽然身体好得很，但也不得不吃下了药。朋友们幸灾乐祸地笑起来。

“要是你还不好转，”法官说，“十分钟后再给你灌一勺。”

“千万别！”古斯塔夫激动地喊道，“我已经完全好了！”

法官满意地说：“是啊，有了这个滴剂，真是药到病除。”

午饭过后，船长来了。他向丹麦旅行者们打了招呼，然后拿出刚出版的《浴场报》，说道：“孩子们，你们还真是不遗余力啊，居然动员了半个波罗的海沿岸的人来帮助杰基！对了，那孩

子呢？”

“去找小跑堂了，”埃米尔回答，“在您侄子那儿。”

船长把报纸递给了大人们，孩子们则站在他们身后，大家一起读了教授写的倡议书。不过，作者本人一直坐在餐桌旁，尽管他非常想看看自己的作品印出来是什么样子的。船长又展示了灯塔电影院的大幅广告，上面写着埃米尔和侦探们在接下来一星期的出席场次，以及第一天的收入将捐给杰基·拜伦。

小马帽兴奋又激动地问道：“我穿哪条裙子去鞠躬致谢呢？要不要叫人把我在柏林买的新裙子寄过来？”

她说着就要写信回家，幸好被外婆按住了。

船长去找杰基，但杰基不在酒店，而是在网球场上。于是，船长又去了网球场，见到了这位小艺术家。

杰基正在为球员们捡球，看到船长，他开心地打招呼：“嘿，船长！”

“嘿！”老施毛赫回应道，“能和你聊一聊吗？”

杰基把两个球扔给其中一个网球选手，一边捡起第三个球，一边说道：“现在恐怕不行，船长。您也看到了，我正在工作呢。每小时能挣 50 芬尼。人总得生活啊，是吧？而且，我也受不了无所事事的日子。”

“没错！”船长说，“那你什么时候能忙完呢？”

“大概一个小时后，如果客人不提额外要求的话。”

“那一个小时后，如果他们不需要你了，就来找我。”

“好的，船长！”杰基大声说道，然后又给其中一个选手扔了两个球。

与此同时，外婆带着埃米尔和小马帽在树林里散步。这片树

林美丽极了。树木之间生长着蕨类植物、金雀花灌木、森林草莓、蓝莓、狗紫罗兰和野三色堇，忍冬藤一直爬到了最高的树梢上。小马帽在采摘花朵，落在了后面。

外婆问埃米尔：“你定期给你妈妈写信吗？”

埃米尔回答：“那当然！她也差不多每隔一天就给我写一封信呢。”

两人在草地上坐下来。一只金翅雀在桦树枝上跳来跳去。白鹡鸰在小路上忙碌地走来走去。

“我也给你妈妈写信了。”外婆说，“在哥本哈根的时候写的。”她的目光落在一只在草茎上展开翅膀飞走的金龟子上，“话说，埃米尔，你觉得那个耶施克警长怎么样？”

埃米尔惊讶地抬起头，问道：“您怎么知道这件事的？”

“你妈妈问我她该不该再婚。你怎么认为？”

“这件事不是早就定下来了吗？”

“什么都没定下来。”外婆说，“什么都没定下来。”

这时，小马帽风风火火地跑过来，展示着自己采摘的花朵，大声说道：“我想我可以当园丁。”

“可以！”外婆说，“可以，我没意见！一星期前，你想当护士；半个月前，你想当药剂师！就这么反复无常，就这么反复无常。不过，我可不许你去当消防员。”

“要找到合适的职业确实不容易。”小马帽说，“我要是有钱，就去当飞行员。”

“要是你外婆有轮子，她就去当公共汽车了。”老太太说，“现在带着你的花回别墅去吧，把花插在花瓶里。去吧，美丽的园丁！”

小马帽想留在树林里，但外婆催促道：“快去吧！我和埃米尔有重要的话要说。”

“我就喜欢严肃的谈话。”小马帽说。可看到外婆严厉的目光，她耸了耸肩，说道：“约翰娜走了，永不回来。”[1] 说完，她走了。

埃米尔静静地坐了好一会儿，直到小马帽的歌声从远处飘来，他问道：“为什么还没定下来呢？”

“我也不清楚。你觉得那个警长怎么样？”

“我没什么可挑剔的。”埃米尔说，“我们彼此已经以‘你’相称了。他叫海因里希。关键是妈妈喜欢他。”

[1] 这句话引用自席勒的《奥尔良的姑娘》。

“没错。”外婆承认道，“但我觉得，你就是因为这个不高兴。别否认！谁要是有一个像你这样出色、贴心的儿子，她就不需要男人了。你就是这么想的。”

“差不多。”埃米尔说，“但您说得也太直白了。”

“就得这么说，孩子。就得这么说！要是一个人不愿意把话说开，另一个人就得说得夸张点儿。”

“妈妈永远不会知道的。”埃米尔说，“我原本的设想不是这样的。我以为我们会一辈子在一起，就我们俩。但她喜欢他。这才是关键。我肯定不会让她看出我的想法。”

“真的不会被她看出来吗？”外婆说道，“偶尔照照镜子吧，孩子。你现在看起来就像一只待宰的羔羊。我虽然老了，眼神不济，但你这一脸的苦相，我不戴眼镜都能看清楚。总有一天，你妈妈会察觉到的，那时就晚了。”

她在手提包里翻找了一番，拿出一封信和她的老花镜。“这是你妈妈写给我的信。我给你念一段，虽然我不该这么做，但我得让你知道，你对你妈妈了解得太少了。”她动作缓慢地戴上眼镜，念道，“耶施克确实是个很好的男人，可靠又善良。如果我要再婚的话，他确实是不二人选。但是，亲爱的妈妈，其实我更愿意和埃米尔相依相伴。这个秘密，我只跟您说。这一点，他当然不知道，永远也不会知道。我该怎么办呢？要是哪天我遇到什么难处，埃米尔可怎么办呢？还有，如果我的收入减少的话——实际上已经减少了，有位理发师在市场上开了家新店，他的太太从市场上买东西，而女商贩们也都去光顾那家新店了。我得为孩子的未来着想。对我而言，没有比这更重要的了。我会好好做耶施克的妻子，我已经决定了，他值得。但我真正爱的，其实只有

我唯一的好孩子，我的埃米尔。”

外婆放下信，神情严肃地望着前方，然后慢慢地摘下眼镜。

埃米尔双臂环抱住膝盖，脸色苍白，咬紧牙关。突然，他把脑袋靠在膝盖上哭了起来。

“哭吧，孩子。”老太太说，“哭吧，孩子。”然后，她不说话了，让埃米尔哭个够。过了一会儿，她才说：“你只爱她，她也只爱你。你们出于爱而欺瞒了对方，虽然彼此深爱，却产生了误解。生活中就是会发生这种事，确实，就是会发生。”

一只松鸦嘎嘎叫着飞过树梢。

埃米尔擦干眼泪，看着老太太，说道：“我不知道该怎么办了，外婆！我就看着她为了帮我而结婚吗？可我们明明都更喜欢相依为命呀！我该怎么办呢？”

“孩子，你有两个选择。要么等你回家后请求她不要结婚，那样你们就会相拥而泣，这件事暂时就解决了。”

“第二个选择呢？”

“什么都别告诉她，永远保持沉默。但那样的话，你就得开开心心地瞒着，不能老摆出一副苦瓜脸！怎么选，你自己决定。我只想说——你会长大，你妈妈也会变老。这事听起来简单，做起来可没那么容易。再过几年，你能挣到足够的钱养活你们俩吗？就算能，你打算在哪儿挣钱呢？在诺伊施塔特？不，孩子。人总有一天要离开家，就算没必要，也应该这么做！到时就只剩她一个人了。没有儿子，没有丈夫，孤孤单单的。还有，再过个十年或者十二年，你结婚了，又该怎么办呢？婆婆和儿媳可不能住在同一个屋檐下。这一点，我很清楚，因为我经历过，一次是作为妻子，一次是作为母亲。”外婆的目光仿佛穿透了树林，看

到了过往的岁月，“如果她结婚，那就意味着，你们俩都为对方做出了牺牲。不过她永远不会知道你已经从我这里了解了她的牺牲，也不会知道你为她做出的牺牲，所以，她的心理负担会比你轻一些。你懂我的意思吗，孩子？”

埃米尔点点头。

“接受别人的牺牲，同时开心地、瞒着对方做出更大的牺牲，这可不容易。这是一种没人看见、没人赞扬的行为。但总有一天，这会给对方带来幸福。而这幸福，就是唯一的回报。”老太太站起来，“你想怎么选就怎么选，但要考虑清楚！你自己先待一会儿吧。”

埃米尔跳起来。“我跟您一起走，外婆！我知道该怎么做了。我会一直瞒着她！直到永远。”

外婆看着埃米尔的眼睛。“真了不起！”她说，“真了不起！就在今天，你长大成人了！你比别人更早成为男子汉了，也能比别人更长久地保持男子汉气概！”

第十五章
演出结束

星期五早上，侦探们按计划为杰基进行了募捐活动。小星期二和教授负责海滩和港口，古斯塔夫负责家庭浴场，埃米尔负责镇上的街道，小马帽负责火车站。

“这太让人兴奋了。”小马帽说，“想象一下，现在整个海岸线上，目力所及之处，全都是孩子们拿着纸笔在募捐。快给我纸笔，我可不能袖手旁观！”

中午，孩子们在别墅的露台上集合。克洛蒂尔德跑过来，情绪激动地说：“这还怎么让人做饭！你们知道今天门铃响了多少次吗？二十三次！每次都是来送钱的孩子，问你们在哪儿！”

“克洛蒂尔德，”教授说，“这是好事啊。”

“对你们来说也许是，”她有些恼火地回应道，“但对做午饭的人来说可不是！先是牛奶溢出来了，然后蔬菜煮烂了，最后羊肉还烤焦了！我是厨师，又不是银行员工！”

“就冲着这个好结果，”古斯塔夫说，“就算烤焦的羊肉，我也觉得很美味，塞伦宾德小姐。”

克洛蒂尔德嘟囔了两句，从围裙口袋里掏出一把硬币，往桌上一放。“给，3 马克 90 芬尼！我可没时间记账。”她用鼻子闻了闻，“糟了！又有什么东西烧焦了！”她冲进了厨房。其实，那

里面有50芬尼是她自己的钱，但她故意没说。她可是个很有个性的厨师！

孩子们把各自口袋里的硬币放在桌上，相同的硬币堆在一起，开始清点募捐的钱款。一共是43马克。他们对了一下账目，没错。

小星期二笑着又放了一张20马克的纸币进去，说："我爸爸给的。大星期二给的。"教授跑到花园里，在温室的西红柿丛里找到了他父亲，回来时拿了一张10马克的纸币。他们又把自己的零花钱全都翻出来。最后，桌上一共有75马克。他们兴奋得满脸放光。小星期二拿出一块干净的手帕，把钱放上去，并把手帕系紧。

"你要变魔术吗？"埃米尔问，"你要数到三，然后让这75马克消失不见吗？"

"我要把钱带走。"小星期二解释说。

"为什么？"教授问。

"钱可以放在这儿！"小马帽大声说道。

古斯塔夫说："让小不点带走吧，我们要用这笔钱做点事。这是我的主意。"

"天哪！"小马帽喊道，"现在你都有主意了！你不会是生病了吧？"

"我没病。"古斯塔夫把袖子卷起来，说道，"你过来，我们明天会去医院看你的。"

小马帽见他逼近，于是跑去厨房找克洛蒂尔德了。

"就爱捣蛋！"古斯塔夫说，"我好不容易有个好主意，这女人就来捣乱。"

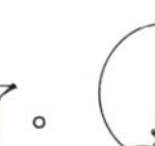

“相亲相爱的人才会相互打趣。”小星期二说着，拿起钱走了。

吃午饭时，杰基来了。克洛蒂尔德发自内心地为烤焦的羊肉而懊恼，但其实味道还不错。大家专心致志地吃着。外婆说起了募捐的事，并问杰基有什么想法。

“我当然很高兴，外婆。”他说，“大家对我真是太友好了。而且，钱总归是有用的——船长也这么认为。您看，今天上午，我捡了三个小时的网球，这也算是一种募捐方式。加上小费，我一共挣了 1 马克 80 芬尼。我下午还要再工作两个小时，又能挣 1 马克。要是您费心算一下一个月的收入，您就会发现，我都能租一个家具齐全并且膳食全包的房子了，说不定还有阳台呢。”

大家都笑了。

“我说得不对吗？”他说，“昨天在网球场上，我一时兴起翻了几个跟头，打网球的人都惊呆了，其中有个人还送了我一个旧网球拍。要是我有这方面的天赋，以后还可以当网球教练。我就租几个场地，给球员上课，说不定哪天就能赢得德国锦标赛冠军。然后，我就能去法国和美国了，也许还能成为世界冠军呢，或者至少拿个亚军吧。到时候，我就借钱开个工厂，生产各种网球用品。肯定会有很多人慕名来买我的东西。当然，我不能再叫帕丘尔克。叫这么个名字可成不了世界冠军。不过我以前也叫过拜伦……其实名字倒也没那么重要。”他埋头吃起来。

“我可一点儿都不为你担心。”外婆说。

“我也不担心。”杰基说，“对于一个杂技演员来说，就算长得太快，也还有很多职业可以选择的！”

午后有两艘轮船靠岸，一艘是从西边的海滨浴场开来的，另一艘是从东边开来的。成百上千个孩子从两艘轮船上涌出，欢声

笑语如潮水般淹没了科尔斯布特尔。最喧闹的要数灯塔电影院前了，甚至连电影院的售票员都因为这场喧闹而累得病了两天。

4 点整，电影《埃米尔和侦探们》的首场放映开始了。放映厅爆满，电影院外还堵着等待下一场的孩子们。可电影院老板巴特尔曼先生心里却不是滋味，因为这一天的收入不归他！唉，现在也没法改变了！他走回办公室，侦探们都聚在那里。他对孩子们详细地交代了一番。

“哇哦！”埃米尔说，“接下来要正式行动了。”

古斯塔夫说：“得笑，就算难过也得笑，就像滑稽演员！”

开场节目结束后，幕布合上了。灯光亮起的时候，幕布又拉开了。此时，舞台上站着四个男孩和一个女孩！观众席上的孩子们都站到了座位上。渐渐地，喧闹声小下去了，直至彻底安静。

埃米尔走到舞台前方，大声说道：“我和我的朋友们、我的表姐，感谢大家能来这里，感谢大家为杰基捐款。他是个很棒的小伙子，否则我们也不会请求大家帮忙了。放映结束后，他会亲自向大家致谢。现在让我们一起看电影吧！希望会很精彩。”

一个坐在妈妈腿上的小男孩尖声问道：“你是那个埃米尔吗？”

孩子们都笑起来。

“没错。”埃米尔说，“我就是埃米尔·蒂施拜因。”

小马帽骄傲地走到他旁边，屈膝行了个礼，自我介绍道：“我是小马帽，埃米尔的表姐。”

接着，教授走上前，说道：“是我，就是教授。”他的声音有点颤抖。

小星期二深深地鞠了一躬，说道：“我是小星期二。”

轮到古斯塔夫了。“我是带喇叭的古斯塔夫，不过我现在有摩托车了。”他稍作停顿，喊道，“好了，伙计们！大家都到了吗？”

“到了！”孩子们大喊道。

古斯塔夫笑道：“暗号是什么？”

“埃米尔！”所有人都大声喊起来，那声音震耳欲聋，在火车站都能听到！电影院前的一匹马都被吓得脱缰跑了。

接着，灯光一暗，放映机嗡嗡作响。

放映结束后，观众们的掌声经久不断，直到灯光亮起来。坐在小马帽旁边的一个女孩说：“从那以后，你的变化可真大啊！”

小马帽说：“电影里那个女孩不是我！那只是扮演我的人！”

“哦，原来是这样啊。那电影里的埃米尔也不是坐在你旁边这个真正的埃米尔？”

“不是。”小马帽回答，“真正的埃米尔是我的表弟。我和电影里那个埃米尔的演员并不认识。嘘，别说话，继续看！”

杰基走到舞台前方，说道：“我就是你们的捐款对象。万分感谢大家！你们真的太了不起了。如果我以后成了有钱人，而你们中谁有困难，请来找我，千万别忘了！”

古斯塔夫也走上了舞台。他对杰基说：“受我的朋友和科尔斯布特尔其他孩子的委托，我把募捐的结果交给你，一本存有 75 马克的存折。”

在观众席中，教授对小星期二说：“这就是古斯塔夫的主意啊！”

小星期二问：“你觉得这主意不好吗？”

“这主意太棒了！”教授说，“非常棒！”

古斯塔夫从舞台上向下喊道:“现在，请其他海滨浴场的代表上台。”

台下顿时一片混乱，人们挤作一团。终于，又有七个男孩站在了舞台上，他们分别来自阿伦斯霍普、布伦斯豪普滕、海利根达姆、瓦尔内明德、海德克鲁格、格拉尔和米里茨。每个人都递上了一本存折！杰基感动得热泪盈眶，尽管他并不是个多愁善感的人。

古斯塔夫急切地翻看着那些存折。当那七位代表走下舞台后，他大声喊道:“总共615马克！此外，杰基还将获得今天的电影票房收入！杰基，恭喜你！希望你的财富就像滚雪球那样越来越多！”他说完，退到了舞台后面。

“太令人意外了！这下我可得找个银行家来帮我管钱了！”杰基脱下外套，说道，“我的忘年交——施毛赫船长，他让我给你们露一手，以表谢意。我习惯和搭档一起表演，但我自己也能来几下子。”他把外套扔到舞台后面，然后来了个倒立，接着弯曲双臂，直到能用肘部支撑住身体。然后，他又伸直双臂，双手撑地，从舞台的这头走到那头。

观众们热烈地鼓掌。

杰基重新站好，先翻了个跟头，然后表演了劈叉、向后下腰，接着是连续前空翻，一个又一个，横穿了整个舞台。最后，做起了连续后空翻，而且越来越快，时而腿在上，时而脑袋在上，转得像个抽奖轮盘似的！

孩子们尖叫着、欢呼着，拍得手都红了。大人们也都看得入了迷。然后，幕布呼啦一下落下来。等着看第二场电影的孩子们开始往大厅里挤。放映厅里乱哄哄的，就像女巫的大炖锅！

“那个后空翻我很喜欢，”外婆对埃米尔说，“明天我练练。”

到了晚上，来自附近七个浴场的孩子们蜂拥着上了停在岸边的蒸汽船，家长和照看孩子的用人也都被拥上了船。蒸汽船鸣笛准备起航。几个掉队的人又叫又喊，挥舞着手臂，跌跌撞撞地跑上甲板。桥闸管理员解开了船缆，船身摇晃起来，螺旋桨搅起水花。引擎运转起来。成百上千的手帕挥舞着。有些手帕已经弄脏了，不过反正天已经很黑了。

“暗号：埃米尔！”向西行驶的船上的孩子们喊道。

“暗号：埃米尔！”向东行驶的船上的孩子们也喊道。

站在桥上的科尔斯布特尔的孩子们也喊道：“暗号：埃米尔！”

“这是我一生中最美好的一天！”克洛蒂尔德说。

船上的彩色灯笼被点亮了。一艘向左行驶，一艘向右行驶。埃米尔和侦探们站在桥头，默默地望着两艘船离去。

古斯塔夫清了清嗓子，张开双臂搂住站在他面前的三个男孩，说道：“我们要做永远的朋友，直到我们的大胡子能垂到桌面上。”

大家没有说话，但心里都是这么想的。

这时，杰基跑过来了。“你们在这儿啊，我到处找你们呢！我会一辈子都记住今天的。”他动情地说，“一下子就攒到了这么多钱，太不可思议了。”

“你把八本存折放哪儿了？”星期二问。

“交给巴特尔曼保管了。他的办公室里有个防火的保险柜。你们觉得怎么样？他还邀请我了，他让我在电影院里表演杂技，暂定一个星期。”

“他打算给你多少钱？”教授实在地问道。

“每天 5 马克，不扣任何费用。”

侦探们都很高兴。

“还有你们帮我争取的今天的票房收入，大概有250马克，具体多少还不能确定，反正差不多是这么多！”杰基轻声笑起来，“我都不敢相信！要是照这样下去，下个星期，我就能买一栋热水齐备的别墅了。”

在波罗的海上，游弋着两艘亮灯的小蒸汽船。海浪哗哗作响，冲上沙滩，白色的泡沫在黑暗中闪闪发光。

“各位，”施毛赫船长说，“我向小跑堂保证过，我们会一起去酒店。他今天一整天都在干活，连电影都没看成。”

于是，大家决定去海滨酒店转一圈。

船长和杰基走在前面，船长说：“我想给你提个建议。”

“什么建议，船长？”

“我的房子虽小，”船长说，“但对我一个人来说，还有点儿大了。”

“那您可以把房间租出去！”杰基说。

“我也是这么想的。”船长说，“你打算在科尔斯布特尔待多久？”

“待到网球场关闭！我要在这儿当球童。教练说，等旺季过了，他每天都能给我上一个小时的课。很便宜，说不定还能免费。”

“要是你愿意，你可以搬到我这儿来住。”船长说。

“好啊，船长！房租怎么算呢？”

老施毛赫轻轻推了一下杰基，说道：“别开玩笑！你这也算是帮我。”

“好的，非常感谢，船长！”男孩说，“晚上我们可以在露台

上玩纸牌游戏。”

船长格外高兴。

杰基又问：“对了，您需要投资吗？我现在有钱了。要是我再攒几个星期，就能往您的生意里投1000马克。把钱存在银行里有什么用呢，是吧？”

“好啊，可以！”船长说，“你就做我的隐名合伙人。不过有个条件——你每年夏天都得在科尔斯布特尔和我一起住。”

“太棒了！”杰基大声说道，“要是我没有打网球的天赋，我就跟着您做生意，当水手！”

“就这么说定了！”施毛赫船长说，“希望你没打网球的天赋。”

他们说说笑笑地走进了酒店。走在最后的外婆和埃米尔在酒店门前停住脚步，望向大海。一艘蒸汽船已经不见了，另一艘游荡在海平线上，就像一个发光的坚果壳。

埃米尔说：“我觉得杰基好像根本不需要我们的帮助。”

外婆说：“每一个善行都有其意义。”她走上台阶，“我们给你妈妈写一张明信片吧，孩子。”

“可以写两张吗？”

“你还要给谁写？”

“给耶施克警长。”

老太太给了男孩一个亲吻。

ERICH KÄSTNER

埃里希·凯斯特纳“成长火花”书系

两个小洛特

DAS DOPPELTE LOTTCHEN

[德] 埃里希·凯斯特纳 著

李娟 印想想 译

图书在版编目（CIP）数据

两个小洛特 /（德）埃里希·凯斯特纳著 ；李娟，印想想译. -- 北京 ：北京联合出版公司，2025. 3.（埃里希·凯斯特纳“成长火花”书系）. -- ISBN 978-7-5596-8218-5

Ⅰ. I516.84

中国国家版本馆 CIP 数据核字第 20258RK106 号

两个小洛特

作　　者：[德] 埃里希·凯斯特纳
译　　者：李　娟　印想想
出 品 人：赵红仕
责任编辑：刘　恒
封面设计：吴黛君

北京联合出版公司出版
（北京市西城区德外大街83号楼9层 100088）
北京新华先锋出版科技有限公司发行
三河市中晟雅豪印务有限公司印刷　新华书店经销
字数86千字　620毫米×889毫米　1/16　10印张
2025年3月第1版　2025年3月第1次印刷
ISBN 978-7-5596-8218-5
定价：245.00元（全5册）

人物介绍

◀ 洛特·霍恩

双胞胎姐妹之一，
喜欢梳辫子。
乖巧能干，
是妈妈的小帮手。

丽莎·帕菲 ▶

双胞胎姐妹之一，
不喜欢梳头发，
一头鬈发总是在脑后晃悠着。

◀ 阿诺德·帕菲

丽莎和洛特的爸爸，
一位与众不同的作曲家，
穿着考究却又不拘小节。

丽莎洛特·霍恩 ▶

丽莎和洛特的妈妈，
《慕尼黑画报》的美术编辑，
每天都忙着工作。

◀ 艾琳 · 格拉克

帕菲先生的倾慕者，
是一位心高气傲的富家小姐。

罗莎 ▶

帕菲先生的管家，
一丝不苟地操持家务，
非常喜欢小洛特。

◀ 斯特罗贝尔医生

一位医术精湛的老先生，
是帕菲一家的老相识，
看着丽莎长大。

◀ 彼得金

一只聪明的小狗，
是丽莎的好朋友，
遇见洛特后，
很快和洛特建立了深厚的友谊。

特鲁迪 ▶

丽莎和洛特的好朋友，
非常认真地为丽莎和洛特保守秘密。

◀ 穆特修丝夫人

夏令营负责人，
一位和蔼可亲、做事一丝不苟的女士。

乌苏拉小姐 ▶

夏令营的辅导员，
平时十分严厉，
但也很关心孩子们，
喜欢阅读。

◀ 阿佩道尔先生

波尔莱肯村的摄影师，
给丽莎和洛特拍了合照，
是故事的一个重要人物。

克里安先生 ▶

丽莎和洛特就读的维也纳女子学校的校长，是一位博学的先生。

◀ 林内科格尔小姐

洛特的老师，善解人意，在夏令营结束返校后，很敏锐地发现了洛特的变化。

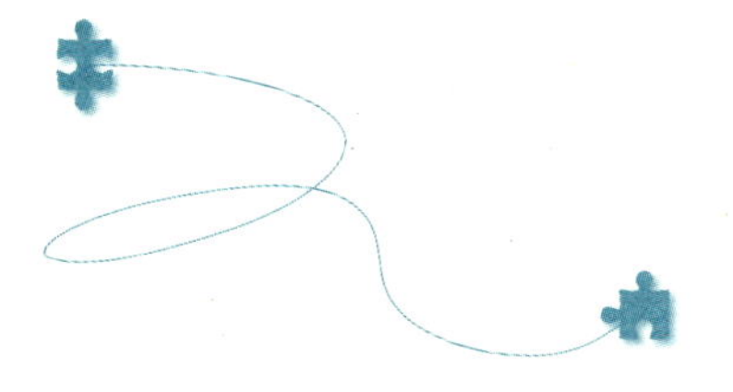

▼目 录

目 录

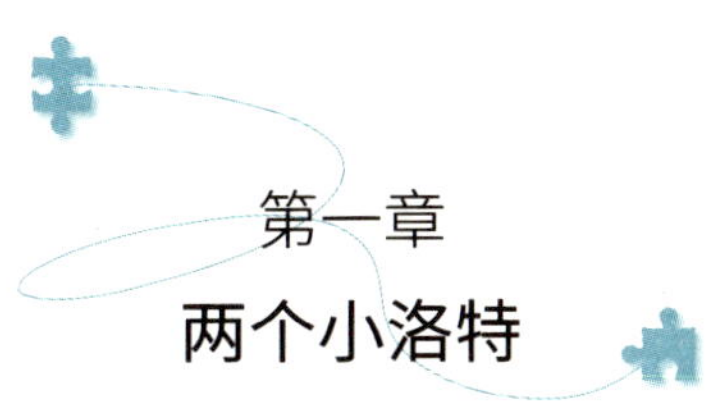

第一章
两个小洛特

有人知道波尔莱肯村吗？那个坐落在波尔湖畔的波尔莱肯村。真奇怪啊，我问了很多人，竟然没有一个人知道波尔莱肯村！也许那些知道波尔莱肯村的人都躲着我，让我无从问起。好吧，这也没什么奇怪的，毕竟天下之大，无奇不有嘛！

不过，既然没人知道波尔湖畔的波尔莱肯村，也就不会有人知道那里有个远近闻名的女孩夏令营了。不过这些都不重要，因为那些夏令营营房就像豆荚里的豌豆，一模一样，排列得整整齐齐，没什么好探究的。不过，走入其中，你会发现那是一个充满幸福和欢乐的儿童之家。

白天，营房内喧闹非常，充斥着笑声、尖叫声和

叽叽喳喳的说话声。如果有人从这里经过，也许会以为自己走入了一个巨大的蜂房。

然而，每到晚上，就会有一个名为“想家”的灰色小精灵悄悄溜进这个快乐的儿童之家。这个小精灵坐在床边，从口袋里掏出灰色的本子和铅笔，认认真真地统计着孩子们的眼泪，不论那些“小珍珠”是已经沾湿了枕头，还是快要落在枕头上。

转眼间，到了第二天早晨，嘿！那个灰色的小精灵溜掉了！孩子们不再想家，又兴高采烈起来了！她们七嘴八舌地说着今天的天气，手上的牛奶杯拿起又放下，叮当作响。吃完早饭，她们穿上游泳衣，戴着游泳帽，奔向清澈的湖泊。她们一边游泳，一边在水

里嬉戏打闹，不停欢笑。

总之，这就是波尔湖畔的波尔莱肯村每天可见的情形。我的故事就从这里开始。这故事有些复杂。你们要用心听，才不会错过关键情节。

故事一开始，所有的女孩和往常一样，在湖里游泳。闹得最凶的是一个9岁的小姑娘，她叫丽莎·帕菲，来自维也纳，一头鬈发，总是冒出一些别人想不到的鬼点子。

突然，营房传来锣声，一声、两声、三声……辅导员乌苏拉小姐立刻带着正在游泳的孩子们上岸。

“所有人都到我身边来！”乌苏拉小姐喊道，“还有你，丽莎！”

“我不是来了嘛！”丽莎一边大声喊着，一边冲过来，“看我的，我是一台马力十足的发动机！”

乌苏拉小姐把这群叽叽喳喳的小羊羔赶进了羊圈，哦不，是营房，一个也不差。等到12点，大家准时吃午饭。饭后，所有的孩子都开始躁动不安，希望下午快些到来。

因为就在今天下午，她们会迎来二十个从德国南部来的新伙伴。女孩们想，她们之中会不会有十三四岁的大姐姐？我们能和她们谈得来吗？她们会不会带来各种好玩的玩具？最好是带来一只大皮球！——特

鲁迪的皮球已经没有气了。布丽吉特又把她的皮球牢牢地锁在柜子里，不愿意和大家分享。真小气！

下午，丽莎、特鲁迪、布丽吉特和其他的孩子们兴奋地站在敞开的铁门旁。如果火车没有晚点，被派去接女孩们的汽车也该回来了。

突然，不远处传来汽车的喇叭声。“她们来了！”汽车从公路上驶来，小心地拐进大门后停下了。司机先下车，然后把女孩们一个个抱下来，又将她们的行李箱、手提包、布娃娃、篮子、纸袋、玩具小狗、踏板车、小花伞、保温杯、雨衣、背包、毛毯、小人书、植物标本箱和捕蝶网一起拿下了车。老实说，这些东西都够开个杂货铺了。

当最后一个小姑娘带着她的东西出现在车门口时，司机照常向她伸出双手，准备抱她下车。

但这个看上去挺稳重的小姑娘使劲儿摇了摇头，她的两条辫子也跟着她的动作甩动起来。

“谢谢，我自己可以！”她礼貌而坚定地说，然后她从容地稳步走下车，面带微笑，又有点难为情地看向欢迎的队伍。突然，她惊讶地睁大了眼睛，呆呆地盯着丽莎。丽莎也露出同样惊讶的表情。

其他的孩子和乌苏拉小姐也大吃一惊，一会儿看看这个，一会儿看看那个。连司机也把帽子推到后脑

勺上，挠着脑袋，惊讶得合不拢嘴。

丽莎和这个新来的小女孩竟然长得一模一样！她们唯一的区别就是丽莎披着一头鬈发，而新来的小女孩扎着两条小辫子！

突然，丽莎转过身，飞快地朝花园里奔去，就好像后面有狮子或是老虎在追赶她似的。

“丽莎！”乌苏拉小姐喊道，“丽莎！”可丽莎不理她。她只好耸了耸肩，把二十个新来的小女孩带进了营房。那个扎辫子的小女孩还没从惊讶中回过神来，慢吞吞地跟在最后面。

此刻，夏令营负责人的办公室里，穆特修丝夫人

正和一位上了年纪但做事利索的厨娘商量着最近几天的菜单。

一阵敲门声过后，乌苏拉小姐走了进来，报告说新来的孩子都平安抵达了。

“非常好，辛苦了！”

“还有一件事……”

“什么事？”正在忙着的穆特修丝夫人立刻抬起头。

“和丽莎·帕菲有关，”乌苏拉小姐犹豫片刻，说，“她就在门外等着……”

“让那个小调皮鬼进来吧！”穆特修丝夫人忍俊不禁，“她又干了什么淘气的事？”

“这次她没有调皮，”乌苏拉小姐说，“只是……”

她轻轻地打开门，说道：“进来吧！不用害怕！”

于是，两个小女孩走进办公室，离对方远远的，规矩地站着。

“哎呀，这太神奇了！”厨娘喃喃道。

穆特修丝夫人也用惊讶的眼神打量着她们，这时，乌苏拉小姐说：“这是来自慕尼黑的洛特·霍恩。”

“你们是亲戚吗？”

两个小女孩不约而同地缓慢而坚定地摇了摇头。

“她们今天第一次见面！”乌苏拉小姐说，“这太奇怪了，不是吗？”

“有什么奇怪的？”厨娘说，“她们一个来自慕尼黑，一个来自维也纳，没见过可太正常了！”

穆特修丝夫人亲切地说：“你们长得这么像，一定会成为好朋友的。不要拘谨，来，握握手吧！”

“不要！”丽莎叫道，一边把手藏到身后。

穆特修丝夫人耸了耸肩，沉吟片刻，说道：“你们可以走了。”

丽莎跑到门口，拉开门直冲出去。洛特则先向屋内的女士们行了一个屈膝礼，然后从容不迫地走向门口。

“等一等，小洛特，”穆特修丝夫人打开一本厚厚的登记簿，“我得登记一下你的信息。请你告诉我你和你父母的姓名，以及你的出生日期和出生地点。”

“我只有妈妈。”洛特低声说。

穆特修丝夫人把笔放进墨水瓶里，蘸了蘸：“先说说你的出生日期吧。”

洛特跑到走廊的尽头，上了楼梯，打开房门，走进衣帽间，她的箱子静静地躺在里面。洛特打开箱子，把她的连衣裙、衬衣、围裙和袜子放进分给她的衣橱。

窗外传来不远处孩子们的笑声。

将衣物整理完毕，洛特从箱底拿出一张照片，照片上是一位年轻的女士。洛特充满柔情地看了看，然后小心翼翼地把它放在衣物下面。她正要关上衣橱，橱门内壁的镜子映出她的身影。洛特仔细地端详着，像是第一次见到自己。接着，她像是突然下定决心，拆了辫子，把头发梳成和丽莎·帕菲一样的发式。

突然，不知是哪扇门砰的一声关上了，洛特像是做了坏事被人抓包，赶紧重新绑好了辫子。

丽莎同她的小伙伴们坐在花园的墙头上，眉头紧皱。

“真受不了，”特鲁迪说，“她怎么敢和你长得一模一样！”

“我又能怎么办呢？”丽莎生气地说。

“挠她的脸！”莫妮卡提议。

“最好把她的鼻子拧下来！”克里斯汀出了个主意，“这肯定能让你消气！”她一边说，一边悠闲地晃着双腿。

“她把我的整个假期都毁了！”丽莎恼火地嘟哝着。

“这也不能怪她呀，”大脸蛋的斯蒂菲劝解说，“要是来了一个和我长得一模一样的人……”

特鲁迪扑哧一声笑了：“这个世界上还有人长着你这副蠢面孔，你自己信吗？”

斯蒂菲气得脸都红了。其他的小女孩都哈哈大笑，连丽莎也笑歪了脸。

这时，锣声又响了。

“开饭了！”克里斯汀道。于是，女孩们一个个从墙头跳了下来，朝饭厅走去。

穆特修丝夫人正站在饭厅里对乌苏拉小姐窃窃私语。穆特修丝夫人说：“让那两个长得一模一样的小女孩坐在一起吧，也许会产生意料不到的结果呢！”

正说着，孩子们吵嚷地涌进了饭厅，纷纷入座，

椅子和地面摩擦的声音此起彼伏。侍者将热气腾腾的汤端上桌，盛好汤后，把碗发给女孩子们。

乌苏拉小姐走到丽莎和特鲁迪的身后，拍了拍特鲁迪的肩，说："你坐到希尔德·施图姆的旁边去吧。"

特鲁迪似乎不太乐意，说道："可是……"

"特鲁迪，听话。"

特鲁迪耸了耸肩，噘着小嘴站了起来，换了座位。

就这样，丽莎身边的座位空了。尽管大家都在吃饭，把勺子弄得叮当响，但许多人都在悄悄注视着这边。

紧接着，所有人不约而同地看向饭厅门口——洛特进来了。

"洛特，你总算来了，"乌苏拉小姐说，"来吧，我带你去座位上。"

丽莎低着头，生气地喝着汤。洛特乖乖地坐到丽莎身边，她的喉咙像是被什么东西卡住了，一口也喝不下，但她还是拿起了勺子。

其他的小女孩暗暗地注意着她们俩。在她们看来，长着两个或三个脑袋的小牛犊也不如这样的场面有意思。胖脸蛋的斯蒂菲更夸张，她张大了嘴巴，站在那儿一动不动。

丽莎再也控制不住自己了，或者说，她压根儿不

想控制自己。她在桌子下面朝洛特的小腿狠狠踢了一脚。

洛特疼得浑身抽搐，但她使劲儿咬住嘴唇，不让自己喊出声。

另一边，辅导员的餐桌上，格尔达小姐摇着头说："真不可思议！天底下竟然会有两个长得一模一样的陌生人！"

乌苏拉小姐若有所思地说："也许她们是孪生星宿的转世。"

"孪生星宿？"格尔达小姐问道，"这是什么意思？"

"就是完全没有血缘关系的两个人，在同一时间出生，就会长得一模一样！"

格尔达小姐点点头，嘟哝了一声："原来是这样。"

穆特修丝夫人点点头说："我曾经从书上看过一个故事。伦敦有个专做男装的裁缝，和英国国王爱德华七世长得一模一样。更神奇的是，裁缝还留着跟国王一模一样的尖胡子。国王听说这件事以后，在白金汉宫召见了那个裁缝，和他聊了很久。"

"国王和裁缝的出生时间也一样吗？"

"没错，有人考证过，真的一模一样。"

“后来怎么样了？”格尔达小姐紧张地问。

“后来，国王命令裁缝和自己区别开来，那个裁缝只好刮掉了尖胡子！”

说到这里，大家都大笑起来，穆特修丝夫人若有所思地朝两个小女孩坐着的方向看了一眼，说道：“我们得让那两个孩子尽快熟悉起来，就让她们睡在一起吧！”

这天晚上，孩子们都进入了梦乡。丽莎和洛特背对着背，谁也没有说话，其实她们都睁着双眼，毫无睡意。

月亮婆婆在丽莎的床上柔和地洒下一圈银白色的光，但丽莎现在心情很差，根本没有心思欣赏。突然，

丽莎听到了轻微的抽泣声，声音的主人尽力压抑着，不让自己哭出声。丽莎竖起耳朵。

是洛特。

此刻，洛特用手紧紧地捂住嘴，不让自己哭出声。她努力回想着分别时妈妈的话。妈妈说："洛特，妈妈一直觉得你太懂事了，和同龄的孩子格格不入。但这不是你的问题。妈妈工作太忙了，回到家就已经很累了，所以你经常帮妈妈刷碗、洗盘子、做饭、摆餐具，没有时间和其他孩子玩耍。但现在，你马上就要和许多天真可爱的孩子度过几个星期的快乐时光了。希望你能度过愉快的夏令营生活，我的小宝贝！"

洛特想，妈妈的愿望落空了。现在，她在一个陌生的地方，身边躺着一个可恶的小女孩，小女孩很讨厌她，因为她们长得太像了。想到这里，洛特轻轻地叹了一口气，又开始小声地抽泣。

突然，洛特感觉到有一只小手在笨拙地抚摸她的头发！

小洛特惊呆了。抚摸她的人是丽莎。

月亮婆婆透过卧室的窗户朝里张望，看到了卧室里的情景：两个小女孩并排躺着，却不敢互相看一眼。刚刚，有一个小女孩还在哭，现在她停止了哭泣，她的小手正悄悄地靠近另一只小手，那只小手的主人正

在抚摸她的头发，安慰着她。

“这下好了！”月亮婆婆想，“现在，我可以安心地落下去了！”

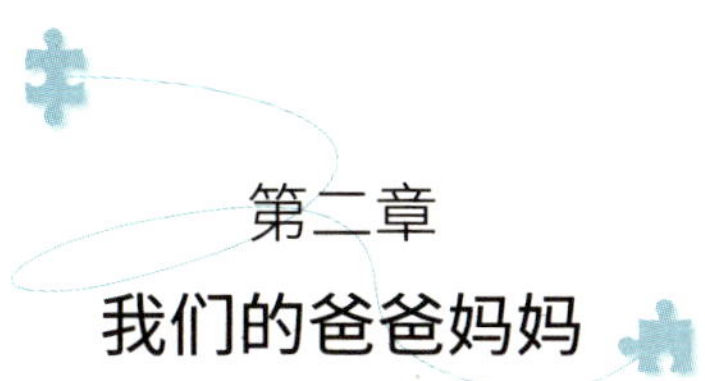

第二章
我们的爸爸妈妈

第二天早上，丽莎和洛特从睡梦中醒来。她们俩穿着长长的白色睡衣，先去卫生间洗脸，然后在衣柜里搭配好今天的衣服，最后来到餐厅，并排坐在椅子上喝牛奶。在这个过程中，她们没有对视一眼。吃过饭后，夏令营一天的活动开始了。她们沿着湖边奔跑，跟老师学习了一首新歌，学会了一支舞蹈，还在手工课上串了一条雏菊项链。在这个过程中，除了一次不小心的对视，她们飞快移开了视线，此外，她们完全没有眼神交流。

乌苏拉小姐正坐在草地上，读一本获奖的言情小说。看着看着，她的思绪飘向了自己在姨妈家认识的工程师鲁道夫·拉德马切先生，想着想着，她就把书放下了。

这时，丽莎正和她的朋友们做游戏，但她心不在焉，四处张望着，好像在找什么人。

特鲁迪问：“你准备什么时候拧掉那个新来的女孩的鼻子？”

“别犯傻了！”丽莎大声说。

克里斯汀惊讶地看着她说：“我以为你还在生她的气呢！”

“就算我对谁发脾气，也不会拧掉他们的鼻子。”丽莎冷冷地反驳道，“再说了，我也不生她的气。”

“你昨天可不是这么说的。”斯蒂菲坚持道。

“而且你还这么做了！”莫妮卡说，“吃晚饭的时

候，你在桌子底下狠狠地踢了她一脚，她疼得差点大叫起来。”

“就是这样！”特鲁迪立刻做证。

丽莎被拆穿了，她生气地喊道：“如果你们不马上闭嘴，我就会朝你们的腿狠狠来上一脚！”说完，她转身跑开了。

“我看啊，她根本不知道自己在想什么。”克里斯汀看着丽莎离开的背影，耸了耸肩说。

洛特独自坐在草地上，她戴着自己做的雏菊花环，手上还忙个不停，编着一个新的花环。突然，一个人影落在她的面前。她抬头看去。

是丽莎，她看起来有点尴尬。

洛特壮起胆子，露出一丝微笑。这微笑实在太不显眼了，如果不用放大镜看，几乎很难察觉。

不过，丽莎还是捕捉到了洛特的善意，看起来松了一口气，也回了洛特一个微笑。

洛特举起她刚编好的雏菊花环，害羞地问：“你要吗？”

丽莎立刻坐到她身边：“我要，不过，你得帮我戴上。”

洛特把雏菊花环放在丽莎的鬈发上，满意地点了

点头，说道:“真漂亮！”

就这样，这两个长得一模一样的小女孩面对面，坐在草地上。她们什么也没说，只是看着对方，羞涩地笑着。

这时，丽莎深吸了一口气，问道:“你还在生我的气吗？”

洛特摇了摇头。

丽莎看着地面，说道:“一切都太突然了！先是那辆把你们送来的大汽车，然后是你！真让人大吃一惊！”

洛特点了点头，重复道:“是啊，真让人吃惊。”

丽莎又往前凑了凑，继续说道："但是，习惯了以后，还挺有意思的。这真的很有趣，是不是？"

洛特惊讶地望着她那双明亮的眼睛。"有趣吗？"然后她轻声问，"你有兄弟姐妹吗？"

"没有！"丽莎说。

"我也没有。"洛特说。

"既然如此，我有个好主意。"丽莎说，"跟我来。"

两个女孩子溜到卫生间，站在一面大镜子前。洛特用梳子梳着丽莎的鬈发。

丽莎喊道："噢！哎哟！"

"你能不能安静一点？"洛特装出一副严厉的样子，"要是你妈妈给你梳头发，你还会这样大喊大叫吗？"

"我没有妈妈。"丽莎喃喃地说，"我爸爸说，就是因为这样，我才会变成一个假小子！"

"他从来不打你吗？"洛特一边给丽莎编头发，一边问道。

"从来不会，因为他太喜欢我了。"

"这和喜欢不喜欢你可没关系。"洛特非常理智地说。

"而且，我爸爸太忙了，每天要想很多事情，根本想不到打我。"丽莎补充道。

“可是，他只要有一只手是空闲的，就可以打你了！”洛特反驳道。话音刚落，两个女孩都笑了。

很快，洛特帮丽莎编好了辫子。两个女孩新奇地看着镜子里的自己，她们热烈的眼神就像圣诞树上的灯泡，闪闪发光。你们看！只见两个长得一模一样的女孩子正在照镜子，镜子里也出现了两个长得一模一样的女孩子。

“我们简直像一对姐妹！”洛特激动地低声说道。

这时，午餐的锣声响了。

“等会儿肯定很有意思！”丽莎喊道，“来吧！”

她们手拉着手跑出了卫生间。

餐厅里，其他的女孩子早就坐好了，只有丽莎和洛特的位子还空着。

这时，门开了，洛特走了进来。她毫不犹豫地坐在丽莎的位子上。

“你要当心。”莫妮卡警告道，“那是丽莎的座位，还记得昨天她是怎么踢你的吗？”

这个小女孩只是耸了耸肩，开始大口地吃饭。门又开了，我的天啊！又出现了一个洛特！她欢快地走了进来，坐在最后一个空着的座位上。

这张餐桌上的女孩们目瞪口呆，旁边餐桌上的女

孩们也纷纷朝这边张望。她们从座位上跳起来，跑来围在两个洛特的身边。

直到两个女孩子大笑起来，餐厅里的紧张氛围才消失。接着，餐厅里响起女孩们杂乱的笑声。

穆特修丝夫人皱起了眉头。“这是怎么了，为什么大家都吵吵闹闹的，不肯安静下来乖乖吃饭呢？”她站起来，神态威严，像一位愤怒的王后，大步走到丽莎和洛特所在的餐桌旁。当她看到两个女孩都梳着辫子时，她的愤怒就像阳光下的雪一样融化了。她开心地问道:“你们谁是丽莎·帕菲，谁是洛特·霍恩？”

“你猜！”其中的一个洛特眨了眨眼睛，说道。餐厅里又爆发出了欢快的笑声。

“好吧，好吧！”穆特修丝夫人喊道，看上去不知如何是好了，“我的天啊，现在该怎么办呢？”

“也许，”另一个洛特高兴地建议道，“也许还是有人能猜对的。”

斯蒂菲在空中挥了挥手，就好像在课堂上急着发言。“我知道了！”她喊道，“特鲁迪和丽莎是同班同学，特鲁迪一定知道答案！”

特鲁迪迟疑地走出人群，来到两个洛特面前，从一个洛特望到另一个洛特，仔细地辨认着，最后，她无助地摇了摇头。但是，紧接着，她的脸上掠过一丝

调皮的微笑。她抓住离她最近的洛特的辫子，使劲一拉。

“啪！”特鲁迪挨了一耳光。她一边捂住自己的脸颊，一边得意地喊道：“她就是丽莎！”看到这里，在场的人都大笑起来。

吃过午饭，丽莎和洛特得到允许，准备一起到村子里去。她们决定要照一张相片，寄给爸爸妈妈。看到这样的巧合，他们肯定惊喜万分！

一开始，摄影师阿佩道尔先生也非常惊讶，不过他很快就恢复了冷静，给两个小女孩拍了六张照片，并且告诉她们，照片会在十天后冲印出来。

两个女孩走后，摄影师对妻子说：“我准备冲印几张照片寄给画报社，他们肯定对这桩奇事很感兴趣！”

丽莎和洛特则已经走到照相馆门口。此刻，丽莎解开了她那“笨拙”的辫子，这种规矩的发型实在不适合她。终于，丽莎那一头鬈发摆脱了发绳的束缚，随着她摇头的动作自由地摆动着。丽莎又做回了自己。她开心起来，邀请洛特去喝一杯柠檬水。洛特拒绝了。丽莎可管不了那么多，她说：“你一定得去！我爸爸前天给我寄了零花钱。走吧！”

于是，丽莎和洛特来到了林区。森林管理员在自己家里开了一家小餐馆。丽莎和洛特在花园里的一张桌子旁坐下，一边喝着柠檬水，一边聊天。自从冰释前嫌，她们有了说不完的话题。

几只母鸡在桌子之间跑来跑去，啄食着地上的食物碎屑，咯咯叫着。一条老猎狗慢悠悠地走过来，嗅着两位小客人，似乎在欢迎她们的到来。

“你爸爸去世很久了吗？”丽莎问道。

“我也不知道。”洛特说，“妈妈从来没有提起过他，我也没有问过。”

丽莎点了点头，说道：“我也根本不记得我妈妈的样子了。以前，我爸爸的钢琴上有一张妈妈的照片。但有一次他发现我在看那张照片，第二天，照片就不见了。也许爸爸把照片收进抽屉里了吧。”

母鸡咯咯地叫起来，猎狗正打着盹儿。一个没有

爸爸的小女孩和一个没有妈妈的小女孩坐在一起，喝着柠檬水。

“你是不是也满 9 岁了？”丽莎问道。

“是的。”洛特点了点头，“今年 10 月 14 日我就满 10 岁了。”

丽莎立刻坐直了，像是听到了什么令人震惊的话：“10 月 14 日吗？”

“没错，10 月 14 日。”

丽莎向前倾身，离洛特更近了，她低声说：“我也是这一天生日！”

洛特愣住了，坐在座位上，一动不动。

这时，不远处传来一声鸡鸣。那条猎狗正蓄势待发，准备咬住那只在它身边嗡嗡飞的蜜蜂。透过敞开的厨房窗户，女孩们可以听到森林管理员的妻子悠扬的歌声。

两个女孩对视着，好像被下了定身咒。终于，洛特先回过神来，她喝了一大口柠檬水，声音因为激动而变得嘶哑起来。她问道：“你是在哪里出生的？”

丽莎似乎有些害怕了。她压低了声音，犹豫着说道：“在多瑙河边的林茨。”

洛特舔了舔干燥的嘴唇，说道：“我也是！”

顿时，花园里一片寂静，只有树梢在随风轻轻

摇动。

洛特慢慢地说："我把妈妈的照片带来了，就放在衣橱里。"

丽莎激动地跳起来："快拿给我看！"说着，她把洛特从椅子上拖了出来，走出了花园。

"等等！"一个愤怒的声音喊道，"你们想干什么？"丽莎和洛特闻声看去，是森林管理员的妻子。她怒目圆睁，继续道："你们喝了柠檬水，不准备付钱吗？"

丽莎用颤抖的手指在钱包里翻找着，把一枚硬币塞进那个女人的手里，然后跑回洛特身边。

"还要找你钱呢！"那个女人喊道。但是这两个女孩已经听不见她的声音了，她们飞快地跑向营地，好像有什么东西在后面追她们似的。

"那两个野丫头准备干什么去？"那个女人喃喃道。她回到屋里，老猎狗也跟在她身后，慢悠悠地走进屋子。

回到营地后，洛特急忙打开衣橱，翻找妈妈的照片。她从一堆衣服下拿出照片，递给丽莎。

丽莎已经激动得浑身颤抖了，看到洛特递来的照片，她流露出害羞而又有些不安的神色。不过，看到照片的一瞬间，她的眼神顿时亮了起来。她目不转睛地看着照片中那个女人的脸。

洛特看着丽莎，她明白了一切。

丽莎低声说："这是我的妈妈！"

洛特搂住了丽莎的脖子，说道："是我们的妈妈！"两个小女孩紧紧地抱在一起。

就在这时，锣声穿过房子。孩子们笑着闹着跑下楼梯。丽莎正要把照片放回洛特的衣橱里，洛特说："丽莎，你可以留着这张照片。"

办公室里，乌苏拉小姐正站在穆特修丝夫人的办公桌前。她看上去异常兴奋，两颊泛起红晕。

"有句话我憋在心里很久了！"她说道，"穆特修

丝夫人，现在我必须说出来！否则，我都不知道该怎么办了！”

“和我说说吧，亲爱的。”穆特修丝夫人说道。

“她们可不是孪生星宿的转世。”乌苏拉小姐说。

“你说的是谁？”穆特修丝夫人笑着问，“是英国国王和那个裁缝吗？”

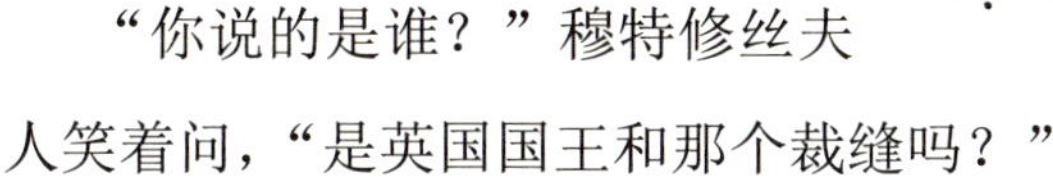

“不！我说的是丽莎·帕菲和洛特·霍恩！我已经看过花名册，她们同年同月同日出生在多瑙河边的林茨！这不可能是巧合！”

“我也不认为这是巧合，亲爱的。事实上，我对这个问题有自己的想法。”

“所以，您已经知道了？”乌苏拉小姐气喘吁吁地问道。

“当然。小洛特来到这里之后，我就问过她的出生日期和出生地点，并记了下来。然后我找出丽莎的资料，开始对比。毕竟她们实在太像了，不是吗？”

“没错。那我们现在该怎么办呢？”

“什么都不做。”

“什么都不做？”

“是的。而且，如果你想私自做些什么，我一定会

阻止你的。”

“但是……”

“没有但是。孩子们今天去拍了照片，准备寄回家。如果这张照片能帮她们解决这件事，那就再好不过了。”穆特修丝夫人说，“至于你和我，都是局外人，不要随意干涉。不过，乌苏拉小姐，我还是要感谢你的细心，也感谢你愿意和我分享你的想法。现在，可以帮我把厨娘叫来吗？”

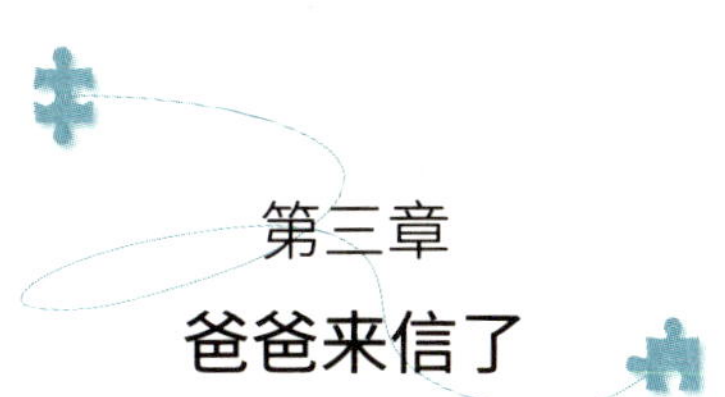

第三章

爸爸来信了

很快，十天过去了。

丽莎和洛特收到了摄影师阿佩道尔先生寄来的照片。乌苏拉小姐旁敲侧击地问过她们是不是把照片寄回家了。丽莎和洛特肯定地点了点头。

实际上，丽莎和洛特对乌苏拉小姐说了谎。这些照片已经被撕成碎片，沉入了波尔湖。因为她们决定保守这个秘密。不管是谁来打听她们的秘密，她们都会隐瞒到底。请不要责怪这两个小女孩，因为她们有一套自己的计划，她们必须执行。

现在，丽莎和洛特已经形影不离。丽莎的其他朋友——特鲁迪、斯蒂菲、莫妮卡、克里斯汀等人——有时也会生丽莎的气，还有些嫉妒洛特。但这有什么

用呢？一点用处也没有！丽莎和洛特总是手牵着手，一刻也不分开。

这时，丽莎和洛特又跑到了衣橱前。洛特从她的衣橱里拿出两件一模一样的毛衣，将其中一件递给丽莎，自己穿上了另一件，然后说："这是妈妈在波林格家买的。"

"啊！"丽莎喊道，"那是纽豪泽街的商店，就在什么门附近，奇怪，是什么门来着？"

"卡尔思门。"

"对，就是卡尔思门。"

现在，两个女孩已经对彼此的生活非常了解。彼此在学校里的朋友、老师，彼此住在哪里，邻居怎么样，双方都了如指掌。对丽莎来说，与妈妈有关的一切都非常重要；洛特也非常想知道关于爸爸的事。一连几天，她们都在和对方分享着这些事，甚至到了晚上睡觉时分，她们还在继续聊着这些话题，直到再也抵不住困意。对女孩们来说，彼此的生活就像一个新大陆。她们发现，原来自己从前生活的那一方天地，只占据了全部生活的一半！当两人分享完之后，她们的世界才算完整。

然而，当一切分享结束之后，另一个令人不安的

问题开始显现：为什么爸爸妈妈不在一起呢？

“爸爸和妈妈肯定结了婚。”丽莎反复强调着，“然后我们俩就出生了，爸爸妈妈给我们取了名字。因为妈妈叫丽莎洛特，所以我叫丽莎，你叫洛特。这个取名方式简直太棒了！那时候，爸爸妈妈一定很相爱，你觉得呢？”

“肯定是这样的！”洛特说，“但是后来，他们一定是吵架了，才会分开的。然后爸爸带走了你，妈妈带走了我，我们俩也分开了，就像把妈妈的名字分开了一样。”

“他们本来应该问问我们的想法。”

“我想是因为那个时候，我们还没有学会说话。”

姐妹俩无奈地笑了。然后，她们手牵手走进了花园。

这时，每天的邮件已经派送过。草地上、花园的长椅上，到处都是坐着读信的小女孩。

丽莎拿到了爸爸的信，信里附带了一张照片，丽莎将照片递给了洛特。

洛特看着照片里的那个约莫 35 岁的男人。原来爸爸长这样！要是我能亲眼见到爸爸就好了！

这时，丽莎大声朗读了爸爸的来信：“我亲爱的唯一的孩子。”——“爸爸可真会说谎！”她抬起头，说道，“他明明知道他有一对双胞胎女儿！”接着，她继续读信：

我亲爱的唯一的孩子：

我想，你一定已经忘记你亲爱的爸爸的样子了，否则，你怎么会强烈要求在假期结束前拿到我的照片呢？一开始，我想寄给你一张我的婴儿照——那张照片里，我正躺在一张熊皮上。但是，我又看到你要求我寄来一张最新的照片。因此，虽然工作很忙，我还是去了照相馆，照了一张照片，并且请摄影师帮我加急冲印。摄影师也完全理解我的请求，毕竟再不快些，等假期结束，我去车站迎接我的女儿时，我亲爱的丽莎就会认不出我了！幸好一切顺利，这张照片才能及时寄出。希望你在夏令营里能乖乖听辅导员的话，不要像在家里对待你的爸爸那样对待她们。

给我的女儿一千个吻。等你回家！

爱你的爸爸

“真好！”洛特说，“我们的爸爸简直太好玩了！但是从这张照片上看，他似乎有些严肃。”

“也许爸爸太害羞了，不想在摄影师面前笑。”丽莎猜测，“爸爸面对陌生人时，看起来是挺严肃的。但是在我面前，他又幽默又活泼。”

洛特拿着这张照片，紧张地确认道：“你真的愿意把这张照片送给我吗？”

“当然了。”丽莎说，“我就是为了给你一张爸爸的照片，才写信给他的。”

这时，斯蒂菲坐在一张长凳上，手里拿着一封信，默默地啜泣着。眼泪顺着她那圆圆的小脸颊，不停地流下来。特鲁迪经过她，注意到她的样子，停下脚步，

坐到斯蒂菲旁边，默默地看着她。克里斯汀也走过来，在斯蒂菲的另一边坐下了。丽莎和洛特也走过来，站在了一旁。

“发生什么事了，斯蒂菲？”丽莎问道。

斯蒂菲还在默默地哭泣。突然，她垂下头，伤心地说：“我的爸爸妈妈通过法院判决，准备离婚了。”

“天啊，他们太卑鄙了！”特鲁迪喊道，“他们把你送来夏令营，瞒着你做出这样的事！”

“我想，我爸爸一定是爱上了别人。”斯蒂菲呜咽着说。

听到这里，丽莎和洛特快步走开了。刚才的话深深地刺痛了两个女孩的心。

“我们的爸爸，应该还没有娶新的妻子吧？”洛特说。

“没有。”丽莎回答道，“这我知道。”

“也许他已经有喜欢的人了，只是还没有结婚呢？”洛特迟疑地问。

丽莎摇了摇头，她的鬈发随着摆动的幅度轻轻晃了晃。丽莎说道：“爸爸的确有很多朋友，有男性朋友，也有女性朋友。但我知道，他并不喜欢其中任何一个人。但是……妈妈呢？她有没有要好的男朋友？”

“没有。”洛特肯定地说，“妈妈说，除了我和她的

工作，她对生活别无所求。”

丽莎困惑地看着洛特，问道：“可他们为什么要离婚呢？”

洛特想了一会儿，说道：“或许他们的情况和斯蒂菲的父母不同吧，也许我们的爸爸妈妈根本就没有走到法院判决那一步。”

“既然如此，为什么爸爸在维也纳，妈妈在慕尼黑？”丽莎问道，“他们为什么要把我们分开呢？”

“我也不知道。”洛特忧郁地说，“为什么他们从来不说我们还有姐妹呢？为什么爸爸没有告诉过你，妈妈还活着呢？”

“妈妈也从来没有告诉过你爸爸还活着。”丽莎双手叉腰，说道，“我们的爸爸妈妈可真了不起啊！等着瞧吧，总有一天，我们会把事情查个水落石出，那时候他们就会知道我们的厉害了！”

“我们做不到的。”洛特怯生生地说，“我们只是孩子啊。”

“只是孩子？哼！”丽莎狡黠地笑着，摇了摇头。

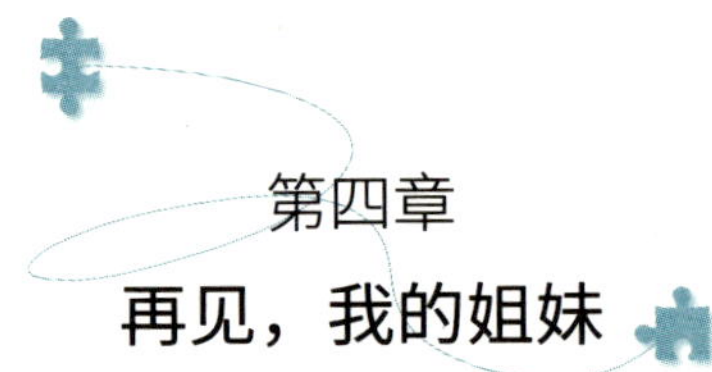

第四章

再见，我的姐妹

假期就要结束了。孩子们的脏衣服都被洗干净了，整齐地放在箱子里。孩子们心情复杂，既为即将要和朋友分别而难过，又为马上要见到分别已久的家人而开心。

穆特修丝夫人正在筹备欢送会。夏令营里一个女孩的爸爸恰好经营了一家百货店，他送来了一大箱灯笼、彩带和其他的装饰品。现在，辅导员和孩子们正忙着装饰阳台和花园。她们搬来梯子，把一只只灯笼挂在一棵棵树上，把彩带从一棵树拉到另一棵树，还在一张长桌上放了一个抽奖盒，抽到幸运数字的孩子会得到奖品，一等奖是一双漂亮的溜冰鞋。

“鬈发和小辫子去哪儿了？”乌苏拉小姐问。这

是她给丽莎和洛特取的外号，现在已经在夏令营里传开了。

“哦，她们啊！”莫妮卡轻蔑地说，“她们俩准是坐在草地上，紧靠在一起，免得风把她们吹散了！”

不过，这对双胞胎姐妹并没有手牵着手坐在草地上——她们没有时间这样做了。现在，丽莎和洛特坐在森林管理员家的花园餐厅里，一人面前放着一本小笔记本，手里拿着一支铅笔。洛特一边说，丽莎一边写：“妈妈最喜欢的菜是炖牛肉。牛肉得去胡贝尔家买，一次买半磅，最好是瘦牛肉。”

丽莎抬起头，复述洛特的话："去胡贝尔家买半磅瘦牛肉，马克斯·伊曼纽尔街，尤金王子街的拐角处。"

洛特满意地点了点头："我把我知道的所有菜谱都记在了一个本子上，就放在厨房底部架子左边的橱柜里。"

丽莎继续写："菜谱……厨房底部架子……左边的橱柜……"写完后，她放下手里的铅笔，手肘撑在桌面上，用手托着下巴。"我最害怕做饭！"她说，"不过，如果刚开始我做得不好吃，我可以说，过了一个暑假，我把做菜的技巧忘光了！你觉得怎么样？"

洛特迟疑地点了点头："如果有什么问题，你可以给我写信。我会每天去邮局查看来信的。"

"我也会每天去邮局等消息的。"丽莎说，"多多写信给我！爸爸接你去帝国餐厅吃饭的时候，千万别客气！我胃口好的时候，爸爸总是很高兴。"

"真可惜，偏偏你最喜欢吃夹心煎饼！"洛特遗憾地说，"不过也没办法。但是，我更喜欢吃炸肉排和炖牛肉。"

"这样吧，你第一天忍耐一下，狂吃三个煎饼，能忍受的话，四个、五个都行，然后你就可以和爸爸说，你吃腻了，这辈子都不想再吃了！"丽莎建议道。

"就这么办吧！"洛特回答道。但是，一想到要吃

五个煎饼，她就快吐了。

接着，两个女孩又低下头看笔记本上的内容，帮助彼此巩固着同学的名字、老师的信息、各科学习进度，以及最快的上学路线。

“你完全不用担心上学的问题。”丽莎说，“特鲁迪有时会和我一起上学，你提前和她约好，早上等着她就行了。路上你跟紧她，记住沿线的街景，注意标志物。”

洛特点了点头，突然，她好像想到了什么，连忙说道：“天哪，我忘了告诉你一件重要的事！每天晚上，妈妈来跟你道晚安时，别忘了亲吻她的脸颊。”

丽莎看着洛特，说道：“我不需要记下来，因为我一定不会忘记这件事！”

没错，这对双胞胎姐妹已经决定不向父母挑明真相。因为她们不确定父母会给出怎样的回应，她们也不愿冒任何破坏未来家庭幸福的风险。但是她们也不能当作什么都没发生，各回各家。

因此，她们制定了一个计划：她们准备变成彼此的样子，进入彼此的家庭，和她们的爸爸或妈妈相处！鬈发的丽莎会梳辫子，让自己养成爱干净的习惯，回到妈妈家；洛特则要披着一头鬈发，尽可能装出活泼

快乐的样子，去维也纳找爸爸。

为此，两个小女孩已经做好了周密的准备，在笔记本上记满了笔记。她们不敢冒险在家里给对方写信，但她们约定，如果有特别紧急的事情，她们可以通过存局候领邮件[1]的方式寄送信件。

也许通过这个由两人组成的家庭护卫队的密谋，她们最终会解开爸爸妈妈分居的谜团。也许有一天，她们能够一家团聚，四个人幸福地生活在一起。但是，现在她们是无法确定最终结果的，更别说畅谈未来了。

夏令营结束前夕，欢送会如期举办了。洛特披着鬈发，扮演活泼的丽莎，丽莎则梳好了辫子，装作是洛特的样子。整场欢送会，丽莎和洛特都出色地扮演了各自的角色。谁也没有发现两人互换的事！就连和丽莎最亲密的特鲁迪都没有发现。她们用自己的名字呼唤对方，都觉得刺激极了！洛特兴奋地翻了个跟斗，丽莎则温柔安静地站在一旁。

灯笼在密林间闪烁着光点，彩带摇曳在晚风中。欢送会临近尾声，抽奖环节刚刚结束，抽中幸运数字

[1] 存局候领邮件是写明收件人姓名和指定留存的邮局名称，由收件人按规定到留存邮局凭证领取的邮件。

的女孩们都拿到了自己的礼品，斯蒂菲中了一等奖，拿到了那双漂亮的溜冰鞋。

两个女孩的角色扮演坚持到了最后一秒，她们躺在了彼此的床上，进入梦乡。她们都做了一个奇怪的梦。在洛特的梦里，她站在维也纳车站的月台上，看到一张真人大小的爸爸的照片正在迎接她。照片的旁边站着一位戴着白色帽子的厨师，推着一辆手推车，里面放满了冒着热气的煎饼——天啊！

第二天一大早，在波尔湖畔的波尔莱肯村，两列从不同方向驶来的列车进入了埃根车站。几十个小女孩叽叽喳喳地跑上车。洛特坐到座位上，把头探出了窗外，丽莎正从另一列火车的窗口向她挥手。她们朝对方微笑着，给彼此打气。实际上，两个小女孩的心怦怦直跳，随着时间的流逝，她们越来越紧张了。如果不是发动机已经响起，列车即将出发，说不定……

列车开动了！站长挥着手，送两列火车离站。孩子们奋力挥动着双手，向朋友告别。

洛特将代替丽莎，前往维也纳。

丽莎将扮演洛特，回到慕尼黑。

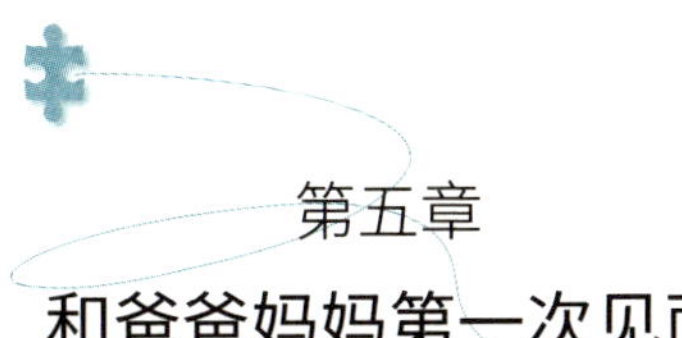

第五章
和爸爸妈妈第一次见面

慕尼黑，中央车站十六号站台。

火车驶入站台，停了下来，长长地喘了口气。下车的旅客从车门涌出，汇成海洋。他们和亲人相见，团聚在一起，恰似一个个小岛，每个小岛上都充斥着欢笑声。女孩们和前来迎接她们的家人热情地拥抱。欢声笑语不断，就好像他们不是在车站，而是已经回到了家里。

站台上的人渐渐散去。最后，只剩下了一个梳着辫子的小女孩。直到昨天，她还是披着一头鬈发的丽莎·帕菲。

她等啊等，最后，她坐在了自己的箱子上。她不得不面对一个事实——她来到了一个陌生的城市，等

着她素未谋面的妈妈，在此之前，她只在照片里见过妈妈的样子。

丽莎的妈妈——丽莎洛特·帕菲，距她离婚后恢复娘家姓氏，重新叫回丽莎洛特·霍恩，已有七年半了。如今，她在《慕尼黑画报》担任美术编辑，工作繁忙。就在今天，临近下班时正好来了一批新材料，因此她不得不加了一会儿班。

终于，她处理完工作，离开办公室，好不容易拦下一辆出租车，赶到车站，快步跑向十六号站台。

她遥遥看到不远处的十六号站台上，有一个孩子坐在箱子上。这位年轻的女士像消防队员一般，锁定目标，直冲过来。

这个坐在箱子上的小女孩连膝盖都在发抖。在她的心中，一种从未有过的感觉升腾起来。这位向她飞奔而来的容光焕发、笑容满面的年轻女士，就是她的妈妈！

“妈妈！”丽莎朝这位年轻的女士跑去，张开双臂，跳起来搂住了她的脖子。

“我的小管家！”这位年轻女士的眼中含着泪水，低声说，“我们终于，终于又见面了！”

丽莎不停地吻着妈妈那焕发光彩的脸颊，还有她柔顺的长发，甚至吻了她的帽子。

与此同时，在维也纳的帝国餐厅里，上上下下都洋溢着欢乐的氛围。深受所有老主顾和员工喜爱的小姑娘——歌剧院指挥家帕菲的女儿丽莎·帕菲回来了！

此刻，洛特，哦不，是丽莎，就坐在她的专属座位上——用两个坐垫增高的椅子上，吃着夹心煎饼。

老主顾一个接一个来到桌前，和小女孩打招呼，亲热地抚摸她的鬈发，轻拍她的肩膀，问她在夏令营里的经历，还对她说，是不是没有任何地方能比得上维也纳，没有什么事能比得上回到爸爸的身边。他们带来了各种各样的礼物——软糖、巧克力、果盘、彩色铅笔等等。甚至还有人从口袋里掏出一只老式针线

盒送给她，他尴尬地说，这是他祖母的遗物。最后，他们向帕菲先生点了点头，纷纷回到自己的餐桌旁。今天，他们的小公主终于回到了维也纳，这些孤单的“叔叔们”总算可以在亲爱的丽莎的陪伴下，安心享用一顿饭了！

当然，胃口最好的还是帕菲先生。尽管他一直强调，一名“真正的艺术家”首先要学会独处，他也始终认为曾经的那段婚姻是将他引入单调的中产阶级迷津的巨大错误，但今天见到女儿时，他感受到了一种久违的来自家庭的温暖——简直太不“艺术”了！现在，他的女儿害羞地微笑着，握住他的手，就像担心他会逃跑一样。感受到女儿的依赖，尽管帕菲先生没有吃爱尔兰炖菜，他还是觉得嗓子被肉丸哽住了——他太激动了。

这时，侍者弗朗茨又拿着盛着夹心煎饼的平底锅走过来了！

洛特摇了摇头，她的鬈发随着动作摆动："我吃不下了，弗朗茨先生！"

"但是，丽莎！"侍者惊讶地喊道，"这才到第五个呀！"

最后，困惑的弗朗茨拿着煎饼回到了厨房。这时，洛特鼓起勇气，对帕菲先生说道："爸爸，你知道吗？从明天开始，你吃什么，我就吃什么！"

"那可不一定！"帕菲先生喊道，"如果我吃烟熏火腿，你肯定受不了那个味道！"

"那好吧，等你吃烟熏火腿的时候，我再吃煎饼吧。"她皱起小脸，看上去有些痛苦地说。现在她知道了，扮演丽莎可不像想象中那样简单！

就在这时，斯特罗贝尔医生带着他的宠物狗彼得金走过来了。"彼得金！"医生笑着说，"看看那是谁！去向丽莎问个好！"

彼得金摇着尾巴，迈着小碎步跑到帕菲父女的桌前，准备向他的老朋友丽莎问好。然而，当它来到桌旁，闻了闻座位上的小女孩时，它疑惑地飞身跑回主人身边。

“蠢狗！”斯特罗贝尔医生抱怨道，“你怎么认不出你最好的朋友了呢？她只不过是去乡下玩了几个星期！亏得大家还说动物的本能很可靠呢！”

不过，洛特心想：“还好这位医生不像彼得金那么聪明！”

晚饭后，帕菲先生和他的女儿拎着行李箱、洋娃娃、装泳衣的沙滩包和老主顾们送的礼物，回到了他在罗滕图姆街的公寓。帕菲先生的管家罗莎一见到孩子，高兴得不得了。

不过，丽莎曾提醒过洛特，罗莎是一个虚伪的人，她表面上十分热情，那都是在演戏，爸爸根本没有认清她的真面目。

帕菲先生从钱包里掏出一张票，递给了他的女儿，说道：“今晚我有演出，我会指挥汉珀丁克的《小汉斯和格雷特尔》，罗莎会送你去歌剧院，演出结束后再带你回家。”

“啊！”洛特高兴极了，“我能从座位上看到你吗？”

“当然可以！”

“那你能不能偶尔看我一眼呢？”

“当然了！”

“你看我的时候，我能朝你挥手致意吗？”

“当然可以，丽莎，我甚至还会向你挥手呢。”

这时，电话响了。帕菲先生接起电话，电话里传来一个女人的声音。帕菲先生简单地回复了对方。不过，放下电话后，他相当匆忙地告诉洛特，他得一个人待几个小时。没错，他不仅是个指挥家，还是个作曲家。他在家里没有灵感，完全写不出曲子。他得去自己在指环街租的工作室里工作。既然这样的话……

“孩子，明天中午，我们在帝国餐厅见！”

“爸爸，演出期间，我可以向你挥手致意吗？”洛特再一次确认道。

“当然了，我亲爱的女儿，为什么不呢？”

帕菲先生吻了一下女儿的额头。

接着，门砰的一声关上了。

洛特慢慢地走到窗前，低头想着心事。她妈妈的工作必须坐班，妈妈每天都要去办公室，现在，爸爸也不习惯在家里工作。

洛特发现，和爸爸妈妈待在一起真是一件困难的事！

不过，在妈妈的教导下，洛特长成了一个坚强的小女孩，所以她很快从悲观的想法脱身了。她带上写满了丽莎的提示的小笔记本，准备开始独自探索这间位于维也纳的漂亮公寓。

当她把这间公寓里里外外看了一遍后，她像往常那样，坐在厨房的桌边，浏览记满家庭日常开支的账本。

她很快注意到了两件事：第一，这个账本上，几乎每一页都有一个错误；第二，每一个错误都对罗莎有好处！

“你在干什么？”罗莎站在厨房门口问道。

“我核对了账本上的每一项开支。”洛特的声音低沉，却十分坚定。

“你想干什么？”罗莎愤怒地叫道，“你想做算术题的话，应该去学校！”

“从现在起，我会负责计算账本上的每一项开支。”洛特说着，从厨房的椅子上跳下来，“我们的确在学校学习，但不是为学校学习——至少我的老师是这么说的。”说完，她大步走出了房间。

罗莎看着洛特离开的背影，目瞪口呆。

故事进行到这里，大家是不是已经想要继续往下

读了？但我们要先回到过去，给大家讲讲丽莎和洛特的爸爸妈妈的故事。

丽莎和洛特的爸爸名叫阿诺德·帕菲，是一位音乐家，也可以说，他是一位与众不同的艺术家。他既不戴宽边帽，也没有打领带。但是，他的穿着非常考究。

但是，即便他穿得如此讲究，人们也猜不透他的内心。每当他有了灵感，就渴望独处，因为灵感是在孤独中迸发，进而造就传奇的！有时，他的灵感会在聚会中产生，于是他会不告而别。主人总是会问："帕菲去哪儿了？"知晓他的性格的宾客就会回答说："他大概又产生灵感了吧！"这时，主人心里会颇有些不满，想道："不告而别，真不懂礼貌！"但帕菲先生就是这样的人！

甚至在刚结婚时，每次有了灵感，他就扔下自己的新婚妻子，从家里跑出去。

后来，他有了一对可爱的双胞胎女儿，依旧本性难移。孩子们还不懂事，哭声此起彼伏，而这时，维也纳爱乐乐团马上就要演出他的第一钢琴协奏曲，这可是首场演出！于是，帕菲先生在指环街租了一间工作室，把他的钢琴搬过去了。

那时，他的妻子丽莎洛特·帕菲——也就是现在

的丽莎洛特·霍恩——刚满二十岁。她对丈夫一心工作，不关心妻子和女儿的行为十分不满。于是她决定和帕菲先生离婚。

就这样，帕菲先生终于如愿以偿了。他成了孤家寡人，可以尽情享受独处时光了。离婚后，他带走了丽莎，还雇了一位保姆，专门照顾丽莎。

但很快，他又感到不满足了。尽管如此，他还是继续作曲，当他的指挥家，一年比一年出名。而且他也有时间回家陪女儿丽莎玩耍。

但他不知道的是，只要自己的新作品在慕尼黑音乐厅上演，他的前妻丽莎洛特·霍恩就会买票捧场。她总是买最便宜的票档，却完全不妨碍她听出作品中的感情。她知道，尽管帕菲先生已经获得了世俗上的成功，他并不快乐。

第六章

洛特的噩梦

丽莎洛特·霍恩女士还有一点时间，她把女儿送回她在马克斯·伊曼纽尔街的小公寓里，然后不情愿地赶回办公室，还有很多工作在等着她。

丽莎，哦不，是洛特！洛特先熟悉了一下接下来要居住的环境。然后，她拿起钥匙、妈妈的钱包和一个网袋，出门购物。她按照笔记本上的记录，来到尤金王子街拐角处的胡贝尔肉店，买了半磅最好的瘦牛肉、一些牛腰子和几根肉骨头。然后，她来到瓦格塔尔太太的杂货店，买了一些混合香草、面条和盐。

安妮·哈伯塞泽看到同班同学洛特·霍恩站在马路中间，焦急地翻着笔记本。

“你在街上做作业吗？”她好奇地问道，“可现在还在放假呢！”

丽莎惊讶地盯着这个女孩。要和一个你完全不认识的人说话可真让人抓狂！更何况，你还要装作和她很熟悉的样子！不过，丽莎很快回过神来，高兴地说：“你好！我准备去瓦格塔尔太太的杂货店买点东西，你想和我一起吗？”说完，丽莎自然地挽起这个女孩的胳膊，让这个女孩带着自己到瓦格塔尔太太的杂货店里去了，而且对方一点也没发现，其实丽莎根本就不知道瓦格塔尔太太的杂货店在哪里。真是个聪明的

姑娘！

瓦格塔尔太太当然很高兴：洛特·霍恩度假回来了，而且满面红光！等丽莎和她的同伴买完了东西，瓦格塔尔太太送给每个女孩一块糖果，并让她们向霍恩女士和哈伯塞泽太太问好。

这时，丽莎终于松了一口气。她也知道了这个女孩名叫安妮·哈伯塞泽。（在丽莎和洛特交换情报的笔记本上，有这样一段文字：安妮·哈伯塞泽，我和她吵了三次架。她欺负比她小的女孩，尤其是班上最小的女孩——埃尔莎·默克。）哼！这下丽莎可知道该怎么做了。

两人分手时，丽莎说：“安妮·哈伯塞泽，我还记得我们因为埃尔莎·默克的事吵了三次架呢！你应该已经意识到了自己的霸凌行为。如果还有下一次，我可不会轻易放过你了，我还要……”说到这里，丽莎做了一个明确的手势，然后转身就走。

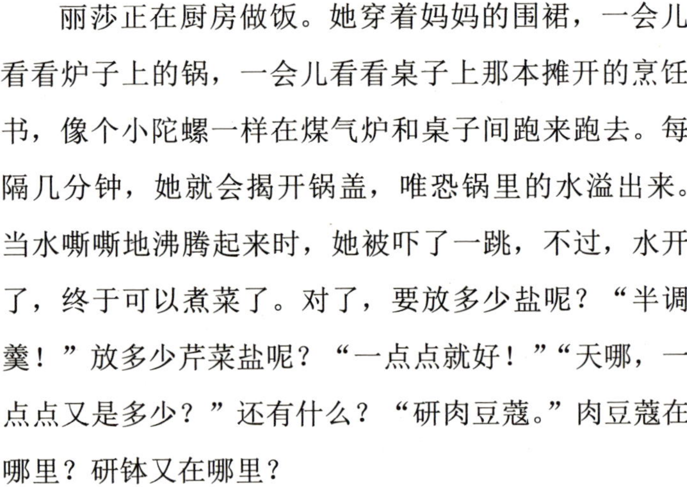

“我们走着瞧吧。”安妮生气地想道，“到底会怎么样，明天就会见分晓！哼，一个假期过去，洛特·霍恩可真是疯了！”

丽莎正在厨房做饭。她穿着妈妈的围裙，一会儿看看炉子上的锅，一会儿看看桌子上那本摊开的烹饪书，像个小陀螺一样在煤气炉和桌子间跑来跑去。每隔几分钟，她就会揭开锅盖，唯恐锅里的水溢出来。当水嘶嘶地沸腾起来时，她被吓了一跳，不过，水开了，终于可以煮菜了。对了，要放多少盐呢？“半调羹！”放多少芹菜盐呢？“一点点就好！”“天哪，一点点又是多少？”还有什么？“研肉豆蔻。”肉豆蔻在哪里？研钵又在哪里？

丽莎在抽屉里翻了一遍，又爬上椅子，将柜子上的罐子一个个看过去，但是没有找到。这时，她看了

一眼墙上的钟，来不及了！她从椅子上跳下来，一手抓起一把叉子，一手揭开锅盖，手指一下子被烫伤了！丽莎尖叫了一声，忍着疼痛，用叉子戳了戳牛肉——还没煮烂呢！

丽莎举着叉子，一动不动地站着。刚刚在找什么来着？对了，是肉豆蔻和研钵。咦？放在烹饪书旁边的是什么东西？是混合香草！得把它们洗干净，赶紧放进肉汤！现在，把叉子放下，把刀拿过来。不知道牛肉煮烂了没有？对了，研蔻和豆钵在哪里呢？哦不对，是肉豆蔻和研钵！算了，先把混合香草放在水龙头下洗干净吧，还得把胡萝卜削成丝。嘿！小心些！别把自己割伤了。等肉煮烂以后，还得把肉从锅里捞出来，沥干汤汁。为了等会儿更顺手，现在找个漏勺吧。半小时后妈妈就要回家了，在她到家前的二十分钟，得开始煮面。厨房真是一团糟！肉豆蔻、漏勺、研钵！还有……还有……

丽莎瘫在椅子上，叹了一口气。哎，洛特！模仿你可真不容易，你模仿我肯定也遇到了很多困难！帝国餐厅……斯特罗贝尔医生……彼得金……弗兰茨……还有爸爸……爸爸……爸爸……

时钟里的指针不停地走着。

还有二十九分钟，妈妈就要回来了！对，还有二

十八分半——二十八分钟！

丽莎坚定地握紧了拳头，一下子站了起来，准备继续做饭。她喃喃道："要是连饭都煮不好，我就不是那个厉害的丽莎了！"

不过，这正是烹饪的神奇之处。如果你想从高塔上一跃而下，你只需要下定决心，但是如果你想煮一碗可口的牛肉面，只有决心是不够的。

当霍恩女士结束一天疲惫的工作，饥肠辘辘地回到家时，她没想到在家等她的不是从前那个游刃有余的小管家，而是一个精疲力竭、垂头丧气的可怜小女孩。小女孩皱着眉、撇起嘴、眼里含泪，小声说道："妈妈，你别生气！我想，我已经忘了该怎么做饭了。"

霍恩女士惊讶地说道："可是洛特，一个会做饭的人是不会忘记这项技能的！"不过，现在已经没有时间惊讶了，还有很多事情要做。霍恩女士为女儿擦去眼泪，尝了尝锅里的肉汤，把煮老了的牛肉切开，从橱柜里拿出盘子和刀叉……

最后，母女俩终于得以坐在客厅的灯下，开始吃牛肉面。妈妈看着女儿的笑脸，安慰道："味道还不错呀！"

"是吗？"女儿的脸上露出一丝羞怯的微笑，"真的吗？"

妈妈点了点头，朝她露出微笑。

丽莎舒了一口气。这时，她觉得面前的牛肉面是她这辈子吃过的最好吃的东西！简直比帝国餐厅的夹心煎饼还好吃。

“这几天我来做饭吧。”妈妈说，“你在旁边看着我做，很快就能和之前做得一样好了。”

丽莎用力点了点头。“也许会比之前做得更好呢！”她信心满满地说。

吃完饭后，母女俩一起洗了餐具。丽莎给妈妈讲了自己在夏令营里的美好经历，但完全没有提到在那里遇见的和自己长得一模一样的女孩。

与此同时，洛特正穿着丽莎那条最漂亮的连衣裙，坐在维也纳歌剧院的一个豪华包厢里，骄傲地看着舞台上正在演奏的乐队。帕菲先生正在指挥乐队演奏《小汉斯和格雷特尔》的序曲。

穿晚礼服的爸爸看着真神气！尽管那些演奏家中，有些先生的年纪已经很大了，但他们多么听爸爸的话呀！当他将指挥棒用力一挥，乐曲就会激昂地响起来；当他轻轻挥动指挥棒，想让他们把声音放轻时，他们发出的声音就像晚风一样轻柔。他们一定很怕他！不过，爸爸在我面前时，看上去非常平易近人，他向包

厢挥手时多么温柔！简直像变了一个人！

这时，包厢的门打开了。

一位穿着漂亮衣服的年轻女士走了进来，在洛特面前坐了下来。洛特抬起头，那位女士对洛特温柔地笑了一下。

洛特害羞地转过头，继续看着她爸爸指挥管弦乐队。

那位年轻的女士从包里一样样地拿出东西，摆在包厢里覆着法兰绒的栏杆上：一架看戏用的望远镜、一盒糖果、一张节目单和一盒化妆粉。当她的包空空如也时，毛绒栏杆也变成了一个五光十色的商品橱窗。

这时，序曲结束了，听众席响起了热烈的掌声。帕菲先生转过身来，面对听众，一次次鞠躬，回应听众。当他再次举起指挥棒时，他抬起头，看了看洛特所在的包厢。

洛特害羞地朝爸爸挥了挥手。她发现，爸爸笑得更温柔了。

接着，洛特发现自己不是唯一一个朝爸爸挥手致意的人——她身边的那位年轻女士也在挥手。

这位女士是在向爸爸挥手吗？爸爸笑得那么温柔，是因为这位年轻的女士吗？或许，爸爸根本不是因为他的女儿才露出微笑的吧？为什么丽莎从来没有告诉过她，爸爸身边还有这么一位奇怪的女士呢？难道爸爸是最近才认识她的吗？洛特心想：“今晚我就要给丽莎写信，问她是否知道这件事。明天上学的路上，我就可以去邮局寄信。信封上就写：慕尼黑 18，勿忘我收。”

这时，幕布升起来了，舞台上小汉斯和格雷特尔的命运引起了所有人的注意。洛特屏住呼吸，认真地看着歌剧。在这个故事里，小汉斯和格雷特尔的父母为了抛弃孩子，把他们送到森林里了。可是，他们的父母还很喜欢自己的孩子！他们怎么会这么坏呢？不过，或许他们并不是坏人，只是做了错误的事？也许他们也在难过，可是既然他们会难过，为什么还要抛弃自己的孩子呢？

小洛特作为被拆散的双胞胎之一，看到这个故事后，变得越来越激动了。她并不是有意代入，但是舞台上正在上演的故事让她不断地联想到丽莎和她的爸爸妈妈。爸爸妈妈做的事是对的吗？他们有权拆散自己和丽莎、拆散这个家庭吗？爸爸和妈妈都是好人，但是他们却做了一件错事。歌剧中，小汉斯和格雷特尔的爸爸妈妈很穷，没钱给孩子们买食物，迫不得已抛弃了孩子们。但是爸爸呢？他也这么穷吗？

后来，小汉斯和格雷特尔来到一座姜饼屋外面，大口大口地啃食墙上的饼干。突然，一个女巫跳了出来，大喊一声，把小汉斯和格雷特尔吓了一跳。就在这时，艾琳·格拉克小姐——那位年轻的女士——朝洛特探身，把糖果盒推到她面前，轻声说："想不想吃几块糖果呀？"

洛特吓了一跳，抬起头来，看着那位女士，摆摆手，拒绝了她的好意。然而，洛特一不小心碰到了那盒糖果，糖果盒从毛绒栏杆上掉了下去。霎时间，坐在包厢下面的听众们迎来了一场糖果雨！人们抬起头来，想看个究竟。一阵低低的笑声夹杂着音乐从听众席传来。格拉克小姐尴尬而恼火地笑了笑。

洛特吓得僵住了。“对不起。”她低声说。

那位女士微笑着原谅了她：“没关系，丽莎。”

也许她也是女巫，而且比舞台上的那个女巫更漂亮。洛特想。

丽莎第一次躺在慕尼黑的床上。妈妈坐在床边，说道：“好了，亲爱的洛特，快睡吧，做个好梦！”

“我不累时，通常会做一个好梦的。”丽莎喃喃地说，“妈妈，你一会儿就会过来睡觉吧？”

对面的墙边放着一张更大的床，床罩上是妈妈的睡衣，只要穿上就能钻进被子里。

“是的。”妈妈说，“等你睡着，我就来睡觉了。”

丽莎伸出双臂，搂住妈妈的脖子，吻了她一下，然后又亲了一下，再亲一下。“晚安！”丽莎说道。

妈妈抱了抱女儿，轻声道：“我很高兴看到你平安回来了。我现在只有你了！”

丽莎很快就睡着了。妈妈给丽莎掖好被角，听了一会儿女儿的呼吸声。然后，她小心地站起来，踮着脚尖回到客厅。

灯下放着她的公文包。她还有很多工作需要处理。

在维也纳，洛特被严厉的罗莎送到房间，准备睡觉。罗莎一走，洛特就偷偷爬起来给丽莎写信。写完后，她悄悄地回到床上。在关灯之前，洛特又环顾了一遍卧室：这是一个漂亮又宽敞的房间，墙上挂满了精美的童话挂画。除此之外，还有一个书架、一张用来写作业的书桌、一个大大的摆满了玩具的橱窗、一个雅致的老式梳妆台、一辆玩具娃娃马车和一张玩具娃娃床。除了一件非常重要的事情外，什么都不少！

她有时不也希望自己拥有这样一个漂亮的房间吗？当然，她从来没有告诉过妈妈自己的想法——妈妈会伤心的。现在她住在这样一间梦想中的大房子里，但她感觉非常痛苦，因为她开始想念自己原来的生活。她想念丽莎现在躺着的那间朴素的小卧室，渴望妈妈的晚安吻，渴望客厅里的灯光。妈妈总是在那盏灯下工作，结束工作后，门会被悄悄打开，妈妈会踮起脚尖走到床边，换好睡衣，钻进被子睡觉。

要是爸爸的床在这儿，至少在隔壁房间，那就好了！也许爸爸会打呼噜，那就更好了！因为呼噜声会提醒洛特，自己爱的人就在附近。但现在爸爸不在附近，也许他正在自己的工作室里，也许他正和那位年轻的女士坐在一间布置豪华的大房子里开心地笑闹、跳舞，然而像今天在歌剧院里一样，无视了朝自己幸福地挥手的女儿，而朝那位女士温柔而深情地致意。

想着想着，洛特睡着了。她做了个梦。梦里，可怜的小汉斯和格雷特尔的故事和她自己的遭遇纠缠在一起：洛特和丽莎坐在床上，惊恐地盯着面前那扇门，许多戴着白色帽子的面包师拿着面包从门外冲进来。他们把手里的面包放在墙边，渐渐地，面包越堆越高，房间变得越来越小了。

爸爸穿着晚礼服，神情激昂地指挥着面包师们走进走出。这时，妈妈冲过来，焦急地问："天哪，你这是在干什么？"

"我们必须把孩子们送走！"爸爸愤怒地喊道，"家里的面包太多了，我们家地方不够了！"

妈妈绝望地绞着双手。洛特和丽莎难过地抽泣着。

"滚出去！"爸爸喊道，举起他那根指挥棒，威胁着姐妹俩。这时，床顺从地滑到窗前。窗户打开了，床飘出了窗户。

这张床载着洛特和丽莎，飞越了城市，越过了河流、小山、田野、草地和森林。最后，它降落在一片原始森林的树丛中。不远处传来可怕的鸟叫声和野兽的咆哮声。洛特和丽莎坐在床上，吓得浑身瘫软。

突然，树丛里传来一阵沙沙声。

孩子们吓得扑倒在床上，把被子拉到头顶。接着，一个女巫从树丛中走了出来。但她不是舞台上的女巫，更像包厢里那名年轻的女士。她用望远镜扫视了一遍姐妹俩睡着的床，点了点头，非常傲慢地笑了笑，拍了三下手。

紧接着，像是听到了命令一般，黑暗的树林立刻变成了一片阳光明媚的草地。草地上有一座用玻璃建造的房子，房子周围的栅栏是用巧克力做的。鸟儿欢快地叫着，散发着太妃糖香味的小兔子在草地上跳来跳去，闪闪发光的金色鸟巢里装满了复活节彩蛋。一只小鸟落在姐妹俩躺着的床上，唱出一声美妙的颤音。起先，洛特和丽莎只敢把鼻子探出被子，然后慢慢地探出头。当她们看到草地上的太妃糖兔子、巧克力栅栏和晶莹剔透的玻璃房子时，她们不顾自己还穿着长长的睡裙，飞快地从床上跳起来，跑到栅栏前。“呀！有各种各样的高级糖果！”丽莎大声喊道，“里面还有坚果！还有奶油杏仁夹心！”

“还有没那么甜的柠檬糖呢！”洛特高兴地叫道。即使在梦里，这个小姑娘也不喜欢吃太甜的糖果。

丽莎从栅栏上掰下一大块巧克力。“这是带核桃仁的！”她已经垂涎三尺了，等不及要把这块巧克力放到嘴里。

这时，房子里传来女巫的大笑声！孩子们吓了一跳。丽莎立刻把巧克力扔得远远的。

这时，妈妈推着一辆装满面包的手推车，气喘吁吁地穿过草地，走到她们面前。“孩子们，千万不要吃这里的东西！”她惊恐地叫道，“这里的东西都有毒！”

“可是妈妈，我们太饿了！”

“我给你们带了一些面包，我已经尽我所能，用最快速度从报社赶过来了。”妈妈伸出胳膊，搂住她的孩子们，试图把她们带走。突然间，玻璃房的门打开了。爸爸拿着一把伐木头的大锯子出现在门口，喊道：“放开孩子！”

“不！她们是我的孩子！”

“也是我的！”他喊道。他一边向母女三人走来，一边解释道：“我要用锯子把孩子们一分为二。我们一人能得到一半洛特和一半丽莎，你看怎么样？”

双胞胎姐妹颤抖着跑回床上。妈妈张开胳膊，保护着她们：“这不可能！”

但是爸爸把她推到一边，开始用锯子锯床。看样子，他是准备从床头开始，把整个床分成两半！锯子启动了，发出嘎吱嘎吱的巨响，一寸一寸地割开床。

“松开手！”爸爸命令道。

洛特和丽莎手拉着手，锯子离她们越来越近，越来越近，就要锯到她们的手了！妈妈绝望地尖叫起来。

不远处传来女巫咯咯的笑声。

孩子们不得不松开她们的手。

锯子从双胞胎身体间的缝隙经过，床被完全锯断的瞬间，每一半立刻长出两条床腿，变成了两张完整

的床。

“你想要哪个孩子？”爸爸问妈妈。

“我都想要！我都想要！”

“不行！”爸爸说，“我们必须公平公正。如果你难以抉择，那就让我先来吧！我要这个！我可不在乎她是谁，我有我的办法区分她们俩。”他抓住了其中一张床，“你是谁？”

“丽莎！”丽莎哭叫道，“但你不能这样！”

“没错！”洛特尖叫道，“你不能把我们分开！”

“安静！”他严厉地说，“父母想怎么做，就能怎么做。”

说完，他用绳子拖着床，朝玻璃房子走去。巧克力栅栏自动打开了。

丽莎和洛特绝望地向对方挥手。

“我们要一直写信！”丽莎喊道。

“记得用存局候领的方式寄信！”洛特喊道，“慕尼黑 18，勿忘我！”

就这样，爸爸和丽莎走进了玻璃房子。然后，房子立刻消失了，就好像它从来没有存在过。

妈妈伸出胳膊，搂住了洛特，伤心地说道：“现在我们俩得相依为命了。”

突然，她看着怀里的洛特，疑惑地问道：“你是我

的哪个女儿？你看起来像洛特！”

“我就是洛特！”

“不，你有点像丽莎……”

“那我就是丽莎！”

妈妈吃惊地看着女儿的眼睛，学着爸爸的声调，说：“刚才还是鬈发，现在就扎起辫子来了！一样的脑袋，一样的鼻子！”

现在，洛特在左边脑袋上编了个辫子，右边脑袋则像丽莎一样，披着鬈发。眼泪顺着她的脸颊流了下来。她可怜地说：“现在我也不知道自己是谁了。哦，我一半是洛特，一半是丽莎！”

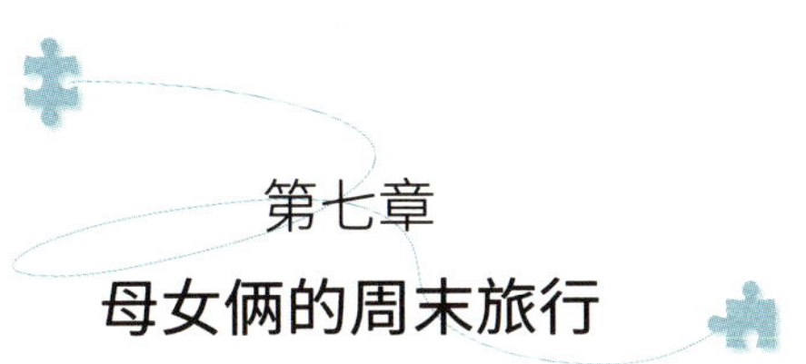

第七章
母女俩的周末旅行

自从双胞胎姐妹决定互换身份，已经过去了几个星期。在这几个星期内的每一分钟，每一次事件，每一场遭遇，她们都冒着被发现的危险。在这几个星期内，发生了许多让人不安的事。她们还写了不少存局候领邮件，给对方分享自己的经历。

但幸运的是，一切还算顺利。丽莎“再次”学会了做饭。慕尼黑的老师们渐渐对当下的状况习以为常——那个坐在角落的小女孩返校以后，不再像之前那么勤奋和爱干净了，但她也出现了令人欣喜的变化——变得更活泼，反应也更敏捷了。

维也纳的老师们则高兴地发现，指挥家帕菲的女儿学习更努力了，她的算术成绩也有了显著提高。就

在昨天，在老师的办公室里，格斯特纳小姐夸张地对布鲁克鲍尔小姐说：“亲爱的布鲁克鲍尔小姐，我认为，观察丽莎·帕菲的学习过程对理解学生的发展大有帮助。在老师的不断教育下，她从一个性格活泼奔放的小女孩，成功变成了一位安静自持、意志坚强的淑女。在我的教学生涯中，像她这样的转变绝无仅有。而且你要记住，丽莎·帕菲的转变，完全是来源于孩子的内在动力，而非外界教育强加的结果！”

布鲁克鲍尔小姐用力地点了点头，回答说：“没错，这种性格的发展，这种个人意志的发展，尤其体现在丽莎的笔迹变化中。我总是说，笔迹和性格……”

言归正传，斯特罗贝尔医生的狗，彼得金，已经习惯了它的老朋友丽莎·帕菲的变化，现在，和老朋友见面时，它也恢复了老习惯，跑到指挥家帕菲先生的餐桌边，向丽莎·帕菲问好了。虽然它还是没办法理解为什么他的老朋友闻上去和之前不一样，但它告诉自己，人类本来就变化多端，一点点气味上的变化又有什么奇怪的呢？此

外，丽莎不像以前那样爱吃夹心煎饼，而且似乎爱吃肉了。可以理解，这个新的变化让彼得金可以饱餐一顿，何乐而不为呢？

如果说维也纳的老师们已经发现丽莎身上的变化，那么，如果她们知道女管家罗莎的情况，她们会怎么想呢？现在，管家罗莎在这个家里的地位已经完全不同了。也许她本性不坏，并不是一个善于欺骗、耽于懒惰的人，只是一直没有人慧眼识珠。

自从洛特来到了维也纳的家，她用温和而不容拒绝的态度盘问了家中的大小事宜。现在，罗莎已经成了一名模范管家。

同时，洛特说服她的爸爸收回由罗莎掌管钱财的决定，把日常开支的钱交给她。这样一来，罗莎需要买东西时，就要先征求一个 9 岁女孩的同意，这真是太滑稽了。只见罗莎一五一十地报告了购物清单和晚餐食谱，以及家里发生的一应事宜。

洛特很快就能算出当天的开支，然后从书桌里拿出相应的钱，清点后交给罗莎，然后把钱数记在笔记本上。每天晚上，洛特都会坐在厨房的桌子上，仔细地记录当天的收支。

在洛特的努力下，连帕菲先生都发现，家里的花销变小了。而且在花销变小的情况下，生活质量却没

有下降。家里的桌上总是摆着新鲜的花束，甚至在他的工作室里都有鲜花点缀，往常冰冷的工作室也有了家的感觉。（帕菲先生想，简直像家里有了个女主人！）

就这样，帕菲先生待在家里的时间越来越多。连艾琳·格拉克小姐都注意到了这一点。对此，她曾旁敲侧击地问过帕菲先生，毕竟，音乐家都是很敏感的。

“你知道吗？”他对她说，“前几天我回家的时候，丽莎正坐在钢琴边，愉快地边弹琴边唱歌，简直太可爱了！你要知道，在此之前，除非你用拖拉机把她拖运过去，她是绝对不会靠近钢琴的。”

“然后呢？”艾琳·格拉克小姐扬起眉毛，惊讶地问道。

“然后？”帕菲先生尴尬地笑了笑，“从那以后，我就一直教她弹钢琴，她觉得很有趣，我也乐在其中。”

心高气傲的格拉克小姐轻蔑地说：“你得明白，你是一位作曲家，而不是小女孩的钢琴老师。”

在过去，还没有人敢对帕菲先生说这些话。今天，听到格拉克小姐的言论，帕菲先生完全没有生气，相反，他像个孩子似的笑了起来：“可是，我从来没有像现在这样，写出这么多作品，也从来没写出过这么好的作品！”

“什么样的曲子？”她问道。

“一部儿童歌剧。”他回答说。

在老师们的眼中，丽莎变了；在洛特的眼中，管家罗莎和彼得金变了；在帕菲先生的眼中，他的家变了。维也纳简直发生了翻天覆地的变化！

与此同时，慕尼黑也发生了各种各样的变化。丽莎洛特·霍恩女士发现，她的女儿不再忙碌地操持着家里的大小事宜，也不像之前那样只知道埋头念书，性格变得开朗、活泼了。她开始暗暗自责：“丽莎洛特，看看你把你的孩子变成了什么样子，她为了让你没有后顾之忧，在本应最无忧无虑的年纪，成了一个管家。现在，仅仅一个暑期夏令营的时间，她在湖边待了短短几周，就变回了一个快乐的小女孩。作为妈妈，你真是太自私了！如果洛特偶尔打碎一个盘子，或是带回一封老师的信，信上说她不像之前那么细心、爱干净、刻苦学习，又或是她打了同学安妮·哈伯塞泽一巴掌，你应该怎么做呢？作为妈妈，无论遇到什么麻烦，你都要优先保护孩子的童年！”

丽莎洛特·霍恩女士严肃地对自己说了很多类似的话。终于有一天，在面对女儿的老师林内科格尔小

姐时，她说："我希望我的孩子洛特做一个孩子，而不是一个小大人！我希望她活泼快乐，而不是束缚自己，成为老师眼中最好的学生。"

"可是在此之前，洛特是二者兼得的呀！"林内科格尔小姐有点生气地回答道。

"我不明白是什么让她产生了变化。"丽莎洛特·霍恩女士说道，"我的工作太忙了，我没有时间完全了解我女儿的情况。我想，在某种程度上，洛特的变化和这次暑假夏令营有关。但是，有一件事我很确定——我不希望她再回到过去的样子。这件事非常重要。"

林内科格尔小姐用力地往上推了推自己的眼镜，说道："作为洛特·霍恩的老师，我必须让她全面发展。我希望恢复她的内心秩序。"

"您真的认为，洛特在算术课上注意力不太集中，还在她的写作练习册中洒了好些污渍，是因为……"

"女士，您提到了洛特的写作练习册，这是一个很好的例子！洛特的字迹清楚地展现了——我该怎么形容——对，她的精神不太稳定。先不说这个，换个问题，女士，您认为洛特打班上其他同学们的行为

对吗？”

“同学们？”霍恩女士重重地强调了“们”这个字，“据我所知，除了安妮·哈伯塞泽，她没有打过任何人。”

“这还不够吗？”

“要我说，这个安妮·哈伯塞泽完全是活该！就算我的女儿不打她，也总有人会打她的！”

“霍恩女士！”

“这个长得高高壮壮的馋鬼，总是霸凌班上弱小的同学。老师不应该为这样的人辩护吧？”

“还有这种事？我从来没听说过！”

“那请您问问可怜的埃尔莎·默克吧，也许她能告诉您真相。”

“可是，当我惩罚洛特时，她为什么不告诉我呢？”

听到这里，霍恩女士挺直了身子，回答说：“也许就像你说的，她的精神不太稳定。”说完这句话，她快步离开，准备乘出租车回到办公室。她算了算打车的花费，2 马克 30 芬尼！天呐，钱就像流水一样花出去了！

星期六中午，霍恩女士背上背包，对女儿说：“穿上你的运动鞋，我们要去加米施，明天晚上才能回来。”

丽莎担心地问：“妈妈，我们能负担得起吗？”

这句话有些刺伤了霍恩女士的心，她笑道："如果钱不够，我就把你卖了！"

丽莎也笑起来，手舞足蹈，说道："那太好了！你把我卖掉，拿到钱，我再逃走！你把我卖掉三四次，我们就能拿到很多钱，这样的话，你一个月都不用工作了！"

"你这么值钱吗？"

"我值 3000 马克 11 芬尼！对了，我还得带上我的口琴！"

这是一个多么美好的周末！就像覆盆子和鲜奶油！霍恩女士带着女儿来到加米施，徒步穿过森林，路过一个美丽的湖泊，来到艾布湖畔，一人吹着口琴，一人唱歌。然后，她们跌跌撞撞地穿过密林，在星期六晚上来到一个村庄，住进了一间大床房。她们从背包里拿出从家里带来的晚餐，饱餐一顿后一起躺在床上。屋外是一望无际的田野，蟋蟀唱着动听的小夜曲……

周日的清晨，她们又上路了。这次，她们要翻越一座白雪皑皑的大山，山顶在阳光的照耀下闪耀着银白的光芒，美不胜收。农民们穿着具有当地特色的服装走出教堂。奶牛在土路上慢悠悠地走着，与那些一边享用咖啡一边闲聊的人们无二。

接下来，母女二人开始行进，这是一段艰难的旅途。中途休息时，她们坐在草地上，旁边有一些马在埋头吃草。她们吃着煮鸡蛋和奶酪三明治，然后在草地上小憩片刻。

接着，她们穿过一丛丛野树莓和一群群翩翩起舞的蝴蝶，回到了艾布湖。牛铃叮当作响。远处，白雪覆盖的山峦连绵起伏，在天际划出美丽的弧线。湖泊安静地躺在山谷的怀抱里，显得格外可爱。

“这个湖泊简直像上帝扔下的一枚硬币。”丽莎若有所思地说。

母女二人在艾布湖酣畅淋漓地游了一会儿泳。接着，她们回到了酒店，在露台上享用了咖啡和蛋糕。

美好的一天落下帷幕，是时候回家了。

母女二人坐上了返程的列车，短短一个周末，她们晒黑了不少，但是心情飞扬。坐在她们对面的那位绅士怎么也无法相信坐在丽莎旁边的年轻女士是她的妈妈，还是一位职业女性！她看上去简直太年轻了。

终于回到家，母女俩扑通一声倒在床上。丽莎说道："妈妈，这个周末真是太开心了！没什么比这更让人高兴的了！"

她的妈妈没有马上睡着，她躺在床上，想了一会儿心事。从前，她忽视了女儿成长的快乐，也许现在还不算太晚，她仍然可以弥补女儿的童真。

想着想着，霍恩女士也睡着了。睡梦中，她的脸上浮现出一丝微笑，就像吹皱了艾布湖的微风。

她的女儿变了。现在，这位年轻的妈妈也开始变了。

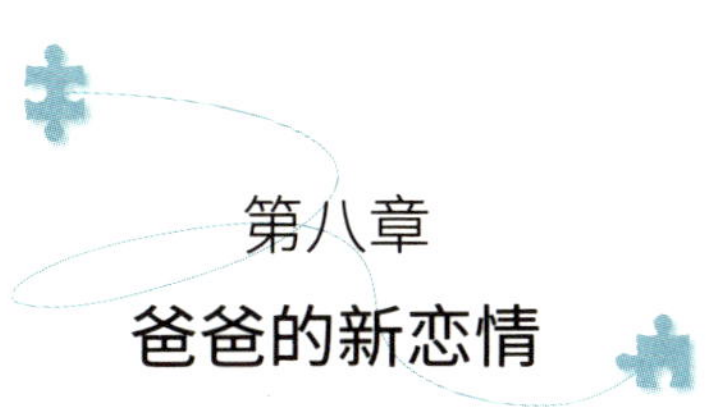

第八章
爸爸的新恋情

洛特的钢琴技巧没什么提高。但这不是她的错。最近，她的爸爸没有太多时间给她上课了。也许是忙着创作他那部儿童歌剧作品吧。

女孩们总有办法察觉到隐秘的危险。就像现在，当爸爸一味地谈论儿童歌剧，而从不谈论那位年轻的女士时，洛特就知道，事情有些不对劲了。

洛特走出罗滕图姆街的公寓，按响了隔壁的门铃。这里住着一位名叫盖贝尔的画家，他是一个善良友好的人，他曾告诉洛特，有时间可以来找他玩，他愿意为洛特画一幅肖像画。

盖贝尔先生打开了门：“哦，是丽莎！”

“我今天的时间很充裕！”她说。

盖贝尔先生把洛特领进房间，让她坐在一把扶手椅上，拿起绘画板，开始给洛特画肖像画。“这些天没听见你弹钢琴了。”他说。

“我打扰到你了吗？”

“一点也不。恰恰相反，我很想念你的琴声。”

“爸爸最近没什么时间教我了。”她严肃地说，“他在写一部歌剧，一部儿童歌剧。”

听到这个消息，盖贝尔先生很为帕菲先生高兴。但紧接着，他就有些不开心了。“这些该死的窗户！”

他抱怨道，“把阳光都挡在屋外了，要是有一间真正的画室就好了。”

“那你为什么不租一间呢，盖贝尔先生？”

“理想的画室可不好找。”

洛特沉默了一会儿，说道：“爸爸有一间工作室。有一扇大窗户和一个天窗。”

盖贝尔先生咕哝了一句。

“在指环街。”洛特补充道，沉默了一会儿，她继续说，“作曲不像作画那样，需要充足的阳光，我说得对吗？”

“没错。”盖贝尔先生说。

洛特继续试探着，若有所思地说：“爸爸甚至可以和你交换工作室！这样的话，你就可以在大窗户边，让充足的阳光辅助你作画。爸爸则可以就近在公寓旁作曲！”洛特越说越兴奋，“这不是一举两得吗？”

盖贝尔先生本可以对洛特各种不切实际的想法提出反对意见，但她还是一个孩子，有些问题孩子是很难理解的。于是他微笑着说：“你说得对，一举两得。问题是，你爸爸也许不愿意交换工作室呢。”

洛特老成地点了点头，说道：“等爸爸回来，我可以问问他。”

帕菲先生正坐在工作室里，接待一位女士。艾琳·格拉克小姐“碰巧”来工作室附近买东西，于是她想，“不如顺路去看看帕菲先生吧”。

所以我们就能看到眼前的景象：帕菲先生把乐谱放在一边，陪格拉克小姐聊天。他原本是有点生气的，因为他完全无法忍受有人在不预约的情况下贸然来这里，打断他的工作。但随着聊天的深入，他逐渐沉迷在与这位迷人的女士的聊天中。

艾琳·格拉克知道自己的目的：她想嫁给帕菲先生。他很有名气。她喜欢他，他也喜欢她。那么，为什么不在一起呢？也许帕菲先生对自己未来的幸福还一无所知，但她会把握时机，在恰当的时候向他倾诉自己的心意。随着交往的深入，帕菲先生会自然而然地希望与她结为夫妻，组建家庭。

但是，现在有一个障碍——那个愚蠢的孩子。但不要紧，总有一天，她会生下属于他们的孩子，到那时，机会就来了。她，艾琳·格拉克，总会找到办法对付那个故作老成的小女孩！

这时，门铃响了。

帕菲先生打开了门。

是谁站在门口？正是那个故作老成的鬼丫头！洛特拿着一捧鲜花，说道：“你好，爸爸！我给你带来了

一捧鲜花。”然后她走进了工作室，向客人点头致意后，拿起一只花瓶走进了厨房。

格拉克小姐不怀好意地笑了笑，说道：“每次看到你和你女儿在一起，我总觉得你有点怕她。”

帕菲先生尴尬地笑了笑：“她最近的确变得非常能干，而且她做得确实很好——我还能说什么呢？”

格拉克小姐耸了耸她漂亮的肩膀，这时，洛特走了过来。她把插好的鲜花放在桌上。然后，她拿出杯子和碟子，把它们放在桌子上，对爸爸说：“我去煮些咖啡，得请客人喝点什么呀。”

帕菲先生和格拉克小姐惊讶地注视着洛特的身影。“我还觉得这孩子很害羞呢！”格拉克小姐想道，“天哪，我真是个傻瓜！”

几分钟后，洛特带着咖啡、糖和奶油出现了。她像一个小管家一样，给帕菲先生和格拉克小姐一人倒了一杯咖啡，娴熟地询问格拉克小姐是否需要糖，又把奶油罐递给她，最后坐在爸爸旁边，友好地微笑着说：“我来陪你们喝一些。”

帕菲先生也给洛特倒了一杯咖啡，故作礼貌地问道：“这位女士，请问你需要多少奶油？”

洛特咯咯地笑道：“一半一半，请吧，先生。”

“请享用吧，女士！”

“非常感谢，先生！”

他们喝着咖啡，默不作声。最后，还是洛特打开了话匣子：“我今天见了盖贝尔先生。”

“他为你画了肖像画吗？”爸爸问。

“只画了一点。”她说着，又喝了一口咖啡，然后补充道，“他的房间太暗了，没有充足的光线，他大概非常需要一个天窗，就像你这里一样……”

“那他就去租一间带天窗的画室呗。”帕菲先生认真地说。他丝毫没有意识到，自己正走向女儿铺就的陷阱。

“我也这么说。”她平静地解释道，“但所有合适的工作室都被租完了。”

“真是个鬼丫头！”格拉克小姐想。她看透了洛特的想法。你们看，图穷匕见——

“爸爸，作曲并不需要天窗，对吧？”洛特说。

“没错，不需要。”

洛特深吸了一口气，盯着自己的膝盖，说道：“那么，你愿意和盖贝尔先生交换工作室吗？”她的语气就好像她刚刚想到这个问题。谢天谢地，她终于说出来了！洛特斜眼看着她的爸爸，眼神中充满了恳求。

帕菲先生又好气又好笑，他看了看自己的女儿，又看了看坐在自己身边的年轻女士。这位女士及时地

露出一丝温柔而略带嘲讽的微笑。

“这样的话，盖贝尔先生就能拥有一间自己的画室了。”洛特的声音有点颤抖，“他可以坐在光线充足的画室里创作，你也可以在离家更近的地方作曲，就在罗莎和我的身边。”在爸爸的目光注视下，洛特只敢看着自己的膝盖，“你仍然可以一个人待着，爸爸。等你不想一个人的时候，你只要穿过走廊就可以到家，甚至都不用戴帽子。我们还可以在家吃午饭。午餐准备好后，我们会到你的工作室门前按三次铃。我们会经常做你爱吃的菜，还会做烟熏火腿。当你弹钢琴的时候，我们也能听到悠扬的琴声……”洛特的声音越来越小了，最后，她不再说话。

格拉克小姐突然站了起来。她得马上回家。时间过得太快了！但是这次谈话实在是太有趣了！

帕菲先生把她送到门口，他吻了吻她的手，说道：“今晚见。”

“你有空吗？”

“什么意思？”

格拉克小姐笑道：“也许你要搬家呢！”

他笑了。

“别笑得太早！以我对你女儿的了解，她可能已经安排好了搬家公司！”说着，格拉克小姐带着怒气，

快步奔下楼。

等帕菲先生回到工作室，洛特已经在洗咖啡杯了。他坐在琴边，弹了几个音符，然后站起身，大步地在房间里走来走去，最后盯着乐谱上那些潦草的笔记。

洛特小心翼翼地清理着杯子和碟子，尽量不发出声音。等她擦干餐具，放回碗橱后，她戴上了自己的小帽子，轻轻地走进工作室。

“再见，爸爸……”

“再见。”

“你晚上回家吃饭吗？”

“不，今天不回去了。”

洛特慢慢地点了点头，胆怯地向爸爸伸出手，想要与他告别。

“听着，丽莎，我不喜欢别人干涉我的事情，也包括我的女儿！我知道该怎么做。”

“我明白了，爸爸。”洛特平静而温柔地说。她的手仍然举着。

终于，爸爸握了握洛特的手，他也看到了女儿睫毛上的眼泪。做爸爸的人必须知道什么时候应该保持严肃，于是他假装没有注意到洛特低落的情绪，而是快速点了点头，然后坐回他那架钢琴前。

洛特安静地走到门口，轻轻地打开门，离开了

房间。

帕菲先生捋了捋头发。眼泪！女儿的眼泪！多么分散注意力啊！他还想继续创作那部伟大的儿童歌剧呢！哎！可是他难以忽视女儿眼底的泪水，它们挂在她长长的睫毛上，就像小草叶上的露珠。

他在钢琴上敲出几个音符，低下头，倾听着。他又弹了一遍这几个音符，然后在不同的音高上重复地弹着。这是他为歌剧创作的一首欢快的小调变奏曲。他改变了一下节奏，在乐谱上调整着，又回到琴键上演示一遍。渐渐地，他沉浸在工作中……

又过了几个星期。艾琳·格拉克小姐始终没有忘记那天在工作室里的情景。孩子建议她的爸爸和盖贝尔先生交换工作室，她认为这是在对她宣战！她也愿意接受挑战。因为她觉得自己有武器傍身，而且她知道该如何使用自己的武器，自信能够奏效。她要把丘比特之箭射进帕菲先生的心房，让每一支箭的倒钩牢牢地把住帕菲先生的心脏，让他臣服在她的石榴裙下。

“我要你做我的妻子。”他说。这句话听起来像是命令。

她轻抚着他的头发，脸上带着一丝嘲弄的微笑，说道：“好啊，亲爱的，那我明天就穿上最漂亮的衣服，

和你一起征求你女儿的同意。”

这是另一支箭，带着毒液射入了帕菲先生的心脏。

此刻，盖贝尔先生正在给洛特画肖像画。突然，他放下绘画板和铅笔，说：“丽莎，发生什么事了？你看起来很难过！”

洛特深深地吸了一口气，她的胸口好像堆着一堆沉重的石头，让她喘不过气来。“哦，没什么事。”

“是在学校里受了什么委屈吗？”

洛特摇了摇头，说道：“如果是在学校里发生了什么，我不会这样的。”

盖贝尔先生把绘画板放远了些，说道：“今天就画到这儿吧，我们的小可怜。”他站了起来，“我们去散散步吧，也许能让你暂时忘记那些不开心的事。”

“我想，如果让我弹一会儿钢琴，我会好受些。”

“那太好了。”他说，“我会在隔壁聆听你的琴声，这对我也有好处。”

洛特和盖贝尔先生握了握手，行了个屈膝礼，离开了盖贝尔家。

盖贝尔先生若有所思地看着洛特的背影。他曾经也是个孩子，经历过无数成长的烦恼，和大多数已经遗忘了自己童年的成年人相反，他将童年往事记得很

清楚，他非常理解一个孩子会背负多少痛苦的压力。

等到隔壁传来琴声，盖贝尔先生稍显放心地点了点头，跟着琴声吹起了口哨。

然后，他拿起画笔和调色板，眯起眼睛，看了看自己的画稿，开始继续工作了。

阿诺德·帕菲先生回到了罗滕图姆街的公寓。他觉得这段楼梯像是比平时长了两倍。他把帽子和外套挂进壁橱。咦？是丽莎在弹钢琴吗？那么现在她得停一会儿了，因为他要找她谈话。帕菲先生拉了拉上衣，像是即将拜访歌剧导演似的。然后，他打开了客厅的门。

洛特从琴键上抬起头，朝他甜甜地笑着："爸爸！你回来了，太好了！"她从钢琴凳上跳了下来，"想喝杯咖啡吗？"话音刚落，她转身就要去厨房。

帕菲先生拉住了女儿的胳膊。"现在不喝，谢谢。"他说，"我想和你谈谈。坐吧！"

洛特坐在一张宽大的扶手椅上，看上去像一个漂亮的洋娃娃。她抚平格子裙，期待地望着爸爸。

帕菲先生紧张地清了清嗓子，来回踱步，最后在扶手椅旁停下了。"是这样的，丽莎。"他说，"我想跟你说一件很严肃、很重要的事。自从你妈妈离开我们，

我已经一个人生活了七年。当然，不完全是一个人，毕竟我还有你呢。我的意思是，我们俩相依为命。”

洛特仰着脑袋，瞪大眼睛，看着爸爸。

“我在说什么废话啊！”显然，他对自己的发言很不满意，“我要说的是，”他坚持说了下去，“我不想再一个人生活了，我想给我的生活，当然也包括你的生活，带来一些改变。”

房间里鸦雀无声。

一只苍蝇嗡嗡地飞着，想要穿过玻璃窗，去呼吸新鲜的室外空气。这是徒劳，窗户关着，就算撞得头破血流，也无济于事

“我决定再婚了。”

“不！”洛特大声喊道，听上去像一声哭叫。然后她轻声地重复着：“不，请不要这样，爸爸！不！求求你，求求你，不要！”

“你也认识艾琳·格拉克小姐。她很喜欢你。她会成为一个好妈妈的。你需要有一位年轻的女性陪伴你成长，这是肯定的。”

洛特一直摇着头，她的嘴张开又闭上，却一句话都说不出来。那样子看上去真有点可怕。

爸爸看了她一眼，不忍地说：“你会比你想象中更容易接受这个变化，放心吧，丽莎，凶残的继母只会

出现在童话故事中。我一向知道你是一个乖孩子，我可以信任你的，对不对？”他看着时钟，“我得走了。我约了卢瑟先生一起排练《里格莱托》。”说完，他走出了客厅。

洛特坐在扶手椅上，一动不动。

当帕菲先生走到大厅前，重新戴上帽子时，客厅里发出一声呼叫：“爸爸！”这声音痛苦万分，简直就像有人溺水了。

“不会有人淹死在客厅里的。”帕菲先生一边想着，一边拉开门把手。他很着急，他和卢瑟先生约定的排练时间就要到了。

洛特终于回过神来了。即使她已经如此绝望，她依然振作精神，思考对策。她该怎么办？她必须做点什么。爸爸不能娶另一个女人，绝对不能！他的妻子是妈妈，即使他们没有住在一起。洛特不能有一个新妈妈，绝对不会！她已经有妈妈了，她是世界上最爱洛特的人！

也许妈妈能做点什么。但是洛特不能对妈妈说实话，她不想让妈妈知道自己和丽莎的秘密计划，更不想让妈妈知道，爸爸已经产生和格拉克小姐结婚的想法了。

只剩下一条路了，洛特必须在没有任何人帮助的情况下完成这个任务。

她拿到了电话簿，用颤抖的手指翻页。“格拉克。”幸好电话簿上没有太多叫格拉克的人。噢，终于找到了——斯蒂芬·格拉克，维也纳酒店有限公司总经理，科尔曼大道43号。（爸爸说过，格拉克小姐的父亲管理着包括他们常去的帝国餐厅在内的许多餐厅和酒店。）

洛特问了罗莎前往科尔曼大道的最佳路线，然后穿好外套，戴上帽子，说：“我准备出去一趟。”

“你？去科尔曼大道？你要去干什么？”罗莎好奇地问。

“我想找人聊聊天。”

“好吧，记得快些回来。”

洛特点了点头，随即出发了。

负责应门的女仆走进艾琳·格拉克那间豪华的房间，笑着说：“小姐，有个孩子要见你，是一个小女孩。”

格拉克小姐刚涂好了漂亮的指甲，在空中挥舞着双手，想让指甲油快些干掉。“一个小女孩？”

“她说她叫丽莎·帕菲。”

“噢——”格拉克小姐拉长了声线，慢吞吞地说，

“让她进来吧。”

女仆答应了，退了出去。这位年轻的女士站了起来，在镜子面前端详了一会儿，发现自己神情紧张，不禁被逗乐了。

洛特走进房间时，格拉克小姐正吩咐女仆：“来两杯热巧克力吧，再加一些手指饼干。”然后她转向她的小客人，亲切地说，“真高兴你愿意来看我。我真是粗心，其实很久以前我就应该邀请你来玩的。要不要脱掉外套？”

“不用了，谢谢。”洛特说，“我不会待太久的。”然后她挨着椅子的边缘坐下，目不转睛地盯着面前这位女士。

“是吗？”艾琳·格拉克高高在上地看着洛特，“那你怎么有时间坐下来呢？”

艾琳·格拉克突然尴尬起来，觉得眼前的场景有些引人发笑。但她控制住了自己。毕竟，有些事情还没有十成把握，而那是她想赢得，并决心赢得的东西。“我想，你是来这边玩，顺便来看望我的吧？”

“我是专程来找你的，我有话要对你说。”

艾琳·格拉克绽放出她那迷人的微笑：“我洗耳恭听。你要和我说什么？”

洛特从椅子上站起来，走到房间中央，慢慢地说：

“爸爸说，你想嫁给他。”

“他真是这么说的吗？”格拉克小姐发出银铃般的笑声，“他说的是他想娶我吧？好吧，这不重要。但我要告诉你，这是真的，丽莎。我想和你爸爸结婚。而且，我相信我们俩会相处得很好。是不是？很快，我们就会成为彼此最好的朋友。而且我们会努力达成这个目标，对不对？来，为了这个目标，我们握个手吧。”

洛特退后一步，强调道：“你不能嫁给爸爸。”

这真是一个过分的要求。“为什么不能？”格拉克小姐问。

“就是不行！”

“这个理由可不够充分。”格拉克小姐的耐心已经用尽了，她严肃地说，“你想阻止我和你爸爸结婚吗？”

“没错！”

“我从来没有听过这样无理的要求！”她有点生气了，“请你立刻回家。我会认真考虑是否要把这次奇怪的来访告诉你爸爸。但你要知道，如果我最终选择不告诉他，一定是为了我们将来的关系着想，因为我相信我们会成为朋友的。再见，丽莎！”

洛特已经走到门口，又转过身来，说：“请别打扰我和我爸爸的生活了！求求你……”说完，她就离开了。

现在，格拉克小姐觉得自己唯一要做的事就是加快婚礼的进程。婚礼一结束，她一定会第一时间把这个孩子送去寄宿学校。只有纪律严明的学校才能让她学会服从。

这时，女仆拿着托盘走过来。

“什么事？”格拉克小姐问。

“我拿来了热巧克力和手指饼干。刚才那个小女孩呢？”

“给我出去！”

帕菲先生一直在歌剧院排练，因此没有回家吃晚饭。爸爸不在时，一直是罗莎陪着洛特。

“你一点东西都没吃。”罗莎责备道，“你现在就像个小幽灵一样没精打采。发生什么事了？”

洛特摇了摇头，什么也没说。罗莎握住她的手，很快又松开了。“你发烧了！快去睡觉吧！”她一边咕哝着，一边气喘吁吁地把已经没有力气的洛特抱到房间里，脱下外套，把她放到床上。

“别告诉爸爸！”洛特低声说。她的牙齿不停打战。

罗莎为洛特盖好毯子，垫高枕头，然后快步跑到客厅，给斯特罗贝尔医生打电话。

斯特罗贝尔医生和罗莎一样担心，他答应马上

就来。

接着，罗莎又打电话到歌剧院。“知道了。”接电话的是一个陌生人，“幕间休息的时候，我会告诉帕菲先生的。”

打完电话，罗莎飞奔回卧室。洛特在床上翻来覆去，断断续续、颠三倒四地说着不成句的话。枕头和毯子都被踢到了地板上。

要是斯特罗贝尔医生在这里就好了！罗莎手足无措地想。她现在要不要给孩子冰敷一下？还是热敷？用湿毛巾还是干毛巾？

帕菲先生穿着洁白的燕尾服，系着白色领结，在女高音的更衣室里休息。他们谈论着最近新开的商场——其他的剧院工作人员总是谈论剧院里的事，只有他们俩还有些共同话题。有人来敲门了。“进来吧！”帕菲先生说。

进来的是舞台监理。“终于找到你了，帕菲先生！”这位着急的老先生喊道，“我们接到了从你家打来的电话，你的女儿突然生病了。不过别担心，斯特罗贝尔医生已经赶过去了，现在大概已经在照顾她了。”

帕菲先生的脸色立刻白了，他低声说：“我知道了，谢谢你，赫尔曼先生。”

舞台监理退了出去。

“希望病情不算严重。”女高音说，“她得了麻疹吗？”

“没有。”他说着，站了起来，“对不起，我得先走了。”他离开了更衣室，快步跑向舞台准备室。

同时，他拨通了电话：“是你吗？艾琳！”

“是我，亲爱的。演出这么快就结束了吗？我还没有准备好。”

他急匆匆地对她说了女儿的情况。然后他说：“我今晚恐怕不能和你出去了。”

“这是应该的。希望她的病没那么严重。她得了麻疹吗？”

“不是。”他不耐烦地回答，“明天早上我再给你回电话。”说完，他挂断了电话。

锣声响起，幕间休息结束了。无论是舞台上的歌剧还是舞台下的生活都将继续。

今晚的歌剧终于结束了，帕菲先生回到罗滕图姆街的公寓，快步冲上楼梯。罗莎为他开了门。她刚去过药店，还没来得及取下帽子。

斯特罗贝尔医生正坐在孩子的床边。

“她怎么样了？”帕菲先生低声问道。

“不太好。”医生回答道，“你不用压低声音说话，

我刚给她打了一针，她已经睡着了。”

洛特躺在床上，脸红红的，似乎有点喘不上气。她的脸皱成一团，好像在睡梦中受到了巨大的打击。

“她得了麻疹吗？”

“看上去不像。”

罗莎强忍着眼泪走进房间。

“天哪，把你的帽子取下来吧！”帕菲先生烦躁地低吼道。

“哦，天哪！对不起！”她取下帽子，拿在手上。

斯特罗贝尔医生用探寻的眼神看着他们。

“她心情郁结。”他说，“发生什么事了？你们不知道？嗯，有没有任何线索？”

罗莎说：“我不确定这件事和她的病有没有关系。她今天下午出了一趟门，说是想找人说话。而且走之前，她问了我怎么去科尔曼大道。”

“科尔曼大道？”医生重复了一遍，又看了看帕菲先生。

帕菲先生迅速走进隔壁房间，拨通电话：“丽莎今天下午是不是来找过你？”

“没错。”电话那头是一个女人的声音，“她和你说什么了？”

他没有回答，继续说：“她来找你干什么？”

格拉克小姐笑了：“你最好自己去问问她。”

“请你回答我的问题！”她该庆幸自己看不见他的表情。

“如果你要听实话，她是来阻止我嫁给你的！”她厉声回答。

他咕哝了些什么，然后挂了电话。“她怎么了？”格拉克小姐问道，但她马上发现自己被挂断了电话。“那个鬼丫头！”她扬声喊道，“她简直不择手段！她躺在床上装病！”

帕菲先生挂断电话，走出房门，发现医生正准备离开。帕菲先生在门口拦住了他，问：“这孩子到底是什么情况？”

“神经性发热。明天早上我会第一时间查看她的情况。晚安。”

帕菲先生走进洛特的房间，坐在床边，然后对罗莎说：“这里暂时不需要你了。晚安。”

“是不是我来守着她会更好……”

帕菲先生看了她一眼。

罗莎离开了。她还攥着那顶帽子。

帕菲先生抚摸着洛特滚烫的小脸颊。洛特正在睡梦中饱受发烧之苦，扭动着身子，避开了爸爸的手。

他环顾房间，桌子旁边的座位上放着洛特的书包，

书包旁边还摆着她那只名叫克里斯特尔的洋娃娃。

他小心地站起来，走过去拿起那只娃娃，然后熄了灯，又回到床边，坐了下来。

他坐在黑暗中，像个孩子一样抚摸着娃娃，至少它不会躲开他的手。

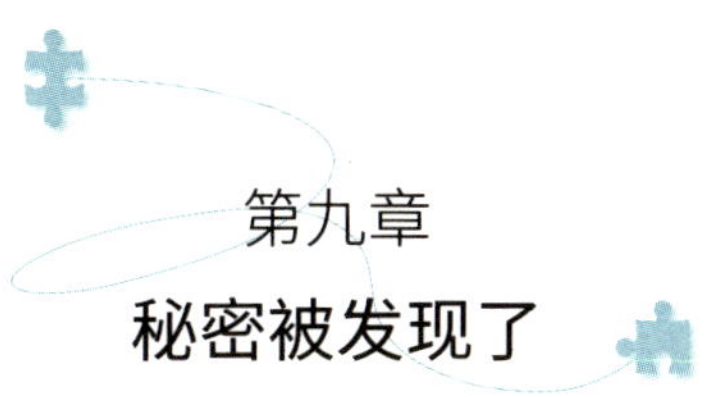

第九章
秘密被发现了

《慕尼黑画报》的主编伯瑙先生夸张地叹了口气："我的天哪！我们能去哪儿不偷也不抢地弄来一张封面照片呢？"

霍恩女士站在他的桌旁，说道："纽普雷斯寄来了一些女子蛙泳冠军的照片。"

"她长得漂亮吗？"

年轻女子笑了："在运动员中，她长得算是不错的。"

伯瑙神情沮丧地把这个想法抛在一边，然后在他的桌上翻找起来。

"几周前，一个乡村摄影师发了一些照片给我，是一对双胞胎的照片。"他在文件夹和一堆堆的照片中搜寻着，"两个非常可爱的小女孩！就像两颗小豌豆！来

吧，小家伙，你们去哪儿了？这类照片总是大受欢迎，只缺一个吸引眼球的标题。毕竟我们找不到真实的新闻图片，那又能怎么办呢？我们只能用这对漂亮的双胞胎的照片了？啊，找到了！”他抽出那个信封，拿出照片认真地看了看，满意地点了点头，“我们从这些照片中选一张用作这一期的封面吧，霍恩女士。”

不一会儿，他抬起头来，因为这位美术编辑一言不发。“嘿！”他叫了起来，“发生什么事了？你怎么和罗得的妻子一样，像根盐柱似的站在那儿[1]？振作起来！霍恩女士，你不舒服吗？”

“的确不太好，伯瑙先生。”她的声音颤抖，紧紧盯着那张照片。她看到了寄件人的名字和地址——约瑟夫·阿佩道尔先生，摄影师，波尔湖畔的波尔莱肯村。

无数信息在她的脑海里飞速运转。

“选出你认为最好的图片吧，然后起一个吸引读者眼球的标题。你最擅长干这个了。”

“我在想，我们是否应该刊登这些照片。”霍恩女士听见自己对伯瑙先生说。

---

[1]《圣经》中记述：耶和华要毁灭两座罪孽深重的城市——所多玛和蛾摩拉，他嘱咐罗得一家，逃出该城时，不得回顾。但是罗德的妻子不顾耶和华的警告，回头看了，于是她变成了一根盐柱。

“为什么不呢？”

“我怀疑这些照片的真实性。”

“你觉得这些照片是假的？”伯瑙先生笑道，“那你可高估了那位善良的阿佩道尔先生，他没那么聪明。好了，工作吧，亲爱的！如果你现在没时间想标题，可以明天上午再说，只要在交付印刷之前给我看看就行了。”他朝霍恩女士点了点头，便继续埋头工作了。

霍恩女士跌跌撞撞地回到办公室，一个人静静地坐在椅子上，她把照片摆在面前，双手抱头。脑海里却在飞速思索着。双胞胎！波尔莱肯村！是夏令营！绝对没错！可是洛特为什么没和自己提起过这件事？她为什么没有把这些照片带回来？她们长得这么像，拿到照片后首先应该会想到把它们带回家！没错，她们一定发现她们是一对姐妹了，然后决定保守这个秘密，不告诉爸爸妈妈。这不难理解——情有可原。天哪，她们长得多像啊！即使在妈妈看来也一模一样！哦，我亲爱的两个宝贝！

如果伯瑙先生这会儿扒在门口看一看，他一定会注意到霍恩女士悲欣交集的神情：她满面泪水，那些泪水是她从心底里流出的，泪水里饱含着她过往的生活回忆。

幸运的是，伯瑙先生并没有看到这一幕，因此霍

恩女士有足够的时间振作起来。她必须保持头脑清醒！接下来她该怎么做？对了，她得和洛特谈谈。

但此时，一个冰冷的念头涌上她的心头，就像有一只看不见的手牵动她的心神。

现在住在她家里的小女孩，真的是洛特吗？

霍恩女士来到洛特的老师林内科格尔小姐家。

“你的问题太奇怪了，”林内科格尔小姐说，“你是说，你的女儿有可能不是你的女儿，而是另一个女孩吗？对不起，但是这……”

“请相信我，我没有疯。”霍恩女士向她保证道，然而，她把一张照片放在桌上。

林内科格尔小姐看了看那张照片，又看了看她的客人，最后，她的目光落在那张照片上。

“我有两个女儿。”霍恩女士低声说，“另一个女儿跟着我的前夫生活，他们住在维也纳。几个小时前，我在非常巧合的情况下拿到了我手里的这张照片。我完全不知道这两个孩子在夏令营中已经见过面了。”

林内科格尔小姐张开嘴，又闭上，像一条喘着气的呆滞的鱼。她摇了摇头，把照片推开一些，好像它会咬她似的。最后她问：“在这次见面之前，她们不知道对方的存在吗？”

霍恩女士摇了摇头："不知道。我和前夫离婚时，一致认为不要让她们知道自己还有一个亲姐妹，这对她们更好。"

"那么，你完全没有收到过你前夫或是你的另一个女儿的消息吗？"

"从来没有。"

"你觉得，你的前夫再婚了吗？"

"我不知道，但我想，他可能觉得自己不适合过家庭生活。"

"真是难以置信！"林内科格尔小姐说，"孩子们真的能想出这样的主意吗？两人交换生活？不过，的确，想想洛特最近在性格和字迹上的变化吧。尤其是她的字迹，霍恩女士！也许这不是什么决定性的证据，但它一定能证明些什么。"

霍恩女士点了点头，直直地看着林内科格尔小姐。

"请原谅我的坦率。"林内科格尔小姐继续说，"我从未结过婚，也没有孩子。我只是一名教师，无权对他人的家庭发表意见——但我一直认为一些女性，我指的是已婚妇女，过于重视她们的丈夫，而且将自己束缚在家庭中，仿佛只有孩子的幸福才是第一等重要的事。"

霍恩女士露出一丝苦笑："难道你觉得，如果我和

我的前夫没有离婚，带着对彼此的怨恨生活在一起，我的孩子们会更幸福吗？”

林内科格尔小姐若有所思地说：“我并没有责怪你。你还很年轻，你在结婚时也只不过是一个孩子。而且，你比我年轻得多，我没有资格指使你做什么。”

霍恩女士站了起来。

“你准备怎么办？”

“我要是知道该怎么办就好了！”霍恩女士说。

丽莎正站在慕尼黑一家邮局的窗口前。

“勿忘我小姐，”办理存局候领业务的工作人员遗憾地说，“今天没有你的信。”

丽莎怀疑地看着他："为什么？"

工作人员开了个小玩笑："也许是'勿忘我'里的'勿'不小心掉了吧。"

"没关系！"她自言自语，"我明天再来看看。"

"慢走，小姑娘。"工作人员微笑着说。

当霍恩女士回到家，她的心里充满了好奇和恐惧，这两种情绪在她的心中开辟了一个战场，打得不可开交，她快要喘不过气来了。

她的女儿在厨房里忙碌着。炉子已经沸腾开了，锅盖发出咔嗒咔嗒的声音。

"真香啊。"霍恩女士说，"晚餐吃什么？"

"猪排配泡菜和土豆扇贝。"她的女儿骄傲地转过身来。

"你学得真快！"霍恩女士状似无意地说。

"是吗？"她的女儿很高兴地回答，"我从没想过我——"她立刻噤声，惊慌地咬了咬嘴唇，躲闪着妈妈的眼神。

霍恩女士靠在门边，她的脸色白得几乎要融进身后的墙壁了。

小女孩从敞开的碗柜里拿出盘子，堆叠的盘子发出咔嗒咔嗒的响声，简直像一场地震。

霍恩女士用尽全力张开了嘴。“丽莎！”她说。

哗啦啦！

那些盘子噼里啪啦地掉了下来，全部摔碎了。丽莎转过身来，大大的眼睛里满是惊恐。

“丽莎！”妈妈温柔地重复了一遍，朝丽莎伸出手臂。

“妈妈！”

丽莎扑过去，双手搂住妈妈的脖子，就像溺水的人抓住了一根救命稻草。她激动地抽泣着。

妈妈用颤抖的手抚摸着丽莎：“我的孩子，我亲爱的宝贝！”

她们跪坐在地上，身边一片狼藉。炉子里炖着的猪排似乎烧焦了。另一个锅里的水开了，嗞嗞地喷溅

出来。

但是，坐在地上的母女俩完全忽视了这些事——她们正沉浸在另一个世界里。

几个小时过去了。丽莎坦白了一切，妈妈也原谅了她。这是一段漫长而复杂的忏悔，接着是一段简短而无言的宽恕——一个眼神，一个吻——便不再需要多余的言辞。

现在，母女俩一起坐在沙发上，紧紧地依偎着。啊，终于说出了真相，多么美妙啊！丽莎飘飘然了！但她依然紧紧地抓住妈妈，她害怕妈妈再次突然离开自己。

“你们这两个小丫头，真是太狡猾了！”妈妈笑骂。

丽莎骄傲地咯咯笑着。不过，她还有一个秘密没有告诉妈妈——就像洛特在信里写的那样，爸爸身边出现了一位格拉克小姐。

这时。妈妈叹了口气。

丽莎担心地抬起头来。

“亲爱的。”妈妈说，“之后我们该怎么办呢？难道我们应该装作什么都没发生吗？”

丽莎坚定地摇了摇头：“洛特一定非常想见你，你也非常想她。妈妈，我说得对吗？”

妈妈点了点头。

“我也一样。”丽莎说道，“我也很想洛特和……”

“和你的爸爸吗？”

丽莎点了点头，激动而担忧地说：“我只想知道洛特为什么不给我写信了……”

“是啊。”妈妈喃喃道，“我也很担心。”

第十章
一家四口见面了

洛特无精打采地躺在床上，已经睡着了。她最近非常嗜睡。

“她的身体有些虚弱。”洛特生病的第二天早上，斯特罗贝尔医生在电话里这么说。

帕菲先生坐在床边。这几天他几乎没有离开房间半步，因此歌剧院不得不找来了另一名指挥。帕菲先生还搬来了一张小床，方便晚上陪伴女儿睡觉。

这时，隔壁房间的电话响了。罗莎踮着脚尖走进了房间。“是从慕尼黑打来的长途电话。”她低声说，“你现在可以接听吗？”

帕菲先生静静地站起来，示意她待在房间里，等他过来。然后他蹑手蹑脚地走到隔壁房间。慕尼黑来

的长途电话？会是谁？对了，也许是他的经纪人，又或者是公司。哎呀，他们为什么不肯放他安静一会儿呢？他拿起电话，对电话局的接线员小姐[1]报上姓名，成功接通了。

“我是帕菲，请讲。”

“我是霍恩。”电话里传来一个女人的声音，这是从慕尼黑传来的声音。

“什么？”他惊讶地问道，“谁？丽莎洛特吗？”

“是我。”那个声音说，“很抱歉打扰你，但是我很担心那个孩子，她没生病吧？”

“不，”他轻声说，“她病了。”

“哦！”女人惊呼了一声。

帕菲困惑地说，“但我不明白，你怎么……”

“丽莎和我怀疑洛特生病了。”

“丽莎？”他神经质地笑了。然后他困惑地听着霍恩女士给他解释事情的来龙去脉。半晌，他摇了摇头，激动地搔了搔头发。

“你们还在说话吗？”接线员小姐问。

“还在说话！还在说话！不要切断连线！”帕菲先生喊道。现在，你们或多或少可以想象这个可怜男人

[1] 电话通信初期，由于技术限制，电话之间无法直接拨号接通，需要通过人工接线员进行转接。

的内心正涌动着怎样的惊涛骇浪了吧！

“对了，洛特怎么样了？”霍恩女士焦急地问道。

“神经性发热。”他回答，“医生说，现在没什么大问题了。但这场病让她筋疲力尽，她需要休养。”

“这个医生靠谱吗？”

“当然，这位斯特罗贝尔医生从丽莎还是婴儿的时候就认识她了。”说到这里，他突然笑了起来，“不对！她不是丽莎，是洛特。你说得对，医生对她并不了解。”说完，他叹了口气。

远在慕尼黑的霍恩女士也叹了口气。这两个成年人完全不知所措。他们张口结舌，内心和大脑都被这个惊人的计划震麻了。

突然，一个孩子气的声音急切地打破了这窒息而可怕的沉默。

“爸爸！亲爱的爸爸！”这个声音从远方传来，落在帕菲先生的耳畔，“我是丽莎！好久不见了爸爸！你想让我们来维也纳吗？想不想我们现在就来？”

这句话打破了僵局，横亘在这两个成年人之间的冰墙好似被春天的微风吹化了。

“你好，丽莎！”爸爸兴奋地叫道，他的语气中满怀思念，“那太好了，你们快来吧！”

“是吗？”小女孩高兴地笑了起来。

“你们准备什么时候来？”

这时，对面响起了年轻女人的声音：“我会去问问每天第一班列车的出发时间。”

“坐飞机来吧！”他喊道，“飞机更快！”说完，他马上意识到自己不能大声说话，否则会把女儿吵醒的。

他回到女儿的卧室，罗莎从床边站起身，蹑手蹑脚地走向门口。

“罗莎！”帕菲先生轻声说。

罗莎停了下来。

“我的妻子明天会过来。”

“你的妻子？”

“嘘！声音小些！是我的前妻，洛特的妈妈。”

“洛特？”

他微笑着摆了摆手。罗莎当然不会知道发生了什么。“没错，洛特。对了，丽莎也会和她妈妈一起过来。”

“丽莎？什么意思？丽莎在这儿呢！”罗莎指了指床的方向。

帕菲先生摇了摇头：“不，躺在床上的是丽莎的双胞胎姐妹。”

“双胞胎姐妹？”这个可怜的女人被帕菲先生那微

妙的家庭关系搞糊涂了。

“给我们准备好饭菜吧！住宿的事情我们之后再讨论。”

“天哪，上帝保佑，这是在干什么！”她一边说着，一边蹑手蹑脚地走出房间。

帕菲先生走到床边，看着那个因为疲惫而熟睡着的孩子。她的额头上冒着汗珠。他拿起一条毛巾，轻轻地擦拭着她的小脸蛋。

这是他的另一个女儿！他的小洛特！在病魔和绝望把她压倒之前，她是多么勇敢、多么坚毅啊！这样的勇敢和毅力一定不是从爸爸那里遗传到的。那是谁遗传给她的？

她的妈妈吗？

电话铃又响了。罗莎探头说道：“是格拉克小姐。”

帕菲先生头也没抬地摇了摇头，拒绝了这通电话。

霍恩女士向伯瑙先生请了假，伯瑙先生爽快地批准了，让她心无旁骛地处理“紧急家庭事务”。

霍恩女士打电话到机场，预订了第二天一早的航班。然后，她把所有的必需品都装进了一个手提箱。一个晚上的时间并不长，但这个特殊的夜晚似乎无穷无尽，不过，再长的夜晚也终会结束的。

第二天早上，斯特罗贝尔医生带着彼得金，来到罗滕图姆街帕菲先生的公寓前，这时，一辆出租车停在了路边。

一个小女孩从出租车里跳了出来，彼得金立刻像疯了一样地向她扑过去。它跑到小女孩面前，像一个小陀螺一样不停地旋转着，嘴里发出高兴的呜咽声，兴奋地蹦来蹦去。

“你好，彼得金！你好，斯特罗贝尔医生！”

斯特罗贝尔医生吃惊地张开嘴巴，都忘了回应小女孩的问好。突然，他也跑向那孩子——他的动作可不像彼得金那样优雅矫健，他喊道：“你疯了吗？快回床上休息！”

丽莎没有理会斯特罗贝尔医生的惊呼，和彼得金一起，欢快地向大门跑去。

这时，一位年轻的女士下了车。

“这个孩子简直不要命了！”斯特罗贝尔医生大声叫道。

“她不是那个生病的孩子。”这位年轻的女士亲切地说，“她是她的姐妹。”

罗莎打开了公寓门，门外站着一个小女孩，还有一只气喘吁吁的狗。

“你好，罗莎。”小女孩喊了一声，然后立刻和彼得金一起冲向洛特的房间。

罗莎目瞪口呆地看着女孩的背影，在胸前用力地比画了一个十字。

紧接着，斯特罗贝尔医生气喘吁吁地爬上了楼梯。一位年轻漂亮的女士跟在他身后，一边打量着屋内的陈设。

“洛特怎么样了？”那位女士急切地问道。

“已经好些了。”罗莎说，“我带你去看看她吧？”

“我知道该怎么走，谢谢你。”说完，这位奇怪的女士也走进了洛特的房间。

“如果你已经从震惊中回过神来了，”斯特罗贝尔医生咯咯地笑着说，“能否请你帮我脱下外套？当然，不用着急，按你的节奏来。”

罗莎回过神来。“对不起，先生，请原谅。”她结结巴巴地说。

“没关系，我今天不赶时间。”他温和地说。

洛特的房间。

“妈妈！”洛特轻声喊道。她大大的眼睛忽闪着，目不转睛地看着妈妈的脸，唯恐这是一个美丽的梦境。年轻的女士默不作声地抚摸着洛特那滚烫的小手。她跪在床边，温柔地把打着哆嗦的女儿抱在怀里。

这时，丽莎快速地瞥了一眼站在窗前的爸爸。然后她走到床边，把洛特的枕头拍得更松软些，把床单抻了抻，让它更平整。这些技能都是妈妈教给她的，她现在俨然是一个能干的小小管家了。

帕菲先生在窗前偷偷地打量这位年轻的妈妈和她的两个孩子。当然，也是他的孩子。而这位年轻的妈妈，多年前也是他的妻子。那些过去的日子，几乎被遗忘的日子，又浮现在他的眼前。当然，那都是很久很久以前的事了……

彼得金躺在床脚，像是被闪电击中了，目瞪口呆，它看看这一个小女孩，又看看那一个小女孩，就连它那闪闪发光的黑色鼻头也闪烁着怀疑的光芒，它简直不知道该如何是好了。你们看，把一只如此可爱又忠诚的小狗逼到这样的困境之中，真是不应该！

这时，有人来敲门了。房间里的四个人仿佛从一场奇幻的梦境中惊醒过来。

斯特罗贝尔医生走了进来，他像往常一样和蔼可亲，踢踢踏踏地走到床前。他问道："我们的小病人今天感觉怎么样？"

"好些了！"洛特回答道，脸上露出一丝虚弱的微笑。

"今天想吃点什么吗？"他问道。

“如果妈妈给我做饭的话，我就想吃了。”洛特低声说。

妈妈点了点头，她站起身，走到窗前：“请原谅我，阿诺德，我到现在才向你问好。”

帕菲先生握住她的手：“谢谢你愿意来这儿。”

“别这么说！这是应该的！为了孩子……”

“当然，是为了孩子。”他回答说，“不过，我还是很感激你。”

“你看起来好多天没睡了。”她迟疑地说。

“我会去补觉的。我太担心……担心那孩子了。”

“我想，”妈妈充满信心地说道，“她很快就会好起来的。”

床边，两个小姐妹正在窃窃私语。丽莎弯下腰，靠在洛特的耳朵边，说道：“妈妈还不知道格拉克小姐的事，我们可千万不能告诉她。”

洛特不安地点了点头。

斯特罗贝尔医生在看温度计，虽然这用不到耳朵，但是他全神贯注，全然没有听见她们说话。当然，如果他真的听到了小姐妹的秘密，他也会装作什么都不知道！“体温基本正常！”医生宣布，“丽莎，你成功渡过了难关！恭喜你！”

“谢谢你，斯特罗贝尔医生。”真正的丽莎咯咯地

笑着说。

“医生也许是在说我吧？”洛特说道。她的头还疼着，只能露出一丝不易察觉的微笑。

“你们姐妹俩真是诡计多端。”他说道，“一对漂亮的、诡计多端的小姐妹！连我的彼得金都被你们骗到了。”他伸出双手，轻轻地抚摸着女孩们的头。

然后，他猛地咳嗽了一声，站了起来，说道：“来吧，彼得金！别再让这两个小丫头给骗了！”

彼得金摇着尾巴，向它的老朋友和新朋友告别。然后紧紧地贴着医生的裤腿。医生对帕菲先生说：“母爱是一剂良药，你在药店是买不到的！”说完，他转向霍恩女士，“在丽莎，不，是洛特！在洛特康复之前，你可以一直待在这里吗？”

“我想，大概没问题。我很乐意这样做。”

“那就好。”这位医生俏皮地说，“但是，你的前夫可能得安排一下家里的住宿了。”

帕菲先生张了张嘴。

“当然，”医生笑着说，“我知道家里人太多会影响你这位艺术家的创作。但是，请你耐心一些，要不了多久，你又能享受一个人的孤独了。”

这位医生的身体可真不错！你瞧，他猛地推开门，在门外偷听的罗莎还来不及躲闪，脑袋上就被撞了个

大疙瘩。她双手抱住了她那嗡嗡作响的脑袋。

“拿一把干净的冰冰凉的刀子给自己冰敷一下吧。”医生对罗莎说，他可真是医者仁心哪！“不用谢，这次问诊是免费的！”

黑夜降临大地，维也纳这座城市也被黑色的夜幕笼罩着。孩子们的房间里静悄悄的。丽莎已经睡着了。洛特也睡了，她的身体在梦乡中渐渐康复了。

几分钟前，霍恩女士和帕菲先生还一起坐在隔壁房间。他们聊了很多，但是也有意识地回避一些话题。终于，帕菲先生站了起来。“我得走了。”他一边说，一边觉得自己简直愚蠢极了！想想看吧！他的两个女儿正在隔壁房间睡着，他对面这位年轻漂亮的女士是孩子的妈妈，他却像做贼一样，准备随时溜走！逃离他自己的家！如果像故事里说的那样，有什么隐形的家庭小精灵的话，他们现在一定在笑话他呢！

他犹豫了一下，说道：“如果洛特没有好转，你可以来工作室找我。”

“不用担心。”她信心满满，又提醒道，“别太累，你得补个觉了。”

他点点头：“晚安。”

“晚安。”

当他慢慢地走下楼梯时，她轻声叫道："阿诺德！"他疑惑地回过头。

"你会回来吃早饭吗？"

"会的。"

得到回复，霍恩女士关上门，上锁，用链条钩住。然后她站在门口，沉思了一会儿。是啊，他变得成熟了，看上去已经是一个真正的成年男人。

但她马上回过神来，去照看她的两个熟睡中的孩子——是她和他的孩子！

一小时后，一辆车停在指环街的一所房子外，一位衣着时髦的年轻女士走下车。她找到了侍从，问了他一些问题。

"帕菲先生？"他咕哝着说，"他应该不在这里。"

"我看到他的工作室亮灯了。"她说，"所以他一定在这里！"她把小费塞进他的手里，从他身边掠过，匆匆上楼。这名侍从看了看手里的钞票，拖着脚走开了。

"是你？"阿诺德·帕菲开了门。

"猜对了！"艾琳·格拉克酸溜溜地答道。她走进工作室，坐下来点了一支烟，一脸期待地看着他。

但他一言不发。

“你为什么不接我的电话？”她问道，“你这样做，不觉得很没有礼貌吗？”

“我并没有不想和你说话。”

“你没有吗？”

“孩子病得很重，我没心情说话。”

“看来现在她好多了。否则，你可能还在罗滕图姆街。”

他点点头：“没错，她好多了，我妻子在家里陪着她。”

“谁？”

“我的妻子，我的前妻。今天她带着我的另一个孩子来了维也纳。”

“你的另一个孩子！”

“没错，她们是双胞胎。之前一直和我生活在一起的是丽莎。但是这次夏令营后，回来的是另一个孩子。我昨天才发现这件事，之前我一直不知道这件事，我是昨天才发现的。”

格拉克小姐简直被气笑了：“这是你前妻想出来的好计谋！”

“她也是昨天才知道的。”他有些不耐烦了。

艾琳·格拉克撇了撇她那涂了口红的美丽嘴唇，说道：“你不觉得现在的情况有些奇怪吗？你在罗滕图

姆街的公寓里住着你的前妻，指环街的公寓里却有一个未婚妻！”

他顿时火冒三丈：“是啊，你说得对！我还有无数间公寓，每间公寓里都住着一个女人！”

“哦！你觉得自己很幽默，是不是？”

“对不起，艾琳。我的确有些激动了。”

“好吧，阿诺德，我大概也有些过激了，对不起。”

砰！

随着一声巨响，格拉克小姐摔门而去。

帕菲先生盯着紧闭的房门，发了一会儿呆。然后走到钢琴边，看着写满了笔记的儿童歌剧乐谱，从中抽出一页，在钢琴边坐了下来。

他演奏着那些动人的乐章。这是一首古老而肃穆的经典曲目。后来，他开始变调，变奏为c小调，又从c小调变为E大调。慢慢地，一种新的曲调诞生了。这首曲子如此简单，却如此迷人，就像两个小女孩用纯洁、清晰而充满童真的声音演唱的。在那乐曲中，仿佛可以看到在一个晴朗的夏日，草地上微风习习，凉爽的山区湖畔倒映着蔚蓝的天空。天空高远，太阳温暖地照耀着所有人，不论好坏，一视同仁。

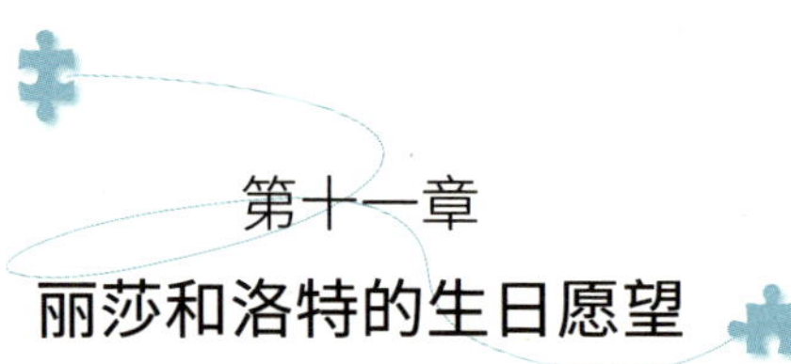

第十一章
丽莎和洛特的生日愿望

洛特终于恢复了健康，她又梳了辫子，绑上了漂亮的蝴蝶结。丽莎又像从前那样披着头发了，她尽情地晃悠着一头鬈发。

这对小姐妹总是帮妈妈和罗莎采购，抢着做家务，她们会一起玩游戏，一起唱歌。这时候，洛特会边弹边唱，有时爸爸也会加入她们。她们会去看望住在隔壁的盖贝尔先生，有时还会在斯特罗贝尔医生忙着给人看病时，带彼得金出去散步。顺带一提，彼得金已经完全接受自己有两个好朋友的事实，它将自己对人类的善意扩大了一倍，然后平分给这两个小女孩。这就是小狗的智慧。

但是，这对小姐妹有时也会看着彼此的眼睛。她们问对方，也问自己，往后该怎么办呢？

很快，这对双胞胎姐妹的生日到了。姐妹俩和父母聚在客厅里。罗莎做了两个蛋糕，每个蛋糕上插着十支蜡烛，还准备了几杯热气腾腾的热巧克力。爸爸为姐妹俩演奏了一首动听的《献给孪生姐妹的生日进行曲》。一曲完毕，他在琴凳上转过身来，问道："孩子们，为什么不让我们送礼物给你们？"

洛特深吸了一口气，回答说："因为我们最想要的东西，是你们买不到的。"

"我的宝贝。你们想要什么呢？"妈妈问道。

现在轮到丽莎紧张了。她深吸了一口气，激动地说："我和洛特最想要的生日礼物就是永远生活在一起！"她终于把愿望说出来了。

但是，女孩们的爸爸妈妈沉默了。

这时，洛特小声地补充道："只要能满足这个愿望，以后不管是生日还是圣诞节，你们都不用送我们礼物了！"

爸爸妈妈还是沉默着，什么也没说。

"至少你们可以尝试一下。"丽莎的眼里含着泪水，"我们会很听话的，比现在还要听话！我们会过得非常幸福！"

洛特点了点头："我们保证！"

"我们用人格保证！"丽莎迅速补充道。

爸爸从琴凳上站了起来，对妈妈说："丽莎洛特，如果你愿意的话，也许我们可以去隔壁房间谈谈。"

“没问题，阿诺德。”妈妈回答。然后他们走进了隔壁房间，关上了房门。

“我们快祈祷吧！”丽莎小声说。她看上去很兴奋。姐妹俩握住彼此的手，开始虔诚地祷告。

洛特的嘴唇安静地蠕动着。

“你是在念祷告词吗？”丽莎问道。

洛特点了点头。

接着，丽莎也开始自言自语起来：“请让我们心愿成真吧，感谢上帝。”

洛特不满地晃了晃小辫子。

“我知道这样说不合适。”丽莎有些气馁地咕哝着，“但我只能想到这些。亲爱的上帝，请赐给我们……”

隔壁房间里。

“先抛开我们之间的问题吧。”帕菲先生低着头，说道，“如果让姐妹俩生活在一起，她们肯定会更快乐，这是毫无疑问的。”

“我同意。”霍恩女士说，“我们从一开始就不应该让她们分开。”

帕菲先生仍然看着地板。“但我们还可以补救。”他清了清嗓子，“如果你希望让两个孩子跟你回慕尼黑生活，我是不会有意见的。”

她捂住胸口。

“不过，”他接着说，“你愿意让她们每年来一趟维也纳，和我生活一个月吗？”

她没有回答，于是他赶紧说：“三个星期也可以……嗯，至少两个星期吧？不管你愿不愿意相信我，我真的很爱她们。”

“你为什么觉得我会不相信你呢？”她说。

他耸了耸肩：“大概是因为我不值得信任吧。”

“不，你在洛特生病时无微不至地照顾她，这就足够让我相信你了。”她回答道，“可是，如果她们没有爸爸的陪伴，又怎么会幸福呢？”

“但是在成长的过程中，她们最需要的人是你。”

“哦，阿诺德！就算她们没有把真实的想法告诉我们，难道你还不明白她们的言外之意吗？”

“我当然知道。”他走到窗前，“我当然知道她们想要什么。”他不耐烦地拨动着窗户的锁扣，“她们希望我们复婚。”

“她们想要的是爸爸和妈妈！这难道很自私吗？”霍恩女士激动地说。

“不，但即使有些愿望并不过分，也是无法实现的。”他像一个被罚站的小男孩，固执地站在窗前。

“为什么？”

他惊讶地转过身来。“你问我吗？在我们已经离婚

的情况下！”

她认真地望着他，微微点了点头。然后她说：“没错，我要问你。即使我们已经离婚了！”

丽莎靠在门边，一只眼睛透过钥匙孔，看着房间里的情况。洛特站在她身边，双手合十，默默祈祷着。

“哦，哦，哦！”丽莎轻声喊道，“爸爸吻了妈妈！”

这回，洛特不像从前那样谦让了，她推开丽莎，透过钥匙孔向房间里看去。

“我没说错吧？”丽莎问道，“爸爸还在吻妈妈吗？”

“不,”洛特低声说，她站直了，笑得很灿烂，“现在妈妈在吻爸爸了。”

紧接着，姐妹俩高兴地抱在一起，欢呼起来。

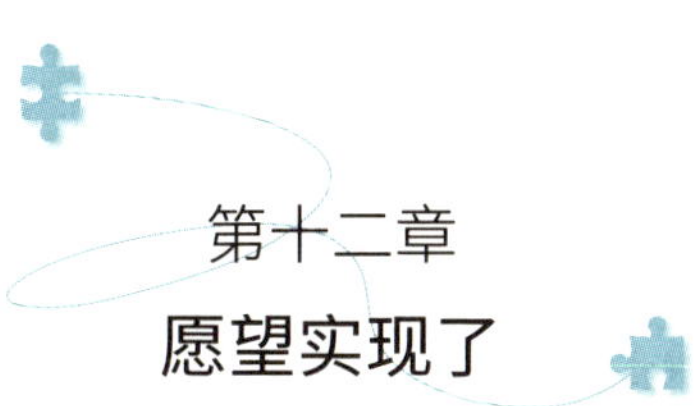

第十二章
愿望实现了

在维也纳第一区婚姻登记处工作的本诺·普里斯先生正在主持一场婚礼，尽管他经验丰富，但这次婚礼还是让他有些不知所措。新娘是新郎的前妻。两个长得一模一样的十岁小女孩是这对新婚夫妇的女儿。一名证婚人是一个叫安东·盖贝尔的画家，他甚至没有打领带。另一名证婚人是斯特罗贝尔医生，他牵来了一只小狗。本来应该把小狗留在门厅里，但是它叫得太厉害，引起了一阵骚动，所以只能让它

一起参加这场婚礼。这只小狗也成了证婚人！多么神奇啊！

洛特和丽莎虔诚地坐在椅子上，她们简直快乐得像两位公主。她们不仅快乐，而且很自豪，没错，非常自豪。毕竟她们感受到的无与伦比的幸福是自己争取来的。要是没有这对姐妹的努力，可怜的爸爸妈妈还不知道会怎么样呢！

没错，秘密计划着改变命运可不是一件容易的事！冒险、眼泪、焦虑、谎言、绝望、疾病，姐妹俩经历了太多太多！

婚礼结束后，盖贝尔先生和帕菲先生低声交谈着，这两位艺术家还神秘地眨了眨眼睛。他们说了什么？谁也不知道。

霍恩女士又变成了帕菲太太。她听见她的前夫兼现任丈夫说："还太早了吧？"然后他转过身，对她说，"你知道吗？我刚想到了一个好主意！我们可以先去学校，给洛特报名！"

"洛特？可是几个星期以来，洛特一直……当然，你是对的！"

帕菲先生温柔地看了一眼帕菲太太："我也这么认为。"

当帕菲先生和帕菲太太一起来到丽莎就读的女子学校，为他们的第二个女儿报名时，校长克里安先生简直被惊呆了——这两个小女孩长得一模一样！不过，作为一名经验丰富的老教师，他经历过的稀奇事可不少，所以他很快镇定了下来。

他按照规定，把新学生的信息登记在一本大大的登记簿上，然后舒舒服服地靠在椅子上说：“当我还是一名年轻的助理教师时，碰到过一件事，我得讲给你们听听。那是一个复活节，我任教的学校来了一名新学生，是个男孩。他家境贫寒，但是衣着干净整洁。我很快发现，他是一个品学兼优的孩子，他刻苦学习，进步很大，尤其是算术，总是名列全班第一。但是，他的成绩很不稳定。我觉得很奇怪，为什么他有时就像一台计算机，算得又快又好；有时计算速度又很慢，错误率变得那么高呢？”

校长停顿了一下，朝丽莎和洛特眨了眨眼睛，继续说：“后来，我想了一个办法：我拿了一个本子，每

天记录这个男孩的算术成绩。结果我发现，每到星期一、星期三和星期五，他的算术成绩都非常好；但是在星期二、星期四和星期六的算术测试中，他的成绩都很差。”

“这是怎么回事？”帕菲先生说。两个小女孩更是兴奋地在椅子上动来动去。

“我记录了这个男孩整整六个星期的算术成绩。”校长继续说，“我一次又一次印证了自己的发现，星期一、星期三和星期五，成绩很好；星期二、星期四和星期六，成绩不好。于是，在一个阳光灿烂的日子，我进行了家访，我对男孩的父母说了这个问题，也给他们分享了我的成绩笔记。男孩的父母面面相觑，有点尴尬，又有点想笑。接着，爸爸说：‘先生，您的猜测是对的。’他吹了一声口哨，两个男孩从隔壁房间跑了进来。他们一样高，长相也一模一样。‘他们是一对双胞胎。’妈妈说，‘塞普擅长算术，而托尼恰恰相反。’我缓了一会儿，终于回过神来，我问道：‘可是，你们为什么不把两个孩子都送去学校呢？’爸爸回答说：‘先生，我们家很穷。他们只能共享唯一一套体面的衣服。’”

帕菲一家都被逗笑了，克里安先生也微微笑了起来。这时，丽莎喊道：“真是个好主意！我和洛特也可

以这么办！”

“你们敢！”克里安先生威胁道，“格斯特纳小姐和布鲁克鲍尔小姐一下子就能发现你们的诡计！”

“那么，”丽莎狡猾地说，“我们就梳同样的发型，换一下座位！”

校长举起双手投降了。“这孩子太可怕了！”他大喊，“等你长大了，要结婚的话，又该怎么办呢？”

“既然我们长得一模一样，”洛特若有所思地说，“他肯定会同时爱上我们两个人。”

“没错，我们肯定会爱上同一个男人的。”丽莎喊道，“最好的办法就是我们一起嫁给他。星期一、星期三和星期五我来做他的妻子，星期二、星期四和星期六轮到洛特。”

“如果他不用算术题来测试你们俩，”帕菲先生笑着说，“他就永远不会知道他有两个妻子。”

克里安先生从椅子上站了起来。“这个可怜的家伙。”他开始同情那个男人了。

帕菲太太笑了：“这个安排真是恰到好处，毕竟，他每周还可以休息一天！”

当这对新婚夫妇——更准确地说，这对新婚夫妇带着他们的双胞胎女儿穿过操场时，正好是课间休息。

一百多个小女孩互相推搡着，惊疑不定地盯着丽莎和洛特。

这时，特鲁迪穿过人群，气喘吁吁地跑到丽莎和洛特面前，看了看这个，又看了看那个，然后说：“好啊！”她受伤地看着丽莎，“你们让我保证不能泄密，结果现在，你们俩却大摇大摆地在学校里走来走去！”

“让你保证的人是我。”洛特纠正道。

“现在你可以告诉大家了。”丽莎亲切地说，“因为从明天开始，我和洛特都会来学校上学了。”

然后，帕菲先生带着妻子和两个女儿，奋力穿过了人群，走到学校门口。特鲁迪则快被好奇心旺盛的女孩们淹没了。她们簇拥着她，将她推到花楸树边，让她把事情的来龙去脉告诉她们。

上课铃响了，课间休息结束，孩子们该去上课了。

老师们回到了教室。教室里没有一个人。老师们从窗口望出去，操场上挤满了人。孩子们连上课铃都不理会了！老师们纷纷跑到校长办公室里，大声抱怨。

“女士们，请坐下吧！”校长说，“我刚拿到了最新一期的《慕尼黑画报》，它的封面照片和我们学校相关。你想读一下吗，布鲁克鲍尔小姐？”说着，他把报纸递给了她。

这回，所有的老师们和她们的学生一样，不再关心上课的事了。

艾琳·格拉克小姐像往常一样，穿戴整齐地站在歌剧院外面。她手里拿着一份《慕尼黑画报》，她惊讶地发现，画报的封面照片竟然是两个编着辫子的小女孩。当她放下报纸，抬起头时，更是惊讶万分——一辆出租车驶来，停在了十字路口，出租车里坐着两个小女孩，她们的身边是一位曾经与她十分亲密的男士，还有一位她永远也不想认识的女士。

洛特推了推丽莎:“看那边！”

“什么？”

洛特压低声音说:“是格拉克小姐！”

“她在哪里？”

“在右边。手里拿着大帽子和一张报纸。”丽莎看到了穿着时髦的艾琳·格拉克小姐，她真想朝她做个鬼脸！

“你们俩在干什么？”

天哪，千万不能让妈妈发现！

千钧一发之际，旁边的汽车里，一位和蔼可亲的老太太探出身子，递给妈妈一张花花绿绿的报纸，微笑着说:“我想，你可能会对这份报纸感兴趣。”

帕菲太太接过报纸，看了看封面上的照片，点点头，笑了起来，然后，她把报纸递给了丈夫。

那辆汽车发动了，老太太亲切地朝帕菲一家点了点头，离开了。

孩子们爬到爸爸旁边的座位上，争先恐后地看着那张封面照片。

“这个阿佩道尔先生！”丽莎喊道，“简直太让人失望了！”

“我还以为只要我们撕掉所有照片，就不会留下任何痕迹呢！”洛特说。

“摄影师有底片。”妈妈解释说，“他可以用底片印出上百张照片呢！”

“幸亏他没有遵守你们的诺言。”爸爸说，“如果他什么都不做，妈妈就永远不会发现你们的秘密，爸爸和妈妈就不会举办婚礼了。”

这时，丽莎突然转过身，看了看歌剧院门口，格拉克小姐已经不见了。

紧接着，洛特对妈妈说：“我们甚至应该给阿道佩尔先生写一封感谢信呢！”

这对“新婚夫妇”和他们的双胞胎女儿回到了罗腾图姆街的家里。

罗莎穿着她最好的衣服，打开门迎接他们，她胖胖的脸上洋溢着欢喜的笑容。她为帕菲太太准备了一束鲜花。

“太谢谢你了，罗莎！”帕菲太太说，“听说你决定继续和我们住在一起，你不知道我有多么高兴！”

罗莎使劲地点头，就像木偶戏里的木偶一样。她结结巴巴地说：“我本来想回农场陪伴我的爸爸。但是我真的很喜欢小洛特。所以我决定留下来了。”

帕菲先生笑着说：“罗莎，这话对另外三个人可不太礼貌啊。”

罗莎也不知道该说些什么了，只好耸了耸肩。

帕菲太太马上来打圆场了：“我们不要一直站在门口了吧。”

“哦！好的，太太！”罗莎给帕菲一家让出一条路。

“等等！”帕菲先生咧嘴一笑，说道，“我得先去一趟工作室。”

话音刚落，大家都惊呆了。他可不能在结婚当天就抛下新婚妻子和两个女儿，去指环街那间工作室！

只见帕菲先生走到盖贝尔先生家门前，掏出一把钥匙，镇定地打开了房门！

洛特跑过去，门上贴了一个新的铭牌，上面清楚地刻着“帕菲”两个字！

“哦，爸爸！”洛特开心地喊道。

紧接着，丽莎也跑过来了，她看了看铭牌，立刻拉着洛特跳了一支属于她们的胜利之舞。伴随着她们的动作，老旧的楼梯晃个不停，发出嘎吱嘎吱的响声。

“够了，够了！”帕菲先生终于喊道，“你们俩到厨房去给罗莎帮忙吧！”他看了看表，“我先给你们的妈妈展示我的新工作室，半小时后就吃午饭。饭菜做好后，你们就来按门铃吧。”然后，他牵起了妻子的手。

丽莎回到家门前，向爸爸妈妈行了一个屈膝礼：“希望我们能好好相处，我的邻居，帕菲先生。”

帕菲太太脱下了帽子和外套。“真是出人意料！”她轻声说。

“很惊喜，不是吗？”帕菲先生问道。

帕菲太太点点头。

“最初是洛特提出了这个想法，我也觉得这样挺好。”他慢慢地说，“盖贝尔先生制定了一套搬家作战计划，他还预约了一辆货车，很快就把东西搬空了。”

“就是因为这件事，你才让我们先去学校报到吧？”

“没错，搬运那架大钢琴时出了点岔子！”

他们走进工作室。帕菲先生从书桌的抽屉里拿出一张年轻女子的照片，那张照片拍摄于曾经那段令人难忘的欢乐时光。帕菲先生将它重新放在钢琴上，然后搂住了帕菲太太。“我们一家四口会在公寓里度过无数幸福快乐的时光；而且我能兼顾工作，工作室与我们的家只有一墙之隔。”

“我真是太幸福了！”她依偎在他怀里。

“幸福的确来得太突然了。”他郑重地说，“但这是命中注定的结果。”

“我简直不敢相信。”

“不敢相信什么？”

“原来失去的幸福是可以弥补的，就像在学校时，错过了某天的功课，还能努力赶上那样。”

帕菲先生指着墙上的一幅画。盖贝尔先生绘制的肖像画上，女孩稚气而又认真地看着她的爸爸妈妈。帕菲先生说：“我们重新得到的幸福，都要归功于我们的两个孩子。”

丽莎系着围裙，站在一张椅子上，用图钉把最新一期《慕尼黑画报》的封面钉在墙上。

“拍得真好！”罗莎盯着那张照片，简直要看入迷了。

洛特也系着围裙，站在炉子旁忙碌着。

罗莎擦了擦眼角的泪水，吸了吸鼻子，看着照片，问道："照片里的两个人，到底谁是谁呀？"

这话把丽莎和洛特问住了，她们看了看彼此，然后仔细地端详起这张照片，又互相看了看。

"嗯，这个嘛……"洛特犹豫着开口。

丽莎想了一会儿，接过话茬："我记得阿道佩尔先生给我们拍照时，我站在左边。"

洛特慢慢地摇了摇头："不对，我才是站在左边的那个……我没记错吧？"

姐妹俩伸长了脖子，盯着那张照片。

"天哪，连你们自己都分不清谁是谁了！"罗莎笑着大声说。

"连我们自己都看不出谁是自己了！"丽莎也激动地喊了起来。三个人哈哈大笑，连隔壁都能听见她们的笑声。

帕菲太太吓了一跳，问道："隔音这么差，你还能安心工作吗？"

帕菲先生坐到钢琴前，打开了琴盖，说："只有在这样的噪声里，我才能安心工作！"隔壁的笑声逐渐停息了，他为妻子演奏了儿童歌剧中的降 E 大调二重奏。琴声传到了隔壁，丽莎、洛特和罗莎不再说话了，

动作也放轻了，不想错过任何一个音符。

一曲结束，洛特看着罗莎，问道：“罗莎，爸爸妈妈重新生活在一起后，你觉得他们还会给我们生几个弟弟妹妹吗？”

“当然了。”罗莎肯定地说，“你想要弟弟妹妹吗？”

“当然！”丽莎兴奋地说。

“你们想要弟弟还是妹妹呢？”罗莎问道。

“弟弟妹妹都要！”洛特说。

丽莎紧接着大声喊道：“而且都要双胞胎！”

ERICH KÄSTNER

埃里希·凯斯特纳“成长火花”书系

小不点和安东

PÜNKTCHEN UND ANTON

［德］埃里希·凯斯特纳　著
李娟　印想想　译

图书在版编目（CIP）数据

小不点和安东 /（德）埃里希·凯斯特纳著 ; 李娟，印想想译. -- 北京 : 北京联合出版公司，2025. 3.（埃里希·凯斯特纳“成长火花”书系）. -- ISBN 978-7-5596-8218-5

Ⅰ. I516.84

中国国家版本馆 CIP 数据核字第 2025P355X9 号

小不点和安东

作　　者：［德］埃里希·凯斯特纳
译　　者：李　娟　印想想
出 品 人：赵红仕
责任编辑：刘　恒
封面设计：吴黛君

北京联合出版公司出版
（北京市西城区德外大街83号楼9层 100088）
北京新华先锋出版科技有限公司发行
三河市中晟雅豪印务有限公司印刷　新华书店经销
字数77千字　620毫米×889毫米　1/16　9印张
2025年3月第1版　2025年3月第1次印刷
ISBN 978-7-5596-8218-5
定价：245.00元（全5册）

▼ 目 录

▼目 录

▼目 录

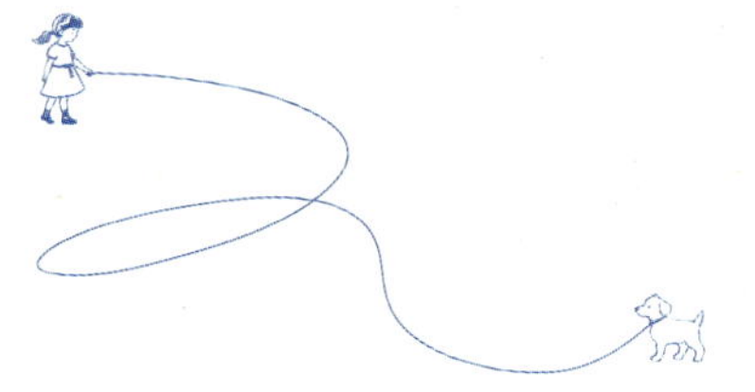

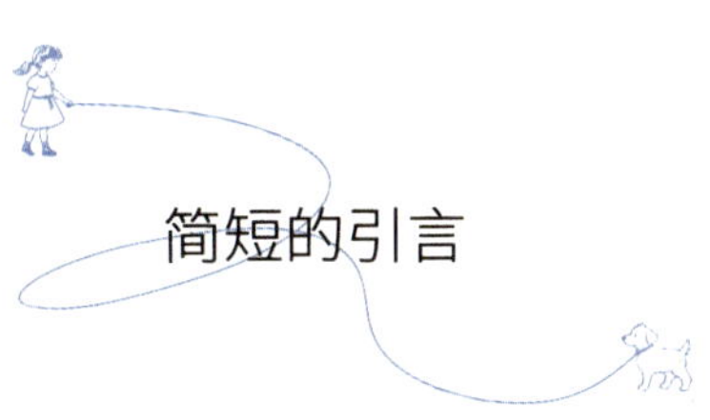

简短的引言

我刚才想说什么来着？哦，没错，我想起来了。

这次我要给大家讲一个很奇怪的故事。说它很奇怪，是因为它真的很奇怪，而且它是一件真事，大概半年前，报纸上刊登过这件事。现在，你们是不是在想：啊哈！原来这个故事是凯斯特纳从报纸上抄来的！

不，读者朋友们，你们完全猜错了。

报纸只用二十行记载了这个故事，它甚至不能被称作一个故事，而只是一条简讯，说明了哪天在柏林发生了什么事。因为太过短小，甚至没什么人注意到它。但我读到后，立刻拿剪刀把那条简讯剪了下来，放进了我用来装奇特东西的小盒子里。顺带一提，那个小盒子是露丝用光面纸帮我做的，盒盖上有一列神

气的小火车，它的车轮是红色的，正在飞速运转。火车旁是两棵郁郁葱葱的树，树上飘着三朵像雪球一样蓬松的白云。好吧，说回这条简讯。我想，大概只有我看到了这条简讯的特别之处。这并不奇怪，因为每个人的想法不同。就像一个小男孩从炉子下面拿出一块木头，对着木头念了一句咒语，然后告诉哥哥："这个是一匹马，是一匹真正的活着的马！"但哥哥看着这块木头，摇了摇头，说："这根本不是马，而是一头驴。"但对弟弟来说，这块木头就是一匹马。所以，也许其他人看到这条简讯，会觉得这只是一条二十行字的简讯，但对我来说，这是一个未完成的故事。

我为什么要说这些呢？因为在我写故事时，经常有人跑来问我："嘿，你写的故事是真的吗？"尤其是一些孩子，他们看着我，想要得到答案。这时，我只能耷拉着脑袋，捋一捋我的山羊胡须，不知道该说些什么。当然，故事里的一些情节的确是真实发生过的，但并不是所有情节都是真实的。毕竟作者不会随身带着记事本，亦步亦趋地跟在别人身后，一丝不苟地记录他们的言行！作者在遇到这件事或那件事时，也不知道他们之后会把它写成故事。我没说错吧？

但是现在有许多大读者和小读者，他们会告诉我："亲爱的凯斯特纳先生，如果你写的故事从来没有发生

过，我们就根本不想读了。”对此，我想说：“不管这件事是不是在现实生活中发生过，都不重要。重要的是，这个故事具有现实性！也就是说，这个故事是有可能在现实生活中发生的，因此它就是真实的。如果你能明白这一点，你就理解了艺术领域的一条重要法则。当然，你不明白也没关系。”

我知道，有些孩子喜欢读木马变成真马的故事，还有一些孩子宁愿吃三天燕麦糊糊也不愿意读这样的故事，因为他们不喜欢在读故事的时候动脑思考。那该怎么办呢？

我有一个办法：我会把这本书里需要动脑思考的部分变成章末的思考题，你们可以选择性跳过，就当完全没看见这个环节！明白了吗？

现在，故事可以开始了。

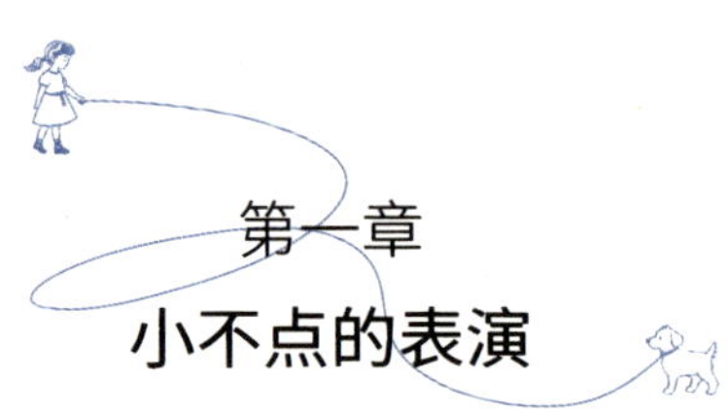

第一章
小不点的表演

中午时分，波格厂长回到家。当他走到客厅门口时，他惊讶地停下了脚步。客厅里，他的女儿小不点正面对着墙壁，蜷缩着身子，小声抽泣着。波格厂长想：她是不是肚子疼？但他没有出声，仍然一动不动地站在那里。这时，小不点朝着银灰色的墙壁伸出双手，用颤抖的声音说："买一点火柴吧，先生们！"

小不点的宠物——腊肠犬皮克，此刻正蹲在它的小主人身边，一边歪着脑袋看着小不点，一边用尾巴打着节拍。只听小不点继续用颤抖的声音说道："可怜可怜我们这些穷人吧，一盒火柴只要 10 芬尼[1]。"小

[1] 芬尼、马克都是德国货币单位，1 马克等于 100 芬尼。

客厅里，他的女儿小不点正面对着墙壁，

蜷缩着身子，小声抽泣着。

狗皮克挠了挠耳朵，好像觉得价格太高了，又像是后悔自己身上没有钱。

小不点将双手举得更高了，她结结巴巴地说：“我的妈妈还很年轻，眼睛却瞎了。买些火柴吧！三盒只要 25 芬尼。好心的太太，谢谢您，愿上帝保佑您！”显然，小不点已经卖出去了三盒火柴。

看到这里，波格先生大声笑了起来。眼前的情景对他来说简直是一桩奇事：他的女儿站在价值 3000 马克的客厅里乞讨。听到笑声，小不点吓了一跳，她转过身，看到了爸爸，然后一溜烟逃跑了。小狗皮克也灰溜溜地跟在她身后离开了。

“有人听到哔哔声吗？”波格先生问道。但是没有得到回应。于是他转身走进书房，书桌上放着信件和报纸。他坐在皮椅上，点了一支雪茄，开始读信。

小不点名叫路易丝，由于她小时候总是长不高，所以大家都叫她小不点。虽然她现在已经上小学了，而且也不像以前那么矮了，但大家还是习惯这么叫她。小不点的爸爸波格先生是一家手杖制造厂的厂长，他每天都很忙，也能赚很多钱。但是他的妻子，就是小不点的母亲，却觉得他工作很忙，挣的钱却不多。对此，波格先生总是说：“女人可不懂这些事。”但波格

太太可不这么认为。

波格一家住在离国会大厦河岸不远的一间大公寓里，公寓很大，有十个房间。每当小不点吃完饭，回到自己的房间时，她就又饿了。她家实在太大了！

说到吃饭，波格先生可是饿了。他按了一下传唤铃。胖胖的女仆伯塔走了进来。

“你难道想把我饿坏不成？”波格先生生气地问。

“我不是这个意思！”胖伯塔说，“只是太太还在城里呢，我想……”

波格先生站了起来，说道：“不要再浪费时间了！快去叫小不点和保姆下来吃饭。”

话音刚落，胖伯塔就小跑着穿过了门厅。

波格先生是第一个到餐厅的人。他吃了一片药，皱了皱眉，然后喝了一口水。他每天都要吃很多药，饭前、饭后、睡前、起床后，有时是圆形药片，有时是方形药片，有时是球形药丸。但你千万不要认为他非常喜欢吃药，他只是为了让自己的胃更好受些。

接着，安达特小姐出现在餐厅门口。安达特小姐是专门照顾小不点的保姆，她又高又瘦，为人古怪。“一定是她小时候洗多了热水澡。”胖伯塔总是这么挖苦她。不过，她们俩的关系还算不错。在安达特小姐

还没有来波格家做保姆时，小不点经常和胖伯塔以及原来的保姆凯特坐在厨房里剥豆荚。胖伯塔还会带着小不点出门买菜，还会和小不点讲一讲她在美国的弟弟。那时候，小不点总是很开心。然而，自从安达特小姐来了以后，小不点就变得没精打采，小脸蛋也不像以前那么红润了。

“小不点的脸色看上去有点苍白啊。”波格先生担心地说，“你没发现吗？”

“我没看出来。”安达特小姐回答道。

这时，胖伯塔笑嘻嘻地端来了汤。安达特小姐瞟了她一眼。波格先生边喝汤边问道：“你在傻笑些什么？”话还没说完呢，他一手指着门，一手把勺子扔进汤里，迅速抓来一张餐巾捂住嘴，剧烈地咳嗽起来。

门口站着小不点。天哪，她怎么变成这样了？

小不点穿着父亲的红色晨袍，晨袍里塞了一个枕头，看起来像一个圆圆的大肚子茶壶。两条腿从晨袍里露出来，就像两根细细的鼓槌。她戴着胖伯塔穿去做礼拜的五彩稻草礼帽，一只手拿着擀面杖和一把撑开的雨伞，另一只手拉着一根带子，带子上系着一个平底锅，拖在地上嘎吱作响，锅里坐着皱着眉头的小狗皮克。顺便说一句，皮克不是因为心情不好才皱眉的，而是因为它头上的毛太多，遮住了眼睛。为此，

它还得不停地甩着脑袋。

小不点绕着桌子走了一圈，然后在她爸爸面前停下来，看了他一会儿，然后严肃地问：“我可以检查一下您的车票吗？”

“不可以。”波格先生说，“你不认识我了吗？我可是铁道部部长！”

“哦，原来是部长先生，真是失敬！”小不点说。

这时，安达特小姐站了起来，一把将小不点身上的晨袍脱了下来，让她恢复了正常的样子。胖伯塔拿着晨袍、擀面杖和平底锅，一边哈哈大笑，一边往厨房走去。那笑声久久不散。

“你在学校里表现怎么样？”波格先生问道。小不点没有回答他，她正专心地搅拌着碗里的汤。波格先生接着问：“3 乘 8 等于多少？”

“3 乘 8？ 3 乘 8 等于 120 除以 5。”小不点回答道。

波格先生暗自算了算，答案正确，于是他不再说话，继续吃饭了。

这时，小狗皮克爬上一把空椅子，把前爪放在桌子上，皱着眉头，好像在看大家有没有把汤喝干净，确认自己能不能开始演讲似的。胖伯塔端来了鸡肉和米饭，顺手拍了拍皮克，让它把爪子放下来。但小狗完全会错了意，干脆爬上了桌。小不点一边把它抱下

桌，一边说:“我真希望自己有一个双胞胎姐妹。”

听到这话，波格先生遗憾地耸了耸肩。

“如果我有一个双胞胎姐妹，那就太好了。”小不点说，“我们可以穿一样的衣服，我们的头发是一样的颜色，我们鞋号一样，长得也一模一样。”

“那又怎么样？”安达特小姐问道。

小不点已经完全沉浸在自己的想象中，兴奋地说道:“那样的话，没人知道我们俩谁是谁，别人觉得我是我时，我其实是她；别人觉得我是她时，我其实是我。哈哈，这太好玩了！”

“那就没人能分清你们俩了。”波格先生说。

“如果老师站在讲台上喊‘路易丝！’，我就会站起来说:‘我不是路易丝，我是另一个人。’然后老师就会让我坐下，对另一个人说:‘路易丝，你为什么不站起来？’另一个人就会说:‘我不是路易丝，我是卡拉。’不出三天，老师就晕了，去医院看病，我们就不用上学了！”

“双胞胎也不会长得一模一样。”安达特小姐说道。

“无论如何，卡拉和我长得一模一样。”小不点反驳道，“你从来都没见过像我和卡拉这种长得完全一样的双胞胎，就连厂长也分不清。”厂长指的是她的爸爸。

“真是够了。”波格先生说着，开始吃今晚的第二

份鸡肉。

“你为什么不喜欢卡拉呢？”小不点问道。

“路易丝！”波格先生大声喊道。当他喊路易丝的大名时，就意味着他已经不耐烦了，如果不乖乖听话，后果很严重。于是小不点闭上嘴，开始吃鸡肉和米饭。她一边吃，一边对皮克做鬼脸，皮克被它的小主人吓了一跳，跑进了厨房。

吃甜点的时候，波格太太终于回家了。她很漂亮，但某些时候也让人难以忍受。胖伯塔曾对别人说：“我真想拿一块湿抹布狠狠地打她一顿。她拥有令人羡慕的丈夫和一个可爱的孩子，你以为她会照顾他们吗？从不！她整天在城里游荡，买东西、换东西、看时装秀、去茶馆，晚上她还让丈夫陪着她去剧院、电影院，或是参加各种舞会。她每天都有活动，根本不顾家。谁知道呢？也许这样能活得更好！”

波格太太坐在餐桌边，她因为大家没有等她开饭而生气了。其实她才是那个迟到的人，本来应该向大家道歉的。吃完甜点后，波格先生又吃了一片方形的药，他皱着眉，喝了一口水，吞了药片。

“别忘了，我们今晚要去奥勒里奇总领事家。”波格太太提醒道。

“我可没忘。”波格先生说。

“鸡肉都凉了。”波格太太抱怨道。

“对不起。”胖伯塔说道。

“小不点写完作业了吗？”波格太太又问。

“还没有。”安达特小姐回答。

波格太太看了看孩子，惊讶地说：“宝贝，你的一颗牙齿是不是活动了？”

“没错。”小不点说。

这时，波格先生站了起来，感叹道：“哎呀，我都忘了晚上待在家里是什么感觉了。”

“昨天晚上我们就没出门呀。”波格太太说。

“但是布吕克曼夫妇、施拉姆夫妇和迪特里希夫妇都来做客了……家里都是人。”波格先生抱怨道。

“那你说，我们昨晚到底是不是待在家里了？”波格太太不肯罢休，看着丈夫。波格先生没有回答，走进了书房。小不点跟在他身后走了进去，和他一起坐在那张足够容纳两个人的大皮椅上。“你的牙齿松动了吗？”波格先生问，“疼不疼？”

“不太疼。”小不点说，“有时我想把它拔下来，也许今天就会拔！”

这时，屋外响起了喇叭声。小不点陪爸爸走到了门口。司机霍拉克先生向她打招呼，尽管她没有帽子，但她也学着他的样子，把手放在“帽檐”上，向他问

了个好。波格先生上了车，朝小不点挥了挥手，车马上开走了。

小不点刚要转身回家，看门人的儿子戈特弗里德·克莱普贝因——一个十足的无赖——堵住了门：“喂，给我 10 马克，否则我就告诉你爸爸。”

“告诉他什么？”小不点困惑地问。

戈特弗里德威胁道：“别装糊涂了，你知道我要说什么。”

小不点想绕过他进屋，但他就是不让她进去。小不点只好站在门前，双手背在身后。这时，她看着天空，惊讶地张开嘴，好像看到了一艘齐柏林飞艇飞了过去，或者是看到了一只穿着溜冰鞋的金龟子什么的。男孩也奇怪地抬头看了看。这时，小不点抓住时机，像闪电一样从他身边跑了过去。这下，戈特弗里德只能眼巴巴地看着小不点跑掉了。

思考题：关于义务

这一章里出现了不少人物，对不对？让我们看看是不是已经记住他们了：波格厂长、他的妻子波格太太、小不点、保姆安达特小姐、胖胖的女仆伯塔、看门人的儿子戈特弗里德·克莱普贝因和小腊肠狗皮克。当然，皮克不能包含在内，毕竟它不是真正的人，真遗憾！

现在，我想问问你：在这些人里，你喜欢谁，又不喜欢谁？我先来！我喜欢小不点，也喜欢胖伯塔。我还不太知道自己是不是喜欢波格先生，但我很肯定自己不喜欢小不点的妈妈，也就是波格太太。她不关心她的丈夫，那她为什么要嫁给他？她不关心她的孩子，那她为什么要生孩子？她喜欢购物、看戏剧、看电影，这没有任何问题，但是她也不能完全忽视自己的家庭责任。你们说，对不对？

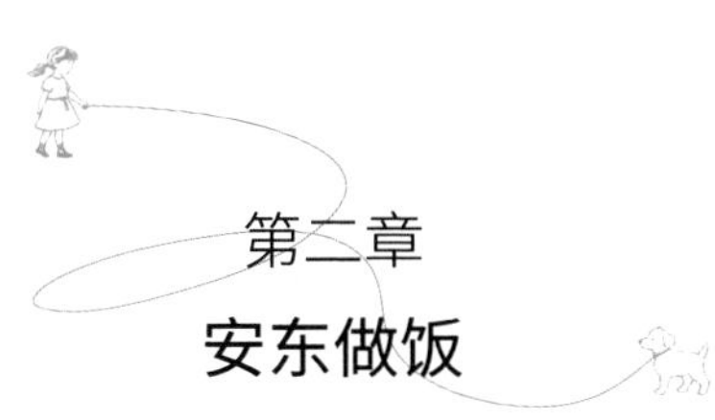

第二章
安东做饭

午饭后，波格太太说自己偏头痛，要回卧室休息。于是，胖伯塔拉上了卧室的百叶窗，这下，卧室笼罩在了黑暗中，就像天已经黑了。波格太太躺在床上，对安达特小姐说：“请你带小不点出去散步吧，顺便把小狗也带走。我得休息一会儿。”

于是，安达特小姐来到小不点的房间，看到小不点和小狗正在演戏。小狗皮克趴在婴儿床上，扮演吃了小红帽外婆的大灰狼。当然，小狗皮克没有听过这个故事，但它演得还不错。小不点则站在床前，戴着一顶红色的贝雷帽，胳膊上挎着胖伯塔的篮子。

“亲爱的外婆，”小不点惊讶地说，“你的嘴怎么这么大呢？”

然后她压低了声音，哼了一声："因为这样我才能把你吃掉！"小不点放下篮子，走到床边，小声地对皮克说，"现在你该吃掉我了。"

但是，皮克可没听过小红帽的故事，所以，它懵懂地趴在床上，一动不动。

"快把我吃掉！"小不点着急了，她一边跺脚一边说，"快点！你聋了吗？快把我吃掉！"

这下，皮克可生气了，它从被子里爬出来，坐在枕头上，大声地汪汪叫。

"皮克对演戏简直一窍不通！"小不点说，"真是个差劲的演员。"

安达特小姐走过来，给皮克系上项圈和皮带，然后给小不点穿上一件蓝色外套，把金色的纽扣一颗颗扣上，接着说道："把你的亚麻帽子拿来吧，我们出门散步。"

不过，小不点想戴着刚才演戏时戴着的红色贝雷帽，但是安达特小姐拒绝了她："如果你要戴那顶帽子，我们就不去安东家里玩了。"于是，小不点果断地放下了贝雷帽。

她们刚出门一会儿，小狗皮克就坐在人行道上，不肯走了。"皮克又犯懒了。"安达特小姐说着，把皮

克抱了起来，把它像手提包一样挂在手臂上，“小不点，你还记得安东家在哪条街上吗？”

“炮兵大街，四楼右边。”小不点说。

“门牌号是多少？”

“180 除以 5。”

“你为什么不能直接记住是 36 呢？”安达特小姐问。

“这样更容易记住。”小不点说，“对了，伯塔好像发现了什么，她买回家的火柴总是不知不觉就消失了，她猜测家里有人吃火柴！戈特弗里德还威胁我，说如果不给他 10 马克，他就要告发我。如果他把我的秘密告诉了爸爸，那我就要倒霉了。”

安达特小姐没有回应她。一来她本来就懒得说话，二来她也对这种对话不感兴趣。她们沿着石贝街，走过一座小铁桥，穿过一条街，向左拐进弗里德里希大街，最后右转，来到了炮兵大街。

“真是一座又老又丑的房子。”安达特小姐说，“小心些，里面也许会有活板门，别被砸到了！”

小不点兴奋得直笑，她抱着小狗皮克，问道：“我们一会儿在哪里碰头呢？”

“你 6 点来索莫拉特舞厅找我吧。”安达特小姐说。

“你准备和你的未婚夫去跳舞吗？替我向他问好！

祝你们玩得开心！”

然后，她们告别了。安达特去舞厅找自己的未婚夫，小不点则走进了眼前这栋房子。皮克似乎不太喜欢这栋房子，不安地叫了几声。

安东住在四楼。“你能来看我，真是太好了。”安东打开房门，他围着一条蓝色的围裙。他们站在门口，互相问候。

“这是小狗皮克。”小不点介绍道。

“很高兴见到你。”安东摸了摸皮克。他们面对面站着，不知道该说些什么了。

最后，还是小不点率先打破了沉默：“可以进去吗？”然后他们相视而笑。

安东把小不点领进了厨房，说：“我在做饭呢。”

“你做饭？”小不点惊讶地张大了嘴。

“是啊，不然该怎么办呢？我妈妈病了很长时间，我一放学就要赶回家做饭。我们总不能饿死吧。”

“对不起。”小不点说着，把小狗皮克放了下来，然后脱下外套，摘了帽子，“我看着你做饭吧，今天吃什么？”

“咸土豆。”安东一手拿起一块抹布，走到炉子前，掀开锅盖，用叉子戳了戳土豆，满意地点点头，然后

说，“她已经好多了。”

“谁好多了？”小不点问道。

“我妈妈。她说，她明天想下床活动活动。也许下周她就可以开始上班了，去看大门。”

“原来如此。”小不点说，“我妈妈不工作，她今天患了偏头痛，正躺在家里休息呢。”

这时，安东拿了两个鸡蛋，熟练地下了锅，把鸡蛋壳扔进煤箱里。然后他往锅里倒了点水，又拿出一个袋子，把袋子里的白色粉末倒进锅里，用勺子搅拌了一会儿。“呀！黏在一起了。”安东叫道。

皮克走到煤箱边，舔了舔箱子里的鸡蛋壳。

“你为什么要放糖呢？”小不点惊奇地问道。

“这不是糖，是面粉。”安东回答，“我要做炒鸡蛋，倒一些面粉和水，炒出来的鸡蛋就会更多。”

小不点点了点头，又问道：“你在咸土豆上放了多少盐？1磅[1]还是半磅？”

安东大笑起来：“根本不需要那么多盐！只要一小勺，味道就很好了。”

“真的吗？”小不点看着他说。接着，安东又拿了一个平底锅，在锅里放了一片黄油，把搅拌好的鸡蛋

[1] 重量单位，1德国磅（Pfund）约等于500克。

安东拿了两个鸡蛋，熟练地下了锅，把鸡蛋壳扔进煤箱里。

倒进平底锅里。很快，锅里传来滋滋的声音。“安东，别忘了放盐！”他小声地提醒自己。他又用锅铲拨弄了几下，不一会儿，锅里散发出炒鸡蛋的香味。

“原来这就是炒鸡蛋。”小不点说。

“你来炒几下吧。”安东把锅铲交到小不点手里。他则拿起两块抹布，抓起煮土豆的锅，将锅里的热水倒出来，然后把土豆分成两份，装在盘子里。“煮土豆时，火候很重要，一不小心，土豆就煮得不好吃了。”安东对小不点说。但小不点没理会他，她聚精会神地炒着鸡蛋，她觉得自己的胳膊都有点酸了。小狗皮克拨弄着煤箱里的鸡蛋壳，自顾自地玩耍着。

安东关掉煤气炉，把炒鸡蛋分别放进两个盘子，洗了手，解开围裙。

“我们昨天没能来找你，因为家里来了客人，我们只能待在家。”小不点说。

“我猜到了。”男孩说，“等一下，我马上就来。”

安东端着盘子，推开门，走出厨房。小不点和皮克留在了厨房里，她把一个鸡蛋壳放在皮克的头上，小声对它说：“你要是学会了这个，你就可以去马戏团表演了。”可是皮克似乎根本不想进马戏团，每次小不点把鸡蛋壳放在它的头上，它都摇摇脑袋，把鸡蛋壳甩下去。“你可真是个小笨蛋。”小不点站了起来，看

着这间简陋的厨房。这厨房可真小！虽然她早就知道安东是穷人家的孩子，但是看到这么小的厨房，小不点还是惊呆了。从厨房的窗户往外看，是一个昏暗的天井。小不点对皮克说：“我们家的厨房和这儿一点也不一样。”皮克只是一味地摇着尾巴。这时，安东走进了厨房，问道：“我们在卧室吃饭，你想一起来吗？”小不点点了点头，抱起了皮克，和安东一起走出了厨房。

安东对小不点说：“我希望你帮个忙，我妈妈的病很严重，但是你千万别让她感觉到这点，可以吗？”

幸好安东提前让小不点做好了心理准备。安东的妈妈的确病得很重，她坐在床上，脸色苍白，看上去很痛苦。她友好地向小不点点了点头，说道：“欢迎你来玩。”小不点礼貌地打了个招呼，说道：“安东太太，祝您胃口好！您气色还不错，现在感觉怎么样呢？”

安东笑了，他一边在妈妈的背后塞了一个枕头，一边说：“我妈妈可不叫安东。”

小不点困惑地说：“这些复杂的称呼可真让人摸不着头脑，您说是不是，尊敬的夫人？”

“我不是什么尊敬的夫人。”安东的妈妈微笑着解释道，“我是盖斯特太太。”

“盖斯特太太。”小不点重复了一遍，“没错，你们

家门外就写着这个名字，这个名字真好听。”她不想让安东和他的妈妈觉得自己看不起他们，于是她竭尽所能地夸赞她看到的一切。

“妈妈，今天的饭好吃吗？”安东问。

“很好吃，我的孩子。”盖斯特太太回答道，“明天我就可以自己做饭了。为了照顾我，你都没时间玩，也没时间写作业。”盖斯特太太告诉小不点：“昨天安东还给我做了德国牛排。”安东很不好意思地埋下了头。

“我不太会做饭。”小不点说，“我们家都是胖伯塔做饭，她有 180 磅！”

“我知道你父亲有一辆车，还有司机接送。”安东说。

“如果你愿意，你可以和我们坐一次车。波格厂长很友好的。”小不点补充道，“波格厂长就是我爸爸。”

“她爸爸有一辆豪华的奔驰轿车。”安东告诉妈妈，“而且她家有十个房间。”

“盖斯特太太，你们的房间也很漂亮。”小不点一边说，一边把小狗皮克抱到床上。

盖斯特太太问：“你们是怎么认识的？”

安东赶紧踩了一下小不点的脚尖，然后说：“我们在街上聊了会儿天，觉得很聊得来。”

小不点跟着点了点头，然后她看了一眼皮克，说道：“皮克好像想出去玩了。”

盖斯特太太说：“那你们出去散散步吧，我再睡一会儿。”于是，安东把吃完的脏盘子端进厨房，然后拿上了自己的帽子。当他回来时，盖斯特太太看着他，说：“安东，你该剪头发了。”

“不要！”安东喊道，“剪头发的时候，那些碎头发都掉进脖子里，太痒了。”

“把钱包拿给我，你真的得去理发了。”盖斯特太太命令道。

“如果你一定要我剪头发的话，也行。”安东说，“但我自己有钱。”盖斯特太太奇怪地看着他，他又补充道，“我在火车站帮旅客搬行李箱，赚了一些钱。”他吻了吻妈妈的脸，嘱咐她盖好被子，好好睡一觉。

“遵命，我的小医生。”盖斯特太太说。接着，她和小不点握了握手。小不点也和盖斯特太太礼貌地道别，然后说：“我们走吧，皮克已经等不及要出去玩了。”的确，小狗皮克已经跑到了门口，抬头入神地盯着门把手。大家都被逗笑了。两个孩子牵着小狗，高兴地跑出家门。

思考题：关于自豪

大家觉得，一个男孩系着妈妈的围裙，在厨房里削土豆、做饭是一件不好的事吗？

我和一个叫保罗的男孩谈过这件事，他告诉我："我是绝对不会做饭的。"

"好吧。"我说，"但如果你妈妈生病了，躺在床上，没办法做饭，但是她必须吃东西，你会怎么办呢？"

"好吧。"保罗急忙回答，"那我会做饭的，就像故事里的安东那样，但是我还是觉得有点难为情，我觉得男孩不适合做饭。"

我告诉保罗："如果你玩过家家，你有理由难为情，但是如果你努力让你生病的妈妈吃上饭，这就是一件值得骄傲的事，比你跳了四米远还值得骄傲。"

"是四米二。"保罗纠正道。

"你看，你现在就是在为你跳了四米二而骄傲。"我喊道。

过了一会儿，保罗说：“我考虑过了，如果是为我生病的妈妈做饭，那么被人看到的话，我不会难为情的。当然，最好是没人看见我做饭，我会关上门。而且，我妈妈也没有生病。再退一步，就算妈妈生病，我们也会请保姆来做饭。”

保罗可真是个顽固的家伙啊！

第三章
小狗理发

小狗皮克欢快地跑出门，在第一根电灯杆前停了下来。小不点和安东继续往前走，皮克却不动了。小不点只能使劲拉牵引绳。她对安东说："皮克总是这样，磨磨蹭蹭的。"

"把绳子给我吧，我有办法。"安东说着，从小不点手里接过牵引绳，然后从口袋里掏出手帕，将手帕折出一个角，露在外面。然后安东喊道："皮克！"皮克抬起头，好奇地看着那个白色的尖角，心想：这个东西一定是好吃的。皮克赶紧跟上安东的步伐，一边紧紧盯着安东的手帕，一边不停地嗅着，想知道那到底是什么好吃的。

"真厉害！"小不点高兴地说，"真是一个妙招！

我得好好记住。”

“你觉得我们家的房子怎么样？”安东问，“是不是挺糟糕的？”

“看上去有点旧破。”小不点说。

“旧破？”安东不解地问。

“旧破就是破旧！”小不点说，“你喜欢这个词吗？这是我自创的，我经常自己造一些单词。比如，暖度计，你觉得怎么样？”

“不说温度计而说暖度计？”安东喊道，“你在搞笑吗？”

“是又怎么样？”小不点说，“我们来玩一个游戏吧，看谁先笑出来。”不等安东回答，小不点就拉住安东的手，说：“哦，天哪！我一点也不觉得好笑，我特别特别难过！”安东惊讶地看着她。小不点睁大眼睛，使劲儿在额头上挤出一道皱纹，继续说：“哦，天哪！我一点也不觉得好笑，我特别特别难过！”接着，她拍了拍安东，轻声说：“你也说呀。”

安东顺从地说：“哦，天哪！我一点也不觉得好笑，我特别特别难过！”

“好了，轮到我了！”小不点又哭丧着脸，说道，“我一点也不觉得好笑，我特别特别难过！”说完，他们俩看着对方脸上滑稽的表情，不由得哈哈大笑。

“我一点也不觉得好笑，我特别特别难过！”安东再次说道。两人笑得前仰后合，都直不起腰来了。最后，他们只要一对视，就会哈哈大笑。路过的行人都会奇怪地停下来看他们一眼，皮克也坐了下来，看他们开怀大笑。这两个小孩好像失去了理智。终于，他们开始继续往前走，为了不再笑出来，他们目视前方，坚决不向对方看一眼。小不点竭力控制着自己的表情。终于，他们不再笑了。

“天哪！”安东说，“太累了，我都笑坏了！”他擦了擦笑出来的眼泪。不一会儿，他们就来到了一家理发店。这家理发店面积很小，而且要穿过一段楼梯才能到达。

“您好，哈贝库斯先生。”安东说，“我是来理发的。”

“好的，请坐吧，安东。”哈贝库斯先生说，“你妈妈的身体怎么样了？”

“谢谢关心，她好多了。”安东说，“不过，我没法马上付清理发的钱。”

“没关系，像上次那样吧。”哈贝库斯先生说，“你可以先付给我 20 芬尼，其余的分期付款。前面的头发留长些，后面的头发剪短些，对吧？这位小姑娘呢？”

“我是陪他来的。”小不点说，“我不会打扰你

们的。”

哈贝库斯先生给安东围上了一块大白布，用剪刀试着剪了剪头发。

“脖子痒吗？”小不点好奇地问道。安东没有回答，一动不动地坐着。小不点有点无聊了，但她很快找到了好玩的东西。她把皮克放在一把椅子上，将一条手帕绑在它的脖子上，然后在它的鼻子上涂上肥皂泡沫。一开始，皮克以为那些泡沫是鲜奶油，它好奇地舔了舔，觉得一点也不好吃，于是它收回舌头，摇了摇头。

小不点一本正经地给皮克理发，她学着理发师的样子，一边慢慢地用食指刮去皮克毛发上的肥皂泡，一边逗它开心。

“没错，小狗皮克先生。”她对皮克说，“是时候剃掉你长长的毛发了。你看，我的食指是不是很锋利？是时候了，你明白我的意思吗？请你想象一下，我昨天回到家，发现妻子生了三胞胎，她们就像三个赛璐珞娃娃，而且满头杂草。你是不是也觉得难以忍受？今天早上我来开店门的时候，发现法院的执行官正要把我的镜子拿走。我问他：‘为什么？你想让我破产吗？’他回答说：‘不好意思，是财政部长派我来的。

她学着理发师的样子，一边慢慢地用食指刮去皮克毛发上的肥皂泡，一边逗它开心。

因为你不吃大黄[1]，而这违反了我们的规定。’哦，亲爱的皮克先生，你的皮肤真是太健康了，你是怎么保养的？原来你经常使用紫外线灯呀。好吧，言归正传，过了一会儿，财政部长亲自来了，我和他们达成了协议，我愿意无偿帮他刮一周的胡子，每天十遍。你知道的，他的胡子长得飞快。你需要古龙水吗？对了，我准备出门旅行了——齐柏林飞艇准备去北极，需要聘请一位理发师，专门给北极熊理发。你需要我给你带一张北极熊皮吗？皮克先生，你需要擦粉吗？”

现在，小不点开始给皮克扑爽身粉了，皮克瞪大了眼睛，盯着镜子里的自己，哈贝库斯先生都忘了自己正在给安东剪头发，津津有味地看着小不点表演。安东呢？他已经笑得前仰后合了。但是小不点很严肃，她看着店里挂着的标示牌，颠三倒四地念了起来：“我们会剪最时髦的发型，一切服务明码标价，如果您满意我们的服务，请推荐给身边的朋友。我们代穿耳洞。如果不满意我们的服务，请及时告知。秃头免进。本店周日营业时间为 8 点到 10 点，请在我们的工作时间到店。使用鸡眼前请消毒，没必要刮胡子，请预防牙垢。”她像是在念经一样，不带丝毫感情地念了这么一

[1] 一种植物，可入药。

长串台词。

皮克无聊地打了个哈欠，蜷缩在椅子上，开始打盹。

“她是不是很有意思？”安东问哈贝库斯先生。

“谢天谢地！”哈贝库斯先生说，“要不了两天，她就能把我逼疯！”说完，他拿起剪刀，加快了理发速度，只求这两个小孩赶快离开他的理发店。他神经衰弱，可受不了小不点那天马行空的想象力了。

正在这时，一个胖子走进了理发店，身上系了一条肉店里的围裙。

“布尔里奇先生，你来了。”哈贝库斯先生说，“我马上就来。”安东从镜子里看着理发店里的所有人。布尔里奇先生坐了下来，小不点马上凑上前去，问：“亲爱的布尔里奇先生，你会唱歌吗？”这位卖肉师傅尴尬地摸着他那像香肠一样粗大的手指，摇了摇头。

“真可惜。”小不点说，“要是你会唱歌，我们四个就可以用不同的声部合唱一曲了。那你会背诗吗？《美丽的森林，谁能拥有你》或者《困于地球》，你会吗？”

布尔里奇先生又摇了摇头，然后斜着眼睛看了看挂钩上的报纸。

“那好吧，最后一个问题。”小不点说，“你会倒

立吗？”

“不会。”布尔里奇先生坚定地说。

“不会？”小不点失望地说，“请别见怪，我只是从没见过像你这样没有一点才能的人。”说完，她看着哈哈大笑的安东，“这就是大人，他们要求我们多才多艺，会算术、会唱歌、按时睡觉、会翻跟斗，结果他们自己什么都不会。”

接着，小不点张开嘴，用舌头舔了舔嘴里那颗松动的小白牙：“瞧，这颗牙活动了。”

“你得拔掉它。”安东说，“拿一根麻线，在牙齿上绕一圈，把麻线的另一端系在门把手上，然后跑出去。咔的一声，你的牙就掉了。”

小不点赞赏地拍了拍他的肩膀，说道：“真聪明。白的还是黑的？”

“什么白的还是黑的？”他问。

“用白线还是用黑线呢？”

“白线。”

“好吧，我会好好考虑你的建议。”小不点说完，又对理发师说，“哈贝库斯先生，快剪完了吗？”

“马上就好。”哈贝库斯先生回答道，然后他转身对布尔里奇先生说，“这孩子真让人头疼。”

两人离开理发店，走到大街上，小不点拉住安东的手，问道：“刚才我表现得很不好吗？”

“是的！下次我不会带你来了。”

“不来就不来！”小不点甩开安东的手，不理他了。

这时，他们走上了魏登达姆桥。小不点不停地和皮克说话，不理安东。但不一会儿，她就沉不住气了，问道：“你妈妈生了什么病？”

“她身上长了东西，然后去医院做了手术，把那东西切掉了。刚做完手术时，妈妈还在住院，我每天都会去看望她。那时候她瘦骨嶙峋，脸色苍白，简直糟透了。那段时间护士小姐对我很好，她们大概觉得我妈妈活不长了吧。不过她现在已经出院了，休养了两个星期，身体好多了。”

“她身上长了什么东西？是花、树叶还是花盆？是她不小心吞下去的吗？”

“当然不是，否则我会知道的。”安东说，“总之，就是身体里长了什么东西。”

“是天竺葵还是冬青树？”小不点好奇地问。

“都不是。应该是肿瘤什么的，必须切除，否则她会死的。”

过了一会儿，小不点双手交叉，放在肚子上，装作很痛苦的样子说：“安东，我肚子好痛，一定是长了

什么东西，也许是一棵小冷杉，我特别喜欢冷杉。”

“不，你只是又异想天开了。”安东回答道。

思考题：关于想象力

我想，大家一定发现小不点是一个非常有活力的女孩。她对着墙壁卖火柴；她乔装打扮，把皮克放在平底锅上拉着走；她躺在床上，想象皮克是一只凶恶的大灰狼，要把自己吃掉；她还请卖肉师傅和她一起唱歌；甚至想象自己的肚子里长了一棵小冷杉。她总是想象一些现实中没有的或完全不可能发生的事。

我曾读到这样一个故事：有一个人，想象力非常丰富，经常做一些天马行空的梦。有一次，他梦见自己从窗户跳了出去。然后他惊醒了，发现自己竟然躺在街上！幸运的是，他住在一楼。但是想象一下，如果这个

可怜的人住在四层楼高的地方，我们就不禁要为他捏一把汗了！有时，想象力可能会危及生命。所以，尽管想象力是一种神奇的能力，我们也要学会控制它。

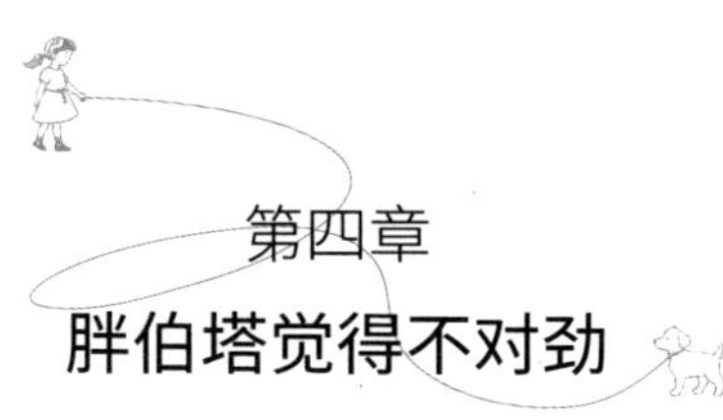

第四章
胖伯塔觉得不对劲

安达特小姐和她的未婚夫正在索莫拉特舞厅里，他们有时坐着聊天，有时跟着音乐翩翩起舞。桌子之间放着不少用纸板做成的苹果树，看起来十分逼真。纸苹果树的树枝上还挂着五颜六色的气球和长长的彩带。乐队演奏着欢快的舞曲，所有人沉浸在欢乐的氛围中。安达特小姐有时会因为自己过于高挑、瘦削而感到自卑，她从没想过自己能找到真命天子，但事实是，她和她的未婚夫已经认识两个星期了。他一切都好，如果不那么严厉就更好了！他总是指使她做这做那。只要她不立即服从他的命令，他就会瞪着她，直到她按照他的话去做为止。

此时，她的未婚夫正弯下腰，恶狠狠地瞪了她一

眼，说道："听明白了吗？"

"罗伯特，你真的要这么做吗？"安达特小姐胆怯地问，"我在银行里存了200马克，你可以拿走。"

"就你那点钱？你这个蠢女人！"他说，"我明天必须拿到图纸！"显然，他不是一位绅士。

安达特小姐点了点头，低声说道："别说了，孩子们来了。"

小不点带着安东走到桌前，指着罗伯特说："这就是魔鬼罗伯特。"

"小不点！"安达特小姐生气地说。

"没关系。"罗伯特皮笑肉不笑地说，"我们的小公主只是在开玩笑。"接着，他注意到小狗皮克，一边伸手要去摸一摸皮克，一边说道："真是一只可爱的小狗！"皮克却凶狠地龇牙，警告他不要靠近。等孩子们坐下以后，罗伯特准备给他们买热巧克力喝。安东说："不用了，先生，请别费心。"

这时，乐队又开始演奏了，安达特小姐让孩子们坐在桌旁等待，然后和罗伯特一起走进舞池。

"我们也去跳舞吧？"小不点问道。

"不了，我还是个孩子呢。"安东马上拒绝了这个提议，"而且，我一点也不喜欢这个罗伯特。"

"我也是！"小不点说，"他的眼神就像削尖的铅

笔一样锋利，皮克也不喜欢他。不过，这个舞厅里其他的一切都妙不可言！”

“妙不可言？”安东重复了一遍，然后说，“哦，这又是你发明的新词。”

小不点点了点头，接着说：“安东，除了罗伯特，我还有一个讨厌的人，那就是我家看门人的儿子戈特弗里德·克莱普贝因。他威胁我，如果我不给他10马克，他就会把这件事告诉我爸爸。”

安东说：“原来是他！我们在同一个学校上学，他比我高一年级。等着瞧吧，我会让他好看！”

“太好了！”小不点喊道，“但是他比你高呀！”

“那又怎么样？”安东说，“我有办法制服他。”

与此同时，安达特小姐和她的未婚夫正在舞池里，和其他人一样翩翩起舞。罗伯特愤怒地瞪着孩子们，低声说道：“你明天把那些孩子甩掉再来这里。你还记得要带什么东西来吗？”

“图纸。”安达特小姐

胆怯地低声说。

跳完舞后，安达特小姐领着两个孩子走出舞厅。安达特小姐生气地对小不点说：“你这个没礼貌的孩子，为什么那样称呼我的未婚夫？”小不点没理她，朝安东眨了眨眼，逗得他直笑。

安达特小姐生气地牵着皮克走在前面，就好像有人给了她报酬，要求她这么做一样。不一会儿，他们就来到了波格家门外。

“我们今晚再见吧。”小不点说道。安东点了点头。这时，戈特弗里德·克莱普贝因恰好走了出来，从他们身边经过。

“等等！”安东喊道，“我有话要跟你说。”戈特弗里德·克莱普贝因停了下来。安东对小不点说：“你先回家吧。”

“你要把他撕成碎片吗？”小不点问道。

“这和你们女孩没关系。”安东说。

于是，安达特小姐带着小不点进了大门。小不点躲在门后，透过门上的玻璃朝外张望。

安东没注意到这边的动静，他全神贯注地对付这个威胁小不点的恶棍。“听着，”他对戈特弗里德·克莱普贝因说，“如果你再威胁小不点，我就对你不客气了。我会保护她，懂了吗？”

“如果你再威胁小不点，我就对你不客气了。
我会保护她，懂了吗？”

“哟，你和你的小女朋友感情可真好啊！”戈特弗里德露出他那令人厌恶的笑容。下一秒，他就挨了一记响亮的耳光，跌倒在石子路上。他大喊一声，跳了起来，紧接着，另一边脸又挨了一耳光，他再次跌倒在地上。“你等着！”他害怕再被打，于是没再站起来。

安东走上前，说：“今天只是一个小小的提醒，如果我再听说这样的事情，我一定对你不客气。”说完，他目不斜视地从戈特弗里德身边走了过去。

门后的小不点目睹了这一切，高兴地说：“安东可真厉害！”

安达特小姐走进屋，经过厨房时，正坐在椅子上削土豆的胖伯塔喊道：“安达特，过来一下！”安达特很不情愿，但她有点怕胖伯塔，于是她还是照做了。

“虽然我平时住在阁楼，管不到你们的事，但我还是发现有些不对劲。”胖伯塔说，“你能不能给我解释一下，为什么小不点最近脸色这么苍白，眼睛下面都出现黑眼圈了？为什么她早上总是起不来？”

“小不点在长个子呀。”安达特小姐说，“这很正常，也许她需要吃点鱼肝油，或者补充点铁元素什么的。”

“我早就觉得你行事古怪了。”胖伯塔说，“如果让我发现你在捣鬼，我会按你说的，让你喝完一整瓶鱼

肝油！”

安达特小姐皱起眉头，说道:“你有什么资格这么说我？”

“我有什么资格？”胖伯塔站了起来，说道，“我倒要看看，你这个蠢货，你这个阴险的女人还能做出什么事来！”

安达特小姐生气地眯起眼睛，捂住耳朵，像一只长颈鹿一样匆匆忙忙地穿过走廊，走进了自己的房间。

思考题：关于勇气

现在，我想和大家谈谈勇气。在刚才的故事中，你可能觉得安东很勇敢，因为他为了帮助小不点，教训了一个比他高的男孩。但是这不是勇气，而是怒气。这两个词的区别可不仅仅是一个字。

人只有在冷静的时候，才会生发出勇气。一名医生为了测试药品，给自己注射了可能

危及生命的细菌，然后注射他研制的解药，这是勇气；一位极地研究人员乘着狗拉雪橇去北极探险，这是勇气；皮卡尔教授乘热气球高空飞行，这是勇气。

对了，你们知道皮卡尔教授的故事吗？他原本制订了一个高空飞行计划，但是到了计划当天，天气并不适合飞行，于是他调整了计划，等待最佳的飞行时间。当时，人们都在取笑他，报纸也极尽讥讽之词，但是皮卡尔教授不为所动，他宁愿忍受人们的嘲笑，也不愿意做违背规律的事情，这也是一种勇气。因为他知道自己的目标——进行科学研究，而不是为了出名。

勇气不是通过拳头证明的，而是通过头脑证明的。

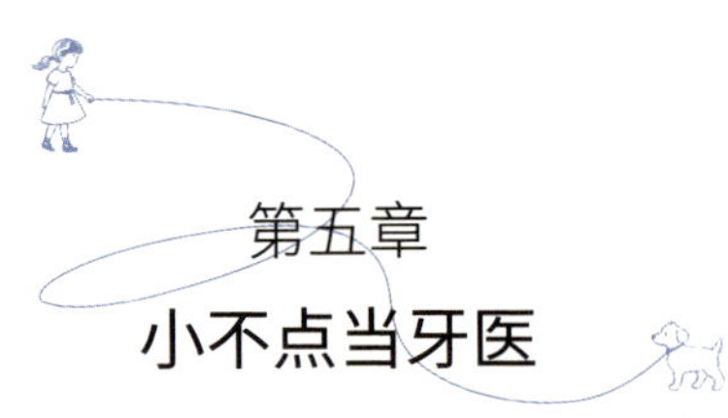

第五章

小不点当牙医

现在，波格厂长正在他的工厂里视察。波格太太正躺在卧室里，她的偏头痛实在太厉害了！安达特小姐则坐在自己的房间里。

小不点和小狗皮克待在一起，等着吃晚饭。小不点从胖伯塔那里拿了一根白线，对蹲在篮子里的皮克说：“皮克，看我要干什么！”皮克乖巧地看向它的小主人，它玩了一天，已经很累了，每到这时，它就会格外听话。

小不点将线的一头系在自己松动的牙齿上，另一端系在门把手上。“现在，我可要动真格了。”说完，她往屋里走去，离门越来越远，那根线慢慢绷直了。她又往前迈了一小步，然后发出了一声可怕的呻吟，

太疼了！于是，她回到了门边，绷直的线又放松了下来。“皮克，我做不到。”她又试了一次，但是这次，她在线绷直之前就受不了了。

“不行，我做不到。”她痛苦地说，“要是安东在这儿，我也许还能痛下决心。”她靠在门边，一边解开那根白线，一边沉思着，似乎在想其他办法。

过了一会儿，她看着皮克，命令道：“皮克，给我你的爪子。”皮克愣愣地看着她，一动不动。于是，小不点抱起皮克，把它放到书桌上，接着，她把那根白线绑在了皮克的左腿上。“皮克，现在，往下跳！”小不点命令道。然而，皮克根本不听她的话，蜷缩成一团，看样子，它是准备在书桌上美美地睡一觉了。

“皮克，往下跳！”小不点再一次命令道。同时，她闭上了眼睛，打算听从命运的安排。

皮克竖起耳朵，但完全没有往下跳的意思。小不点睁开眼睛，刚才的担心都白费了。她用力推了一下皮克，这下皮克没办法了，它只好一下跳到了地板上。“牙齿掉下来了吗？”小不点问道。皮克没法回答这个问题，于是，小不点把手伸进嘴里。“牙还在呢。”她说，“原来是线太长了。”

小不点用胳膊夹住皮克，爬上了书桌前的凳子，然后她弯下腰，把皮克放回书桌上。“如果这次还不成

功，”她喃喃地说，“那我就只能找牙医打麻药拔牙了。”说完，她推了一下皮克，皮克从书桌上一跃而下，径直朝门外跑去。

“哎哟！”小不点大叫一声，她尝到了血腥味。皮克发现自己腿上的那根线终于断掉了，便高高兴兴地回到了自己的窝里。小不点擦去了眼中的泪水。“我的天哪！”她一边说，一边到处找手帕，塞进嘴里止血。用来拔牙的白线挂在篮子的边缘，一颗洁白的小牙齿正躺在房间中央。小不点从皮克的左腿上解下白线，捡起牙齿，高兴地在房间里跳起舞来。然后，她冲进了安达特小姐的房间。

“我的牙齿终于掉了！终于掉了！”

安达特小姐慌张地用手盖住桌上的一张纸，她的另一只手上拿着一支铅笔。“是吗？”她冷冷地回复了两个字。

小不点疑惑地问：“你怎么了？这几天你很奇怪，发生什么事了？”她站在安达特小姐旁边，偷偷地瞥了一眼桌上那张纸，然后模仿着她爷爷的口吻说道，

“你可以和我说说你的心事。”

安达特小姐当然不会泄露秘密。她问道：“胖伯塔什么时候休假？”

“明天。”小不点回答道，“你问这个做什么？”

“随便问问。”安达特小姐说。

“随便问问？”小不点生气地说，“这样的回答真是太‘好’了！”看来，安达特小姐什么都不会说了。于是，小不点装作被绊倒的样子，一下子碰歪了安达特小姐的手臂。小不点如愿看到了纸上的字。纸上画着几个正方形，其中一个正方形里写着“客厅”，另一个正方形里写着“书房”。小不点还想继续看下去，但安达特小姐立刻用她那双干瘦的大手遮住了纸。

小不点不知道这张纸有什么用，但是她想：今晚必须把这件事告诉安东。

一个半小时后，小不点躺在了床上。安达特小姐坐在床边，给她念童话故事。“要我说，”小不点说道，“这两只猪看起来像双胞胎。我今天中午说得没错，如果我有一个双胞胎姐妹，名字我都想好了，就叫卡林琴，我们就可以在体育比赛中大杀四方。”

这时，小不点的爸爸妈妈走进了房间。波格太太穿着漂亮的丝绸晚礼服，脚上是一双闪亮的金色鞋子，

波格先生则穿着一身笔挺的燕尾服。他们吻了吻小不点。波格太太温柔地说：“做个好梦，亲爱的宝贝。”

小不点立刻说：“晚安，爸爸妈妈！”

波格先生在小不点的床边坐下，但波格太太催促道：“快走吧！总领事可不喜欢迟到的人。”

小不点也对爸爸说：“亲爱的厂长大人，你快去吧！”

波格夫妇一离开家，小不点就从床上跳起来喊道：“我们走吧！”安达特小姐回到自己的房间，从衣柜里找出一件破旧的衣服，给小不点穿上，她自己则穿了一条打满补丁的裙子和一件破旧的绿色套头衫。“准备好了吗？”她问。

“当然！”小不点高兴地喊道，一边欣赏着这件破旧的裙子，一边提醒安达特，“你还没有戴头巾。”

“我昨天把它放到哪里了？”安达特小姐自言自语。最后，她找到了头巾，穿戴好，戴上自己的蓝色眼镜，从沙发下面拿出一个包。两个人蹑手蹑脚地溜出了家门。

十分钟后，胖伯塔悄悄地来到小不点的房间外，敲了敲门。没有人回答。

“她睡着了吗？”胖伯塔自言自语着，“也许她是在装睡呢。我想给她吃一块新鲜出炉的蛋糕。自从这

个安达特来了以后，我几乎找不到机会进小不点的房间了。有一次，小不点刚睡下，我去房间里找小不点，安达特就向波格太太告状，说孩子一定要在凌晨之前进入梦乡，不能被打扰。但是，小不点现在的状态很不好，简直像是整晚都没有好好休息。她们俩总是窃窃私语，这个家的氛围太奇怪了。要不是为了波格先生和小不点，我早就辞职不干了。”

这时，皮克跳出它的狗窝，跑到小不点的房间外，眼看着就要扑向蛋糕。“躺下，你这个小淘气包！别叫唤！给你一块蛋糕吧。真不敢相信，你现在可是这个家里唯一一个没有秘密的成员了。”

思考题：关于好奇心

我妈妈读小说时，有一个坏习惯：先读前二十页，然后读结尾，最后再从头到尾仔细地阅读。她为什么要这么做？因为她太好奇了，在不知道结尾的情况下，她很难静下

心来阅读。如果你们也有这个坏习惯的话，请你们改掉，好吗？

请想一想，如果你们在圣诞节之前就去妈妈的衣柜里翻找礼物，会造成什么后果呢？一方面，你们会一直担心父母发现这一捣蛋行为，在这种情况下，担忧和恐惧冲淡了节日的欢欣；另一方面，到圣诞节当天，你们会失去惊喜带来的快乐，因为你们已经知道自己会得到什么礼物了。这不是很遗憾吗？而且你们必须装作很惊讶的样子，但是你们的演技可演不来那种自然表现出的惊喜。就这样，你们毁了全家的圣诞惊喜。

所以，孩子们，请学会等待吧，别让好奇心害死猫。

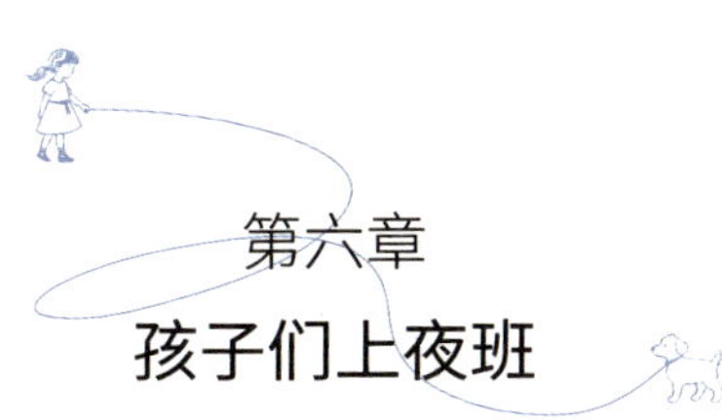

第六章
孩子们上夜班

你们知道魏登达姆桥吗？你们能想象出桥上的霓虹灯在夜幕下闪闪发光的场景吗？滑稽剧院和艾迪宫殿门楼上的霓虹灯五光十色。对面楼顶上的洗涤剂广告在成百上千只小灯泡的映照下熠熠生辉。这组广告的画面是这样的：水蒸气从一个巨大的水壶里蒸腾起来，变成了一件雪白的衬衫。广告牌的后面，柏林大剧院楼顶的彩灯也闪烁着光芒。

公共汽车一辆接一辆地从桥头驶过，它们的背后是弗里德里希火车站。高架铁路穿过城市，车窗里灯火通明，列车像一条闪着光的蛇，从夜色中迅速滑过。天空在各色彩灯的辉映下闪烁着粉色的光。

柏林很美，尤其是在这里——夜幕降临时分，被

五光十色的霓虹灯映照着的魏登达姆桥。一辆辆汽车沿着弗里德里希大街行驶，路灯和车灯交相辉映。街上的行人来来往往。不远处火车的鸣笛声、公共汽车嘎嘎的响声、汽车的喇叭声和人们的说笑声交织在一起，这就是日常的生活。

此刻，魏登达姆桥上站着一个戴着墨镜的瘦高女人，她挎着一个包，手里拿着几盒火柴。她身旁是一个穿着破烂衣服的小女孩。“火柴，卖火柴咯，先生们，买一根火柴吧！”小女孩用颤抖的声音喊道。很多人来了，很多人走过。孩子继续用她那可怜的声音喊道：“关照关照我们穷人吧！”这时，一个胖子走了过来，把手伸进了口袋。

“我的妈妈还很年轻，眼睛却瞎了。买些火柴吧！三盒只要 25 芬尼。”小女孩颠三倒四地说。胖子给了她 1 马克。小女孩接过去，继续说道：“亲爱的女士，愿上帝保佑您！”话音刚落，她身旁的瘦高女人就推了她一下，怒气冲冲地说道：“你这个笨蛋，这不是女士，这是先生！”

“你到底是不是瞎子？”小女孩委屈地喊道。但随后她又弯下腰，用颤抖的声音喊道：“火柴，卖火柴咯，先生们，买一根火柴吧！”这时，一位老太太给了她 1 马克，并朝她友善地点点头。

“生意还真不错！”小不点低声说，“我们才卖出五盒火柴，却拿到了 2 马克 30 芬尼。”她继续喊道：“可怜可怜我们穷人吧！一盒只要 10 芬尼！”突然，小不点高兴地跳了起来，朝不远处挥手致意。“看！安东来了！”她说。但随后，她又意识到自己的身份，于是立刻佝偻着背，装作可怜的样子。“谢谢，谢谢大家。”她对路过的行人说着。就这样，钱在一点点增加。小不点把赚得的硬币扔进安达特小姐的包里，那些硬币和包里的其他硬币碰撞在一起，叮当作响。“你要把所有的钱都给你的未婚夫吗？他一定会感谢你的。”小不点问道。

“闭嘴。”安达特小姐命令道。

“可是，这就是事实呀！”小不点说，“不然，我们为什么每天都要来这儿呢？”

“别说了！”

“火柴，卖火柴咯，先生们！”这时，又有行人经过，小不点立刻开始叫卖。她暗想：我们应该给安东一点钱，他那边的行人太少了。突然，小不点叫了一声，就像是有人踢了她一脚。“是他！戈特弗里德来了。”

安东站在桥的另一边。他的脖子上挂着一个打开的小手提箱，每当有人经过，他就开始叫卖：“卖棕色

和黑色的鞋带！还有火柴！”他完全不会叫卖，他不知道要哀求行人，因为人们总会因为同情别人而乖乖掏腰包。安东家已经没有一分钱了，但他已经答应了房东，后天就要交付5马克的房租，他明天还准备去买黄油和半斤香肠。

“你现在应该躺在床上睡觉，而不是在这里叫卖！”一位路过的先生这么说。

安东瞪着他，低声说：“我就喜欢在这里叫卖。”

那位先生有些不好意思地说：“好吧，请别生气。”他从口袋里掏出50芬尼，递给安东。

“非常感谢您，先生。”安东说着，递给那位先生两副鞋带。

“我穿皮靴，不用鞋带。”先生说道，拉下帽子，快步离开了。

安东很高兴，他看了一眼桥对面的小不点。不对，那不是戈特弗里德吗？安东砰的一声合上手提箱，跑了过去。这时，戈特弗里德正站在小不点和安达特小姐面前，用他那副讨厌的嘴脸打量着她们。小不点朝

戈特弗里德做了个鬼脸，安达特小姐却紧张得浑身发抖。安东狠狠地踢了戈特弗里德一脚。戈特弗里德生气地转过身，看到来人是安东，他想起了下午的两个耳光，立刻跑得远远的了。

“终于摆脱他了。”小不点说着，拉起安东的手。

“我们去自助餐厅吧，请安东吃饭。”安达特小姐说道。

“太好了！”小不点说着，带着安东往前走。

安达特小姐叫住小不点：“你得给我引路！要是我戴着盲人墨镜跑过去，路人会怎么想？”于是，小不点拉住了安达特小姐的手，带着她走下桥，沿着弗里德里希大街，朝奥拉宁堡门走去。

“你挣了多少钱？”小不点问安东。

“95 芬尼。”安东难过地说，“多亏了一位先生给我 50 芬尼，否则我根本赚不了这么多。”正说着，小不点一边往安东的手里塞了什么东西，一边神秘地低声说：“拿好。”

“怎么了？”安达特小姐怀疑地问道。

“你怎么这么好奇呢？”小不点说，“我可没对你在纸上画的东西刨根问底。”

安达特小姐像被雷劈了一样，立刻闭上了嘴。

他们又走了一段路，街上的行人已经很少了。安

达特小姐摘下墨镜，放开了小不点的手。她们拐了几个弯以后，终于到达了目的地。

思考题：关于贫困

大约150年前，巴黎的穷人冲进了法国国王和王后居住的凡尔赛宫。那是一场示威游行。穷人站在城堡前喊道："我们没有面包！我们没有面包！"

"太可怕了。"玛丽·安托瓦内特王后站在窗前，问一位高级军官，"他们想要什么？"

"陛下。"军官回答道，"他们想要面包，他们实在太饿了。"

王后惊讶地摇摇头："没有面包，那就吃蛋糕呀！"

你们可不要觉得王后是在取笑穷人。她这样说，完全是因为她不知道什么是贫穷。所以她才觉得，既然没有面包，那就吃蛋糕呀。她不了解她的人民，不了解贫穷。因此一年后，国家暴动，她也被斩首了。

有些人说，如果富人在孩提时代就知道贫穷有多糟糕，贫穷会更容易被消除；如果让这些富人家的小孩立下志愿，将来继承父辈的银行、庄园和工厂，工人们会过得更好，而那些工人就是他们儿时的玩伴——

你认为这可能吗？

你认为这个美好的愿望能实现吗？

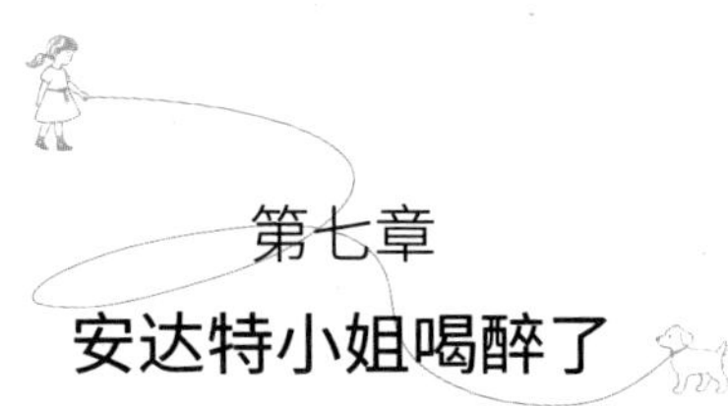

第七章
安达特小姐喝醉了

这家酒馆经常会有一些奇奇怪怪的人，有时还会有一些醉鬼。小不点觉得这些人很有意思，所以她特别喜欢来这里。

安东打了个哈欠，疲倦地眯起眼睛。“太可怕了。”他说，“我今天在计算课上睡着了，差点从凳子上掉下来。布雷姆瑟先生严厉地批评了我，说我应该感到羞愧，因为我最近的功课很差劲。他还说，如果我的情况没有好转，他一定会写信告诉我妈妈。”

“哦，你这个笨蛋。”小不点说，“难道他不知道你妈妈病了，你必须天天做饭、赚钱养家吗？”

“他怎么会知道？”安东好奇地问道。

“你得告诉他呀！”

“我宁愿咬掉舌头，也不告诉他！”

小不点不理解安东的想法，她耸耸肩，然后转向站在墙角的安达特小姐，说：“你不是说要请我们用餐吗？”安达特小姐缩了缩脖子，回过神来，问道：“你们想喝点什么？”

“我要橙汁加鲜奶油。”小不点说道，安东也点了点头。于是，安达特小姐起身走向果汁机。

“你刚才给我的钱是从哪里来的？”安东问。

“安达特小姐会把我们赚的钱给她的未婚夫，我只是偷偷留下了一点。你就拿着吧！”小不点说道，“小心点，安达特小姐肯定要喝酒了，她嗜酒如命。而且我要告诉你，她今天在自己的房间里用铅笔画正方形，一个正方形里写着‘客厅’，另一个正方形里写着‘书房’，其他的我就没看到了。”

“这是房间的图纸吧？”安东说。

小不点用手拍了拍自己的额头，恍然大悟：“我真笨，我怎么就没想到呢？但是，她为什么要画房间的图纸呢？”安东也没法回答这个问题了。

这时候，安达特小姐拿着餐盘回来了。除了果汁，她还给孩子们带了些橘子，她自己则点了一杯白兰地。“我们至少赚了 3 马克。”她说，“但包里只有 80 芬尼。这是为什么呢？”

“也许你的包有个洞。”小不点说。

安达特小姐立刻检查了自己的包，然后说：“不，包里没有洞。”

“那可真奇怪。”小不点叹了口气，继续说，“可能有人偷了我们的钱。”

安达特小姐一言不发地喝光了杯子里的酒，又去点了一杯杜松子酒。“我们在桥上叫卖了几个小时，她一晚上就把赚来的钱喝光了。”小不点对安东抱怨道。

安东说：“你应该待在家里的。要是你爸爸妈妈知道了这件事，后果就严重了！”

“难道是我选的保姆吗？”小不点回答道。

安东拿起旁边桌子上的一张餐巾纸，包起几瓣橘子，放进了他自己的小手提箱里。小不点疑惑地看着他，他尴尬地解释道：“这是带给我妈妈的。”

这时，小不点突然在自己的口袋里翻找起来，大喊道：“我找到了！你看！”

安东凑近看。“是一颗牙齿。”他说，“你掉的吗？”

“这问题可真蠢。”小不点不耐烦地说，“你想要吗？”

安东对她的牙齿可不感兴趣，小不点只好把牙放了回去。这时，安达特小姐走了过来，她有些醉了，准备带孩子们回家。于是，三个人一起走到魏登达姆桥，准备告别。

“你的班主任叫布雷姆瑟吗？”小不点问道。

安东点点头。“我明天下午再来找你。”小不点说。安东高兴地握了握她的手，向安达特小姐鞠了一躬，然后跑开了。

小不点和安达特小姐顺利地回了家。波格夫妇还在总领事的晚宴上。小不点刚躺上床，便立刻进入了梦乡。小狗皮克被吵醒了，它轻声地呜咽了一会儿，又睡着了。安达特小姐回到自己的房间，把那两件破旧的衣服锁进衣柜里，也上床休息了。

另一边，安东也回到了家，但他还不能立刻睡觉。他悄悄地经过妈妈的房间，穿过走廊，打开厨房的灯，把他的小手提箱藏起来。然后他坐在桌旁，双手撑着头，打了个大大的哈欠，动作夸张到下巴都快脱臼了似的。最后，他从口袋里掏出一本蓝色的八度音阶笔记本和一支铅笔，他翻开本子，纸上一边写着“开支”，一边写着“收入”。他把口袋里的硬币全倒在桌子上，认真地数了起来。一共是 3 马克 15 芬尼。他想：要不是小不点和那位好心的先生，我今晚的收入就只有 45 芬尼了。他一边想着，一边把当天的收入记在了笔记本上。

现在，加上用来存钱的墨盒里的钱，安东一共有

5 马克 60 芬尼，而房租只要 5 马克，也就是说，安东还可以买 60 芬尼的食物。他看了一眼储藏室，里面还有一些土豆，砧板上放着一片薄薄的培根。如果把培根放在锅里擦一擦，说不定还能做一些炸土豆呢！他原本想买半斤香肠，但是钱肯定不够了。老实说，他真的很想吃香肠！安东把带回家的几瓣橘子放在盘子里，然后脱掉鞋子，关上灯，偷偷溜出了厨房。他路过妈妈的卧室时，把耳朵贴在门上，听见了妈妈平稳的呼吸声，间或传来轻微的鼾声。妈妈睡着了，看样子，还睡得挺安稳呢！安东心满意足地笑了。他溜进了客厅，摸黑脱下衣服，挂在椅子上，最后爬上沙发，盖好了被子。

门锁好了吗？煤气关了吗？安东不安地想着，在沙发上翻来覆去。最后，他站了起来，准备再检查一遍。一切正常。于是他放心地睡下了。

今天他做完了算术题，也为明天的听写小测验做了复习，希望布雷姆瑟先生不要告诉妈妈他在学校的表现，不然妈妈就会发现他晚上出去卖鞋带了。鞋带还剩多少？棕色的大概不够了，毕竟比起纯黑的鞋子，大家更喜欢棕色鞋子，当然，也有可能是棕色鞋带更容易断。安东翻了个身，祈祷着妈妈早日康复，终于进入了梦乡。

思考题：关于生活的严肃性

我前几天去了罗斯托克的集市。那条大街上摆满了小摊，不远处的河边还有一个旋转木马，供儿童游玩。街上人来人往，热闹非凡，我在一个糖果摊买了10芬尼的土耳其糖，味道很不错。

这时，一个男孩和他的妈妈走了过来，男孩拉着妈妈的袖子说："我还要一个胡椒饼！"但是他手上还有五个胡椒饼。男孩的妈妈无动于衷。男孩着急地跺着脚，喊道："我还要一个胡椒饼！"

"你已经有五个了。"男孩的妈妈说，"你要知道，这个世界上还有很多穷人家的孩子，他们连一个胡椒饼都没有呢！"

你们知道男孩回答了什么吗？他生气地喊道："穷人家的孩子和我有什么关系？"我惊呆了，差点把糖连着糖纸一起吞下去。孩

子们，你们相信这个男孩竟然说出了这样的话吗？

这个男孩出生在一个富裕的家庭，他没有同情心，他不但不愿意把自己已经有的五个胡椒饼分给穷人家的孩子，让他们开心一会儿，还要说风凉话："穷人家的孩子和我有什么关系？"

孩子们，生活是严肃的，人生是艰难的。如果生活得好的人不愿意帮助那些生活得不好的人，我们生活的世界就会变得更加糟糕。

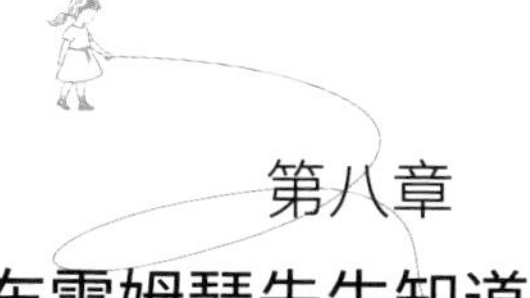

第八章
布雷姆瑟先生知道了真相

每到星期五，小不点总是提前一个小时放学。波格先生在这个时间不需要用车，所以他会派司机来接小不点回家。小不点很喜欢坐车。

今天，小不点和同学们走出校门时，司机先生已经在等她了，他朝小不点抬了抬帽子，打开了车门。小不点跑向他，热情地和他握手。“您好，霍拉克先生。”她说。其他小女孩也高兴极了，因为每次小不点家派车来接时，她们都可以一起坐车，只要她们能挤进去。但是今天可不一样，小不点转过身，抱歉地对同学们说：“对不起大家，今天我只能一个人坐车了。”看到同学们失落的样子，小不点解释道：“我要去办一件重要的事情，人太多的话会妨碍到我。”小不点独

自坐上了车，告诉霍拉克先生一个地址。然后车就开走了。

几分钟后，车停在一幢大楼前。这也是一所学校！

“亲爱的霍拉克先生，”小不点说，“请您在这里等我一会儿。”霍拉克先生点点头，小不点快步走上台阶。现在是课间休息时间。她走到二楼，遇见一个男孩，向他询问老师办公室的位置。男孩带她去了办公室，小不点敲了敲门，但没有人开门，她又用力地敲了一次，这次门开了。

一位身材高大的年轻绅士站在她面前，吃着三明治。

“好吃吗？”小不点问道。

他笑了：“你是来做什么的？”

“我来找布雷姆瑟先生，我得和他谈谈。”小不点说。

这位老师嚼着三明治，说道：“好吧，请进。”

小不点跟着他，走进了一个很大的房间，房间里坐着很多老师。看到这个场面，小不点的心怦怦直跳。这位老师把小不点领到一个年纪挺大的老师面前，他胖胖的，头也有点秃了。“布雷姆瑟先生。”那位老师说道，“容我向您介绍波格小姐，她是专程来找您的。”说完，他就离开了。

布雷姆瑟先生问：“你是来找我的？”

小不点说:“是的。您认识安东吗?”

“他是我的学生。”布雷姆瑟先生一边说,一边望向窗外。

“那就对了。”小不点满意地说。

“安东怎么了?”布雷姆瑟先生有点好奇了。

“他告诉我,他在算术课上睡着了。您还说他的功课做得很不好。”

布雷姆瑟先生点点头说:“是这样的。”

与此同时,其他几位老师也走了过来,他们想听听发生了什么事。

“不好意思,先生们。”小不点说道,“可以请你们回到自己的座位上吗?我想和布雷姆瑟先生私下交谈。”

老师们纷纷笑着坐回椅子上。但他们不再说话了,而是竖起耳朵,听着这边的动静。

“我是安东的朋友。”小不点说,“他告诉我,如果他的状况没有改变,您就会给他的妈妈写信。”

“没错,今天上地理课的时候,他甚至从口袋里掏出一本八度音阶的笔记本,开始写写画画。我今天就准备给他的妈妈写信。”

小不点对布雷姆瑟先生的秃头很感兴趣,她想知道那颗光溜溜的头上能不能映出她的影子。但是她必须先解决安东的事情。“先生,请您听我说。”她说,

“可以请你们回到自己的座位上吗？
我想和布雷姆瑟先生私下交谈。”

“安东的妈妈病得很重，前段时间一直在住院，做了手术，取出了身体里的肿瘤。现在她不能工作，已经在床上休养了几个星期。您知道这件事吗？”

“我完全不知道。”布雷姆瑟先生说。

“她一动不动地躺在床上，家里总要有人做饭吧！您知道是谁在做饭吗？是安东。他会做咸土豆、炒鸡蛋之类的菜，非常好吃！”

“这我也不知道。”布雷姆瑟先生说。

“这个家里还要有人挣钱。您知道是谁在挣钱吗？也是安东。这您当然也不知道。”小不点生气地说，“请问您知道什么呢？”

其他老师都笑了。布雷姆瑟先生脸红了，他的秃顶也变红了。“他是怎么挣钱的？”他问。

“这我可不能说。”小不点说，“我只能告诉您，这个可怜的男孩日日夜夜都在努力工作。他爱他的妈妈，想帮妈妈承担生活的重担，所以他学着做饭，努力赚钱来买食物、付房租，他连理发都要分期付款。所以他在课上睡着，我一点也不惊讶。”布雷姆瑟先生默不作声，其他老师也都在安静地听着。小不点继续说：“结果，您却要给他的妈妈写信，说他是一个很懒惰的男孩！这位可怜的女士可能会受到惊吓，又生一场大病。说不定她还会再长几个肿瘤，不得不再去一次医

院！而且我敢打赌，安东肯定没法承受更多的打击了，他也会跟着生病的！”

布雷姆瑟先生说：“你冷静一下。可是，他为什么不告诉我呢？”

“问得好。”小不点说，“我也问过他这个问题，您知道他说了什么吗？”

“说了什么？”布雷姆瑟先生问。其他老师也从椅子上站起来，围着他们俩。

“他说，他宁愿咬掉自己的舌头，也不会告诉您真相。”小不点说，“这是他自尊的表现。”

布雷姆瑟先生说：“我明白了，我不会给他妈妈写信的。”

“太好了。”小不点说，“您是个好人！谢谢您！”

布雷姆瑟先生把小不点送到门口，说道：“孩子，我也要感谢你。”

“对了！”小不点说，“千万不要把我来找您的事告诉安东。”

“我不会说一个字。”布雷姆瑟先生握了握小不点的手，保证道。

这时，上课铃响了，课间休息结束了。小不点冲下楼梯，回到车上。霍拉克先生发动汽车，带着小不点回家了。一路上，小不点都在欢快地唱着歌。

思考题：关于友谊

不管你们信不信，我真的很羡慕小不点。要知道，我们并不经常有机会帮助朋友，而像小不点这样能悄悄帮助朋友的机会就更少了！布雷姆瑟先生不会给安东的妈妈写信，也不再批评安东了。安东一开始一定是惊讶的，但紧接着他就高兴起来了。而小不点就会高兴地暗暗拍手叫好，因为她知道，这一切都是她的功劳。

当然，安东不知道这件事。但小不点不需要安东感谢她，因为她只是想帮助自己的朋友，任何其他的附加品都会冲淡由帮助朋友带来的纯粹的快乐。

孩子们，希望你们每个人都能找到这样的好朋友，也希望你们都有帮助朋友的机会。你们会发现，这是一件非常快乐的事情！

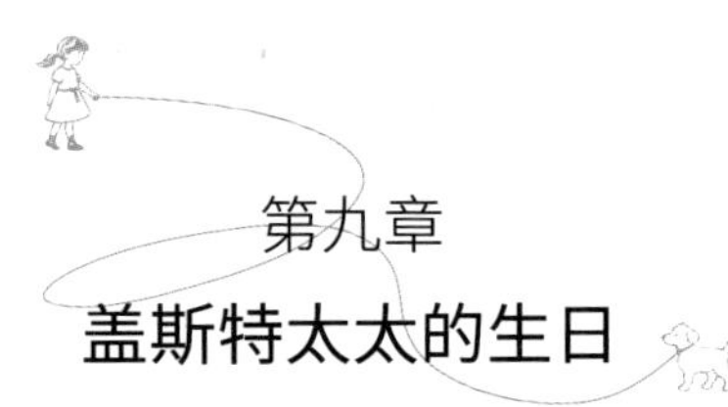

第九章
盖斯特太太的生日

安东站在家门口，一只手在书包里找着钥匙。这时，门从里面打开了，妈妈站在他面前，笑着说:“午安，我的孩子。”

“午安，妈妈。”安东呆呆地回答道。接着，他高兴地拥抱了妈妈，说道:“妈妈，你的身体完全好了吗？”他们走进客厅，安东坐在沙发上，惊讶地看着妈妈迈出的每一步。“走路还有些吃力呢。”妈妈说着，疲惫地坐在他旁边，“你最近在学校里怎么样？”

“理查德在地理课上说，印第安人住在印度。他真是个笨蛋！施密茨掐了普拉曼一下，普拉曼一下子从长凳上站了起来，引得布雷姆瑟先生连连问发生了什么。普拉曼只好说自己身上有一只跳蚤，说不定还有

两只。接着施密茨跳起来喊，他的爸爸妈妈不允许他和身上有跳蚤的男孩坐在一起。我们都笑出眼泪来了。”安东说到这里，忍不住又笑了。但他敏锐地发现妈妈的状态不对，于是他不再笑了，问：“妈妈，你今天是不是不想听这些？”

“没关系，你继续说吧。”她说。

于是，安东靠在沙发上，伸直了双腿，说：“今天最后一节课上，布雷姆瑟先生对我特别友好，我想，如果有时间，我应该去拜访他。”突然，安东想起了什么，说：“天哪！我还得做饭呢！”

妈妈拦住他，指了指桌子，安东看过去，原来桌上已经摆上了盘子和一口热气腾腾的锅。

“是扁豆汤配香肠吗？”安东问道。

妈妈点了点头。母子俩在桌边坐下，开始吃饭。安东吃得很香，在他吃完自己盘子里的食物后，妈妈又给他添了一些，他感激地朝妈妈点了点头。这时他才发现，妈妈盘子里的食物还没有动过。他立刻觉得吃饭都不香了。他搅了搅扁豆汤，又捞出了几片香肠。没有人说话，房间里非常安静。

最后，安东像是受不了了，说道：“妈妈，是不是我有哪里做得不好？我有时的确会忘记……是不是因为钱？其实我也不是一定要吃香肠。”他一边说着，一

边拉住妈妈的手。

妈妈很快地把盘子和锅端进了厨房。回到客厅后，她对安东说："你去写作业吧，我很快就回来。"安东坐在椅子上，困惑地摇了摇头。他做错什么事了吗？外面走廊上的门砰的一声关上了。他打开窗户，坐到窗台上，探出身子朝窗外张望。过了好一段时间，妈妈才出现在他的视野里。她吃力地沿着炮兵大街慢慢走，最后拐了一个弯，彻底消失了。

安东闷闷不乐地回到桌边，从书包里拿出墨水和本子，啃着笔，开始写作业。

不知过了多久，妈妈终于回来了。她手上拿着一小束鲜花，在屋子里找出一只蓝色花瓶，装满水，把花插进花瓶里。接着，她关上窗户，背对着安东，沉默不语。

"这花可真美！"安东说，他两手紧握，几乎不敢喘气，"是报春花吗？"

妈妈像个陌生人一样，冷漠地耸了耸肩，目不转睛地看着窗外。安东想扑到妈妈身边，但他最终只是从椅子上站了起来，用沙哑的声音说道："妈妈，请你说句话吧！"他的声音很小，他觉得妈妈可能根本就没有听见他说话。

妈妈还是没有回头，只是问道："今天几号？"

安东不知道妈妈为什么要问这个，但为了不让妈妈更生气，他立刻跑到挂历前，大声道：“今天是 4 月 9 日。”

“4 月 9 日。”妈妈重复了一遍，然后用手帕捂住了嘴。

这时，安东才想起来，原来今天是妈妈的生日！他忘记了妈妈的生日！

安东惭愧地坐在椅子上，闭上眼睛，恨不得钻到地洞里！原来今天是妈妈的生日！怪不得妈妈强撑着身体起床，做了扁豆汤配香肠，还给自己买了一束花！现在，妈妈像是被全世界抛弃了，孤零零地站在窗前。妈妈肯定不会原谅他了。安东想，要是我能立刻生病就好了，这样的话，妈妈就会坐到床边，温柔地照顾我，我们俩又能和好如初了。安东起身向门口走去，走到门边时，他又转过身来，问道：“妈妈，你想和我说什么吗？”

妈妈没有回答，只是一动不动地靠在窗边。安东走进厨房，坐在炉子旁边，他想哭，却哭不出来，只是心里闷闷的。

安东找出存钱的墨盒，拿出 1 马克，放进口袋里。也许现在做什么都没有意义了。安东想，要不现在出门买点东西吧？把礼物放到信箱里然后离家出走，再

也不回来了！他可以买一块巧克力，和贺卡一起从信箱的缝隙里塞进去。贺卡上就写：悲伤的儿子安东赠。他会在贺卡上签名，就当是留给妈妈的纪念品。

他踮起脚，偷偷溜出厨房，穿过走廊，轻轻打开房门，走了出去，最后把门关上了。

妈妈在窗前站了很长时间，好像要透过窗户看清自己悲惨而阴暗的生活。她的生活中只剩下疾病和忧虑。儿子忘记了她的生日，这对她来说是一件非常残忍的事。随着时间的流逝，就像从前每一个离她而去的东西那样，她终于失去了他。她生命中最后的意义就这样离开了她。她还记得自己做完手术后，是安东支持着她。每当她坚持不下去时，她就想：我必须活下去，如果我现在死了，安东该何去何从呢？然而现在，她的儿子连她的生日都忘了！

终于，她想起了安东。他去哪里了？他应该意识到了自己的问题。他在垂头丧气地离开房间之前不是还在问她："妈妈，你想和我说什么吗？"她本不应该这么严厉，让他担惊受怕的。毕竟，因为她生病的事，安东在过去几个星期非常辛苦。他每天都要去医院看望她，在食堂吃饭，每天晚上只能孤零零地待在家里。她出院后，在床上躺了两个星期，他每天都做饭、打

扫房间。

想到这里，她开始找安东。她走进卧室，安东不在那里；她走进厨房，那里也没有安东的影子；她甚至看了看厕所，也没有找到她的儿子。她打开走廊的灯，看看安东是不是躲在了橱柜后面。

“安东！出来吧，我的孩子！我不生气了，安东！”她一会儿大声呼喊，一会儿又轻声地呼唤。安东不在家，他离家出走了。她不安起来，她焦急地喊着安东的名字，但是他走了。

是的，安东走了！盖斯特太太猛地打开门，奔下楼梯，去寻找她的孩子。

思考题：关于自我控制

孩子们，你们喜欢安东吗？我很喜欢他。但是说实话，我不太喜欢他解决问题的方式——把妈妈留在房间里，自己逃跑。请大家想一想，如果每个做错事的人都想逃跑，

那会怎么样呢？这简直不可想象。我们必须保持理智！

对其他事情也是如此。比如：孩子考得很差，老师给他的爸爸妈妈写告状信；或是孩子不小心打碎了家里的一只昂贵花瓶。你经常能读到这样的标题：《因为害怕惩罚，孩子离家出走，家长四处寻找，不见踪迹》。

孩子们，我们不能这样！如果我们犯了错误，就要勇敢面对。如果害怕惩罚，就要三思而后行。

自我控制是一种优良品质。它的特别之处在于：我们可以通过努力，学会自我控制。亚历山大大帝为了避免做出错误决定，每次决定前，都会从1数到30。这是一个很棒的方法。你们可以向他学习！如果你觉得数到30还不够，可以试试数到60！

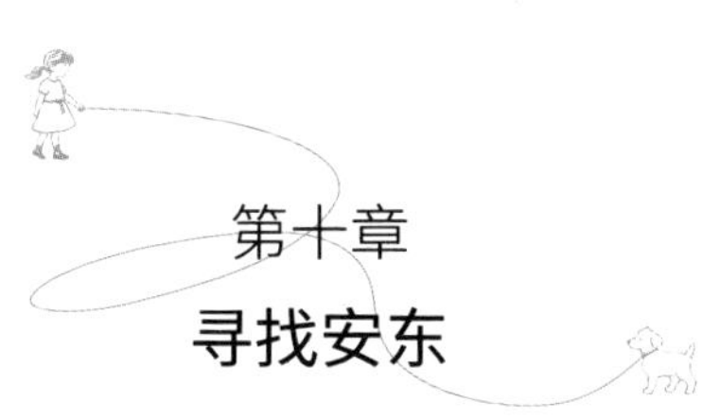

第十章
寻找安东

当盖斯特太太走出大楼时，她听到有人朝她打招呼。“下午好，盖斯特太太。”是牵着小狗皮克的小不点，“您今天气色不错！”实际上，盖斯特太太脸色苍白，而且看上去十分焦虑，但小不点一直记得安东的请求，为了做一个说话算数的女孩，她说了些会让盖斯特太太高兴的话。她一边说，一边提醒自己，别忘了 6 点钟去索莫拉特舞厅找安达特小姐和她的未婚夫。

盖斯特太太和小不点握了握手，然后一言不发地环顾四周，焦灼不安。

“安东呢？”小不点问道。

“他离家出走了。”盖斯特太太低声说，“因为他忘记了我的生日，我有点不高兴。”

“真心地祝您生日快乐！”小不点说。

“谢谢你。”盖斯特太太说，“但是，安东会去哪里呢？”

“别着急。”小不点安慰她，“我们会找到他的。一切都会好起来的。要不我们去商店里打听打听吧？”盖斯特太太像是根本没有听到她说话，还在四处张望。于是，小不点拉起盖斯特太太的手，把她带到隔壁的牛奶店里。她让皮克坐在马路边，并对皮克说：“好皮克，去找安东吧！”但是皮克完全没有听懂，一动不动。

这时，安东正在店里买巧克力。售货员是一位老太太，脖子上长着囊肿。她一脸怀疑地盯着愁眉苦脸的安东。最后，安东买了一块牛奶巧克力，他沮丧地对这位老太太说：“这是生日礼物。”听到这话，老太太似乎变得友善了一些。她用薄纸包好巧克力，然后系上一条淡蓝色的丝带。“谢谢您。”安东说着，付了钱，小心翼翼地把巧克力放进了口袋。接着，他去了一家文具店，挑了一张漂亮的生日贺卡。贺卡上，一个胖胖的花匠一手抱着一个大花盆，正咧着嘴笑。在他的正下方是一排烫金的字：“祝您生日快乐！”

安东忧郁地看着贺卡，半晌，他把贺卡放在写字台上，认真地在贺卡上写着：“亲爱的妈妈，请别生

气！我不是故意忘记的！”落款是：你不孝的儿子。然后，他把贺卡夹在由那条淡蓝色丝带绑成的蓝色蝴蝶结下面，快步跑到街上。他又想到了自己的决定，眼泪上涌，但他忍住了，低着头继续前行。当他走进家所在的大楼时，他害怕起来。他蹑手蹑脚地走上四楼，站在家门前，把礼物塞进信箱。礼物扑通一声掉进了信箱里，他的心怦怦直跳，但房间里一点声音也没有。

安东真想立刻逃跑，跑到一个没有人知道的地方。但他还不能下定决心。他按了一下门铃，迅速跑下楼，气喘吁吁地等着楼里的动静。但是没有人开门。

安东再次回到门口，按响了门铃，再跑回去。依然没有任何动静！安东开始着急了。妈妈怎么了？她出什么事了吗？她是不是被他气得又生病了？她是不是躺在床上不能动了？安东没有带钥匙，于是他用力推门，一边拍打着信箱，发出巨大的响声。他凑到钥匙孔前大喊:“妈妈！妈妈！是我！给我开门！”

没有声音，也没有人来开门。安东跪在门前，绝望地哭了起来。

盖斯特太太和小不点走遍了安东可能去过的商店，问遍了安东可能见过的人，送奶工、面包师、屠夫、售货员、鞋匠、水管工……没有人知道安东去了哪里。

小不点又去问了站在十字路口的交警叔叔。但交警叔叔只是摇了摇头，就继续指挥交通了。小狗皮克不喜欢他那敷衍的态度，不满地叫起来。盖斯特太太正在人行道上等着，着急而迷茫地环顾四周，继续寻找儿子的身影。

“没有一点消息。”小不点说，“不如，我们先回家吧。”

但是盖斯特太太站在原地，没有离开的意思。

“安东也许在地下室。”小不点说。

“地下室？”盖斯特太太问。

“没错。”小不点说。

于是，两人以最快的速度跑过马路，回到大楼。就在盖斯特太太准备打开地下室的门时，楼上传来了哭声。

“是安东！”小不点喊道。

盖斯特太太又笑又哭，飞快地跑上楼梯，小不点几乎跟不上她的脚步了。“安东！”盖斯特太太喊道。

楼上传来安东的喊声：“妈妈！妈妈！”母子俩就像在进行跑步比赛。小不点牵着皮克站在一楼，她不想打扰这样的温馨时刻。

安东和妈妈紧紧地拥抱在一起，他们抚摸着彼此

的背，好像不相信又见面了。他们坐在台阶上，手牵着手，相视而笑。最后，盖斯特太太说：“孩子，我们不能一直坐在这里，要是有人经过……”

“没错，的确有点奇怪。”安东回答道。于是，他们手拉手走到家门前。当妈妈打开家门，要拉着他进客厅时，安东低声对她说：“妈妈，看看信箱。”

妈妈照做了，然后她看到了惊喜礼物，高兴地拍了拍手，喊道：“啊！有礼物！”

“你喜欢吗？”安东搂住妈妈的脖子，祝妈妈生日快乐。

妈妈回到厨房，一边煮咖啡，一边读着儿子写给自己的贺卡，流下了眼泪。当然，这一次是感动而幸福的泪水。

这时，门铃响了。盖斯特太太打开门，马上抱歉地说：“哦，对不起！我都把你忘了！”

“盖斯特太太，再次祝您生日快乐！”小不点说。

安东也走了过来，向她和小狗皮克打招呼。小不点戳了戳安东的鼻子，责备地说道：“我们找你找得好辛苦呀！因为你，我们愁得都要长白头发了！”

盖斯特太太端来了咖啡壶，三个人坐在一起，快乐地喝着生日咖啡。虽然没有蛋糕，但三人毫不在意。皮克呜呜地叫唤着，向盖斯特太太献上了一首小狗祝

寿曲。

喝完咖啡后，盖斯特太太对小不点和安东说："你们可以去散散步，我得上床休息了。今天真是太累了，我得好好睡一觉。"

于是，安东和小不点向盖斯特太太告别，走出了房间。在楼道里，安东对小不点说："我会永远记住这一天的。"

思考题：关于幸福

大人有大人的烦恼，小孩有小孩的烦恼。有时候，小孩的烦恼比大人的烦恼还多。烦恼总是在人们的心里投下一片巨大的阴影，大人和孩子都在这片阴影下生活着。孩子遇到一个问题，走到爸爸的面前，但爸爸咆哮着说："别吵我！我心乱着呢！"于是，孩子只能失望地走开，爸爸又把头埋进报纸里。这时候，妈妈走进房间，问："发生了什么

事？”爸爸和孩子异口同声地说：“没什么。”如果家庭成员长期保持这样的相处方式，我们就很难获得幸福。有时，爸爸和妈妈会吵架，或是像小不点的爸爸妈妈那样，很少待在家里，雇用像安达特这样的保姆，让别人来照顾孩子，那么……

当我写下这些文字的时候，我突然觉得应该让大人也读一读这本书。如果你们家发生了争吵，你们可以翻开这本书，让爸爸妈妈读一读。你们觉得怎么样？至少不会有什么坏处的。

第十一章
波格先生当侦探

波格先生晚上回家时，戈特弗里德·克莱普贝因在门口拦住了他。他对波格先生说：“厂长先生，您衣服后面有脏东西。”于是，波格先生停了下来，戈特弗里德帮他拍了拍外套。但实际上，波格先生的外套非常干净，这只是戈特弗里德的小伎俩。他已经用这种方式赚了不少钱。“掸干净了，先生。”说着，他伸出手，波格先生给了他 1 马克。当他准备进屋时，戈特弗里德挡住大门，说：“如果您给我 10 马克，我可以告诉您一个秘密。”

波格先生有点不耐烦了：“让我进去。”

“这个秘密和您女儿有关。”戈特弗里德一边低声说，一边朝波格先生眨了眨眼。

“到底发生什么了？”

“给我 10 马克，我就告诉您。”戈特弗里德再次伸出手。

“先告诉我，我才会付款。”波格先生说。

“那您先发誓吧。”

“好啊，我发誓。”

“您今晚还出门吗？”

“我和我太太准备去看歌剧。”波格先生说。

“那您先假装去剧院吧。”戈特弗里德说，“然后躲在门外悄悄观察。如果十五分钟后您还没发现不对劲，我就不姓克莱普贝因！”

“我知道了。”波格先生说着，推开戈特弗里德，进了屋。

去剧院之前，波格夫妇像往常一样去了一趟小不点的房间。小不点正躺在床上，听安达特小姐念《阿拉丁与神灯》。

波格太太摇了摇头，说：“这么大了，还让人给你讲童话故事。”

“我就是喜欢听童话故事，它们太有意思了，又刺激又好玩！”小不点说，“听童话故事就是一种享受！”

“这可不是睡前该听的故事。”波格先生说。

“但是爸爸，我就喜欢这些故事呀！”小不点说。

“亲爱的，睡个好觉。”波格太太说。她今天穿着蓝色蕾丝连衣裙，戴着银色小帽，脚踩一双银色平底鞋。

小不点对妈妈说：“雨安！”

“你说什么？”波格太太奇怪地问。

“要下雨了。”小不点说，“我的睡衣告诉我了。”

“已经下雨了。”波格太太说。

“你看，我说对了吧！”小不点说。

波格先生最后问安达特小姐，今晚是否准备出门。安达特小姐回答：“厂长先生，您为什么这么问？”

等到波格夫妇出了门，波格太太坐在车里时，波格先生说：“你先去吧，亲爱的。你先把票给我，我忘了带雪茄。稍后我乘出租车来。”

波格太太奇怪地看了一眼丈夫，给了他一张票。波格先生朝司机挥了挥手。汽车开走了。

波格先生当然没有回家。他可不是那种会忘记带雪茄的人。他走到房子对面的一棵树后。他觉得自己很傻，他竟然被一个懒惰的男孩说服了。他有点后悔自己的所作所为了。但不可否认的是，最近一段时间，波格先生的确觉得有什么地方不对劲。

波格先生等啊等，天上下着淅淅沥沥的小雨。街

上一个人都没有，偶尔有一辆车呼啸而过。波格先生已经不记得自己是否曾经有过同样的时刻——在雨中焦灼地等待未知的场景。他从烟盒里拿出一支雪茄，但他突然想到，天色昏暗，烟头的亮点会暴露自己。于是他把雪茄含在嘴里，没有点燃。如果被熟人看到，他一定会成为别人茶余饭后的谈资——波格厂长晚上站在门外，监视自己的家！

他看向小不点的房间，有光从窗户里透出来。你看，一切都很正常。就在这时，灯灭了！

他到底为什么心烦意乱？小不点可能已经睡着了，安达特小姐关上灯，回了自己的房间。尽管如此，他还是有些担心，他的心怦怦直跳。透过夜色，他紧紧盯着房门。

门开了！波格先生紧紧地咬着嘴唇，身体牢牢地贴着树干，差点把雪茄吞下去。一个女人的身影从半开的门里闪了出来，身后跟着一个孩子。门砰的一声关上了。女人紧张地朝四周张望着，两人像幽灵一样朝街上走去。

波格先生想：也许这是两个陌生人呢？他走到

波格厂长晚上站在门外，监视自己的家！

街道的另一边，悄悄地跟在她们身后。他气喘吁吁，也顾不上自己一会儿踩到了水坑，一会儿撞上了灯柱，甚至吊袜带都松了。女人和孩子完全没察觉到她们被跟踪了。孩子绊了一跤，女人扶了她一把，拉着她继续往前走。走到岔路口时，她们突然停了下来。

波格先生蹑手蹑脚地往前走了几步。前面发生什么事了？他什么也看不见。他担心把那两个人跟丢了，于是睁大眼睛，都不敢眨一眨眼，仿佛只要他垂下眼皮，两人就会从他眼前消失。

那两个人影拐进了另一条街，街上灯火通明。那个女人戴着头巾，由小孩领着，走得很慢，像是生病了。

这条街上人头攒动，波格先生不用担心自己会被发现了，他紧紧地跟着两人，走过弗里德里希大街车站，最后来到魏登达姆桥。她们在桥上停了下来，靠在栏杆上。

雨还在下。

思考题：关于说谎

事实就是，小不点对她的爸爸妈妈说谎了。尽管她本质上是一个善良的小姑娘，但是她说了谎，这是不可原谅的！如果她现在站在我们面前，我们应该问："你为什么要欺骗爸爸妈妈呢？你难道不觉得羞愧吗？"小不点会怎么回答呢？她现在正站在魏登达姆桥上，我们先不要打扰她。但如果她出现在我们面前，她会怎么回答我们的问题呢？

也许小不点会说："安达特小姐才是罪魁祸首。"但这是借口。

没有人能逼迫一个不愿意欺骗别人的人撒谎。你也许会想，也许小不点害怕安达特小姐吧？或者是安达特小姐威胁了小不点？

但如果真是这种情况，小不点就应该告诉她的爸爸："爸爸，安达特小姐想逼我骗你。"这样的话，安达特小姐就会被解雇，她

也对小不点构不成威胁了。

所以，任何借口都没用，这就是事实：小不点撒谎是不对的。希望她能够吸取教训，改正缺点，成为一个好孩子。

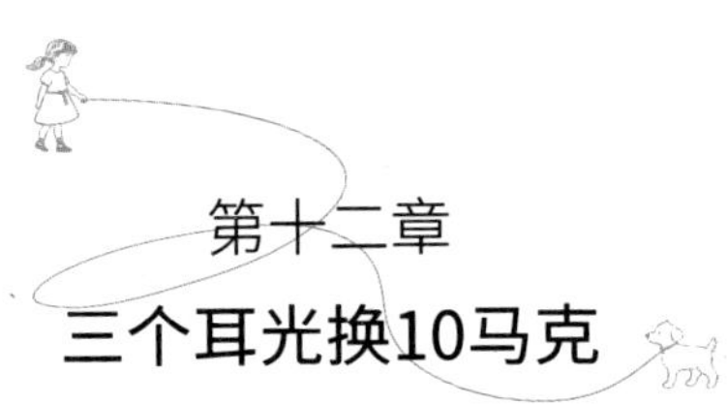

第十二章

三个耳光换10马克

波格先生站在滑稽剧院前的马路上，紧张地望着魏登达姆桥。他看见桥上的那个小女孩向每一个路人伸出手。有一些路人会停下来，给这个小女孩一些钱，小女孩便会朝对方鞠躬，感谢这些慷慨的路人。波格先生不由得想起他在家里看到的场景：小不点站在客厅里，对着墙壁哀求："火柴，卖火柴咯，先生们！"毫无疑问，她是在排练！就为了在桥上乞讨！波格先生打了个寒战。

波格先生又看了看小不点身边那个又瘦又高的女人。尽管她围了一条头巾，戴着墨镜，波格先生还是认出了她。那是安达特小姐。

现在，波格先生的女儿站在桥上。她穿着一件单

薄的旧衣服，没有戴帽子，头发被雨水淋湿了，贴在头皮上。波格先生猛地竖起他的衣领，这时他才发现，自己的手指间还夹着一支雪茄，已经被他捏得不成形了。波格先生愤怒地扔掉雪茄，好像一切都是它的错。这时，一名警察走了过来，让他回到人行道上。

“警察先生。”波格先生说，“你们竟允许孩子在黑夜里乞讨吗？”

警察耸了耸肩，说道：“你是说桥上那两个人吗？有什么办法？除了这个小孩，还有谁能给那个失明的女人带路呢？”

“她瞎了吗？”

“是啊，而且她还那么年轻。她们几乎每天晚上都会来这里乞讨。毕竟，大家都想活下去嘛！”说着，警察发现这位先生紧紧地抓住了他的手臂，他正感到奇怪，便听到这位先生说：“是啊，真是可怜。”

“她们一般在那里乞讨多久？”

“至少两个小时，大概到 10 点吧。”

波格先生走下人行道，恨不得立刻冲过去拆穿她们。但他控制住了自己，向警察道谢。警察点了点头，然后离开了。

突然，戈特弗里德·克莱普贝因出现了，他朝波格先生咧嘴一笑。一边整理着自己的外套，说道：“亲

爱的厂长，我没骗您吧？”

波格先生没理他，专注地看着站在桥上的两个人。

“小不点的朋友在桥那边。”戈特弗里德继续用他那令人厌恶的声音说道，“他叫安东，他也在乞讨。说真的，他早就该进救济院了。”

波格先生依然没理他，只是朝安东的方向看了一眼。小不点竟然和乞丐做朋友？为什么小不点和安达特小姐要在桥上卖火柴呢？这到底是怎么回事？她们就这么需要钱？波格先生完全无法理解自己看到的一切。

“现在您该付钱了。”戈特弗里德拍了拍波格先生，说道。波格先生掏出钱包，抽出一张 10 马克的纸币，递给了男孩。

“您先别把钱包收起来。”戈特弗里德说，“如果您再给我 10 马克，我就不把今天的事说出去。否则，明天这件事就会见报，到时候可就尴尬了。”

波格先生终于失去耐心了。他给了戈特弗里德一个响亮的耳光。几个路人停下来，想阻止波格先生。但戈特弗里德拔腿就跑，好像他的确该挨这一耳光似的。为了这件事，他已经挨了三次打了。三个耳光换 10 马克，他知足了。现在，他决定花掉这笔钱，不过得省着点。

波格先生再也无法忍受女儿的处境了。他是不是该过去把小不点带回家？这时，他想到一个好主意。他招手叫了一辆出租车。

“去剧院！”他对司机说。他到底要干什么？

安东今晚的生意不太好，一方面是因为他今天有点懒懒的，另一方面是因为今天天气不好，路上行人都匆匆忙忙地往家里赶。不过，安东的心情还不错，因为他和妈妈和好了。

突然，他打了个寒战，他看见了安达特小姐的未婚夫——魔鬼罗伯特。罗伯特穿着雨衣，帽子斜戴在头上，从安东身边走过。安东合上手提箱，悄悄地跟在罗伯特身后。

罗伯特走下桥，穿过街道，回到桥的另一边，慢慢朝小不点和安达特小姐走过去。他靠在栏杆上，朝安达特小姐发了个信号。安达特小姐接收到信号，像是被吓坏了。小不点完全没注意到发生了什么，继续向路人兜售火柴。

安东站在距离他们只有几米远的地方，紧紧地靠着栏杆，监视着罗伯特和安达特小姐。罗伯特推了一下安达特小姐，安达特小姐却摇了摇头。罗伯特抓住她的胳膊，一手伸进她的挎包，翻了翻，掏出了一个

亮晶晶的东西。安东定睛一看，那是一串钥匙。

钥匙？罗伯特要安达特小姐的钥匙做什么？

这时，罗伯特转过身。为了不让他发现，安东紧紧靠在栏杆上，装作朝河里吐唾沫的样子。罗伯特飞快地从他身后走了过去。

安东没有拖延。他跑到一家餐馆，向服务生要了电话簿，找到了“波格”这个姓氏。

然后他从口袋里掏出一枚硬币，冲进了电话亭。

思考题：关于坏孩子

毫无疑问，戈特弗里德·克莱普贝因是个坏孩子。虽然我们不愿意承认，但孩子们中间的确会出现这样的人。我们可以通过孩子们的一些表现识别他们的人品。比如，一个孩子十分懒惰，面对别人的不幸反而幸灾乐祸，阴险、贪婪、撒谎成性，那么这个孩子百分之百是一个坏孩子。而且，想把一个

坏孩子改造成正派人士是非常困难的。因为如果一个人想要变得正派，他必须加倍努力才行。

你们知道有一种可以自由伸缩的望远镜吗？在正常状态下，它可以收缩为非常便于携带的长度。但是，当你们把这种望远镜拉开时，它就会变得很长。孩子们就像这种望远镜，品格一旦形成，就会伴随他们一生。一个人从小时候就不具备的品质，即使长大了，也很难通过其他方法获得。

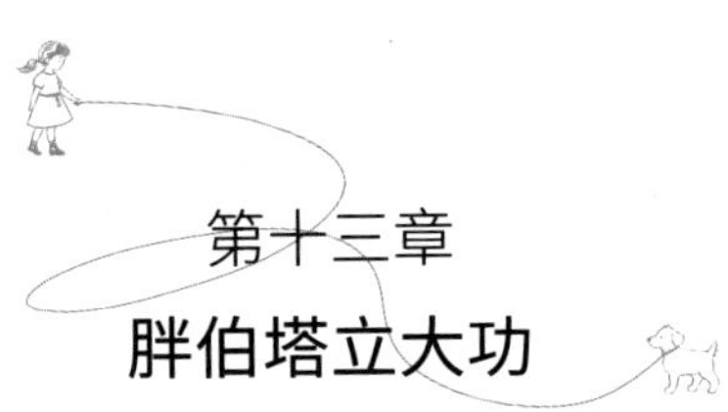

第十三章
胖伯塔立大功

胖伯塔坐在厨房里，一边吃香肠三明治，一边喝咖啡。她今天休假，出门和朋友散了一会儿步，中途下雨便提前回来了。这该死的天气毁了她的假期！只有美食能平复她心中的愤怒。于是，她边往嘴里塞着吃的，边翻看着手里的杂志。

突然，电话铃响了。“又来了！”她喃喃道，拖着脚步走过去接电话，“这里是波格家。”

电话那头是一个孩子的声音：“我能和波格厂长说话吗？”

“他不在家。”胖伯塔说，“波格夫妇都去剧院了。”

“太不凑巧了。”孩子说。

“发生什么了？”胖伯塔问道。

“您是谁？”孩子问道。

“我是波格家的佣人。”

“哦！原来是胖女仆伯塔呀！”孩子喊道。

“我可不胖！请叫我伯塔！”胖伯塔生气地说，“你是谁？”

“我是小不点的朋友。”孩子说。

“所以，你是打电话来让我帮你问问小不点愿不愿意大晚上出去和你踢球吗？”胖伯塔挖苦道。

“您在胡说些什么呀！”孩子说，“安达特小姐的未婚夫很快就要到波格家了。”

“你骗不了我！”胖伯塔说，“安达特早就睡下了。”

“您搞错了。”孩子说，“这个房子里只剩您一个人了。”

胖伯塔看了看电话听筒，好像怀疑自己听错了。“什么？”她说，“你说小不点和安达特不在家？”

“不在。”孩子喊道，“具体情况改天再说吧。我现在要告诉您的是，这个房子里只有您一个人，而安达特小姐的未婚夫罗伯特拿到了房子的钥匙，已经往波格家赶了，很快就到。而且他还知道波格家的布局。”

“真有意思。”胖伯塔说，“那我能做些什么呢？”

孩子喊道：“立刻报警！再找一把铲子或别的什么东西。他一进来，您就拿着武器狠狠地敲他的脑袋。”

“你真是站着说话不腰疼！”胖伯塔喊道。

“我得挂电话了！您多保重！快去找一把铲子，记得报警！”孩子说完就挂了电话。

胖伯塔被吓坏了，她摇头晃脑，牙齿直打战。她用力敲着小不点和安达特小姐的房门，里面静悄悄的。她们果然不在家！只有小狗皮克坐在小不点的门前，朝她叫了一声，然后爬起来，走到她的脚边。胖伯塔振作起来，打电话报警。

“好的。”警察说，“我派人过来。”

接着，胖伯塔开始在家里寻找能用来打人的东西。“那男孩叫我拿一把铲子。”她对小狗皮克说，“但我们哪有铲子呢？”最后，她在小不点的房间里找到了两根日常用来锻炼身体的木棍。她拿起一根木棍，关掉了走廊里的灯，躲在走廊的门背后。

“我们得留着厨房的灯。”胖伯塔对小狗皮克说，“否则我可不知道那个暴徒在哪儿。”皮克趴在她的脚边，耐心地等待着。它还不知道接下来会发生什么，天真地玩着自己的尾巴，并从喉咙里发出咕噜咕噜的响声。

“闭嘴，皮克！”胖伯塔低声说道。皮克不喜欢这种语气，但它忍了下来。胖伯塔拿来一把椅子，在门背后坐了下来。她真是太累了。话说回来，小不点和

安达特小姐去哪里了？真烦人，她们怎么都不和她说一声？

这时，有人走上楼梯。胖伯塔站了起来，拿起棍子，屏住呼吸。那人走到门口。皮克直起身子，像一只奓毛的猫似的弓起背，竖起耳朵。

那人掏出钥匙，插进锁眼里，拧开了门。他走进了昏暗的走廊。就在这时，胖伯塔举起手里的木棍，朝那个男人的头上猛地敲了一下。那人跌跌撞撞地摔了个跟头。

“好了，解决了。”胖伯塔一边对皮克说着，一边打开了灯。一个穿着雨衣、戴着帽子的男人躺在地上。皮克闻出来了，那是安达特小姐的未婚夫。尽管已经错失最佳时机，但它还是勇敢地朝他的小腿上咬了一口。那个男人没有反应，一动不动地躺在地上。

“希望警察能快点来。”胖伯塔坐在椅子上，手里拿着木棍。“我们应该把他绑起来。”她对皮克说，“快去厨房拿一根晾衣绳。”皮克对她呜咽了几声，没有动。就这样，胖伯塔和小狗皮克一起坐在这个小偷面前，一边等着警察，一边担心这个男人恢复知觉。

天啊！那个男人睁开了眼睛，坐了起来。他的目光逐渐清明。

“真不好意思。”胖伯塔抱歉地说了一句，又朝他

胖伯塔举起手里的木棍，朝那个男人的头上猛地敲了一下。

头上挥了一棒。男人又倒下了。

“警察怎么还不来！”胖伯塔不耐烦地骂道。就在这时，警察来了。

一共来了三名警察，他们看到案发现场，不由得哈哈大笑。

“有什么好笑的？”胖伯塔喊道，“你们赶紧把他绑起来，不然他又要醒了。”于是，警察给他戴上了手铐，在他的口袋里搜到了波格家的钥匙、房屋布局图、一串万能钥匙和一把左轮手枪。

警察把这些东西收了起来。胖伯塔端着三杯咖啡，从厨房里走了出来。她让警察们等波格夫妇回来后再

离开。小不点和安达特小姐都失踪了，谁知道今晚还会发生什么。

“好吧，但我们只能再等几分钟。”警察说道。

他们一边喝咖啡，一边开始聊天。皮克则看守着那个被铐起来的小偷，顺便嗅了嗅他的鞋底。

思考题：关于巧合

如果那天晚上没有下雨，胖伯塔会晚些时候回家。如果胖伯塔晚一点回家，小偷罗伯特就可以肆无忌惮地在波格家偷东西了。不过，胖伯塔刚好在家，小偷失败了。这是一个巧合。

由此延伸开来，如果伽伐尼没有碰巧看到挂着的青蛙腿在抽搐，在很长一段时间里，“动物电”就不会被发现。

如果拿破仑不是在1813年10月18日那天精疲力尽，他也许能赢得莱比锡战役的

胜利。人类历史将被改写。

有人将巧合称为命运。他们说："拿破仑命中注定在那一天去世，否则，他怎么会那么巧合地突然胃痛呢？"

对于这个问题，人们的观点见仁见智。就像我母亲说的："萝卜白菜，各有所爱。"

第十四章

秘密败露

波格先生在剧院前下了车，付了钱，跑进了剧院。波格太太坐在包厢里，眯着眼睛，听着美妙动听的歌剧《波希米亚人》。一位著名的男高音正在演唱鲁道夫的部分。包厢的票价可是非常昂贵的，都足够安东和他的妈妈生活半个月了。

波格先生快步走进包厢，波格太太惊讶地睁大眼睛看着他。他从椅子后面抓住她的肩膀，说：“快跟我出来！”波格太太被抓疼了，生气地看向丈夫。只见丈夫在灯光没有照到的暗影中，高高地竖起衣领，外套都被淋湿了。

波格先生一向对她言听计从，所以她从来都没有怕过他。但现在，看到丈夫的样子，她可真有点害怕

了。“你这是在做什么呀？”她问。

“马上给我出来！”波格先生命令道，并把还在犹豫的妻子从椅子上拉起来，拖出了包厢。波格太太感到不可思议，但不敢再反驳了。她跟着丈夫跑下了楼梯，从衣帽间取出了外套和帽子，在穿衣镜前整理仪容。波格先生着急地跺着脚，等妻子终于穿戴完毕，拉着她走出剧院。因为司机霍拉克先生预定在演出结束时来接他们，所以他们只能打车。波格先生紧紧地牵着妻子的手，两人跌跌撞撞地跨过马路对面的水坑，在拐角叫了一辆车。他们坐了进去，波格先生报了地址，车开动了。波格太太非常紧张，就连发现波格先生坐在了她的丝绸连衣裙上都一声不吭。

汽车开得很快。波格先生心不在焉地坐在妻子的身边。

“我的银色鞋子脏了。”波格太太喃喃地说，“鞋套也忘了拿。”

波格先生没有回答，直直地看着前方。安达特小姐怎么能在夜晚带着小不点出去乞讨呢？还让她穿着那么破旧的衣服！而她自己扮成盲人！她是不是疯了？“这个疯女人！”波格先生说。

“你说谁？”波格太太问。

波格先生又不说话了。

“到底发生什么了？”波格太太不解地问，“你不让我在剧院里欣赏动听的歌剧，却把我拉来淋雨！今晚的票可贵了！”

“闭嘴！”波格先生喊道。汽车停在了滑稽剧院门前。他们下了车，波格太太绝望地发现，自己的鞋子真的报废了。她怎么就忘了拿鞋套呢？

“看那边！”波格先生指着魏登达姆桥，低声说道。

波格太太看过去，她只看到了公共汽车、自行车、警察、一个带着孩子的乞丐、一个拿着雨伞的报贩，还有一辆五个座位的小轿车。她耸了耸肩。

波格先生抓住她的胳膊，小心翼翼地领着她向桥边走去。“好好看看那个乞丐和孩子！”他低声命令道。

波格太太看着那个小女孩，只见她朝路人兜售火柴，伸出双手接过他们递来的钱，然后鞠躬。突然，她大吃一惊，看着丈夫说道：“那是小不点吗？”

他们又走近了一些。“是小不点！”波格太太低声说着。她简直不敢相信自己的眼睛！

“我的妈妈还那么年轻，却已经看不见了！三盒火柴只要 25 芬尼，愿上帝保佑您！亲爱的女士！”孩子说着。

是小不点！波格太太不顾还在下着雨，街道脏兮

分的，朝雨中那个冻得瑟瑟发抖的孩子跑过去，跪在孩子面前，一把将她抱在怀里。“我的孩子！”她大声喊道。

小不点简直吓坏了。真倒霉。妈妈的穿着和自己一点也不搭。路人纷纷驻足，以为这是在拍摄电影。波格先生大步走过来，一把扯下了“瞎眼女人”的墨镜。

“安达特！”波格太太惊讶地喊道。

安达特小姐面如死灰，双手捂着脸，不知该如何是好。这时，一名警察走了过来。

“警察先生！”波格先生喊道，“请逮捕她！她是我们家的保姆，我们不在家的时候，她就带着我们的孩子去乞讨！”警察先生掏出笔记本，报贩在旁边看热闹。

“不要把我关起来！”安达特小姐喊道，“不要把我关起来！”她拨开人群，急急忙忙地往外跑。

波格先生想要追她，但围观的人群挡住了他。

“让她去吧！”一位老人说道。波格太太站起来，用一条蕾丝手帕擦了擦她的丝绸连衣裙，这条裙子也脏得要命。

这时，安东从街对面赶了过来，把手放在小不点的肩膀上。“这是怎么了？”他问。

“她是我们家的保姆，我们不在家的时候，

她就带着我们的孩子去乞讨！”

“我被爸爸妈妈发现了，安达特小姐吓跑了。也许这是件好事。”小不点回答道。

“他们想对你做什么吗？”安东担心地问。

“我也不知道。”小不点耸耸肩说。

“要我帮你吗？”安东问。

“需要的。”小不点说，“你别走，我能安心些。”

波格先生正在和警察先生说着什么。波格太太在一旁擦拭自己昂贵的丝绸连衣裙。围观的人群已经散开了。波格太太抬起头，看到小不点正在和一个陌生男孩说话，马上把小不点拉到了自己身边，说：“到我身边来！你在和那个小乞丐说什么？”

“我是正经人家的孩子。”安东说，“要不是你是我朋友的妈妈，我才不会和你说话呢！”

波格先生注意到这边的动静，也走了过来。

“他是我最好的朋友。”小不点说道，抓住了安东的手，“他叫安东，是个很棒的男孩。”

波格先生好笑地应了一声。

“你太夸张了。”安东谦虚地说，“我没有那么好，但我也不会让人随意羞辱我。”

“我妻子不是故意的。”波格先生解释道。

“希望如此。”小不点自豪地说，一边看着安东，笑了起来，“我们准备回家了，安东，你和我一起吗？”

安东拒绝了，他得回家找他的妈妈。

“那你明天放学后过来吧。”

“好吧。”安东说着，和小不点握了握手，“如果你的爸爸妈妈不介意的话。”

“我同意了。”波格先生点了点头。

安东朝他们微微鞠了一躬，就跑开了。

“他可真不错。”小不点看着安东离开的背影。

波格一家三口拦下一辆出租车，准备回家。小不点坐在爸爸妈妈中间，玩着手里的硬币和火柴盒。

“这到底是怎么回事？”波格先生严厉地问道。

“安达特小姐有一个未婚夫。”小不点解释道，“他总是朝安达特小姐要钱，所以我们只好来这里卖火柴，还赚了不少钱呢。”

“这真是太可怕了！”波格太太喊道。

“为什么可怕？”小不点问道。

波格太太看着她的丈夫，摇摇头说：“这些仆人可真不像话！”

思考题：关于尊重

胖伯塔曾经这样评价她的雇主波格太太：“她从来不尊重她的丈夫，因为他对她太好了。”

会不会有人对一个人太好，好到远远超出限度？我想会有的。有一个词叫作“滥好人”。这个词经常用来形容那些过于善良，以至于让自己处于弱势地位的人。我们不能成为“滥好人”。小孩子最能敏锐地察觉到谁对他们太好，谁又是比较严厉的那个。如果他们做了错事，却没有受到应有的惩罚，他们一开始会非常惊讶。如果父母任由孩子做错事，还不加以管束，父母就会一步步失去孩子的尊重。

尊重他人是非常重要的品质。有些孩子很少做错事，而大多数的孩子则需要外力规束，才知道什么是对、什么是错。他们需要

一个晴雨表，让他们知道：哦！原来这件事是错的，我会因为做了这件事而受到惩罚。

但如果没有人给他们惩罚，甚至还有人在他们做了错事时给他们巧克力，他们就会认为：只要我调皮捣蛋，我就能拿到巧克力。

孩子必须学会尊重别人，这样才能变成好孩子。

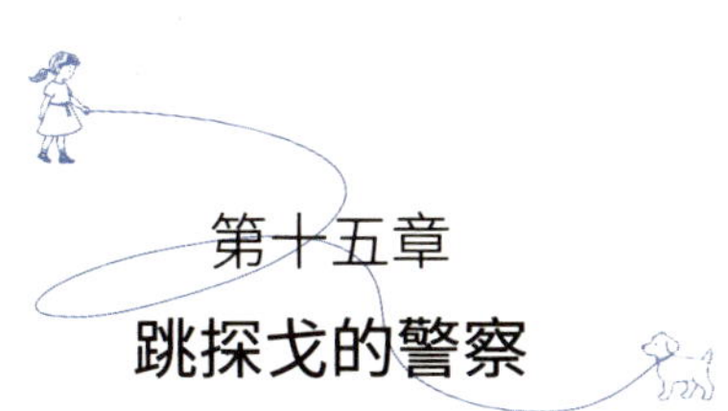

第十五章
跳探戈的警察

当波格一家回到家时，他们听到一楼传来音乐的声音。“怎么回事？”波格先生一边说着，一边打开了门。门一打开，他便愣在原地，波格太太也惊讶地瞪大了眼睛。只有小不点镇定自若，快步跑向小狗皮克，和它亲热地打招呼。

原来，胖伯塔正和一名警察在走廊里跳探戈，另一名警察则站在留声机前，转动着曲柄。

“伯塔！”波格太太愤怒地喊道。

小不点走到留声机前，向那位警察鞠了一躬，说道：“警察先生，请您和我跳一支舞吧！”于是，警察搂住她，和她跳了一圈。

“真是够了！”波格先生喊道，“伯塔，这到底是

怎么回事？你和整个警察局订婚了吗？”

“不好意思，先生，并没有。”胖伯塔说。这时，第三个警察从厨房里走了出来。

波格太太喃喃地说：“天哪，我是在做梦吗？”

小不点站在她面前，大声说道：“是啊，妈妈，继续做梦吧！”

“快醒醒神吧！”胖伯塔无礼地喊道。波格太太愣在原地，波格先生也被搞糊涂了，站在旁边直摇头。最后，胖伯塔把所有人带进了厨房，厨房里坐着一个穿着雨衣、戴着手铐的男人。“他想闯入我们家偷东西，被我打晕了，然后警察到了。因为你们还没回来，我就和他们跳了一会儿舞。”

这时，戴手铐的男子睁开了眼睛，目光呆滞。

“那是魔鬼罗伯特！”小不点喊道。

她的爸爸妈妈惊讶地看着她，问道：“谁？”

“安达特小姐的未婚夫！原来如此，她今天还问我伯塔什么时候出门！”

波格先生说：“就为了方便你们出去乞讨。”

“不，我是说，这就是她画我们家布局图的原因。”小不点喊道。

“我们在他身上搜到了图纸。”一名警察说着，将一张纸递给了惊讶的波格先生。

“你是怎么制服这家伙的？”波格太太问道。

胖伯塔拿起木棍，站在门边，开始演示。“我站在这里，当他打开门，把头伸进来时，我狠狠地敲了他的头。在他醒过来时，我又朝他的头敲了一下。再后来，这三位先生就到了。”她指着三名警察，他们看上去有些受宠若惊。

波格先生再次摇摇头。“我完全听不明白。”他问道，“你怎么知道有人要闯入公寓？如果进来的人是我呢？”

“那躺在这里的就是你了！”小不点兴奋地喊道。

胖伯塔解释道：“雨下得很大，我就回来了。我坐在厨房里，这时电话铃响了。电话里的人告诉我，有人马上就要闯进屋子，让我准备一把铲子，并马上报警。我们家没有铲子，所以我找了一根木棍。”

“那么，是谁知道有人想要闯进我们家，还给你打电话的？”波格太太问道。

“这太简单了。”小不点说，“当然是我的朋友安东。”

“我想没错！”胖伯塔说，“他没告诉我他的名字，但他说自己是小不点的朋友。”

“你们看！”小不点抱着双臂，在走廊里大摇大摆地走来走去，“我没说错吧？这是个很棒的男孩。”

“没错。”波格先生说着，点燃了一支雪茄，“但他又是怎么知道的呢？”

“也许他看到安达特小姐把钥匙给了魔鬼罗伯特！”

魔鬼罗伯特在椅子上愤怒地扭动着。“你们等着瞧！”他恶狠狠地说，“下次再见到那个臭小子，看我怎么收拾他！”

“这件事，你就留到以后再说吧。”警察说道，“现在我们要把你捆起来。”

小不点走到罗伯特面前，说道：“建议你不要这样做，安东可是个厉害的家伙。他打了戈特弗里德几个耳光，那个浑蛋都站不起来了！”

“他真是这么干的吗？”波格先生颇有些高兴地说，“那他真是个不错的小伙子。”

小狗皮克坐在魔鬼罗伯特面前，咬开了他的鞋带。波格太太的偏头痛又发作了。她痛苦地皱起了眉头，抱怨道：“今天发生了太多事。先生们，你们愿意把这个讨厌的小偷带走吗？我真是受不了他了。”

“我也受不了你。”魔鬼罗伯特低声说道。接着，警察就带着他离开了。

“亲爱的伯塔，”波格太太说，“请你带小不点上床睡觉吧。我也要去睡觉了。亲爱的丈夫，你也快回房

间来睡觉吧。晚安，小不点！别再做这样的恶作剧了。”她吻了吻小不点，然后走进了自己的房间。

波格先生突然说：“伯塔，我来哄小不点睡觉吧。你去休息吧。对了，你今天非常勇敢。”说着，他感激地握了握胖伯塔的手，然后塞给她一张 20 马克的纸币。

“谢谢您！”胖伯塔说完，走进了自己的房间。

波格先生帮小不点洗了脸，换上睡衣，让她躺在床上，小狗皮克也躺在她身边。波格先生坐在床边，严肃地说道：“路易丝，我的孩子，仔细听着。”小不点用她的小手握住爸爸的大手，看着他的眼睛。波格先生继续说：“你知道，我非常爱你，但我得赚钱，没有太多时间关心你的生活小事。你为什么总是做这些让我们不放心的事？你为什么要欺骗我们？如果你继续这样，我就无法相信你了。而且我每时每刻都会担心你的，没办法安心工作了。”

小不点抚摸着他的手，说道：“爸爸，我知道你没有时间，你要赚钱养家，妈妈也没时间陪我。你们都抽不出时间陪我。我知道，你们马上又会给我找一个保姆。谁知道还会发生什么呢？”

“是的，孩子。”波格先生说，“你说得对。但你能答应我以后永远不要说谎吗？这样我才会放心。”

小不点微笑着说：“如果不说谎能让你放心的话，

那么我保证，以后都会对你说实话。”

于是，波格先生给了小不点一个晚安吻。当他走到门口，关上房间的灯时，小不点说：“亲爱的爸爸，不管怎么说，这件事还真是挺刺激的。”

波格先生吃了好几种药片，但这一晚，他还是失眠了。

思考题：关于感恩

我们应该承认，胖伯塔非常勇敢。她的职责并不包括和小偷搏斗，但她仍然勇敢地保护了这个家。我们应该感谢她。

波格先生做得很好。他首先和胖伯塔握了握手，表示感谢。他还给了胖伯塔 20 马克的奖金。而且这是一个很好的表达感谢的顺序！有些人就算家财万贯，遇到这样的事，也只会握握对方的手，而不给钱。有些人可能只会给钱，却不会诚恳地和对方握一握手。

但波格先生两件事都做了。他表现得无可挑剔。我认识波格先生的时间越长，就越喜欢他。

好吧，接下来，让我们开始读最后一章！

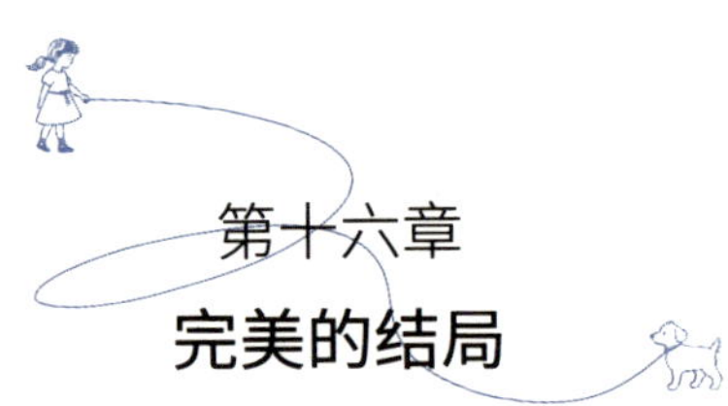

第十六章
完美的结局

第二天，当小不点放学时，她又在校门前看到了自己家的车。但这次与往常不同，车里除了司机霍拉克先生，还坐着她的爸爸波格先生！波格先生朝小不点挥了挥手。其他小女孩一看又坐不上小不点家的车了，只好失望地离开了。

小不点和霍拉克先生打了个招呼，坐进了车里。“发生什么事了吗？”她焦急地问。

“什么事都没有。”波格先生说，“只是我今天刚好有时间。”

“你有什么？”小不点好像突然不认识爸爸了，问道，“你有时间？”

波格先生被女儿问得有点尴尬了，说道：“这是什

么问题？没错，我今天有时间。”

“太好了！”小不点喊道，“我们可以去夏洛滕霍夫公园吃奶油夹心饼吗？”

“我想，我们最好先去学校接上你的朋友安东吧。”

小不点高兴地搂住爸爸的脖子，给了他一个响亮的吻。然后他们迅速开车到安东的学校，正赶上他们放学。当安东看到那辆漂亮的小车，还有等在车里朝他招手的小不点和波格先生时，他快步跑了过去。波格先生握了握安东的手，说：“安东，你是个好孩子，谢谢你帮我们处理了魔鬼罗伯特！”

“亲爱的波格先生，”安东说，“这是我应该做的。”接着，他坐到副驾驶座位上，霍拉克先生偶尔让他踩一踩油门，摸一摸转向灯。真是太有意思了！小不点在爸爸的耳边小声说：“爸爸，安东还会做饭呢！”

“他有什么不会的吗？”波格先生问。

“安东无所不能！”小不点自豪地说。然后，他们一起去夏洛滕霍夫公园吃了奶油夹心饼，就连被医生严格禁止摄入甜食的波格先生也吃了一些。接着，为了让大肚子的波格先生锻炼一下，他们三个人玩了捉迷藏。过了一会儿，安东想回家了，但波格先生告诉他，自己已经派人告诉他妈妈了。

“对了，布雷姆瑟先生骂你了吗？”小不点问。

“没有。”安东说，“他最近对我很好，我还想去拜访他呢。”

“那就好。”小不点装作平静的样子，但她内心很兴奋，在桌子底下掐了一下自己的小腿。

他们回到家吃午饭时已经很晚了。波格太太非常生气。但他们三人玩得很高兴，根本没有注意到波格太太的情绪，这就让波格太太更生气了，她根本吃不下任何东西，情绪处在崩溃的边缘。

“安达特小姐现在在哪里？”安东问道。他问这句话只是因为他心地善良。但波格太太完全不理解他的提问。她嘀咕道：“我们现在到哪里去找一个可靠的保姆呢？”

波格先生突然想到了什么，他把小不点拉到一边，低声说：“我马上回来。”说完，他就离开了。

其他人继续默默地吃完了午饭。随后，两个孩子跑进了小不点的房间，小狗皮克已经在那里摇着尾巴迎接他们了。

安东坐在椅子上，看小不点和皮克表演《小红帽》的故事。皮克已经能很好地扮演自己的角色了，但这一次它还是没能吃掉小不点。“也许等它再长大几岁就能学会了。”小不点说。安东觉得表演很精彩，他像在剧院里欣赏歌舞剧一样热烈地鼓掌。小不点不停地鞠

躬，亲吻安东的双手，皮克则不停地吠叫，直到小不点给了它一块糖才消停。

“我们现在表演什么呢？”小不点问，“我们今天可以表演《驼背的裁缝和他的儿子》，或者表演《母与子》，皮克可以演婴儿。我知道了！我们玩捉小偷的游戏吧！你是魔鬼罗伯特，我是胖伯塔，你一进门，我就用棍子打你的头。”

“谁来扮演那三个警察呢？”安东问。

“我来演。”小不点说。

“可是，你不能和自己跳舞呀！”安东反驳道，接着说，“不过，我有个好主意，我们可以演哥伦布发现新大陆的故事，我来扮演哥伦布。”

“好吧，”小不点喊道，“我来扮演新大陆，皮克来扮演鸡蛋！”

“皮克扮演什么？”

“鸡蛋，哥伦布的鸡蛋。”小不点说。

安东不知道哥伦布和鸡蛋的故事，他还没学过这个故事，所以他们也没办法演这个故事。

“我知道要玩什么了！”安东喊道，“我们用一艘折叠船横渡大西洋吧！”

于是，他们把桌子翻了过来，让桌腿朝上，当作小船。安东把桌布当作船帆，小不点从食品储藏室里

拿来了船上的补给品：一罐果酱、一罐黄油、几把刀叉、两磅土豆、一碗梨蜜饯和半斤香肠。“我喜欢香肠。”她说，“香肠可以保存几个月。”于是他们把物资装进船里，剩下的地方刚好够安东、小不点和小狗皮克钻进去。桌子旁边有一个装满水的大碗。他们开始漂洋过海，小不点把手伸进大碗里划着，一边说：“海水可真冷啊。”这时，安东站了起来，朝碗里撒了些盐，说道：“海水应该是咸的。”

他们趁风平浪静加快了航行速度。安东用拐杖不停地划着船。小不点和小狗皮克吃完了香肠，抱怨道：“船长，补给快用完了。”

“我们得坚持下去！”安东喊道，“我们马上就要到里约热内卢了！”他指着床说道。

“感谢上帝！”小不点说，“再不到陆地上，我就要饿死了。”但事实是，小不点刚吃了午饭，又吃了很多香肠，已经撑得不行了。

“一场可怕的暴风雨即将来临。”安东说着，下了船，使劲摇晃着船。

“救命！”小不点绝望地喊道，“船要沉了！”他们把两磅土豆扔到船外，以减轻船的重量。但安东还在摇晃着船，风暴并没有减弱。小不点捂着肚子说道：“我晕船了。”小狗皮克则摔进了果盘里，果汁溅了出

来。安东模仿着风的呼啸声。

终于，暴风雨平息了。安东把桌子推到床前，他们在里约热内卢靠岸了。当地的居民热烈欢迎远洋水手。他们三个一起照了一张相片。皮克缩成一团，兴奋地舔着毛上的果汁。

“谢谢大家的盛情款待。”小不点说，“这次远航真是太艰苦了，但这是一段宝贵的回忆。但很遗憾，我没有干净的裙子了，保险起见，我得坐火车回家。”

“我是安东尼奥·加斯蒂廖内，里约热内卢市长。”安东压低声音说道，“热烈欢迎你们来到里约热内卢，我封你们为世界海洋航行冠军。”

“非常感谢你，先生。”小不点说，“我们会永远高举你颁发的奖杯。”说着，她从船上拿出黄油罐，露出鉴赏家的表情，说道：“这是由真正的银制作的，至少有 1 万克拉[1]。”

这时，门开了，安东的妈妈走了进来。小不点和安东高兴地跳了起来。“是波格先生带我来的。你们刚刚在做什么？”

“我们刚刚横渡了大西洋。”小不点说。然后他们打扫了房间。皮克还想坐到果盘里，被安东的妈妈赶

[1] 克拉：宝石的重量单位，1 克拉等于 0.2 克，“1 万克拉”等于两千克。

走了。

与此同时，波格先生正和波格太太进行一次长谈。“我一直希望小不点成长为一个正直的人。”他说，“我不希望她变成一个傲慢的人，是时候让她知道生活的严肃性了。小不点为自己选择了一个朋友，我觉得这个朋友很好。其实，如果你能多关心小不点，这次的事情也许不会发生。现在，我已经下定决心了，没有人能改变我的想法。过去我太迁就你了，从现在开始，我们家的氛围应该有所改变。”

波格太太眼里含着泪水，说道：“好吧，亲爱的！如果你已经想清楚了，就按你说的来吧！”她用手帕捂住了脸，“我没有意见，但是你不能再生气了。”波格先生给了妻子一个吻。然后，他把安东的妈妈盖斯特太太带进房间，询问她的看法。盖斯特太太很感动，只说如果波格太太同意，她也不会反对。

于是，波格先生喊道：“孩子们，听好了！从今天开始，盖斯特太太搬进安达特小姐的房间，我们再打扫出一间房，用绿色的壁纸装饰墙面，让安东住进去。从现在开始，我们就住在一起了，大家愿意吗？”

安东激动不已，他和波格夫妇轮番握手，然后搂住妈妈，低声说道：“现在我们不用再担心了，对

波格先生正和波格太太进行一次长谈。

不对？”

“是的，我的好孩子。”盖斯特太太说。安东又坐回小不点旁边，她高兴地拉了拉他的耳朵。皮克也高兴地在房间里蹦蹦跳跳。

“孩子，你高兴吗？”波格先生抚摸着小不点的头发，说，“放暑假的时候，我们会叫上安东和盖斯特太太，两家一起去海边度假。”

紧接着，小不点跑出了房间，当她回来时，一只手拿着一盒雪茄，另一只手拿着火柴。“爸爸，这是我给你的奖励。”她说。波格先生点燃了一支雪茄，吐出一个烟圈，高兴地说道：“嗯，这是我应得的。”

思考题：关于完美的结局

故事就这样结束了。这个结局是公平而幸福的。每个人都到达了属于他们的地方：安达特小姐的未婚夫罗伯特进了监狱，安东和他的妈妈获得了幸福，小不点终于可以和她的朋友安东每天见面了，安达特小姐离开了波格家。我们可以满怀信心地将生活的船舵交给他们了。

孩子们，你们觉得，生活会不会像书里写的这样，永远是公平的呢？如果你这么想，我要告诉你，你错了！至少现在还不是这样。例如，我有一个同学，总是抄他同桌的作业，最终却是他的同桌受到了惩罚。这很不公平。但是，孩子们，你们不要被不公平打倒。我们要坚强地生活下去，成长为正直、诚实、公正、通情达理的人，如果大家都成为这样的人，我们生活的世界就会更美好！

简短的后记

虽然小不点、安东和小狗皮克的故事已经结束了，但我还想说些什么。

读过我的另一个故事《埃米尔和侦探们》的孩子可能会说：“亲爱的凯斯特纳先生，我觉得你笔下的安东和埃米尔很像，你为什么不在新书里写一个和埃米尔完全不一样的男孩呢？”

这个问题问得很好，现在就让我来回答这个问题吧！我之所以要写一个与埃米尔很像的男孩安东的故事，是因为我觉得，好男孩就应该是这样的。我们应该多说好男孩的故事，越多越好！

也许，会有更多的孩子喜欢他们，希望以他们为榜样，向他们学习，变得更加勤奋、更加正直、更加

勇敢，也更加诚实。

如果我的小读者都能拥有这样的品德，对于作者来说，就是最好的奖励。因为像埃米尔、安东这样的好孩子在长大成人以后，一定会成为非常有能力的人，这也是我们社会最需要的人。